Zu diesem Buch

Der Bankbeamte und spätere Mitinhaber einer Fabrik für Schiffslacke Ettore Schmitz aus Triest, der sich – Sohn eines deutschen Kaufmanns – als Schriftsteller Italo Svevo, der italienische Schwabe, nennt, veröffentlicht 1892 seinen ersten Roman: «Ein Leben». Weil dieses Buch und selbst sein bedeutendes Werk «Ein Mann wird älter» (*Senilità*, 1898) von der Kritik nicht zur Kenntnis genommen werden, unterbricht er für 25 Jahre die schriftstellerische Tätigkeit.

Angeregt von Joyce, dem er 1905 in Triest begegnet, und bestätigt durch die Lektüre Freuds und Prousts tritt er 1923 mit dem Roman «Zeno Cosini» wieder an die Öffentlichkeit und erringt, auch außerhalb Italiens, sofort einen durchschlagenden Erfolg. «Vielen Dank für den Roman mit der Widmung», antwortet ihm Joyce. «Ich bin dabei, ihn mit großem Vergnügen zu lesen. Warum sind Sie entmutigt? Sie müssen wissen, daß es bei weitem Ihr bestes Buch ist.»

«Zeno Cosini», ein bürgerlicher Roman, ist in Triest angesiedelt, dem damaligen Handelszentrum des habsburgischen Kaiserreichs, einer ebenso weltoffenen wie moralisch morbiden Stadt im Schnittpunkt italienischer, deutscher und slawischer Kultur.

Auf Anraten eines Psychiaters erzählt Zeno Cosini seine Lebensgeschichte. Er, der ewig Glücklose, eine Gestalt von unfreiwilliger und verzweifelter Komik, ist dennoch ein Lebenskünstler, wenn auch mit umgekehrten Vorzeichen:

seine Geschäfte bringen ihm keinen Gewinn, und als Liebhaber wird er nacheinander von zwei begehrenswerten Schwestern abgewiesen, um noch am selben Abend eine Dritte zu erobern, die sich allerdings durch nichts anderes als durch Reizlosigkeit auszeichnet.

Diese fiktive Autobiographie, ein mit eigenartiger Ironie durchsetzter Bericht, der von Liebe, Ehe, Ehebruch, Geschäftigkeit, Krankheit und Tod handelt, spiegelt das Innerste der menschlichen Seele und zeigt mit seltener Radikalität, dabei die Techniken der Psychoanalyse nutzend und gleichzeitig bloßlegend, die gut getarnten Verstecke menschlicher Lächerlichkeit.

«Svevos Werk ist von außerordentlicher Bedeutung, schon deshalb, weil es uns hilft, über uns selbst zu lächeln, eine gesunde Antipathie gegen uns zu fassen und infolgedessen aufgeschlossener gegen andere zu sein.»

ELIO VITTORINI

«Zenos Persönlichkeit ist von solchem Maß, daß man sie ohne Zögern den ganz tragischen Gestalten zur Seite stellen wird.»

ALAIN ROBBE-GRILLET

«Der wichtigste Beitrag Italiens zur zeitgenössischen Weltliteratur.»

JEAN-PAUL SARTRE

Rowohlt Jahrhundert

Herausgegeben von Bernd Jentzsch

Band 50

Italo Svevo

ZENO COSINI

Roman

Aus dem Italienischen
übersetzt von
Piero Rismondo

Rowohlt

Titel der italienischen Originalausgabe
La coscienza di Zeno

8.–15. Tausend Januar 1989

Veröffentlicht im Rowohlt Taschenbuch Verlag GmbH,
Reinbek bei Hamburg, September 1988

Umschlaggestaltung Peter Wippermann
(Foto des Autors: Rowohlt Archiv)
Gesamtherstellung Clausen & Bosse, Leck
Printed in Germany
2480-ISBN 3 499 40050 2

Es gibt nichts Unmöglicheres auf dieser Welt, als eine Ehe einzugehen, wie man sie wirklich wünscht. Man kann dies von mir lernen, dessen Entschluß zu heiraten so viel früher da war als die Wahl der Braut.

Inhalt

Vorwort

Das Leben jedes Einzelnen ist, wenn man es im Ganzen und Allgemeinen übersieht und nur die bedeutsamsten Züge heraushebt, eigentlich immer ein Trauerspiel; aber im Einzelnen durchgegangen, hat es den Charakter des Lustspiels. Denn das Treiben und die Plage des Tages, die rastlose Neckerei des Augenblicks, das Wünschen und Fürchten der Woche, die Unfälle jeder Stunde mittels des stets auf Schabernack bedachten Zufalls, sind lauter Komödienszenen. Aber die nie erfüllten Wünsche, das vereitelte Streben, die vom Schicksal unbarmherzig zertretenen Hoffnungen, die unzähligen Irrtümer des ganzen Lebens, mit dem steigenden Leiden und Tode am Schlusse, geben immer ein Trauerspiel. So muß, als ob das Schicksal zum Jammer unseres Daseins noch den Spott fügen gewollt, unser Leben alle Wehen des Trauerspiels enthalten, und wir dabei doch nicht die Würde tragischer Personen behaupten können, sondern, im breiten Detail des Lebens, unumgänglich läppische Lustspielcharaktere sein.

Arthur Schopenhauer ‹Die Welt als Wille und Vorstellung›

Die meisten Menschen sind im Grundverhältnis zu sich selber Erzähler [...] Sie lieben das ordentliche Nacheinander von Tatsachen, weil es einer Notwendigkeit gleichsieht und fühlen sich durch den Eindruck, daß ihr Leben einen «Lauf» habe, irgendwie im Chaos geborgen. Und Ulrich bemerkte nun, daß ihm dieses primitiv Epische abhanden gekommen sei, woran das private Leben noch festhält, obgleich öffentlich alles schon unerzählerisch geworden ist und nicht einem «Faden» mehr folgt, sondern sich in einer unendlich verwobenen Fläche ausbreitet.

Robert Musil ‹*Der Mann ohne Eigenschaften*›

Kann man denn «ordentliche» Romane überhaupt noch lesen – ich meine Romane, die bloß «Romane» sind? Das kann man ja gar nicht mehr. Der Begriff des Interessanten ist längst im Zustande der Revolution.

Thomas Mann über ‹*Der Mann ohne Eigenschaften*› (1932)

Mit dem letzten seiner drei Romane ist Italo Svevo entdeckt und dieser Roman ist zuerst übersetzt worden – französisch unter Weglassung des umfangreichen Abschnitts «Die Geschichte eines Handelhauses», deutsch ungekürzt. ‹*Zeno Cosini*› erschien wie die beiden in großem zeitlichen Abstand vorangegangenen Romane mit entscheidendem Zuschuß des Autors. Der Titel ‹*La coscienza di Zeno*› kann nicht deutsch wiedergegeben werden, wegen des Doppelsinns von «coscienza»: Bewußtsein, Gewissen.

James Joyce, der Englischlehrer des Industriellen Ettore Schmitz, hatte bei ihm seine beiden frühen Romane ‹*Una vita*› und ‹*Senilità*› entdeckt und schätzte sie zur Überraschung des erfolglosen Autors ungemein – das gleiche galt für den ersten maßgebenden Deuter Eugenio Montale. Joyce machte Pariser Freunde auf den unbekannten Schriftsteller aufmerksam. Die Kritik hatte die beiden ersten Romane kaum beachtet; nur in Triest; der Stadt am Rand, war Schmitz eine Lokalgröße, ‹*Senilità*› erschien hier in einer Tageszeitung als Feuilletonroman. Mit dem umfangreicheren dritten Roman, an dem Svevo drei Jahre gearbeitet hatte, ging es nicht anders. Als die Pariser Zeitschrift *Le navire d'argent* Svevo als einer literarischen Entdeckung ein Heft widmete, mußte sich die italienische Kritik – ein wenig interessiert, meist irritiert, daß Franzosen ihnen erklärten, wer ihre guten Schriftsteller seien – damit befassen.

Mit der genannten Ausnahme Montales, den der Triester Kritiker Bobi Bazlen – später selber eine legendäre Gestalt – rechtzeitig aufmerksam machte, konnte das italienische Echo dem Autor keine Freude bereiten. Das sei bestenfalls eine «antiliterarische Kuriosität am Rande der italienischen Literatur», las er im *Corriere della Sera*. Einflußreiche Geschmacksrichter wie Benedetto Croce oder Giuseppe Antonio Borgese nahmen Svevo überhaupt nicht zur Kennnis.

Ebensowenig tat das Luigi Pirandello, den Schmitz gastlich aufgenommen und dem er den Roman geschickt hatte, ohne ein Wort des Dankes oder gar ein Urteil zu erhalten. Die italienische Kritik sah Svevo nicht viel anders als seine eigene Familie, die das Kritzeln des Eingeheirateten als harmlosen Zeitvertreib oder nicht so harmlosen Zeitverlust einschätzte, nicht besser als das eifrige, aber wenig musikalische Geigenspiel Ettores, der davon allerdings selber nicht viel hielt und Zenos Verhältnis zu diesem Instrument entsprechend fragwürdig erscheinen läßt.

Wir, die Italo Svevo schon lange in einem Atem mit Kafka, Broch, Musil als einen Schriftsteller von Weltrang nennen hören – die mitteleuropäische Gemeinsamkeit anstelle der zuerst vermuteten Verwandtschaft mit Proust oder mit Joyce wurde zuerst von Eduard Roditi hervorgehoben –, mögen uns über das Verkennen eines solchen Schriftstellers wundern oder empören. Doch standen und stehen Kriterien, die an anerkannten Werken entwickelt wurden, dem Verständnis eines ganz andersartigen Romans nicht nur in diesem Fall im Weg. Auch jetzt erreichen uns Romane, die im Selbstverlag oder mit Subvention des Verfassers in wenig bekannten Verlagen in einigen hundert Exemplaren erscheinen. Rezensenten lesen sie, wenn überhaupt, nicht mit der gleichen Aufmerksamkeit wie Romane auch Unbekannter, die bei prestigiösen Verlagen erscheinen und die in diesem Fall wie zum Beispiel ‹*Der*

Mann ohne Eigenschaften› zwar zunächst wenig Leser, aber doch einsichtige Kritiker finden und insofern vorhanden sind.

Wenn ein tüchtiger Industrieller, der ein Vierteljahrhundert überhaupt nichts veröffentlicht hatte, nur als Mitarbeiter lokaler Zeitungen einer Provinzstadt auftrat, einen Roman vorlegt, den maßgebende Verleger wie der aus Triest stammende Treves abgelehnt hatten, so kann nicht überraschen, daß der betreffende Roman – ein Roman ohne durchgehende Handlung, mit verwirrender Zeitenfolge! – kein Echo fand. Montale selber, der erste und unüberholte Deuter Svevos, hat auf diesen mildernden Umstand aufmerksam gemacht.

Wie kam es dennoch zum Durchbruch? Diesmal resignierte Schmitz-Svevo nicht, sondern sendete einen Hilferuf an James Joyce, der seinerseits einflußreiche Pariser Literaten, darunter den Italianisten Benjamin Crémieux aufmerksam machte, daß hier ein Autor zu entdecken war. Und Paris war die Stadt, von der literarischer Ruhm mit weltweiter Resonanz ausgehen konnte.

Hindernde Umstände waren in Italien: die Sprache, der Stil, die kulturellen Bezüge, das Thema. Scipio Slataper, ein bedeutender Triester Schriftsteller, klagte damals: «Welches Schicksal – deutsch lesen, italienisch schreiben!» Der Knabe Ettore Schmitz hatte seine Bildung in einem deutschen Internat – in Segnitz bei Würzburg – erworben, sich für Schiller, Jean Paul und besonders für Schopenhauer begeistert, dem zu Ehren er sich dann der «italienische Schwabe» (oder Deutsche) zum Pseudonym gewählt hatte.

Nicht etwa, daß Svevo italienische Literatur ignoriert hätte. In ‹*Zeno Cosini*› spielt er auf «Galeotto» an*, den Galehaud des keltischen Legendenkreises, dessen erzähl-

* Gabriella Contini hat in ihren Anmerkungen (vergl. weiter unten S. 583 ff) diese und andere Anspielungen erhellt.

tes Schicksal in Dantes «Inferno» Francesca da Rimini und ihren Geliebten zur Sünde verleitet; auf eine Erzählung Boccaccios, in welcher ein alter Mann durch geistreiche Reden die Gunst einer jungen Frau gewinnt; auf ein Lustspiel Goldonis, in welchem die Hauptfigur ein Hypochonder ist.

Dennoch: die geistigen Interessen, die literarischen Vorbilder kamen aus dem deutschen, skandinavischen, russischen Norden. Auch war der einzige Schriftsteller, der sich die Mühe nahm, Svevos frühe Romane zu lesen, der deutsche Nobelpreisträger Paul Heyse. Der ermahnte zwar den jungen Anfänger, lieber willensstarke Helden als schwächliche Unhelden zu schaffen – doch wie beglückend war die kritische Beachtung durch einen Hochberühmten im Vergleich mit Italiens gesammeltem Schweigen!

Kein Zweifel, Svevo paßte überhaupt nicht in die damals den Geschmack bestimmende oder ihm entsprechende italienische Literatur. «Ein Knoblauchzeh in der Küche von Leuten, die Knoblauch nicht ausstehen können» – so charakterisierte Svevo selber dieses Verhältnis. Sogar Pirandello hatte erst nach späten Bühnenerfolgen als Erzähler Beachtung gefunden, war damals schon Mitte Fünfzig, doch solche Beachtung blieb dem erfolglosen Stückeschreiber Svevo versagt. Der Italiener von Weltruhm, besonders auch in Paris bejubelt, war Gabriele d'Annunzio. Ihn dürfte Svevo gemeint haben, wenn er die italienische Vergröberung von Nietzsches Übermenschen verspottete.

Triest war ein Stück Mitteleuropa, der Hafen des Habsburgerreiches, wuchs so schnell wie eine amerikanische Gründerstadt, hatte viele Theater mit internationalem Repertoire, ein berühmtes, von Verdi geschätztes Opernhaus. Die Triester Intelligenz war von italienischem Patriotismus erfüllt, auch die der zwanzigtausend Triester Juden. Ein Veneziani, naher Verwandter der Schwiegereltern, entfernter Verwandter von Ettore Schmitz, war einer der führenden Irredentisten. Doch Italiens eigener «Drang nach Osten» hielt sich in Grenzen, wurde erst 1914 ganz aktuell. Und unter den italienisch schreibenden Triestern – Theodor Däubler blieb der einzige aus Triest stammende deutsche Dichter – war Svevo noch marginaler als die andern, denen sich die einflußreiche Florentiner Zeitschrift *La Voce* öffnete. Sein Italienisch war oft von deutscher Grammatik, von aus der Mundart stammenden slawischen Brocken durchsetzt. Hier war ein italienischer Schriftsteller, der seine Sprache nicht «im Arno gewaschen hatte», dem es an Eleganz des Ausdrucks und sogar an Korrektheit fehlte. «Kaufmannsesperanto» nannte es ein Mailänder Rezensent. Vielleicht – so meinte der – sei Svevo in Übersetzungen lesbarer. Die gäben ihm wenigstens eine Sprache.

Später allerdings – Svevo hat noch die Anfänge der Wende erlebt – bekannte sich eine neue Generation von Schriftstellern um *Solaria* und *Covegno* zu Svevo. Elio Vittorini, Leo Ferrero, Alberto Moravia und andere nannten sogar seine Sprache vorbildlich; es sei genau das richtige Medium für das, was der Autor auszudrücken hatte. Hingegen vertritt und begründet der Schriftsteller Giorgio Voghera – Bindeglied zwischen dem damaligen und dem späteren literarischen Triest – die Ansicht *, daß Svevo tatsächlich oft Fehler machte. Er selber war davon überzeugt und ließ sich für Verbesserungen beraten, die manchmal, aber nicht immer glücklich waren.

Alberto Moravia, der in der gesamten italienischen Literatur nur zwei echte Romanautoren anerkannte – Manzoni und Svevo –, stellte fest, ein Roman sei kein Sprachkunstwerk wie ein Gedicht, das durch eine falsche

* Giorgio Voghera ‹*Gli anni della psicanalisi*› (Studio Tesi. Pordenone 1980)

Metapher ruiniert werden könne, sondern eine Energie, die sich auch mitten durch Mängel und Ungeschicklichkeiten ihren Weg bahne bis zum höchsten Rang. Wurde nicht Balzac und Dostojewski – und nicht ohne Grund – schlechter Stil vorgehalten.

Wenn es zutreffe, schrieb einmal Svevo, daß ein Erzähler immer nur einen Roman schreibe, dann sei der seinige ‹*Ein Leben*›. Trifft es aber für ihn zu? Der Unterschied zwischen zwei Romanen in dritter Person und einem Roman in erster Person ist in diesem Fall nicht nebensächlich, sondern fundamental. In ‹*Ein Leben*› und ‹*Ein Mann wird älter*› (diese Übersetzung des Titels ‹*Senilità*› wurde von Joyce vorgeschlagen) hat die Hauptperson nicht das Wort, der Autor behält sich vor, sie zu beurteilen. ‹*Zeno Cosini*› hat keine andere Instanz als Zeno selber, keine Stimme übertönt seine eigene «coscienza». Das ist kein neues procédé, sondern eine andere Welt.

So evident die Verwandtschaft mit den früheren Romanen auch sein mag, der Unterschied ist entscheidend. Gewiß, diese Verwandtschaft zeigt sich auch in den Gegensätzen, die ihre Symmetrie haben. Der ‹Held› hat jeweils Gegenspieler – den Bankier Maller und seinen Sohn in ‹*Ein Leben*›, den Künstler und Lebenskünstler Balli in ‹*Ein Mann wird älter*›. Zenos Gegenspieler Guido Speier heiratet die von Zeno begehrte Ada Malfenti. Er spielt besser Geige, spricht schöneres Toskanisch, wurde in einer Handelsschule ausgebildet, hat weltmännisches Auftreten – gegenüber Zeno viele Vorzüge! Doch Guido ist schließlich der Schwächere, der eigentliche ‹inetto› – ein Untauglicher. Zeno, der es vermocht hätte, rettet Guido weder vor dem Ruin noch vor dem Selbstmord, muß aber sogar von Guidos zürnender Witwe für seine scheinbar so energischen Bemühungen gelobt werden und kostet seinen Triumph aus. Doch ist die Konstellation Protagonist – Antagonist immer noch strukturierend.

Wenn ‹*Zeno Cosini*› sich von den frühen Romanen unterscheidet – ist dieser Roman nicht einer Autobiographie des Ettore Schmitz gar zu nahe? Er ist es genügend, um den Autor zur Tarnung zu veranlassen. Livia Schmitz hatte rotblonde, leuchtende Haare, die Joyce mit Anna Livia Plurabelle verewigt hat, Augusta, die schielende Schwester Adas, die Zeno heiraten muß, hat schütteres, glanzloses Haar. Zeno ist ein reicher Müßiggänger, der Vater hatte ihm testamentarisch verboten, sich um die Vermögensbetreuung zu kümmern, die die Sache des Verwalters Olivi blieb. Ettore Schmitz war nach dem Bankrott seines Vaters mausearm, ein kleiner Bankangestellter in der Filiale einer Wiener Bank, war dann, in ein gutgehendes Unternehmen eingeheiratet, zu ständigem Einsatz gezwungen, dem er die Stunden seiner literarischen Versuche mühsam – und Jahre hindurch selten – abrang. Könnte der Kontrast größer sein? Ist er nicht eine Absicherung gegenüber dem Verdacht einer Selbstbiographie, der damit aber nicht zur Ruhe kam? Zenos jüngerer Bruder stirbt früh wie Ettores jüngerer hochbegabter Bruder Elio. Ein Brief, in dem Ettore Schmitz seiner Braut ihren extremen Ordnungssinn, ihre Abneigung gegen alle geistige Horizonterweiterung scherzhaft vorhielt – es ist erlaubt, an Schopenhauer und sogar an Weiningers Bild des Weibes zu denken! –, wird zur Schilderung von Zenos Gattin Augusta zwischen ihren Ausgehkleidern und ihren Hauskleidern, ihren Schränken mit Kampfer und Naphthalin, ihrer Nachsicht für Spinnerei und Spintisieren eines im ganzen sehr braven Ehemannes.

Doch Zeno ist sowenig Svevo wie der Marcel der ‹*Verlorenen Zeit*› Proust ist. Je näher am eigenen Leben, desto deutlicher die Distanz des Literarischen zu ihm. Zeno und auch Guido haben die gleichen Lektüren wie Ettore Schmitz. Guido begründet seine Verachtung der Frauen mit «Geschlecht und Charakter», doch ein Cousin Svevos hatte in einer Triester Zeitung Otto Weininger porträtiert.* Zeno kennt Darwin und heute vergessene Wissenschaftler und Psychiater, die Svevo aufmerksam gelesen hat. Die geistigen Interessen des Autors sind auch diejenigen seines ‹Helden›. Dennoch ist Zeno ein anderer. Er mag Kettenraucher sein wie sein Autor und ebenso wie er den Schwur der «letzten Zigarette» ablegen – doch Svevo notiert, er habe sich bemüht, beim Schreiben wie Zeno zu rauchen und zu gehen.

Zenos erster und ungeschlagener Antagonist ist nicht der schwächere, nur scheinbar überlegene Guido, sondern der Psychoanalytiker Dr. S. In diesem Ringen ist eine Antwort auf Lenins berühmte Frage «Wer wen?» schwer auszumachen. Dr. S. ist es, der Zeno zum Niederschreiben seiner Erinnerungen, Träume, Reflexionen veranlaßt als Voraussetzung der Therapie, die ihn von seinen psychosomatischen Leiden – vielerlei Schmerzen und Asthma – kurieren soll. Da der Patient die Behandlung abbrach, veröffentlicht Dr. S. aus Rache seinen Bericht, verspricht sich davon sogar noch Profit. Dieser Dr. S. ist nur einer von gut sieben Ärzten, die in diesem Roman erscheinen und die entweder feindselig sind oder untüchtig. Sie haben so beziehungsreiche Namen wie Coprosich – der Anklang an Exkrement hat Joyce amüsiert – oder Mali: die Übel. Es geht also um die Mediziner, nicht nur um und gegen die Psychoanalyse, die in diesem Roman zum erstenmal ein entscheidendes literarisches Motiv wurde, wofür die Ausübenden dem Autor keinen Dank wußten. Grundsätzlich verhält es sich mit *‹Zeno Cosini›* nicht anders als mit dem später erschienenen *‹Zauberberg›*. Es könnte von Svevo sein, was Thomas Mann 1925 über sein Verhältnis zu Freuds Lehre schrieb:

«Längst spielt die Psychoanalyse in die Dichtung unse-

* Vgl. Jacques Le Rider *‹Der Fall Otto Weininger›* (Wien 1985)

res ganzen Kulturkreises hinein, hat auf sie abgefärbt und wird sie möglicherweise in steigendem Maße beeinflussen. Auch in meinem eben herausgegebenen Zeitroman ‹*Der Zauberberg*› spielt sie ihre Rolle. Dr. Krokowski, wie ihr Agent hier heißt, ist zwar ein bißchen komisch. Aber seine Komik ist vielleicht eine Schadloshaltung für tiefere Zugeständnisse, die der Autor im Inneren seiner Werke der Psychoanalyse macht» (*Reden und Aufsätze*, Band 2).

Mit Dr. S. ist kein bestimmter Psychoanalytiker gemeint wie etwa Dr. Weiss, der Schüler Freuds, der die Psychoanalyse nach Triest brachte, wo ihr Durchbruch rasant war – am meisten, aber nicht nur, im jüdischen Bürgertum. Freilich hatte Ettore Schmitz sich geärgert, als Dr. Freud nach zwei Jahren Behandlung seinen Schwager Bruno Veneziani als unheilbar aufgab, und er war empört, als der Freund Valerio Jahier nach langer Analyse, von der Ettore Schmitz ihm abgeraten hatte, Selbstmord beging. Doch Dr. S. ist nicht Ausfluß dieses Ärgers und Kummers, nicht Vorwand eines Pamphlets gegen die ganze Richtung. Er ist in erster Linie eine notwendige komische Figur, die zum Theatralischen in Svevos Erzählwerken gehört, das ohnehin nicht immer genügend hervorgehoben wird. Dr. S. ist der Mann, dem wir diesen Roman danken, der Katalysator und insofern eine höchst positive Gestalt.

Zeno gibt dem Affen Futter, er bietet Dr. S. einen echten «Ödipus», wenn er schildert, wie der sterbende Vater ihn – absichtlich, unversehens? – ins Gesicht schlägt, der Vater, den Zeno ein Jahr lang nicht vom Arzt untersuchen ließ und mit dessen Tod dann eigentlich «sein Leben vorbei sei». Er bietet dem Seelenarzt wirkliche wie erfundene Träume und eine ganze Sammlung von Fehlleistungen. Dr. S. ist der erste Leser; wir alle folgen ihm nach.

«Svevos Kunst ist, daß er den Leser davon abbringt, sich mit Zeno problemlos zu identifizieren. Statt dessen übernimmt der Leser selber die Rolle des Psychoanalytikers» (Jean Pouillon).

Dr. S. kommt wenig zu Wort, doch ist er in jedem Satz Dialogpartner, Bezugsperson, allgegenwärtig. Zeno schreibt ja nicht, um Mußestunden zu füllen, um in Erinnerungen zu schwelgen, Reflexionen zu formulieren, sondern weil sein Therapeut ihn dazu gedrängt hat, weil er genesen will. Zeno berichtet vieles wahrhaftig, doch gleichzeitig schwindelt er dem Seelenarzt eine Menge vor. Weiß er nicht, wie durchsichtig, wie erhellend gerade seine Lügen sind? Er hört nicht auf, seine Güte zu preisen, doch dem verzweifelten Guido verweigert er ausdrücklich jedes Mitleid. Ein solches Gefühl sei von der unbarmherzigen Natur nicht vorgesehen, im Gegenteil ließe sie nur Raum für einen Triumphschrei. Der Gute!

Wenn die von ihm finanziell unterstützte Geliebte Carla sich ihrem Wohltäter nicht verweigert, so wurde sie, schreibt Zeno, in seinen Armen zur Frau und, so ergänzt er, zur «anständigen Frau». Die Gattin Augusta verwöhnt er mit mehr Zärtlichkeiten als sonst, weil er zugleich an Carla denkt. So befestigt seine Untreue die Ehe. Was hält wohl Dr. S. von soviel Selbstgerechtigkeit? Kommt sie doch einer Selbstdenunzierung nahe.

Sehen wir aber in Zeno Cosini nur den Mann, der sich und dem Psychologen etwas vormacht und der im Grund gar nicht geheilt werden will, weil die Krankheit einen Vorsprung an Klarsicht gegenüber dem problemlos Gesunden sichert, dann wäre er eine recht platte Kunstfigur. Als solche überlegt eingesetzt und berechenbar. Doch Zeno ist zugleich anders. Er ist Widerspruch – gegen sich, gegen jede Einordnung des Seelenarztes und aller anderen Deuter.

Was er tut, und die Art, wie er es tut, passen nie zusammen, beißen sich. Sagt er Carla zärtliche Worte, tut er es brüllend. Das entspricht auch dem Verhältnis zwischen der Tat und den Folgen. Zeno schlägt zornig mit der Faust auf den Tisch – und schon hat er sich die Hand verstaucht. Meint er endlich seine Leiden loszuwerden, kommt ihm eine Kleinigkeit, ein «Nichts» in den Sinn, wogegen kein Kraut gewachsen ist: das Altern, der Tod.

Zeno, der Müßige, der Nachfahre Oblomows, kann plötzlich aktiv werden, erfolgreich spekulieren, ein Hauptbuch führen. Für Schopenhauer sind die meisten Menschen durch ihren Willen strukturiert, nicht durch ihre Erkenntnis, und sie nehmen erst nachträglich wahr, daß ihr Charakter ihr Schicksal bestimmt. Für Svevo ist der Wille, der Charakter ebenso ein schwankender Grund wie die Erkenntnis – hier ist er Montaignes radikaler Skepsis näher. Ist Charakter nicht die nachträgliche Illusion, daß die zufälligen Wechselfälle des Lebens in eine sinnvolle Ordnung zu bringen sind?

Zeno ist so ambivalent gegenüber sich selbst wie gegenüber Dr. Freud, ohne dessen Entdeckungen – neuere Wissenschaft, neue Mythologie, gleichviel – dieser Roman nicht entstanden wäre. Zeno ist mit vielen Eigenschaften der «Mann ohne Charakter», und er ist, wie Augusta feststellt, «jeden Tag ein anderer». Was er tut, hat mal gute, mal schlechte Auswirkungen; er kann nie wissen, wie sich Vorsatz und Ergebnis zusammenfügen werden. Er heiratet die häßlichste der Töchter des ‹Zweitvaters› Malfenti, in dessen Salon er jeden Abend erscheint. Am entscheidenden Abend hinkt Zeno in den Salon, denn ein Studienfreund hat ihm gerade erklärt, daß jeder Schritt 54 Muskeln in Bewegung setze. Da denken wir an den namensgleichen griechischen Philosophen, dessen Pfeil sich nie vom Bogen lösen kann, weil er den Moment des Abschießens in unendlich viele kleinere Momente zerlegt. Doch hinkt Zeno nicht auch wie Ödipus, der Schwellfuß?

Nun aber täuscht sich Zeno, wenn er meint, daß er

durch seine amüsante Konversation Ada günstig beeindrucke. Die ist humorlos. Sie mag lachen, aber sie wird keinen lieben, der sie zum Lachen bringt. Zeno täuscht sich, wenn er gegen ein Tischbein stößt und meint, Ada habe ihm ihr Bein nicht entzogen. Und gleich macht er aus diesem Irrtum einen Jux und Spott, indem er in der spiritistischen Runde das Tischrücken des Geistes übernimmt, was ihm wiederum Adas Zorn einträgt. Die Schöne ist von Guido eingenommen. Der spielt viel besser Geige als Zeno, sogar zu gut, wie Zeno hämisch bemerkt, denn er ersetzt ein Bachsches *staccato* durch ein *legato*, und Zeno erinnert sich an ein mittelalterliches Behördendekret, das Verunreinigungen untersagte.

Beim zweitenmal berührt er Augustas Bein, nicht Adas, wie er wähnte; das führt zur von den Mafentis längst beschlossenen Verlobung. Eine «felix culpa» ist jedoch dieses Mißgeschick, denn Augusta wird ihm eine zweite Mutter – «gesunde Amme» nennt er sie mehrmals – und eine gute Frau. Ada hingegen verunstaltet die Basedowsche Krankheit.

Zeno widersteht der Versuchung, bei einem Spaziergang Guido zu töten – es hätte wie ein Unfall ausgesehen –, doch ist er mitschuld, wenn Guido in einem nur vorgetäuschten Selbstmord durch Veronal wirklich stirbt, denn der Student der Chemie, der er war, hatte ihm erklärt, in welcher Form Veronal noch harmlos sei. Allerdings kommen Unwetter und andere Zwischenfälle dazu.

Sein Bewußtsein sagt Zeno jeweils die Wahrheit, sein Gewissen, die andere ‹coscienza›, läßt sich beruhigen. Zenos Motto könnte sein: Lieber kein Gewissen als ein schlechtes.

Der Weltkrieg, in den Italien 1915 eintritt, wird zum Blutbad, besonders in jenem Karst, den Zeno eben dann in seiner Lieblichkeit preist – und wird für ihn selber Gelegenheit zu glücklichen Spekulationen, deren Erfolg ihn auch noch heilt. Zeno stolpert in diesen Krieg, weil er sich plötzlich jenseits der Grenzen befindet – er klagt den Soldaten, die ihn festhalten, daß er nunmehr um seinen Kaffee gebracht sei, als wäre das ein Kriegsgreuel –, wie er bei der Brautwerbung in Malfentis Salon gestolpert war. Der Müßiggänger ‹handelt› in des Wortes zwei Bedeutungen («Es *handelt* sich in diesem Krieg...» Karl Kraus, ‹*Die letzten Tage der Menschheit*›).

Wie aber paßt zu diesem ‹happy end› inmitten der Katastrophe das danachkommende ‹dicke Ende› – Zenos Meditation über das Leben als Krankheit zum Tode und über die zu erwartende Erfindung eines Sprengstoffes, der die Erde vernichten und dem Kosmos seine von der Menschheit verseuchte Unschuld wiedergeben wird? Der Mensch als Prothesengott – Freuds ‹Unbehagen in der Kultur› wird hier vorweggenommen.

Dieser Schluß paßt nicht zum vorangehenden Kapitel, aber wieviel anderes in diesem Roman paßt ebenfalls nicht zueinander! Das Rauchen, der Tod des Vaters, die Ehe, die Affäre mit Carla, die Partnerschaft mit Guido, die Psychoanalyse, das Tändeln des Gealterten mit einem Bauernmädchen... Episoden, die sich zum Teil zeitlich überschneiden mit Rück- und Vorgriffen und immer neuen Ansätzen, mit Brüchen, zu denen auch das Aufgeben der Therapie gehört, um deretwillen Zeno Hunderte von Seiten gefüllt hatte.

Die Natur, das Wetter sind ständig gegenwärtig in dieser Stadt der Windstöße; die Landschaften, Mond und Sterne sind dabei. Das Leiden einer verwundeten Fliege wird beobachtet – wir dürfen an Musils ‹Fliegenpapier› denken –, auch das der Würmer und Fische beim Angeln. Der Kosmos ist um den bürgerlichen Mikrokosmos herum zugegen – nicht Dekor. Innerhalb von Zenos Monolog hören wir viele Stimmen. Das ist kein «innerer Monolog», kein «Bewußtseinsstrom», kein Aufleuchten intensiv wiedergeschenkter Erinnerung – Proust, Joyce sind ferne.

Svevo oder vielmehr sein ‹Greis›, der «Zeno nach Zeno» der späten Novellen, klagt über die Unzulänglichkeiten der Grammatik. Die kenne nur reine Zeiten: Vergangenheit, Gegenwart, Zukunft, doch lebe der Mensch anders als die Tiere in einer «gemischten Zeit». Nicht ganz mühelos, mittels vieler Nebensätze in verschiedenen Zeitformen, wird in *Zeno* immer wieder gemischte Zeit hergestellt, wie das Sandro Maxia* an Beispielen gezeigt hat. Später, im Alter, verschwindet das Prinzip Zukunft. Der Grammatik wird nunmehr vorgeworfen, keine ‹Endzeit› zu haben. Der Alternde ist nicht mehr sein eigener Mittelpunkt, sondern als Patriarch Figurant in einer Familiensituation, in der andere die wichtigen Rollen übernehmen. Er kam sich selber schon vorher marginal vor – wie erst jetzt! Der Alternde ist nicht mehr aus Entscheidung der Reflektierende. Was bleibt ihm sonst übrig?

Zeno ist nicht durch seine Leiden bestimmt, eher durch seinen unbewußten Willen zur Krankheit, der schließlich stärker ist als der bewußte Wille, die Schmerzen loszuwerden und sich wohl zu befinden. Könnte Dr. S. ihn heilen – er wäre nicht der Zeno der ‹*Coscienza*›, der nicht nur hinsichtlich der Zigaretten stets Vorsätze faßt, deren Endgültigkeit genießt, die Eide wieder bricht, um sie wieder schwören zu können, und der im Vergessen seines eigenen Zeugnisses eine Mischung aus Bekenntnis und Versteckspiel bietet, die nicht nur den Dr. S. verwirren kann – ihn vielleicht am wenigsten. Gegenüber sich selbst ist Cosini zugleich Aufklärer und Verdunkler. Wer aber ist das nicht?

Die beiden ‹Unhelden› der früheren Romane haben den Ehrgeiz, philosophisch oder literarisch in Erscheinung zu

* ‹*Lettura di Italo Svevo*› (Liviana, Padova 1971)

treten, als Autoren zu wirken. Diesen Ehrgeiz hat Zeno nicht. Er konnte den «Schachzug» des Dr. S. nicht vorhersehen. Er, der wirklich ein Buch schreibt, denkt nur an seine Therapie, denkt nur einen einzigen Leser. Der aber nimmt an ihm Rache, will ihn bloßstellen.

Svevos Verhältnis zur Psychoanalyse hat Schule gemacht – Philip Roth, Alain Robbe-Grillet sind nur zwei Beispiele unter vielen. Hier stellt sich ein Problem. Die Psychoanalytiker, Freud zuerst, haben Künstler und Schriftsteller gedeutet, die die Psychoanalyse nicht kannten und sie daher unwillkürlich und um so überzeugender bestätigen. Wie aber, wenn nunmehr die Autoren die Psychoanalyse kennen, sich ihrer spielerisch bedienen, ihr nicht mehr naiv Stoff liefern, sondern Triebe und Komplexe augenzwinkernd und collagenhaft einblenden? Wer ist in diesem Spiel Katze, wer Maus? Die Deutung von Autoren, die die Lehre kennen, müßte sich methodisch von den Deutungen der Werke früherer Schriftsteller unterscheiden. Das gleiche Instrumentarium paßt nicht für beide.

Für Svevo ist die Psychoanalyse Vertiefung, auch wenn er sie komödienhaft, satirisch einsetzt. Eugenio Montale hat das Entscheidende erkannt: «Die fundamentale Eigenart Svevos ist sein ständiger Drang, die Exploration hinter die Erscheinungen weiterzutreiben bis in jene untergründige dunkle Zone, in welcher die sichersten Gewißheiten ins Wanken geraten». Eben dadurch sei Svevo «Vorläufer der bedeutendsten Strömungen der modernen europäischen Kunst».

Montale ist immer wieder auf Svevo zurückgekommen, hat ‹*Zeno Cosini*› zunehmend höher eingeschätzt, seine ersten Gewißheiten modifiziert. Ein großer Schriftsteller ist eben keine Sphinx, die sich in den Abgrund stürzt, weil ihr Rätsel gelöst wurde. Nach zahllosen Belichtungen bleibt ‹*Zeno Cosini*› überraschend. Dem Leser, der sich nie auf die oft durchaus erhellenden Kommentatoren eingelassen hat, ist dieser Roman unmittelbar zugänglich. Für ‹*Zeno Cosini*› gilt, was Marcel Proust für die ‹*Verlorene Zeit*› geltend machte: sie böte dem Leser ein optisches Instrument, mit dessen Hilfe er besser in sich selber blicken könne. Zenos kränkelnde, amüsierte, unüberbrückbare Distanz zum Leben, seine «gemischte Zeit» – mit seiner Hilfe entdecken wir sie in uns.

Es ist sinnvoll, Svevo nicht nur von Freud, sondern auch von Marx her zu lesen. Svevo war ein engagierter Kenner der sozialistischen Literatur, hat mit einer Erzählung, die in einer sozialistischen Zeitschrift erschien, zu ihr beigetragen – *La tribù*. Wir finden in ‹*Zeno Cosini*› das Provinzbürgertum einer Handelsstadt in ihrer aufsteigenden Periode, ihrer Krise. Der Ort, die Zeit, das Klassenverhalten sind kenntlich. Wenn der Roman überzeitlich bleibt, so nicht durch Abstraktion.

Die genaue Ortung hindert nicht die Verfremdung, die Übertragbarkeit. Denn inmitten vertrauter Konturen führt dieser Roman den Leser zu einer Unvertrautheit mit sich selber. Das Leben ist nicht durch Ziel und Richtung der Gesellschaft zu definieren, sondern durch «Originalität». Es ist immer anders, als wir es meinten, als wir es deuten. Deshalb ist der Dialog mit Guido, in welchem Zeno die Entdeckung macht «Das Leben ist originell» der springende Punkt. Das ist die Wahrheit in diesem Spiel der Täuschungen: Bürger und Künstler, Leben und Literatur, Krankheit und Therapie – keiner hat gegen den anderen recht, keiner ist dem anderen überlegen. Rechtfertigt Svevo hier sein Doppelleben, unter dem er oft genug litt: Bürger und Schriftsteller? Zwei Welten konfrontieren ironisch einander, beide auf schwankendem Grund.

François Bondy

Zeno Cosini

I
Vorwort

Ich bin der Arzt, der in den folgenden Blättern oft und mit wenig schmeichelhaften Worten erwähnt wird. Jeder, der etwas von Psychoanalyse versteht, wird begreifen, woher die Antipathie kommt, die mir der schreibende Patient entgegenbringt.

Auf die Psychoanalyse will ich hier nicht näher eingehen. Es wird sich im folgenden oft genug ergeben. Ich war es, der den Patienten veranlaßt hat, seine Lebensgeschichte niederzuschreiben. Psychoanalytiker werden über diese Neueinführung die Nase rümpfen. Bitte um Verzeihung. Mein Patient war alt, und ich habe gehofft, seine ganze Vergangenheit werde in der Erinnerung wieder aufleben, was mir die beste Vorarbeit für die Analyse zu sein scheint. Heute noch bin ich mit dieser Idee zufrieden, da ich ihr unerwartete Resultate verdanke, die zweifellos noch bedeutsamer gewesen wären, wenn sich der Patient nicht im schönsten Augenblick der Kur entzogen und mich damit um den Ertrag meiner langen Arbeit gebracht hätte.

Nun publiziere ich seine Schrift aus Rache und hoffe, daß ihn das ärgern wird. Ich bin jedoch bereit, den reichen materiellen Ertrag, der mir doch ohne Zweifel aus dieser Publikation zufließen wird, mit ihm zu teilen, wenn er die Kur wieder aufnimmt. Er schien mir recht neugierig auf sich selber zu sein. Aber er ahnt nicht, wie viele Überraschungen ihm bevorstehen, sollte ihm einmal einer diesen Wirrwarr von Dichtung und Wahrheit richtig analysieren.

Doktor S.[1]

II
Einleitung

Meine Kindheit betrachten? Mehr als fünf Jahrzehnte liegen zwischen mir und ihr. Vielleicht aber könnten meine Augen, weitsichtig geworden, dennoch bis zu ihr dringen, wenn ihre Helligkeit nicht durch Berge verdunkelt wäre, die unüberwindlich dazwischen liegen: all die Jahre und manche Stunde meines Lebens.

Der Arzt hat mir folgendes angeraten: «Nicht immer in die Ferne schweifen. Die allerletzten Eindrücke sind ebenso wichtig, vor allem die Einfälle und die Träume der letzten Nacht.» – Nun, etwas Ordnung kann auf keinen Fall schaden – und, um *ab ovo* zu beginnen: ich kaufte mir gleich nach dem Besuch beim Arzt eine Abhandlung über Psychoanalyse[2] und las sie durch. Sie war nicht schwer zu verstehen, aber langweilig. Indes, ich dachte dem Arzt, der dieser Tage Triest für längere Zeit verläßt, seine Aufgabe zu erleichtern.

Nach dem Mittagessen. Bequem im Klubsessel ausgestreckt, halte ich ein Stück Papier und den Bleistift in Händen. Meine Stirn hat keine Falten. Ich tue mir nicht den geringsten Zwang an. Meine Gedanken erscheinen von mir losgelöst. Beinahe kann ich sie sehen. Sie steigen, fallen... Das ist alles, was sie tun. Ich mahne sie an ihre Pflicht, deutlicher zu werden, indem ich den Bleistift erhebe. Meine Stirn faltet sich sofort: aus wieviel Buchstaben besteht doch jedes Wort! Das Gegenwärtige schließt sich gebieterisch um mich, das Vergangene verschwindet.

Gestern versuchte ich, mich völlig gehen zu lassen. Die

Folge war ein tiefer Schlaf und das Ergebnis eine gewisse Erfrischung und das eigenartige Gefühl, im Schlaf etwas Bedeutsames erlebt zu haben. Aber es blieb vergessen, unwiederbringlich verloren.

Der Bleistift in meiner Hand hält mich heute wach. Ich sehe, ich erkenne seltsame Erscheinungen, die keinen Zusammenhang mit meiner Vergangenheit haben können: eine Lokomotive, die keuchend eine Steigung überwindet und unzählige Waggons hinter sich herschleppt. Wer weiß, woher sie kommt, wohin sie geht, warum sie plötzlich da ist!

Im Halbtraum ist mir, als hätte ich in jener Abhandlung gelesen, daß man nach dieser Methode die früheste Kindheit, die Zeit der Windeln, in sich wieder wachrufen könne. Sofort sehe ich auch ein Wickelkind; aber warum soll ich das sein? Es sieht mir wahrlich nicht ähnlich. Es scheint mir eher das Kleine meiner Schwägerin zu sein, wenige Wochen alt, das als Wunder gilt, weil es so kleine Hände und so große Augen hat. Das Arme! Ah, und jetzt soll ich mich gar an meine eigene Kindheit erinnern? Ja ich finde nicht einmal den Weg zu dir, das du deine eigene lebst, um dir zu sagen, wie wichtig es für deine Intelligenz und deine Gesundheit wäre, nichts zu vergessen. Wann wirst du so weit sein zu wissen, daß man alle Ereignisse seines Lebens im Gedächtnis behalten muß, auch jene, die man gerne vergessen möchte? Jetzt bist du noch unbewußt auf der Suche nach Lustgewinn in deinem kleinen Körper. Aber Erkenntnisse, die dir süß erscheinen, werden dir bitteres Leid und Krankheit bringen; auch die Menschen, die heute nur dein Bestes wollen, werden dazu beitragen. Wie helfen? Eine Wiege kann man nicht vor allem schützen. Sonderbar sind die Dinge, mein Kleines, die in dir vorgehen. Jede flüchtige Minute fügt ein neues Bild hinzu. Nicht jede dieser Minuten kann rein sein, wahrscheinlich stekken viele Leiden schon in dir. Und dann: Du bist verwandt mit denen, die mit mir verwandt sind. Sollten auch die Minuten rein sein, die du jetzt lebst, so waren es keinesfalls die Jahrhunderte, die dich vorbereitet haben.

Das sind wirklich keine Gedanken, die mich einschläfern könnten. Im Gegenteil. Morgen will ich es wieder mit dem Schreiben versuchen.

III
Die Zigarette

Der Arzt, mit dem ich über meine Raucherleidenschaft gesprochen habe, riet mir, ihre Entwicklung darzustellen und diese Arbeit damit zu beginnen:

«Schreiben Sie nur, schreiben Sie! Sie werden sehen, wie bald man dazu kommt, sich selber zu erkennen.»

Ich glaube, daß ich über das Rauchen[3] ruhig hier an meinem Tisch schreiben kann; daß es dazu nicht erst nötig ist, träumend in jenem Klubsessel zu liegen. Zwar weiß ich nicht, wie ich beginnen soll. Alle Zigaretten, die ich je geraucht habe, mögen mir beistehen. Sie glichen alle der einen, die ich hier in der Hand halte.

Sofort fällt mir etwas ein, das ich schon lange vergessen hatte: Die ersten Zigaretten meiner Jugend sind heute nicht mehr im Handel. Sie wurden um das Jahr 70 in Österreich[4] erzeugt und in kleinen, mit dem Doppeladler geschmückten Schachteln verkauft. Halt: eine solche Schachtel weckt sofort in mir die Erinnerung an mehrere Personen. Ich sehe ihre Züge so deutlich, daß ich mich auch gleich ihrer Namen entsinne; sonst aber interessiert mich die Begegnung kaum. Dennoch versuche ich, mehr zu erreichen. So lege ich mich wieder in den Klubsessel. Die Gestalten verblassen, verzerren sich zu Karikaturen, die über mich aus vollem Halse lachen. Ich gehe entmutigt an meinen Tisch zurück.

Eine dieser Gestalten ist Giuseppe, ein junger Bursche mit etwas heiserer Stimme. Er war damals so alt wie ich. Die andere Gestalt ist mein jüngerer Bruder, der nun seit vielen Jahren tot ist. Giuseppe mußte, wahrscheinlich von seinem Vater, viel Geld haben, denn er schenkte uns jene Zigaretten. Ich weiß genau, daß er meinen Bruder reichlicher bedachte als mich. Ich war also genötigt, mir selber mehr zu verschaffen, und so kam es, daß ich stahl. Im Sommer ließ mein Vater gewöhnlich seine Weste auf einem Stuhl im Speisezimmer liegen. In einer der Taschen war immer etwas Kleingeld zu finden: ich nahm mir nur die zehn Kreuzer, die zum Kauf der heißersehnten Schachtel reichten. Sofort begann ich mit der ersten Zigarette und rauchte alle zehn hintereinander. Die Beute, die den Dieb verraten konnte, mochte ich nicht allzulange bei mir behalten.

Das alles schlief in der Erinnerung. Jetzt erst erwacht es, weil ich weiß, daß es vielleicht von Bedeutung sein kann. Da habe ich also den Ursprung dieses Lasters aufgedeckt. Vielleicht (kann man es wissen?) bin ich dadurch schon geheilt. Ich zünde mir – nur zum Versuch – eine letzte Zigarette an. Möglich, daß ich sie voll Ekel gleich wieder fortwerfe.

Nun erinnere ich mich, wie es war, als mich mein Vater eines Tages beim Durchsuchen seiner Weste überraschte. Mit einer Frechheit, die ich heute abscheulich finde (wer weiß, ob dieser Abscheu nicht für meine Kur bedeutsam ist) und die ich nie mehr aufbrächte, sagte ich: «Ich wollte einmal wissen, wieviel Knöpfe so eine Weste hat.» Mein Vater lachte über meinen Hang zur Mathematik oder zur Schneiderei und merkte gar nicht, daß meine Hand in seiner Westentasche stak. Zu meiner Ehre kann ich sagen, daß dieses Lachen, das meiner vermeintlichen Harmlosigkeit galt, genügte, mich von weiteren Diebstählen abzuhalten. Das heißt: ich stahl zwar weiter, aber ohne es zu wissen. Es kam oft vor, daß mein Vater die halbgerauchten Virginiazigarren am Rand von Tischen oder Schränken liegenließ. Ich dachte, daß dies seine Art sei, sie fortzuwerfen, und daß unsere alte Magd Catina sie ohnedies wegräumen würde. So rauchte ich sie heimlich. Aber schon wenn ich sie einsteckte, überlief mich ein Schauer, da ich wohl wußte, wie übel mir davon werden würde. Dann rauchte ich so lange, bis meine Stirn in kalten Schweiß und mein Magen in Zuckungen geriet. Man kann nicht behaupten, daß ich in meiner Jugend zuwenig Energie besessen hätte.

Ich erinnere mich, daß mich mein Vater auch von diesem Übel geheilt hat. Einmal kam ich müde und schweißgebadet von einem sommerlichen Schulausflug nach Hause. Meine Mutter half mir beim Auskleiden, hüllte mich in einen Bademantel und legte mich auf ein Sofa zur Ruhe. Dann setzte sie sich zu mir und nahm eine Näharbeit in die Hand. Ich war dem Schlaf schon nahe, aber der Augenblick des Hinübergleitens in die Traumwelt wollte nicht kommen, da meine Augen noch voll Sonne waren. Ich fühle so deutlich die Süße, in diesem Alter nach irgendeiner gewaltigen Anstrengung auszuruhen, daß es mir vorkommt, als läge ich noch immer dort neben dem lieben Körper, der heute nicht mehr lebt.

Es war in dem kühlen und großen Zimmer, in dem wir als Kinder spielten und das jetzt in zwei Hälften geteilt ist, da unsere Zeit mit dem Raum spart. In der Erinnerung an diese Szene vermisse ich meinen Bruder. Ich wundere mich darüber – hatte er nicht an dem Schulausflug und an der Rast nachher auch teilgenommen? Vielleicht schlief er am anderen Ende des riesigen Sofas. Ich betrachte diesen Platz, aber es kommt mir vor, als sei er leer. Ich sehe nur mich, in einer Ruhe, die süß ist; ich bemerke noch meine Mutter und schließlich meinen Vater, dessen Worte im Raum widerhallen. Er war eingetreten und hatte mich nicht gleich bemerkt. Er rief laut:

«Maria!»

Meine Mutter bewegte fast unmerklich die Lippen und

deutete mit der Hand auf mich, den sie in tiefem Schlaf glaubte. Ich aber war über die Grenze seines Reiches noch nicht geglitten und sah und hörte noch alles klar. Es gefiel mir aber, daß mein Vater auf mich Rücksicht nehmen mußte, und deshalb rührte ich mich nicht.

Mein Vater sagte leise und traurig:

«Ich glaube, ich verliere den Verstand. Ich bin fast sicher, vor einer halben Stunde eine angerauchte Zigarre auf diesem Schrank liegengelassen zu haben. Jetzt finde ich sie nicht mehr. Es muß schlimm mit mir stehen. Die Dinge schwinden aus meiner Erinnerung.»

Meine Mutter unterdrückte ein Lachen, aus Angst, mich aufzuwecken. Sie erwiderte, gleichfalls leise:

«Es war doch niemand nach dem Mittagessen in diesem Zimmer.»

Mein Vater brummte:

«Das weiß ich. Gerade darum glaube ich ja verrückt zu werden!»

Er drehte sich um und ging hinaus. Nun öffnete ich halb die Augen und sah die Mutter an. Sie saß wieder über ihre Arbeit gebeugt und lächelte noch. Wahrscheinlich glaubte sie nicht an eine Krankheit meines Vaters, da sie so über seine Angst lächeln konnte. Ich habe dieses Lächeln in der Erinnerung festgehalten und erkannte es sofort wieder, als ich es einmal auf den Lippen meiner Frau fand.

Später erschwerte nicht mehr Geldmangel die Befriedigung meines Lasters; um so verlockender wurde es durch das Verbot.

Ich rauchte viel und suchte dazu alle möglichen Verstecke auf. Besonders erinnere ich mich an einen finsteren Keller, wo ich einmal nach einer halben Stunde von furchtbarem Unwohlsein befallen wurde. Ich befand mich dort mit zwei anderen Jungen, und ich entsinne mich nur ihres Knabenanzuges: zwei kleine Hosen, die stramm gestrafft sind. Die Körper sind von der Zeit in nichts aufgelöst worden. Wir hatten viele Zigaretten und veranstalteten ein Wettrauchen. Ich gewann und verbarg heroisch mein Unwohlsein, die Folge dieses seltsamen Experimentes. Schließlich gingen wir wieder hinaus in die frische und sonnige Luft. Ich schloß die Augen, um nicht sofort ohnmächtig hinzufallen. Dann erholte ich mich langsam und freute mich laut meines Sieges. Einer der beiden Kleinen sagte:

«Mir macht es gar nichts, daß ich verloren habe. Ich rauche nur, solange es mir Spaß macht.»

Dieses gesunden Wortes entsinne ich mich deutlich; das Kindergesicht aber, das damals vor mir war, habe ich vergessen.

Damals konnte ich noch nicht sicher sagen, ob ich die Zigarette, ihren Geschmack und den Zustand, den ich dem Nikotin verdankte, liebte oder haßte. Später habe ich verstanden, daß ich das alles haßte, was die Sache noch viel schlimmer gemacht hat. Dies wurde mir plötzlich bewußt, als ich ungefähr zwanzig Jahre alt war und einige Wochen lang an starken Halsschmerzen und hohem Fieber litt. Der Arzt verordnete mir Bettruhe und verbot das Rauchen absolut. Ich erinnere mich genau des Wortes «absolut»! Es machte tiefen Eindruck auf mich, und das Fieber verlieh ihm Gestalt: ich sah den leeren Raum und hatte nichts, um dem ungeheuren Druck widerstehen zu können, den leere Räume stets erzeugen.

Als der Arzt fort war, blieb mein Vater noch bei mir (meine Mutter war schon seit vielen Jahren tot), rauchte seine Zigarre und leistete mir ein wenig Gesellschaft. Bevor er fortging, legte er leicht die Hand auf meine glühende Stirn und sagte:

«Nicht rauchen, du!»

Da kam über mich eine ungeheure Erregung. Ich dachte: «Es schadet mir, ich will es nie mehr tun. Nur ein einziges und letztes Mal will ich noch rauchen.» – So zündete ich mir eine Zigarette an. Sofort verließ mich jede Erregung, obwohl das Fieber noch stärker wurde und ich bei jedem Zug meine Kehle brennen fühlte, als würde ein glühendes Holzstück hineingestoßen. Mit der Gewissenhaftigkeit, mit der man ein Gelöbnis einhält, rauchte ich die Zigarette zu Ende. Und unter ungeheuren Schmerzen rauchte ich während meiner Krankheit noch viele andere. Mein Vater kam und ging und rauchte selber seine Zigarre und sagte dabei:

«Bravo! Noch ein paar Tage ohne zu rauchen, und du bist gesund!»

Dieser Satz genügte. Ich brannte vor Erwartung, daß er aus dem Zimmer gehe, um rasch, rasch zu meiner Zigarette zu kommen. Ich stellte mich oft schlafend, um ihn früher von mir wegzubringen.

Dieses Leiden verschaffte mir mein zweites: die ohnmächtige Bemühung, das erste loszuwerden. Täglich wechselten Zigaretten und strenge Vorsätze, nicht mehr zu rauchen, miteinander ab. Ja, um alles zu sagen, im allgemeinen ist es heute auch nicht anders. Die unendliche Reihe der «letzten Zigaretten», die damals, in meinem zwanzigsten Lebensjahr, anfing, ist heute noch nicht abgeschlossen. Freilich sind die Vorsätze nicht mehr so streng. Ich bin älter geworden und nachgiebiger gegen meine Schwächen. Wenn man alt wird, lächelt man über das Leben und alles, was es enthält. Heute kann ich offen sagen, daß ich viele Zigaretten rauche… die noch lange nicht die letzten sind.

Auf dem Titelblatt eines Wörterbuches finde ich folgende kalligraphierte und mit seltsamen Schnörkeln versehene Bemerkung:

«Heute, am 2. Februar 1886, gebe ich das juristische Studium auf und fange mit der Chemie an. Letzte Zigarette!!»

Es war eine letzte Zigarette, die für mich bedeutsam blieb. So viel Hoffnung hängte ich daran!

Ich erkannte plötzlich, wie fern und abseits das Kirchenrecht vom wirklichen Leben lag, ließ es ärgerlich im Stich und warf mich einer Wissenschaft in die Arme, die mir das Leben selber zu sein schien, wenn auch in einer Glasphiole eingeschlossen. Im Rauch dieser letzten Zigarette erstand der Wunsch nach irgendeiner aktiven (auch manuellen) Betätigung und nach klarem, trockenem und exaktem Denken.

Aber später, als ich wieder an die Reihe der Kohlenstoffverbindungen nicht glauben konnte, kehrte ich zum Jus zurück. Das war leider ein großer Irrtum! Auch er wurde mit einer «letzten Zigarette» gefeiert, deren Datum ich gleichfalls in irgendeinem Buch vermerkt finde. Auch diese Zigarette blieb nicht ohne Bedeutung. Ich fügte mich darein, zu den Problemen und Varianten des Mein, Dein und Sein mit den allerbesten Absichten zurückzukehren, und sagte mich endgültig von den Kohlenstoffverbindungen los. Es schien bewiesen, daß ich für das chemische Studium nicht geeignet war, allein schon wegen meiner ungeschickten und unsicheren Hände. Wie hätten die auch anders sein können, da ich unaufhörlich wie ein Türke rauchte?

Eben jetzt, da ich darüber nachzudenken beginne, befallen mich Zweifel: habe ich deshalb von der Zigarette niemals lassen können, weil ich ihr alle Schuld an meiner Unfähigkeit zuschrieb? Wäre ich wirklich der ideale, lebenstüchtige Mensch geworden, wenn ich das Rauchen aufgegeben hätte? Vielleicht hat mich gerade dieser Zweifel an mein Laster gefesselt. Es ist ja so bequem, sich groß zu glauben – vermöge einer latenten Größe. Ich versuche diese hypothetische Erklärung meiner Jugendschwäche ohne rechte Überzeugung. Jetzt, da ich alt bin, da man nichts mehr von mir fordert, gelange ich noch immer von einer Zigarette zu einem guten Vorsatz und von einem guten Vorsatz zu einer Zigarette. Was sollen mir jetzt noch gute Vorsätze? Möchte ich gar wie jener alte Apostel der Hygiene, den Goldoni[5] auf die Bühne gestellt hat, in voller

Gesundheit sterben, nachdem ich mein ganzes Leben lang krank gewesen bin?

Als ich Student war, wechselte ich einmal die Wohnung und mußte die Wände des Zimmers, das ich verließ, neu tapezieren lassen, weil ich sie über und über mit Daten bedeckt hatte. Ich verließ das Zimmer wie einen Friedhof meiner guten Vorsätze. Ich hatte sie alle dort begraben und hielt es nicht mehr für möglich, an demselben Ort noch einmal neue zu schmieden. Ich bin überzeugt, daß die Zigarette anders und bedeutsamer schmeckt, wenn sie die letzte sein soll. Auch andere können einen eigenen Geschmack haben, aber nie einen so intensiven. Die letzte Zigarette hat das Aroma des Gefühls eines Sieges über sich selbst, der Hoffnung auf eine baldige Ära voll Kraft und Gesundheit. Andere Zigaretten besagen, daß man seine eigene Freiheit besitzt, indessen man raucht, und daß gleichwohl jene Ära voll Kraft und Gesundheit weiter in hoffnungsvoller Nähe bleibt, wenn auch auf etwas später verschoben.

Die Daten auf den Zimmerwänden waren von äußerster Buntheit. Teilweise hatte ich sie mit Ölfarben aufgetragen. Mein Vorsatz, von Ehrlichkeit durchdrungen, fand seinen rechten Ausdruck in der Kraft der Farbe, die alle Farben vorhergegangener Vorsätze überschreien und zum Verblassen bringen sollte. Mit bestimmten Daten beschäftigte ich mich intensiv, da ihre Ziffern sonderbar miteinander harmonierten. Einem Datum aus dem vorigen Jahrhundert schrieb ich die Fähigkeit zu, mein Laster zu beenden: «Der neunte Tag des neunten Monats des Jahres 1899.» Ein bezeichnendes Datum, nicht wahr? Das neue Jahrhundert schenkte mir Daten, die wieder von anderer musikalischer Übereinstimmung waren: «Der erste Tag des ersten Monats des Jahres 1901.» Heute noch glaube ich, daß ich imstande wäre, ein neues Leben zu beginnen, käme nur einmal so ein Datum wieder.

Aber im Kalender ist an Daten kein Mangel. Mit etwas Phantasie könnte man eigentlich jedes mit einem guten Vorsatz in Einklang bringen. Dieses zum Beispiel schien mir einen kategorischen Imperativ zu enthalten: «Der dritte Tag des sechsten Monats des Jahres 1912, 24 Uhr.» Wie das klingt: als hätte jede Zahl den Einsatz der vorhergegangenen verdoppelt.

Über das Jahr 1913 war ich einen Augenblick lang stutzig. Da fehlte ja der dreizehnte Monat, der mit der Jahreszahl übereinstimmen sollte. Aber man glaube nicht, daß so viele mathematische Beziehungen in einem Datum nötig sind, um zu einer «letzten Zigarette» Anlaß zu geben. Viele Daten, die ich in Büchern oder auf Bildern, die ich liebe, vermerkt gefunden habe, sind doch gerade durch ihre innerliche Beziehungslosigkeit auffallend. Zum Beispiel: «Der dritte Tag des zweiten Monats des Jahres 1905, 6 Uhr!» Sieht man genauer hin, so hat auch dieses seine besondere Beziehung: jede Zahl verneint ganz einfach die vorhergehende. Auch viele Ereignisse, genaugenommen alle seit dem Tod des Papstes Pius IX.[6] bis zur Geburt meines Sohnes, erschienen mir wichtig genug, um durch den lang gewohnten, unabänderlichen Vorsatz zelebriert zu werden. Meine Verwandten staunen über mein unerhörtes Gedächtnis für die glücklichen und unglücklichen Jahrestage der Familie und halten mich deshalb für einen teilnehmenden und guten Menschen!

Um vor mir selber nicht dumm zu erscheinen, versuchte ich, meiner fixen Idee der letzten Zigarette einen philosophischen Sinn zu unterschieben. Man sagt mit großer Gebärde: «Nie, nie mehr!» Und was geschieht mit der Gebärde, wenn man sein Versprechen hält? Diese Gebärde bleibt eben nur dann in der Welt, wenn man den Vorsatz immer wieder erneuert. Und außerdem ist ja die Zeit für mich nicht jenes Unbegreifliche, das niemals stehenbleibt. Zu mir, zu mir allein kommt sie zurück.

Die Krankheit ist eine Überzeugung. Ich wurde mit dieser Überzeugung geboren. Von der Krankheit, an der ich im Alter von zwanzig Jahren litt, wüßte ich nichts mehr, hätte ich nicht mit einem Arzt darüber gesprochen. Es ist merkwürdig, wie man sich an gesprochene Worte besser erinnert als an Gefühle, die niemals zu einer sprachlichen Form gelangt sind.

Ich besuchte diesen Arzt, der nervöse Leiden auf elektrischem Wege heilen sollte. Ich hoffte, die Elektrizität[7] würde mir vielleicht die Kraft verleihen, das Rauchen aufzugeben.

Der Arzt hatte einen dicken Bauch. Sein asthmatischer Atem begleitete das Geräusch der Elektrisiermaschine. Sie wurde gleich bei meinem ersten Besuch in Tätigkeit gesetzt. Ich hatte erwartet, daß der Arzt durch das Studium meines Körpers das Gift entdecken werde, das mein Blut verdarb. Ich war enttäuscht. Er erklärte, ich sei von ganz gesunder Konstitution. Ich klagte über schlechte Verdauung und mangelnden Schlaf, er aber nahm an, daß mein Magen zu wenig Säure entwickle und daß die peristaltischen Bewegungen (er wandte diesen Ausdruck so oft an, daß ich ihn nie wieder vergaß) zuwenig lebhaft seien. Er verschrieb mir eine Säure, die mich ruiniert hat; seither leide ich an einem Überschuß an Säure.

Da wurde mir plötzlich klar, daß er niemals von selbst das Gift in meinem Blut entdecken werde. Ich äußerte meine Vermutung und fragte ihn direkt, ob das Nikotin nicht schuld an meinem Zustand sei. Ich wollte ihm helfen. Mit Mühe hob er seine breiten Schultern.

«Peristaltische Bewegungen, Säure, das Nikotin hat nichts damit zu tun!»

Ich wurde siebzigmal elektrisiert. Wahrscheinlich hätte die Behandlung noch lange fortgedauert, wenn ich ihr nicht selbst ein Ziel gesetzt hätte. Ich erwartete ein Wunder, wenn ich zu diesen Ordinationen ging. Ich hoffte, den

Arzt davon zu überzeugen, daß er mir endlich das Rauchen verbieten müsse. Wer weiß, wie alles geworden wäre, hätte mich in meinen guten Vorsätzen ein ärztlicher Befehl bestärkt.

Diesem Arzt schilderte ich meine Krankheit ungefähr so: «Ich kann nicht studieren. Wenn ich, was selten vorkommt, zeitig zu Bett gehe, bleibe ich bis zum Läuten der ersten Morgenglocken wach. Darum pendle ich auch zwischen dem juristischen und dem chemischen Studium hin und her: beide Wissenschaften erfordern eine feste Tageseinteilung, ich aber weiß nie, wann ich aufstehen kann.»

Herr Äskulap[8], die Augen unausgesetzt auf seine Quadranten statt auf seinen Patienten gerichtet, erklärte dezidiert:

«Die Elektrizität heilt jede Schlaflosigkeit.»

Dann sprach ich so mit ihm, als verstünde er bereits etwas von Psychoanalyse, deren Wege ich als einer der ersten schüchtern ging. Ich berichtete ihm von meinen Miseren mit Frauen. Eine einzige genügt mir nicht. Auch nicht viele. Alle begehre ich! Auf der Straße bin ich unendlich leicht erregbar. Alle, die vorbeigehen, gehören mir. Ich mustere sie frech, in dem Bedürfnis, mich brutal zu gebärden. Ich entkleide sie in Gedanken. Ich lasse ihnen nur die Schuhe. Ich umschließe sie mit meinen Armen und bin erst dann beruhigt, wenn ich sicher bin, sie ganz erkannt zu haben.

Vergebliche Beichte! Worte in die leere Luft gesprochen! Der Doktor schnaufte und sagte dann:

«Ich will nur hoffen, daß die elektrische Behandlung Sie von dieser Krankheit nicht heilen wird. Das fehlte noch! Ich würde keine Rumkorffsche Spule[9] mehr anrühren, wenn ich eine solche Wirkung befürchten müßte.»

Er erzählte mir etwas, das er für sehr witzig hielt: Ein Patient, der ein ähnliches Leiden hatte wie ich, ging zu einem berühmten Arzt und bat ihn um Heilung. Die Heilung gelang vollständig. Aber bald darauf mußte der Arzt die Stadt verlassen, weil der geheilte Patient drohte, ihm das Fell über die Ohren zu ziehen.

Ich schrie:

«Meine Erregung ist nicht die normale! Sie stammt von einem Gift, das mir in den Adern brennt!»

Der Arzt murmelte teilnahmsvoll:

«Niemand ist mit seinem Los zufrieden.»

Um ihn zu überzeugen, tat ich selber das, was er versäumt hatte. Ich sammelte sämtliche Symptome meiner Krankheit und studierte sie eingehend.

Meine Zerstreutheit! Auch sie hinderte mich am Studium. Als ich mich in Graz [10] auf meine erste Staatsprüfung vorbereitete, notierte ich mir sorgsam alles, was ich bis zur letzten dieser Prüfungen brauchte. Was geschah? Kurz vor der ersten Prüfung bemerkte ich plötzlich, daß ich Sachen gelernt hatte, die erst viele Jahre später in Betracht kamen. So konnte ich diese Prüfung gar nicht machen. Natürlich, ich hatte auch die andern Dinge nur flüchtig gelernt; daran war ein Mädchen aus der Nachbarschaft schuld, das übrigens nur in frecher Art mit mir kokettierte, ohne mir mehr zu gewähren. Sowie sie am Fenster erschien, verschwand der Text vor meinen Augen. Was für ein Esel war ich, mich an solche Dinge zu verlieren! – Ich sehe heute noch deutlich im gegenüberliegenden Fenster ihr kleines, weißes Antlitz: oval, von zarten, roten Locken eingerahmt. Ich sah sie an: und schon war's mir, als müßte ich diese Weiße und dieses rötliche Gold sofort auf mein Kissen legen.

Herr Äskulap brummte:

«Koketterie ist nur normal und gesund. In meinem Alter werden Sie nicht mehr kokettieren.»

Heute weiß ich genau, daß ihm der Begriff des Kokettierens überhaupt fehlte. Ich bin jetzt siebenundfünfzig Jahre alt und kann mit Sicherheit sagen, daß ich noch auf dem

Sterbebett meiner Pflegerin begehrende Blicke zuwerfen werde, sollte diese nicht meine Frau sein und sollte meine Frau eine halbwegs hübsche Pflegerin zulassen! Oder ich müßte durch die Psychoanalyse geheilt sein. Oder ich müßte das Rauchen aufgegeben haben.

Ich sprach aufrichtig, wie zu einem Beichtvater: Frauen gefielen mir nur in ihren Einzelheiten, nicht an sich, als Ganzes. Bei der einen liebte ich die kleinen, in zierlichen Schuhen steckenden Füße, bei der andern den schlanken oder vollen Hals und die kleinen Brüste. So fuhr ich fort, die anatomischen Bestandteile einer Frau aufzuzählen. Der Arzt unterbrach mich:

«Alles das zusammen bildet eine ganze Frau.»

Darauf antwortete ich etwas, das mir wichtig erschien:

«Die gesunde und normale Leidenschaft liebt die ganze Frau, auch ihren Geist und ihre Seele.»

So eine Leidenschaft war mir bis jetzt fremd geblieben. Doch als ich etwas Ähnliches zu fühlen glaubte, machte mich auch dies nicht gesund. Es scheint mir wichtig festzustellen, daß ich die Spuren der Krankheit dort entdeckte, wo ein Fachmann nichts als Gesundheit sah. Nun hat sich meine Diagnose bestätigt.

Ich fand jemanden, der mich und meine Krankheit besser begriff: einen Freund, der nicht Arzt war. Dieser gab meinem Leben eine neue Melodie, die heute noch nachklingt.

Es war ein reicher Mann, der seinen Müßiggang hinter Studien und literarischen Arbeiten verbarg. Er sprach besser als er schrieb. So konnte die Welt niemals erfahren, was für ein guter Kopf er war. Er war kräftig und dick. Als ich ihn kennenlernte, lag er gerade einer energischen Abmagerungskur ob, die sich schon nach wenigen Tagen als erfolgreich erwies. Dermaßen, daß man gern neben ihm auf der Straße ging, um, wie neben einem Kranken, die eigene Gesundheit besser zu fühlen. Ich beneidete ihn um seine Energie, die ihn alles erreichen ließ, was er wollte, und leistete ihm während seiner ganzen Kur Gesellschaft. Er erlaubte mir, seinen Bauch zu befühlen, der täglich kleiner wurde. Ich sagte, neidisch und mißgünstig und in der Absicht, seinen guten Vorsatz zu verderben:

«Ja, aber sagen Sie mir: Was wollen Sie nach dieser Kur mit soviel Haut anfangen?»

Mit einer Unbedingtheit, die in seinem abgemagerten Antlitz komisch wirkte, antwortete er mir:

«In zwei Tagen beginne ich mit der Massage.»

Seine Kur war Schritt für Schritt vorausbestimmt. Niemand konnte daran zweifeln, daß er alles aufs genaueste einhalten werde.

Dies bewog mich, ihm mein Vertrauen zu schenken. Ich schilderte ihm meine Krankheit. Auch dieser Schilderung erinnere ich mich genau. Ich schloß damit, daß es mir leichter wäre, auf die drei täglichen Mahlzeiten zu verzichten als auf die Zigaretten; denn dazu muß man sich immer wieder mit derselben Anstrengung entschließen, jeden Augenblick, den ganzen Tag lang. Und wenn man mit diesen aufreibenden Entschlüssen ununterbrochen beschäftigt ist, bleibt einem für nichts anderes mehr Zeit; bekanntlich ist nur Julius Cäsar imstande gewesen, sich mit mehreren Problemen gleichzeitig zu beschäftigen. Zwar verlange ja niemand von mir irgendeine Arbeit, solange mein Verwalter Olivi am Leben sei. Aber es gehe jedenfalls nicht an, daß ein Mensch von meiner Sorte nichts anderes auf der Welt tue als träumen oder ohne jegliches Talent Violine spielen.

Der ehemals dicke, nunmehr abgemagerte Mann fand nicht gleich eine Antwort. Als Mensch, der die Methode schätzt, dachte er erst lange nach. Dann erklärte er mir in doktrinärem Ton, zu dem ihn seine Überlegenheit allerdings berechtigte, daß meine Krankheit, meine fixe Idee nicht durch die Zigarette selbst, sondern durch den Vorsatz bedingt sei. In mir hätten sich im Lauf der Jahre zwei

Menschen entwickelt: der eine befahl, der andere war Sklave, der, sobald die Zügel locker wurden, aus Lust an der Freiheit dem Willen des Herrn entgegenarbeitete. Es sei notwendig, ihm vollkommene Freiheit zu geben. Gleichzeitig aber müsse ich der Krankheit so gegenübertreten, als ob sie mir völlig fremd und neu wäre. Ich solle sie nicht bekämpfen, sondern vernachlässigen; ich müsse sie vergessen, ihr gewissermaßen den Rücken drehen, wie einer Gesellschaft, die meiner unwürdig ist. Einfach, nicht wahr?

Wirklich, die Sache erschien mir einfach. Es gelang mir mit großer Anstrengung, jeden Vorsatz in mir zu töten, und ich muß zugeben, daß ich es dann tatsächlich mehrere Stunden lang fertigbrachte, nicht zu rauchen. Sowie aber mein Mund vom Rauch gereinigt war, fühlte ich mich so unschuldig wie ein Neugeborenes, und ich bekam wieder eine primitive Lust nach einer Zigarette. Die rauchte ich dann: sie erzeugte schlechtes Gewissen und damit zugleich den Vorsatz, den ich hatte töten wollen. Es war ein anderer, ein längerer Weg, aber er führte zum selben Ziel.

Olivi, die Kanaille, schlug mir eines Tages vor, dem Vorsatz durch eine Wette Kraft zu geben.

Ich glaube, daß Olivi stets so ausgesehen hat wie heute. Ich jedenfalls habe ihn immer nur so gesehen: ein wenig gebückt, aber von kräftiger Konstitution, und immer so alt wie heute, wo er achtzig Jahre zählt. Er arbeitete für mich und tut es noch jetzt. Aber ich liebe ihn nicht. Ich glaube nämlich, daß er mich selbst dadurch vom Arbeiten abgehalten hat.

Also wir wetteten! Die Wette verlor, wer von uns beiden zuerst rauchen würde. Der mußte zahlen, dann konnten wir beide wieder tun, was wir wollten. So versuchte er, die Erbschaft meiner Mutter, die ich selbst verwaltete, zu schmälern, er, der die Aufgabe hatte, mich an der Verschwendung meines väterlichen Erbteils zu verhindern!

Jedenfalls – die Wette erwies sich als äußerst schädlich.

Jetzt war es damit vorbei, einmal Herr und einmal Sklave zu sein. Jetzt war ich nur noch Sklave. Sklave dieses Olivi, den ich nicht liebte. Ich rauchte sofort. Erst dachte ich daran, ihn zu betrügen und im geheimen viel zu rauchen. Aber wozu dann die Wette? Ich suchte lieber intensiv nach einem schönen Datum für eine letzte Zigarette, einem Datum, das zum Tag der Wette in irgendeiner Beziehung stünde, und glaubte, Olivi würde die Wette darauf eingehen. Aber ich fuhr fort zu rebellieren. Vom vielen Rauchen wurde mir angst und bange. Um mich endlich zu befreien, ging ich zu Olivi und gestand.

Der Alte lächelte, steckte das Geld ein, zog sofort eine große Zigarre aus seiner Tasche und zündete sie mit unendlichem Wohlbehagen an. Ich zweifle aber nicht daran, daß er seinerseits die Wette eingehalten hat. Andere sind eben aus anderem Stoff gemacht.

Mein Sohn wurde drei Jahre alt. Da hatte meine Frau eine gute Idee. Sie riet mir, in ein Sanatorium zu gehen, wo man mir mein Übel abgewöhnen würde. Ich war sofort damit einverstanden, vor allem deshalb, weil mein Sohn, wenn er zu eigener Urteilskraft herangereift wäre, einen geklärten und ruhigen Mann in mir finden sollte. Ein zweiter Grund war, daß es mit Olivis Gesundheit abwärtsging und er mich zu verlassen drohte. So hätte ich plötzlich gezwungen sein können, an seine Stelle zu treten. Und ich glaubte, zu einer solchen Tätigkeit kaum fähig zu sein – mit alldem Nikotin im Leibe.

Erst hatten wir die Absicht, in die Schweiz zu gehen, die klassische Heimat aller Sanatorien. Dann erfuhren wir durch Zufall, daß ein gewisser Doktor Muli in Triest eine solche Anstalt eröffnet hatte. Ich ließ erst meine Frau mit ihm verhandeln. Er versprach ihr, mir ein kleines Appartement zu reservieren, wo ich von einer Assistentin und mehreren andern Wärtern überwacht werden würde. Als meine Frau mir das wiedererzählte, lächelte sie und brach sogar in schallendes Gelächter aus bei dem Gedanken, daß ich eingesperrt werden sollte. Ich lachte herzlich mit. Zum erstenmal half sie mir bei meinen Heilungsversuchen. Bisher hatte sie meine Krankheit nicht ernst genommen und gemeint, das Rauchen sei eine sonderbare und nicht allzu langweilige Art, sein Leben zu verbringen. Sie schien mir nach unserer Hochzeit recht angenehm überrascht zu sein, daß ich meiner Freiheit nicht nachweinte. Hatte ich doch ganz anderen Dingen nachzuweinen!

Wir fuhren an jenem Tag ins Sanatorium, an dem Olivi dezidiert erklärte, er bleibe keinesfalls noch länger als einen Monat in meinem Dienst. Es war Abend, als wir zu Doktor Muli kamen. Wir hatten zu Hause etwas Wäsche in einen Koffer getan.

Doktor Muli, ein hübscher junger Mann, empfing uns persönlich an der Tür. Es war Hochsommer. Er war klein, nervig; in seinem sonnverbrannten Gesicht funkelten zwei schwarze Augen. Er war von vorbildlicher Eleganz, vom Scheitel bis zur Sohle weiß gekleidet. Ich zollte ihm Bewunderung, die übrigens gegenseitig war.

Ich erriet bald den Grund seiner Bewunderung und sagte, ein wenig irritiert:

«Sie glauben wohl weder an die Notwendigkeit dieser Kur noch an den Ernst, mit dem ich sie auf mich nehme?»

Mit einem leichten Lächeln, das immerhin verletzend war, erwiderte der Doktor:

«O nein, warum? Vielleicht ist die Zigarette für Sie persönlich schädlicher, als sie es nach der Meinung der Ärzte im allgemeinen ist. Es ist mir nur unverständlich, warum Sie nicht versucht haben, die Zahl der Zigaretten einzuschränken, anstatt das Rauchen *ex abrupto* aufgeben zu wollen. Man darf ja rauchen. Man darf nur nicht übertreiben.»

Wahrhaftig, im vergeblichen Bemühen, das Rauchen gänzlich aufzugeben, hatte ich an die Möglichkeit, weniger zu rauchen, gar nicht gedacht. Nun aber war der Ratschlag nur dazu angetan, meinen Vorsatz wankend zu machen. Ich sagte daher ein mannhaftes Wort:

«Lassen Sie mich doch die Kur versuchen, da sie nun einmal beschlossen ist.»

Der Doktor lachte etwas von oben herab: «Versuchen? Sobald Sie sich einmal der Kur unterziehen, muß sie gelingen. Ohne Gewaltanwendung gegen die Wärterin Giovanna werden Sie von hier kaum fortkommen. Außerdem würden die Formalitäten, die dies erfordert, so lange dauern, daß Sie inzwischen Ihr Laster schon längst vergessen hätten.»

Nun standen wir in dem für mich reservierten Appartement. Um dahin zu gelangen, mußte man erst in den zweiten Stock hinauf, dann wieder ins Erdgeschoß hinunter.

«Sehen Sie? Diese Tür hier versperrt den Teil des Erdgeschosses, in dem sich der Ausgang befindet. Nicht einmal Giovanna hat die Schlüssel. Auch sie muß, wenn sie ins Freie will, erst in den zweiten Stock hinaufsteigen. Und sie allein hat die Schlüssel zu der Tür, durch die wir vom Treppenflur hereinkamen. Außerdem übt im zweiten Stock immer ein Wärter Aufsicht. Keine schlechte Einrichtung für ein Sanatorium für kleine Kinder und Wöchnerinnen, nicht wahr?»

Und er begann zu lachen, wahrscheinlich bei dem Gedanken, daß ich mit kleinen Kindern zusammen eingesperrt werden sollte.

Er rief Giovanna und stellte sie mir vor. Ein kleines, verkümmertes Weib von undefinierbarem Alter. Sie mochte zwischen vierzig und sechzig Jahren sein. Graue Haare, kleine, lebhaft leuchtende Augen. Der Doktor sagte:

«Das ist der Herr, mit dem Sie boxen müssen: Darauf machen Sie sich nur gefaßt.»

Sie sah mir forschend ins Gesicht, errötete und rief mit schriller Stimme:

«Ich werde meine Pflicht tun, gewiß, aber nicht mit Ihnen raufen. Wenn Sie mich bedrohen, rufe ich sofort den Wärter, der ein Riese ist. Sollte Ihnen das nicht recht sein, so gehen Sie, wohin Sie wollen. Ich will Ihretwegen meine Haut nicht riskieren!»

Später erfuhr ich, daß ihr der Doktor für die Erfüllung ihrer Aufgabe reichen Lohn versprochen hatte. Dadurch war sie so eingeschüchtert worden. Jetzt aber ärgerten mich ihre Worte. Eine nette Situation, in die ich mich da freiwillig begeben hatte!

Ich rief: «Zum Teufel mit Ihrer Haut!» und wandte mich dann an den Doktor: «Ich wünsche, daß diese Frau mich nicht belästigt. Ich habe einige Bücher mitgebracht und brauche absolute Ruhe.»

Der Doktor wies Giovanna zurecht, worauf sie sich zu entschuldigen versuchte. Es gelang ihr aber nur, mich noch mehr zu reizen.

«Ich habe zwei kleine Töchterchen, und für diese muß ich leben.» – «Ich fände es gar nicht der Mühe wert, Sie umzubringen», erwiderte ich in einem Ton, der die Arme sicherlich nicht beruhigte.

Der Doktor schickte sie aus dem Zimmer, indem er ihr auftrug, im oberen Stockwerk etwas zu holen. Um mich zu beruhigen, schlug er vor, mir jemand anderen an Stelle Giovannas zu schicken. Er fügte noch hinzu:

«Sie ist kein schlechter Mensch. Wenn ich ihr nahelege, weniger aufdringlich zu sein, werden Sie sich nie mehr über sie zu beklagen haben.»

Ich tat, als wäre es mir gleichgültig, wer mich bewacht, und erklärte mich mit Giovanna zufrieden. Da ich aber doch sehr aufgeregt war, zog ich zur Beruhigung die vorletzte Zigarette aus der Tasche und rauchte sie mit großer Gier. Dem Doktor erzählte ich, daß ich nur zwei Stück mitgebracht hätte. Schlag Mitternacht wolle ich aufhören zu rauchen.

Meine Frau und der Arzt nahmen zu gleicher Zeit von mir Abschied. Sie sagte lächelnd:

«Da es einmal so weit ist, sei stark.»

Dies Lächeln, das ich sonst so liebte, erschien mir jetzt wie purer Hohn. Gerade in diesem Augenblick entstand in mir ein völlig neues Gefühl, das mein mit solchem Ernst begonnenes Unternehmen schnell zum Zusammenbruch führen sollte. Ich hatte schon vorher ein unangenehmes Gefühl verspürt, und jetzt, wo ich allein war, wurde es mir klar: ich war eifersüchtig auf den jungen Arzt. Er war schön und frei! Seine Kollegen nannten ihn «Venus de medicis». Weshalb hätte ihn meine Frau nicht lieben sollen? Beim Hinausgehen hatte er den Blick auf ihre elegant bekleideten Füße gesenkt. Zum erstenmal seit meiner Heirat war ich eifersüchtig. Traurig! Sicherlich war daran nur schuld, daß man mich schmählich gefangenhielt. Dagegen wehrte ich mich! Das Lächeln meiner Frau war so wie immer gewesen. Keineswegs Hohn darüber, daß ich von zu Hause fort mußte. Es stimmte zwar, daß sie es war, die mich einsperren ließ, obwohl sie mein Laster gar nicht wichtig nahm; aber sie hatte es wohl nur getan, um mir zu helfen. Und dann: Vergaß ich bereits, daß es gar nicht so leicht war, sich in meine Frau zu verlieben? Der Arzt hatte ihre Füße gewiß nur betrachtet, um zu sehen, welche Schuhe er seiner Geliebten kaufen sollte. Und ich rauchte sofort die letzte Zigarette; dabei war es noch gar nicht Mitternacht, sondern erst elf Uhr: für eine letzte Zigarette eine unmögliche Stunde.

Ich schlug irgendein Buch auf. Ich las, ohne zu verstehen, ich sah Erscheinungen. Die Seite, die mir unter die Augen kam, verwandelte sich in eine Photographie des Doktor Muli, den eine Gloriole voll strahlender Schönheit umrahmte. Mein Widerstand war gebrochen! Ich rief Giovanna. Vielleicht würde mich ein kleines Gespräch wirklich beruhigen.

Sie kam und maß mich mit mißtrauischen Augen. Dann rief sie mit ihrer schrillen Stimme:

«Glauben Sie ja nicht, mich an der Erfüllung meiner Pflichten irgendwie hindern zu können.»

Ich erfand lauter Lügen, um sie zu besänftigen. Ich erklärte, daß ich nicht im entferntesten an so etwas dächte, nur hätte mich das ewige Lesen gelangweilt, und ich schlug ihr eine kleine Plauderei vor. Gleichzeitig bat ich sie, mir gegenüber Platz zu nehmen. O Gott, wie ihr Altweibergesicht und ihre Augen, die doch noch jung und beweglich waren, wie die eines gehetzten Tieres mich anwiderten. Ich hatte Mitleid mit mir, der ich in solcher Gesellschaft leben mußte. Ich bin übrigens, auch wenn ich frei bin, außerstande, mir meine Gesellschaft selbst zu wählen. Es sind die anderen, die meine Gesellschaft suchen. Meine Frau zum Beispiel.

Ich bat Giovanna, mich ein bißchen zu unterhalten. Sie sagte, sie wüßte nichts, was mich irgendwie interessieren könnte. Ich drängte sie, etwas von ihrer Familie zu erzählen, und fügte hinzu, daß doch jeder auf dieser Welt so etwas hätte.

Da gehorchte sie und erzählte sofort, daß sie ihre beiden Töchter ins Armenhaus geben mußte.

Ihre Erzählung amüsierte mich. Die so mit dem Armenhaus für sie erledigten achtzehn Monate Schwangerschaft reizten mich sogar zum Lachen. Aber die Erzählerin war stark polemisch veranlagt. Als sie mir beweisen wollte, daß ihr nichts anderes übrigbliebe, da ihr Gehalt zu klein sei, und daß Doktor Muli ein himmelschreiendes Unrecht an ihr begehe, wenn er erkläre, daß zwei Kronen täglich für sie genügten, da doch das Armenhaus ihre ganze Familie erhalte – da konnte ich nicht weiter zuhören. Sie aber schrie: «Und die übrigen Bedürfnisse? Die Kinder sind zwar genährt und gekleidet, aber es fehlt ihnen alles, was sie sonst noch brauchen.»

Und nun ging es los. Sie zählte alles auf, was sie selber für ihre Kinder besorgen mußte. Ich erinnere mich nicht mehr genau, was es war, denn ich lenkte meine Aufmerksamkeit auf andere Dinge, um meine Ohren vor ihrer entsetzlichen Stimme zu bewahren. Ich glaubte, ein Recht auf Vergeltung zu haben:

«Könnte ich nicht eine Zigarette bekommen, nur eine einzige? Ich würde sie mit zehn Kronen bezahlen. Allerdings erst morgen, denn ich habe heute keinen Kreuzer bei mir.»

Giovanna erschrak heftig über meinen Vorschlag. Sie begann wieder zu schreien, erhob sich und wollte hinauseilen, wahrscheinlich um den Wärter zu rufen.

Ich mußte auf mein Vorhaben verzichten, um sie zum Schweigen zu bringen. Und nur um etwas zu sagen und mir eine Haltung zu geben, fragte ich obenhin:

«Aber in diesem Gefängnis wird es doch wenigstens was zum Trinken geben?»

Giovanna erwiderte zu meinem größten Erstaunen in gewöhnlichem Gesprächston und ohne zu schreien:

«Gewiß. Bevor der Doktor fortging, hat er mir diese Flasche Cognac für Sie gegeben. Hier ist sie, wie ich sie bekommen habe. Sehen Sie, ganz unversehrt.»

Ich wußte jetzt, daß mir nichts anderes mehr übrigblieb, als mich zu betrinken. Dahin hatte mich das Vertrauen zu meiner Frau gebracht!

Sofort schien es mir, als lohne mein Laster nicht mehr der Mühe, die ich mir mit ihm gab. Ich rauchte nun schon seit einer halben Stunde nicht mehr, dachte auch überhaupt nicht daran und war nur mit Gedanken über meine Frau und den Doktor Muli beschäftigt. Ich war also vollkommen geheilt, dafür aber unheilbar lächerlich!

Ich öffnete die Flasche und goß mir ein Gläschen von der gelben Flüssigkeit ein. Giovanna sah mir mit offenem Mund zu. Ich wagte nicht, ihr etwas anzubieten.

«Bekomme ich noch mehr Cognac, wenn diese Flasche leer ist?»

In höflichem Konversationston versicherte Giovanna:

«So viel Sie wollen! Die Verwalterin ist angewiesen, wenn nötig, auch noch um Mitternacht aufzustehen, um Ihren diesbezüglichen Wünschen nachzukommen!»

Ich bin nie geizig gewesen, und so hatte Giovanna sofort ihr vollgefülltes Gläschen. Sie leerte es, bevor sie noch danke sagen konnte. Und gleich darauf stierten ihre lebhaften Augen wieder die Flasche an. Damit brachte sie mich selber auf den Gedanken, sie betrunken zu machen. Aber das war nicht so leicht!

Ich kann nicht alles wiedergeben, was sie mir nach mehreren Gläsern Cognac in ihrem unverfälschten Triestiner Dialekt erzählte. Ich hatte das Gefühl, neben jemandem zu sitzen, dem ich sicherlich mit Vergnügen zuhören würde, wenn mich nicht gerade andere Gedanken beschäftigten.

Zunächst erklärte sie mir, wie sie Gefallen an der Arbeit finden würde. Alle Menschen auf der Welt müßten das Recht haben, täglich ein paar Stunden in einem bequemen Lehnstuhl, jenem ähnlich, in dem sie gerade saß, zu verbringen und eine Flasche guten Schnaps, natürlich nur solchen, der nicht schadet, zu trinken.

Auch ich wollte etwas sagen. Ich fragte sie, ob ihre Arbeit so eingerichtet war, als ihr Mann noch lebte.

Sie begann zu lachen. Von ihrem Mann hatte sie mehr Prügel als Liebkosungen bekommen. Verglichen mit dem, was sie damals arbeiten mußte, kam ihr ihre jetzige Arbeit wie ein Ruhestand vor. Auch bevor ich mit meiner Kur in dieses Haus gekommen war.

Hierauf wurde Giovanna philosophisch und fragte, ob ich glaube, daß die Toten sehen, was die Lebenden tun. Ich bejahte kurz. Aber sie wollte mehr wissen: ob die Toten, wenn sie drüben ankommen, im nachhinein alles erfahren, was sich hier unten ereignet hat, als sie noch lebten.

Einen Augenblick lang amüsierte mich diese Frage. Giovannas Stimme war weich geworden. Sie hatte sie gedämpft, um von den Toten nicht gehört zu werden. Ich fragte:

«Sie haben Ihren Mann betrogen?»

Sie bat mich, nicht zu schreien. Dann gestand sie mir, ihren Mann betrogen zu haben, aber nur in den ersten Monaten ihrer Ehe. Später habe sie sich an die Prügel gewöhnt und ihren Mann geliebt.

Um das Gespräch nicht einschlafen zu lassen, fragte ich weiter:

«Ihre erste Tochter stammt also von dem andern?»

Mit der gleichen gedämpften Stimme gestand sie, daß sie dies schon wegen der Ähnlichkeit für wahrscheinlich halte. Aber es schmerze sie sehr, ihren Mann betrogen zu haben. Sie sagte das lachend, denn das sind Dinge, über die man immer lacht, obgleich sie uns doch zeitlebens weh tun. Sie bedauerte es erst seit dem Tod ihres Mannes, denn früher hatte es ja keinerlei Bedeutung, da er nichts davon wußte.

Mit einer gewissen verwandtschaftlichen Sympathie versuchte ich, ihren Schmerz zu lindern, und sagte: «Ich glaube wohl, daß die Toten alles wissen, daß ihnen aber das meiste davon ziemlich egal ist. Nur die Lebenden leiden darunter!» rief ich dann und schlug mit der Faust auf den Tisch.

Bei dieser Gelegenheit verrenkte ich mir die Hand. Nichts ist geeigneter, neue Gedanken zu erwecken, als physischer Schmerz. Da schien mir noch Rettung möglich. Während mich die Vorstellung peinigte, daß meine Frau meine Gefangenschaft dazu ausnützen könnte, mich zu betrügen, hielt sich der Arzt in Wirklichkeit vielleicht noch in der Anstalt auf. Unter diesen Umständen hätte ich meine Ruhe wiedergefunden. Ich bat also Giovanna, den Doktor zu holen, und gab vor, daß ich ihn dringend sprechen müsse. Eine ganze Flasche versprach ich ihr als Belohnung. Sie wehrte ab, sie sei gar nicht trunksüchtig. Dennoch gehorchte sie sofort, und ich konnte sie polternd die Holzstiege zum zweiten Stock hinaufsteigen hören. Bald danach stieg sie wieder herunter, glitt aber aus, wobei sie aufschrie und einen lauten Spektakel aufführte.

«Hol dich der Teufel!» murmelte ich mit Inbrunst. Wenn sie sich nur den Hals bräche. Das würde meine Lage wesentlich vereinfachen.

Aber bald kam sie wieder lächelnd auf mich zu. In ihrem Zustand spürt man körperliche Schmerzen nicht mehr stark. Sie behauptete, dem Wärter, der eben schlafen gegangen sei, Weisungen gegeben zu haben, damit er jederzeit zur Stelle sein könnte, wenn man ihn brauchte. Bei diesen Worten drohte sie mit dem Finger, lächelte aber dazu, wie um die Drohung zu mildern. Etwas sachlicher sagte sie dann, daß der Doktor, seitdem er mit meiner Frau fortgegangen war, nicht mehr gesehen worden sei. Also zusammen waren sie gegangen! Der Wärter harre selbst schon seit einigen Stunden auf seine Rückkehr, weil ein Kranker seine Hilfe brauche. Länger wolle er nun nicht warten.

Ich sah sie prüfend an, um herauszubekommen, ob das Lächeln, das ihr Antlitz verzerrte, ihr gewöhnliches war oder etwas Besonderes verbarg; ob es etwa daher kam, daß sich der Doktor bei meiner Frau befand anstatt bei mir, dem Patienten. Mich packte ein Zorn, der mein Gehirn in wirblige Drehung brachte. Wie immer stritten sich zwei Personen in mir, von denen die eine einsichtsvoller war und sagte: «Du Esel! Warum glaubst du, daß deine Frau dich gerade jetzt betrügt? Wenn sie das gewollt hätte, hätte sie es wirklich nicht nötig gehabt, dich vorher einzuschließen.»

Die andere, sicherlich die, die rauchen wollte, nannte mich zwar gleichfalls einen Esel, aber nur um dann noch lauter zu schreien: «Bedenk doch, wie bequem es ihnen die Abwesenheit des Gatten macht! Mit dem Doktor, der von dir bezahlt wird!»

Giovanna, die unaufhörlich trank, sagte: «Ich habe vergessen, die Tür zum zweiten Stockwerk abzusperren. Aber ich mag nicht mehr hinaufsteigen. Schließlich ist ja immer jemand oben, und es würde Ihnen übel bekommen, wenn Sie versuchen sollten durchzubrennen.»

«Natürlich!» erwiderte ich mit ein wenig Heuchelei, die genügte, die Ärmste in ihrem augenblicklichen Zustand zu täuschen. Dann trank ich gierig noch einen Cognac und erklärte, daß ich mir jetzt, wo ich soviel Alkohol zur Verfügung hätte, gar nichts aus den Zigaretten machte. Sie glaubte mir aufs Wort. Ferner sagte ich, daß es ja gar nicht mein Wunsch sei, mir das Rauchen abzugewöhnen, sondern der meiner Frau. Sie müsse nämlich wissen, daß ich mich nach der zehnten Zigarette in furchtbarer Weise verwandle. Jede Frau, die mir in solch einem Augenblick gegenüberträte, befände sich in direkter Gefahr.

Giovanna lachte laut und warf sich geräuschvoll in einen Sessel:

«Was? Ihre Frau ist es, die Ihnen die zehn Zigaretten, die Sie brauchen, verbietet?»

«Gewiß tut sie das! Wenigstens mir hat sie's verboten!»

Sie war gar nicht so dumm, diese Giovanna, mit soviel Cognac im Leib. Ihr Lachen schüttelte sie so sehr, daß sie fast vom Sessel fiel. Als sie wieder reden konnte, malte sie sich mit abgebrochenen Sätzen, inspiriert durch meine Krankheit, ein wirklich seltsames Bild aus.

«Zehn Zigaretten ... halbe Stunde ... man richtet den Wecker ... und dann ...»

Ich berichtigte:

«Um zehn Zigaretten zu rauchen, brauche ich ungefähr eine Stunde. Dann eine weitere Stunde, um die Wirkung abzuwarten ...»

Plötzlich wurde Giovanna ernst und erhob sich ohne jede Mühe aus ihrem Sessel. Sie sagte, sie müsse zu Bett gehen, weil ihr der Kopf weh tue. Ich bat sie, die Flasche mitzunehmen, da ich davon schon mehr als genug hätte. Dafür sollte sie mir – so fügte ich heuchlerisch hinzu – am nächsten Tag einen guten Wein besorgen.

Sie aber dachte gar nicht an den Wein. Bevor sie mit der Flasche aus dem Zimmer ging, warf sie mir einen Blick zu, der mir Angst einflößte.

Sie hatte die Tür offen gelassen. Einige Minuten später fiel ins Zimmer ein Päckchen, das ich sofort aufhob. Es waren Zigaretten, elf Stück. Um sicherzugehen, war die arme Giovanna verschwenderisch geworden. Ordinäre Zigaretten waren es, «Ungarische». Die erste, die ich zu rauchen begann, war ausgezeichnet. Ich fühlte mich äußerst erleichtert. Zunächst glaubte ich, daß ich mich nur darüber freute, es diesem Hause ordentlich gezeigt zu haben. Das Haus war vielleicht gut genug, um kleine Kinder einzuschließen, nicht aber einen Mann wie mich. Dann kam mir der Gedanke, daß ich auch meiner Frau ordentlich mitgespielt hatte. Warum hätte sich sonst meine Eifersucht in eine ungefährliche Neugier verwandelt? Ich blieb ruhig auf meinem Platz sitzen und rauchte die ekelhaften Zigaretten.

Nach einer halben Stunde erinnerte ich mich, daß ich aus diesem Hause fliehen mußte, in dem Giovanna auf ihren Lohn noch wartete. Ich zog meine Schuhe aus und trat auf den Korridor. Die Tür zu Giovannas Zimmer war angelehnt. Aus den lauten und regelmäßigen Atemzügen schloß ich, daß Giovanna eingeschlafen war. Vorsichtig stieg ich zum zweiten Stock hinauf, wo ich mir hinter der Tür, auf die Doktor Muli so stolz gezeigt hatte, die Schuhe wieder anzog. Dann gelangte ich auf einen anderen Korridor und schickte mich an, die Stiegen langsam hinunterzusteigen, um keinen Verdacht zu erregen.

Schon war ich auf dem Treppenflur des ersten Stocks angelangt, als eine Dame in eleganter Wärterinnentracht auf mich zukam und höflich fragte:

«Bitte, suchen Sie jemand?»

Sie war recht hübsch. Ich wäre gar nicht abgeneigt gewesen, die zehn Zigaretten an ihrer Seite zu Ende zu rauchen. Ich lächelte sie an, ein wenig frech:

«Ist der Herr Doktor Muli nicht hier?»

Sie machte große Augen:

«Um diese Zeit ist er niemals hier.»

«Können Sie mir nicht sagen, wo man ihn im Augenblick treffen kann? Bei mir zu Hause liegt ein Kranker, der ihn dringend braucht.»

Sie gab mir höflich die Adresse des Doktors, die ich mehreremal vor mich hinsagte, als wollte ich sie memorieren. Ich hatte es nun gar nicht mehr eilig fortzukommen, aber die Dame drehte mir unwillig den Rücken. So wurde ich geradezu aus meinem Gefängnis hinausgeworfen.

Unten öffnete mir eine Frau sofort das Tor. Ich hatte keinen Kreuzer bei mir und sagte leise:

«Das Trinkgeld gebe ich Ihnen das nächste Mal.»

Keiner kennt seine Zukunft. Mir wiederholt sich die Zeit: es war leicht möglich, daß ich hier noch einmal durchging.

Die Nacht war warm und klar. Ich nahm den Hut ab, um noch besser zu spüren, daß ich im Freien war. Ich sah so bewundernd zu den Sternen empor, als lernte ich sie erst eben kennen. Morgen, fern vom Sanatorium, würde ich endlich aufhören zu rauchen. Vorläufig aber verschaffte ich mir in einem Café, das noch offen war, gute Zigaretten. Es war doch unmöglich, meine Karriere als Raucher mit den Zigaretten der armen Giovanna zu beschließen. Der Kellner, der die Zigaretten brachte, kannte mich und gab sie mir auf Kredit.

Vor meiner Villa angelangt, zog ich wie rasend an der Glocke. Erst erschien die Magd am Fenster und dann, nach etwas längerer Zeit, meine Frau. Während ich noch unten wartete, dachte ich vollkommen kalt:

«Es scheint, daß der Doktor Muli da ist.» Kaum aber hatte mich meine Frau erkannt, als schon die ganze stille Straße von ihrem Lachen widerhallte, das nicht geheuchelt sein konnte und das allein genügte, jeden Verdacht zu zerstreuen.

Oben brachte ich noch einige Zeit damit zu, in allen Ecken herumzuschnüffeln. Meiner Frau versprach ich, am nächsten Tage alle meine Erlebnisse zu erzählen, die sie übrigens zu erraten glaubte. Sie fragte:

«Warum legst du dich nicht schlafen?»

Ich entschuldigte mich:

«Mir scheint, daß du während meiner Abwesenheit diesen Kasten an einen andern Fleck gerückt hast.»

Ich habe oft das Gefühl, daß die Möbel in meinem Haus umgestellt werden. Meine Frau tut dies auch wirklich manchmal. Ich sah aber in alle Ecken, ob sich nicht etwa die kleine, elegante Gestalt des Doktors dort irgendwo verborgen hielt.

Meine Frau hatte für mich eine gute Nachricht. Als sie vom Sanatorium nach Hause gegangen war, hatte sie Olivis Sohn getroffen und von ihm erfahren, daß sich der Alte viel besser fühle, seitdem er eine von seinem neuen Arzt verschriebene Medizin benützte.

Im Einschlafen überdachte ich noch alles. Ich war froh, dem Sanatorium entronnen zu sein, denn nunmehr blieb mir genügend Zeit, mich langsam zu kurieren. Mein Sohn, der gerade im Nebenzimmer schlief, war sicherlich noch lange nicht soweit, um mich zum Vorbild zu nehmen oder über mich ein Urteil fällen zu können. Es war absolut nicht nötig, sich zu übereilen.

IV
Der Tod meines Vaters

Mein Arzt ist abgereist. Ich weiß nun wirklich nicht, ob es für diese Arbeit notwendig ist, das Leben meines Vaters zu beschreiben. Wenn ich dies zu ausführlich besorge, könnte es sich vielleicht herausstellen, daß es für meine Heilung notwendig gewesen wäre, ihn vor allem anderen zu analysieren. Alles was ich bis jetzt geschrieben habe, wäre damit überflüssig. Wenn er aber der gleichen Kur bedurft hätte wie ich, dann sicherlich ganz anderer Leiden wegen, als es das meine ist. So setze ich mutig die Arbeit fort. Jedenfalls, um keine Zeit zu verlieren, will ich über ihn nur so viel berichten, wie mir zu meiner eigenen Erinnerung dienlich sein kann.

«15.4.1890, ½5 Uhr morgens. Mein Vater gestorben. L. Z.» Für den, der nicht ahnen sollte, was die letzten beiden Buchstaben bedeuten, seien sie erklärt: Letzte Zigarette. Die ganze Bemerkung steht auf einem Band positivistischer Philosophie von Ostwald[11], den ich nie verstand, obwohl ich ihm manche hoffnungsvolle Stunde verdanke. Trotz ihrer legeren Form kennzeichnen diese Worte – es ist kaum zu glauben – das bedeutsamste Ereignis meines Lebens.

Als meine Mutter starb, war ich noch nicht fünfzehn Jahre alt. Ihr zum Gedächtnis verfaßte ich Gedichte, was kaum ein Gegenwert für Tränen ist. Aber in meinem Schmerz entstand das Gefühl, daß nun für mich der Ernst des Lebens und der Arbeit beginnen müsse. Schon der Schmerz allein bedeutete ein intensiveres Leben. Später legte sich irgendein Rest von religiösem Gefühl lindernd auf diese Wunde. Irgendwo fern von mir lebte meine Mutter fort und würde sich sicher auch über die Erfolge freuen, die ich zu erringen hoffte. Sehr bequem! Ich entsinne mich genau der damaligen Situation. Durch den Tod der Mutter, durch die normale Gemütsbewegung, in die er mich brachte, mußte sich doch alles zum Besseren wenden.

Der Tod meines Vaters dagegen war eine richtige und große Katastrophe. Ich weilte nicht mehr im Paradies. Ich wurde dreißig Jahre alt, zum fertigen Menschen. Auch ich, wie schon so viele andere! Zum erstenmal ward mir bewußt, daß der wichtigste, der entscheidendste Weg des Lebens hinter mir lag, unabänderlich. Doch war mein großer Schmerz nicht egoistisch, wie man nach alledem vermuten könnte. Im Gegenteil! Ich bedauerte zugleich meinen Vater und mich, aber mich nur deshalb, weil er gestorben war. Bis dahin war ich von Fakultät zu Fakultät, von Zigarette zu Zigarette im unerschütterlichen Glauben an meine Fähigkeiten gegangen. Ich bin davon überzeugt, daß dieser Glaube, der mir mein Leben so bequem machte, auch heute unerschüttert wäre, lebte mein Vater noch. Als er tot war, konnte ich den strengen Vorsatz auf kein Morgen mehr verschieben.

Oft wenn ich daran denke, wundere ich mich darüber, daß diese Verzweiflung an mir und meiner Zukunft erst nach dem Tod meines Vaters und nicht schon früher eingetreten ist. Eigentlich sind dies ja jüngere Begebenheiten, und um mich an diesen übermenschlichen Schmerz und alle seine Details zu erinnern, habe ich es gewiß nicht nötig zu träumen, wie mir dies die Herren von der Analyse vorschreiben wollen. Ich erinnere mich deutlich an alles, aber ich verstehe gar nichts. Vor dem Tod meines Vaters konnte man nicht sagen, daß ich für meinen Vater lebte. Ich gab mir keine Mühe, ihm näher zu kommen, und ich mied seine Gesellschaft, wenn dies ohne Kränkung möglich war. An der Universität kannten ihn alle unter dem Spitznamen, den ich ihm gegeben hatte: «Silva, mein altes Portemonnaie». Es mußte erst seine Krankheit kommen, damit ich mich für ihn interessierte. Die Krankheit, die auch schon der Tod war. Der Arzt gab meinen Vater sofort auf. Wenn ich mich zu seinen Lebzeiten in Triest aufhielt, waren wir höchstens ein Stündchen im Tag beisammen, doch auch dies nicht täglich. Im ganzen Leben bin ich ihm nicht so nah gewesen wie in den Tagen der Trauer um seinen Tod. Ich wollte, ich hätte damals weniger geweint und wäre vorher mehr bei ihm gewesen! Das hätte sicher meiner Gesundheit genützt. Natürlich war es schwer, mit ihm beisammen zu sein, denn zwischen ihm und mir gab es beinahe keine geistigen Berührungspunkte. Wenn wir einander ansahen, mußten wir beide mitleidig lächeln; sein Lächeln war mehr traurig, mehr väterlich besorgt um meine Zukunft – meines mehr nachsichtig. Ich meinte, daß seine Schwächezustände nicht viel zu besagen hätten und nur Symptome seines Alters seien. Er war der erste, der meiner Energie mißtraute – allzu früh, wie es mir scheint! Ich glaube aber, ohne dafür einen wissenschaftlichen Beweis antreten zu können, daß er mir schon deshalb nicht vertrauen konnte, weil ich von ihm gezeugt war. Jedenfalls vermehrte das mein Mißtrauen gegen ihn, darin steht die Wissenschaft auf meiner Seite.

Er hatte den Ruf eines geschickten Geschäftsmannes. Ich allein wußte, daß seine Geschäfte schon seit vielen Jahren von Olivi besorgt wurden. In dieser geschäftlichen Unfähigkeit waren wir einander ähnlich. Das war auch die einzige Ähnlichkeit. Sonst unterschieden wir uns wie die Stärke von der Schwäche, und da war ich der Starke und er der Schwache. Schon aus diesen meinen Aufzeichnungen geht hervor, daß mir ein ungestümer Drang innewohnt, besser zu werden. Und dieser Drang wird mir immer innewohnen, worin ja mein allergrößtes Unglück besteht. Alle meine Träume von Harmonie und Stärke können nicht anders bezeichnet werden. Mein Vater kannte nichts von alledem. Er war vollkommen mit sich selber einverstanden und hat sich wohl niemals bemüht, anders zu werden. Er rauchte vom Morgen bis zum Abend und, nach dem Tod meiner Mutter, wenn er nicht schlafen konnte, auch vom Abend bis zum Morgen. Er trank auch, zwar nicht übermäßig; abends zum Essen, gerade nur so viel, um augenblicklich einschlafen zu können, sowie er den Kopf in die Kissen legte. Nach seiner Meinung waren Tabak und Alkohol recht gute Medizinen.

Was Frauen anbelangt, so erfuhr ich von meinen Verwandten, daß meine Mutter öfters Anlaß zur Eifersucht hatte. Es scheint sogar, daß die sanfte Frau manchmal energisch auftreten mußte, um ihren Mann im Zaum zu halten. Von ihr, die er gleicherweise liebte und achtete, ließ er sich vollkommen lenken. Trotzdem erreichte sie es nie, ein Geständnis seiner Treulosigkeit zu erlangen, und sie starb in dem angenehmen Glauben, sich getäuscht zu haben. Die guten Verwandten erzählten aber, sie hätte ihren Mann einmal beinahe *in flagranti* mit ihrer eigenen Schneiderin[12] ertappt. Er erklärte sein Benehmen als einen Anfall von Geistesabwesenheit, und zwar so überzeugend, daß ihm geglaubt werden mußte. Gleichwohl hatte meine Mutter seither nie mehr etwas mit dieser Schneiderin zu tun. Mein Vater auch nicht. Ich glaube, daß ich an seiner Stelle einerseits alles zugegeben, andererseits nicht die Kraft gehabt hätte, von der Schneiderin abzulassen. Ich komme nirgends los.

Mein Vater verstand es als richtiger *pater familias,* sich Ruhe zu verschaffen. Er hatte Ruhe in seinem Hause und in seiner Seele. Er las nur minderwertige und moralisierende Bücher, und zwar nicht aus Heuchelei, sondern aus innerster Überzeugung. Ich meine, daß er den Sinn dieser

Moralpredigten lebhaft erfaßte und sein Gewissen durch aufrichtige Parteinahme für die Tugend beruhigte. Nun ich selber alt werde und dem Patriarchentypus nahekomme, fühle ich auch, daß das Lob der Unmoral viel strafbarer ist als ihre Ausübung. Zum Mord kann uns Liebe oder Haß bewegen, zum Lob des Mordes aber nur Gemeinheit.

Wir unterschieden uns dermaßen voneinander, daß er mir offen gestand, ich gehörte zu jenen Menschen auf der Welt, die ihn am meisten beunruhigten. Meine Sehnsucht nach Gesundung bewog mich, den menschlichen Körper zu studieren. Er hingegen verstand es, jede Vorstellung von dieser fatalen Maschinerie aus seinem Bewußtsein zu bannen. Für ihn schlug das Herz nicht wirklich, und er hielt es daher für überflüssig, seinen Organismus aus dem System der Herzklappen und des zirkulierenden Blutes erklären zu können. Nur keine Bewegung. Die Erfahrung bewies ja, wie man schließlich stehenblieb, wenn man sich vorher auch noch so sehr bemüht hatte, sich zu bewegen. Sogar die Erde war für meinen Vater unbeweglich und an den zwei Polen befestigt. Natürlich wagte er nicht, dies auszusprechen, aber erwähnte man irgend etwas vor ihm, das dieser seiner Meinung widersprach, so konnte man sehen, wie er darunter litt. Er unterbrach mich eines Tages voll Ärger, als ich irgend etwas von den Antipoden zu ihm sagte. Der Gedanke an diese Leute, die den Kopf nach unten halten mußten, verursachte ihm Übelkeiten.

Er tadelte an mir noch zwei andere Eigenschaften: meine Zerstreutheit und meine Neigung, über die ernstesten Dinge zu lachen. Seine Zerstreutheit unterschied sich von der meinen durch ein gewisses Büchlein, in das er alles eintrug, was er zu vergessen fürchtete, und das er mehrmals am Tag genau durchlas. Er glaubte, solcherart seiner Schwäche erfolgreich beigekommen zu sein, und litt nicht mehr unter ihr. Mir legte er gleichfalls ein solches

Büchlein hin. Ich verzeichnete täglich darin etliche letzte Zigaretten. Was meine Respektlosigkeit gegenüber den ernsten Dingen betrifft, so fand ich eben, daß es eher eine schlechte Eigenschaft von ihm war, allzu vieles auf dieser Welt ernst zu nehmen. Ein Beispiel: Als ich, nachdem ich erst vom juristischen zum chemischen Studium übergesattelt war, dann mit seiner Erlaubnis vom chemischen zum juristischen wieder zurückging, sagte er gutmütig: «Für mich steht fest, daß du irrsinnig bist.»

Ich war darüber keineswegs beleidigt. Ich war ihm vielmehr für seine Herablassung dankbar und wollte mich dafür erkenntlich zeigen und ihn zum Lachen bringen. So ging ich zu Doktor Canestrini[13], um mich untersuchen und mir ein Zeugnis über meinen Geisteszustand ausstellen zu lassen. Die Sache war nicht leicht, die Untersuchung lang und äußerst gründlich. Als ich das Zeugnis endlich hatte und es meinem Vater im Triumph heimbrachte, konnte er nicht darüber lachen, sondern bekam Tränen in die Augen und rief traurig aus:

«Ah, du bist wirklich verrückt!»

Das war die Belohnung für meinen umständlichen und harmlosen Scherz. Er verzieh ihn mir nie und konnte auch später nicht darüber lachen. Sich von einem Arzt zum Scherz untersuchen lassen? Ein mit Stempeln versehenes Zeugnis ausstellen lassen, das nicht ernst war? Verrückte Idee!

Kurz gesagt, ich repräsentierte neben ihm die Kraft. Oft glaube ich, argen Nachteil dadurch erlitten zu haben, daß diese Schwäche, von der ich mich vorteilhaft abhob, aus der Welt verschwunden ist.

Seine Schwäche wurde mir bewußt, als dieser Schuft von Olivi ihn veranlaßte, ein Testament zu machen. Er hatte es eilig, dieser Olivi, mit dem Testament, das ihn zum Verwalter meiner Angelegenheiten einsetzte. Es scheint, als hätte er große Mühe gehabt, meinen Vater zu dieser

Handlung zu bewegen. Endlich entschloß sich mein Vater dazu. Sein breites und heiteres Antlitz war zu dieser Zeit verfinstert. Er mußte ständig an den Tod denken, als wäre er nunmehr mit ihm in Kontakt getreten.

Eines Abends fragte er mich: «Glaubst du, daß alles zu Ende ist, wenn man stirbt?»

Über das Mysterium des Todes grüble ich Tag für Tag, aber ich war noch nicht in der Lage, meinem Vater die gewünschte Auskunft zu erteilen. Um ihm aber Freude zu machen, täuschte ich einen heiteren und zuversichtlichen Glauben an ein anderes Leben vor.

«Ich glaube, daß die Freude bleibt und der Schmerz all seine Macht verliert, denn wozu sollte er noch dienen? Die Verwesung könnte irgendwie an die erotische Ekstase erinnern. Sicherlich wird sie vom Gefühl der Glückseligkeit und der Ruhe begleitet, ist doch das Gegenteil, der neue Aufbau, so mühselig. Die Auflösung ist gewiß Ziel und Preis des Lebens!»

Ich blamierte mich damit gehörig. Wir saßen noch bei Tisch nach dem Abendessen. Er erwiderte kein Wort, stand auf, leerte sein Glas und warf dann hin:

«Es ist nicht die Stunde zu philosophieren. Insbesondere nicht mit dir.»

Und verschwand. Ich ging ihm traurig nach. Ich wollte an seiner Seite bleiben, um ihn von seiner trüben Stimmung zu befreien. Er schickte mich aber fort, indem er erklärte, daß ihn meine Anwesenheit an den Tod und seine Wollust erinnere.

Das Testament beschäftigte ihn unaufhörlich, solange er nicht mit mir darüber gesprochen hatte. Jedesmal wenn er mich sah, mußte er daran denken. Und endlich, eines Abends, platzte er heraus:

«Ich muß dir sagen, daß ich mein Testament gemacht habe.»

Um ihn von seiner Beklemmung zu befreien, verbarg

ich, wie sehr mich seine Mitteilung überraschte, und sagte:

«Ich persönlich werde mich mit einer so unangenehmen Sache nie zu beschäftigen haben. Ich hoffe bestimmt, daß alle meine Erben vor mir sterben werden!»

Es beunruhigte ihn augenblicklich, daß ich über eine so ernste Angelegenheit scherzte. Er hatte das Bedürfnis, mich dafür zu bestrafen. So fiel es ihm nicht schwer, mir mitzuteilen, welchen Streich er mir gespielt: daß er mich nämlich unter die Vormundschaft Olivis gestellt hatte.

Ich bin mir bewußt, mich als guter Sohn benommen zu haben. Ich brachte keinen Einwand vor, nur um ihn von jeder Unruhe zu befreien. Ich sagte, was immer sein letzter Wille sei, ich würde mich ihm fügen.

Ich sagte ferner: «Vielleicht verändere ich mich noch so, daß du bewogen wirst, dein Testament zu revidieren.»

Das gefiel ihm; schon deshalb, weil er daraus ersah, daß ich damit rechnete, er würde noch lange, sogar sehr lange leben. Trotzdem nahm er mir das Gelöbnis ab, niemals die Rechte Olivis anzufechten, falls er selber einst darüber nicht anders bestimmte. Ich gelobte alles, da ich sah, daß er sich mit meinem Ehrenwort nicht begnügen würde. Dabei war ich so sanft und willig, daß ich mir heute dies alles ins Gedächtnis zurückrufe, wenn mich das Schuldbewußtsein befällt, meinen Vater vor seinem Tod nicht genügend geliebt zu haben. Will ich aber ganz aufrichtig sein, so muß ich sagen, daß mir diese Nachgiebigkeit gegenüber seinen Wünschen eigentlich leichtfiel, da mir zu jener Zeit die Vorstellung sympathisch war, auch später nichts arbeiten zu müssen.

Ungefähr ein Jahr vor seinem Tod bewog ich einmal ziemlich energisch meinen Vater, etwas für seine Gesundheit zu tun. Er hatte mir geschildert, wie schlecht er sich fühle. Ich zwang ihn, zu einem Arzt zu gehen, und begleitete ihn auch dorthin. Der Arzt verschrieb eine Medizin und sagte, wir sollten uns nach einigen Wochen wieder sehen lassen. Aber mein Vater wehrte sich dagegen: er hasse die Ärzte wie die Totengräber. Er nahm auch die verschriebene Medizin nicht ein: sie erinnere ihn an Ärzte und Totengräber. Er rauchte nicht, mehrere Stunden lang, und enthielt sich auch einmal während der Mahlzeit des Trinkens. Er fühlte sich aber viel wohler, als er die Kur nicht mehr zu machen brauchte. Und ich vergaß, wie sein Zustand in Wahrheit war, da ich ihn um so vieles heiterer sah.

Später schien er mir oft traurig zu sein, aber es wäre auch verwunderlich gewesen, ihn anders zu sehen, so einsam und alt wie er war.

Eines Abends, es war Ende März, kam ich später als gewöhnlich nach Hause. Daran war nichts Schlechtes schuld: ich war einem gelehrten Freund in die Arme gelaufen, der mir seine Ansichten über den Ursprung des Christentums unbedingt auseinandersetzen wollte. Zum erstenmal im Leben wurde von mir verlangt, über diesen Ursprung nachzudenken. Um dem Mann einen Gefallen zu tun, folgte ich ergeben seinen langen Ausführungen. Die Luft war kalt, es fiel ein feiner Regen. Alles schien trüb gestimmt und wenig freundlich. Ich konnte ja den Griechen und Juden, von denen die Geschichte handelte, recht gut nachfühlen, nichtsdestoweniger waren es für mich zwei höchst qualvolle Stunden. Meine übliche Schwäche! Ich möchte wetten, daß mich auch heute noch jeder Beliebige, der es sich gerade in den Kopf setzt, überreden könnte, Astronomie zu studieren; ich würde nicht die Kraft aufbringen, mich dagegen zu wehren.

Ich trat in den Garten, der unser Haus umgibt. Ein kurzer Fahrweg führt quer hindurch. Maria, das Dienstmädchen, wartete am Fenster. Als sie meine Schritte hörte, rief sie in der Dunkelheit:

«Sind Sie's, Herr Zeno?»

Maria war eine von jenen Mägden, wie man sie heute nicht mehr findet. Sie diente damals seit fünfzehn Jahren bei uns. Jeden Monat trug sie einen Teil ihres Lohnes auf die Sparkasse, als Notpfennig für ihre alten Tage, den sie niemals brauchen sollte, da sie kurz nach meiner Hochzeit in unserem Hause starb – noch immer dienend.

Sie erzählte mir, daß mein Vater schon stundenlang zu Hause sei, jedoch mit dem Abendessen noch auf mich warte. Sie hatte darauf bestanden, daß er schon früher esse, und war von ihm in gröbster Weise abgewiesen worden. Dann hatte er, angstvoll und unruhig, mehrmals nach mir gefragt. Maria deutete an, daß mein Vater sich wahrscheinlich nicht wohl fühle. Sie hatte den Eindruck, daß er nur mit Mühe spreche und nach Atem ringe. Allerdings muß ich sagen, daß sie, die immer mit ihm allein war, an der fixen Idee litt, mein Vater sei krank. Sonst hatte sie ja in diesem einsamen Haus nicht viel zu tun. Sie nahm an, daß alle vor ihr sterben müßten, wie sie es bei meiner Mutter schon erlebte.

Ich eilte mit einer gewissen Neugier, jedoch noch ohne Unruhe ins Speisezimmer. Mein Vater erhob sich sofort vom Sofa, auf dem er gelegen hatte. Er zeigte große Freude darüber, daß ich endlich da war. Doch dies vermochte mich nicht zu rühren, da ich einen gewissen Vorwurf darin zu entdecken glaubte. Immerhin beruhigte mich seine Freude gänzlich, denn sie schien mir ein Zeichen von Gesundheit zu sein. Von jenem Stammeln und von jener Atemnot, die Maria erwähnt hatte, bemerkte ich keine Spur. Anstatt mich zu tadeln, entschuldigte er sich noch, so hartnäckig gewartet zu haben. Er sagte freundlich: «Was willst du, wir beide sind allein auf dieser Welt. Ich wollte dich noch sehen, bevor ich schlafen gehe.»

Wollte Gott, ich hätte mich einfach benommen, wie es in solcher Lage das Herz vorschreibt – ich hätte meinen

Vater umarmt, den die Krankheit so sanft und freundlich machte. Statt dessen stellte ich kalt eine ärztliche Diagnose: der alte Silva ist sanft geworden? Sollte er krank sein? Ich sah ihn argwöhnisch an. Nichts Besseres fiel mir ein, als ihm nun meinerseits einen Vorwurf zu machen:

«Aber warum hast du eigentlich nicht mit dem Essen begonnen? Du hättest doch auch nachher auf mich warten können.»

Er lachte wie ein Junge:

«Es ist viel hübscher, zu zweit zu essen.»

Diese gute Laune konnte auch ein Zeichen von großem Appetit sein. Ich beruhigte mich gänzlich und begann zu essen. Mein Vater ging mit unsicheren Füßen, die in Hausschuhen staken, zum Tisch und setzte sich an seinen gewohnten Platz. Dann sah er mir zu, wie ich aß, indes er selbst nach einigen Bissen die Speisen stehenließ und sogar den Teller von sich schob, als widere er ihn an. Aber das Lächeln wich nicht aus seinem alten Antlitz. Ich erinnere mich so deutlich, als wäre es gestern geschehen, wie er manchmal, wenn ich ihm in die Augen sah, den Blick senkte. Man sagt, dies sei ein Zeichen von Falschheit: ich weiß heute, daß es ein Krankheitssymptom ist. Ein krankes Lebewesen läßt sich nicht in die Augen sehen, wo man seine Krankheit und Schwäche sofort entdecken kann.

Er wartete die ganze Zeit darauf zu hören, was ich eigentlich in der langen Zeit getan hatte, die er auf mich gewartet. Und da ich sah, wie sehr es ihn interessierte, hielt ich einen Augenblick im Essen inne und erzählte trocken, ich hätte über den Ursprung des Christentums diskutiert.

Er sah mich an, überrascht, ein wenig zweifelnd:

«Auch du denkst jetzt an Religion?»

Es war offenbar, daß es ihm einen großen Trost bedeutet hätte, wenn ich seiner Meinung gewesen wäre. Ich aber fühlte mich streitlustig, wie immer, solange mein Vater lebte (später nicht mehr), und antwortete mit einer jener

Phrasen, die man in den Kaffeehäusern hören kann, die neben der Universität liegen:

«Ich sehe in der Religion nichts als ein Phänomen, das man studieren muß wie jedes andere.»

«Phänomen?» – fragte er ganz verwirrt. Dann dachte er nach, was er passenderweise antworten könnte, öffnete die Lippen, stockte aber und betrachtete die Speisen, die Maria eben vor ihn hinstellte und die er nicht berührte. Um etwas zwischen die Zähne zu bekommen, nahm er einen Zigarrenstummel, zündete ihn an und ließ ihn sofort wieder verlöschen. So hatte er sich endlich die kurze Pause gegönnt, in der er die Antwort ruhig bedenken wollte. Er sah mich entschlossen an:

«Du willst doch nicht etwa die Religion verspotten?»

Ich, der ich immer der Typ des verbummelten Studenten gewesen bin, antwortete mit vollem Munde kauend:

«Nicht verspotten. Studieren.»

Er schwieg und sah lange auf den Zigarrenstummel, den er auf einen Teller gelegt hatte. Heute verstehe ich, warum er mir dies alles sagte. Heute verstehe ich, was in diesem bereits getrübten Geist vorging, und wundere mich, daß ich damals nichts davon verstand. Ich glaube, mir fehlte damals die Sympathie, die die Dinge verstehen hilft. Später wurde es mir leichtgemacht. Mein Vater vermied es, irgend etwas gegen meinen Skeptizismus zu sagen. Das hätte einen Kampf ergeben, der für ihn zu schwer war in diesem Augenblick. Aber er meinte wohl, den Kampf vorsichtig, gewissermaßen von der Flanke her, eröffnen zu können, wie es für die Kräfte eines Kranken vielleicht möglich ist. Ich erinnere mich, wie sein Atem stockte und seine Worte langsamer wurden. Es macht ja Mühe, sich auf eine Debatte vorzubereiten. Aber ich glaubte, er werde sich nicht entschließen können, schlafen zu gehen, ohne mir die Antwort gegeben zu haben, und bereitete mich auf die Diskussion vor, die dann nicht kam.

«Ich», sagte er und sah auf seinen Zigarrenstummel, der erloschen war, «ich fühle, daß meine Erfahrung und meine Kenntnis von den menschlichen Dingen groß ist. Man lebt nicht umsonst so lange Jahre. Ich habe viel gelernt und kann es doch leider nicht lehren, wie ich es gerne möchte. Oh, wie ich es möchte! Ich sehe gewissermaßen hinter die Dinge. Ich sehe, was richtig und was wahr, und auch, was falsch und verlogen ist.»

Das war im Grunde kein Meinungsaustausch. Ich aß ruhig weiter und murmelte dabei, nicht sehr überzeugt:

«Ja, Papa!» Ich wollte ihn nicht kränken.

«Schade, daß du so spät gekommen bist. Vorhin war ich viel frischer. Vorhin hätte ich dir so viel sagen können.»

Ich dachte, er wollte mich nun für mein spätes Kommen strafen. So schlug ich ihm vor, die Diskussion auf morgen zu verschieben.

Er antwortete verträumt: «Es handelt sich um keine Diskussion. Es handelt sich um etwas ganz anderes. Darüber kann man nicht diskutieren. Wenn ich es dir sage, wirst du es wohl verstehen, aber es ist sehr schwer, das zu sagen.»

Plötzlich wurde ich argwöhnisch:

«Fühlst du dich am Ende nicht wohl?»

«Ich kann nicht direkt sagen, daß ich mich nicht wohl fühle. Ich bin sehr müde und werde gleich schlafen gehen.»

Er klingelte und rief gleichzeitig laut nach Maria. Sie kam. Er fragte sie, ob in seinem Zimmer alles vorbereitet sei. Dann entfernte er sich sofort, indem er mit den Pantoffeln am Boden schleifte. Als er an mir vorüberkam, reichte er mir die Wange zum täglichen Gute-Nacht-Kuß.

Als ich ihn so unsicher wanken sah, fürchtete ich wieder, er fühle sich nicht wohl, und fragte ihn noch einmal. Wir wiederholten beide unsere früheren Worte mehrmals. Er versicherte noch einmal, er sei zwar müde, aber nicht krank. Dann fügte er hinzu:

«Jetzt werde ich an die Worte denken, die ich dir morgen sagen will. Du wirst schon sehen, wie sie dich überzeugen werden.»

Ich sagte gerührt: «Ich will dir gerne zuhören, Papa!»

Als er mich so willig sah, seine Erfahrungen gelten zu lassen, zögerte er einen Augenblick, von mir zu gehen: die Gelegenheit kehrte vielleicht nicht wieder. Er strich sich mit der Hand über die Stirn, setzte sich verlegen auf den Stuhl, der ihm als Stütze gedient, als er mir die Wange zum Kuß geboten hatte. Dabei keuchte er:

«Sonderbar, ich kann dir nichts sagen. Wirklich gar nichts.»

Er sah hilflos im Zimmer umher, als wollte er außen suchen, was er in seinem Inneren nicht finden konnte.

«Und doch weiß ich so vieles. Und doch weiß ich eigentlich alles. Das muß die Folge meiner großen Erfahrung sein.»

Er litt nicht einmal so sehr unter seiner Hilflosigkeit. Er lächelte sogar, stolz auf die eigene Kraft, die eigene Größe.

Ich weiß nicht, warum ich nicht gleich den Arzt gerufen habe. Voll Schmerz und Reue müßte ich mir eigentlich eingestehen: ich hielt die Worte meines Vaters für recht anmaßend, wie schon früher immer. Andererseits entging mir sein Zustand nicht. Deshalb vermied ich jede Diskussion. Es machte mir Vergnügen, ihm die Illusion zu lassen, er sei stark in diesem Augenblick, während er in Wirklichkeit doch so schwach war. Außerdem fühlte ich mich durch sein Vertrauen geschmeichelt, das sich in dem Wunsch äußerte, mir diese vermeintliche Weisheit mitzuteilen. Dabei war ich überzeugt, von ihm nicht das Geringste lernen zu können. Um ihm zu schmeicheln und zugleich irgendeine Beruhigung zu geben, sagte ich, er müsse sich nicht anstrengen, gleich jetzt die fehlenden Worte zu finden. In solche Lage kämen oft die größten Gelehrten, die komplizierte Dinge in irgendeinem Winkel ihres Gehirns verwahren, wo sie von selbst einfacher werden.

Er antwortete:

«Das, was ich suche, ist wirklich nicht kompliziert. Es handelt sich nur darum, ein einziges Wort zu finden. Ich werde es auch finden. Aber nicht heute nacht. Heute will ich ungestört einschlafen, ohne den geringsten Gedanken.»

Er erhob sich noch immer nicht aus seinem Sessel. Einen Augenblick lang prüfte er mein Gesicht, zögerte, sagte:

«Ich fürchte, ich werde dir nicht alles sagen können, was ich denke. Nur deshalb nicht, weil du gewohnt bist, über alles zu lachen.»

Er lächelte verbindlich, als bäte er mich, ihm diese Worte nicht übelzunehmen. Dann erhob er sich endlich und bot mir zum zweitenmal die Wange. Ich ging auf seine Bemerkung nicht weiter ein und hielt es nicht der Mühe wert, ihm zu erzählen, über wie vieles auf dieser Welt man lachen darf und muß. Durch eine kräftige Umarmung wollte ich die ganze Angelegenheit beendigen. Vielleicht fiel diese Bewegung etwas zu heftig aus. Trauriger als zuvor entwand er sich mir. Sicher aber hatte er doch damit etwas von meiner Zuneigung zu spüren bekommen, denn er winkte noch einmal freundlich mit der Hand.

«Nun zu Bett», sagte er heiter und ging, von Maria gefolgt, hinaus.

Allein geblieben, dachte ich nicht (worüber ich mich heute wieder wundere) an den Gesundheitszustand meines Vaters, sondern bedauerte, wenn auch nicht ohne kindliche Ehrfurcht, daß einem so strebsamen und vielleicht wertvollen Geist keine Möglichkeit zu einer besseren Bildung gegeben war. Heute, da ich dies schreibe und dabei dem damaligen Alter meines Vaters nahe bin, weiß ich, daß ein Mann das Gefühl seiner starken Intelligenz haben kann, ohne daß diese sich nach außen anders zu zeigen braucht als eben durch dieses Gefühl. Etwa so: man atmet einmal tief ein und billigt und bewundert die ganze Natur, wie sie ist und wie sie unabänderlich auch bleibt: damit offenbart man dieselbe Intelligenz, aus der die gesamte Schöpfung hervorgegangen ist. Ich glaube, daß in jenem letzten lichten Augenblick meines Vaters das Gefühl besonders starker Intelligenz aus einer plötzlichen religiösen Erleuchtung kam. Davon wollte er zu mir reden, als ich zufällig meine Beschäftigung mit den Ursprüngen des Christentums erwähnte. Heute weiß ich aber, daß dieses Gefühl das erste Symptom des Gehirnödems war.

Maria kam, um abzuräumen und mir zu sagen, daß mein Vater augenblicklich eingeschlafen sei. So konnte ich auch beruhigt schlafen gehen. Draußen blies und heulte der Wind. Ich hörte ihn in meinem warmen Bett wie ein Schlaflied, das sich immer weiter entfernt. Dann verlor ich mich in Schlaf.

Wie lange es dauerte, weiß ich nicht. Ich wurde von Maria geweckt. Wahrscheinlich war sie schon mehrere Male in mein Zimmer gekommen, um mich zu rufen, und dann immer wieder fortgerannt. Erst fühlte ich nur irgendeine Verwirrung in meinem tiefen Schlaf, dann erkannte ich die Alte, die im Zimmer herumlief; endlich begann ich zu begreifen. Sie wollte mich wecken, aber als ich endlich erwachte, war sie nicht mehr da. Der Wind fuhr fort, mich einzuschläfern. Voll Ärger, das muß ich bekennen, voll Ärger, aus meinem Schlaf geschreckt zu werden, ging ich ins Zimmer meines Vaters. Ich dachte daran, daß Maria meinen Vater seit jeher in Gefahr gesehen habe. Wehe ihr, wenn er diesmal nicht wirklich krank sein sollte!

Das Zimmer meines Vaters war nicht allzu groß und dabei mit Möbeln überladen. Nach dem Tod der Mutter war er, um leichter vergessen zu können, in ein anderes Zimmer gezogen und hatte alle Möbel in das kleinere mitgenommen. In dem von einer Gasflamme schwach erleuchteten Raum huschten Schatten. Maria stützte meinen Vater, der auf dem Rücken lag, aber mit dem halben Körper über den Rand des Bettes hing. Sein schweißbedecktes Gesicht wurde durch das nahe Licht rot gefärbt. Sein Kopf ruhte auf der Brust Marias. Er stöhnte vor Schmerz, seine Lippen schienen gelähmt, da ihm der Speichel über das Kinn floß. Er starrte unbewegt auf die gegenüberliegende Wand und wandte sich gar nicht nach mir, als ich eintrat.

Maria berichtete, sie hätte sein Stöhnen gehört und sei gerade noch zurecht gekommen, um einen Sturz aus dem Bett zu verhindern. Vorher sei er sehr erregt gewesen, jetzt komme er ihr zwar verhältnismäßig ruhig vor, aber sie wage es doch nicht, ihn allein zu lassen. Vielleicht wollte sie sich entschuldigen, mich geweckt zu haben, aber ich begriff. Sie weinte unaufhörlich. Ich weinte nicht mit, im Gegenteil, ich mahnte sie zur Ruhe und bat sie, den Schrecken dieser Stunde nicht noch durch unnützes Klagen zu verschlimmern. Eigentlich begriff ich noch immer nicht alles. Die Ärmste versuchte vergeblich, ihr Schluchzen zu unterdrücken.

Ich beugte mich hinunter und rief meinem Vater ins Ohr:

«Papa, warum jammerst du? Fühlst du dich schlecht?»

Ich glaube, er hat mich noch gehört. Sein Stöhnen wurde dumpfer, er wandte endlich den Blick von der Wand und versuchte, mich zu sehen. Aber es gelang ihm nicht. Ich rief ihm mehrmals denselben Satz zu, jedesmal mit demselben Erfolg. Meine männliche Haltung wurde bald erschüttert. Schon war mein Vater dem Tod näher als mir. Mein Ruf erreichte ihn nicht mehr. Nun erschrak ich furchtbar. Zuallererst entsann ich mich der Worte, die am letzten Abend zwischen uns gefallen waren. Wenige Stunden danach hatte er sich auf den Weg gemacht, um zu sehen, wer von uns beiden recht behalten sollte. Sonderbar! Mein Schmerz war gleichzeitig ein Schmerz des Gewissens. Ich grub mein Gesicht in das Kissen meines Vaters und weinte verzweifelt. Es war genau dasselbe Weinen, das ich eben noch so streng an Maria getadelt hatte.

Nun war es an ihr, mich zu beruhigen, was sie in eigentümlicher Weise besorgte, indem sie von meinem Vater, der noch immer stöhnte und mit weit offenen Augen dalag, wie von einem Toten sprach:

«Der Ärmste! So zu sterben! Mit so einem reichen und schönen Haar!» Sie streichelte es. Es war richtig, daß das Haupt meines Vaters noch schönes und reiches Haar trug, indessen ich im Alter von dreißig Jahren beinahe schon kahl war.

Ich dachte gar nicht daran, daß es auf dieser Welt so etwas wie Ärzte gab, die, wie man wenigstens allgemein annimmt, mit der Heilung von Krankheiten etwas zu tun haben. Auf dem schmerzverzerrten Antlitz meines Vaters hatte ich den Tod gesehen, und alle Hoffnung war für mich verloren. Da begann Maria von einem Arzt zu reden. Sie lief, den Gärtner zu wecken und ihn in die Stadt zu schicken. Ich blieb zehn Minuten lang allein mit meinem Vater und stand ihm bei: zehn Minuten, die eine Ewigkeit bedeuteten. Ich erinnere mich noch deutlich, wie ich versuchte, alle Liebe, die ich im Herzen aufbringen konnte, in meine Hände zu legen, die sich mit jenem gemarterten Körper befaßten. Menschliche Worte hörte er nicht mehr. Was hätte ich tun können, um ihn meine ganze Liebe fühlen zu lassen?

Als der Gärtner endlich erschien, ging ich auf mein Zimmer, um dort den Zettel zu schreiben. Es fiel mir schwer, die wenigen Worte zu finden, die den Arzt soweit unterrichten sollten, daß er gleich die richtigen Medikamente mitnahm. Ich dachte schon an den Tod meines Vaters wie an etwas

Vergangenes und fragte mich: «Was soll ich jetzt auf dieser Welt beginnen?»

Dann kam die Wartezeit, lange Stunden. Ich habe sie deutlich in Erinnerung. Nach der ersten Stunde war es nicht mehr nötig, irgend etwas für meinen Vater zu tun. Er lag ruhig und ohne Bewußtsein in seinem Bett, stöhnte nicht mehr, schien auch für nichts mehr ein Gefühl zu haben. Sein Atem hastete; ich mußte ihn, fast unbewußt, nachahmen. Dieses Atemtempo vermochte ich aber nicht lange durchzuhalten, gestattete mir daher Ruhepausen und hoffte, damit auch den Atem des Kranken ruhiger zu machen. Der aber arbeitete unermüdlich weiter. Wir versuchten vergeblich, ihm einen Löffel Tee einzuflößen. Ein wenig kehrte sein Bewußtsein immer dann zurück, wenn er sich wehren wollte. Dann schloß er energisch die Zähne. Auch in diesem Zustand verließ ihn seine ewige Halsstarrigkeit nicht. Schon vor Morgengrauen ging seine Atmung anders. Sie hielt zeitweise ganz an, ging hierauf in regelmäßige Atemzüge über, die denen eines Gesunden ähnlich waren, wurde plötzlich wieder hastig, um dann wieder ganz auszusetzen. Es gab entsetzliche Pausen, die Maria und ich jedesmal als den Beginn des Sterbens auffaßten. Aber die sonderbaren Rhythmen des Atems begannen in gleichen Abständen immer aufs neue, um in gleicher Weise abzubrechen; es waren musikalische Rhythmen von unbeschreiblicher Traurigkeit, ohne alle Farbe. Dieses Atmen, das nicht immer gleichmäßig, aber immer gleich geräuschvoll war, wurde fast zum Bestandteil des ganzen Raums. Und noch lange nach jener schrecklichen Nacht ist es dort haften geblieben.

Maria saß am Rand des Bettes. Ich warf mich auf einen Diwan und blieb einige Stunden liegen. Auf diesem Diwan habe ich meine heißesten Tränen geweint. Das Weinen verschleiert die eigene Schuld. Man kann das Schicksal anklagen, ohne einen Widerspruch befürchten zu müssen.

Ich weinte, weil ich meinen Vater verlor, für den allein ich in diesem Augenblick immer gelebt zu haben glaubte. Ich erinnerte mich nicht daran, daß ich ihm nur wenig Gesellschaft geleistet hatte. Hatte mein Streben, besser zu werden, denn etwas anderes bezweckt, als ihm Zufriedenheit und Freude zu verschaffen? Zwar sollte der Erfolg, den ich ersehnte, mein Trumpf ihm gegenüber werden, der stets an mir gezweifelt hat – aber er sollte doch auch als Beruhigung für ihn dienen. Jetzt konnte er nicht mehr auf meine Besserung warten. Er ging, auf ewig von meiner unabänderlichen Minderwertigkeit überzeugt. Meine Tränen waren sehr bitter.

Während ich diese traurige Erinnerung niederschreibe oder vielmehr in das Papier eingraviere, entdecke ich plötzlich, daß das Bild, das mir bei meinem ersten Versuch, in die Vergangenheit zu schauen, erschien: eine Lokomotive, die eine Reihe von Waggons über eine Steigung hinanschleppte – daß dieses Bild aus jener auf dem Diwan verbrachten Nacht stammt, wo ich den Atemzügen meines Vaters lauschte. So machen Lokomotiven, die ungeheure Lasten hinter sich herschleppen: zuerst keuchen sie regelmäßig, plötzlich beginnen sie zu hasten, plötzlich setzen sie aus, was auch bei ihnen wie die stumme Ahnung von etwas Fürchterlichem wirkt. Denn wer dies hört, muß fürchten, daß die Lokomotive samt ihrem langen Anhang kopfüber hinunterstürzen wird. In der Tat, meine Bemühungen, mich zu erinnern, haben mich zuallererst in jene Nacht zurückversetzt, die vielleicht die bedeutsamste meines Lebens war.

Noch immer war es nicht Morgen, als der Doktor Coprosich[14] in der Villa ankam, von einem Krankenwärter, der sein Medikamentenkistchen trug, begleitet. Er hatte zu Fuß gehen müssen, denn wegen des heftigen Unwetters war kein Wagen aufzutreiben gewesen.

Ich empfing ihn unter Tränen. Er behandelte mich äußerst freundlich und versuchte sogar, mir etwas Hoffnung zu geben. Dennoch muß ich sagen, daß es wenige Menschen auf der Welt gibt, die mir nach flüchtiger Begegnung gleich so unsympathisch waren wie Doktor Coprosich. Er lebt noch, hoch betagt, von der ganzen Stadt geehrt und geachtet. Begegne ich ihm heute, wenn er auf der Straße, unsicher und altersschwach, ein bißchen Bewegung sucht und sich der frischen Luft erfreut, so erwacht in mir unverändert diese alte Antipathie.

Damals mochte er ungefähr vierzig Jahre alt sein. Sein Spezialfach war die gerichtliche Medizin, und obwohl ihn alle als eifrigen Italophilen kannten, wurden von den kaiserlich-königlichen Gerichten die wichtigsten Gutachten ihm anvertraut. Er war mager und sehnig. Sein nichtssagendes Gesicht bekam durch die Kahlheit des Schädels, die den Eindruck einer hohen Stirn erweckte, eine besondere Note. Noch ein anderer körperlicher Nachteil verlieh ihm den Schein der Bedeutsamkeit: wenn er die Brille abnahm (was er immer tat, wenn er nachdenken wollte), sahen seine halbblinden Augen an dem Partner vorüber oder über ihn hinweg und glichen den seltsam farblosen Augen steinerner Statuen, drohend oder eventuell auch ironisch. Es waren unerquickliche Augen. Sowie er aber nur ein Wort zu sagen hatte, setzte er seine Brille wieder auf die Nase. Da waren es wieder brave Bürgeraugen, die sehr sorgfältig alle Dinge prüften, von denen die Rede war.

Er setzte sich im Vorzimmer auf einen Stuhl und verschnaufte einige Augenblicke. Dann bat er mich, ihm ganz genau alles zu erzählen, was sich bis zu seinem Kommen ereignet hatte. Er nahm die Brille ab und starrte mit seinen seltsamen Augen auf die Wand hinter mir.

Ich versuchte, alles präzise zu erzählen, was mir in meinem Zustand nicht leichtfiel. Ich merkte auch, daß Doktor Coprosich es nicht vertragen konnte, wenn Laien medizinische Ausdrücke gebrauchten und damit den Eindruck erwecken wollten, sie verstünden etwas von Medizin. Als ich in meine Rede den Ausdruck «Cerebrale Respiration» einflocht, setzte er die Brille sofort wieder auf und sagte: «Nicht so hitzig, warten wir mit den Definitionen. Wir werden schon sehen, worum es sich handelt.» Ich erzählte auch von dem sonderbaren Verhalten meines Vaters, von seiner Sehnsucht, mich vorher noch zu sehen, und von seiner Eile, sich niederzulegen. Das eigentümliche Gespräch mit meinem Vater wiederholte ich nicht: ich fürchtete nämlich, etwas von den Antworten mitteilen zu müssen, die ich gegeben hatte. Ich sagte jedoch wahrheitsgemäß, daß mein Vater sich nicht recht ausdrücken konnte und daß ich den Eindruck gewonnen hatte, als beschäftige ihn etwas, was er nicht zu sagen vermochte. Da rief der Doktor, seine Riesenbrille auf der Nase, voll Triumph:

«Ich weiß, was ihn da beschäftigt hat!»

Ich wußte es auch. Um den Doktor nicht zu ärgern, schwieg ich: Das Gehirnödem hatte ihn beschäftigt.

Wir schritten ans Bett des Kranken. Mit Hilfe des Wärters drehte und wendete der Arzt den armen regungslosen Körper eine Zeitlang hin und her. Es schien mir recht lange zu dauern. Er horchte und tastete ihn ab. Er versuchte, ihn zu selbständiger Bewegung zu bringen. Vergeblich.

«Genug!» sagte er dann. Er näherte sich mir, hielt die Brille in der Hand, senkte die Augen zu Boden, seufzte und sagte:

«Fassen Sie sich! Es ist ein schwerer Fall.»

Wir gingen in mein Zimmer, wo er sich auch das Gesicht wusch.

Er hatte daher die Brille wieder abgelegt. Als er das Gesicht hob, um es zu trocknen, sah es aus wie eines jener seltsamen Gesichter auf Amuletten, die von ungelenker Hand geschnitzt oder gemeißelt sind. Er erinnerte sich, mich und meinen Vater vor einigen Monaten bei sich gesehen zu haben, und fragte, warum wir später ausgeblieben seien. Er vermutete, wir seien zu einem andern Arzt gegangen, und wies darauf hin, daß er damals meinem Vater ausdrücklich eine Kur verordnet hatte. Wenn er Vorwürfe machte, so ohne Brille, war er furchtbar anzusehen. Er erhob die Stimme und verlangte Erklärungen. Seine Augen suchten sie überall.

Gewiß, er hatte recht. Ich verdiente diese Vorwürfe. Ich muß hier ausdrücklich sagen, daß ich den Doktor Coprosich nicht wegen dieser Vorwürfe hasse. Ich entschuldigte mich bei ihm und erwähnte die Abneigung meines Vaters gegen Ärzte und Medizinen. Dabei kamen mir wieder die Tränen. Der Doktor versuchte, mich mit Großmut und Güte zu trösten, und sagte, daß seine Kunst die Katastrophe, die eben hereinbrach, nur hätte verzögern, nicht aber verhindern können, auch wenn wir früher zu ihm gekommen wären.

Aber als er dann fortfuhr, mich über die ersten Symptome der Krankheit auszufragen, fand er neuen Anlaß, mich zu tadeln. Er wollte wissen, ob mein Vater sich in den letzten Monaten über seinen Gesundheitszustand, seinen Schlaf, seinen Appetit beklagt habe. Da konnte ich ihm nichts Präzises mitteilen. Ja, ich wußte nicht einmal, ob mein Vater an dem Tisch, den ich täglich zweimal mit ihm geteilt, viel oder wenig gegessen hatte. Die Offensichtlichkeit meiner Schuld war für mich niederschmetternd. Der Doktor verzichtete auf weitere Fragen. Er erfuhr von mir nur, daß Maria ihn schon längst als einen Gezeichneten betrachtete und deswegen von mir gründlich verspottet worden war.

Der Arzt sah mich an, während er gerade dabei war, seine Ohren zu reinigen. Er sagte: «In ein paar Stunden dürfte er, wenigstens teilweise, wieder zu Bewußtsein kommen.»

Ich rief aus: «Es gibt also noch eine Hoffnung?»

«Nein!» antwortete er trocken. «Aber die Blutegel haben in solchen Fällen immer eine gewisse Wirkung. Er wird einen Teil des Bewußtseins bestimmt wiedererlangen. Es wird vielleicht auch in Verrücktheit umschlagen.»

Er zuckte mit den Schultern und hängte das Handtuch an seinen Platz zurück. Dieses Zucken besagte offene Geringschätzung für sein eigenes Werk. Das ermutigte mich zu reden. Ich war entsetzt bei dem Gedanken, daß mein Vater aus seiner Betäubung erwachen und zum Bewußtsein seines eigenen Sterbens kommen sollte. Aber ohne dieses Achselzucken hätte ich nicht den Mut gehabt, ihm in flehentlichem Ton zu sagen:

«Doktor! Wäre es nicht eine gute Handlung, ihn nicht wieder zu Bewußtsein kommen zu lassen?»

Ich brach in lautes Weinen aus. Das Weinen war schon die ganze Zeit in meinen Nerven latent gewesen. Nun aber ließ ich mich gehen und zeigte meine Tränen, um die Verzeihung des Arztes für das Urteil, das ich über sein Werk gefällt hatte, zu erlangen.

Er sagte mit äußerster Milde: «Beruhigen Sie sich. Das Bewußtsein des Kranken wird in solchen Fällen nie so klar, daß er seinen Zustand erkennen könnte. Er ist ja kein Arzt. Es genügt, wenn ihm die andern verschweigen, daß er sterben muß; dann weiß er es nicht. Aber es könnte Ärgeres passieren. Es können vorher noch Exzesse des Irrsinns ausbrechen. Für jeden Fall habe ich die Zwangsjacke mitgebracht. Den Wärter lasse ich hier.»

Noch entsetzter als früher beschwor ich ihn, die Blutegel nicht anzuwenden. Darauf erklärte er mit aller Ruhe, daß sie der Wärter wahrscheinlich schon längst angesetzt haben dürfte, da er es so befohlen habe, bevor er aus dem Krankenzimmer ging. Nun wurde ich zornig. Gibt es denn etwas Schändlicheres, als einem Kranken zum Bewußtsein zu verhelfen, ohne die mindeste Hoffnung zu haben, ihn zu retten; ihn so der Verzweiflung auszusetzen und – bei dieser Atemnot – den Gefahren der Zwangsjacke? Mit äußerster Heftigkeit, aber stets unter Tränen, die gewissermaßen um Nachsicht bitten sollten, erklärte ich, daß ich es für eine schändliche Grausamkeit halte, einen Menschen beim Sterben zu stören, zu dem er endgültig verurteilt ist.

Ich hasse diesen Arzt, weil er jetzt wütend wurde. Das werde ich ihm nie verzeihen. Er erregte sich so, daß er die Brille aufzusetzen vergaß. Trotzdem entdeckte er genau, wo sich mein Gesicht befand, und fixierte es mit seinen schrecklichen Augen. Er sagte, er habe den Eindruck, als bemühte ich mich, den dünnen Hoffnungsfaden, der noch vorhanden war, endgültig abzuschneiden. Er sagte das genauso roh.

Damit widersprach er sich selber. Weinend und schreiend brachte ich meinen Einwand vor. Er habe doch selbst vor wenigen Minuten jede Hoffnung auf Rettung des Kranken aufgegeben. Mein Haus und seine Insassen dürften keinen Experimenten dienen. Dazu gäbe es andere Einrichtungen auf der Welt!

Mit großer Strenge und mit einer Ruhe, die beinahe drohend zu nennen war, erwiderte er:

«Ich sagte dies vom Standpunkt der heutigen Wissenschaft. Aber was eben noch unmöglich ist, kann in einer halben Stunde oder morgen möglich werden. Wenn ich Ihren Vater am Leben erhalte, habe ich diesen Möglichkeiten die Wege geebnet.»

Jetzt setzte er sich endlich die Brille auf. Mit dem Gebaren eines pedantischen Beamten erzählte er noch etwas über die Bedeutung, die der Arzt für das materielle Schicksal einer Familie haben könne. Diese Erklärung wollte nicht enden. Eine halbe Stunde längeren Lebens, meinte er, könne das Schicksal einer ganzen Hinterlassenschaft ändern.

Nun weinte ich zu alledem noch aus Bedauern darüber, in einem solchen Augenblick so etwas anhören zu müssen. Ich war erschöpft und wagte keinen Widerspruch. Also die Anwendung der Blutegel war nicht zu verhindern.

Der Arzt am Krankenbett ist eine Großmacht. Auf Doktor Coprosich nahm ich jede Rücksicht. Wahrscheinlich wagte ich nur darum nicht, ein Konzilium vorzuschlagen. Viele Jahre nachher habe ich mir dies noch zum Vorwurf gemacht. Heute ist auch das Gefühl dieses Vorwurfs tot, wie alle andern Gefühle, von denen ich hier mit einer Gleichgültigkeit rede, als erzählte ich Begebenheiten, die einem andern zugestoßen sind. In meinem Herzen ist von all diesen Gefühlen nichts übriggeblieben als die Antipathie gegen den Arzt, die hartnäckig weiterlebt.

Etwas später gingen wir noch einmal ans Bett meines Vaters. Er lag auf der rechten Seite. Ein Lappen war auf seine Stirn gelegt, um die von den Blutegeln verursachten Wunden zuzudecken. Der Doktor wollte sofort experimentieren, um herauszubekommen, ob das Bewußtsein klarer geworden sei. Er schrie in die Ohren des Kranken, der in keiner Weise reagierte.

«Es ist besser so», sagte ich mutig, aber immer noch unter Tränen.

Der Arzt antwortete: «Die Wirkung kann nicht ausbleiben. Sehen Sie übrigens nicht, daß die Atmung regelmäßiger geworden ist?»

Wahrhaftig, die Atmung ging nicht mehr in dem früheren Rhythmus, der mich so sehr erschreckt hatte, obwohl sie noch immer überhastet und mühevoll schien.

Der Wärter sagte etwas zum Arzt, der nickte. Es handelte sich darum, dem Kranken die Zwangsjacke anzuprobieren. Die beiden holten sie hervor, richteten meinen Vater auf und zwangen ihn, aufrecht zu sitzen. Er schlug plötzlich die Augen auf: sie waren trübe und schienen unempfindlich gegen das Licht. Ich schluchzte gerade und fürchtete, sie würden es sehen und augenblicklich alles erkennen. Als jedoch der Kopf meines Vaters wieder auf das Kissen zurückgelegt wurde, schlossen sich seine Augen automatisch wie die gewisser Puppen.

Der Doktor triumphierte:

«Nun sieht das doch anders aus.»

Ja, das sah anders aus! Für mich nicht anders als gefahrvoll und drohend. Ich küßte meinen Vater voll Inbrunst auf die Stirn und wünschte ihm in Gedanken:

«Schlafe ein! Schlafe fort, bis du in den ewigen Schlaf eingehst!»

So wünschte ich meinem Vater den Tod. Der Arzt erriet das nicht, denn er sagte gütig:

«Sehen Sie, nun freuen Sie sich, daß er wieder zu sich kommt!»

Als der Doktor fortging, war der Tag schon nahe. Ein düsteres, ein abwartendes Morgengrauen. Der Wind blies mit mächtigen Stößen und trieb vereiste Schneemassen vor sich her. Doch schien er mir weniger heftig als während der ganzen Nacht.

Ich begleitete den Arzt bis in den Garten mit übertriebener Höflichkeit, damit er meinen Haß nicht merke. Mein Gesicht zeigte nur Rücksicht und Ehrerbietung. Aber als sich der Arzt auf dem Fußweg vor dem Gartenausgang befand, schnitt ich eine Fratze, die Grauen und Abscheu ausdrücken sollte und die mich von allem bisherigen Zwang befreite. Klein und schwarz, inmitten des Schnees, schwankte er bei jedem Schritt und blieb bei jedem Windstoß stehen, um besser Widerstand leisten zu können. Meine Fratze genügte mir plötzlich nicht mehr. Nach diesem Zwang fühlte ich das Bedürfnis nach noch heftigeren Gebärden. Ich ging bis auf die Straße, ohne Hut und Mantel in dieser Kälte, und stampfte einige Minuten lang wütend im hohen Schnee. Ich weiß jedoch nicht, ob diese kindische Wut wirklich dem Doktor galt oder nicht vielmehr mir selber. Vor allem mir selber, der ich meinen Vater totgewünscht und nicht gewagt hatte, das auszusprechen. Meine Stummheit verwandelte meinen Wunsch, der aus reiner, kindlicher Liebe geboren war, in ein Verbrechen, das furchtbar auf mir lastete.

Der Kranke schlief noch immer. Er sagte indessen zwei Worte zu mir, die ich nicht verstand. Er sagte sie im ruhigsten Konversationston, was sonderbar klang, denn durch sie wurde sein heftiges und ruheloses Atmen jäh unterbrochen. Kehrte ihm das Bewußtsein zurück, und nahte damit zugleich die Verzweiflung?

Maria saß jetzt mit dem Wärter neben dem Bett. Der sah vertrauenerweckend aus und mißfiel mir nur wegen seiner übertriebenen Gewissenhaftigkeit. Er widersetzte sich einem Vorschlag Marias: sie wollte dem Kranken einen Löffel Suppe geben, was sie für eine gute Medizin hielt. Aber der Arzt hatte von Suppe nichts gesagt, und der Wärter wollte erst seine Rückkehr abwarten, bevor er sich zu einer so bedeutsamen Handlung entschließen konnte. Er sprach im Befehlston, was in diesem Augenblick sicher übertrieben war. Die arme Maria konnte nicht länger auf ihrem Vorschlag bestehen. Ich auch nicht. Aber ich schnitt eine zweite Fratze des Abscheus.

Man nötigte mich, ein wenig zu ruhen, da ich mit dem Krankenwärter die Nacht am Bett des Kranken verbringen sollte. Dazu genügten zwei Personen, die sich abwechselnd auf dem Diwan ausstrecken konnten.

Ich legte mich also nieder und schlief sofort ein. Ich verlor angenehmerweise vollständig das Bewußtsein und wurde auch nicht von dem Schein eines Traumes gestört.

Vielleicht weil ich einen Teil des gestrigen Tages damit verbracht habe, diese Erinnerungen zu sammeln, hatte ich in der Nacht einen sonderbaren Traum, der mich in weitem Bogen über die dazwischenliegende Zeit in jene vergangene zurückversetzte. Ich saß mit dem Doktor in jenem Zimmer, in dem wir uns über Zwangsjacken und

Blutegel unterhalten hatten. Heute sieht das Zimmer ganz anders aus: meine Frau und ich schlafen darin. Ich schrieb die Behandlungsweise meines Vaters vor, während der Doktor (nicht alt und hinfällig wie heute, sondern nervig und stark wie ehedem) die Brille in die Hand nahm und mit irrenden Augen zornig aufschrie – was ein überflüssiger Aufwand war: «Die Blutegel würden ihn zum Leben und damit zu seinen Qualen wiedererwecken! Man darf sie ihm nicht anlegen!» Ich hingegen schlug mit der Faust auf ein medizinisches Buch und schrie zurück: «Ich will die Blutegel! Ich will die Blutegel! Ich will auch die Zwangsjacke!»

Wahrscheinlich wurde ich im Traum sehr unruhig. Meine Frau unterbrach ihn, indem sie mich weckte. Ferne Phantome! Um euch zu sehen, ist, will mir scheinen, eine optische Vorrichtung nötig, die die Dinge auf den Kopf stellt wie dieser Traum!

Mein ruhiger Schlaf ist die letzte Erinnerung an jenen ersten Tag. Dann folgten noch einige Tage, lange Tage, in denen eine Stunde der anderen glich. Als das Wetter sich besserte, behaupteten die Leute, daß sich auch der Zustand meines Vaters gebessert habe. Er bewegte sich frei im Zimmer. Er ging, um Luft zu schnappen, vom Bett zum Lehnstuhl und wieder zurück. Er sah durch die verschlossenen Fensterscheiben in den Garten, der voll Schnee und Sonne war, und jedesmal, wenn ich das Zimmer betrat, war ich darauf gefaßt, das Bewußtsein, von dem der Doktor Coprosich gesprochen hatte, vorzufinden, und ich bereitete mich stets darauf vor, es dann mit allen Mitteln wieder zu trüben. Mein Vater schien zwar täglich besser zu hören und zu sehen – doch das Bewußtsein blieb aus.

Ich muß bekennen, daß ich am Sterbebett meines Vaters einen großen Ärger verbarg, der sich auf seltsame Weise mit meinem Schmerz vermengte und ihn fälschte. Und da ich mir Mühe gab, ihn zu verbergen, wurde dieser Ärger nur noch stärker: er galt vor allem Coprosich, aber auch mir selber, weil ich nicht wagte, das frühere Gespräch mit dem Doktor wieder aufzunehmen und ihm ins Gesicht zu sagen, daß ich für seine ganze Wissenschaft keinen Cent gäbe und meinem Vater lieber den Tod wünschte, um ihm Qual zu ersparen.

Schließlich ärgerte ich mich auch über den Kranken. Wer Tage und Nächte lang neben einem ruhelosen Kranken gesessen hat, ohne das geringste Talent zum Krankenwärter zu besitzen, so daß er zum passiven Zuschauer verurteilt ist, der wird mich verstehen. Auch hätte ich viel Ruhe nötig gehabt, um zu mir zu kommen und mich mit dem Schmerz um meinen Vater und mit mir selbst auseinanderzusetzen. Statt dessen mußte ich ununterbrochen mit meinem Vater kämpfen, um ihm eine Medizin einzuflößen, oder ich mußte ihn mit Gewalt daran hindern, aus dem Zimmer zu gehen. Kampf aber erzeugt immer Ärger.

Eines Abends rief mich Carlo, der Krankenwärter, um mir eine Änderung im Zustand meines Vaters zu zeigen. Ich lief hin und erschrak, denn ich befürchtete, daß sich der Alte jetzt seiner Krankheit bewußt und unglücklich werden würde.

Mein Vater stand in der Mitte des Zimmers hoch aufgerichtet. Er hatte nur die Unterwäsche an und trug auf dem Kopf eine Nachtmütze aus roter Seide. Seine Atemnot war noch immer sehr groß. Trotzdem brachte er von Zeit zu Zeit vernünftige Worte hervor. Als ich eintrat, sagte er gerade zu Carlo:

«Öffne!»

Er wollte, daß die Fenster geöffnet würden. Carlo erwiderte, das ginge der Kälte wegen nicht, die draußen herrschte. Mein Vater vergaß seinen Befehl. Er setzte sich in den Lehnstuhl, der vor dem Fenster stand, und streckte die Beine aus, um es sich bequem zu machen. Schließlich bemerkte er mich, lächelte und fragte:

«Hast du geschlafen?»

Ich glaube kaum, daß ihn meine Antwort erreichen konnte. Das war nicht das Bewußtsein, dessen Wiederkunft ich so sehr befürchtet hatte. Wenn man stirbt, muß man sich wohl mit ganz anderen Dingen abmühen, als daß man an den Tod denken könnte. Die ganze Sorge meines Vaters galt nur seiner Atmung. Und statt mir zuzuhören, rief er noch einmal Carlo zu:

«Öffne!»

Er fand keine Ruhe. Er erhob sich vom Lehnstuhl und blieb stehen. Dann stieg er mit großer Anstrengung ins Bett und legte sich mit Hilfe des Wärters erst auf die linke Seite, dann aber gleich auf die rechte. So hielt er es einige Minuten aus. Dann rief er wieder den Wärter, um aufzustehen und zum Lehnstuhl zurückzukehren, in dem er diesmal viel länger sitzen blieb.

Aber auf dem Weg vom Bett zum Lehnstuhl war er einige Augenblicke lang vor dem Spiegel stehen geblieben, hatte hineingesehen und geseufzt:

«Ich sehe aus wie ein Mexikaner.»

An diesem Tag versuchte er zu rauchen. Ich glaube, um die entsetzliche Langeweile der Spaziergänge zwischen Bett und Lehnstuhl zu ertragen. Er füllte nur mit einem Zug den Mund und hustete sofort den Rauch wieder von sich.

Ein anderes Mal rief mich Carlo, um mir einen Augenblick wirklich klaren Bewußtseins zu zeigen.

«Ich bin also schwer krank?» hatte mein Vater angstvoll gefragt. So ein klarer Augenblick kam nicht mehr wieder. Im Gegenteil. Einen Augenblick später zeigte sich so etwas wie Delirium. Mein Vater erhob sich halb vom Bett und bildete sich ein, nach einer Nacht voll tiefen Schlafes in einem Wiener Hotel aufzuwachen. Wahrscheinlich hatte er infolge seines Wunsches, sich den brennenden Mund zu kühlen, von Wien geträumt, an dessen gutes und eiskaltes

Wasser er sich erinnerte. Er sprach auch sofort von dem guten Wasser, um das er nur zur nächsten Wasserleitung zu gehen brauche.

Er war ein ruheloser, aber sanfter Kranker. Ich hatte Angst vor ihm. Ich befürchtete immer, daß er endlich seine Situation erkennen und darüber in Aufregung geraten würde. Selbst seine Sanftmut konnte diese Furcht nicht mildern. Aber er gehorchte, wenn man etwas von ihm verlangte, in der Hoffnung, das würde ihn von seiner Atemnot befreien. Der Wärter machte sich erbötig, ihm ein Glas Milch zu holen. Er stimmte mit heller Freude zu. Aber mit derselben Impulsivität, mit der er nach der Milch verlangt hatte, wollte er nach einem kleinen Schluck nichts mehr davon wissen. Als man sie ihm nicht gleich wegnahm, ließ er das Glas zu Boden fallen.

Der Arzt zeigte sich niemals enttäuscht von dem Zustand, in dem er den Kranken vorfand. Zwar konstatierte er täglich eine Besserung, hielt aber trotzdem die Katastrophe nur für aufgeschoben. Eines Tages fuhr er mit dem Wagen vor, hatte es jedoch überaus eilig, wieder zu gehen. Er legte mir nahe, den Kranken so lange als möglich am Aufstehen zu hindern, da die horizontale Lage im Bett die günstigste für die Blutzirkulation sei. Dasselbe sagte er auch meinem Vater, der zu verstehen schien oder wenigstens mit gespanntem Gesichtsausdruck zuhörte, gleich darauf aber mitten im Zimmer stehen blieb und in seine Nachdenklichkeit oder besser in das, was ich die gedankliche Beschäftigung mit seiner Atemnot nannte, zurückfiel.

In der folgenden Nacht erlebte ich zum letztenmal den Schrecken, sein Bewußtsein erwachen zu sehen. Er saß wieder im Lehnstuhl vor dem Fenster und sah durch die Scheiben in den gestirnten Himmel der klaren Nacht. Seine Atemzüge gingen mühsam, wie immer. Aber er schien darunter nicht zu leiden, sondern sich am Anblick der Sterne zu erfreuen. Es sah aus, als nicke er unaufhörlich zustimmend mit dem Kopf, was vielleicht nur mit der Bewegung seines Atems zusammenhing.

Ich dachte erschrocken: «Er beschäftigt sich mit Problemen. Das hat er im Leben noch nie getan!» Ich bemühte mich, selber die Stelle am Himmel zu finden, die er fixierte. Er starrte mit ausgestrecktem Oberkörper vor sich, wie einer, der gerne durch ein etwas zu hoch eingestelltes Fernrohr schauen möchte. Ich glaube, es waren die Plejaden, die er betrachtete. Wahrscheinlich hatte er in seinem ganzen Leben noch nie in solche Entfernungen gesehen. Plötzlich wandte er sich zu mir und sagte mit immer noch vorgestrecktem Oberkörper, aber ernstem und warnendem Gesichtsausdruck:

«Schau! Schau!»

Dann sah er abermals nach dem Himmel und wandte sich wieder an mich:

«Hast du gesehen? Hast du gesehen?»

Und noch einmal versuchte er, zu den Sternen zurückzukehren, vermochte es aber nicht. Erschöpft fiel er in den Lehnstuhl zurück. Als ich ihn fragte, was er mir denn zeigen wollte, erinnerte er sich an nichts mehr – hörte mich auch wohl gar nicht mehr. Das von ihm so gesuchte Wort, das ich als Vermächtnis empfangen sollte, ging auf immer verloren.

Die Nacht war lang, jedoch nicht besonders anstrengend für mich und den Wärter. Wir ließen den Kranken tun, was er wollte. Er ging in seinem sonderbaren Aufzug im Zimmer hin und her, ohne zu ahnen, daß er auf den Tod wartete. Einmal versuchte er, auf den Gang zu gehen, wo es sehr kalt war. Ich verbot es ihm; er gehorchte sofort. Ein andermal wollte ihn der Wärter gemäß der Anordnung des Arztes daran hindern, das Bett zu verlassen. Da aber wehrte sich mein Vater. Er wachte aus seiner Erstarrung auf und erhob sich weinend und fluchend. Ich setzte es durch, daß ihm erlaubt wurde, sich nach Belieben zu bewegen. Sofort beruhigte er sich und kehrte in sein stummes Leben zurück, zu seinen Spaziergängen, in denen er vergebens Erholung suchte.

Als der Arzt wiederkam, ließ sich der Kranke willig untersuchen und bemühte sich sogar, als man es von ihm verlangte, tiefer zu atmen. Schließlich wandte er sich an mich:

«Was hat er gesagt?»

Einen Augenblick lang vergaß er mich, dann kehrte er wieder zu mir zurück:

«Wann werde ich endlich ausgehen können?»

Durch so viel Gefügigkeit ermutigt, bat mich der Arzt, ihn zu überreden, länger im Bett zu bleiben. Mein Vater hörte nur die Stimmen, die er kannte, die Stimmen Marias, des Wärters und meine. Ich brachte die Bitte vor; ich glaubte nicht an ihre Wirksamkeit. In meiner Stimme war ein drohender Unterton.

«Ja, ja», versprach mein Vater und erhob sich im selben Moment aus dem Bett, um zum Lehnstuhl zu gehen.

Der Arzt sah ihn an und murmelte resigniert:

«Man sieht deutlich, daß ihm der Platzwechsel Erleichterung bringt.»

Kurz danach legte ich mich nieder, konnte aber kein Auge schließen. Ich dachte an die Zukunft und fragte mich, für wen ich mir weiterhin Mühe geben sollte, besser zu werden. Ich weinte viel, aber eher über mich selbst als über den Unglücklichen, der rastlos das Zimmer durchirrte.

Als ich aufstand, legte sich Maria zur Ruhe. Mit dem Wärter zusammen bewachte ich meinen Vater. Ich war niedergeschlagen und abgespannt. Mein Vater schien unruhiger zu sein denn je.

Und nun begab sich die furchtbare Szene, die ich niemals vergessen werde. Weit in die Zukunft warf sie ihre Schatten und trübte alle meine Freuden und meinen ganzen Lebensmut. Viele Jahre mußten vergehen und meine Gefühle abstumpfen, ehe dieser Schmerz verblaßte.

Der Wärter sagte:

«Wie gut wäre es, wenn es uns gelänge, ihn im Bett zu halten. Der Doktor findet es so wichtig.»

Bis zu diesem Moment hatte ich auf dem Diwan gelegen. Nun sprang ich auf und trat ans Bett, in dem mein Vater lag und keuchte, ärger denn je. Ich war entschlossen, meinen Vater zu zwingen, mindestens eine halbe Stunde lang ruhig im Bett zu bleiben, so wie der Arzt es angeordnet hatte. War das nicht meine Pflicht?

Mein Vater versuchte, sich an den andern Rand des Bettes zu wälzen und sich dort zu erheben, um meinen Händen, die ihn hindern wollten, zu entschlüpfen. Da packte ich kräftig seine Schultern und drückte ihn nieder, während ich ihm gleichzeitig mit drohender Stimme befahl, sich ja nicht zu rühren. Er gehorchte erschrocken, einen Augenblick lang. Dann rief er:

«Ich sterbe!»

Gleichzeitig bäumte er sich auf. Durch seinen Schrei erschreckt, gab ich seinem Druck nach. So konnte er sich auf die Bettkante setzen. Ich stand gerade vor ihm. In diesem Augenblick brannte sein Zorn darüber, daß er in seinen Bewegungen gehindert war, lichterloh auf. Sicher meinte er auch, daß ich ihm die Luft, die er so nötig hatte, wegnahm, so wie ich ihn des Lichtes beraubte, da ich vor ihm stand und meinen Schatten auf ihn warf. Mit einer letzten Anstrengung erhob er sich, streckte den Arm hoch und ließ die Hand, als wüßte er, daß er ihr keine andere Kraft als die der Schwere geben konnte, auf meine Wange fallen. Dann glitt er aus, fiel auf das Bett, fiel auf den Boden. Tot.

Ich erkannte nicht gleich, daß er tot war. Mein Herz zuckte im Schmerz der Züchtigung zusammen, der Züchtigung, die er mir noch im Sterben zugedacht hatte. Ich hob ihn mit Carlos' Hilfe auf und legte ihn wieder auf das Bett. Weinend wie ein Kind, das geschlagen worden ist, schrie ich ihm ins Ohr:

«Es ist nicht meine Schuld! Der verdammte Doktor war es, der dich zwingen wollte, liegen zu bleiben.»

Das war eine Lüge. Ich fügte noch das Versprechen hinzu, es nie wieder zu tun. Ganz wie ein kleines Kind.

«Ich werde dich tun lassen, was du willst.»

Der Wärter sagte:

«Er ist tot.»

Man mußte mich mit Gewalt aus dem Zimmer bringen. Er war tot. Ich konnte meine Unschuld nicht mehr beweisen.

Allein geblieben, versuchte ich, mich zu fassen. Ich überlegte. Es war doch gar nicht möglich, daß mein Vater in jenem andauernden Zustand der Besinnungslosigkeit plötzlich den Entschluß fassen konnte, mich zu strafen; daß er seine Hand noch genügend in der Gewalt hatte, um meine Wange zielsicher zu treffen.

Wie hätte ich die Gewißheit erlangen können, daß meine Überlegung richtig war? Ich dachte daran, mich an Coprosich zu wenden. Als Arzt hätte er mir etwas über die Entschluß- und Handlungsfähigkeit eines Sterbenden sagen können. Vielleicht war ich das Opfer einer Täuschung: vielleicht hatte mein Vater nur versucht, sich seine Atmung zu erleichtern. Aber ich sagte dem Doktor Coprosich nichts. Es war unmöglich, ihm zu erzählen, wie mein Vater sich von mir verabschiedet hatte. Ihm, von dem ich schon einmal den Vorwurf hören mußte, ich hätte viel zuwenig für meinen Vater getan.

Es war ein zweiter schwerer Schlag für mich, als ich zufällig hörte, wie der Krankenwärter abends in der Küche Maria erzählte:

«Der Alte hob die Hand hoch und ohrfeigte seinen Sohn. Das war seine letzte Tat.»

Er wußte es also. Von ihm dürfte es auch Coprosich erfahren haben.

Als ich in das Sterbezimmer trat, sah ich, daß man den

Leichnam bekleidet hatte. Das schöne, weiße Haar war frisiert worden, wahrscheinlich vom Wärter. Der Körper war schon erstarrt und sah nun mehr stolz und drohend aus. Die mächtigen und gutgeformten Hände waren fahl, aber lagen mit soviel Natürlichkeit da, daß sie noch immer bereit schienen, zuzupacken und zu strafen. Ich wollte und konnte das alles nicht mehr ansehen.

Später, beim Begräbnis, gelang es mir, mir meinen Vater wieder schwächlich und gütig vorzustellen, wie ich ihn seit meiner Kindheit kannte. Ich war überzeugt, daß die Ohrfeige, die mich im letzten Augenblick getroffen, nicht beabsichtigt sein konnte. Ich wurde milde gestimmt, und die Erinnerung an meinen Vater schien mir freundlicher, je länger ich sie hegte. Das war nun wie ein köstlicher Traum. Jetzt verstanden wir einander: ich war der Schwächere, er war der Stärkere geworden.

Ich kehrte zur Religion meiner Kindheit zurück und hielt lange an ihr fest. Ich stellte mir vor, daß mein Vater mich hörte, und erklärte ihm, daß die Schuld an allem nicht mir, sondern dem Doktor zuzuschreiben sei. Die Lüge war bedeutungslos, denn jetzt verstand er alles. Lange hielt ich geheime Zwiegespräche mit meinem Vater. In Gesellschaft lachte und spottete ich zwar über die Religion, wie immer zuvor. Aber ich muß bekennen, daß ich während dieser ganzen Zeit an ein Wesen glaubte, dem ich täglich und inbrünstig die Seele meines Vaters empfahl. Das ist die wahre Religion, die man nicht erst laut bekennen muß, um von ihr jenen Trost zu empfangen, ohne den man zuweilen nicht auskommen kann.

V
Die Geschichte meiner Heirat

Im Geist eines jungen Mannes aus bürgerlicher Familie fällt die Vorstellung des menschlichen Lebens mit der Vorstellung der Karriere zusammen. Wenn man jung ist, denkt man an Napoleon I.[15], freilich ohne gleich auch Kaiser werden zu wollen, denn man kann Napoleon ähnlich sein, wenn man auch weit, weit unter ihm bleibt. Das intensivste Leben, das ich mir vorstellte, schien mir in einem starken, immer wiederkehrenden Elementarlaut zu bestehen: das Leben etwa der Meereswelle, die im beständigen Bestreben, sich zu formen, immer wieder die Gestalt verändert, bis sie stirbt! Auch ich hoffte daher, daß ich werden und vergehen würde wie Napoleon und wie die Welle.

Mein Leben kennt nur eine Melodie, ohne besondere Variationen. Zwar ist sie hochgestimmt, und es gibt viele Menschen, die mich um ihretwillen beneiden. Aber sie ist entsetzlich langweilig.

Meine Freunde bewahrten mir während meines ganzen Lebens die gleiche Achtung und Hochschätzung. Ich glaube, daß auch ich, der ich im Alter reiferer Erkenntnis stehe, nicht viel an der Meinung, die ich von mir selber hatte, geändert habe.

Es ist daher möglich, daß meine Idee zu heiraten aus dem Widerwillen stammte, immer dieselbe Atmosphäre ein- und auszuatmen. Wer die Ehe noch nicht erfahren hat, überschätzt sie meistens. Die Gefährtin, die man sich wählt, erneuert nur die eigene gute oder schlechte Rasse in den Kindern. Aber die Natur, die dies erreichen will und auf geradem Wege nicht erreichen kann, weil wir vorher an alles andere als an unsere Kinder denken – die Natur läßt uns glauben, daß die Gefährtin auch eine Erneuerung unseres eigenen Wesens bringen werde. Eine seltsame und durch nichts bestätigte Illusion. In Wirklichkeit lebt man unverändert dahin, einer neben dem andern. Es sei denn, daß die Antipathie zwischen zwei verschiedenen Persönlichkeiten oder der Neid auf den Überlegenen sich einstelle.

Das Gelungenste ist, daß mein Eheabenteuer damit begann, daß ich zufällig die Bekanntschaft meines künftigen Schwiegervaters machte. Für ihn empfand ich Freundschaft und Bewunderung, noch ehe ich wußte, daß er der Vater heiratsfähiger Töchter war. Daraus ersieht man, daß nicht mein Wille mich zu einem Ziel führte. Ich wußte gar nichts von so einem Ziel. Ich vernachlässigte plötzlich das Mädchen, für das ich mich zu interessieren vermeinte, und kam von meinem zukünftigen Schwiegervater nicht mehr los. Fast möchte ich an ein Schicksal glauben.

Giovanni Malfenti, der von mir und von allen Leuten, zu denen ich bisher Beziehungen suchte, so sehr verschieden war, befriedigte meinen stets gehegten Wunsch, Neues zu erleben. Ich war genügend gebildet. Ich hatte mich auf zwei Fakultäten herumgetrieben, aber für noch viel lehrreicher halte ich meinen langen Müßiggang. Er hingegen war ein großer Geschäftsmann, ungebildet und stets aktiv. Aus seiner Unbildung kam seine ganze Kraft und seine heitere Ruhe. Das alles faszinierte mich, und darum beneidete ich ihn.

Malfenti war ungefähr fünfzig Jahre alt, von ungeheurem Körperbau und eiserner Gesundheit. Er wog mehr als einen Zentner und verfügte über riesige Körperkräfte. Die wenigen Gedanken, die sein dicker Schädel erzeugte, wurden mit solcher Klarheit erwogen, mit solcher Präzision zerlegt und bei den täglichen Geschäften weiterentwickelt und angewandt, daß sie Teile seiner selbst wurden. Sie bildeten seine Glieder und seinen Charakter. An derartigen Gedanken war ich äußerst arm, und ich klammerte mich an ihn, um reicher zu werden.

Ich besuchte das Tergesteum[16] auf Anraten Olivis, der der Ansicht war, die Börse sei ein guter Anfang für meine kaufmännische Tätigkeit. Auch hoffte er, daß ich ihm von dort Nachrichten bringen würde, die für ihn wichtig sein konnten. So setzte ich mich an den langen Tisch, an dem mein zukünftiger Schwiegervater thronte, und rührte mich nicht mehr fort. Es schien mir, als sei dies der richtige kaufmännische Lehrsaal, den ich so lange gesucht hatte.

Er bemerkte bald die Bewunderung, die ich für ihn hegte, und erwiderte sie mit einer Freundschaft, die mich väterlich anmutete. Hat er damals schon geahnt, wie sich die Dinge entwickeln würden? Als ich ihm eines Abends, angefeuert durch das Vorbild seines großartigen Wirkens, erklärte, daß ich mich von Olivi befreien und fürderhin selber meine Angelegenheiten führen wolle, riet er mir davon ab; ja, er schien durch mein Vorhaben geradezu beunruhigt zu sein. Er meinte, ich könne mich wohl dem Handel widmen, solle mich aber doch dabei an Olivi halten, den er kannte.

Er war sehr gerne bereit, mich zu belehren. Er schrieb sogar eigenhändig drei Leitsätze fürs Leben in mein Notizbuch, deren Befolgung er für ausreichend hielt, um jedes Unternehmen einem glücklichen Gelingen zuzuführen: 1. Man muß nicht unbedingt selber arbeiten; wer es aber nicht versteht, andere für sich arbeiten zu lassen, geht zugrunde. 2. Es gibt nur eine Gewissensqual, den Vorwurf gegen sich selbst, es bei irgendeiner Gelegenheit nicht verstanden zu haben, seine Interessen zu wahren. 3. Im geschäftlichen Leben ist die Theorie äußerst nützlich; aber erst dann, wenn die Geschäfte schon abgewickelt sind.

Diese und viele andere Lehrsätze habe ich auswendig

gelernt. Ich kann nicht sagen, daß sie mir nützlich gewesen sind.

Wenn ich jemanden bewundere, so trachte ich sofort, ihm ähnlich zu werden. Ich ahmte auch Malfenti nach. Ich wollte so klug sein wie er und fühlte mich auch manchmal so. Einmal glaubte ich sogar, noch klüger zu sein als er und in seiner Handelsorganisation einen Fehler entdeckt zu haben. Das wollte ich ihm sofort mitteilen, um mir seine Achtung zu erwerben. Ich trat also eines Tages an seinen Tisch im Tergesteum und kam gerade dazu, wie er seinem Gesprächspartner das Wort «Vieh!» entgegenschrie. Ich zog ihn beiseite und teilte ihm mit, ich hielte es für falsch, daß er die Leute seine große Klugheit merken lasse. Der wirklich Kluge müsse in geschäftlichen Dingen sich selber als möglichst dumm hinstellen.

Er lachte mich aus. Der Ruf seiner Klugheit sei ihm äußerst vorteilhaft. Es kämen so viele zu ihm um Rat und brächten ihm auf diese Weise die neuesten Nachrichten, während er ihnen Ratschläge erteile, die auf allgemeinen Erfahrungen, die sich schon seit dem Mittelalter bewährt hatten, beruhten. Manchmal käme er dadurch zu doppeltem Vorteil: die Leute, die ihm Nachrichten brachten, kauften auch seine Ware. Und schließlich – hier begann er zu schreien, weil er endlich das Argument gefunden hatte, das mich überzeugen sollte –, schließlich wende sich jeder, der günstig kaufen oder verkaufen will, an den Klügsten. Beim Dummen habe man nur die Chance, ihn um seinen Vorteil zu bringen. Die Ware des Dummen sei aber jedenfalls teurer als die des Klugen. Denn der Dumme ist ja schon in dem Augenblick übervorteilt, da er sich selber die Ware beschafft.

Am Börsentisch war ich seine Vertrauensperson. Er gab mir seine Geschäftsgeheimnisse preis, ich habe sie niemals verraten. Sein Vertrauen zu mir war also berechtigt. Er konnte mich sogar zweimal betrügen, später, als ich schon sein Schwiegersohn war. Das erste Mal war der eigentlich Betrogene Olivi, und so schmerzte mich die Sache, obwohl sie mich Geld kostete, nicht allzusehr. Olivi sandte mich zu ihm, um hintenherum irgendeine Information zu erlangen. Diese Information, die ich ihm richtig hinterbringen konnte, war derart, daß er sie mir nie verzieh. Sooft ich später den Mund öffnete, um ihm etwas mitzuteilen, fragte er: «Von wem haben Sie das? Von Ihrem Schwiegervater?» Ich mußte Giovannis Partei ergreifen, um mich selber zu verteidigen. Schließlich fühlte ich mich mehr als Betrüger denn als Betrogener. Ein höchst angenehmes Gefühl!

Das andere Mal fiel die Rolle des betrogenen Esels mir höchstpersönlich zu. Aber selbst da konnte in mir kein Groll gegen meinen Schwiegervater aufkommen. Ich reagierte auf ihn entweder mit Neid oder mit Heiterkeit. Mein Unglück erschien mir als ein Exempel für die präzise Anwendung seiner Prinzipien, die mir nie klarer geworden sind als damals. Er verstand es auch, mit mir gemeinsam über die Geschichte zu lachen. Freilich gab er nicht zu, mich hinters Licht geführt zu haben. Er sagte, er lache nur über den drolligen Anblick, den ich in meinem Mißgeschick bot. Nur ein einziges Mal gestand er, mir diesen Streich mit Absicht gespielt zu haben, und zwar gelegentlich der Hochzeit seiner Tochter Ada (der Bräutigam war allerdings nicht ich), als er schon so viel Sekt in sich gegossen hatte, daß sein großer, gewöhnlich nur mit frischem Wasser angefüllter Körper ins Wanken kam.

Damals erzählte er den wahren Sachverhalt mit überlauter Stimme, wie um das Lachen zu überschreien, das ihn am Sprechen hindern wollte:

«Da kommt also dieses Dekret heraus. Ich kalkuliere gerade ganz niedergeschmettert, wieviel mich diese Bescherung kosten wird. In dem Augenblick kommt mein Schwiegersohn daher und erklärt wieder einmal, daß er sich dem Handel widmen will. Ich sage ihm: ‹Da hast du gleich eine gute Gelegenheit.› Er stürzt sich sofort auf das Papier, um zu unterschreiben, er hat Angst, der Olivi könnte noch rechtzeitig erscheinen und ihn davon abhalten. Das Geschäft war gemacht.» – Dann begann er, mich sehr zu loben: «Er kennt die Klassiker auswendig, er weiß, was der und was der andere gesagt hat, aber er ist nicht imstande, eine Zeitung zu lesen.»

Das ist wahr. Hätte ich das Dekret bemerkt, das in den fünf Zeitungen, die ich täglich lese, an ziemlich unauffälliger Stelle abgedruckt war, so wäre ich nicht in diese Falle gegangen. Freilich, ich hätte dieses Dekret und seine ganzen Konsequenzen auch sofort verstehen müssen, was durchaus nicht so leicht war. Es verfügte nämlich die Ermäßigung eines Zollsatzes, wodurch die betreffende Ware entwertet wurde.

Am andern Tag konnte sich mein Schwiegervater an sein Geständnis nicht mehr erinnern. In seinem Mund bekam das Geschäft wieder jene Form, die es vor dem Hochzeitsmahl hatte. «Der Wein macht eben erfinderisch», sagte er heiter, und es blieb dabei, daß dieses Dekret erst zwei Tage nach dem Abschluß jenes Geschäftes herausgekommen sei. Die Möglichkeit, daß ich den Sinn des Dekretes hätte mißverstehen können, wäre es mir rechtzeitig zur Kenntnis gekommen – diese Möglichkeit existierte für ihn nicht. Ich fühlte mich dadurch sehr geschmeichelt. Aber er schonte mich nicht aus Höflichkeit, er konnte sich wirklich nichts anderes vorstellen, als daß jeder Mensch sein eigenes Interesse ununterbrochen im Auge behält, wenn er eine Zeitung liest. Ich hingegen verwandle mich sofort in die öffentliche Meinung, wenn ich eine Zeitung in der Hand halte, und wenn ich von einer Zollermäßigung lese, denke ich sofort an Cobden[17] und an den Liberalismus. Das ist ein so wichtiger Gedanke, daß ich Waren und Preise gänzlich vergesse.

Einmal jedoch gelang es mir, die Bewunderung meines Schwiegervaters zu erwecken, und zwar für mich, wie ich wirklich bin, und gerade für meine schlechtesten Eigenschaften. Wir besaßen einige Zeit lang gemeinsam Aktien einer Zuckerfabrik, von denen man sich Wunder erwartete. Diese Aktien fielen nun, zwar nicht bedeutend, aber beständig. Giovanni, der nicht der Mann war, in irgendeiner Sache gegen den Strom zu schwimmen, stieß seine Aktien bald ab und redete mir zu, ein Gleiches zu tun. Ich war natürlich damit einverstanden und nahm mir vor, die Verkaufsorder zu erteilen. Vorläufig schrieb ich mir das in mein Notizbuch, das ich damals wieder bei mir zu tragen pflegte. Da man seine Tasche während des Tages nicht ununterbrochen ausräumt, erlebte ich an mehreren aufeinanderfolgenden Abenden immer dieselbe Überraschung, die Notiz noch vorzufinden, und zwar gerade, wenn ich zu Bett ging und es somit zu spät war, an diesem Tag noch irgend etwas zu veranlassen. Einmal schrie ich vor Verzweiflung darüber laut auf. Um meiner Frau nicht viel Erklärungen geben zu müssen, sagte ich ihr, ich hätte mich zufällig in die Zunge gebissen. Das nächste Mal biß ich mir in die Hände, als ich wieder von meiner Gedankenlosigkeit überrascht wurde. Meine Frau sagte lachend: «Jetzt Achtung auf die Füße!» Aber es kam zu keinen weiteren Zwischenfällen, denn ich hatte mich schon daran gewöhnt. Stumpfsinnig sah ich allabendlich das vermaledeite Notizbuch an, das zu leicht war, um sich während des Tages durch sein Gewicht bemerkbar zu machen. Bis zum nächsten Abend hatte ich es wieder vergessen.

Eines Tages zwang mich ein plötzlicher Wolkenbruch, ins Tergesteum zu flüchten. Dort traf ich zufällig meinen Agenten, der mir mitteilte, daß der Preis meiner Aktien fast auf das Doppelte gestiegen war.

«Also jetzt verkaufe ich!» rief ich triumphierend.

Ich lief zu meinem Schwiegervater, der von der Hausse

bereits wußte und es sehr bedauerte, seinen Anteil verkauft zu haben. Den Rat, den er mir gegeben hatte, gleichfalls zu verkaufen – den bedauerte er weniger.

Er sagte lachend: «Nur Geduld! Es ist das erste Mal, daß du verlierst, weil du dich an meinen Rat gehalten hast.»

Jenes erste Geschäft, von dem ich erzählte, war nicht auf seinen Rat, sondern auf seinen Vorschlag hin geschehen: darin sah er einen großen Unterschied.

Ich begann herzlich zu lachen.

«Aber ich habe mich doch gar nicht an deinen Rat gehalten!»

Das Glück allein genügte mir nicht; ich suchte mir noch ein persönliches Verdienst daraus zu machen. Ich erklärte ihm, daß ich meine Aktien erst am nächsten Tag verkaufen würde, und wollte ihm mit bedeutsamer Miene weismachen, mir seien gewisse Informationen zugekommen, die ich vergessen hätte, ihm mitzuteilen, und die mich veranlaßt hätten, seine Ratschläge nicht zu befolgen.

Mit finsterem und beleidigtem Gesicht antwortete er, ohne mich anzusehen: «Ein Mensch mit deinem Kopf hat bei Geschäften nichts zu suchen. Wenn man aber schon so eine Gemeinheit begangen hat, dann gesteht man sie nicht nachher ein. Du hast da noch verschiedenes zu lernen.»

Es tat mir leid, ihn geärgert zu haben. Es war viel amüsanter, wenn er mich benachteiligte. So sagte ich ihm sofort und aufrichtig, wie sich alles zugetragen hatte.

«Siehst du, gerade ein Mensch mit meinem Kopf hat bei Geschäften sehr viel zu suchen.»

Sofort versöhnt, lachte er herzlich:

«Es ist ja kein Gewinn, der dir aus dem Geschäft erwächst. Es ist bloß eine Entschädigung. Dieser Kopf hat dich schon so viel gekostet, daß es nur gerecht ist, wenn du einmal einen kleinen Teil davon zurückbekommst!»

Ich weiß nicht, warum ich mich so lange damit aufgehalten habe, unsere Zwistigkeiten zu erzählen, deren es doch nur wenige gab. Ich mochte ihn so gerne, daß ich seine Gesellschaft suchte, obwohl er die Gewohnheit hatte zu schreien, um klarer denken zu können. Aber mein Trommelfell hielt sein Geschrei aus. Seine unmoralischen Theorien wären verletzender gewesen, hätte er sie weniger laut vorgebracht, und seine Kraft wäre mir weit geringer vorgekommen, wäre er besser erzogen gewesen. Obwohl ich von ihm derart verschieden war, glaube ich doch, daß er meine Zuneigung erwidert hat. Mit größerer Sicherheit könnte ich dies vielleicht sagen, wenn er nicht so frühzeitig gestorben wäre. Auch nach meiner Heirat belehrte er mich beharrlich und stattete seine Belehrungen mit Geschrei und Frechheiten aus, die ich akzeptierte, überzeugt, sie zu verdienen.

Ich heiratete seine Tochter. Mich lenkte dabei der unergründliche Wille der Natur mit heftigstem Zwang. Das wird man gleich sehen. Heute prüfe ich manchmal die Gesichter meiner Kinder und forsche, ob nicht neben meinem zu kleinen Kinn, dem Zeichen der Schwäche, und neben den von mir vererbten Träumeraugen irgendein kleiner Zug der Brutalität zu finden sei, über die der Großvater, den ich ihnen ausgesucht hatte[18], verfügte.

Am Grabe meines Schwiegervaters weinte ich, obwohl auch sein letztes Lebewohl nicht allzu zärtlich genannt werden kann. Er sagte mir auf seinem Sterbebett, wie er mich um mein unverschämtes Glück der freien Bewegung beneide, während er unter Martern an das Bett gefesselt sei. Erstaunt fragte ich ihn, was ich denn angestellt hätte, daß er mir diese Krankheit an den Hals wünsche. Er erwiderte wörtlich:

«Wenn ich dir meine Krankheit geben und dadurch gesund werden könnte, wäre ich sofort damit einverstanden. Auch wenn ich sie dir doppelt geben müßte. Ich kenne nicht den Menschlichkeitsdusel, an dem du zu leiden scheinst!»

Das war keine Beleidigung. Er wollte ganz einfach das Geschäft wiederholen, das ihm schon einmal mit mir gelungen war, und mir eine entwertete Ware anhängen. Es lag für mich sogar etwas wie eine Liebkosung darin, denn es mißfiel mir keineswegs, meine Schwäche durch den Menschlichkeitsdusel, den er mir zuschrieb, erklärt zu sehen.

Wie an allen Gräbern, an denen ich je geweint habe, galt auch an seinem mein Schmerz dem Teil meiner Person, den man da mitbegrub. Welcher Verlust! Es fehlte mir mein zweiter Vater, der meiner Kultiviertheit, meiner Schwäche immer Vorschub leistete, so gewöhnlich und ungebildet und rücksichtslos er selber war. Denn dies ist die Wahrheit: ich bin schüchtern und schwach! Ich wäre nie darauf gekommen, wenn ich nicht Giovannis Person so eingehend studiert hätte. Wer weiß, um wieviel besser ich mich auch heute erkennen könnte, stünde er mir noch zur Seite!

Bald fiel mir auf, daß Giovanni am Börsentisch, wo er sich gab, wie er wirklich war, vielleicht sogar ein wenig schlechter, eines vermied: er sprach nie von seinem Heim, außer wenn es unumgänglich notwendig war, und dann bescheiden und mit weicherer Stimme als im allgemeinen. Er hatte große Achtung für sein Heim. Vielleicht erschienen ihm nicht alle, die an diesem Börsentisch saßen, würdig, etwas davon zu wissen. Ich zum Beispiel wußte nur, daß die Vornamen seiner vier Töchter alle mit A begannen, was nach Giovannis Meinung sehr praktisch war, weil dadurch sämtliche Stücke, die dieses Monogramm trugen, leicht von der einen Tochter auf die andere übergehen konnten. Sie hießen (ich merkte mir diese Namen sofort): Ada, Augusta, Alberta und Anna. An diesem Tisch hieß es allgemein, daß alle vier sehr schön seien. Dem Anfangsbuchstaben schrieb ich mehr Bedeutung zu, als ihm wirklich zukam. Ich träumte von diesen vier Mädchen, die durch ihre Namen so schön miteinander verbunden waren. Wie in einem Blumenbukett. Der Anfangsbuchstabe besagte aber noch etwas. Ich heiße Zeno. Ich hatte also das Gefühl, als holte ich mir eine Frau aus einem Land das dem meinen fern ist.[19]

Vielleicht war es Zufall, daß ich, gerade als ich dem Haus Malfenti meine erste Aufwartung machte, eine alte Beziehung zu einer Frau löste, die vielleicht eine bessere Behandlung verdient hätte. Aber es war ein Zufall, der zu denken gibt. Der Entschluß zu diesem Bruch wurde durch irgendeine Kleinigkeit reif. Die Ärmste glaubte, es wäre ratsam, mich eifersüchtig zu machen, um mich stärker an sich zu fesseln. Ein Verdacht aber genügte mir damals, um sie endgültig stehenzulassen. Sie hatte ja nicht wissen können, daß ich damals an eine Heirat dachte und daß ich glaubte, zu diesem Zweck jemand anderen suchen zu müssen, weil eine Heirat mit ihr nichts Neues in mein Leben gebracht hätte. Der Verdacht, den sie künstlich in mir weckte, bewies mir gerade die Überlegenheit der Ehe, in der es einen solchen Verdacht nicht geben darf. Und als ich endlich einsehen mußte, daß mein Verdacht unbegründet war, war ich wieder der Ansicht, daß sie zuviel Geld brauchte. Heute, nach vierundzwanzig Jahren bürgerlicher Ehe, bin ich nicht mehr dieser Ansicht.

Aber für sie war das alles ein Glück. Wenige Monate später heiratete sie einen wohlhabenden Mann und erreichte die ersehnte Standesveränderung früher als ich. Kurz nach meiner Hochzeit begegnete ich ihr in meinem Haus, denn ihr Mann war ein Freund meines Schwiegervaters. Wir sahen einander oft. Aber während all der Jahre, die wir noch jung waren, herrschte zwischen uns zurückhaltende Fremdheit. Niemals spielten wir auf die Vergangenheit an. Kürzlich jedoch wandte sie mir plötzlich ihr jugendlich gerötetes und von grauen Haaren eingerahmtes Gesicht zu und fragte geradeheraus: «Warum haben Sie mich verlassen?»

Ich hatte nicht genügend Zeit, irgendeine Lüge zu erfinden. Ich war daher aufrichtig:

«Das weiß ich wirklich nicht. Es gibt noch so viele andere Dinge in meinem Leben, die ich nicht verstehe.»

«Mir tut es heute leid», sagte sie. Schon wollte ich mich für das Kompliment verbeugen, das mir schmeichelte. – «Nun, da Sie alt sind, halte ich Sie für einen sehr unterhaltenden Menschen.» – Mit einem Ruck richtete ich mich wieder hoch auf. Das war kein Anlaß zu danken.

Eines schönen Tages erfuhr ich, daß die Familie Malfenti von einer ziemlich langen Reise, die sie anschließend an ihren Sommeraufenthalt unternommen hatte, wieder in die Stadt zurückgekehrt war. Mir blieb keine Zeit, irgend jemanden zu bitten, mich in diesem Haus offiziell einzuführen: Giovanni kam mir zuvor.

Er zeigte mir einen Brief, in dem sich einer seiner intimsten Freunde nach mir erkundigte. Es war jemand, den ich einst sehr gern hatte, ein ehemaliger Studienkollege, den ich damals für den künftigen großen Chemiker hielt. Nun, da er ein großer Kunstdüngerfabrikant geworden war, in welcher Eigenschaft ich ihn ganz und gar nicht kannte, hatte ich nicht mehr viel für ihn übrig. Giovanni lud mich nur deshalb zu sich ein, weil ich der Freund seines Freundes war. Ich hatte selbstverständlich gar nichts dagegen.

An diesen Besuch erinnere ich mich, als wäre er gestern gewesen. Es war ein trüber und kalter Herbstnachmittag. Ich erinnere mich sogar noch an das Behagen, das ich empfand, als ich den Überrock in der angenehmen Wärme dieses Hauses ablegen konnte. Es schien mir, als liefe ich in einen sicheren Hafen ein. Noch heute ist mir meine Blindheit verwunderlich, die ich damals für Scharfblick hielt. Ich strebte nach Gesundheit, nach Ordnung. Der Anfangsbuchstabe A umfaßte vier Mädchen. Drei von ihnen wollte ich sofort ausscheiden und die vierte einer besonders strengen Prüfung unterziehen. Ach, was wollte ich für ein harter Richter sein! Allerdings, vorläufig war ich nicht einmal imstande, die Eigenschaften anzugeben, die ich forderte und die ich verwarf.

Der große und elegante Salon, den ich betrat, war in zwei verschiedenen Stilen (Louis XIV einerseits und jenem reichvergoldeten Venezianerstil, der nicht einmal die Lederpolster mit Gold verschont, andererseits) möbliert und durch die Stellung der Möbel nach der damaligen Mode in zwei Hälften geteilt. Ich traf nur Augusta an, die beim Fenster saß und las. Sie kannte meinen Namen, reichte mir die Hand und sagte, daß man mich erwarte, da der Vater meinen Besuch schon angekündigt habe. Dann eilte sie hinaus, die Mutter zu rufen.

Eines der vier Mädchen mit dem gleichen Anfangsbuchstaben war bereits für mich tot. Wie hatten das die Leute schön finden können! Als erstes fiel auf, daß sie schielte, und zwar besaß sie diese Fähigkeit in solchem Maße, daß der ganze Eindruck ihrer Person von der Erinnerung daran verdrängt wurde, wenn man sie längere Zeit nicht gesehen hatte. Ferner war ihr Haar nicht allzu dicht, zwar blond, aber von trüber und glanzloser Farbe. Ihre Gestalt war nicht übel, aber doch für ihr Alter ein wenig zu breit. Während der Augenblicke, die sie mich allein ließ, dachte ich mir: «Wenn die drei anderen auch so aussehen wie die...!»

Bald danach schmolz die ganze Mädchengruppe auf zwei zusammen, denn eines der Mädchen, das mit der Mutter eintrat, war erst acht Jahre alt. Wie entzückend war die Kleine in dem Lockenhaar, das aufgelöst, lang und leuchtend über die Schultern fiel! Ihr volles und süßes Gesichtchen erinnerte (solange sie nicht sprach) an die nachdenklichen Engel, die Raffael Sanzio gemalt hat.

Meine Schwiegermutter... Auch ich, wie viele andere, empfinde eine gewisse Hemmung, freier über sie zu reden. Seit langen Jahren mag ich sie gern, weil sie doch meine

Mutter ist. Aber ich habe eben eine alte Geschichte zu erzählen, in der sie nicht als meine Freundin erscheint. Doch in diesen Aufzeichnungen will ich nicht anders als respektvoll von ihr reden, obzwar sie es niemals erfahren wird. Übrigens war ihr damaliges Auftreten derart kurz, daß ich es ruhig auch hätte vergessen können. Es war ein kleiner Stoß im richtigen Augenblick, gerade stark genug, um mich mein Gleichgewicht verlieren zu lassen. Wahrscheinlich hätte ich es auch ohne ihre Dazwischenkunft verloren. Und dann, wer weiß, ob das, was geschah, wirklich in ihrer Absicht lag? Sie ist so gut erzogen, daß ihr nicht passieren kann, was ihrem Mann so oft passiert: Wahrheiten zu sagen, wenn man zuviel getrunken hat. So etwas ist bei ihr nie vorgekommen. Ich erzähle hier also eine Geschichte, die ich eigentlich nicht kenne; das heißt, ich weiß nicht, ob es der schlauen Absicht meiner Schwiegermutter zuzuschreiben ist, daß ich diejenige ihrer Töchter geheiratet habe, die ich am wenigsten mochte.

Ich muß sagen, daß meine Schwiegermutter zur Zeit dieser ersten Begegnung noch immer eine schöne Frau war. Sie sah elegant aus und kleidete sich mit unauffälligem Luxus. Alles an ihr war sanft und abgetönt.

In meinen Schwiegereltern glaubte ich das Vorbild einer vollkommenen Beziehung zwischen Mann und Frau zu finden. Sie waren miteinander glücklich: er schrie, und sie lächelte dazu, ein Lächeln, das gleicherweise zustimmte und Nachsicht gewährte. Sie liebte ihren starken Mann; auch dürfte er durch den andauernd guten Erfolg seiner Geschäfte ihre Bewunderung erregt haben. Eine Bewunderung, die sie mehr an ihn fesselte als bloßes Interesse und die ich wohl verstehen konnte, da sie der meinen ähnlich war. Eine große Lebhaftigkeit hielt sein Leben in ununterbrochenem Schwung, obzwar er sich nur im kleinsten Umkreis betätigte. Er lebte gewissermaßen in einem Käfig, in dem sich nichts anderes befand als eine Ware und zwei Feinde (die beiden Kontrahenten), was aber zu immer neuen Kombinationen Anlaß bot. Er erzählte seiner Frau von allen Geschäften, und sie war so wohlerzogen, ihm niemals Ratschläge zu erteilen. Sie fürchtete mit Recht, ihn damit zu verwirren. Er hatte ja nur das Bedürfnis nach einem warmherzigen und stummen Beistand. Oft eilte er nach Hause, um dort einen Monolog zu halten, wobei er sich einbildete, daß seine Frau ihm Ratschläge gäbe.

Ich wunderte mich nicht, als ich erfuhr, daß er sie betrog, daß sie das wußte und ihm nicht zürnte. Ich war schon ein Jahr lang verheiratet, als mir Giovanni ganz niedergeschlagen erzählte, er vermisse einen Brief, der für ihn wichtig sei. Er wollte gewisse Papiere, die er mir übergeben hatte, genau durchsuchen, in der Hoffnung, das Verlorene vielleicht wiederzufinden. Wenige Tage später erzählte er mir freudestrahlend, daß er den Brief in seiner Brieftasche wiedergefunden habe. «War es der Brief einer Frau?» fragte ich. Er nickte und rühmte sich seines Glücks. Kurz danach sagte ich zufällig zu meiner Frau und meiner Schwiegermutter, die mir vorwarfen, einige Papiere verloren zu haben: «Ich habe leider nicht das Glück meines Schwiegervaters, dem die Papiere von selbst in die Brieftasche zurückfliegen.» Darauf begann meine Schwiegermutter herzlich zu lachen. Ich konnte nicht mehr daran zweifeln, daß der Brief von ihr selbst dorthin zurückgelegt worden war. Offenbar maß sie dem gar keine Bedeutung bei. Jeder benimmt sich in Angelegenheiten des menschlichen Herzens auf besondere Weise; und ihre war, wie ich glaube, durchaus nicht die dümmste.

Damals, bei meinem ersten Besuch, empfing sie mich mit großer Höflichkeit. Sie entschuldigte sich, daß sie die kleine Anna mit sich herumschleppe: diese habe gerade eine Viertelstunde, während der man sie nicht allein lassen dürfe. Die Kleine maß mich mit ernsten Augen vom Kopf bis zum Fuß. Als Augusta zurückkam und auf einem kleinen Sofa Platz nahm, das jenem gegenüberstand, auf dem ich und Frau Malfenti saßen, versteckte sich die Kleine zwischen den Rockfalten der Schwester. Von dort aus betrachtete sie mich die ganze Zeit lang mit einer Ausdauer, die mich amüsierte, solange ich nicht wußte, welche Gedanken dabei in diesem kleinen Kopf entstanden.

Die Konversation war zuerst alles andere als unterhaltend. Die Dame war, wie alle guterzogenen Leute, bei einer ersten Zusammenkunft sehr zurückhaltend. Man fragte mich viel zuviel nach meinem Freund, von dem man vorgab, er habe mich in diesem Haus eingeführt. Ich wußte nicht einmal mehr seinen Vornamen.

Endlich kamen Ada und Alberta. Ich atmete auf. Beide waren wunderschön, beide schienen in den Salon das Licht zu bringen, das bis jetzt dort gefehlt hatte. Sie waren voneinander sehr verschieden, obwohl sie beide brünett, hoch und schlank waren. Die Wahl, die ich mir zu treffen vorgenommen hatte, fiel mir nicht schwer. Alberta zählte damals nicht mehr als siebzehn Jahre. Sie hatte, gleich der Mutter, trotz der dunkeln Haarfarbe eine rosige und durchsichtige Haut, die ihre ganze Erscheinung noch mädchenhafter machte. Ada hingegen war schon eine erwachsene Frau mit ernsten Augen in einem Antlitz, das durch einen bläulichen Schimmer blasser erschien, und mit reichem, gelocktem Haar, das streng, aber anmutvoll um den Kopf gelegt war.

Es ist schwer, die kaum sichtbaren Ursachen eines Gefühls bloßzulegen, das später so heftig werden sollte. Ich bin überzeugt, daß mir der sogenannte *coup de foudre* für Ada gefehlt hat. Dieser Blitzschlag wurde jedoch durch einen elementaren Gedanken, der mich augenblicks überfiel, vollkommen ersetzt: ich war überzeugt, daß Ada diejenige war, die ich brauchte und die mich über die heilige Monogamie zur moralischen und physischen Gesundheit führen mußte. Wenn ich mich daran erinnere, so staune ich doch darüber, daß mir der Blitzschlag eigentlich gefehlt hat und eine gedankliche Überzeugung an seine Stelle trat. Aber man weiß, daß wir Männer die Ehefrau nicht auf dieselben Eigenschaften untersuchen, die wir an der Geliebten bewundern oder verabscheuen. Es scheint somit, daß ich die unbeschreibliche Schönheit und Anmut Adas nicht auf den ersten Blick bemerkt habe, sondern zunächst von anderen Eigenschaften, Ernst und Energie (in milderer Form die Eigenschaften, die ich an ihrem Vater liebte und daher auch ihr ohne weiteres zuschrieb), fasziniert wurde. Wenn ich auch heute noch glaube, daß Ada diese Eigenschaften schon als Mädchen besaß, so darf ich mich zwar für einen guten, aber dennoch in irgendeiner Hinsicht mit Blindheit geschlagenen Beobachter halten. Jenes erste Mal betrachtete ich Ada mit dem alleinigen Wunsch, mich in sie zu verlieben. Das war der einzige Weg, wenn ich sie heiraten wollte. Ich begann das Unternehmen mit derselben Energie, mit der ich alle meine hygienischen Übungen betreibe. Ich weiß nicht, wann mir dies Vorhaben gelang; wahrscheinlich schon während der verhältnismäßig kurzen Zeit des ersten Besuchs.

Giovanni mußte seinen Töchtern viel von mir erzählt haben. Sie wußten unter anderem, daß ich vom Jus zur Chemie übergegangen war, um leider von der Chemie zum Jus wieder zurückzukehren. Ich versuchte, ihnen das zu erklären: es sei doch klar, daß einem der größte Teil des Wissenswerten entgehe, wenn man sich bloß auf eine Fakultät beschränke. Ich sagte wörtlich:

«Wenn nicht der Ernst des Lebens auf mir lastete» – ich sagte nicht, daß dies erst seit so kurzer Zeit der Fall war, nämlich seitdem ich mich entschlossen hatte zu heiraten –, «wäre ich weiter von Fakultät zu Fakultät übergegangen.»

Dann erzählte ich noch, daß ich die Fakultäten immer

gerade dann verließ, wenn ich die Prüfungen ablegen sollte. Das brachte sie zum Lachen, wie es meine Absicht war.

«Reiner Zufall», sagte ich mit einem Lächeln, das die anderen vermuten lassen sollte, das sei eine Lüge. In Wahrheit hatte ich das Studium während der verschiedensten Jahreszeiten gewechselt.

So machte ich mich an die Eroberung Adas. Ich bemühte mich auch weiterhin, sie auf meine Kosten zum Lachen zu bringen, wobei ich ganz vergaß, daß ich sie ihres Ernstes wegen auserwählt hatte. Ich bin von Natur aus ein wenig bizarr, ihr aber mußte ich wie ein Gestörter vorkommen. Daran bin nicht ich allein schuld, was man daraus ersieht, daß mich Augusta und Alberta, die ich nicht auserwählt hatte, anders beurteilten. Aber die ernste Ada, damals schon ernst genug, um ihre schönen Augen auf der Suche nach dem Mann für den häuslichen Herd umherschweifen zu lassen, war einfach unfähig, einen Mann zu lieben, der sie zum Lachen brachte. Und sie lachte, sie lachte sehr lange – viel zu lange, denn durch ihr Gelächter wurde jener lächerlich, der es verursacht hatte. Diese Art war ausgesprochen niedrig und mußte ihr wohl einmal schaden. Vorerst schadete sie mir. Wenn ich verstanden hätte, zur rechten Zeit zu schweigen, wäre alles vielleicht anders gekommen. Jedenfalls: hätte ich ihr Zeit gelassen zu sprechen, sich mir zu zeigen, wie sie wirklich war, ich hätte mich besser vorsehen können.

Die vier Mädchen saßen nebeneinander auf dem kleinen Sofa, wo sie kaum Platz hatten, obzwar Augusta die kleine Anna auf dem Schoß hielt. So beisammen sitzend, waren sie wunderschön. Ich konstatierte das mit großer innerer Freude, weil ich mich auf dem besten Wege sah, mich sterblich zu verlieben. Wie schön waren sie alle! Die etwas gebleichte Haarfarbe Augustas diente dazu, dem Braun der andern zu besserer Wirkung zu verhelfen.

Ich hatte von der Universität erzählt. Alberta, die gerade die vorletzte Klasse des Gymnasiums besuchte, fing an, von ihren Studien zu sprechen. Sie klagte, daß ihr Latein sehr schwerfalle. Ich meinte, mich nehme das nicht wunder: es sei eine Sprache, die so gar nicht zu Frauen passe. Ich könnte mir denken, daß die Frauen der Römer schon Italienisch gesprochen haben. Für mich hingegen sei Latein der Lieblingsgegenstand gewesen. Kurz darauf war ich so leichtsinnig, in das Gespräch ein lateinisches Zitat einzuwerfen, das mir Alberta korrigierte. Ein wahres Pech! Ich hielt das weiter nicht für wichtig und sagte, sie solle einmal probieren, lateinisch zu zitieren, wenn sie zehn Semester Universität hinter sich hätte.

Ada, die erst vor kurzem mit ihrem Vater für einige Monate in England war[20], versicherte, daß dort die Mädchen sehr viel Latein verstünden. Dann erzählte sie mit ihrer ernsten Stimme, die jeder musikalischen Harmonie entbehrte und etwas tiefer war, als man es von einem so lieblichen Wesen erwartet hätte, daß in England die Frauen etwas ganz anderes bedeuteten als bei uns. Sie organisierten sich zu wohltätigen, religiösen oder wirtschaftlichen Zwecken. Ada wurde von ihren Schwestern, die alle diese für ein Mädchen unserer Stadt damals unglaublichen Dinge wiederhören wollten, zum Weitererzählen aufgefordert. Um ihnen den Gefallen zu tun, erzählte sie noch von Frauen, die Präsidentinnen, Journalistinnen, Sekretärinnen und politische Agentinnen waren, die, wenn's sein mußte, das Rednerpult bestiegen, um an Hunderte von Menschen das Wort zu richten, ohne zu erröten, ohne die Fassung zu verlieren, wenn jemand sie unterbrach oder ein gegenteiliges Argument vorbrachte. Ada sprach einfach, ohne Farbe, ohne besondere Absicht, einen zu verblüffen oder zum Lachen zu bringen.

Ich liebte die Einfachheit ihrer Worte. Ich, der ich Dinge und Menschen fälschte und färbte, sobald ich nur anfing zu reden, weil mir das Reden sonst überflüssig vorgekommen wäre. Ohne Redner zu sein, befiel mich zuweilen eine krankhafte Lust am Wort als solchem. Ein Wort mußte für mich ein Ereignis an sich sein und durfte daher von keinem andern Ereignis abhängen.

Ich hegte einen besonderen Haß gegen das perfide Albion und äußerte ihn auch, ohne einen Anstoß bei Ada zu befürchten, die ja weder Haß noch Liebe für dieses Land gezeigt hatte. Ich war mehrere Monate dort gewesen, jedoch ohne einen Engländer der guten Gesellschaft kennenzulernen, da ich auf der Reise alle Empfehlungsschreiben an die Geschäftsfreunde meines Vaters verloren hatte. In London verkehrte ich daher in einigen französischen und italienischen Familien und kam so zu der Vermutung, daß alle anständigen Leute in dieser Stadt vom Kontinent eingewandert seien. Meine Kenntnisse des Englischen überstiegen nicht das Mittelmaß. Mit Hilfe meiner Freunde konnte ich immerhin einiges über das Leben dieser Insulaner erfahren. Vor allem wurde ich von ihrer Antipathie gegen alle Nichtengländer unterrichtet. Ich erzählte den Mädchen von dem unangenehmen Gefühl, das mir jener Aufenthalt unter Feinden bereitete. Ich hätte es aber dennoch ausgehalten und England wahrscheinlich durch die ganzen sechs Monate noch ertragen, die mein Vater und Olivi über mich verhängt hatten, damit ich den englischen Handel kennenlerne (den ich aber nirgends finden konnte, weil er anscheinend an geheimen Orten betrieben wird) – wenn mir nicht etwas ausgesprochen Widerliches dort begegnet wäre. Ich ging zu einem Buchhändler, um mir ein Wörterbuch zu kaufen. In seinem Laden ruhte auf dem Verkaufstisch eine herrliche Angorakatze, die zu einer Liebkosung ihres weichen Pelzes geradezu einlud. Gut. Ich streichelte sie sanft, da fiel sie meuchlings über meine Hände her und zerkratzte sie auf fürchterliche Weise. Von diesem Augenblick an konnte ich

England nicht mehr ertragen. Der nächste Tag sah mich bereits in Paris.

Augusta, Alberta und Frau Malfenti lachten von Herzen. Ada hingegen war verwundert und glaubte, falsch gehört zu haben. Es sei doch zumindest der Buchhändler gewesen, der über mich hergefallen war und mich zerkratzt hatte? Ich mußte alles wiederholen, was jedenfalls langweilig ist, weil man immer nur schlecht wiederholt.

Alberta, die Gebildete, wollte mir helfen:

«Auch die Alten ließen sich in ihren Entschlüssen durch Zeichen bestimmen, die ihnen die Tiere gaben.»

Ich nahm die Hilfe nicht an. Die englische Katze war kein Orakel, sondern das Schicksal selbst.

Ada, mit weit aufgerissenen Augen, bestand auf zusätzlichen Erklärungen:

«Und diese kleine Katze nahmen Sie für das ganze englische Volk?»

Das Pech verfolgte mich. Obwohl es sich tatsächlich so zugetragen hatte, schien mir mein Abenteuer mit der Katze doch so bezeichnend zu sein, als wäre es in belehrender Absicht eigens erfunden worden. Genügte es nicht zum besseren Verständnis, darauf hinzuweisen, daß in Italien, wo ich so viele Leute kenne und liebe, eine kratzende Katze niemals für mich so bedeutsam geworden wäre? Aber das sagte ich nicht, ich sagte vielmehr:

«Es versteht sich, daß keine italienische Katze zu so etwas fähig wäre.»

Ada lachte lange, sehr lange. Mein Erfolg erschien mir fast etwas zu groß, denn er gab mir eine traurige Rolle. Noch eine traurigere Rolle spielte mein Abenteuer, als ich nicht unterlassen konnte, es noch weiter zu erklären.

«Der Buchhändler war ja über die Handlungsweise seiner Katze sehr verwundert. Er benahm sich, wie auch die andern Leute, die dabei waren, recht gut. Das ganze Abenteuer passierte nur, weil ich der Betroffene war, oder vielleicht, weil ich Italiener war. *It was really disgusting*, und ich mußte fliehen.»

Hier geschah etwas, das mich hätte stutzig machen und retten müssen. Die kleine Anna, die mich bis jetzt mit unbewegter Miene betrachtet hatte, war dazu bestimmt, das Gefühl, das Ada hegen mochte, mit lauter Stimme auszusprechen oder vielmehr herauszuschreien:

«Nicht wahr, er ist wahnsinnig! Ganz und gar wahnsinnig!»

Frau Malfenti drohte ihr: «Wirst du gleich still sein? Schämst du dich nicht, in die Gespräche der Erwachsenen dreinzureden?»

Diese Drohung machte alles noch schlimmer. Anna schrie:

«Er ist wahnsinnig! Er unterhält sich mit den Katzen! Man muß sofort Stricke holen, um ihn zu binden!»

Augusta erhob sich, rot vor Ärger, und trug die Kleine hinaus, indem sie sie verwies und mich gleichzeitig um Verzeihung bat. Aber noch in der Tür konnte die kleine Schlange mir in die Augen starren, eine Fratze schneiden und ausrufen:

«Paß auf, sie werden dich festbinden!»

Auf diesen Überfall war ich so wenig vorbereitet, daß ich wirklich nicht gleich wußte, wie ich mich zu verteidigen hatte. Als ich merkte, daß auch Ada unangenehm davon berührt war, ihre eigenen Gefühle auf solche Weise ausgedrückt zu sehen, beruhigte mich dies etwas. Die Frechheit der Kleinen brachte uns einander näher.

Lachend erzählte ich, daß ich zu Hause ein richtig gestempeltes Zeugnis besäße, das die Gesundheit meines Geisteszustandes in aller Form bestätigte. So erfuhren sie von dem Streich, den ich meinem Vater gespielt hatte. Ich schlug nun vor, dieses Zeugnis der kleinen Anna zu zeigen.

Als ich erklärte, gehen zu wollen, ließen sie es nicht zu. Ich solle erst die Kratzwunden vergessen, die mir jene andere Katze zugefügt hatte. Sie hielten mich zurück und boten mir eine Tasse Tee an.

Ich hatte sicher sofort die dunkle Empfindung, daß ich, um Ada zu gefallen, anders hätte sein müssen, als ich war. Aber ich dachte, daß es mir nicht schwerfallen würde, so zu werden, wie sie es wünschte. Man sprach noch über den Tod meines Vaters, und ich hoffte, die ernste Ada würde mit mir fühlen, wenn ich etwas von jenem großen Schmerz merken ließ, der noch immer auf mir lastete. Durch die Absicht aber, ihr näherzukommen, verlor ich sofort meine Natürlichkeit, wodurch ich mich, was man sofort bemerken konnte, noch weiter von ihr entfernte. Ich sagte, der Schmerz über einen solchen Verlust sei unerträglich. Wenn ich Kinder hätte, würde ich sie weniger zur Elternliebe erziehen, um ihnen später, nach meinem Tod, allzu großes Leid zu ersparen. Als sie mich fragten, wie ich es anfangen wolle, diesen Zweck zu erreichen, ob ich meine Kinder vielleicht mißhandeln und schlagen würde – da wurde ich verlegen. Alberta meinte lachend: «Das einfachste wäre, sie umzubringen.»

Ich sah, daß Ada wünschte, mir nicht zu mißfallen. Daher schwieg sie. Mehr vermochte sie nicht für mich zu tun, so sehr sie sich auch bemühte. Endlich sagte sie, sie sehe wohl ein, daß ich nur aus Güte die Erziehung meiner Kinder derart einrichten wolle; aber sie finde es überhaupt falsch zu leben, indem man sich auf den Tod vorbereitet. Ich widersprach und versicherte, daß der Tod erst der richtige Gestalter des Lebens sei. Ich dächte immer an den Tod und hätte daher nur einen Schmerz: die Gewißheit, sterben zu müssen. Alles andere würde auf diese Weise so unbedeutend, daß ich dafür nur ein heiteres Lächeln oder gar ein Lachen übrig hätte. So ließ ich mich hinreißen, Dinge zu sagen, die nicht sehr aufrichtig waren, besonders in dieser Gesellschaft, die für mein ganzes Leben so wichtig bleiben sollte. Wahrscheinlich habe ich nur deshalb so gesprochen, um mich als heiteren Menschen zu zeigen. Meine Heiterkeit hat mir bei Frauen schon viel geholfen.

Zaghaft gestand sie mir, daß sie eine derartige Seelenverfassung nicht liebe. Wenn man den Wert des Lebens herabmindert, zerstört man es mehr, als die Natur es will. Eigentlich sagte sie mir damit, daß ich für sie nicht taugte. Aber es war mir geglückt, sie vorsichtig und nachdenklich zu stimmen, was ich für einen Erfolg hielt.

Alberta zitierte irgendeinen antiken Philosophen[21], dessen Lebensanschauung der meinen ähnlich sein mußte. Augusta meinte, das Lachen sei wohl eine schöne Fähigkeit, die auch ihr Vater in besonderem Maße besäße.

Frau Malfenti warf lachend ein: «Wenn er sich über gute Geschäfte freut.»

Dann beendete ich diesen bedeutsamen Besuch.

Es gibt nichts Unmöglicheres auf dieser Welt, als eine Ehe einzugehen, wie man sie wirklich wünscht. Man kann dies von mir lernen, dessen Entschluß zu heiraten so viel früher da war als die Wahl der Braut. Warum lernte ich nicht mehr Mädchen genauer kennen, bevor ich eine wählte? Ach nein! Es scheint wirklich, als sei es mir zu beschwerlich und umständlich gewesen, nach mehreren Frauen Ausschau zu halten. Ich wollte wahrscheinlich nicht ermüden. Aber nachdem die Wahl schon beschlossen war, hätte ich das Mädchen wenigstens genauer prüfen müssen, um mir darüber klarzuwerden, ob es bereit sei, mir auf halbem Weg entgegenzukommen, wie es so schön in den Liebesromanen mit glücklichem Ausgang heißt. Dagegen wählte ich das Mädchen mit der tiefen Stimme, dem widerspenstigen, aber streng geordneten Haar und dachte, daß so viel Ernst einen Mann wie mich nicht zurückweisen könne, einen Mann, der intelligent, reich, von guter Familie und nicht allzu häßlich war. Schon bei den ersten Worten, die wir wechselten, fühlte ich eine gewisse Disharmonie. Aber Disharmonien sind dazu da, sich in Harmonien aufzulösen. Ich dachte sogar: «Sie muß ganz so bleiben, wie sie ist, denn so gefällt sie mir. Wenn einer sich ändern muß, will ich es sein.» Im Grunde war ich ja bescheiden, denn es ist zweifellos leichter, sich selbst zu ändern, als andere zu erziehen.

In kurzer Zeit drehte sich meine ganze Lebenseinteilung um die Familie Malfenti. Jeden Abend verbrachte ich mit Giovanni, der noch leutseliger und intimer wurde, nachdem er mich in sein Haus eingeführt hatte. Diese Intimität machte mich mutig. Anfangs besuchte ich seine Töchter einmal in der Woche, später mehrmals, und schließlich kam ich täglich in sein Haus und verbrachte dort mehrere Nachmittagsstunden. Es fehlte nicht an Vorwänden, mich in diesem Haus festzusetzen. Allerdings, ich glaube nicht fehlzugehen, wenn ich behaupte, daß mir das alles sehr leicht gemacht wurde. Öfters nahm ich meine Geige mit und musizierte mit Augusta, der einzigen, die Klavier spielte. Es war schlimm, daß Ada nicht spielen konnte. Noch schlimmer war es, daß ich so schlecht Geige spielte, und am schlimmsten, daß Augusta keine besonderen musikalischen Fähigkeiten besaß. Aus jeder Sonate mußte ich irgendeinen Satz, der mir zu schwer war, unter dem Vorwand auslassen, daß ich die Geige schon lange nicht berührt hätte. Der Klavierspieler ist fast immer dem Violindilettanten überlegen, und Augusta hatte eine diskrete Technik, aber ich, der ich viel schlechter spielte, gab mich mit ihrem Spiel niemals zufrieden, sondern dachte: «Wenn ich so gut spielen könnte wie sie, um wieviel besser würde ich spielen.» Jedoch während ich ihr Spiel kritisierte, kritisierten die andern das meine, und zwar, wie ich später erfuhr, gleichfalls nicht günstig. Augusta hätte später diese musikalischen Nachmittage gerne wiederholt, aber da ich bemerkte, daß sich Ada dabei langweilte, schützte ich einige Male vor, die Geige zu Hause vergessen zu haben. So sprach Augusta auch nicht mehr davon.

Leider verbrachte ich nicht allein mit Ada die Stunden in diesem Hause. Die Erinnerung an Ada blieb den ganzen übrigen Tag bei mir. Sie war die Erwählte, ich betrachtete sie schon als mein, und ich umgab sie mit allen Träumen idealer Eigenschaften, damit sie, der Preis meines Lebens, mir noch begehrenswerter erscheine. Alle Eigenschaften, die mir fehlten und nach denen ich mich sehnte, schrieb ich ihr zu, denn sie sollte nicht nur meine Gefährtin, sondern auch meine zweite Mutter werden, die mich ins richtige Leben eines Mannes führte, zu Kampf und Sieg.

Zunächst umgab ich in meinen Träumen ihre Körperlichkeit mit einer Gloriole. In Wahrheit bin ich schon vielen Frauen nachgelaufen und habe schon manche erobert. Im Traum eroberte ich sie alle. Natürlich verschönere ich sie nicht, indem ich ihre Züge verändere. Ich gleiche darin einem meiner Freunde, der ein geistreicher Porträtist ist. Wenn er darangeht, eine schöne Frau zu malen, so denkt er intensiv auch an irgendeine andere schöne Sache, zum Beispiel an edles Porzellan. Ein gefährlicher Traum, denn er kann den Frauen auch im hellen Licht des Tages eine ungeheure Macht verleihen, eine Vollkommenheit, die irgend etwas von den geträumten Vergleichsobjekten, den Blumen, Früchten oder dem Porzellan noch immer beibehalten hat.

Es ist für mich nicht leicht zu berichten, wie ich Ada den Hof machte. Es folgte eine lange Zeit, während der ich mich zwang, diese ganze Dummheit zu vergessen, und mich so schrecklich schämte, daß ich protestierte und mir einzureden versuchte: «Das bin nicht ich gewesen, dieses Rindvieh!» Aber wer denn? Jedoch der Protest verschafft ein wenig Trost, und so beharrte ich denn auf diesem meinem Protest. Wenn ich mich noch zehn Jahre früher so aufgeführt hätte, im Alter von zwanzig Jahren! Aber derart mit Dummheit geschlagen zu sein, nur weil man sich entschlossen hat zu heiraten, erscheint mir wirklich etwas hart. Ich, der ich alles mögliche erlebt und dabei meinen Unternehmungsgeist, der oft an Unverschämtheit grenzte, erprobt hatte, sieh da, ich wurde wieder der schüchterne Knabe, der die Hand der Geliebten zu berühren sucht, ohne daß sie dies merken soll, und dann hinausgeht und seine Hand, der die Ehre einer solchen Berührung zuteil geworden, mit Zärtlichkeiten bedeckt. Dieses reinste Abenteuer meines Lebens steht auch heute, da ich alt geworden bin, als das schmählichste in meiner Erinnerung. Solches Zeug war nicht am Platz und nicht an der Zeit. Es war, als hänge sich ein zehnjähriger Junge an die Brüste der Amme. Pfui!

Wie soll ich es nur erklären, daß ich so lange zögerte, mich auszusprechen und das Mädchen aufzufordern: «Entscheide dich, ob du mich willst oder nicht.» Ich ging in dieses Haus, ich kam direkt aus meinen Träumen; ich zählte die Stufen, die mich ins erste Stockwerk führten, und sagte mir: wenn ihre Zahl ungerade ist, habe ich darin den Beweis, daß sie mich liebt. Die Zahl war immer ungerade: dreiundvierzig. So kam ich jedesmal mit einem Gefühl der Sicherheit an, aber als ich fortging, hatte ich von ganz anderen Dingen geredet. Ada fand also gar keine Gelegenheit, mir ihre Verachtung mitzuteilen. Ich schwieg. Ich hätte an ihrer Stelle diesen dreißigjährigen Knaben mit Fußtritten traktiert.

Ich muß sagen, daß ich in mancher Hinsicht nicht ganz dem zwanzigjährigen Verliebten glich, der stumm darauf wartet, daß sich ihm die Geliebte an den Hals wirft. Auf so etwas wartete ich nie. Ich wollte ja reden, aber später. Ich wartete nur darauf, edler und besser zu werden, würdiger meines göttlichen Mädchens. Das hätte doch täglich kommen können. Warum sollte ich also nicht warten?

Aber ich schäme mich, nicht rechtzeitig bemerkt zu haben, welchem entsetzlichen Fiasko ich entgegenging. Ich hatte es mit einem ganz einfachen Mädchen zu tun. Nur infolge meiner vielfältigen Träumereien erschien sie mir kokett und raffiniert. Der ungeheure Groll, den sie in mir erregte, als ich endlich merkte, daß sie von mir nichts wissen wollte – dieser Groll war ungerecht. Ich hatte Wirklichkeit und Traum derart durcheinandergebracht, daß es mir einfach unmöglich war anzunehmen, sie würde mich niemals küssen.

Es ist ein ausgesprochenes Symptom männlicher Minderwertigkeit, die Frauen mißzuverstehen. Vorher war ich niemals irregegangen. Ich glaube, daß mir dies bei Ada nur deshalb passiert ist, weil ich sie gleich am Anfang unserer Bekanntschaft mißverstanden habe. Ich nahte mich ihr, nicht um sie zu erobern, sondern um sie zu heiraten. Ein ungewöhnlicher Weg der Liebe; zwar ein breiter, ein bequemer, aber einer, der nie zum Ziel führt, wenn auch stets in dessen Nähe. Der Liebe, zu der man auf solche Weise kommt, fehlt ihr wesentlichstes Merkmal: die Unterwerfung der Frau. So geht der Mann mit einer gewissen Trägheit an seine Aufgabe. Alle Sinne werden träge, auch Gesicht und Gehör.

Ich brachte täglich allen drei Mädchen Blumen. Ich bedachte alle drei mit meinen Verschrobenheiten; vor allem erzählte ich ihnen täglich mit unglaublichem Leichtsinn meine vollständige Autobiographie.

Jeder erinnert sich seiner Vergangenheit, wenn die Gegenwart für ihn beginnt, bedeutsamer zu werden. Man sagt sogar, daß Sterbende im letzten Delirium ihre ganze Vergangenheit wiedersehen. Mein vergangenes Leben bemächtigte sich meiner zu dieser Zeit mit der ganzen Intensität eines letzten Lebewohls, denn ich hatte das Gefühl, mich weit davon zu entfernen. Immer wieder sprach ich von der Vergangenheit, ermutigt durch das Interesse Augustas und Albertas, das mich die Interesselosigkeit Adas, an die ich mich deshalb nicht so sicher erinnern kann, kaum bemerken ließ. Augustas sanftes Temperament war leicht zu rühren, während Alberta meinen Schilderungen studentischer Liederlichkeiten mit brennroten Wangen folgte, offenbar in der Vorfreude, künftig selber Ähnliches zu erleben.

Viel später erfuhr ich von Augusta, daß keines der drei Mädchen auch nur eine meiner vielen Geschichten für wahr hielt. Augusta gefielen sie nur um so besser; Erfundenes gehörte eher zu meiner Person, als Schicksal, das mir zufällig zugestoßen sein konnte. Auch Alberta erschien der Teil, den sie für unwahr hielt, amüsanter, denn sie entdeckte darin vorzügliche Winke. Die einzige, die sich über meine Lügen ärgerte, war die ernste Ada. Mit meinen Bemühungen erging es mir wie jenem Preisschützen, dem es gelang, ins Zentrum zu treffen, aber in das der benachbarten Scheibe. Dennoch waren meine kleinen Erzählungen zum größten Teil wahr. Ich kann nicht genau sagen, wie weit: denn bevor ich sie noch den Töchtern Malfentis erzählte, hatte ich mit ihnen schon vielen andern Frauen imponieren wollen, bei welcher Gelegenheit sie unabsichtlich verändert wurden, um ausdrucksvoller zu wirken. Von dem Augenblick, da ich sie nicht mehr anders erzählen konnte, waren sie wahr. Heute liegt mir nichts mehr daran, ihre Wahrheit unter Beweis zu stellen. Ich möchte auch nicht Augusta enttäuschen, der es Freude macht, sie für erfunden zu halten. Von Ada glaube ich allerdings, daß sie ihre Ansicht geändert hat und sie nun für wahr hält.

Mein kläglicher Mißerfolg bei Ada zeigte sich in dem Augenblick, als ich mich entschloß, endlich frei herauszureden. Ich nahm die Deutlichkeit dieses Mißerfolges überrascht, zuallererst sogar ungläubig auf. Sie ließ mich bis zuletzt mit keinem einzigen Wort ihre Abneigung merken, und ich verschloß einfach meine Augen, um die vielen kleinen Zeichen nicht zu sehen, die mir kein allzu großes Maß von Sympathie verraten hätten. Überdies hatte ich selbst noch nicht das entscheidende Wort gesprochen und konnte mir daher denken, daß sie mein Vorhaben, sie zu heiraten, überhaupt noch nicht ahnte. Möglicherweise glaubte sie sogar, daß ich, der verschrobene und wenig tugendhafte Student, ganz anderes im Schilde führte.

Das Mißverständnis zog sich gerade wegen meiner ernsten Absichten immer länger hin. Tatsächlich begehrte ich Ada grenzenlos, ich glättete in meiner Phantasie ihre Wangen, verkleinerte ihre Füße und Hände, machte ihre Taille schlanker und feiner. Ich begehrte sie gleicherweise als Gattin und als Geliebte. Aber die Art, in der man sich einer Frau zum erstenmal nähert, ist entscheidend.

Nun geschah es, daß ich dreimal hintereinander nur von den beiden andern Mädchen empfangen wurde. Man entschuldigte Adas Abwesenheit das erste Mal mit einem Pflichtbesuch, das zweite Mal mit Migräne. Das dritte Mal sagte man überhaupt nichts mehr. Beunruhigt, fragte ich endlich. Augusta, an die ich mich mit der Frage zufällig wandte, erwiderte nichts und blickte Alberta hilfesuchend an. Alberta sagte, Ada sei zu einer Tante gegangen.

Mir stockte der Atem. Es war klar, daß mir Ada aus dem Weg ging. Am Tag zuvor hatte ich ihre Abwesenheit noch ertragen können und war in der Hoffnung, sie würde noch kommen, sogar länger geblieben als sonst. An diesem Tag hingegen blieb ich nur noch ein paar Minuten, unfähig, die Lippen zu bewegen. Dann erhob ich mich und entschuldigte mich mit plötzlichen Kopfschmerzen. Sonderbar ist, daß es Wut und Zorn war, was ich bei Adas erstem Widerstand am stärksten empfand. Ich dachte sogar daran, mich an Giovanni zu wenden, damit er das Mädchen zurechtweise. Ein Mensch, der heiraten will, ist sogar fähig, solche Gewohnheiten seiner Vorfahren wieder anzunehmen.

Aber dieses dritte Ausbleiben Adas sollte noch bedeutsamer werden. Der Zufall wollte es, daß ich ihre Anwesenheit im Hause entdeckte; sie hatte sich in ihrem Zimmer eingeschlossen.

Hier muß ich vorausschicken, daß es in diesem Hause noch eine andere Person gab, die ich nicht für mich gewinnen konnte: die kleine Anna. In Gegenwart der andern war sie gegen mich nicht mehr so aggressiv. Das hatte man ihr verboten. Manchmal blieb sie sogar mit den Schwestern im Zimmer und hörte meine Geschichten mit an. Wenn ich aber fortging, holte sie mich jedesmal an der Schwelle ein, erhob sich auf die Zehenspitzen, damit ihr kleiner Mund meinem Ohr näher käme, und flüsterte ganz leise, so daß es außer mir niemand hören konnte:

«Aber du bist wahnsinnig, wirklich wahnsinnig!»

Das schönste ist, daß mir die kleine Heuchlerin vor andern ständig Sie sagte. Wenn Frau Malfenti zugegen war, flüchtete sie immer in ihre Arme. Die Mutter streichelte sie und sagte dabei:

«Wie liebenswürdig meine kleine Anna geworden ist, nicht wahr?»

Ich widersprach nicht. Die liebenswürdige kleine Anna bezeichnete mich noch öfters in derselben Weise als wahnsinnig. Ich nahm diese Bezeichnung mit feigem Lächeln auf, das beinahe wie ein Dank aussah. Ich hoffte, daß das Kind nicht den Mut haben werde, von dem Streich, den sie mir nach jedem Besuch spielte, den Erwachsenen zu erzählen. Vor allem wollte ich Ada von dem Urteil, das ihre kleine Schwester über mich fällte, nichts ahnen lassen. Diese Kleine brachte mich schließlich in richtige Verlegenheit. Wenn ich im Gespräch mit den andern zufällig ihr in die Augen sah, mußte ich sofort irgendeinen Anlaß suchen, um anderswo hinzusehen. Es war sehr schwer, dies unbefangen zu tun. Wahrscheinlich errötete ich. Ich hatte das Gefühl, daß das Urteil dieser Unschuldigen mir unendlich schaden könne. So brachte ich ihr Geschenke, vermochte sie aber damit nicht freundlicher zu stimmen. Sie mußte ihre Macht über meine Schwäche erkannt haben; in Anwesenheit anderer betrachtete sie mich mit einer geradezu unverschämten Richtermiene. Ich glaube, daß wir alle in unserer Seele wie an unserem Körper geheime Stellen haben, die empfindlich sind und an die man ungern denkt. Man weiß nicht einmal recht, was das für Stellen sind, aber man weiß, daß sie existieren. Ich wendete stets den Blick von diesem kindlichen Auge fort, das über mich Gerichtstag hielt.

Als ich an jenem Tag einsam und niedergeschlagen fortging, holte sie mich wieder ein, um mich zu sich hinunterzuziehen und mir das übliche Kompliment zuzuflüstern. Da zeigte ich ihr das verzerrte Gesicht eines richtigen Wahnsinnigen und hielt ihr die verkrampften Hände so drohend entgegen, daß sie heulend und schreiend davonlief.

Dadurch gelang es mir, Ada auch an diesem Tag zu sehen. Sie war es, die als erste von dem Geschrei herbeigelockt wurde. Die Kleine erzählte unter Tränen, ich hätte sie arg bedroht, weil sie mich einen Wahnsinnigen geheißen:

«Aber er ist ein Wahnsinniger, und ich will ihm das sagen. Was ist denn Schlimmes dabei?»

Überrascht, Ada im Hause zu sehen, hörte ich nicht auf das Kind. Die beiden Schwestern hatten also gelogen; eigentlich nur Alberta, der Augusta die Aufgabe zugeschoben hatte, um selber nicht lügen zu müssen. Einen Augenblick lang war ich mir über alles klar. Ich sagte zu Ada:

«Ich freue mich, Sie hier zu sehen. Ich dachte, Sie seien seit drei Tagen bei Ihrer Tante.»

Sie antwortete nicht. Sie mußte sich mit dem weinenden Kind befassen. Die Verzögerung der Antwort, auf die ich ein Recht zu haben glaubte, jagte mir das Blut zu Kopf. Ich fand keine Worte, ich machte einen Schritt, um zum Ausgang zu gelangen. Wenn Ada nicht gesprochen hätte, wäre ich davongegangen und nicht mehr wiedergekommen. In meinem Zorn schien es mir ein leichtes zu sein, auf einen Traum zu verzichten, der so lange gedauert hatte. Indessen wandte sie sich mir errötend zu und sagte, sie sei vor wenigen Augenblicken erst zurückgekommen. Sie hätte die Tante nicht zu Hause angetroffen.

Das genügte, mich zu beruhigen. Wie liebreich sie war, wie mütterlich um das Kind besorgt, das noch immer schrie! Ihr Körper war so biegsam, daß er kleiner geworden schien, um sich dem Kinde besser anzupassen. Ich bewunderte sie und betrachtete sie wieder als die Meine.

So froh fühlte ich mich, daß ich sogleich den Groll ungehört machen wollte, der kurz zuvor noch in meinen Worten geklungen! Ich war äußerst höflich zu Ada und auch zu Anna, ich lachte herzlich:

«Sie hat mich so oft einen Wahnsinnigen genannt, daß ich ihr einmal zeigen wollte, wie ein Wahnsinniger wirklich aussieht und handelt. Wollen Sie mir das verzeihen! Und du, arme kleine Anna, brauchst keine Angst zu haben, denn ich bin ein Wahnsinniger von großer Sanftmut.»

Auch Ada war sehr, sehr höflich. Sie rügte die Kleine, die noch immer weinte, und bat mich für sie um Verzeihung. Wenn ich das Glück gehabt hätte, daß Anna aus Zorn davongelaufen wäre, so hätte ich jetzt gesprochen. Ich hätte eine Phrase gesagt, die vielleicht in irgendeiner fremdsprachigen Grammatik zu finden ist, wohlklingend und eigens dazu angefertigt, demjenigen, der diese Sprache nicht kennt, das Leben zu erleichtern. Etwa: «Würden Sie mir erlauben, bei Ihrem Vater um Ihre Hand anzuhalten?» Es war ja das erste Mal, daß ich heiraten wollte, ich befand mich daher in einem gänzlich unbekannten und fremdsprachigen Land. Bis jetzt war ich mit den Frauen, mit denen ich zu tun hatte, allerdings anders umgegangen. Ich hatte gleich damit begonnen, handgreiflich zu werden.

Aber ich kam gar nicht dazu, diese wenigen Worte auszusprechen. Sie hätten immerhin eine gewisse Zeit in Anspruch genommen. Sie mußten von einer flehenden Miene begleitet werden, was unmittelbar nach dem Kampf mit Anna und auch mit Ada schwer zu erzielen gewesen wäre. Und auf der andern Seite nahte schon Frau Malfenti, gleichfalls herbeigelockt durch die Schreie der Kleinen.

Ich reichte Ada die Hand, sie drückte sie herzlich. Ich sagte:

«Auf Wiedersehen morgen. Entschuldigen Sie mich bitte bei der gnädigen Frau.»

Ich zögerte jedoch, die Hand loszulassen, die so vertrauensvoll in der meinen lag. Ich fühlte, daß mir eine unwiederbringliche Gelegenheit entging, wenn ich jetzt dieses Mädchen verließ. Sie war doch im Augenblick zu jedem Entgegenkommen bereit, um mich für die Unart ihrer kleinen Schwester zu entschädigen. Verlockt durch die Situation, beugte ich mich über ihre Hand und berührte sie mit meinen Lippen. Dann öffnete ich die Tür und ging geschwind fort. Ich konnte noch genau sehen, wie Ada, die mir bis dahin ihre rechte Hand überlassen hatte, während sie mit der linken die an ihren Rock geschmiegte Anna stützte, den Handrücken, den meine Lippen berührt, erstaunt betrachtete, gleichsam, als wollte sie nachsehen, ob etwas dort geschrieben stehe. Ich glaube übrigens nicht, daß Frau Malfenti irgend etwas davon bemerkt hat.

Einen Augenblick verweilte ich auf der Stiege und staunte selber über meine unüberlegte Handlungsweise. War es noch möglich, zurückzukehren zu jener Tür, die hinter mir bereits ins Schloß gefallen war, die Glocke zu ziehen und Ada um die Erlaubnis zu bitten, ihr die Worte sagen zu dürfen, die sie vergeblich auf dem Rücken ihrer Hand gesucht hatte? Ich glaubte nicht, daß dies möglich sei. Mir erschien es als ein Mangel an Würde, allzu große Ungeduld zu zeigen. Außerdem hatte ich ihr ja meine Erklärung bereits angekündigt, als ich ihr «Auf Wiedersehen morgen!» sagte. Nun war es an ihr, mir ein Zeichen zu geben, damit ich mich offen ausspreche. Endlich hatte ich aufgehört, den drei Mädchen Geschichten zu erzählen. Statt dessen hatte ich einer von ihnen die Hand geküßt.

Aber der Rest des Tages war unerquicklich. Ich fühlte mich angstvoll und unruhig, doch sagte ich mir, daß mein Zustand lediglich von der Ungeduld komme, dies Abenteuer endlich geklärt zu sehen. Wenn Ada mich zurückwies, würde ich mich eben in aller Ruhe nach anderen Frauen umsehen. Meine Zuneigung zu ihr, so meinte ich, stamme aus einem freien Entschluß, der jederzeit durch einen entgegengesetzten entkräftet werden könne, und wußte nicht, daß zu dieser Zeit, in diesem Augenblick, auf der ganzen Welt für mich keine anderen Frauen existierten. Ich brauchte nur Ada und keine außer ihr.

Auch die Nacht, die folgte, erschien mir unendlich lang. Ich verbrachte sie fast ohne Schlaf. Nach dem Tod meines Vaters hatte ich meine nächtlichen Bummeleien aufgegeben; nach dem Entschluß zu heiraten wäre ein Rückfall doppelt sonderbar gewesen. Ich ging frühzeitig zu Bett und wünschte mir den Schlaf, der die Zeit so flink vertreibt.

Tagsüber hatte ich Adas Erklärungen über ihr dreimaliges Ausbleiben während der Stunden, in denen ich ihr Haus besuchte, blindlings hingenommen. Diese Blindheit verdankte ich dem unerschütterlichen Vertrauen, daß die ernste Frau, die ich mir zur Ehe ausersehen, nicht lügen könne. Aber in der Nacht ließ dies Vertrauen nach. Ich war im Zweifel, ob Ada nicht erst durch mich erfahren hatte, daß Alberta sie mit einem Besuch bei der Tante entschuldigte, als Augusta nicht reden wollte. Ich entsann mich nicht mehr genau der Worte, die meiner kopflosen Wut entsprungen waren, aber ich glaubte bestimmt, diese Entschuldigung angeführt zu haben. Schade! Hätte ich dies nicht getan – so hätte sie vielleicht eine andere Entschuldigung erfunden, und mir wäre dann alles klargeworden, indem ich sie bei einer Lüge ertappte.

Nun wäre Gelegenheit gewesen, die ungeheure Bedeutung Adas für mein Leben bereits zu erkennen, denn zu meiner Beruhigung sagte ich mir jetzt, daß ich für immer der Ehe entsagen würde, wenn mich Ada nicht mochte. Ihre Zurückweisung hätte eben mein ganzes Leben verändert. Und ich fuhr fort zu träumen und mich damit zu trösten, diese Zurückweisung könnte für mich auch ein Glück sein. Ich dachte dabei an jenen griechischen Philosophen [22], der die Reue sowohl dem in Aussicht stellt, der heiratet, wie auch dem, der ledig bleibt. Vorläufig war ich also noch immer fähig, über mein Erlebnis zu lachen. Leider war ich nicht mehr fähig zu schlafen.

Ich schlief erst ein, als es tagte, und als ich aufwachte, war es schon so spät, daß mich nur wenige Stunden von jenem Zeitpunkt trennten, da mein Besuch im Hause Malfenti wieder möglich war. Daher hätte ich es nicht mehr nötig gehabt, zu phantasieren und weitere Indizien zu sammeln, die mir die inneren Beweggründe Adas enthüllen sollten. Aber es ist schwer, den eigenen Gedanken zu verbieten, sich mit etwas zu befassen, das uns leider allzu stark angeht. Der Mensch wäre glücklicher, wenn er es könnte. Während des Ankleidens, dem ich an diesem Tag besondere Sorgfalt widmete, dachte ich ununterbrochen: «War es richtig, die Hand Adas zu küssen, war es unrichtig, nicht auch auf ihre Lippen einen Kuß zu drücken?»

Gerade an diesem Morgen hatte ich eine Idee, von deren außerordentlicher Schädlichkeit ich überzeugt bin. Sie nahm mir nämlich die letzte männliche Initiative, die mir mein sonderbar kindlicher Zustand noch gelassen hatte. Es war ein schmerzlicher Zweifel: Wenn Ada mich lediglich nach dem Willen ihrer Eltern heiratete – ohne mich zu lieben, vielleicht sogar voll Abneigung gegen mich? Denn schließlich, in dieser Familie mochten mich alle gut leiden, das heißt Giovanni, seine Frau, Augusta und Alberta. Nur bei Ada konnte ich zweifeln. An meinem Horizont tauchte der bekannte Hintertreppenroman eines Mädchens auf, das von der Familie zu einer verhaßten Heirat gezwungen wird. Aber ich würde das nie zulassen! Da hatte ich also einen Grund, um mit Ada zu sprechen, mit Ada allein. Es genügte nicht, ihr die fertige Phrase zu sagen, die ich vorbereitet hatte. Ich wollte ihr in die Augen blicken: «Liebst du mich?» Und bejahte sie dann, wollte ich sie in meine Arme schließen, um an ihrem Herzschlag die Wahrheit ihres Wortes zu fühlen.

So glaubte ich, für jeden Fall vorbereitet zu sein. Statt dessen fühlte ich mich plötzlich in den Zustand eines Prüflings versetzt, der gerade jene Seiten des Textes nicht gelernt hat, aus denen er gefragt wird.

Ich wurde von Frau Malfenti empfangen, die mich in einer Ecke des großen Salons Platz zu nehmen bat und augenblicklich lebhaft zu plaudern begann. Ich kam gar nicht dazu, nach ihren Töchtern zu fragen. Ein wenig zerstreut wiederholte ich mir im Geiste die Lektion, um sie im gegebenen Augenblick bereit zu haben. Plötzlich wurde meine Aufmerksamkeit wie durch einen Trompetenstoß auf Frau Malfentis Rede hingelenkt. Sie entwickelte gerade eine Einleitung: sie versicherte mich der Freundschaft ihres Mannes, der Zuneigung der ganzen Familie, die der kleinen Anna inbegriffen. Wir verkehrten jetzt schon lange und hätten uns seit vier Monaten sogar täglich gesehen.

«Fünf!» verbesserte ich. Diese Berechnung stammte aus der letzten Nacht. Ich hatte mich erinnert, daß mein erster Besuch im Herbst erfolgt war. Nun war es voller Frühling.

«Richtig, fünf», sagte die Dame und sann ein wenig nach, als wollte sie die Rechnung überprüfen. Dann, mit tadelnder Miene: «Wissen Sie, daß Sie Augusta kompromittieren?»

«Augusta?» fragte ich und glaubte, falsch gehört zu haben.

Sie bekräftigte es noch: «Ja. Sie geben sich doch unaufhörlich mit ihr ab. Dadurch kompromittieren Sie sie.»

Ich zeigte aufrichtig meine Gefühle:

«Aber ich sehe doch Augusta fast nie!»

Sie machte eine Bewegung der Überraschung oder (so schien es mir) der schmerzlichen Enttäuschung.

Indessen dachte ich angestrengt nach, um rasch eine Erklärung für den Irrtum zu finden, dessen Bedeutsamkeit ich sofort ahnte. In Gedanken kontrollierte ich mein Benehmen, Besuch für Besuch während jener fünf Monate, in denen ich bemüht gewesen war, Ada zu sehen. Ich hatte mit Augusta musiziert und wirklich manchmal länger mit ihr als mit Ada gesprochen, da sie mir aufmerksamer zuhörte. Ich tat dies mit dem Hintergedanken, sie würde meine Geschichten, die sie voll Beifall aufnahm, Ada weitererzählen. Sollte ich mit der Dame offen reden und meine Absichten auf Ada eingestehen? Aber ich hatte doch beschlossen, allein mit Ada zu sprechen, um ihre Gesinnung zu erforschen. Wahrscheinlich wäre alles anders verlaufen, wenn ich in jenem Augenblick mit Frau Malfenti offen gesprochen hätte. Jedenfalls, wenn ich Ada nicht heiraten konnte, hätte ich Augusta auch nicht geheiratet. Doch mein vorher gefaßter Entschluß blieb unerschütterlich. Nachdem ich die überraschenden Mitteilungen Frau Malfentis angehört hatte, schwieg ich beharrlich.

Ich dachte angespannt nach und verwirrte mich dadurch gänzlich. Ich wollte erraten, ich wollte alles begreifen, und zwar möglichst rasch. Aber man sieht die Dinge viel schlechter, wenn man die Augen allzu weit aufreißt. Es war möglich, daß man die Absicht hatte, mich aus dem Hause zu weisen. Ich hoffte, das verhindern zu können. Ich war unschuldig, da ich ja auf Augusta, die sie beschützen wollten, gar keine Absichten hatte. Vielleicht schoben sie mir solche Absichten nur unter, um Ada aus dem kompromittierenden Spiel zu halten. Warum aber wollten sie auf diese Weise gerade Ada schützen, die doch kein kleines Mädchen mehr war? Ich war sicher, außer im Traum niemals auch nur ihr Haar berührt zu haben. Meine Lippen hatten nur ihre Hand gestreift. Ich wollte nicht, daß man mir den Eintritt in dieses Haus verbiete, ich wollte vorher mit Ada sprechen. Daher fragte ich mit bebender Stimme:

«Sagen Sie mir, gnädige Frau, was ich tun soll, um nirgends Anstoß zu erregen.»

Sie zögerte. In diesem Augenblick hätte ich lieber mit Giovanni zu tun gehabt, der seine Gedanken herauszuschreien pflegte. Dann sagte sie, indem sie sich bemühte, höflich zu sein, was ihrer Stimme deutlich anzumerken war:

«Sie müßten für einige Zeit Ihre Besuche einschränken. Sie dürfen nicht täglich, sondern nur zwei- oder dreimal in der Woche kommen.»

Hätte sie mir kurzweg anbefohlen, zu gehen und nicht mehr wiederzukommen, so hätte ich wohl, von meinem Vorsatz geleitet, flehentlich gebeten, mich noch einen oder zwei Tage in ihrem Haus zu dulden, um meine Beziehungen zu Ada klären zu können. Ihre letzten Worte dagegen, die schon viel sanfter waren, als ich es befürchtet hatte, gaben mir den Mut, mich beleidigt zu zeigen:

«Wenn Sie es wünschen, werde ich nie mehr diese Schwelle überschreiten.»

Was ich gehofft hatte, trat ein. Sie protestierte, begann neuerlich, von der Hochschätzung der ganzen Familie zu reden, und beschwor mich, ihr nicht böse zu sein. Und ich zeigte mich großmütig und versprach alles, was sie wollte: vier oder fünf Tage überhaupt ferne zu bleiben, um dann wiederum mit gewisser Regelmäßigkeit zwei-

oder dreimal in der Woche meinen Besuch zu machen. Und vor allem, ihr nicht zu zürnen.

Nach diesen Versprechungen wollte ich beweisen, wie ernst es mir damit war, und erhob mich, um zu gehen. Die Dame versicherte lachend:

«Sie können bleiben. Es dürfte wohl keine Gefahr bestehen, daß Sie mich kompromittieren.»

Als ich sie bat, mich doch verabschieden zu dürfen, weil ich eine Verabredung hätte, die mir eben erst eingefallen sei (in Wahrheit konnte ich es kaum erwarten, allein zu sein, um über dieses eben erlebte außerordentliche Ereignis besser nachdenken zu können), flehte sie mich an, zu bleiben und ihr damit zu beweisen, daß ich ihr noch gut gesinnt sei. Ich blieb also und hörte unter Qualen das Geschwätz an, das nun begann und bald von der neuen weiblichen Mode, die die Dame nicht mitmachen wollte, bald vom Theater handelte und sogar das trockene Wetter berührte, mit dem der Frühling eingesetzt hatte.

Bald darauf war ich froh, geblieben zu sein, denn es fiel mir ein, daß ich doch noch eine Aufklärung brauchte. Unhöflich unterbrach ich die Worte, die ich schon längst nicht mehr hörte, und fragte:

«Und alle in der Familie werden erfahren, daß Sie mich aufgefordert haben, nicht mehr in dieses Haus zu kommen?»

Es machte zunächst den Eindruck, als erinnere sie sich nicht mehr an das, was wir früher besprochen hatten. Dann beteuerte sie:

«Nicht mehr in dieses Haus zu kommen? Aber es handelt sich doch natürlich nur um ein paar Tage. Ich werde niemand etwas davon sagen, nicht einmal meinem Mann. Im Gegenteil, ich wäre Ihnen sogar dankbar, wenn auch Sie dieselbe Diskretion wahren wollten.»

Auch dies versprach ich. Ich versprach sogar, die verschiedensten Vorwände zu erfinden, falls man von mir eine Erklärung verlangen sollte, warum ich mich nicht mehr so oft blicken ließe. Im Augenblick glaubte ich sogar den Reden der Dame; ich malte mir aus, wie befremdet und schmerzlich berührt Ada von meinem plötzlichen Ausbleiben sein könnte. Eine angenehme Vorstellung!

Ich blieb dann noch und wartete immer auf eine neue Idee, die mir weiterhelfen sollte. Einstweilen sprach Frau Malfenti von den Lebensmittelpreisen, die in der letzten Zeit bis ins Unerträgliche gestiegen waren.

Jedoch statt einer neuen Idee kam Tante Rosina, eine Schwester Giovannis, die aber weit weniger gescheit war als er. Immerhin hatte sie vieles mit ihm gemeinsam, jedenfalls genug, um die Verwandtschaft deutlich merken zu lassen, vor allem dieselbe Auffassung der eigenen Rechte und der fremden Pflichten, eine Auffassung, die bei ihr etwas komisch wirkte, weil diese Dame nicht die geringste Fähigkeit besaß, sich durchzusetzen. Ebenso hatte sie die Gewohnheit, die Stimme bei jeder Gelegenheit kräftig zu erheben. Sie glaubte, im Hause ihres Bruders so große Rechte zu haben, daß sie, wie ich später erfuhr, Frau Malfenti lange Zeit als einen Eindringling betrachtete. Sie war unverheiratet und lebte nur mit einer Dienerin, von der sie immer als von ihrer größten Feindin sprach. Als sie im Sterben lag, befahl sie meiner Frau als heilige Pflicht, das Haus so lange zu überwachen, bis die Dienerin, die ihr beigestanden, es verlassen hätte. Alle im Hause Malfenti fürchteten sich vor dieser Tante und mußten geduldig ihre Angriffslust ertragen.

Ich verabschiedete mich noch immer nicht. Tante Rosina bevorzugte unter ihren Nichten Ada. Ich bemühte mich daher, ihre Freundschaft zu gewinnen, und sagte einige liebenswürdige Worte, um mich ihr angenehm zu machen. Ich erinnerte mich dunkel daran, daß die Nichten das letzte Mal, als ich die Tante gesehen hatte (das heißt übersehen, denn damals war es noch überflüssig, sie anzusehen), nach ihrem Fortgang äußerten: «Sie sieht schlecht aus.» Und: «Der Ärger über diese Dienerin schlägt sich ihr wahrscheinlich auf die Galle.»

Ich fand, was ich suchte. Ich sah das faltige, maßlos häßliche Antlitz der alten Dame mit Bewunderung an und sagte:

«Ich finde, gnädige Frau, daß Sie sich sehr erholt haben.»

Hätte ich das doch nie ausgesprochen! Sie blickte mich verwundert an und widersprach:

«Ich sehe doch immer gleich aus. Seit wann soll ich mich denn erholt haben?»

Sie wollte wissen, wann ich sie das letzte Mal gesehen hatte. Ich erinnerte mich nicht genau des Datums und erwähnte nur, daß wir einen ganzen Nachmittag in diesem Salon mit den drei Mädchen gemeinsam verbrachten. Aber nicht auf der Seite, wo wir jetzt saßen, sondern auf der andern. Ich nahm mir vor, lebhaftes Interesse für ihre Person zu zeigen, aber die Erklärungen, die sie verlangte, stellten mich auf eine allzu harte Probe. Meine Verlogenheit bedrückte mich. Ich spürte sie beinahe schmerzhaft. Da warf Frau Malfenti lächelnd dazwischen:

«Sie wollten doch nicht etwa sagen, daß Tante Rosina dicker geworden ist?»

Donnerwetter! Das war es, was Tante Rosina erzürnte, die fast denselben Umfang hatte wie ihr Bruder und noch immer abzumagern hoffte.

«Dicker geworden? Keine Spur! Ich wollte nur erwähnen, daß die Gesichtsfarbe der gnädigen Frau frischer geworden ist.»

Ich bemühte mich, einen bewundernden Ausdruck auf meinem Gesicht festzuhalten, während ich mich zurückhalten mußte, nicht auf der Stelle mit irgendeiner Frechheit loszuplatzen.

Aber Tante Rosina schien noch immer nicht zufrieden.

Sie sei in der letzten Zeit nie krank gewesen und begreife daher nicht, warum ihre Gesichtsfarbe hätte früher weniger frisch sein sollen. Frau Malfenti gab ihr recht:

«Im Gegenteil, es ist für sie direkt charakteristisch, daß sie ihr Aussehen nie verändert. Finden Sie das nicht?»

Ich fand es. Es war sogar deutlich zu sehen. Nun aber verabschiedete ich mich augenblicklich. Ich hoffte immer noch, Tante Rosina zu versöhnen, und reichte ihr deshalb die Hand mit größter Herzlichkeit. Sie aber sah dabei ganz woanders hin.

Kaum war ich über die Schwelle dieses Hauses getreten, als sich mein seelisches Gleichgewicht beträchtlich verschob. Ich fühlte mich befreit! Nun brauchte ich weder den Sinn Frau Malfentis zu erforschen, noch mich um jeden Preis zu bemühen, Tante Rosina zu gefallen. Ich glaube wirklich, daß die schlaue Frau Malfenti ihre Absicht vollkommen erreicht hätte, wenn nicht Tante Rosina so grob dazwischengefahren wäre: ich hätte das Haus in dem frohen Bewußtsein verlassen, gut behandelt worden zu sein. Ich hüpfte und lief die Stiegen hinunter. Tante Rosina war gewissermaßen ein Kommentar zu Frau Malfenti gewesen, die mir liebenswürdigerweise vorgeschlagen hatte, einige Tage ihrem Hause fern zu bleiben. Zu liebenswürdig, Frau Malfenti! Nun wollte ich ihre Erwartungen übertreffen, und sie sollte mich nie mehr wiedersehen! Sie hatten mich gequält, alle mitsammen, Frau Malfenti, Tante Rosina und Ada! Mit welchem Recht? Weil ich heiraten wollte? Aber daran dachte ich doch gar nicht mehr! Wie schön war die Freiheit!

Voll von diesen überschwenglichen Gefühlen, lief ich eine gute Viertelstunde in den Straßen umher. Dann hatte ich das Bedürfnis nach noch größerer Freiheit. Ich mußte vor allem ein Mittel finden, die Absicht, nie mehr in dieses Haus zu kommen, kundzutun. Den Gedanken, einen Abschiedsbrief zu schreiben, verwarf ich bald. Noch verletzender mußte mein Fernbleiben wirken, wenn ich meine Absicht gar nicht erst mitteilte, sondern einfach vergaß, Giovanni und seine Familie zu besuchen.

Endlich fand ich die diskrete, höfliche und sogar ein wenig ironische Geste, meine Absicht anzudeuten. Ich eilte zu einem Blumenhändler, ließ einen herrlichen Strauß zusammenbinden, adressierte ihn an Frau Malfenti und legte eine Visitenkarte bei, auf der nichts anderes stand als das Datum. Es schien mir nicht nötig, mehr hinzuschreiben. Es war ein Datum, das ich nie vergessen würde und an das sich auch Ada und ihre Mutter ewig erinnern sollten: der 5. Mai, der Todestag Napoleons.

Ich hatte es eilig mit dieser Sendung. Es war ja so wichtig, daß sie noch am selben Tag an ihr Ziel gelangte.

Und dann? Dann war alles getan, alles. Nichts mehr blieb übrig. Ich hatte mit Ada und ihrer ganzen Familie abgeschlossen. Ich mußte weiterleben, ohne etwas Neues zu unternehmen, und nur darauf warten, daß jemand von den andern daherkäme und mich suchte und mir dadurch Gelegenheit gäbe, wieder etwas zu sagen oder zu tun.

Ich eilte in mein Arbeitszimmer, um mich dort einzuschließen und über alles nachzudenken. Hätte ich meiner schmerzlichen Ungeduld nachgegeben, so wäre ich im Laufschritt zu jenem Haus zurückgekehrt, auf die Gefahr hin, dort früher anzukommen als der Blumenstrauß. Es fehlte mir nicht an Vorwänden. Ich hätte zum Beispiel nach einem vergessenen Schirm fragen können.

Aber ich wollte so etwas nicht tun. Mit der Übersendung des Blumenstraußes hatte ich eine glänzende Haltung bewiesen, die auch beibehalten werden mußte. Ich wollte mich jetzt ruhig verhalten. An ihnen, den andern, war es, den nächsten Schritt zu unternehmen.

Die Konzentration, die mir in der Einsamkeit meines Zimmers gelang und von der ich mir so viel Trost erhoffte, enthüllte mir bloß die Ursache meiner Verzweiflung. Mir kamen die Tränen. Ich liebte Ada! Ich wußte noch nicht, ob diese Erkenntnis richtig war, und setzte daher die Selbstanalyse fort. Ada sollte nicht nur mein werden. Ich wollte sie ja zur Ehefrau. Sie, mit dem herben Antlitz und dem strengen Körper; noch einmal sie, mit ihrem ganzen Ernst, der meine Existenz nicht begreifen konnte – meine Existenz, die ich ihr zuliebe und nur deshalb aufgeben wollte, weil ich sie mit der Existenz, die ich führte, nicht zu überzeugen wußte; sie, die mir ein Leben voll Arbeit und Klugheit eröffnen sollte. Ich wollte sie ganz, ich wollte von ihr alles. Am Ende konnte ich den unwiderleglichen Schluß ziehen, daß meine erste Erkenntnis richtig war: ich liebte Ada!

Nun hatte ich das Gefühl, etwas sehr Bedeutsames gedacht zu haben, etwas, das für mich weiterhin bestimmend war. Fort mit der Unschlüssigkeit! Es war nicht mehr wichtig zu wissen, ob sie mich liebte. Ich mußte versuchen, sie zu erringen. Es war nicht mehr nötig, mit ihr darüber zu sprechen, da sie sich doch jedenfalls dem Willen Giovannis fügen mußte. Augenblicklich mußte alles getan werden, um mir dieses Glück nicht entgehen zu lassen. Andernfalls mußte ich so rasch wie möglich alles vergessen und dadurch gesunden. Warum sollte ich so lange unter der Erwartung leiden? Sollte ich erfahren (und das konnte ich nur durch Giovanni erfahren), daß Ada endgültig für mich verloren war, dann brauchte ich wenigstens nicht mehr mit der Zeit zu kämpfen. Dann würde die Zeit wieder ruhig dahinfließen, ohne daß ich das Bedürfnis hätte, sie zur Eile anzutreiben. Die Endgültigkeit einer Sache ist immer beruhigend. Sie befreit von der Zeit.

Ich machte mich sofort auf die Suche nach Giovanni. Zwei Wege kamen in Frage. Der eine führte zu seinem Büro, das in jener Gasse lag, die noch heute und unverändert seit den Zeiten unserer Vorfahren «Delle Case Nuove» heißt. Sie ist nahe dem Meeresufer gelegen, von hohen, alten Häusern beschattet und um die Stunde des Sonnenuntergangs fast menschenleer. Ich konnte rasch vorwärtskommen. Auf diesem Weg bedachte ich nichts anderes als die Vorbereitung der Worte, die ich Giovanni sagen wollte. Mehr war nicht nötig als die kürzeste Mitteilung meiner Absicht, seine Tochter zu heiraten. Ich brauchte ihm weder zuzureden noch etwas vorzuspiegeln. Der glänzende Geschäftsmann wird die richtige Antwort auf diese Forderung im Augenblick zu geben wissen. Immerhin beschäftigte mich die Frage, ob ich mich in einer solchen Situation in der Schriftsprache oder im Dialekt ausdrücken sollte.

Aber Giovanni hatte sein Büro schon verlassen und sich ins Tergesteum begeben. So ging ich ihm nach. Ich ging langsam, denn ich wußte, daß ich auf der Börse ohnehin längere Zeit würde warten müssen, ehe ich ihn unter vier Augen sprechen konnte. Außerdem verlangsamte die Menschenmenge, die die Via Cavana versperrte, meinen Schritt. Und eben, während ich kämpfte, um mich durch so viele Menschen hindurchzuarbeiten, brach mit unbeschreiblicher Klarheit die Erleuchtung über mich herein, die ich seit Stunden gesucht hatte: Die Malfentis wollten, daß ich an Stelle Adas Augusta heiratete. Der Grund? Augusta war in mich verliebt, und Ada mochte mich nicht. Sie mochte mich absolut nicht; andernfalls hätte doch die Familie nicht dazwischentreten müssen, um sie von mir zu befreien. Die Familie hatte mir gesagt, daß ich Augusta kompromittiere. Statt dessen war es doch Augusta, die sich selber dadurch kompromittierte, daß sie mich liebte. In diesem Augenblick sah ich alles mit so unerhörter Klarheit, als hätte es mir jemand aus dieser Familie eben dargestellt. Ich erriet auch, daß Ada mit meiner Entfernung vom Hause völlig einverstanden war. Sie liebte mich nicht, und sie würde mich auch niemals lieben, solange ihre Schwester irgendein Gefühl für mich hegte. In der belebten Via

Cavana hatte ich also schärfer und richtiger gedacht als in meinem einsamen Studierzimmer.

Heute, wenn ich mir diese denkwürdigen fünf Tage ins Gedächtnis zurückrufe, die mich in die Ehe führten, staune ich darüber, daß ich nicht sogleich ruhiger wurde, als ich endlich die Liebe der armen Augusta entdeckte. Ich liebte nun, da ich aus dem Hause Malfenti gejagt worden war, Ada voll Trotz. Aber in Wahrheit hatte Frau Malfenti ohne Erfolg versucht, mich zu entfernen, ich blieb ja in dem Haus, und zwar in Adas allernächster Nähe – wenn ich im Herzen Augustas blieb. Warum, warum nur gab mir dieses Bewußtsein keine Befriedigung? Die Bitte Frau Malfentis, Augusta nicht zu kompromittieren, deutlicher: die Bitte, sie zu heiraten, erschien mir vielmehr als neue Beleidigung. Ich empfand gegen das häßliche Mädchen, das mich liebte, den ganzen Unwillen, den ich bei ihrer schönen Schwester, die ich liebte, nicht begreifen konnte, da er gegen mich gerichtet war.

Ich beschleunigte meine Schritte, bog aber in eine Seitengasse und ging nun wieder in die Richtung meines Hauses. Jetzt war es nicht mehr nötig, mit Giovanni zu sprechen. Jetzt war es klar, wie ich mich zu benehmen hatte. Ich wußte es mit einer selbstmörderischen Klarheit, die mir doch endlich Beruhigung bringen mußte, da es nunmehr egal war, ob die Zeit rascher oder langsamer verging. Es war auch gefährlich, mit dem groben Giovanni darüber zu sprechen. Frau Malfenti hatte sich derart ausgedrückt, daß ich sie erst dort, in der Via Cavana, verstanden hatte. Ihr Gatte war imstande, sich ganz anders zu benehmen. Er konnte mir glattweg sagen: «Wozu willst du Ada heiraten? Schaun wir uns einmal die Sache näher an. Du tätest doch eigentlich besser daran, Augusta zu nehmen.» Einer seiner Aphorismen fiel mir plötzlich ein, der ihn in diesem Falle hätte bestimmen können: «Du mußt deinem Partner das Geschäft erst einmal klar auseinandersetzen. Dadurch verstehst du es mit absoluter Sicherheit besser, als er es selber je verstehen kann.» Und dann? Die nächste Folge wäre ein offener Bruch gewesen. Und die Zeit hätte füglich erst recht nach ihrem eigenen Willen schneller oder langsamer vorwärtsgehen können, denn ich hätte keinen Anlaß mehr gehabt, sie irgendwie beeinflussen zu wollen. Ich wäre eben auf dem toten Punkt angelangt.

Ich erinnerte mich noch an einen andern Aphorismus Giovannis. Er gab mir Hoffnung, und ich klammerte mich an ihn fünf Tage lang, jene fünf Tage, die meine Liebe in Krankheit verwandelten. Giovanni pflegte zu sagen, man dürfe sich nicht beeilen, ein Geschäft zu erledigen, wenn aus dieser Eile nicht zufällig ein Vorteil erwachse: jedes Geschäft erledige sich früher oder später von selbst, was allein schon dadurch bewiesen sei, daß es in der Weltgeschichte, die doch so lange läuft, nur wenige unerledigte Geschäfte gibt. Jedes Geschäft habe seine beste Chance nur so lange, als man nicht an seine Erledigung schreitet.

Ich erinnerte mich aber nicht, daß es noch andere Aphorismen Giovannis gab, die genau das Gegenteil besagten. Ich hielt mich nur an diesen. An etwas mußte ich mich ja schließlich halten. Ich faßte den unabänderlichen Vorsatz, mich nicht zu rühren, solange nicht ein neues Ereignis zu meinen Gunsten eintrat. Dieser Vorsatz hat mir dann derart geschadet, daß ich vielleicht deshalb später stets so wenig Kraft für Vorsätze aufgebracht habe.

Gleich danach erhielt ich ein Billett von Frau Malfenti. Ich erkannte die Schrift auf dem Umschlag und schmeichelte mir schon, bevor ich es öffnete, daß mein bloßer Vorsatz genügt habe, sie ihr Verhalten bitter bereuen zu lassen. Ich glaubte schon, daß sie mir nachlief. Als ich aber nichts als die beiden Buchstaben *p. r.* (*pour remercier*) fand, den Dank für die Blumen, die ich ihr gesandt hatte, verzweifelte ich, warf mich aufs Bett und biß in die Polster, um mich sozusagen auf der Stelle festzubeißen und mich zu hindern, meinen Vorsatz aufzugeben und fortzulaufen. Wie viel ironische Unbesorgtheit grinste mir aus diesen zwei Buchstaben entgegen! Wie viel Überlegenheit gegenüber dem Datum, das ich auf meinem Billett vermerkt hatte, das doch eine bestimmte Absicht und vielleicht sogar einen Vorwurf ausdrückte. «*Remember!*» hatte Karl I.[23] gesagt, bevor man ihn köpfte. Wahrscheinlich wollte er damit an das Datum dieses Tages erinnern. Auch ich hatte meine Feindin aufgefordert, zu gedenken und zu fürchten.

Das waren fünf entsetzliche Tage und Nächte. Ich beobachtete Morgendämmerungen und Sonnenuntergänge, die Ende und Anfang bezeichneten und mir die Stunde der Freiheit, der Kampfesfreiheit für meine Liebe, nähertrugen.

Ich bereitete mich auf diesen Kampf vor. Nun wußte ich, wie mein Mädchen mich wünschte. An meine Vorsätze aus jener Zeit kann ich mich deshalb so leicht erinnern, erstens, weil ich vor kürzester Zeit ähnliche hatte, und zweitens, weil ich sie damals auf einem Blatt Papier vermerkte, das ich heute noch besitze. Ich nahm mir vor, ernster zu werden. Das bedeutete also, keine solchen Späße mehr zu erzählen, die die andern zum Lachen und mich in Verruf brachten und denen ich die Liebe der häßlichen Augusta und die Verachtung meiner Ada verdankte. Dann nahm ich mir vor, jeden Morgen Schlag acht Uhr mein Büro zu betreten, das ich seit langer Zeit überhaupt nicht mehr gesehen hatte, und mich dort nicht etwa zu dem Zweck aufzuhalten, um mit Olivi über meine Befugnisse zu streiten, sondern um mit ihm zusammen zu arbeiten und mich auf die selbständige Leitung meiner Geschäfte vorzubereiten. Diese Leitung wollte ich aber erst zu einer Zeit übernehmen, die ruhiger war als die damalige. Ebenso nahm ich mir vor, das Rauchen aufzugeben, das heißt natürlich erst dann, wenn ich meine Freiheit wiedererlangt hätte, denn der gräßliche Lebensabschnitt, den ich eben erlebte, mußte wahrlich nicht noch erschwert werden. Auf Ada sollte ein vollkommener Gatte warten. In dieser Richtung gab es noch verschiedene Vorsätze: jeden Tag eine halbe Stunde zu fechten; sich mit ernster Lektüre zu befassen; ein paarmal in der Woche zu reiten. Die vierundzwanzig Stunden des Tages waren nicht zuviel.

Während dieser Tage des Exils war meine ständige Begleiterin die Eifersucht. Es war gewiß ein heroischer Entschluß, mir jeden noch so kleinen Fehler abzugewöhnen, um Ada in wenigen Wochen zu erobern. Was aber konnte inzwischen alles geschehen? Während ich mir den härtesten Zwang auferlegte, konnten vielleicht andere Männer versuchen, mir die Frau fortzunehmen. Unter ihnen befand sich sicherlich einer, der nicht so große Anstrengungen machen mußte, um willkommen zu sein. Ich wußte, ich glaubte zu wissen, daß Ada sofort ja sagen würde, ohne auf die Entwicklung ihrer Gefühle zu warten, wenn sie denjenigen gefunden hätte, der zu ihr paßte. Jedesmal wenn ich in diesen Tagen einem gutgekleideten, gesunden und unnervösen Mann begegnete, haßte ich ihn, weil es mir schien, daß er Ada passen könnte. Von allen Dingen aus dieser Zeit erinnere ich mich am besten der bitteren Eifersucht, die sich wie ein Nebel auf mein ganzes Leben legte.

Über meine quälende Angst, daß mir Ada während jener Zeit weggenommen werden könnte, darf man heute nicht lachen, da man ja weiß, wie die ganze Angelegenheit geendet hat. Denke ich an diese Tage der Leidenschaft, so muß ich immer meinen prophetischen Geist bewundern.

Oftmals ging ich in der Nacht an den Fenstern ihres Hauses vorbei. Dort oben unterhielt man sich anscheinend genauso wie an jenen Abenden, die ich noch dort verbrachte. Um Mitternacht, oder noch ein wenig früher, erloschen die Lichter des Salons. Aus Angst, von einem der heimwärtsgehenden Besucher entdeckt und erkannt zu werden, lief ich davon.

Jede Stunde dieser Tage war erstickend voll von Ungeduld. Warum fragte niemand nach mir? Warum rührte sich nicht Giovanni? Wunderte er sich gar nicht darüber, mich weder in seinem Hause noch im Tergesteum zu sehen? Also war auch er mit meiner Entfernung einverstanden? Oft unterbrach ich meine Tages- und Nachtspaziergänge, um nach Hause zu eilen und mich zu vergewissern, daß niemand gekommen war, niemand nach mir gefragt hatte. Dann wieder konnte ich mich vor Unruhe nicht entschließen, zu Bett zu gehen. Ich weckte die arme Maria, um mit ihr zu sprechen. Stundenlang wartete ich zu Hause: hier konnte man mich doch am leichtesten erreichen. Aber niemand fragte nach mir. Wenn ich mich nicht entschlossen hätte, selbst zu handeln, wäre ich heute noch Junggeselle. Das ist sicher.

Eines Abends ging ich in den Klub, um zu spielen. Seit vielen Jahren hatte ich mich dort nicht sehen lassen: ich erfüllte damit ein Versprechen, das ich meinem Vater einmal gab. Nun redete ich mir ein, daß dieses Versprechen nicht mehr gelte, da mein Vater so schmerzliche Umstände und ein so unabweisliches Bedürfnis nach Zerstreuung doch nicht vorhersehen konnte. Anfangs gewann ich mit einem Glück, das mir weh tat, weil ich glaubte, daß ich damit für mein Unglück in der Liebe schadlos gehalten würde. Dann verlor ich, was mir gleichfalls weh tat, weil ich glaubte, im Spiel genauso unterliegen zu müssen wie in der Liebe. Schließlich ekelte mich alles an: es war weder meiner noch Adas würdig. So rein hatte mich diese Liebe gemacht!

Ferner erinnere ich mich, daß meine verliebten Träume einen harten Kampf mit der rohen Wirklichkeit zu bestehen hatten. Die Träume wandelten sich. Ich träumte nicht mehr von Liebe, sondern von Sieg. Einer dieser Träume wurde durch den Besuch Adas verschönt. Sie war als Braut gekleidet und schritt mit mir zum Altar. Aber als wir allein blieben, zogen wir gar nicht die Konsequenzen aus unserer Liebe. Sogar da nicht! Ich war der Gatte, ich hatte das Recht erlangt, sie vorwurfsvoll zu fragen: «Wie konntest du zugeben, daß man mich damals so behandelt hat?» Die andern Rechte waren mir nicht so wichtig.

In meiner Lade finde ich noch Fragmente von Briefen an Ada, an Giovanni, an Frau Malfenti. Sie stammen aus jenen Tagen. An Frau Malfenti schrieb ich einfach. Ich verabschiedete mich vor einer langen Reise, die ich zu unternehmen gedachte. Ich erinnere mich aber nicht, mir jemals so etwas vorgenommen zu haben. Ich konnte ja die Stadt nicht verlassen, ehe ich nicht sicher wußte, daß niemand mich suchen würde. Wenn doch einer gekommen wäre und mich nicht mehr angetroffen hätte – welches Unglück! Aber keiner dieser Briefe wurde abgeschickt. Ich habe sie wahrscheinlich nur geschrieben, um meine Gefühle in irgendeiner Form zu Papier zu bringen.

Ich hielt mich für krank, seit vielen Jahren. Aber diese Krankheit bereitete weniger mir selber als den andern Schmerzen. Jetzt hingegen lernte ich eine Krankheit kennen, die ich selber in aller Schmerzhaftigkeit zu spüren bekommen sollte: eine Unzahl quälender physischer Empfindungen, die mich todunglücklich machten.

Es begann auf folgende Weise: Einmal erhob ich mich um ein Uhr nachts, denn ich konnte nicht einschlafen. Ich ging durch die lauwarme Dunkelheit und geriet in ein Vorstadtcafé, das ich sonst nie aufsuchte. Ich war also sicher, dort keinen Bekannten anzutreffen, was mich beruhigte, denn ich wollte eben eine imaginäre Auseinandersetzung mit Frau Malfenti, ich ich im Bett begonnen hatte, weiter fortführen. Dabei sollte mich niemand stören. Frau Malfenti machte mir wieder einmal Vorwürfe. Sie sagte, ich spiele mit ihren Töchtern ein Katz- und Mausspiel. Jedenfalls, wenn so etwas wirklich vorgekommen war, so stimmte es nur bei Ada. Der kalte Schweiß trat mir auf die Stirn bei der Vorstellung, daß man mir vielleicht eben jetzt im Hause Malfenti etwas Derartiges zur Last legte. Der Abwesende hat immer unrecht. Alle konnten mein Ausbleiben benützen, um sich miteinander gegen mich zu verschwören. Im hellen Licht des Cafés konnte ich mich besser verteidigen. Gewiß, ich hatte manchmal versucht, den Fuß Adas mit meinem Fuß zu streifen. Einmal schien mir sogar, als sei dieser Versuch geglückt; als habe sie sich gar nicht widersetzt. Später stellte sich aber heraus, daß ich meinen Fuß krampfhaft an den Holzfuß des Tisches gepreßt hielt. Der Holzfuß konnte doch nichts ausgeplaudert haben.

Ich redete mir ein, mich für das Billardspiel im Café zu interessieren. Ein Herr näherte sich, gestützt auf eine Krücke, meinem Tisch und nahm dort Platz. Er bestellte eine Zitronenlimonade. Da der Kellner wartete, daß ich endlich auch etwas bestellte, verlangte ich gleichfalls, aus Gedankenlosigkeit, eine Limonade, obzwar ich wußte, daß ich Zitronengeschmack nicht vertragen kann. Dabei fiel die Krücke zu Boden, die an das Sofa, auf dem wir saßen, angelehnt war. Ich bückte mich mit instinktiver Bewegung, um sie aufzuheben.

Der Hinkende erkannte mich, als er mir danken wollte, und rief: «Zeno!»

«Tullio!» antwortete ich erstaunt und gab ihm die Hand. Wir waren Schulkameraden gewesen und hatten uns seit vielen Jahren nicht gesehen. Ich wußte nur, daß er nach der Reifeprüfung in eine Bank eintrat, wo er eine gute Position innehatte.

Ich war noch immer so geistesabwesend, daß ich ihn ohne Vorbereitung fragte, wie es denn käme, daß sein rechter Fuß kürzer sei als der linke.

Ohne seine gute Laune zu verlieren, erzählte er mir, daß

er vor sechs Monaten an Rheumatismus erkrankt sei, der seinen Fuß schließlich so zugerichtet habe. Ich beeilte mich, ihm verschiedene Kuren anzuempfehlen. Dies ist das einzige Mittel, ohne allzu große Mühe lebhafte Teilnahme vorzutäuschen. Aber er hatte schon alle diese Kuren versucht. Dann sagte ich:

«Warum bist du um diese Stunde nicht schon im Bett? Ich zweifle daran, daß dir die Nachtluft guttut.»

Er scherzte gutmütig. Er meinte, daß auch mir die Nachtluft nicht besonders guttun dürfte. Wer noch keinen Rheumatismus hat, kann sich jederzeit einen holen. Das Recht, früh zu Bett zu gehen, habe einem die k. u. k. Regierung doch noch nicht genommen. Übrigens sei der Rheumatismus, entgegen der allgemeinen ärztlichen Meinung, unabhängig von Kälte und Hitze. Er hatte seine Krankheit studiert, ja, er machte auf dieser Welt überhaupt nichts anderes, als sich mit ihren Ursachen und Kurmethoden zu befassen. Er nahm sich einen langen Urlaub von der Bank, weniger für seine Kur als für dieses Studium. Seine jetzige Kur, die er mir schilderte, war äußerst sonderbar. Er aß täglich eine ungeheure Menge von Zitronen. An diesem Tag hielt er ungefähr bei der dreißigsten. Er hoffte aber, mit der Zeit noch mehr vertragen zu können. Nach seiner Meinung waren Zitronen für fast alle Krankheiten ein Heilmittel. Seitdem er sie nahm, machte ihm das übertriebene Rauchen, zu dem auch er verurteilt war, weniger Beschwerden.

Mich schauderte bei der Vorstellung von so viel Säure, ich freute mich aber gleichzeitig über eine neue Erkenntnis, die mir vielleicht nützen würde. Ich konnte den Geschmack von Zitronen nicht vertragen. Zitronen verschafften mir aber vielleicht die Freiheit, das zu tun, was ich sollte oder wollte, ohne mir zu schaden. Ich hätte täglich ebenso viele verschlungen, um mich dafür von jedem Zwang zu befreien. Freiheit ist, das tun zu dürfen, was einem Freude macht, um den Preis, dafür etwas zu tun, was einem weniger behagt. Wahre Unfreiheit besteht nur im Zwang zur Enthaltsamkeit: Tantalus und nicht Herkules!

Dann täuschte auch Tullio Interesse für meine Angelegenheiten vor. Ich war fest entschlossen, ihm kein Sterbenswort von meiner unglücklichen Liebe zu erzählen. Aber ich mußte meine Last irgendwo loswerden. So erzählte ich mit großer Übertreibung von meinen Krankheiten. Dabei war ich von ihrer Geringfügigkeit überzeugt. Schließlich traten mir die Tränen in die Augen, während sich Tullio augenscheinlich immer besser fühlte, da er mich am Ende für kränker hielt als sich selber.

Er fragte mich, ob ich arbeite. Alle in der Stadt sprachen nämlich von meinem Müßiggang. Ich fürchtete plötzlich, er könnte mich beneiden, indessen ich doch in diesem Augenblick das unabweisliche Bedürfnis hatte, bemitleidet zu werden. Ich log also. Ich schilderte ihm, wie ich in meinem Büro arbeite, nicht viel, aber doch täglich sechs Stunden lang; ferner, daß mir die Entwirrung der dunklen Geschichten mit der Erbschaft meines Vaters täglich weitere sechs Stunden zu schaffen mache.

«Also zwölf Stunden –» sagte Tullio mit zufriedenem Lächeln. Endlich schenkte er mir das, was ich schon lange von ihm brauchte: sein Mitleid.

«Du bist wirklich nicht zu beneiden.»

Die letzte Schlußfolgerung war ja richtig. Eine so heftige Gemütsbewegung überfiel mich, daß mir die Tränen abermals in die Augen traten. Ich fühlte mich unglücklicher denn je. In diesem zermürbenden Zustand des Mitleids mit sich selber ist man allen Schäden zugänglich.

Tullio hatte wieder von seiner Krankheit zu erzählen begonnen, die auch seine hauptsächlichste Zerstreuung zu sein schien. Er kannte die Anatomie des Fußes und des Beines ganz genau. Lachend erzählte er mir, daß bei raschem Gehen ein Schritt kaum eine halbe Sekunde erfordert und daß während dieser halben Sekunde genau vierundfünfzig Muskeln zugleich in Bewegung geraten. Ich war dadurch ganz verwirrt. Ich sah sofort auf meine Beine, um diese gräßliche Maschinerie zu suchen. Ich glaube sie inzwischen entdeckt zu haben. Natürlich unterschied ich nicht diese vierundfünfzig Werkzeuge, sondern fand nur einen ungeheuer komplizierten Mechanismus, der sofort in Unordnung geriet, als ich ihm meine Aufmerksamkeit zuwandte.

Hinkend verließ ich das Café, und mehrere Tage nachher hinkte ich noch immer. Das Gehen war zu einer beschwerlichen und sogar etwas schmerzhaften Arbeit geworden. Es schien mir, als fehle es der Maschine an Öl: die einzelnen Muskeln stießen bei jeder Bewegung aneinander. Wenige Tage später ließ diese Krankheit nach, weil mich eine andere befiel, die noch schlimmer war. Ich werde schon darauf zu sprechen kommen. Heute noch geraten die vierundfünfzig Bewegungen durcheinander, wenn mich jemand beim Gehen beobachtet. Dann bin ich nahe daran zu fallen.

Auch diese Schädigung habe ich Ada zu verdanken. Viele Tiere werden während ihrer Brunstzeit das Opfer anderer Tiere oder der Jäger. Ich wurde das Opfer einer Krankheit. Sicherlich hätte ich keinen Schaden davongetragen, wenn die Erkenntnis jener grauenhaften Bein- und Fußmaschinerie zu anderer Zeit über mich gekommen wäre.

Ein paar Zeilen auf einem Blatt Papier, das gleichfalls heute noch aufbewahrt ist, erinnern mich an ein anderes seltsames Erlebnis aus jenen Tagen. Außer der Registrierung einer letzten Zigarette, begleitet vom Ausdruck fester Überzeugung, dadurch von der Krankheit der vierundfünfzig Bewegungen restlos geheilt zu werden, finde ich dort auch noch den Versuch zu einem Gedicht – auf eine

Fliege. Wenn ich nicht so genau wüßte, von wem diese Verse stammen, würde ich sie einer älteren, ehrbaren Jungfer zuschreiben, die die Tiere, die sie bedichtet, mit Du anredet. Da ich aber weiß, daß sie von mir ersonnen wurden, muß ich annehmen, daß schließlich jeder zu allem fähig ist, da mir so etwas passieren konnte.

Die Verse entstanden folgendermaßen: Ich kam in später Nachtstunde nach Hause. Statt mich schlafen zu legen, ging ich in mein Studierzimmer und zündete dort das Gaslicht an. Da begann mich eine Fliege, durch den Schein herbeigelockt, zu belästigen. Es gelang mir, ihr einen Schlag zu versetzen, der, da ich mich nicht beschmutzen wollte, schwach ausfiel. Ich vergaß die Fliege. Plötzlich sah ich sie wieder, in der Mitte des Tisches, wo sie sich langsam erholte. Sie richtete sich auf und verhielt sich regungslos. Sie schien größer zu sein als vorher, da eines ihrer Beine gelähmt war und sich nicht biegen ließ. Mit den zwei dünnen Hinterbeinen putzte sie sich eifrig die Flügel. Dann versuchte sie weiterzukommen, fiel aber sogleich auf den Rücken. Sie richtete sich bald wieder auf und begann ihre Arbeit von vorne.

Auf sie schrieb ich diese Verse, erstaunt über die Entdekkung, daß dieser so kleine, von so großem Schmerz erfüllte Organismus zu seiner ungeheuren Anstrengung durch zwei Irrtümer verleitet wurde. Vor allem zeigte mir das Insekt damit, daß es sich so eifrig die Flügel putzte, die doch nicht verletzt worden waren, daß es gar nicht empfand, in welchem Organ sein Schmerz eigentlich saß. Ferner erkannte ich in der Hartnäckigkeit seiner Bemühungen den tiefen Glauben des Tieres, daß die Gesundheit jedem Wesen zusteht und zweifellos auch wiederkehren muß, wenn sie uns zufällig einmal verlassen hat. Das sind Irrtümer, die man gerne einem Insekt verzeiht, dessen Leben von so kurzer Dauer ist und das keine Zeit hat, Erfahrungen zu sammeln.

Aber dann kam der Sonntag, der fünfte Tag nach meinem letzten Besuch im Hause Malfenti. Ich, der ich so wenig arbeite, hegte immer Ehrfurcht vor den Feiertagen, die das Leben in kürzere Abschnitte teilen und es dadurch erträglicher machen. Dieser Feiertag beendigte eine Woche, die für mich unerträglich gewesen war. Ich hatte also das Recht, mich glücklich zu fühlen. Ich änderte keineswegs meine Pläne; aber für diesen Tag sollten sie nicht gelten. Ich wollte also Ada wiedersehen. Ich dachte nicht daran, auch nur im geringsten meinen Vorsätzen untreu zu werden, aber ich mußte Ada einfach wiedersehen. Schließlich war es ja auch möglich, daß sich die Angelegenheit in der Zwischenzeit zu meinen Gunsten geändert hatte. Dann wäre es doch dumm gewesen, zwecklos weiterzuleiden.

Daher eilte ich zu Mittag, so rasch meine armen Füße mich trugen, in die Stadt hinein, in die Gasse, die, wie ich wußte, Frau Malfenti und ihre Töchter bei der Rückkehr von der Messe passieren mußten. Es war ein Sonntag voll Sonne. Während ich ging, stellte ich mir vor, daß in der Stadt vielleicht eine heißersehnte Neuigkeit schon auf mich wartete: die Liebe Adas!

Es kam natürlich ganz anders, aber einen Augenblick lang hatte ich diese Illusion. Das Glück war mir unglaublich günstig: plötzlich begegnete ich Ada, stand vor ihr Angesicht zu Angesicht. Sie war allein. Ich schwankte, und der Atem blieb mir aus. Was tun? Folgte ich meinem Vorsatz, so mußte ich beiseite treten und sie mit einem gemessenen Gruß vorüberlassen. Aber in meinem Kopf entstand eine kleine Verwirrung. Vorher waren nämlich noch andere Vorsätze aufgetaucht, von denen mir eben einer einfiel. Demzufolge hätte ich klar sprechen und aus ihrem Mund mein Schicksal erfahren müssen. Ich trat nicht beiseite, und als sie mich grüßte, wie wenn wir einander zuletzt vor fünf Minuten gesehen hätten, schloß ich mich ihr an.

Sie sagte:

«Guten Tag, Herr Cosini. Ich habe ein wenig Eile.»

Und ich:

«Darf ich Sie ein Stückchen begleiten?»

Lächelnd nahm sie an. Sollte ich also sprechen? Sie teilte mir mit, daß sie direkt nach Hause gehe. Ich sah sofort ein, daß mir nur fünf Minuten für meine Aussprache zur Verfügung standen. Auch davon verlor ich einen Teil mit der Berechnung, ob fünf Minuten für so bedeutende Dinge, wie ich sie zu sagen vorhatte, auch ausreichen würden. Mich verwirrte ferner die Tatsache, daß es in unserer Stadt damals für ein Mädchen schon kompromittierend war, wenn es auf der Straße in Begleitung eines jungen Mannes gesehen wurde. Ada gestattete mir die Begleitung. Konnte mir dies nicht schon genügen? Unterdessen sah ich sie genau an und versuchte, meine Liebe wieder zu empfinden, die von Zorn und Zweifel getrübt worden war. Kehrten wenigstens meine Träume wieder? Ada erschien mit gleichzeitig klein und groß in der unendlichen Harmonie ihrer Linien. Meine Träume kamen zur Gänze wieder, auch wenn sie in aller Wirklichkeit neben mir ging. Das war meine Art zu begehren. Mit großer Freude kehrte ich innerlich zu Ada zurück. Aus meinem Herzen schwand jede Spur von Zorn oder Groll.

Aber hinter uns ertönte plötzlich ein zaghafter Ausruf:

«Wenn Sie gestatten, gnädiges Fräulein!»

Unwillig wandte ich mich um. Wer wagte da, meine Erklärungen zu unterbrechen, die ich noch gar nicht begonnen hatte? Ein bartloser junger Mann, brünett und blaß, sah Ada mit sehnsüchtigen Augen an. Ich wandte mich nun stumm an sie, in der wahnsinnigen Hoffnung, sie würde mich zu Hilfe rufen. Ein Zeichen von ihr hätte genügt, und ich hätte mich auf jenes Individuum gestürzt und es wegen seiner Frechheit zur Rede gestellt. Und wollte Gott, es wäre dann widerspenstig gewesen. Meine diversen Krankheiten hätten durch die Erlaubnis zu einem brutalen Gewaltakt sofort geheilt werden können.

Aber Ada gab dieses Zeichen nicht. Mit plötzlichem Lächeln, das die Linien der Wangen und der Lippen, ja sogar das Licht der Augen leicht veränderte, reichte sie ihm die Hand.

«Ah, Herr Guido!»

Dieser Vorname tat mir weh. Erst kurz vorher hatte sie mich mit meinem Familiennamen begrüßt.

Ich sah mir diesen Herrn Guido näher an. Er war mit ganz besonderer Eleganz angezogen. Seine rechte Hand, die mit einem Handschuh bekleidet war, trug einen Stock mit langem Elfenbeingriff, den ich nicht getragen hätte, selbst wenn ich dafür bezahlt worden wäre. Ich hatte nicht so unrecht, wenn ich in einem solchen Menschen eine Gefahr für Ada sah. Es gibt genug verdächtige Gestalten, die elegant gekleidet sind und auch ähnliche Stöcke tragen.

Das Lächeln Adas warf mich wieder in die normale und menschliche Welt zurück. Ada stellte vor. Ich lächelte gleichfalls. Das Lächeln Adas glich einem klaren Wasser, das von einer leichten Brise bewegt wird. Mein Lächeln gemahnte zwar auch an eine Wasserbewegung, aber an eine, wie sie ein Stein erzeugt, der jäh hineingeworfen wird.

Er hieß Guido Speier. Mein Lächeln entspannte sich, weil sich mir eine Gelegenheit bot, ihm etwas zu sagen, das unter den herrschenden politischen Umständen jedem Italiener peinlich sein mußte.

«Sie sind Deutscher?»[24]

Er gab höflich zu, daß ihn jeder dem deutschen Namen zufolge dafür halten könne. Jedoch die Urkunden seiner Familie bewiesen, daß sie seit mehreren Jahrhunderten italienisch war. Er sprach Toskanisch mit größter Reinheit und Natürlichkeit, während wir, Ada und ich, von unserem elenden Dialekt nicht loskommen konnten.

Ich sah ihm auf die Lippen, um besser zu verstehen, was er sagte. Er war ein hübscher Junge: seine stets halb geöffneten Lippen ließen eine Reihe weißer und fehlerloser Zähne sehen. Sein Auge war feurig und ausdrucksvoll. Als er den Hut zog, konnte ich auch seine braunen und etwas gelockten Haare betrachten, die den ganzen Kopf bedeckten, während sich bei mir die Stirn über den größten Teil des Schädels erstreckt.

Ich hätte ihn gehaßt, auch wenn Ada nicht dagewesen wäre. Aber ich litt unter diesem Haß und versuchte, ihn zu zügeln. Ich dachte: «Er ist zu jung für Ada.» Ferner redete ich mir ein, daß die Intimität und Höflichkeit, die sie ihm gegenüber zeigte, wahrscheinlich auf eine Anordnung ihres Vaters zurückzuführen sei. Vielleicht hatte er irgendeinen Einfluß auf die Geschäfte Malfentis. In solchen Fällen wurde immer die ganze Familie zur Mitarbeit gezwungen. Ich fragte ihn: «Sie wollen sich in Triest niederlassen?»

Er antwortete, daß er sich schon seit einem Monat hier befinde, wo er ein Geschäftshaus gründen wolle. Ich atmete auf. Ich konnte richtig geraten haben.

Ich hinkte, ging aber ziemlich unbefangen, da ich sah, daß es niemand bemerkte. Ich betrachtete Ada und versuchte, alles andere zu vergessen, den inbegriffen, der uns beide begleitete. Im Grunde bin ich ein Mensch der Gegenwart und denke an die Zukunft nur dann, wenn sie ihre Schatten vorauswirft. Zwischen uns ging Ada. Ihr Gesicht zeigte eine unveränderte, ganz leichte Heiterkeit, die beinahe Lächeln war. Dies schien mir neu. Wem galt dieses Lächeln? Mir, den sie so lange nicht gesehen hatte?

Ich horchte angespannt auf alles, was sie sagten. Sie unterhielten sich über Spiritismus. Und so erfuhr ich denn, daß Guido im Hause Malfenti das Tischrücken eingeführt hatte.

Ich brannte vor Verlangen, das süße Lächeln, das Adas

Lippen umirrte, als mir zugedacht zu erkennen. Ich mischte mich in ihr Gespräch und erfand, um bei ihrem Thema zu bleiben, eine Geistergeschichte. Kein Dichter hätte in gebundener Form besser improvisieren können als ich. Ohne noch das Ende zu wissen, begann ich einfach mit der Erklärung, daß ich nunmehr auch an Geister glaube. Daran sei eine Geschichte schuld, die mir tags zuvor in dieser Gasse passiert sei – oder nein – vielmehr in jener Gasse, die parallel lief und die wir gerade sehen konnten. Ada kannte doch auch den Professor Bertini. Nach seiner Pensionierung ging er nach Florenz, wo er vor kurzem starb. Wir erfuhren seinen Tod aus einer kurzen Zeitungsnotiz, die mir jedoch vollkommen aus der Erinnerung geschwunden war. So vollkommen, daß ich den Professor Bertini noch immer deutlich vor mir sah, wie er in seinem wohlverdienten Ruhestand in den «Cascine»[25] spazierenging. Tags zuvor sei ich nun an einer Stelle jener Parallelgasse, die ich genau bezeichnete, von einem Herrn angesprochen worden, der mich zu kennen schien und von dem ich wußte, daß auch ich ihn kennen müßte. Er hatte den seltsamen unruhigen Gang mancher Frauen, die sich hin und her wiegen, als wollten sie sich dadurch das Gehen erleichtern.

Ada sagte lachend: «Natürlich, das hätte Bertini sein können.» Das Lachen galt mir. Es gab mir Mut fortzufahren:

«Ich wußte also, daß ich ihn kenne, aber ich wußte nicht, woher. Wir sprachen über Politik. Es war Bertini, denn er brachte soviel Blödsinn vor, mit seiner Ziegenstimme –»

«Auch seine Stimme!» Ada lachte noch immer und sah mich dabei an, neugierig auf das Ende meiner Geschichte.

«Ja, es konnte nur Bertini sein», sagte ich und täuschte mit der ganzen Kraft des großen Schauspielers, der an mir verlorengegangen ist, einen plötzlichen Schrecken vor. «Er reichte mir die Hand, um mir Lebewohl zu sagen, und tänzelte von dannen. Ich sah ihm nach, um zu ergründen, wer er eigentlich sei. Erst als er verschwunden war, kam ich darauf, daß ich mit Bertini gesprochen hatte. Mit Bertini, der seit einem Jahr tot ist!»

Gleich danach blieb Ada vor ihrem Haustor stehen, reichte Guido die Hand und sagte ihm, daß sie ihn an diesem Abend erwarte. Dann verabschiedete sie sich auch von mir und forderte mich auf, gleichfalls zu kommen, um das Tischchen tanzen zu sehen, falls ich nicht fürchtete, mich dabei zu langweilen.

Ich entgegnete nichts, konnte aber auch nicht danken. Diese Einladung mußte vor ihrer Annahme erst näher geprüft werden. Sie klang mir beinahe wie eine erzwungene Höflichkeitsphrase. Vielleicht wäre für mich der Sonntag mit dieser Begegnung zu Ende gewesen. Aber ich wollte höflich erscheinen, um mir jede Möglichkeit offenzuhalten, auch die, die Einladung anzunehmen. Ich fragte Ada nach Giovanni, mit dem ich zu sprechen hätte. Sie antwortete, ich könne ihn jetzt in seinem Büro finden, wohin er sich wegen einer dringenden Angelegenheit begeben hatte.

Guido und ich hielten uns eine Minute lang damit auf, der eleganten Figur nachzusehen, die im Dunkel des Stiegenhauses entschwand. Ich weiß nicht, was Guido in diesem Augenblick dachte. Ich persönlich, das ist sicher, fühlte mich zutiefst und restlos unglücklich. Warum hatte sie nicht zuerst mich und dann erst Guido eingeladen?

Wir gingen zusammen den gleichen Weg zurück, beinahe bis zu der Stelle, an der wir Ada getroffen hatten. Guido war höflich und unbefangen, gerade von jener Unbefangenheit, um die ich andere Menschen am meisten beneidete. Noch immer beschäftigte ihn die Geschichte, die ich aus den Fingern gesogen hatte und die er ernst nahm. Wahr daran war nur folgendes: in Triest lebte auch nach dem Tod Bertinis ein Mensch, der politischen Blödsinn zusammenschwatzte, in einer Weise spazierenging, daß es schien, als tanze er auf den Zehenspitzen, und der eine etwas sonderbare Stimme hatte. Ich lernte ihn um diese Zeit kennen; ein wenig erinnerte er an Bertini. Es freute mich, daß Guido meine Dichtung so genau untersuchte und sich über sie den Kopf zerbrach. Es stand fest, daß ich ihn nicht hassen durfte, denn er war doch für die Familie Malfenti eine geschäftlich wichtige Persönlichkeit. Leider war er mir trotzdem unsympathisch, und zwar wegen seines Stockes und wegen seiner ausgesuchten Eleganz. Er war mir so unsympathisch, daß ich den Augenblick kaum erwarten konnte, der mich von ihm befreien würde. Ich hörte seine Schlußfolgerung:

«Es wäre ja auch möglich, daß die Person, mit der Sie gesprochen haben, viel jünger war als Bertini, daß sie wie ein Grenadier daherging und eine dröhnende Stimme hatte. Die Ähnlichkeit brauchte nur in dem Vorbringen von Blödsinn zu bestehen. Das allein konnte genügen, Ihre Gedanken auf Bertini zu bringen. Aber um das zu glauben, müßte man auch annehmen, daß Sie ein ziemlich zerstreuter Mensch sind.»

Ich konnte seinen erklärerischen Bemühungen leider nicht entgegenkommen:

«Zerstreut? Ich? Was für ein Einfall! Ich bin ein Geschäftsmann. Wo würde ich denn hinkommen, wenn ich zerstreut wäre?»

Dann fiel mir ein, daß ich meine Zeit vergeudete. Ich wollte doch Giovanni sehen. Da ich schon die Tochter gesehen hatte, konnte ich auch zum Vater gehen, der um so viel weniger wichtig war. Ich mußte eilen, wenn ich ihn noch im Büro antreffen wollte.

Guido schwatzte noch immer davon, einen wie großen Teil eines Wunders man der Unaufmerksamkeit desjenigen, der es hervorruft oder der ihm beiwohnt, zuschreiben könne. Ich wollte mich verabschieden und dabei mindestens ebenso unbefangen erscheinen wie er. Daher kam eine gewisse Hast, ihn zu unterbrechen und in einer Weise zu verabschieden, die man schon Grobheit nennen mußte: «Entweder gibt es Wunder, oder es gibt keine Wunder! Das ist meine Auffassung. Man darf nicht so viele Geschichten daraus machen. Man muß entweder daran glauben oder nicht. In beiden Fällen ist die Sache sehr einfach.»

Ich wollte ihm meine Antipathie nicht zeigen und glaubte sogar, ihm mit meinen Worten ein Zugeständnis gemacht zu haben. In Wahrheit bin ich nämlich ein überzeugter Materialist und glaube an Wunder überhaupt nicht. Aber es war ein in schlechter Laune gemachtes Zugeständnis.

Ich entfernte mich, indem ich mehr hinkte als je. Aber ich hoffte, Guido werde kein Bedürfnis haben, mir nachzusehen.

Es war unbedingt nötig, mit Giovanni zu sprechen. Jedenfalls mußte ich von ihm erfahren, wie ich mich an diesem Abend benehmen sollte. Ich war von Ada eingeladen worden. Dem Verhalten Giovannis wollte ich entnehmen, ob ich dieser Einladung Folge leisten konnte oder mich lieber daran erinnern sollte, daß dies dem Willen Frau Malfentis direkt zuwiderlief. In meiner Beziehung zu diesen Menschen war Klarheit nötig. Sollte der Sonntag nicht genügen, mir die zu verschaffen, so mußte ich auch den Montag opfern. Ich fuhr also fort, meinen eigenen Vorsätzen entgegenzuhandeln, ohne daß ich dies merkte. Im Gegenteil, ich glaubte sogar, einer Erkenntnis zu folgen, die ich nach fünftägigem Nachdenken (so benannte ich nämlich die Tätigkeit dieser Tage) erlangt hatte.

Giovanni empfing mich, indem er mir einen schönen Gruß entgegenschrie und mich einlud, in einem Fauteuil Platz zu nehmen, der seinem Tisch gegenüber an der Wand stand. Das alles tat mir wohl.

«Fünf Minuten. Ich bin sofort bei Ihnen!» – Und gleich darauf: «Sie hinken ja!»

Ich errötete. Aber ich hatte heute schon einmal gedichtet und war noch im Schwunge. So erzählte ich, ich sei ausgeglitten, als ich aus einem Café trat, und bezeichnete sogar genau das Café, wo mir dies passiert war. Ich fürchtete, er könnte meinen Fall einer alkoholischen Gleichgewichtsstörung zuschreiben, und fügte lachend die Erklärung hinzu, daß ich mich in Gesellschaft eines Mannes befunden hatte, der hinkte, weil er an Rheumatismus litt.

Ein Beamter und zwei Packträger standen neben dem Tisch Giovannis. Es mußte irgendeine Unkorrektheit bei der Ausfolgung einer Ware vorgekommen sein. Giovanni mischte sich wieder einmal mit seiner ganzen Grobheit in den Betrieb seines Lagers ein, was er sonst selten tat. Er erklärte gewöhnlich, daß er den Kopf davon frei haben wolle, um das zu tun, worin ihn niemand anders vertreten könne. Er schrie lauter als gewöhnlich, als wollte er seine Befehle in die Ohren seiner Untergebenen förmlich einrammen. Es handelte sich, wie mir schien, darum, für den Verkehr zwischen Kontor und Lager eine endgültige Form festzusetzen.

Giovanni schob ein Papier, das er aus einem Buch herausgerissen hatte, von der rechten in die linke Hand und brüllte: «Dieses Papier wirst du unterschreiben, und der Beamte, der es von dir kriegt, muß dir ein anderes geben, das er wieder unterschrieben hat!»

Er starrte den dreien in die Augen, bald durch seine Brille, bald über sie hinweg, und schloß, indem er nochmals brüllte:

«Kapiert?»

Schon wollte er seine Erklärung wieder von vorn beginnen. Da schien es mir, daß ich zuviel Zeit verlor. Ich hatte die merkwürdige Empfindung, daß ich besser für Ada kämpfen könne, wenn ich mich zur Eile antrieb, während mir sofort darauf zu meiner größten Verwunderung einfiel, daß mich niemand erwartete, daß ich niemanden erwartete und daß ich eigentlich nichts zu tun hatte. Ich streckte Giovanni die Hand hin:

«Ich komme heute abend zu Ihnen.»

Sofort wandte er sich mir zu, während die anderen beiseite traten. Er fragte einfach:

«Warum haben wir Sie so lange nicht gesehen?»

Mich verwirrte ein plötzliches Gefühl. Eben das war die Frage, die mir Ada nicht gestellt hatte und auf die ich doch ein Anrecht gehabt hätte. Wären die anderen nicht zugegen gewesen, so hätte ich mich offen mit Giovanni ausgesprochen, der mir diese Frage gestellt und damit seine Unschuld an der ganzen gegen mich gerichteten Verschwörung bewiesen hatte. Er verdiente mein Vertrauen.

Vielleicht dachte ich dies nicht gleich mit solcher Schärfe, was ich daraus ersehe, daß ich nicht die Geduld aufbrachte zu warten, bis der Beamte und die Packträger fort waren. Außerdem wollte ich untersuchen, ob Ada nicht bloß durch das plötzliche Dazwischentreten Guidos an dieser Frage gehindert worden sei.

Aber Giovanni hinderte mich gleichfalls am Sprechen, indem er große Ungeduld zeigte, zu seiner Arbeit zurückzukehren.

«Wir sehen uns also heute abend. Sie werden einen Violinspieler hören. So etwas haben Sie noch nicht gehört. Er bezeichnet sich als einen Dilettanten im Violinspielen, und zwar nur deshalb, weil er soviel Geld hat, daß er es nicht der Mühe wert findet, daraus einen Beruf zu machen. Er hat die Absicht, sich dem Handel zu widmen.» Er zuckte voll Geringschätzung die Achseln. «Ich, der ich doch wirklich gerne beim Handel bin, würde an seiner Stelle doch lieber mit Tönen handeln. Ich weiß nicht, ob Sie ihn kennen. Es ist ein gewisser Guido Speier.»

«Wirklich? Wirklich?» sagte ich mit gut gespieltem

Interesse, wobei ich auch den Kopf schüttelte, den Mund öffnete, kurz, alles an mir in Bewegung setzte, was meinem Willen gehorchte. Dieser hübsche Junge spielte also auch Violine. «Wirklich? So gut?» – Ich hoffte, daß Giovanni gescherzt habe und mit seinem übertriebenen Lob nur ironisch ausdrücken wollte, Guido bringe nichts anderes auf der Violine zustande als unerträgliche Belästigungen. Aber Giovanni wiegte seinen Kopf noch immer voll Bewunderung.

Ich gab ihm die Hand.

«Auf Wiedersehen!»

Ich hinkte zur Tür. Ein Zweifel wollte mich zurückhalten. Vielleicht tat ich doch besser daran, die Einladung nicht anzunehmen. In diesem Falle mußte ich Giovanni verständigen. Ich wandte mich, um zurückzukehren. Da gewahrte ich plötzlich, daß er mir mit großer Aufmerksamkeit nachsah. Er beugte sich sogar vornüber, um mich besser von hinten betrachten zu können. Das ertrug ich nicht, und so ging ich denn.

Ein Violinist! Wenn es den Tatsachen entsprach, daß er so gut spielen konnte, dann war meine Existenz vernichtet. Wenn ich wenigstens dieses Instrument überhaupt nicht gespielt hätte –! Wenn ich mich nur nicht hätte verleiten lassen, im Hause Malfenti zu spielen! Aber ich hatte ja meine Violine in dieses Haus gebracht, nicht, um mit meinem Spiel das Herz der Leute zu erobern, sondern nur, um unter diesem Vorwand meine Besuche zu verlängern. Was für ein Esel war ich gewesen! Wie viele andere, weniger gefährliche Vorwände hätte ich finden können!

Kein Mensch kann behaupten, daß ich mir über meine Fähigkeiten jemals etwas vorgelogen habe. Ich weiß, daß mein musikalisches Gefühl ziemlich stark entwickelt ist und daß ich die schwere Musik wirklich und nicht aus Snobismus liebe. Aber eben dieses Gefühl sagte mir auch seit Jahren, ich würde mein Spiel niemals zu solcher Vollkommenheit bringen, daß es auch dem Zuhörer etwas bedeutet. Wenn ich trotzdem noch immer spiele, so aus demselben Grunde, aus dem ich immer noch an mir herumkuriere. Vielleicht könnte ich gut spielen, wenn ich nicht krank wäre. Andererseits kümmere ich mich unbewußt auch dann um meine Gesundheit, wenn ich mein seelisches Gleichgewicht in der Musik wiederzufinden suche. Ich habe in meinem Organismus leichte Hemmungen, die beim Geigenspiel vollkommen deutlich und daher leichter heilbar werden. Auch das niedrigste Lebewesen kann, wenn es um Terzen, Quarten oder Sexten Bescheid weiß, diese mit präzisem Rhythmus untereinander variieren, so wie etwa sein Auge von einer Farbe zur andern gleiten kann. Bei mir hingegen klammert sich jede dieser rhythmischen Figuren an mir fest. Ich kann mich von ihr nicht mehr befreien: sie verschmilzt mit der folgenden Figur und entstellt sie. Um die Noten im richtigen Rhythmus aufeinanderfolgen zu lassen, muß ich mit dem Kopf und den Füßen den Takt schlagen. Aus ist es mit meiner Ungezwungenheit, mit meiner Leichtigkeit; aus ist es mit meiner Musik. Die Musik, die ein ausgeglichener Organismus hervorbringt, ist der Rhythmus selber, sie schafft ihn und erschöpft ihn auch. Wenn ich dies einmal zuwege bringe, bin ich geheilt.

Zum erstenmal dachte ich daran, das Feld zu räumen und Triest zu verlassen. Konnte ich nicht irgendwoanders Erholung finden? Ich hatte doch nichts mehr zu hoffen. Ada war für mich verloren, das schien mir sicher. Wußte ich etwa nicht schon ganz genau, daß sie einen Mann erst dann heiraten würde, wenn sie ihn mit allen Maßen gemessen hätte, als handle es sich darum, ihm einen akademischen Grad zu verleihen? Eigentlich erschien es mir lächerlich, daß unter menschlichen Wesen die Violine bei der Wahl eines Gatten irgendeine Bedeutung haben könnte. Das aber rettete mich nicht. Ich fühlte die Bedeutung des Klanges. Er war so entscheidend wie in der Vogelwelt der Gesang.

Ich verkroch mich in meinem Studierzimmer. Für die anderen war der Feiertag noch nicht zu Ende. Ich nahm die Geige aus dem Kasten und überlegte, ob ich sie in Stücke schlagen oder auf ihr spielen sollte. Dann probierte ich ein wenig zu spielen, als wollte ich dem Instrument ein letztes Lebewohl sagen. Schließlich begann ich die ewigen Passagen der Kreutzer-Etüden. So und so viele Kilometer hatte ich bereits meinen Bogen auf dem gleichen Fleck durcheilen lassen, daß ich in meiner Verwirrung mechanisch noch ein paar weitere hinzufügte.

Alle, die sich jemals mit diesen verfluchten vier Saiten befaßt haben, wissen davon, daß man, solange man allein ist, jeder kleinen Anstrengung einen entsprechenden Fortschritt zuschreibt. Wenn dem nicht so wäre – wer würde sich dieser endlosen Zwangsarbeit weiterhin unterziehen? Das ist ja geradezu eine Strafe, als hätte man das Unglück gehabt, jemanden umzubringen. Nach einer Weile schien es mir, als sei mein Kampf mit Guido noch nicht ganz verloren. Vielleicht sollte es mir noch vergönnt sein, mit meiner Geige triumphierend zwischen Guido und Ada zu treten.

Das war keine Überheblichkeit, sondern nur mein gewöhnlicher Optimismus, den ich niemals loswerden konnte. Vor jedem drohenden Unglück erschrecke ich zuerst, vergesse es aber gleich darauf in dem festen Vertrauen, es auf diese Weise abwenden zu können. Hier war nichts weiter nötig, als mein Urteil über meine musikalischen Fähigkeiten günstiger zu gestalten. Die Sicherheit eines künstlerischen Urteils gewinnt man bekanntlich nur durch Vergleiche, welche mir in diesem Falle fehlten. Und dann klingt die eigene Geige dem Ohr so nahe, daß der Weg zum Herzen nicht weit ist. Als ich endlich vor Müdigkeit zu spielen aufhörte, mußte ich mir sagen:

«Bravo, Zeno, du hast dir dein Brot verdient!»

Ohne einen Augenblick weiter darüber nachzudenken, ging ich zu den Malfentis. Ich hatte doch die Einladung angenommen, und schon darum konnte ich nicht ausbleiben. Für eine gute Vorbedeutung hielt ich es, daß mich das Stubenmädchen mit einem Lächeln begrüßte und mich fragte, ob ich denn krank gewesen sei, weil ich so lange nicht gekommen bin. Ich gab ihr ein Trinkgeld. Durch ihren Mund schien mir die ganze Familie, deren Vertreterin sie war, diese Frage gestellt zu haben.

Sie führte mich in den Salon, der in tiefstem Dunkel lag. Da ich aus dem vollen Licht des Vorzimmers kam, konnte ich eine ganze Weile nichts unterscheiden, und ich wagte nicht, mich zu rühren. Dann sah ich undeutlich einzelne Gestalten, die um einen Tisch am andern Ende des Salons, ziemlich weit von mir, gruppiert waren.

Ich wurde von der Stimme Adas begrüßt, die mir in der Dunkelheit wärmer und sinnlicher vorkam. Lächelnd, eine Liebkosung:

«Treten Sie, bitte, näher, und zwar von der Seite her. Stören Sie nicht die Geister.»

Wenn es so weitergegangen wäre, hätte ich sie sicher nicht gestört.

Aus einer andern Richtung hörte ich eine andere Stimme, die Alberta oder vielleicht Augusta gehörte:

«Wenn Sie an der Sitzung teilnehmen wollen, so ist hier für Sie ein Platz frei.»

Ich war fest entschlossen, mich nicht verdrängen zu lassen, und ging daher unbeirrt in jene Richtung, aus der Adas Gruß gekommen war. Sofort stieß ich mit dem Knie gegen die Kante des venezianischen Tischchens, das aus lauter Kanten zu bestehen schien. Ich spürte heftigen Schmerz, wollte trotzdem weiter vordringen, fiel aber auf einen Stuhl, der mir von irgend jemandem, ich weiß nicht wem, plötzlich hingestellt wurde. So geriet ich zwischen zwei Mädchen, deren eine, zur Rechten, ich für Ada, deren andere ich für Augusta hielt. Um jede Berührung mit Augusta zu vermeiden, neigte ich mich augenblicklich Ada zu. Da ich meiner Sache nicht ganz sicher war, wollte ich ihre Stimme hören und fragte also das Mädchen zur Rechten:

«Hat es schon Manifestationen gegeben?»

Guido, der anscheinend mir gegenüber saß, unterbrach mich, indem er mir im Befehlston zurief: «Ruhe!»

Dann etwas sanfter:

«Sammelt euch! Denkt intensiv an den Toten, dessen Geist ihr beschwören wollt.»

Ich bin gegen solche Versuche, die jenseitige Welt zu erforschen, durchaus nicht voreingenommen. Ich ärgerte mich damals sogar, nicht selber das Tischrücken im Hause Giovannis eingeführt zu haben, da ich den Erfolg sah. Guidos Befehlen zu gehorchen aber war ich nicht gesonnen. Ich dachte nicht daran, mich zu sammeln. Außerdem quälten mich die Selbstvorwürfe, so weit hatte ich die Dinge kommen lassen, ohne ein klares Wort mit Ada gesprochen zu haben. So hoffte ich jetzt, da ich sie an meiner Seite wußte, ihr in dieser günstigen Dunkelheit alles erklären zu können. Jedoch das süße Gefühl, sie ganz nahe zu wissen, nachdem ich schon gefürchtet hatte, sie auf immer zu verlieren – dies Gefühl verhinderte vorderhand meine Erklärung. Ich atmete lieber den lauen und süßen Duft ihrer Kleider, die die meinen streiften. Ich glaubte auch, da wir so eng beieinander saßen, daß ihr Fuß, sicherlich im Lackschuh wie jeden Abend, den meinen berührte. Fast war es zuviel – zuviel nach so langer Qual. Guido fing schon wieder an:

«Bitte, sammelt euch. Ruft den Geist, den ihr vernehmen wollt, damit er sich durch eine Bewegung des Tischchens manifestiere.»

Daß er sich ununterbrochen mit dem Tischchen befaßte, war mir gerade recht. Ich zweifelte nicht daran, daß ich Ada in diesem Augenblick mein ganzes Körpergewicht fühlen ließ, und das würde sie doch niemals dulden, wenn sie mich nicht liebte. Die Stunde der Klarheit war gekommen. Langsam hob ich meine Hand vom Tischchen und legte meinen Arm um die Hüfte des Mädchens, das rechts von mir saß.

«Ich liebe Sie, Ada», sagte ich mit leiser Stimme und näherte mein Antlitz dem ihren, damit sie mich besser höre.

Das Mädchen antwortete nicht gleich. Dann sagte es mit lispelnder Stimme, der Stimme Augustas: «Warum sind Sie so lange nicht gekommen?»

Vor Schreck und Staunen wäre ich beinahe vom Sessel gefallen. Ich fühlte sofort: wenn es auch unumgänglich notwendig war, sich dieses lästige Mädchen endgültig vom Hals zu schaffen, so mußte dennoch die Form gewahrt bleiben, die ein Gentleman einer Frau, die ihn liebt, immerhin schuldig ist, und wäre sie auch die häßlichste der Welt. Ach, wie sie mich liebte! An dem Schmerz, den ich empfand, ermaß ich ihre Liebe. Nichts anderes als Liebe war es, was Augusta eingab, mir nicht zu sagen, daß sie nicht Ada war, sondern mir statt dessen jene Frage zu stellen, die ich vergebens von Ada erwartet hatte und die mir Augusta beim Wiedersehen jedenfalls gestellt hätte.

Meine Eingebung war es, ihre Frage nicht zu beantworten, sondern nach kurzem Zögern zu sagen:

«Ich bin immerhin froh, Sie ins Vertrauen gezogen zu haben, Augusta. Ich halte Sie für einen so guten Menschen.»

Meinen Sessel brachte ich sofort wieder in die richtige Stellung. Mit Ada war ich also zu keiner Klarheit gekommen, dafür aber konnte Augusta über ihre Situation nicht mehr im Zweifel sein. Alle weiteren Mißverständnisse waren unmöglich geworden.

Guido mahnte noch einmal:

«Wenn ihr nicht stillhaltet, hat es gar keinen Zweck, die Zeit im Dunkeln zu verbringen.»

Er konnte ja nicht wissen, daß ich noch ein wenig Dunkelheit brauchte, die mich isolierte und mir half, mein seelisches Gleichgewicht wiederzuerlangen. Ich hatte meinen Irrtum erkannt. Aber das einzige Gleichgewicht, das wiederhergestellt wurde, war das meines Körpers in meinem Sessel.

Ich wollte mit Ada sprechen, jedoch bei hellem Licht. Nun glaubte ich, daß links von mir nicht sie, sondern Alberta saß. Wie sollte ich dessen sicher werden? Der Zweifel ließ mich fast auf die linke Seite fallen. Um die Balance nicht zu verlieren, stützte ich mich instinktiv auf das Tischchen. Alle begannen zu schreien:

«Es bewegt sich! Es bewegt sich!»

Meine instinktive Bewegung hätte mir beinahe die brennende Frage beantworten können: Woher kam nun die Stimme Adas? Aber Guido, dessen Stimme alles überschrie, befahl wiederum Stille, was ich so gerne ihm anbefohlen hätte. Dann sagte er in ganz verändertem, beinahe demütigem Ton (der Esel) zu dem Geist, an dessen Anwesenheit er glaubte:

«Ich bitte dich, uns deinen Namen zu nennen, indem du die Buchstaben nach der Reihenfolge unseres Alphabets klopfst.»

Er wollte jedem Mißverständnis vorbeugen. Er fürchtete wahrscheinlich, der Geist könne sich des griechischen Alphabets bedienen.

Ich setzte die Komödie fort, während ich in der Dunkelheit noch immer nach Ada suchte. Nach einiger Überlegung hob ich den Tisch siebenmal, wodurch der Buchstabe G bezeichnet wurde. Der Einfall erschien mir gut, und obwohl mich das folgende U unzählige Bewegungen kostete, buchstabierte ich deutlich den Namen Guido. Ich zweifle nicht daran, daß in meinem Unterbewußtsein der Wunsch rege geworden war, den Träger dieses Namens unter die Geister zu versetzen.

Als der Name fertig war, sprach Ada endlich.

«Wahrscheinlich einer Ihrer Ahnen?» flüsterte sie.

Richtig, sie saß neben ihm. Ich hätte gerne das Tischchen zwischen die beiden geworfen, um sie auseinanderzubringen.

«Möglich», sagte Guido. Er glaubte also, Ahnen zu haben. Das aber beunruhigte mich nicht. Dagegen zitterte seine Stimme in wirklicher Erregung, was mich freute, wie es etwa einen Fechter freut, wenn er bemerkt, daß sein Gegner schwächer ist, als er geglaubt hat. Guido betrieb also diese Experimente nicht besonders kaltblütig. Er war ein rechter Esel. Sonst waren immer alle Schwächen meines Mitleids sicher: aber seine nicht.

Dann wandte er sich an den Geist:

«Wenn du Speier heißt, bewege den Tisch einmal, sonst zweimal.»

Da er unbedingt Ahnen haben wollte, machte ich ihm die Freude und bewegte das Tischchen einmal. Guido murmelte: «Mein Großvater.»

Von da an schritt die Konversation mit dem Geist munter fort. Er wurde gefragt, ob er etwas erzählen wolle. Er bejahte. Über Geschäfte, über etwas anderes? Über Geschäfte! Er zog diese Antwort vor, denn dazu genügte es, den Tisch nur einmal zu bewegen. Guido fragte weiter, ob es sich um gute oder schlechte Nachrichten handle. Die schlechten sollten mit zwei Bewegungen angedeutet werden. Ich wollte – diesmal ohne auch nur den Bruchteil einer Sekunde nachzudenken – den Tisch zweimal bewegen. Aber an der zweiten Bewegung wurde ich gehindert. Es mußte jemand in der Gesellschaft sein, der unbedingt wollte, daß die Nachrichten gut seien. Vielleicht Ada? Um die zweite Bewegung trotzdem auszuführen, warf ich mich geradezu auf das Tischchen und konnte so das Hindernis leicht überwinden. Also die Nachrichten waren schlecht. Aber die zweite Bewegung war so heftig ausgefallen, daß sie die ganze Gesellschaft mit einem Stoß vom Platz rückte.

«Seltsam!» murmelte Guido. Dann rief er entschlossen:

«Genug! Hier unterhält sich jemand auf unsere Kosten!»

Es war ein Befehl, dem fast alle sofort gehorchten. Gleich darauf war der Salon von Lichtern erhellt, die an den verschiedensten Stellen zu gleicher Zeit angezündet wurden. Guido schien mir blaß zu sein. Wahrlich, Ada täuschte sich in diesem Menschen; aber ich wollte ihr schon die Augen öffnen.

Außer den drei Mädchen waren noch Frau Malfenti und eine andere Dame im Salon, deren Anblick mir Verlegenheit bereitete, da ich sie für Tante Rosina hielt. Aus diversen Gründen grüßte ich die beiden Damen in gemessener Haltung.

Das schönste war, daß ich an dem Tischchen allein mit Augusta sitzen blieb. Das schien schon wieder kompromittierend zu sein. Aber ich konnte mich nicht entschließen, mich mit den andern zu Guido hinzustellen, der mit einiger Heftigkeit erklärte, wie er darauf gekommen war, daß der Tisch nicht von einem Geist, sondern von einem boshaften Menschen aus Fleisch und Blut in Bewegung gesetzt wurde. Nicht Ada, er selber hatte versucht, die Redseligkeit des Tischchens einzudämmen. Er sagte:

«Ich hielt den Tisch mit aller Kraft fest, um zu verhindern, daß er sich ein zweites Mal bewegte. Da muß sich nun jemand geradezu darauf geworfen haben, um meinen Widerstand zu überwinden.»

Ein schöner Spiritismus, der nicht an außerordentliche Kräfte der Geister glauben will!

Ich betrachtete die arme Augusta, um zu sehen, welchen

Eindruck meine Liebeserklärung, die ihrer Schwester galt, auf sie gemacht hatte. Sie war ganz rot, sah mich aber mit wohlwollendem Lächeln an. Erst jetzt entschloß sie sich zuzugeben, daß sie jene Erklärung überhaupt gehört hatte.

«Ich werde es niemandem erzählen», sagte sie leise.

Dies gefiel mir sehr.

«Danke», flüsterte ich und drückte ihre Hand, die zwar nicht klein, aber wirklich schön geformt war. Nun wollte ich Augusta ein guter Freund werden, was früher nicht möglich gewesen wäre, da ich mich niemals mit häßlichen Menschen befreunden konnte. Aber ich empfand eine gewisse Sympathie für ihren Körper, dessen Hüfte ich umschlungen und übrigens auch schmäler gefunden hatte, als man glauben sollte. Ihr Gesicht war eigentlich hübsch. Nur das eine Auge entstellte es, das von seiner Bahn abirrte. Aber diese Entstellung hatte ich früher, da ich der Meinung war, sie ziehe den ganzen Körper in Mitleidenschaft, sicherlich übertrieben.

Man ließ Limonade für Guido bringen. Ich näherte mich der Gruppe, die noch immer um ihn herum stand. Eben kam Frau Malfenti auf mich zu, und ich fragte sie, herzlich lachend:

«Hat er eine Stärkung nötig?»

Sie verzog voll Verachtung die Lippen und sagte laut und vernehmlich:

«Er müßte kein Mann sein.»

Mich freute der Gedanke, daß diese seine Niederlage für mich von entscheidender Bedeutung sein könnte. Ada konnte doch nicht anders denken als ihre Mutter. Mein Sieg hatte sofort die Wirkung, die bei einem Menschen meinesgleichen nicht ausbleiben kann. Jeder Groll verschwand. Ich wollte nicht, daß Guido weiter leide. Sicher wäre es besser um diese Welt bestellt, wenn es viele Menschen gäbe wie mich.

Ich setzte mich neben ihn und sagte, ohne die andern anzusehen:

«Herr Guido, verzeihen Sie den schlechten Witz, den ich mir vorhin erlaubt habe. Ich war es nämlich, der das Tischchen erklären ließ, daß es ein Geist mit Ihrem Namen bewege. Ich hätte es jedoch nicht getan, wenn ich gewußt hätte, daß Ihr Großvater denselben Namen getragen hat.»

Guidos Antlitz erhellte sich und verriet damit, wie wichtig ihm meine Mitteilung war. Er wollte dies aber nicht zugeben und sagte:

«Die Damen sind zu liebenswürdig. Ich habe gottlob keine Stärkung nötig, denn die ganze Sache ist ja wirklich nicht von Belang. Ich danke Ihnen herzlich für Ihre Aufrichtigkeit, aber ich erriet natürlich sofort, daß sich hinter der Maske meines Großvaters irgendein Anwesender versteckte.»

Er lächelte zufrieden und schloß:

«Sie sind sehr stark. Ich hätte mir gleich denken müssen, daß der Tisch doch nur von dem zweiten Mann in der Gesellschaft bewegt werden konnte.»

Ich war also stärker gewesen als er, das war richtig. Aber bald sollte ich viel schwächer sein. Ada betrachtete mich nämlich mit brennroten Wangen und wenig liebenswürdiger Miene. Dann ging sie auf mich los:

«Ich bedaure lebhaft, daß Sie sich einen solchen Scherz erlauben konnten.»

Der Atem stockte mir. Ich vermochte nur zu stammeln:

«Ich dachte, daß niemand von uns die Geschichte mit dem Tisch ernst nehmen wird. Ich wollte einen Witz machen.»

Es war zu spät, etwas gegen Guido zu unternehmen. Hätte ich ein feineres Ohr gehabt, so wäre es mir bereits klargewesen, daß ich den Kampf gegen ihn für immer verloren hatte. Der Zorn Adas sprach deutlicher als alles. Wie konnte ich nicht merken, daß sie schon die Seine war?

Aber ich verbohrte mich in den Gedanken, daß er sie nicht verdiene und daß er nicht der Mann sein könne, den sie stets mit ihren ernsten Augen gesucht hatte. War dies nicht auch der Gedanke Frau Malfentis gewesen?

Alle nahmen mich in Schutz und verschlechterten so meine Lage. Frau Malfenti sagte lachend:

«Es ist ja wirklich ein gelungener Witz.»

Und Tante Rosinas fülligen Körper schüttelte es gleichfalls vor Lachen. Sie meinte anerkennend:

«Sehr gelungen.»

Es ärgerte mich, daß Guido so freundlich war. Nun, für ihn war es ja nur wichtig, daß die schlechten Nachrichten, die ihm das Tischchen gebracht hatte, von keinem Geist herrührten. Er sagte zu mir:

«Ich möchte wetten, daß Sie am Anfang das Tischchen nicht absichtlich bewegt haben. Erst nachher entschlossen Sie sich, es bewußt zu tun. Von diesem Gesichtspunkt aus hat die Sache ja noch eine gewisse Bedeutung, das heißt bis zu dem Augenblick, als Sie Ihre eigene Inspiration so lärmend zum besten gaben.»

Ada wandte sich um und sah mich neugierig an. Sie wollte Guido eine außerordentliche Ergebenheit beweisen und mir nur deshalb verzeihen, weil er im Begriff war, mir zu verzeihen. Aber ich hinderte sie daran und sagte entschlossen:

«Ach nein. Es langweilte mich, auf Geister zu warten, die offenbar nicht kommen wollten. Ich setzte daher meinen eigenen Geist in Bewegung, um mich ein wenig zu unterhalten.»

Ada drehte mir in einer Weise den Rücken zu, daß ich das deutliche Gefühl einer Ohrfeige hatte. Sogar die Haare in ihrem Nacken schienen mir nichts als Empörung auszudrücken.

Wie immer war ich, anstatt Augen und Ohren offenzuhalten, damit vollauf beschäftigt, meine eigenen Gedanken zu erforschen. Mich ängstigte die Tatsache, daß sich Ada derart auffällig kompromittierte. Ich spürte einen so argen Schmerz, als entdeckte ich den Betrug meiner Ehegattin. Ada hätte trotz dieser Liebesbeweise für Guido doch noch immer die Meine werden können; aber ich fühlte, daß dieses Benehmen unverzeihlich bleiben mußte. Vielleicht denke ich zu langsam, um den äußeren Ereignissen zu folgen, die rascher wechseln als ihre Eindrücke in meinem Gehirn. Ich mußte mich noch immer in jener Richtung bewegen, die mir mein Vorhaben wies. Es war eine rechte Verbohrtheit. Ich wollte mein Vorhaben sogar noch einmal festlegen und ging auf Augusta zu, die mich sehnsüchtig ansah, ein unzweideutiges Lächeln auf den Lippen. Ernst und entschlossen sprach ich sie an:

«Es ist vielleicht das letzte Mal, daß ich in Ihrem Hause weile. Noch heute abend will ich Ada meine Liebe gestehen.»

Sie sagte in flehendem Ton:

«Tun Sie das nicht. Können Sie denn nicht merken, was vorgeht? Es täte mir so leid, wenn Sie eine böse Stunde erlebten.»

So fuhr sie fort, sich zwischen mich und Ada zu drängen. Ich antwortete aus Trotz:

«Ich werde mit Ada sprechen, weil ich muß. Was sie mir darauf sagt, ist mir ganz egal.»

Ich hinkte wieder zu Guido hin. Neben ihm zündete ich mir eine Zigarette an. Dabei sah ich in einen Spiegel und entdeckte, daß ich sehr blaß war, was immer für mich ein Grund war, noch blasser zu werden. Ich wollte mich in einen besseren Zustand zwingen. Zugleich wollte ich ungezwungen aussehen. In dieser doppelten Anspannung nahm ich aus Zerstreutheit Guidos Glas, und als ich es einmal in der Hand hielt, wußte ich aus Verlegenheit nichts Besseres zu tun, als es in einem Zuge zu leeren.

Guido begann zu lachen:

«Jetzt kennen Sie alle meine Gedanken, denn kurz zuvor habe ich aus diesem Glas getrunken.»

Den Geschmack der Zitrone kann ich bekanntlich nicht vertragen. In diesem Augenblick kam er mir geradezu giftig vor. Erstens glaubte ich dadurch, daß ich aus seinem Glas getrunken hatte, mit Guido eine verhaßte Verbindung eingegangen zu sein; zweitens traf mich zur gleichen Zeit der Ausdruck ungeduldigen Zorns, der sich auf dem Antlitz Adas widerspiegelte. Obgleich Guido versicherte, er habe keinen Durst, rief sie das Stubenmädchen und befahl, ein anderes Glas Zitronenlimonade zu bringen.

Nun war ich wirklich bedauernswert. Sie kompromittierte sich immer mehr.

«Verzeihen Sie, Ada», sagte ich leise und sah sie an, als erwartete ich eine Erklärung. «Ich wollte Sie nicht beleidigen.»

Plötzlich fürchtete ich, meine Augen könnten sich mit Tränen füllen. Um mich vor dieser Lächerlichkeit zu retten, rief ich aus:

«Ich habe mir Zitrone in die Augen gespritzt!»

Nun konnte ich die Augen mit dem Taschentuch bedekken und brauchte daher meine Tränen nicht zurückzuhalten, wenn ich nur darauf achtete, nicht zu schluchzen.

Nie, niemals werde ich die Dunkelheit hinter diesem Taschentuch vergessen. Ich verbarg meine Tränen, aber auch einen Moment des Wahnsinns. Ich dachte: Ich werde ihr alles sagen, sie wird mich verstehen und lieben, und ich – ich werde ihr niemals mehr verzeihen.

Ich entfernte das Taschentuch von meinem Gesicht, so daß alle meine tränenden Augen sehen konnten; ich bemühte mich, zu lachen und die anderen zum Lachen zu bringen:

«Ich wette, daß Herr Giovanni konzentrierte Zitronensäure nach Hause schickt, damit man daraus Limonade mache.»

In diesem Augenblick trat Giovanni ein und begrüßte mich mit gewohnter Herzlichkeit. Das war für mich ein bescheidener Trost, der aber nicht lange anhielt, denn Giovanni sagte sofort, er sei nur deshalb früher nach Hause gekommen, um Guido spielen zu hören. Er unterbrach sich und fragte nach der Ursache der Tränen, die in meinen Augen standen. Man erzählte ihm von meinen Zweifeln an der Qualität seiner Zitronenlimonade. Er lachte.

Ich war so feige, daß ich zugleich mit Giovanni Guido bat, etwas zu spielen. War ich nicht an diesem Abend nur deshalb gekommen, um Guidos Geige zu hören? Sonderbar ist, daß ich nebstbei auch hoffte, Ada durch meinen Eifer für Guido zu versöhnen. Ich sah sie an. Ich wollte endlich, das erste Mal an diesem Abend, mit ihr in irgendeiner Sache übereinstimmen und mich dadurch ihr verbunden fühlen. Sonderbar! Ich hatte doch mit ihr reden und ihr nicht verzeihen wollen. Indessen sah ich nichts als ihre Schultern und die widerspenstigen Haare in ihrem Nacken. Sie hatte sich beeilt, die Geige aus dem Kasten zu nehmen.

Guido bat, noch eine Viertelstunde warten zu dürfen. Er schien unschlüssig zu sein. Später, nach vielen Jahren, in denen ich ihn näher kennenlernte, machte ich die Erfahrung, daß er immer unschlüssig war, die einfachsten Dinge zu tun, um die man ihn bat. Er tat nur, was ihm Spaß machte. Ehe er dem Willen anderer nachgab, forschte er in seinen eigenen Abgründen, um zu sehen, was man dort unten wünsche.

Dann folgte für mich die glücklichste Viertelstunde dieses denkwürdigen Abends. Meine launigen Reden unterhielten alle: Ada machte keine Ausnahme. Gewiß war meine Erregung daran schuld, aber auch meine äußerste Anstrengung, die drohende Sensation der Geige, die immer näher und näher rückte, womöglich zu überbieten. Jedesmal, wenn ich an jene kurze Spanne Zeit zurückdenke, die die anderen so unterhaltend fanden, bleibt mir das Gefühl eines entsetzlichen Kampfes.

Giovanni erzählte von einer peinlichen Szene, die er in der Straßenbahn eben miterlebt hatte. Eine Frau war abgesprungen, als sich der Wagen noch bewegte, und zwar so ungeschickt, daß sie hinfiel und sich verletzte. Mit einiger Übertreibung schilderte Giovanni seine Angst, als er den Sprung der Frau bemerkte, der so ungeschickt ausgeführt wurde, daß man sofort wissen konnte, es werde nicht gut ausgehen. Es sei sehr schmerzlich, dergleichen mit anzusehen und nicht mehr Zeit zu irgendeiner Hilfe zu haben.

Da kam mir eine Idee. Ich erzählte, daß ich gegen diese Angstgefühle, unter denen ich einst außerordentlich zu leiden hatte, ein gutes Mittel wüßte. Wenn ich jemanden in allzu großer Höhe turnen oder einen alten oder ungeschickten Menschen von der fahrenden Straßenbahn abspringen sehe, befreie ich mich von jeglichem Angstgefühl, indem ich dem Betreffenden Unglück wünsche. Ich formuliere sogar den Satz, mit dem ich für ihn einen Sturz und einen Gliederbruch sehnlichst herbeiwünsche. Das beruhigt mich jedesmal außerordentlich. Daher vermag ich ruhig und gelassen jedem drohenden Unglück entgegenzusehen. Erfüllt sich dann mein Wunsch nicht, so kann ich nur um so beruhigter sein.

Guido war von meiner Idee entzückt und hielt sie für eine psychologische Entdeckung. Er analysierte sie, was er übrigens mit jeder Kleinigkeit tat; er konnte den Augenblick nicht erwarten, dieses Mittel zu erproben. Dennoch hatte er Zweifel, ob nicht die schlechten Wünsche die Unglücksfälle auf der Welt vermehrten. Ada stimmte in sein Lachen ein und hatte sogar für mich einen Blick der Bewunderung übrig. Darüber empfand ich Esel eine große Freude. Aber ich entdeckte: es war einfach nicht mehr wahr, daß ich ihr nicht verzeihen konnte. Das war schon ein großer Vorteil.

Wir lachten alle ungeheuer viel, wie brave Kinder, die

einander gernhaben. Plötzlich blieb ich in einer Ecke des Salons mit Tante Rosina allein. Sie sprach noch immer von dem Tischchen. Mit ihrem riesigen Körperumfang saß sie unbeweglich in ihrem Stuhl und redete in mich hinein, ohne mich anzublicken. Es gelang mir, den anderen zu verstehen zu geben, wie sehr mich dies langweilte. Alle sahen mich an, ohne von der Tante gesehen zu werden, und lachten in sich hinein. Um die Heiterkeit noch zu erhöhen, sagte ich unvermittelt:

«Sie haben sich sehr erholt, gnädige Frau. Ich finde Sie direkt verjüngt.»

Es wäre nun lustig gewesen, wenn sich die Tante geärgert hätte. Statt dessen zeigte sie sich sehr geschmeichelt und erzählte mir, daß sie sich in der Tat von einer Krankheit, die sie vor kurzem hatte, sehr erholt habe. Über diese Antwort war ich so erstaunt, daß ich ein sonderbares Gesicht geschnitten haben muß. So blieb die erwartete Heiterkeit nicht aus. Das Rätsel war bald gelöst. Ich erfuhr, daß es nicht Tante Rosina, sondern Tante Maria war. Somit verschwand eine Ursache meiner Unlustgefühle aus diesem Salon, jedoch nicht die größte.

Nun kam der Augenblick, da Guido seine Geige verlangte. Er brauchte an diesem Abend keine Begleitung, denn er spielte die Chaconne. Ada reichte ihm die Geige mit dankbaren Augen. Er aber sah nicht auf sie, sondern nur auf das Instrument, als wollte er mit sich und seiner künstlerischen Inspiration allein bleiben. Er stellte sich in die Mitte des Salons, drehte einem Großteil der Gesellschaft den Rücken, berührte die Saiten leicht mit dem Bogen, um sie zu stimmen, und zupfte sie. Dann unterbrach er diese Tätigkeit mit einem Lächeln:

«Ich bin sehr mutig. Man muß bedenken, daß ich die Geige seit dem letzten Mal, da ich hier war, überhaupt nicht angerührt habe.»

Der Komödiant! Er wandte auch Ada den Rücken. Ich

betrachtete sie genau, um herauszubekommen, ob sie darunter litt. Es machte nicht den Eindruck. Sie stützte sich mit dem Ellbogen auf einen Tisch, hielt die Hand ans Kinn und war einfach bereit zu hören.

Dann tauchte der große Bach in eigener Person auf. Niemals, weder vorher noch nachher, habe ich die Schönheit dieser Musik in solchem Maße empfunden. Sie erstand unglaublicherweise aus diesen einfachen vier Saiten, wie ein Engel Michelangelos aus einem Marmorblock. Der Zustand, in den ich geriet, war mir völlig neu. Er verleitete mich, ekstatisch, wie zu einer ungeheuren Entdeckung, aufzublicken. Und doch kämpfte ich mit aller Gewalt, um diese Musik von mir fernzuhalten. Ununterbrochen dachte ich: «Sei auf der Hut! Die Geige ist eine Sirene. Mit ihr kann man die Menschen zum Weinen bringen, auch wenn man selber kein fühlendes Herz hat.» Aber die Musik überwältigte mich dennoch und hielt mich gefangen. Sie schilderte meine Krankheit voll Güte, erzählte sanft von meinen Schmerzen und beschwichtigte sie mit Lächeln und Liebkosungen. Aber es war Guido, der aus ihr sprach. Ich suchte mich gegen diesen Einfluß zu wehren, indem ich mir unaufhörlich vorhielt: um das zu erreichen, genügt es ja, den natürlichen Rhythmus eines gesunden Organismus, eine sichere Hand und etwas Nachahmungstalent zu haben; dies alles besitze ich nicht, was aber keine Minderwertigkeit, sondern ein unglücklicher Zufall ist.

So protestierte ich. Doch Bach kam wie das Schicksal über mich. Er sang in der Höhe voll Leidenschaft und glitt dann plötzlich in die Tiefe, eigenwillig und überraschend, obzwar Herz und Gehör dies hätten vorausahnen müssen: es mußte eben so sein. Einen Augenblick zu spät – und der Gesang wäre zerstört gewesen, der Nachklang hätte ihn nicht mehr erreicht; einen Augenblick zu früh – und der Nachklang hätte den ganzen Gesang verdrängt, erdrosselt. Aber Guido konnte so etwas nicht passieren: niemals zitterte ihm der Arm, auch nicht Bach gegenüber. Und das halte ich für eine Minderwertigkeit.

Heute, da ich dies niederschreibe, habe ich dafür die Beweise. Aber ich freue mich nicht darüber, es schon damals durchschaut zu haben. Damals war ich voll Haß, und jene Musik, die mir vorkam wie meine eigene Seele, vermochte meinen Haß nicht zu mildern. Dann kam das gewöhnliche Alltagsleben und löschte jede Erinnerung an diese Musik aus, ohne daß ich mich dagegen gewehrt hätte. Selbstverständlich! Die Macht des Alltagslebens ist ungeheuer. Wehe, wenn die genialen Menschen einmal zu dieser Erkenntnis kommen!

Guido beendete sein Spiel. Er war ganz ruhig. Außer Giovanni applaudierte niemand. Alle schwiegen für einige Augenblicke. Leider empfand ich da das Bedürfnis, etwas zu sagen. Wie konnte ich das vor Leuten wagen, die mein eigenes Geigenspiel kannten? Es schien, als spräche mein eigenes Geigenspiel, das sich krampfhaft bemühte, Musik zu werden; als vermesse es sich, jenes andere Geigenspiel zu tadeln, das nicht nur Musik, sondern auch unleugbar Leben, Luft und Licht war.

«Ausgezeichnet!» meinte ich. Das klang eher wie ein Zugeständnis als wie ein Lob. «Ich verstehe nur nicht, warum Sie die Schlußtöne staccato wiedergegeben haben, die Bach ausdrücklich als Legato[26] bezeichnet?»

Ich kannte die Chaconne, Ton für Ton. Früher einmal hatte ich geglaubt, es würde mir helfen, wenn ich einige Kompositionen von Bach durch Monate hin genau einstudierte, Takt für Takt, Ton für Ton.

Ich fühlte das Mißfallen und den Spott, die nach meinen Worten im ganzen Salon mauergleich aufstiegen. Ich wollte dagegen kämpfen und sprach daher noch weiter:

«Bach ist in seinen Mitteln so bescheiden, daß er eine so komplizierte Bogenführung gar nicht verträgt.»

Wahrscheinlich hatte ich damit recht. Wahr ist aber

auch, daß ich selber gar nicht imstande war, den Bogen so kompliziert zu führen.

Guido schoß mit seiner Antwort, genauso wie ich, übers Ziel:

«Bach hat diese Ausdrucksmöglichkeit vermutlich gar nicht gekannt. Ich bin es erst, der sie ihm gibt.»

So stellte er sich über Bach. Niemand in diesem Salon protestierte dagegen. Als ich versucht hatte, mich über Guido zu stellen, war ich von allen ausgelacht worden.

Da geschah etwas, das nicht bedeutsam, jedoch für mich entscheidend war. Aus einem ziemlich weit entfernten Zimmer drang das Schreien der kleinen Anna herüber. Wie man später erfuhr, war sie hingefallen und hatte sich dabei in die Lippen gebissen. Alle liefen aus dem Salon. Ich blieb einige Minuten mit Ada allein. Guido legte, bevor er den anderen folgte, seine Geige in ihre Hände.

«Wollen Sie mir diese Geige geben?» fragte ich Ada, als ich sie verlegen dastehen sah, unschlüssig, ob sie den anderen folgen solle. Ich bemerkte dabei gar nicht, daß die heißersehnte Gelegenheit endlich gekommen war.

Sie zögerte. Dann siegte ihr Mißtrauen. Sie zog die Geige noch fester an sich und sagte:

«Nein, ich muß ja nicht mit den anderen gehen. Ich glaube nicht, daß Annas Schmerzen so arg sind. Sie schreit wegen jeder Kleinigkeit.»

Sie setzte sich mit ihrer Geige nieder. Mir schien dies eine Einladung zu sprechen. Wie hätte ich nach Hause gehen können, ohne gesprochen zu haben? Was hätte ich die ganze lange Nacht getan? Ich sah deutlich, wie ich mich in meinem Bett nach der rechten und nach der linken Seite werfen, wie ich verzweifelt durch die Straßen rennen, wie ich in den Spielklub laufen würde, um alles zu vergessen. Nein! Ich konnte dieses Haus nicht verlassen, ohne endgültige Klarheit erlangt zu haben.

Ich wollte einfach und kurz sein, ich mußte es auch, denn mir stockte der Atem. So sagte ich: «Ich liebe Sie, Ada. Würden Sie mir erlauben, mit Ihrem Vater zu reden?»

Sie sah mich an, erstaunt und erschrocken. Ich fürchtete, sie könnte jeden Augenblick zu schreien beginnen, wie die Kleine dort draußen. Mir war klar, daß ihre ungetrübten Augen und ihr streng geformtes Antlitz von Liebe nichts wußten: jedoch so weit davon entfernt hatte ich sie noch nie gesehen. Sie begann zu reden, sie sagte irgend etwas, das wie eine vorbereitende Einleitung klang. Ich aber wollte Klarheit, ja oder nein! Vielleicht verletzte mich schon der Schein einer Unentschiedenheit. Um es rasch zu machen, um sie zur sofortigen Entscheidung zu zwingen, sprach ich ihr das Recht, sich Zeit zu nehmen, ab:

«Wie? Sie wußten das nicht? Glaubten Sie etwa auch, daß ich Augusta den Hof mache?»

Ich wollte meinen Worten Nachdruck verleihen. In der Eile tat ich dies am falschen Platz: der Name der armen Augusta wurde von einer verächtlichen Geste begleitet.

Aber damit half ich Ada aus der Verlegenheit. Sie brauchte nur die Beleidigung Augustas aufzugreifen:

«Warum halten Sie sich für so viel mehr als Augusta? Ich glaube nicht einmal, daß Augusta bereit wäre, Ihre Frau zu werden!»

Dann erst erinnerte sie sich, daß sie mir die geschuldete Antwort noch nicht gegeben hatte:

«Was mich betrifft – ich wundere mich darüber, daß Ihnen so etwas überhaupt in den Kopf kommen konnte.»

Der scharfe Ton der Replik sollte Augusta rächen. In meiner großen Verwirrung verfiel ich auf die Idee, daß auch dem Sinn dieser Worte dieselbe Absicht innewohnen könnte. Ich glaube, selbst wenn sie mich geohrfeigt hätte, würde ich mich noch damit aufgehalten haben, die tiefere

Ursache zu erforschen und auszudeuten. Jedenfalls drängte ich weiter:

«Wollen Sie es sich nicht noch überlegen, Ada. Ich bin kein schlechter Mensch. Ich bin reich... Ich bin vielleicht ein Sonderling, aber es wird mir nicht schwerfallen, mich gänzlich zu ändern.»

Ada wurde sichtlich milder gestimmt. Aber sie fing schon wieder an, Augusta zu erwähnen:

«Wollen Sie es sich nicht auch noch überlegen, Zeno? Augusta ist ein gutes Mädchen, sie würde sicherlich zu Ihnen passen. Ich kann ja nicht in ihrem Namen reden, aber ich glaube...»

Von all dem empfand ich nur die süße Liebkosung, die darin lag, daß Ada zum erstenmal meinen Vornamen aussprach. War das nicht eine Aufforderung, noch deutlicher zu werden? Vielleicht war sie für mich verloren. Aber es war jetzt gleichgültig, ob sie für mich ganz verloren war, oder ob sie mich vielleicht nur nicht sofort heiraten wollte; jedenfalls mußte verhindert werden, daß sie sich weiter mit Guido kompromittierte. Über Guido wollte ich ihr die Augen öffnen. Ich begann das sehr schlau, indem ich vor allem meinen Respekt für Augusta erwähnte, dann aber hinzufügte, daß ich Augusta absolut nicht heiraten wolle. Dies sogar zweimal, um ja nicht mißverstanden zu werden. Ich hoffte, damit Ada wieder zu versöhnen, die bis jetzt geglaubt hatte, ich wollte Augusta beleidigen.

«Ein gutes, ein liebenswürdiges, ein entzückendes Mädchen, diese Augusta. Aber sie paßt nicht zu mir. Ich will sie nicht heiraten.»

Dann überstürzte ich die Angelegenheit, denn der Lärm da draußen war immer näher gekommen. Das Wort konnte mir jeden Augenblick abgeschnitten werden:

«Ada! Dieser Mann paßt nicht zu Ihnen. Er ist ein Rindvieh! Haben Sie gesehen, wie jämmerlich der Zustand war, in den ihn die spiritistischen Antworten des Tischchens versetzten? Haben Sie seinen Stock gesehen? Er spielt gut Geige, gewiß, aber es gibt auch dressierte Affen, die das können. Jedes Wort, das er spricht, verrät seine Dummheit...»

Ada sah mich zuerst mit der Miene eines Menschen an, der sich nicht entschließen kann, den Sinn eben gehörter Worte für wahr zu halten. Dann unterbrach sie mich, sprang auf, immer noch Geige und Bogen fest umklammernd, und warf mir, heftig keuchend, entsetzliche Beleidigungen ins Gesicht. Ich habe mich nach Kräften bemüht, den Wortlaut zu vergessen. Es ist mir gelungen. Ich erinnere mich nur, daß sie damit begann, mich mit lauter Stimme zu fragen, wie ich es wagen könne, sie und ihn in solcher Weise zu behandeln. Ich riß die Augen vor Staunen auf, denn ich war mir bewußt, nur von ihm gesprochen zu haben. Ich habe die vielen argen Ausdrücke, mit denen sie mich benannte, allesamt vergessen; nicht aber ihr wunderschönes und gesundes Antlitz, das der Zorn rötete, das der Unwille noch vollendeter formte und marmorhart erscheinen ließ. Das konnte ich nie mehr vergessen. Wenn ich mich meiner Liebe und meiner Jugend erinnere, erscheint mir immer wieder das Antlitz Adas, das sie in diesem Augenblick hatte, als sie endgültig aus meinem Leben schied.

Alle kehrten zurück und scharten sich um Frau Malfenti, die die schreiende Anna in ihren Armen trug. Niemand kümmerte sich um mich oder um Ada. Ohne zu grüßen, verließ ich den Salon. Im Korridor nahm ich meinen Hut. Sonderbar: niemand hielt mich auf. Da hielt ich mich selber auf, indem ich mir sagte, daß ich nicht gegen alle Anstandsregeln verstoßen dürfe und daher noch alle höflich grüßen müsse, bevor ich ging. In Wirklichkeit hat mich sicher die schreckliche Vorstellung aufgehalten, daß für mich nur allzubald eine Nacht hereinbrechen werde, tausendmal ärger als alle vorangegangenen Nächte. Da ich endlich die Klarheit hatte, brauchte ich etwas anderes:

Frieden, Frieden mit allen. Ich dachte, daß ich leichter schlafen könnte, wenn es mir vorher noch gelänge, alle Bitterkeit aus meinen Beziehungen zu Ada und zu den anderen auszumerzen. Wozu wäre denn eine solche Bitterkeit noch gut gewesen? Ich konnte ja nicht einmal Guido böse sein, der gewiß kein Verdienst, aber ebenso gewiß auch keine Schuld daran hatte, daß ihn Ada mir vorzog.

Sie war die einzige Person, von der mein kurzer Ausflug auf den Gang bemerkt worden war. Als sie mich wiederkommen sah, blickte sie ängstlich auf. Hatte sie Angst vor einem Skandal? Ich wollte sie sofort beruhigen, streifte an ihr vorbei und flüsterte:

«Verzeihen Sie, wenn ich Sie beleidigt habe.»

Sie ergriff meine Hand und drückte sie. Ihr Gesicht erhellte sich ein wenig. Das war eine große Beruhigung. Ich schloß für eine Sekunde die Augen, um mit meiner Seele allein zu sein, um zu fühlen, welcher Friede plötzlich über mich kam.

Das Schicksal wollte, daß ich allein neben Alberta zu sitzen kam, während sich die anderen noch mit der kleinen Anna befaßten. Ich hatte sie gar nicht bemerkt. Ich sah sie erst, als sie zu reden begann:

«Es ist nichts passiert. Sie weint nur, wenn der Papa da ist. Jedesmal wenn er sie weinen sieht, bekommt sie ein schönes Geschenk.»

Ich analysierte mich nicht mehr, ich durchschaute mich gänzlich. Um Frieden zu haben, mußte ich mich bemühen, die Dinge so zu lenken, daß ich aus diesem Salon nie mehr entfernt werden konnte. Ich musterte Alberta. Sie sah Ada so ähnlich! Nur war sie etwas kleiner und trug noch unverkennbare Merkmale äußerster Jugend. Sie sprach gerne mit lauter Stimme, ihr ausgelassenes Lachen verzog ihr Gesicht und ließ es erröten. Sonderbar! In diesem Augenblick fiel mir ein Rat meines Vaters ein: «Nimm dir eine junge Frau, da wird es dir leichter fallen, sie ganz nach deinem Geschmack zu erziehen.» Diese Erinnerung war entscheidend. Ich sah Alberta noch einmal an. Ich bemühte mich, sie in meiner Phantasie zu entkleiden, sie erschien mir süß und zart, sie gefiel mir.

Ich sagte:

«Hören Sie, Alberta! Ich habe eine Idee: denken Sie gar nicht daran, daß Sie schon alt genug sind, um zu heiraten?»

«Ich denke nicht daran zu heiraten!» sagte sie lächelnd und sah mich an, voll Güte, ohne Erröten und ohne Verwirrung. «Ich habe die Absicht, meine Studien fortzusetzen. Damit ist auch meine Mutter einverstanden.»

«Sie könnten ja die Studien fortsetzen, auch wenn Sie verheiratet sind.»

Ich hatte eine Idee, die mir glücklich erschien. Ich äußerte sie gleich:

«Auch ich gedenke meine Studien fortzusetzen, wenn ich verheiratet bin.»

Sie lachte herzlich, und ich merkte, daß ich meine Zeit verlor. Mit solchen Albernheiten konnte man weder eine Frau noch den Frieden gewinnen. Man mußte ernst sein. Bei Alberta lagen die Dinge übrigens leichter, denn sie kam mir immerhin anders entgegen als Ada.

Ich wurde ernst. Vor allem mußte meine zukünftige Frau alles wissen. So sagte ich mit bewegter Stimme:

«Vor kurzem habe ich Ada denselben Vorschlag gemacht wie Ihnen. Sie wies mich voll Empörung ab. Ahnen Sie, in welchem Zustand ich hier zu Ihnen spreche?»

Diese Worte, begleitet von einer traurigen Gebärde, waren nichts anderes als meine letzte Liebeserklärung an Ada. Das war entschieden zu ernst ausgefallen, und daher setzte ich lächelnd fort:

«Aber ich glaube, daß ich glücklich werden und alles und alle vergessen könnte, wenn Sie bereit wären, mich zu heiraten.»

Nun war es an ihr, ein ernstes Gesicht zu machen. Sie sagte:

«Sie dürfen nicht böse werden, Zeno; das täte mir leid. Ich schätze Sie außerordentlich. Ich weiß, daß Sie ein guter Kerl sind und ohne es zu wissen sehr viel verstehen. Meine Professoren verstehen nur das, was sie wissen. Ich will überhaupt nicht heiraten. Vielleicht werde ich später diese Absicht ändern, im Augenblick schwebt mir aber nur eines vor: eine Schriftstellerin zu werden. Sie sehen, welches Vertrauen ich Ihnen entgegenbringe. Das habe ich nämlich bisher niemand verraten. Ich hoffe, Sie werden es nicht weitererzählen. Dafür gebe ich Ihnen das Wort, daß niemand etwas von Ihrem Antrag erfahren soll.»

«Im Gegenteil, Sie können allen davon erzählen!» unterbrach ich sie wütend. Wieder drohte mir, aus diesem Salon vertrieben zu werden, wieder wehrte ich mich dagegen. Es gab nur einen Weg, in Alberta den Stolz zu brechen, der die Ursache dieser Zurückweisung sein mußte. Diesen Weg sah ich klar vor mir und sagte sofort: «Nun werde ich Augusta denselben Antrag machen. Dann sollen alle wissen, daß ich sie heirate, weil ihre beiden Schwestern mich zurückgewiesen haben.»

Ich lachte mit übertriebener Lustigkeit über meine eigene närrische Handlungsweise. Endlich zeigte sich einmal mein Witz, auf den ich mir so viel einbildete, nicht mehr nur in Worten, sondern in Taten.

Ich sah umher, um Augusta zu finden. Sie ging gerade auf den Korridor und hielt eine Untertasse in der Hand, auf der ein halbvolles Glas mit einem Beruhigungsmittel für Anna stand. Ich lief ihr nach und rief ihren Namen. Sie lehnte sich gegen die Wand, um mich zu erwarten. So stellte ich mich vor sie hin und sagte ohne jede Vorbereitung:

«Hören Sie, Augusta! Wären Sie damit einverstanden, daß wir beide heiraten?»

Der Antrag war roh. Ich sollte sie heiraten, sie sollte mich heiraten. Ich fragte nicht weiter danach, wie sie darüber dachte, ich glaubte auch nicht, daß man mich zwingen könne, Erklärungen zu geben. Ich tat ja nur das, was alle anderen wollten.

Sie hob die Augen, die vor Verwunderung weit aufgerissen waren. Dadurch schielte sie stärker als gewöhnlich. Ihr blasses und weiches Gesicht wurde immer blasser. Plötzlich aber stieg ihr das Blut zu Kopf. Sie tastete mit der Rechten nach dem Glas, das auf der Untertasse zu wanken begann. Dann sagte sie mit dünner Stimme:

«Sie scherzen. Das ist nicht recht von Ihnen.»

Ich fürchtete, sie werde anfangen zu weinen. Ich kam auf die sonderbare Idee, sie trösten zu wollen, indem ich ihr mein Leid klagte. Ernst und traurig sagte ich:

«Von Scherz ist keine Rede. Zuerst bat ich Ada um ihre Hand, die sie mir zornig verweigerte. Dann wollte ich von Alberta wissen, ob sie mich heiraten würde. Sie wies mich gleichfalls zurück, wenn auch mit schönen Worten. Ich bin weder auf die eine noch auf die andere böse. Ich fühle mich nur sehr, sehr unglücklich.»

Soviel Unglück gegenüber hatte sie sich etwas erholt. Während sie angestrengt nachdachte, sah sie mich voll Rührung an. Ihr Blick glich einer Zärtlichkeit, die mir kein Vergnügen bereitete. Dann fragte sie:

«Ich soll somit deutlich wissen, ich soll mich immer daran erinnern müssen, daß Sie mich nicht lieben?»

Was bedeutete dieser sybillinische Ausspruch? Sie wollte sich immer daran erinnern? Das ganze Leben lang, das sie an meiner Seite verbringen mußte? Das war das Vorspiel zum Ja-Wort. Ich fühlte mich wie einer, der sich in eine gefährliche Situation begeben hat, um Selbstmord zu begehen, und der nun alle Kräfte anspannen muß, um sein Leben zu retten. Wäre es nicht besser, von Augusta gleichfalls abgewiesen zu werden, heil und gesund in mein kleines Studierzimmer zurückzukehren, wo ich mich selbst am letzten Morgen nicht allzu schlecht befunden hatte? Daher sagte ich:

«Ja, ich liebe nur Ada, und Sie sind es, die ich nun bitte, mich zu heiraten...»

Ich wollte auch erklären, daß ich es nicht ertragen könnte, für Ada ein Fremder zu werden, und daher zufrieden wäre, wenigstens ihr Schwager zu sein. Aber das hätte wieder übertrieben geklungen, und Augusta wäre vielleicht wieder zu der Meinung gelangt, ich treibe mit ihr meinen Scherz. So sagte ich lediglich:

«Ich ertrage es nicht mehr, allein zu sein.»

Sie lehnte noch immer an der Wand, deren Stütze sie vielleicht brauchte, schien aber ruhiger zu werden und hielt die Untertasse nur mehr mit einer Hand. War ich nun gerettet, das heißt, mußte ich den Salon für ewig verlassen? Oder durfte ich bleiben und mußte dafür heiraten? Ich sprach weiter, und zwar nur deshalb, weil ich ungeduldig wurde, auf ihre Worte zu warten, die noch immer nicht kommen wollten:

«Ich bin ein guter Mensch und glaube, daß man mit mir gut zusammen leben kann, auch ohne die große Liebe.»

Das war eine Phrase, die ich in den letzten Tagen für Ada vorbereitet hatte, um sie zur Annahme meines Antrages zu bewegen, auch wenn sie für mich keine allzu große Liebe empfinden sollte.

Augusta keuchte ein wenig und schwieg noch immer. Dieses Schweigen konnte eine Abweisung sein: die feinste Abweisung, die man sich ausdenken kann. Schon wollte ich meinen Hut wieder nehmen. Es wäre noch Zeit gewesen, ihn auf ein unversehrtes Haupt zu setzen.

Augusta aber reckte sich mit einer Bewegung empor, die ich nie vergessen werde, und verließ die Wand, die ihr als Stütze gedient hatte. Da der Korridor sehr schmal war und ich ihr gegenüberstand, kam sie mir dadurch noch näher. Sie sagte:

«Zeno, Sie brauchen eine Frau, die für Sie leben will, die Ihnen in allem zur Seite steht. Ich will diese Frau sein.»

Sie reichte mir ihre große Hand, die ich instinktiv küßte. Begreiflicherweise gab es keine Möglichkeit mehr, anders zu handeln. Ich muß zugeben, daß ich in diesem Augenblick eine Art Genugtuung empfand, die mir die Brust hob. Ich brauchte nichts mehr aufzuklären. Das war die Klarheit! Alles schien gelöst.

So habe ich mich verlobt. Wir wurden gleich enthusiastisch gefeiert. Mein Erfolg glich dem Erfolg von Guidos Geige: solchen Beifall bezeugten alle. Giovanni küßte mich und sprach mich sofort mit Du an. Mit einem übertriebenen Ton der Zärtlichkeit erklärte er:

«Ich fühlte mich schon seit langem wie dein Vater. Schon seitdem ich begonnen habe, dir geschäftliche Ratschläge zu geben.»

Auch meine zukünftige Schwiegermutter reichte mir die Wange, und ich mußte sie küssen. Dieser Kuß wäre mir auch dann nicht erspart geblieben, wenn ich Ada geheiratet hätte.

«Ich habe es vorausgesehen», sagte sie mit einer Unbefangenheit, die nur deshalb ungestraft blieb, weil ich weder protestieren konnte noch wollte.

Dann umarmte sie Augusta, und das Ausmaß ihrer Rührung offenbarte sich in einem Tränenstrom, den sie nicht unterdrücken konnte und der ihrem Freudenausbruch ein Ende setzte. Ich konnte Frau Malfenti nicht leiden, aber ich muß bekennen, daß diese Tränen, wenigstens für den einen Abend, die Tatsache meiner Verlobung halbwegs bedeutsam und sympathisch machten.

Alberta drückte mir freudestrahlend die Hand:

«Ich will Ihnen eine gute Schwester sein.»

Und Ada:

«Bravo, Zeno!» – Leise fügte sie hinzu: «Wissen Sie, noch nie hat jemand, der eine Sache übereilt zu haben glaubt, klüger gehandelt als Sie in diesem Augenblick.»

Am meisten überraschte mich Guido:

«Heute morgen hatte ich schon die deutliche Empfindung, daß Sie eine von den Schwestern Malfenti heiraten wollen. Nur konnte ich absolut nicht darauf kommen, welche.»

Ada hatte ihm also nichts von meinem Antrag erzählt. Sie konnten miteinander noch nicht sehr intim sein. Sollte ich wirklich übereilt gehandelt haben?

Einen Augenblick später sagte mir Ada:

«Ich möchte, daß Sie mich liebgewinnen wie eine Schwester. Alles andere soll vergessen sein. Guido werde ich nie etwas davon erzählen.»

Es war doch ein schönes Gefühl, in eine Familie soviel Freude gebracht zu haben. Ich konnte es nur deshalb nicht ganz auskosten, weil ich furchtbar müde war. Ein Bedürfnis nach Schlaf überkam mich. Das war der Beweis, daß ich klug gehandelt hatte. Ich würde eine ruhige Nacht haben.

Während des Abendessens empfingen Augusta und ich mit stummer Würde die Ovationen, die man uns bereitete. Sie hatte das Bedürfnis, ihr Schweigen zu entschuldigen:

«Ich kann leider nicht reden. Ihr müßt alle bedenken, daß ich vor einer halben Stunde doch noch keine Ahnung hatte, was sich ereignen würde.»

Sie war immer aufrichtig. Zwischen Lachen und Weinen sah sie mir ins Gesicht. Ich versuchte, ihr gleichfalls zärtliche Augen zu machen. Ich weiß nicht, ob mir das gelang.

An diesem Abend und an diesem Tisch trug ich noch eine Schlappe davon. Und zwar war kein anderer daran schuld als Guido.

Wahrscheinlich hatte Guido, kurz bevor er gekommen

war, um an der spiritistischen Sitzung teilzunehmen, meine Behauptung, ich sei nicht zerstreut, herumerzählt. Man hatte mich hierauf mit unzähligen Beweisen der Lüge überführt. Guido zeichnete nun zwei Karikaturen von mir, vielleicht, um sich zu rächen, vielleicht, um zu zeigen, daß er auch zeichnen könne. Auf der ersten streckte ich die Nase gegen den Himmel und stützte mich dabei auf einen Regenschirm, der gegen die Erde gestemmt war. Auf der zweiten war der Regenschirm zerbrochen; sein Griff drang mir durch die Schulter. Beide Karikaturen brachten die Leute durch das billige Mittel zum Lachen, daß die Figur, die mich darstellen sollte (die mir aber in Wirklichkeit nicht ähnlich sah, sondern nur durch eine große Glatze gekennzeichnet war), auf der ersten wie auf der zweiten Karikatur vollkommen gleich blieb: Sie erschien zerstreut, weil sie, sogar von einem Schirmgriff durchbohrt, ihr Aussehen nicht veränderte.

Es wurde viel darüber gelacht, sogar allzuviel. Der gelungene Versuch, mich lächerlich zu machen, verletzte mich aufs tiefste. In diesem Augenblick befielen mich zum erstenmal meine stechenden Schmerzen, und zwar im Vorderarm und in der Hüfte. Es war ein heftiges Kribbeln, ein Brennen der Nerven, als wollten sie sich zusammenkrampfen. Verwundert griff ich mit der Rechten nach der Hüfte und preßte die Linke gegen den schmerzenden Vorderarm. Augusta fragte besorgt: «Was hast du?»

Ich erwiderte, daß mich die Stelle schmerze, die ich mir bei meinem Sturz im Café verletzt hätte, wovon an diesem Abend schon die Rede war.

Ich versuchte sofort mit aller Kraft, den Schmerz loszuwerden, und verfiel darauf, daß mir dies gelingen würde, wenn ich mich für das erlittene Unrecht rächen könnte. So verlangte ich ein Stück Papier und einen Bleistift und versuchte nun, einen Menschen zu zeichnen, den ein umstürzendes Tischchen erdrückt. Neben dem Menschen war der famose Spazierstock zu sehen, der infolge der Katastrophe der Hand entglitten war. Leider erkannte niemand diesen Spazierstock, daher gelang mir die Beleidigung nicht so, wie ich es beabsichtigt hatte. Damit man sofort erkennen könne, wer der Mensch auf der Zeichnung war und warum er sich in der kläglichen Situation befand, schrieb ich darunter: «Guido Speiers Kampf mit dem Tischchen.» Übrigens sah man von dem unglücklichen Menschen, der sich unter dem Tischchen befand, nichts als die Beine. Sie wären eventuell als die Beine Guido Speiers zu agnoszieren gewesen, wenn ich sie nicht absichtlich verstümmelt hätte und wenn meine ohnedies infantile Zeichnung aus lauter Rachsucht nicht noch kläglicher geraten wäre.

Meine grausamen Schmerzen zwangen mich, hastig zu arbeiten. Sicherlich war mein ganzer Organismus noch niemals so sehr vom Wunsch beseelt gewesen, zu beleidigen und zu verletzen. Hätte ich in der Hand statt des Bleistiftes, den ich nicht zu führen verstand, einen Säbel gehalten, so wäre die Heilung vielleicht besser gelungen.

Guido lachte aufrichtig über meine Zeichnung. Dann sagte er sanft:

«Ich glaube nicht, daß mir das Tischchen besonderen Schaden zugefügt hat.»

Es hatte ihm natürlich überhaupt keinen Schaden gebracht. Das war ja das Unrecht, das ich so stark empfand. Ada nahm die beiden Zeichnungen Guidos und sagte, daß sie sie aufbewahren wolle. Ich sah sie an, um ihr meine Mißbilligung zu zeigen. Sie mußte unwillkürlich wegsehen. Ich hatte ein Recht, sie zu tadeln, denn sie vermehrte meine Schmerzen.

Augusta verteidigte mich. Sie wünschte unbedingt, daß auf meine Zeichnung das Datum unserer Verlobung geschrieben werde, denn sie wollte dieses Geschmiere gleichfalls aufbewahren. Eine heiße Blutwelle strömte durch meinen Körper, als ich dieses Zeichen der Zuneigung bemerkte. Zum erstenmal fühlte ich, wie bedeutsam das alles für mich war. Aber meine Schmerzen ließen trotzdem nicht nach. Ich dachte daran, was alles hätte geschehen können, wenn dieses Zeichen von Ada gekommen wäre: es hätte einen solchen Blutstrom durch meinen ganzen Organismus gejagt, daß der Haufen beißender Ameisen, der meine Nerven quälte, sofort vertrieben worden wäre.

Diese Schmerzen bin ich nie mehr losgeworden. Jetzt, im Alter, leide ich unter ihnen nicht mehr so sehr. Wenn sie da sind, trage ich sie mit Ergebenheit: «Ach, da bist du ja wieder, du lebendiger Beweis, daß ich einmal jung gewesen bin!» Ich möchte nicht sagen, daß diese Schmerzen unerträglich waren, obwohl sie mich manchmal an der freien Bewegung hinderten und ganze Nächte lang nicht einschlafen ließen. So haben sie einen großen Teil meines Lebens ausgefüllt. Immer suchte ich die Heilung. Warum sollte ich mein ganzes Leben lang das Zeichen des Besiegten tragen? Warum sollte ich ein wandelndes Denkmal von Guido Speiers Triumph sein? Ich mußte diese Schmerzen aus meinem Körper treiben.

Damit begannen die Kuren. Bald vergaß ich die ärgerliche Ursache dieses Übels, und es war mir sehr schwer, sie jetzt wiederzufinden. Wie hätte es denn auch anders sein können? Ich hatte großes Vertrauen zu den Ärzten, die mich behandelten. Wenn sie diese Schmerzen bald einer Störung des Stoffwechsels, bald schlechter Blutzirkulation, bald der Tuberkulose, bald anderen Infektionskrankheiten, die nicht sehr ehrenvoll sind, zuschrieben – so glaubte ich ihnen aufs Wort. Ich muß gestehen, daß mir alle diese Kuren zeitweilig einige Erleichterung verschafften, so daß die jeweilige Diagnose jedesmal bestätigt zu sein schien. Früher oder später erwies sie sich zwar als nicht ganz richtig, aber nie als gänzlich falsch, denn keine meiner körperlichen Funktionen war jemals vollkommen in Ordnung.

Nur ein einziges Mal ist ein absoluter Irrtum vorgekommen. Ein Arzt, eigentlich Tierarzt, in dessen Hände ich leider geriet, wollte meinen Hüftnerv unbedingt mit Zugpflaster behandeln. Aber mein Schmerz hielt ihn zum Narren, indem er plötzlich, mitten in der Behandlung, von der Hüfte in den Hinterkopf hinaufsprang und auf diese Art alle Zugehörigkeit zum Hüftnerv verlor. Der Arzt geriet darüber in Zorn und warf mich hinaus. Ich ging davon und war – dessen entsinne ich mich genau – gar nicht beleidigt, sondern nur erstaunt. Erstaunt darüber, daß der Schmerz auf seinem neuen Platz sich nicht im mindesten verändert hatte, sondern ebenso heftig und unzugänglich blieb, wie er es schon in der Hüfte gewesen war. Sonderbar, wie doch jeder Körperteil auf die gleiche Weise zu schmerzen vermag.

Die anderen Diagnosen lebten ganz regelrecht nebeneinander weiter und kämpfen heute noch miteinander um die Vorherrschaft. Es gibt Tage, an denen ich für meine harnsaure Diathese lebe, und andere Tage, an denen diese Diathese von einer Venenentzündung umgebracht, das heißt aufgehoben wird. Ich habe ganze Schränke voll Arzneien, die einzigen Schränke, die ich selber in Ordnung halte. Ich liebe diese Arzneien. Wenn ich eine aufgebe, so weiß ich sicher, daß ich früher oder später auf sie zurückkommen werde. Übrigens glaube ich nicht, damit meine Zeit verloren zu haben. Wer weiß, wie bald und an welcher furchtbaren Krankheit ich schon gestorben wäre, hätte sie mir mein Schmerz nicht rechtzeitig vorgetäuscht; so konnte ich sie bekämpfen, noch ehe sie mich erwischte.

Aber obwohl ich seine geheimste Natur nicht kenne, weiß ich doch heute ganz genau, wann dieser Schmerz zum erstenmal aufgetreten ist. Seine erste Ursache war eben jene Karikatur, die um so viel besser war als meine. Ich weiß ganz genau, daß ich diesen Schmerz vorher niemals hatte. Ich wollte seinen Ursprung einmal einem Arzt erklären, aber er verstand mich einfach nicht. Wer weiß? Vielleicht bringt die Psychoanalyse Licht in die Vorgänge, denen mein armer Organismus in den wenigen Tagen, besonders in den wenigen Stunden, die meiner Verlobung folgten, zum Opfer fiel.

Es waren übrigens gar nicht so wenige Stunden.

Es dauerte noch lange, ehe die Gesellschaft nach Hause ging. Augusta sagte mir heiter: «Auf morgen!»

Diese Einladung freute mich, denn sie bewies mir, daß ich meinen Zweck erreicht hatte. Nichts war zu Ende, alles würde am nächsten Tag weitergehen. Augusta sah mir in die Augen, die so lebhaft ja sagten, daß sie ganz ruhig wurde. Ich stieg hinunter, über die Stufen, die ich nicht mehr zu zählen brauchte, und fragte mich:

«Wer weiß? Am Ende liebe ich sie gar.»

Dieser Zweifel hat mein ganzes Leben begleitet. Heute muß ich annehmen, daß die Liebe, die solche Zweifel begleiten, die wahre ist.

Aber selbst nachdem ich dieses Haus verlassen hatte, war es mir noch nicht vergönnt, zu Bett zu gehen, um den Lohn meiner Taten in einem langen und erquickenden Schlaf zu empfangen. Es war sehr heiß, und Guido wollte noch ein Eis essen. Er lud mich ein, mit ihm in ein Café zu kommen. Er hakte freundlich seinen Arm in den meinen; ich ertrug ebenso freundlich sein ganzes Gewicht. In keiner Sache konnte ich ihm nein sagen: eine so wichtige Person stellte er für mich dar. Die große Müdigkeit, die in mir die Sehnsucht nach Schlaf erregte, machte mich schwach und gefügig. Wir besuchten dasselbe Lokal, in dem mich der arme Tullio mit seiner Krankheit angesteckt hatte, und setzten uns an einen Tisch, der abseits stand. Schon auf dem Weg dahin hatte mir mein Schmerz, von dessen treuer Anhänglichkeit ich damals noch gar nichts wußte, viel zu schaffen gemacht. Als mir vergönnt war, still zu sitzen, fühlte ich mich für einige Augenblicke erleichtert.

Die Gesellschaft Guidos war mir beinahe unerträglich. Mit anscheinend unbezähmbarer Neugier wollte er alles über die Entstehung meiner Liebe zu Augusta wissen. Vermutete er, daß ich ihn belog? Ich erklärte unverfroren, ich hätte mich in Augusta schon bei meinem ersten Besuch im Hause Malfenti verliebt. Mein Schmerz machte mich redselig, ich wollte ihn womöglich überschreien. Ich sprach viel zuviel; wäre Guido aufmerksamer gewesen, so hätte er bemerkt, daß ich in Augusta gar nicht verliebt war. Ich sprach von dem hervorstechendsten körperlichen Merkmal Augustas, von dem schielenden Auge, das die irrige Meinung aufkommen ließ, alle übrigen Körperteile seien gleichfalls nicht an ihrem richtigen Platze. Dann versuchte ich zu erklären, warum ich mich nicht schon früher herangewagt hatte. Wahrscheinlich wunderte sich Guido, daß ich erst im letzten Augenblick mit der Tür ins Haus gefallen war, indem ich mich verlobte. Ich schrie:

«Das ist so: die Mädchen sind an großen Luxus gewöhnt. Ich konnte ja nicht wissen, ob ich auch wirklich in der Lage war, mir eine solche Verpflichtung aufzubürden.»

Ich bedauerte, auf diese Weise Ada mit einbezogen zu haben. Daran war nun nichts mehr zu ändern. In meinem Zustand war es schwer, Augusta und Ada auseinanderzuhalten! Um mich fürderhin besser zu überwachen, fuhr ich mit leiserer Stimme fort:

«Ich machte eine Art von Kostenüberschlag, wobei ich fand, daß meine Bezüge nicht ausreichten. Hierauf überlegte ich, ob ich meine Geschäfte nicht erweitern könnte.»

Ich fügte noch hinzu, daß ich lange Zeit für diese Kalkulation gebraucht hätte und deshalb fünf Tage lang vom Hause Malfenti ferngeblieben sei. So war ich endlich auf ein Körnchen Wahrheit gestoßen, und zwar dadurch, daß ich mich gehen ließ. Nahe daran, in Tränen auszubrechen, drückte ich die Hand gegen die schmerzende Hüfte und flüsterte:

«Fünf Tage sind eine lange Zeit!»

Guido sagte, er freue sich, in mir einen so vorsorglichen Menschen kennenzulernen.

Ich bemerkte trocken:

«Vorsorge ist oft nicht sympathischer als Unbesonnenheit.»

Guido lachte:

«Ich finde es merkwürdig, daß ein so vorsorglicher Mensch die Unbesonnenheit noch verteidigen will!» Sodann erzählte er, sachlich und ohne jeden Übergang, daß er im Begriff sei, um die Hand Adas anzuhalten. Hatte er mich deshalb in das Café geschleppt, um dieses Geständnis loszuwerden, oder langweilte es ihn, mich so lange über mich selber sprechen zu hören? Oder wollte er sich auf diese Weise für irgend etwas rächen?

Ich bin fast sicher, daß es mir gut gelang, Überraschung, ja sogar Zustimmung zu zeigen. Gleich darauf fand ich aber Gelegenheit, ihm eins zu versetzen:

«Jetzt verstehe ich, warum Ada Ihre schandhafte Chaconne so sehr gefallen hat. Sie war ja recht gut gespielt, aber im alten Florenz las man an bestimmten Stellen die Inschrift: ‹*Gli Otto proibiscono di lordare*›[27].»

Der Hieb saß. Guido errötete vor Empfindlichkeit. Seine Antwort fiel äußerst milde aus, denn nun fehlte ihm der Beistand seines kleinen und begeisterten Publikums.

«Mein Gott», fing er an, um Zeit zu gewinnen, «manchmal läßt man sich während des Spiels von einer Laune verleiten. In diesem Salon waren doch wenige anwesend, die Bach genauer kannten. So erlaubte ich mir, ihn etwas zu modernisieren.»

Er schien mit seiner Ausrede zufrieden. Ich war es übrigens auch, denn das alles hatte wie Entschuldigung und

Kapitulation geklungen. Es genügte, mich zu besänftigen; ich hätte auch um nichts in der Welt mit dem zukünftigen Gatten Adas streiten wollen. Somit erklärte ich feierlich, ich hätte selten einen Dilettanten so gut spielen hören.

Ihm genügte dies aber nicht. Er sagte, daß er nur deshalb als Dilettant gelte, weil er nicht als Berufsmusiker auftreten wolle.

Mehr verlangte er nicht? Nun, ich gab ihm recht. Es sei vollkommen einleuchtend, daß er nicht als Dilettant angesehen werden könne.

So wurden wir wieder gute Freunde.

Dann begann er plötzlich, schlecht von den Weibern zu reden. Ich riß vor Staunen den Mund auf. Heute, da ich ihn besser kenne, weiß ich, daß er gerne und auf jede mögliche Weise die überflüssigsten Reden führte, wenn er glaubte, seinem Partner damit zu gefallen. Ich hatte kurz vorher von dem Luxus der Töchter Malfentis gesprochen. Das griff er wieder auf, um im weiteren Verlauf des Gesprächs den Frauen alle möglichen schlechten Eigenschaften nachzusagen. Meine Müdigkeit hinderte mich, ihm zu widersprechen, und so beschränkte ich mich auf fortwährende Zeichen der Zustimmung; die fielen mir schon schwer genug, sonst hätte ich ihn sicher unterbrochen. Wenn jemandem das Recht zustand, schlecht von den Frauen zu reden, so gewiß mir, der ich mit Ada, Augusta und der zukünftigen Schwiegermutter zu tun gehabt hatte. Guido aber war durch nichts befugt, auf das andere Geschlecht böse zu sein, das für ihn nur durch Ada repräsentiert wurde, die ihn liebte.

Übrigens sprach er mit ziemlicher Bildung, und so hörte ich ihm trotz aller Müdigkeit mit Bewunderung zu. Später entdeckte ich allerdings, daß er die genialen Theorien des jungen Selbstmörders Weininger[28] für sich in Anspruch nahm. Damals aber verursachten mir seine Darlegungen die gleiche Qual wie kurz zuvor sein Bachspiel. Fast kam mir der Verdacht, er wolle mich von meiner Liebe heilen. Warum hätte er sonst das Bedürfnis gehabt, mich davon zu überzeugen, daß die Frau weder genial noch gut sein könne? Ich glaube, daß diese Kur nur deshalb nicht gelang, weil sie von Guido ausging. Aber ich merkte mir diese Theorien und ergänzte sie später durch die Lektüre Weiningers. Diese Theorien helfen übrigens niemals; sie sind bloß eine bequeme Gesellschaft, wenn man den Frauen nachläuft.

Als Guido das Eis bezahlt hatte, fühlte er das Bedürfnis nach ein wenig frischer Luft und bewog mich, mit ihm einen Spaziergang an die Peripherie der Stadt zu machen.

Ich erinnere mich, daß man schon seit Tagen einen Regen herbeisehnte, der nach der frühzeitigen Hitze Erfrischung bringen sollte. Ich hatte diese Hitze überhaupt nicht empfunden. An jenem Abend begannen sich am Himmel solche leichten, weißen Wolken zu sammeln, von denen sich das Volk immer reichlichen Regen erhofft. Aber ein großer Mond zog über den Himmelsteil, der noch wolkenlos und tiefblau war; einer jener Monde mit aufgeblasenen Backen, dem dasselbe Volk zutraut, er könne die Wolken fressen. Man konnte wirklich sehen, daß sich die Wolken in seiner Nähe lösten und daß das Firmament immer klarer wurde.

Ich versuchte, Guidos quälendes Geschwätz zu unterbrechen, das mich unaufhörlich zwang, mit dem Kopf zu nicken. Ich erzählte ihm also von dem liebenden Paar, dessen Profile der Dichter Zamboni[29] in den Schatten der Mondgebirge entdeckt hat.

Wie süß und poetisch war diese Liebe, die über unseren Nächten schwebt, erhaben über die Ungerechtigkeit, die Guido in meiner Gegenwart an ihr beging. Während ich sprach und dadurch langsam aus der Betäubung erwachte, in die ich durch das ständige Zustimmen und Jasagen verfallen war, schien es mir, als ließen meine

Schmerzen ein wenig nach. Das war der Lohn für meinen Widerstand, den ich sodann unentwegt fortsetzte.

Guido mußte wohl oder übel einen Augenblick lang die Weiber in Ruhe lassen und zum Himmel hinaufsehen. Aber nicht allzulange. Sowie er mit meiner Hilfe das blasse Profil des Mondweibes entdeckt hatte, kehrte er zu seinem Thema mit einem Scherz zurück, über den er laut lachte, aber er allein in der einsamen Gasse:

«Wie viele Dinge diese Dame sehen muß! Schade, daß sie sich an nichts erinnern kann.»

Es gehörte zu seiner Theorie (oder vielmehr zur Theorie Weiningers), daß eine Frau niemals genial sein könne, weil ihr die Fähigkeit fehle, sich zu erinnern.

Wir waren unter der Anhöhe angelangt, über die die Via Belvedere läuft. Guido meinte, daß uns eine kleine Bergbesteigung guttun würde. Diesmal gab ich nach. Oben angelangt, streckte er sich mit einer Gebärde, die zu einem kleinen Jungen besser gepaßt hätte, auf der zwischen der oberen und unteren Gasse errichteten Trennungsmauer aus. Es schien ihm eine mutige Tat zu sein, einen Fall in zehn Meter Tiefe zu riskieren. Zunächst empfand ich meinen gewohnten Schauer, als ich ihn in solcher Gefahr erblickte. Dann aber entsann ich mich des Systems, das ich an diesem Abend in einem Augenblick schwungvollster Improvisation entwickelt hatte. Um mich von meinem Alp zu befreien, wünschte ich inbrünstig, er möge doch hinunterfallen.

In dieser Lage setzte er seine Predigten gegen die Weiber fort. Er meinte jetzt, sie brauchten Spielsachen wie die kleinen Kinder, aber recht teure. Ich erinnerte mich, daß Ada einmal von ihrer großen Vorliebe für allerhand Schmuck gesprochen hatte. War also wirklich sie es, von der er da redete? Mich überfiel ein schrecklicher Gedanke! Warum sollte ich Guido bei seinem Sturz in zehn Meter Tiefe nicht ein wenig helfen? War es nicht gerecht, ihn zu vernichten, der mir Ada fortnahm, ohne sie zu lieben? In diesem Augenblick war ich davon überzeugt, daß ich nach der Ermordung Guidos sofort zu Ada eilen könnte, um meinen Lohn zu empfangen. Es schien mir in dieser seltsam hellen Nacht, als sei Ada anwesend und höre ganz genau, wie Guido sie beschimpfte.

Ich bekenne offen, daß ich mich in diesem Augenblick bereits anschickte, Guido zu ermorden. Ich stand neben ihm, der sich auf dem niedrigen Mauervorsprung dehnte und streckte. Ich überlegte kalt, wie ich ihn anpacken müsse, um des Erfolges sicher zu sein. Ich sah, daß es nicht einmal nötig war, ihn anzupacken. Er hielt die Arme unter dem Kopf verschränkt: ein überraschender Stoß hätte genügt, um ihn unrettbar aus dem Gleichgewicht zu bringen.

Da kam mir eine andere Idee, und sie erschien mir so bedeutsam, daß ich sie mit dem großen Mond vergleichen mußte, der am Himmel vorrückte, um ihn klar und rein zu machen: ich hatte mich in meine Verlobung mit Augusta gefunden, um meines ruhigen Schlafs in dieser Nacht sicher zu sein. Wie aber wäre dieser Schlaf möglich gewesen, wenn ich Guido vorher umgebracht hätte? Dieser Gedanke rettete Guido und mich. Sofort veränderte ich meine Stellung, in der ich ihn überragte und die mich zu dieser Tat verlockte. Ich sank in die Knie, schlug aber dabei so hart auf die Erde, daß ich beinahe mit der Stirn den Boden berührte.

«O Gott, was für Schmerzen!» schrie ich.

Erschrocken sprang Guido auf und verlangte Erklärungen. Ich antwortete nicht, klagte aber weiter. Ich wußte genau, worüber ich mich beklagte: weil ich töten wollte, und vielleicht auch, weil ich dazu nicht fähig war. Der Schmerz und die Klage entschuldigten alles. Ich glaubte herauszuschreien, daß ich nicht töten wolle, und gleichzeitig, daß es nicht meine Schuld sei, wenn ich nicht töten könne. An allem seien meine Krankheiten und Schmerzen schuld. Indessen erinnere ich mich ganz genau, daß gerade damals mein Schmerz verschwunden war. Meine Klage war eine Komödie, der ich vergeblich Inhalt zu geben versuchte, indem ich mich bemühte, meine Schmerzen heraufzubeschwören und zu rekonstruieren. Aber die kamen nur dann wieder, wenn sie es selber wollten.

Wie gewöhnlich arbeitete Guido mit Hypothesen. Unter anderem fragte er mich, ob es sich nicht etwa um denselben Schmerz handle, den mir der Sturz im Café verursacht hatte. Die Ausrede schien mir gut. Ich bejahte.

Er faßte mich am Arm und richtete mich liebevoll auf. Dann half er mir mit äußerster Behutsamkeit den Abhang hinunter, wobei er mich ununterbrochen stützte. Als wir unten ankamen, erklärte ich, daß ich mich bereits besser fühle und daß ich glaubte, mit seiner Hilfe leichter nach Hause zu gehen. So sollte ich doch endlich ins Bett kommen. Außerdem sah ich die erste große Befriedigung, die mir dieser endlose Tag brachte, darin, daß Guido für mich arbeitete. Er trug mich fast! So hatte ich ihm endlich einmal meinen Willen aufgezwungen.

Wir gingen an einer offenen Apotheke vorüber. Er wollte mich mit einem Beruhigungsmittel versehen, ehe ich schlafen ging. Hierbei konstruierte er eine neuerliche Hypothese über das Ausmaß des wirklichen Schmerzes und die Übertriebenheit seiner Empfindung: der Schmerz multipliziere sich mit dem Aufregungszustand, den er selber verursacht.

Mit der Medizin, die wir damals kauften, begann meine Medikamentensammlung. Daß gerade Guido sie ausgesucht hat, ist ganz in der Ordnung.

Um seiner Hypothese eine festere Basis zu geben, nahm er an, daß ich an diesem Schmerz schon tagelang gelitten haben mußte. Ich bedauerte unendlich, ihm nicht zustimmen zu können. Ich erklärte, im Hause Malfenti während des ganzen Abends keinen Schmerz verspürt zu haben. Bei der Verwirklichung so lang gehegter Träume hätte ich doch nicht leiden können!

Und um aufrichtig zu sein, wollte ich wirklich so werden, wie ich mich bemüht hatte zu scheinen. Mehrmals sagte ich zu mir selber: «Ich liebe Augusta. Ich liebe nicht Ada. Ich liebe Augusta, und heute abend habe ich die Verwirklichung meines alten Traums endlich erlebt.»

So schritten wir durch die mondhelle Nacht. Ich glaubte, daß Guido unter meinem Gewicht müde wurde, denn er verstummte endlich. Er schlug mir vor, mich bis ins Bett zu bringen. Ich lehnte ab. Als ich endlich die Haustür hinter mir verschließen konnte, kam mir ein Seufzer der Erleichterung. Guido dürfte den gleichen Seufzer ausgestoßen haben.

Mit zwei Sätzen nahm ich die Treppen meiner Villa. Nach zehn Minuten lag ich bereits im Bett. Ich schlief rasch ein, ohne vorher an Ada oder an Augusta gedacht zu haben. Nur an Guido erinnerte ich mich, der so sanft, so gut und so geduldig gewesen war. Gewiß, ich wußte auch, daß ich ihn zur selben Zeit hatte umbringen wollen. Aber das war nicht wichtig, denn Dinge, von denen niemand etwas weiß und die keine Spuren hinterlassen, existieren nicht.

Mit einiger Unsicherheit ging ich am nächsten Tag in das Haus meiner Braut. Ich wußte nicht, ob die Verpflichtungen des letzten Abends wirklich die Bedeutung hatten, die ich ihnen beilegte. Aber ich entdeckte, daß diese Bedeutung doch für alle vorhanden war. Auch Augusta hielt sich für verlobt, sogar sicherer, als ich es angenommen hatte.

Es war eine mühselige Verlobung. Ich habe das Gefühl, als wäre sie mehrmals aufgelöst und wiederhergestellt worden. Ich bin überrascht, daß das kein anderer bemerkt hat. Niemals fühlte ich mich so, als ginge ich wirklich der Ehe entgegen, es scheint aber, daß ich mich trotzdem wie ein liebevoller Bräutigam benommen habe. Wahrhaftig, ich küßte die Schwester Adas und umarmte sie, so oft sich Gelegenheit bot. Augusta duldete meine Zärtlichkeiten so, wie sie sich das bei einer Braut eben vorstellte. Ich führte mich relativ gut auf, aber nur deshalb, weil Frau Malfenti uns selten allein ließ. Meine Braut war weitaus weniger häßlich, als ich anfangs geglaubt hatte. Ihre größte Schönheit entdeckte ich, als ich sie küßte: ihr Erröten. Dort, wo ich küßte, entstand zu meinen Ehren eine heiße Flamme, und so küßte ich viel, weniger mit der Glut des Liebenden, als mit der Neugier des Forschers.

Aber die Begierde fehlte nicht und erleichterte ein wenig diese öde Zeit. Wehe, wenn Augusta und ihre Mutter mich nicht daran gehindert hätten, jene Flammen zu Ende brennen und erlöschen zu lassen. Oft wollte ich dies gerne. Wie wäre es dann weitergegangen? Indessen verschaffte mir die Begierde dieselbe Bangigkeit, die ich beim Stiegensteigen empfunden hatte, als ich noch Ada erobern wollte. Die ungerade Zahl der Stufen versprach mir jetzt, daß ich an diesem Tag Augusta würde zeigen können, wie die Verlobung eigentlich sei, die sie selber gewollt hatte. Ich träumte von einer Gewalttat, die mir das Gefühl der Freiheit wiedergeben sollte: dies und nichts anderes wollte ich. Als Augusta merkte, was ich wollte, deutete sie es als ein Zeichen von Liebesfieber. Seltsam!

Meine Erinnerung teilt jene Zeit in zwei Abschnitte. Zuerst ließ uns Frau Malfenti oft von Alberta bewachen oder setzte die kleine Anna mit irgendeiner Lehrerin neben uns in den Salon. Ada ließ man damals nicht in unsere Gesellschaft, und ich bildete mir ein, darüber froh zu sein. Doch erinnere ich mich dunkel, daß ich einmal wünschte, Augusta in Anwesenheit Adas zu küssen. Diese Tat wäre für mich eine unerhörte Befriedigung gewesen, die ich mit grandiosem Ungestüm durchgeführt hätte.

Der zweite Zeitabschnitt begann, als sich Guido offiziell mit Ada verlobte und Frau Malfenti, praktisch wie sie war, die beiden Paare in demselben Salon vereinigte, damit sie einander bewachten.

Aus dem ersten Zeitabschnitt erinnere ich mich genau, daß Augusta mit mir überaus zufrieden war. Wenn ich mich nicht gerade auf sie stürzte und sie mit meiner Leidenschaft bedrängte, war ich von außerordentlicher Redseligkeit. Reden war mir Bedürfnis. Ich motivierte es vor mir selber, indem ich mir einredete, daß ich Augustas Erziehung in die Hand nehmen wolle, wenn ich sie schon einmal heiraten müsse. So erzog ich sie langsam zur Sanftheit, zur Zuneigung und vor allem zur Treue. An die Form, die ich meinen Predigten gab, erinnere ich mich nicht mehr so genau. Augusta jedoch vergaß nichts davon und rief mir später vieles ins Gedächtnis zurück. Stets hörte sie aufmerksam und ergeben zu. In der Hitze des Unterrichts erklärte ich einmal, daß sie sich unverzüglich selber das Recht zur Untreue nehmen könne, wenn sie mich einmal bei einer Untreue ertappen sollte. Darüber wurde sie unwillig und schwor, daß sie nicht einmal mit meiner Erlaubnis imstande wäre, mich zu betrügen. Aus meiner Untreue würde ihr kein anderes Recht erwachsen, als die Freiheit zu weinen.

Ich glaube, daß diese Predigten, die einen ganz anderen Zweck hatten (nämlich den, überhaupt etwas zu reden), von gutem Einfluß auf meine Ehe gewesen sind. Echt an ihnen war nur die Wirkung, die sie auf Augusta ausübten. Allerdings wurde ihre Treue niemals auf die Probe gestellt, denn alle meine Ehebrüche blieben ihr unbekannt. Aber ihre Zuneigung und ihre Sanftheit blieben unverändert durch all die langen Jahre, die wir miteinander verlebten, ganz so, wie sie es mir damals versprochen hatte.

Als Guido sich ebenfalls verlobte, leitete ich den zweiten Abschnitt meiner Verlobungszeit mit einem Vorsatz ein, den ich folgendermaßen formulierte: «Nun bin ich von meiner Liebe zu Ada gänzlich geheilt.» Bis dahin war ich der Meinung, daß schon das Erröten Augustas zu meiner Heilung genügte. Aber wie man sieht, wird man nie ganz geheilt. Dies Erröten vermittelte mir nämlich die Vorstellung, daß dasselbe Spiel nunmehr auch zwischen Guido und Ada beginnen werde. Und viel mehr als alles andere mußte diese Vorstellung jede Begierde in mir töten.

Das Verlangen, Augusta Gewalt anzutun, gehört fast gänzlich in den ersten Zeitabschnitt. Im zweiten ließ es beträchtlich nach. Frau Malfenti hatte richtig spekuliert, als sie den gegenseitigen Überwachungsdienst mit solcher Geschicklichkeit einrichtete, daß sie selber nicht mehr die geringste Mühe davon hatte.

Ich erinnere mich, daß ich einmal im Scherz Augusta küßte. Aber anstatt über meinen Scherz zu lachen, küßte Guido Ada. Mir schien das nicht sehr feinfühlig zu sein. Er küßte bei weitem nicht so keusch, wie ich es aus Rücksicht für das andere Paar getan hatte. Er küßte Ada direkt auf den Mund und sog sich fest. Ich bin sicher, daß ich mich damals schon darein gefunden hatte, Ada als meine Schwester zu betrachten, aber darauf war ich nicht gefaßt. Guido mißbrauchte einfach mein Entgegenkommen. Ich zweifle übrigens auch daran, daß es einem wirklichen Bruder gefallen würde, wenn man in seiner Gegenwart so mit seiner Schwester umginge.

Infolgedessen küßte ich Augusta in Anwesenheit Guidos nie wieder. Guido versuchte dagegen noch ein zweites Mal, vor meinen Augen Ada in die Arme zu schließen. Aber sie stieß ihn zurück, und so wiederholte er nie mehr den Versuch.

An die unendlich vielen Abende, die wir miteinander verlebten, erinnere ich mich nur unklar. Bloß eine Szene prägte sich meinem Gedächtnis ein, da sie sich *in infinitum* wiederholte: wir saßen zu viert um den schönen venezianischen Tisch, auf dem eine große Petroleumlampe stand.

Ihr grünseidener Schirm beschattete alles. Nur die Handarbeiten, mit denen sich die beiden Mädchen befaßten, lagen im Lichtkreis, und zwar Adas Seidentuch, das sie frei in der Hand hielt, und Augustas Stickrahmen. Ich höre Guidos ewige Reden. Oft war ich der einzige, der ihm beistimmte. Deutlich sehe ich Adas Profil mit den schwarzen, lockigen Haaren, die durch das seltsame Spiel des gelben und des grünen Lichtes zu besonderer Wirkung kamen. Man diskutierte über die Wirkung des Lichtes auf die wirkliche Farbe dieses Haares. Guido, der unter anderem auch malen konnte, erklärte uns, wie man so eine Farbe analysieren müsse. Sogar diese Erklärung konnte ich nicht mehr vergessen. Heute noch, wenn ich die Farbe einer Landschaft besser begreifen will, schließe ich halb die Augen, bis alle Konturen verschwinden und nur die Lichter bleiben, die sich gleichfalls verdunkeln, um in ihre einzige und richtige Farbe zurückzufallen. Habe ich mich aber mit einer solchen Analyse befaßt, so erscheinen mir, fast wie eine physische Reaktion, sofort nach dem wirklichen Bild das gelbe und das grüne Licht sowie die dunklen Haare, an denen ich mein Auge zum erstenmal nach dieser Methode übte.

Ich kann einen Abend nicht vergessen, der durch eine Eifersuchtsszene Augustas und eine Indiskretion, die ich beging, bemerkenswert wurde. Um uns zu necken, hatten sich Guido und Ada weit entfernt von uns gesetzt, und zwar an den Louis XIV-Tisch, der in der anderen Ecke des Salons stand. Bald schmerzte mich der Nacken, da ich mich unaufhörlich umdrehen mußte, um mit den beiden zu sprechen. Augusta sagte:

«Laß sie! Dort ist wirkliche Liebe.»

Und mit unglaublicher Gedankenlosigkeit flüsterte ich: «Denke nur das nicht. Guido haßt die Frauen.»

Damit meinte ich, mich für meine Einmischung in das Liebesgespräch der beiden entschuldigt zu haben. Es war jedoch eine große Indiskretion, Augusta von der Ansicht über die Frauen zu erzählen, zu der sich Guido zwar in meiner Gesellschaft bekannt hatte, die er aber niemals in Gegenwart irgendeines Mitglieds der Familie Malfenti wiederholt hätte. Diese Indiskretion bedrückte mich mehrere Tage. Dagegen hat mir die Erinnerung an meine Absicht, Guido zu töten, nicht eine Stunde lang zu schaffen gemacht. Aber mir kommt es männlicher vor, einen Mord, ja sogar einen Meuchelmord zu begehen, als einem Freund damit zu schaden, daß man seine vertraulichen Mitteilungen weitererzählt.

Schon damals hatte Augusta unrecht, wenn sie auf Ada eifersüchtig war. Meinen Hals verrenkte ich nicht deshalb, um Ada zu sehen, sondern um Guido zu hören, der mir mit seiner Geschwätzigkeit über die Langeweile dieser ganzen Zeit hinweghalf. Ich hatte ihn bereits recht liebgewonnen und verbrachte mit ihm immer einen beträchtlichen Teil des Tages. Dabei erwies er mir stets seine Hochschätzung, die er auch vor anderen bestätigte. Schon aus Dankbarkeit fühlte ich mich an ihn gebunden. Sogar Ada hörte mir jetzt aufmerksam zu, wenn ich sprach.

Jeden Abend wartete ich mit besonderer Ungeduld auf den Gong, der uns zum Abendbrot rief. Meine deutlichste Erinnerung an diese Mahlzeiten ist, daß ich mir ununterbrochen den Magen verdarb. Ich aß viel zuviel, wahrscheinlich aus dem Bedürfnis, immerfort etwas zu tun. Während des Essens überschüttete ich Augusta, soweit es mein vollgestopfter Mund erlaubte, mit liebevollen Reden. Ihre Eltern konnten nur den schlechten Eindruck gewinnen, daß meine große Liebe durch meine tierische Gefräßigkeit behindert wurde. Sie waren sehr erstaunt, als mein Appetit nach der Rückkehr von der Hochzeitsreise nicht mehr so groß war. Er war in dem Moment verschwunden, als man von mir nicht mehr verlangte, eine Leidenschaft vorzuspielen, die ich nicht fühlte. Man darf sich doch vor den Schwiegereltern nicht kalt und gemessen zeigen, wenn man beinahe schon im Begriffe ist, mit der Braut ins Bett zu gehen. Augusta erinnert sich besonders gut an alle liebevollen Worte, die ich ihr an diesem Tisch zuflüsterte. Von einem Bissen zum anderen scheine ich so Herrliches erfunden zu haben, daß ich später überrascht war, als man es mir wieder erzählte, und nicht glauben konnte, dies alles sei meiner eigenen Phantasie entsprossen.

Selbst mein Schwiegervater, Giovanni der Schlaue, ließ sich täuschen. Immer wenn er ein Beispiel für eine ganz große Liebesleidenschaft anführen wollte, erzählte er von mir und von seiner Tochter, das heißt natürlich von Augusta. Er lächelte glücklich, der gute Vater. Trotzdem wuchs seine Verachtung für meine Persönlichkeit, denn nach seiner Meinung war derjenige kein wahrer Mann, der sein ganzes Schicksal in die Hände einer Frau legt und der vor allem nicht bemerkt, daß noch andere Frauen auf der Welt existierten. Daraus ersieht man, daß ich nicht immer gerecht beurteilt wurde.

Meine Schwiegermutter hingegen glaubte überhaupt nicht an meine Liebe. Selbst dann nicht, als sogar Augusta schon ein wenig Vertrauen zu dieser Liebe gefaßt hatte.

Durch lange Jahre musterte sie mich mit mißtrauischen Blicken, in denen man die ganze Besorgnis um das Schicksal ihrer Lieblingstochter lesen konnte. Eben darum bin ich überzeugt, daß sie in den Tagen, die meiner Verlobung vorangingen, meine Handlungsweise nach ihrem Kopf gelenkt hat. Es war unmöglich, sie zu täuschen, die meine Absichten besser kannte als ich selber.

So kam endlich der Tag meiner Hochzeit. Gerade an diesem Tag entstanden meine letzten Zweifel. Um acht Uhr morgens hätte ich bei der Braut sein sollen, statt dessen lag ich ein Viertel vor acht noch im Bett, rauchte wütend eine letzte Zigarette und starrte auf das Fenster, in dem die erste Wintersonne wie mir zum Hohne glänzte. Ich erwog den Gedanken, Augusta zu verlassen! Die Tollheit dieser Heirat wurde endlich offenbar, da mir doch nichts mehr daran lag, mit Ada verbunden zu bleiben.

«Was wäre denn Besonderes daran, wenn ich nicht hinkäme? Augusta ist ja eine liebenswerte Braut, aber niemand kann wissen, wie sie am Morgen nach der Hochzeit sein wird. Vielleicht wird sie mich sofort einen Esel nennen, weil ich mich auf diese Weise von ihr habe einfangen lassen.»

Zum Glück kam Guido. Anstatt mich gegen eine Verschleppung zu der Hochzeit zu wehren, entschuldigte ich mich noch wegen der Verspätung und gab vor, geglaubt zu haben, daß die Stunde der Trauung abgeändert worden sei. Aber Guido machte mir gar keine Vorwürfe, sondern benützte die Gelegenheit, um ausgiebig von seiner eigenen Zerstreutheit zu erzählen und von den vielen Verabredungen, die er aus diesem Grunde schon verpaßt hatte. Sogar an Zerstreutheit wollte er mir überlegen sein! Da ich rechtzeitig von zu Hause wegkommen wollte, durfte ich ihm gar nicht zuhören. So ging ich am Ende noch im Laufschritt zu meiner Hochzeit.

Trotz alledem kam ich zu spät. Niemand machte mir Vorwürfe. Alle, außer der Braut, waren mit einigen Erklärungen zufrieden, die Guido statt meiner abgab. Aber Augusta war so blaß, daß selbst aus ihren Lippen alle Farbe gewichen schien. Konnte ich auch nicht sagen, daß ich sie liebte, so wollte ich ihr gewiß nicht weh tun. Ich versuchte also, meinen Fehler gutzumachen, und verschlimmerte alles, indem ich für meine Verspätung gleich drei Entschuldigungen vorbrachte. Das war zuviel. Das verriet mit solcher Deutlichkeit, worüber ich in meinem Bett hatte nachdenken müssen, indessen ich die winterliche Sonne betrachtete, daß die Stunde der Trauung tatsächlich abgeändert werden mußte: Augusta brauchte Zeit, um sich zu erholen.

Am Traualtar sagte ich zerstreut: «Ja.» Mein lebhaftes Mitleid für Augusta bewog mich gerade in diesem Augenblick, eine vierte Entschuldigung für meine Verspätung zu erfinden. Sie schien mir die beste von allen zu sein.

Aber als wir aus der Kirche traten, bemerkte ich, daß Augusta ihre Farbe wiedergewonnen hatte. Das ärgerte mich ein wenig. Mein Jawort vor dem Priester hätte ihr doch nicht genügen dürfen, um sie plötzlich wieder an meine Liebe glauben zu lassen. Ich bereitete mich vor, sie äußerst grob zu behandeln, falls sie sich tatsächlich so weit erholen sollte, mich einen Esel zu nennen, weil ich mich in dieser Weise hatte einfangen lassen. Statt dessen benützte sie zu Hause den einzigen Augenblick, den man uns allein ließ, um mir unter Tränen zu sagen:

«Ich werde stets daran denken, daß du mich geheiratet hast, ohne mich zu lieben.»

Ich widersprach nicht, denn die Angelegenheit war ja schließlich so klar wie nur möglich. Ich umarmte sie voll Mitleid.

Später wurde zwischen mir und Augusta darüber nie mehr gesprochen. Die Ehe ist eine viel einfachere Sache als die Brautzeit. Wenn man verheiratet ist, diskutiert man nicht mehr über Liebe, und selbst wenn man darüber diskutieren wollte , wird die Sprache der Sinne so laut, daß alles andere schweigen muß. Dieser animalische Trieb kann nun so menschlich werden, daß er sich kompliziert und verfälscht, und es mag vorkommen, daß man zum Beispiel, wenn man sich über ein Frauenhaar beugt, dort ein Licht zu sehen vermeint, das gar nicht existiert. Man schließt die Augen, und die Frau wird anders. Erst wenn man sie verlassen hat, kann sie sich wieder zurückverwandeln. An sie richtet man alle Dankbarkeit, die dann noch größer ist, wenn die Verwandlung gelang. Und darum wäre ich, wenn ich noch einmal auf die Welt kommen sollte (die Natur ist zu allem fähig), freudig damit einverstanden, Augusta zu heiraten, aber niemals mehr damit, mich mit ihr zu verloben.

Auf dem Bahnhof reichte mir Ada die Wange zum brüderlichen Kuß. Ich sah sie an. Sie stand abseits von den vielen Menschen, die uns begleiteten. Ich dachte augenblicklich: «Nur du bist es, die mich in diese Lage gebracht hat.» Ich näherte meine Lippen ihren verschleierten Wangen, hütete mich aber, sie auch nur zu streifen. Es war die erste Genugtuung an diesem Tag, denn ich fühlte einen Augenblick lang, welcher Vorteil mir aus meiner Heirat erwachsen war. Und ich rächte mich, indem ich es ablehnte, die einzige Gelegenheit auszunützen, die mir erlaubte, Ada zu küssen. Dann, als der Zug sich schon bewegte, zweifelte ich, ob das richtig von mir gehandelt war. Ich fürchtete, mein freundschaftliches Verhältnis zu Guido kompromittiert zu haben, und litt um so stärker, als mir einfiel, Ada könnte etwa gar nicht bemerkt haben, daß ich die dargebotene Wange zurückgewiesen hatte.

Sie aber hatte es wohl bemerkt. Das erfuhr ich erst später, Monate nachher, als sie mit Guido vom gleichen Bahnhof abreiste. Sie küßte alle, nur mir reichte sie mit großer Herzlichkeit die Hand. Ich drückte sie kalt und gemessen. Die Revanche kam leider zu spät, denn die Situation hatte sich inzwischen völlig geändert. Seit meiner Rückkehr von der Hochzeitsreise stand ich zu Ada wirklich in brüderlicher Beziehung, so daß es gar nicht einzusehen war, warum sie mich vom Kusse ausschloß.

VI
Die Gattin und die Geliebte

In meinem Leben gab es oft Zeiten, da ich glaubte, auf dem besten Weg zur Gesundheit und zum Glück zu sein. Niemals aber war dieser Glaube so stark wie während der Zeit meiner Hochzeitsreise und während einiger Wochen nach unserer Heimkehr. Zunächst machte ich eine Entdeckung, die mich überraschte: ich liebte Augusta nicht weniger, als sie mich liebte. Am ersten Tag dieser Entdekkung war ich mißtrauisch und befürchtete, daß die nächsten Tage große Änderungen bringen würden. Jedenfalls beschloß ich, diesen einen Tag voll zu genießen. Aber es folgte ein Tag dem andern, und alle waren strahlend und voll Zärtlichkeit. Es war Augustas Zärtlichkeit, der überraschenderweise die meine beinahe gleichkam. An jedem Morgen rührte mich ihre unendliche Zuneigung und erregte in mir ein solches Maß von Dankbarkeit, die, wenn sie nicht Liebe selber war, ihr doch sehr ähnlich sah. Wer hätte dies geahnt zu jenen Zeiten, als ich von Ada zu Alberta kroch, um bei Augusta schmählich zu enden! Ich kam darauf, daß ich nicht der Esel war, der von einem anderen hineingelegt wird, sondern ein äußerst kluger Mensch. Als Augusta mich darüber staunen sah, sagte sie mir:

«Warum bist du denn überrascht? Hast du nicht gewußt, daß die Ehe eben so beschaffen ist? Ich, die ich doch viel weniger klug bin als du, habe dies genau vorausgewußt.»

Ich weiß nicht, ob schon vor diesem überraschenden

Gefühl in mir die Hoffnung entstanden war, Augusta ähnlich zu werden, die mir wie die Gesundheit selber erschien. Während der Verlobung hatte ich diese ihre Eigenschaft nicht beachtet, denn ich war zu sehr damit beschäftigt, vor allem mich und dann Ada und dann Guido eingehend zu studieren. Die Petroleumlampe im Salon hatte niemals die bescheidenen Haare Augustas beleuchtet.

Wieviel erzählte ich von ihrem Erröten! Aber als dieser Vorgang mit jener Selbstverständlichkeit verschwand, mit der die Farben der Morgenröte vor dem Licht der Sonne vergehen, schlug Augusta, ohne zu zaudern, jenen Weg ein, den alle ihre irdischen Schwestern gehen, die nach Gesetz und Ordnung leben oder auf alles verzichten müssen. Ich liebte diese Ordnung, ja ich betete sie an, obwohl ich wußte, daß sie auf mich, also auf unsicheren Boden gegründet war. Ihr mußte ich zumindest mit jenem Respekt begegnen, mit dem ich mich zum Beispiel auch um den Spiritismus bemüht hatte. Konnte man den Spiritismus glaubhaft finden, so mußte es wohl auch einen Glauben an das Leben geben.

Eins machte mich stutzig: [30] aus jedem Wort Augustas, aus jeder ihrer Handlungen war klar zu sehen, daß sie im Grunde an ein ewiges Leben glaubte. Niemals sprach sie dies direkt aus; aber sie wunderte sich, als ich, den die Irrtümer der andern abstießen, bevor er die seiner eigenen Frau kennen und lieben lernte, einmal das Bedürfnis empfand, sie an die Kürze des Lebens zu mahnen. Aber was bedeutete ihr das Wort Kürze! Sie wußte wohl, daß wir alle sterben müssen, aber dies schloß ja nicht aus, daß wir nun, da wir verheiratet waren, verbunden bleiben würden, ewig verbunden. Es leuchtete ihr also nicht ein, daß es eigentlich nur für kurze Zeit geschieht, wenn man sich auf dieser Welt mit einem anderen verbindet; für eine so kurze Zeit, daß es eigentlich unverständlich ist, wie man dazu kommt, einander Du zu sagen, da man sich doch wahrlich nicht sehr lange kennt und darauf vorbereitet sein muß, sich für unendlich lange wieder zu trennen. Ich begriff, was vollkommene menschliche Gesundheit eigentlich bedeutet: für sie – das erriet ich – ist die Gegenwart eine greifbare Wahrheit, in die man flüchten und in der man geborgen sein kann. Ich versuchte, mir auch meinen Teil an der Gegenwart zu nehmen und mich in ihr zu verankern. Ich war fest entschlossen, weder über diesen Versuch noch über Augusta zu lachen; ein solcher Skeptizismus wäre wohl nichts anderes als meine Krankheit selber gewesen. Ich mußte mich hüten, damit einen Menschen anzustecken, der sich mir anvertraut hatte. Ich bemühte mich also, Augusta zu schützen, und dies war die Ursache, daß ich mich eine Zeitlang ganz wie ein gesunder Mensch bewegen konnte.

Sie kannte doch alle Dinge, die einen Menschen zur Verzweiflung treiben können; aber diese Dinge wandelten sich, wenn sie sie ansah. Die Erde drehte sich, und dennoch mußte man nicht seekrank werden. Im Gegenteil, die Erde drehte sich – alles andere jedoch blieb unbewegt am Platz. Und diese unbeweglichen Dinge waren von ganz besonderer Bedeutung: der Ehering, der Schmuck, die Kleider, das grüne, das schwarze, das Straßenkleid, das in den Schrank gehängt wurde, wenn man nach Hause kam, das Abendkleid, das man keinesfalls am Tage tragen durfte, und am Abend auch dann nicht, wenn ich mich nicht entschloß, den Frack anzulegen; die Essenszeit, die strenge eingehalten wurde, sowie auch die Schlafenszeit. Diese Stunden gab es in Wirklichkeit; sie standen unverrückbar fest.

Sonntags ging Augusta zur Messe, und ich begleitete sie manchmal, um zu sehen, wie sie den Anblick der Schmerzen und des Todes ertrage. Aber sie quälten diese Dinge überhaupt nicht, im Gegenteil, der Kirchenbesuch erfüllte sie sogar mit heiterer und ruhiger Stimmung, die die ganze folgende Woche über anhielt. Auch an gewissen Gedenktagen, deren Daten sie im Kopf hatte, ging sie zur Kirche. Das war aber auch alles. Wäre ich religiös, so würde ich sicherlich versuchen, mir die Garantie ewiger Seligkeit durch ununterbrochenes Stehen in der Kirche zu erkaufen.

Es gab auch genug irdische Autoritäten, die für den ruhigen Schlaf bürgten. Da waren vor allem die Behörden des jeweiligen Landes – hier die österreichischen und drüben die italienischen –, die die Ordnung auf den Straßen und in den Häusern aufrechterhielten. Ich bemühte mich redlich, die Hochachtung zu teilen, die Augusta für sie empfand. Ferner waren da die Ärzte, die ihre vorschriftsmäßigen Studien beendet hatten, um uns zu retten, falls uns – Gott bewahre – irgendeine Krankheit befallen sollte. Von dieser Autorität machte ich täglich ausgiebigen Gebrauch, sie hingegen niemals. Dafür aber war es mir klar, daß mein Zustand ohne Hoffnung sein wird in dem Augenblick, da mich die Todeskrankheit ereilt. Sie hingegen glaubt, daß sie, im Himmel ebenso sichergestellt wie auf Erden, auch dann noch Rettung finden könnte.

Ich versuche, die Ursachen ihrer Gesundheit zu erforschen. Aber es gelingt mir nicht, denn ich bemerke, daß sich diese Gesundheit unter meiner Analyse sofort in Krankheit verwandelt. Und nun, beim Niederschreiben dieser Zeilen, glaube ich sogar, daß ihre Gesundheit vielleicht doch irgendeiner Kur bedurft hätte, um wirklich gesund zu sein. Aber während der vielen Jahre, die wir zusammen verlebten, ist mir so etwas nie in den Sinn gekommen.

Welch ungeheure Bedeutung kam mir in dieser kleinen Welt zu: bei jeder Gelegenheit war meine Meinung wichtig, sei es bei der Wahl der Speisen oder Kleider, der Gesellschaft oder Lektüre. So wurde ich zu einer Aktivität gezwungen, die mir eigentlich gefiel. Ich durfte am Aufbau einer patriarchalischen Familie mitarbeiten; ja, ich wurde selber zum Patriarchen, dessen Wesen mir früher so unsympathisch gewesen war, während es mir jetzt ein Zeichen von Gesundheit zu sein schien. Schließlich ist es etwas anderes, selber ein Patriarch zu sein, als einen Patriarchen verehren zu müssen, der sich diese Würde eigenmächtig beilegt. Ich wollte ja nichts als meine Gesundheit, sogar um den Preis, allen Menschen, die keine Patriarchen sind, eine Krankheit aufhalsen zu müssen. Besonders während meiner Hochzeitsreise nahm ich gerne die würdige Stellung eines Reiterstandbilds ein.

Aber schon auf der Reise wurde es mir nicht immer leicht, die Haltung zu bewahren, die ich mir vorgenommen hatte. Augusta wollte alles sehen, als sei sie auf einer Studienreise. Es genügte ihr nicht, im Palazzo Pitti gewesen zu sein: sie mußte auch noch durch die unzähligen Säle wandern und jedes Kunstwerk mindestens einige Sekunden lang betrachten. Ich weigerte mich, weiter als bis zum ersten Saal zu gehen, und hatte nun die Mühe, Ausreden für meine Faulheit zu erfinden. So verbrachte ich einen halben Tag vor den Porträts der ersten Medici und entdeckte, daß sie Carneggie und Vanderbilt ähnlich sahen. Sehr sonderbar! Und dennoch waren sie von meiner Rasse. Augusta fand daran gar nichts. Sie wußte eben, wie die Yankees waren, sie wußte aber noch nicht, wie ich war.

Schließlich konnte selbst ihre Gesundheit nicht mehr standhalten, und sie mußte auf den weiteren Besuch der Museen verzichten. Ich erzählte ihr, daß ich einmal im Louvre, verwirrt von so vielen Kunstwerken, dermaßen in Wut geriet, daß ich mich anschickte, die Venus von Milo in Stücke zu schlagen. Augusta sagte resigniert:

«Es ist gut, daß man Museen nur auf der Hochzeitsreise besuchen muß und dann nie wieder.»

Tatsächlich fehlt dem Leben die Monotonie der Museen. Es kommen wohl Tage, die wert wären, eingerahmt zu werden. Jedoch sie sind, außer an Linien und Farben, noch reich an lebendigen Geräuschen, die betäuben, und realem Licht, das brennt, und so werden sie nie langweilig.

Die Gesundheit treibt uns zur Aktivität und veranlaßt uns so, eine ganze Welt lästiger Dinge auf uns zu nehmen. Als wir mit den Museen glücklich Schluß gemacht hatten, begannen wir mit den Einkäufen. Obwohl Augusta in unserer Villa noch nicht gewohnt hatte, kannte sie sie bereits besser als ich und wußte, daß in einem Zimmer ein Spiegel fehlte, in einem anderen ein Teppich und daß man in ein drittes Zimmer noch eine schöne Statue stellen konnte. Sie kaufte Möbel für einen ganzen Salon. In jeder Stadt, die wir besuchten, stellte sie irgendeine Sendung zusammen. Ich glaube, es wäre weniger beschwerlich gewesen, all diese Einkäufe in Triest zu besorgen. Dort hätten wir uns weder um den Transport noch um die Verpackung noch um die Zollmanipulationen kümmern müssen.

Sie lachte:

«Weißt du denn nicht, daß alle Waren reisen müssen? Du tust so, als ob du kein Kaufmann wärst.» Sie hatte beinahe recht. Ich entgegnete:

«Man läßt die Waren reisen, um sie zu verkaufen und einen Gewinn dabei einzustecken. Fehlt dieser Zweck, so läßt man sie liegen und rührt sie nicht mehr an.»

Diese Unternehmungslust, die von einer entzückenden Naivität war, liebte ich an ihr besonders. Man mußte schon sehr naiv sein, um glauben zu können, daß man allein durch den Kauf eines Gegenstandes ein gutes Geschäft macht. Es kann sich doch erst beim Verkauf zeigen, ob der Kauf vorteilhaft war.

Ich glaubte meiner völligen Genesung entgegenzugehen. Meine Schmerzen hatten nachgelassen, ich befand mich in einem andauernden Zustand von Ruhe und Heiterkeit. Es war wie eine Verpflichtung gegen Augusta, die ich in jenen unvergeßlichen Tagen übernahm. Es blieb die einzige Verpflichtung, die ich getreu erfüllte, das einzige

Glaubensbekenntnis, dem ich gewissenhaft nachkam, außer in den wenigen Momenten, wo ich nicht mehr lächeln konnte, denn das Leben lachte stärker als ich. Sonst war zwischen uns ein ständiges Lächeln. Ich hielt sie für unwissend und lächelte über sie, sie lächelte über mich, dessen großem Wissen sie die großen Irrtümer zuschrieb, die sie zu korrigieren vermeinte. Dem äußeren Anschein nach blieb ich auch weiterhin heiter und ruhig, auch dann, als sich die Krankheit meiner wieder gänzlich bemächtigte. Heiter lächelnd – als empfände ich den Schmerz wie einen Kitzel.

Trotz meiner neu erworbenen Gesundheit kam ich von dieser langen Italienreise nicht ohne Schaden zurück. Wir waren ohne Empfehlungsschreiben abgereist, und so schien es mir immer wieder, daß viele von den unbekannten Menschen, zwischen denen wir umhergehen mußten, feindliche Gesinnung zeigten. Es war eine lächerliche Angst, ich konnte sie jedoch nie ganz überwinden. Wenn mich nun plötzlich einer anfiel, beschimpfte oder gar verleumdete – wer sollte mich dann beschützen? Ich machte eine richtige Krise der Angst durch, die glücklicherweise niemand, nicht einmal Augusta, bemerkte. Ich hatte die Gewohnheit, fast alle Zeitungen zu kaufen, die auf der Straße ausgeboten wurden. Als ich eines Tages vor einem Zeitungsverkäufer stand, überkam mich plötzlich die Angst, er könnte mich aus Bosheit als Dieb arretieren lassen, denn ich hatte bei ihm nur eine Zeitung gekauft, trug aber noch viele andere, die ich mir anderswo beschafft hatte, unaufgeschnitten unter dem Arm. Ich rannte davon, gefolgt von Augusta, der ich den Grund meiner plötzlichen Eile nicht mitteilte.

Freundschaft schloß ich nur mit einem Kutscher und einem Cicerone, in deren Gesellschaft ich wenigstens sicher war, nicht wegen lächerlicher Diebstähle angezeigt zu werden.

Zwischen mir und dem Kutscher gab es gewisse Berührungspunkte. Er liebte die Castelli-Weine und erzählte, daß ihm die Füße oft anschwollen. Er war deswegen einmal im Spital, wo man ihn nach seiner Genesung mit dem Ratschlag entließ, nie wieder Wein zu trinken. Hierauf faßte er einen Entschluß, und zwar, wie er sich ausdrückte, einen eisernen: er beschloß nämlich, jedesmal wenn er stärker sein sollte als seine Leidenschaft, einen Knoten in die Metallkette seiner Uhr zu machen. Aber als ich ihn kennenlernte, sah ich, daß die Kette, die über seiner Weste baumelte, nicht einen einzigen Knoten aufwies. Ich lud ihn ein, mit mir nach Triest zu kommen. Ich erzählte ihm von unseren Weinen, die an Geschmack von den Castelli-Weinen so sehr verschieden sind. Ich wollte ihn davon überzeugen, daß seine Kur in Triest gelingen müsse. Er aber wollte davon nichts wissen und wies mich mit einem Gesicht zurück, auf dem die Sehnsucht nach seinem Lieblingswein bereits deutlich zu lesen war.

Dem Cicerone schloß ich mich an, weil er mir gebildeter erschien als alle seine Kollegen. Es ist nicht schwer, mehr von Kunstgeschichte zu verstehen als ich. Aber selbst die gründliche Augusta, die zudem noch einen Baedeker besaß, bestätigte, daß alle Angaben dieses Cicerone richtig waren. Er war noch jung, und so konnte es im Laufschritt durch die Straßen gehen, die von Statuen flankiert waren.

Diese beiden Freunde verlor ich, und dann verließ ich Rom. Nachdem der Kutscher so viel Geld von mir bekommen hatte, wollte er uns auch einmal zeigen, daß der Wein nicht nur seine Füße, sondern auch manchmal seinen Kopf in Mitleidenschaft zog, und fuhr uns eines Tages gegen eine sehr solide römische Mauer. Der Cicerone dagegen behauptete, daß die alten Römer die Elektrizität gekannt und ausgezeichnet verwendet hätten. Er sagte einige lateinische Verse auf, die das beweisen sollten.

Damals befiel mich eine kleine Krankheit, die niemals

ganz geheilt werden sollte. Eine Bagatelle: die Angst, alt zu werden, und vor allem: die Angst zu sterben. Ich glaube, daß die Ursache in einer besonderen Form von Eifersucht zu suchen ist. Das Altwerden beängstigt mich nur deshalb, weil es mich dem Tod näherbringt. Solange ich lebe, wird mich Augusta sicher niemals betrügen. Aber ich stellte mir vor, daß sie, wenn ich tot und begraben bin, mein Grab zwar in größter Ordnung halten, für mich die nötige Anzahl Messen lesen lassen, sich dann aber sofort nach meinem Nachfolger umsehen würde, um ihn mit derselben gesunden und geordneten Welt zu umgeben, die ich eben genoß. Es konnte doch ihre wunderbare Gesundheit nicht deshalb zugrunde gehen, weil ich tot war. In diese Gesundheit setzte ich solches Vertrauen, daß es mir schien, als könne sie niemals sterben, es sei denn, sie würde von einem Zug in voller Fahrt zermalmt.

Ich erinnere mich, wie wir eines Abends in Venedig mit der Gondel durch einen jener Kanäle glitten, in denen eine tiefe Ruhe herrscht, die nur hie und da vom Licht und Lärm einer Quergasse unterbrochen wird. Augusta betrachtete wie immer alle Dinge und registrierte sie genau: ein grüner und blühender Garten auf einem verwahrlosten Stück Erde, das das gesunkene Wasser freiließ; ein Campanile, der sich in trüben Kanälen spiegelte; eine lange und düstere Gasse, an deren Ende ein undefinierbarer Wirbel von Lichtern und Leuten sichtbar wurde. Ich hingegen empfand in der ganzen Trostlosigkeit des umgebenden Dunkels immer wieder nur meine eigene Person. Ich sprach von der Zeit, die verrann, und erwähnte auch, daß Augusta diese Hochzeitsreise recht bald mit einem anderen wiederholen werde. Ich war davon so überzeugt, als erzählte ich eine Geschichte, die sich bereits ereignet hatte. Und ich fand es deplaciert, daß sie zu weinen begann, um meine Meinung zu widerlegen. Vielleicht hatte sie mich falsch verstanden, vielleicht glaubte sie, ich wollte ihr die

Absicht unterschieben, mich zu töten. Im Gegenteil. Um mich verständlicher zu machen, beschrieb ich ganz genau eine mögliche Art meines Todes. Meine Beine, in denen die Blutzirkulation sicherlich nur stockend vor sich ging, konnten leicht den Brand bekommen, der Brand konnte sich immer weiter und weiter ausdehnen und schließlich ein lebenswichtiges Organ erfassen. Dann würde ich die Augen für immer schließen. Ruhe sanft, Patriarch! Man muß einen anderen zum Patriarchen ernennen.

Augusta schluchzte noch immer, und in der ungeheuren Traurigkeit des Kanals erschien mir ihr Schluchzen sehr bedeutsam. War das vielleicht die Erkenntnis ihrer fürchterlichen Gesundheit und die Verzweiflung darüber? Dann weinte in ihr die ganze Menschheit auf! Indessen erfuhr ich später, daß sie nicht einmal wußte, was das eigentlich bedeutete: Gesundheit. Die Gesundheit nämlich analysiert sich nicht. Sie sieht nicht in den Spiegel. Nur wir Kranke wissen allzu genau um uns selber Bescheid.

An jenem Abend erzählte mir Augusta, daß sie mich, noch ehe sie mich gesehen, bereits geliebt habe, und zwar von dem Augenblick an, da sie meinen Namen zum erstenmal hörte, den ihr Vater auf folgende Weise erwähnte: «Zeno Cosini, ein naiver Junge, der große Augen macht, wenn er von irgendeinem guten Geschäft hört, der sich beeilt, dieses Geschäft in seinem Notizbuch vorzumerken, das von solchen Geschäftsnotizen schon voll ist – und der dieses Notizbuch dann verliert.» Wenn ich aber ihre Verwirrung bei unserer ersten Begegnung nicht bemerkt hätte, so könne dies nur einen Grund gehabt haben: daß ich selber verwirrt gewesen sei.

Ich erinnerte mich, daß ich damals, beim ersten Anblick Augustas, wegen ihrer Häßlichkeit wie vor den Kopf geschlagen war. Ich hatte ja erwartet, daß alle vier Mädchen, deren Namen mit dem Buchstaben A begannen, wunderschön seien. Nun erfuhr ich, daß mich die eine häßliche schon seit langem geliebt hatte. Aber was bewies das? Ich konnte ihr nicht die Befriedigung verschaffen, mich von ihr überzeugen zu lassen. Ich war noch immer von dem Gedanken durchdrungen, daß sie einen anderen nehmen würde, wenn ich gestorben wäre. Ihr Schluchzen aber beruhigte sich, sie schmiegte sich eng an mich, lachte und fragte:

«Wo könnte ich denn überhaupt einen Nachfolger für dich finden? Siehst du denn nicht, wie häßlich ich bin?»

Das war sie wirklich; vielleicht würde mir doch einige Zeit ruhiger und friedlicher Verwesung gegönnt sein.

Aber die Angst, alt zu werden, wich nicht mehr von mir, die Angst, meine Frau an einen anderen abtreten zu müssen. Die Angst wurde auch nicht geringer, als ich sie bereits betrog, und wurde nicht größer bei dem Gedanken, daß ich doch auf dieselbe Weise auch meine Geliebte verlieren müßte. Das waren eben zwei verschiedene Angelegenheiten, die miteinander nichts zu schaffen hatten. Als mich die Angst vor dem Tod überfiel, wandte ich mich an Augusta, um Trost und Schutz zu suchen, ganz wie ein kleines Kind, das die verletzte Hand der Mutter zum Kuß hinhält. Sie fand immer neue Worte, um mich aufzumuntern. Während unserer Hochzeitsreise prophezeite sie mir noch dreißig Jahre Jugend, und heute prophezeit sie mir immer noch ebenso viele. Ich aber wußte, daß mich schon die Freuden der Hochzeitsreise dem gräßlichen Gespenst der Agonie fühlbar näher brachten. Augusta konnte sagen, was sie wollte, diese eine Rechnung stimmte: jede Woche, die verging, brachte mich dem Tod um eine Woche näher.

Als ich merkte, daß ich allzuoft von dem gleichen Leiden befallen wurde, vermied ich es, sie durch immerwährendes Wiederholen derselben Konstatierung zu ermüden. Um sie von meinem Bedürfnis nach Trost in Kenntnis zu setzen, genügte es, daß ich murmelte: «Armer Cosini!» Dann wußte sie genau, was mir schon wieder fehlte, und eilte sofort herbei, um mich ganz in ihre große Liebe einzuhüllen. Dadurch erlangte ich wirklichen Trost, auch wenn ich ganz andere Schmerzen hatte. Eines Tages, als ich mich tief darüber kränkte, Augusta betrogen zu haben, murmelte ich, in Gedanken verloren: «Armer Cosini!» Das war gleichfalls von großem Nutzen, denn auch in dieser Situation war mir ihr Trost wertvoll.

Bei der Heimkehr von der Hochzeitsreise wurde ich auf das angenehmste überrascht, denn niemals noch hatte ich ein so bequemes und warmes Haus bewohnt. Augusta führte alle Annehmlichkeiten ein, die sie von ihrem Elternhaus her gewohnt war, aber auch viele andere, die sie sich eigens erst ausdachte. Das Badezimmer, das sich seit Menschengedenken am Ende eines Korridors, einen halben Kilometer von meinem Schlafzimmer befand, wurde nun neben unsere Zimmer verlegt und mit einer größeren Anzahl von Wasserhähnen versehen. Ferner wurde ein mittelgroßer Raum, der neben dem Speisezimmer lag, in ein Kaffeezimmer verwandelt. Man breitete Teppiche aus und stellte große Lederfauteuils hinein. Dort verbrachten wir täglich ein Stündchen nach dem Essen. Gegen meinen Willen lagen dort auch alle Utensilien zum Rauchen bereit. Ebenso wurde, wie sehr ich mich auch dagegen wehrte, in meinem kleinen Studierzimmer viel verändert. Ich fürchtete zuerst, es werde mir dadurch ungastlich erscheinen, erkannte aber dann sofort, daß es überhaupt jetzt erst möglich war, darin zu leben. Augusta richtete die Beleuchtung so ein, daß ich überall lesen konnte, beim Schreibtisch sitzend, in einen Lehnstuhl vergraben oder auf dem Diwan ausgestreckt. Für die Geige wurde ein Notenpult beschafft, dessen braves Lämpchen nur die Noten beleuchtete, ohne die Augen des Geigers zu blenden. Gleichwie im Kaffeezimmer stellte man auch hier, gegen meinen Willen, alles bereit, was dazu diente, mir das Rauchen bequem zu machen.

Im Hause wurde also sehr viel gebaut. Zuerst gab es einige Unordnung, die unsere Ruhe einigermaßen störte. Für Augusta, die alles für ewige Zeiten bereitete, mochte diese kurze Störung nicht viel bedeuten. Jedoch für mich verhielt sich die Sache anders. Als sie die Absicht äußerte, in meinem Garten eine kleine Wäscherei einzurichten, die den Bau einer Hütte erforderte, widersetzte ich mich energisch. Augusta behauptete, daß die Wäscherei im Hause der Gesundheit unserer Kinder zugute kommen würde. Aber vorderhand existierten diese Kinder noch gar nicht, und so sah ich die Notwendigkeit nicht ein, mich von ihnen stören zu lassen, noch ehe sie da waren. Jedenfalls brachte Augusta in das alte Haus eine neue Atmosphäre. Sie glich der liebenden Schwalbe, die sofort an ihr Nest denkt.

Ich schwelgte ja auch in dieser Liebe. Ich brachte Blumen und Schmuck nach Hause. Mein äußeres Leben änderte sich nach der Hochzeit vollständig. Nach schwachem Widerstand verzichtete ich endgültig darauf, beliebig über meine Zeit zu verfügen, und legte mir einen äußerst strengen Stundenplan zurecht. In dieser Hinsicht wurde ich glänzend erzogen. Eines Tages, gleich nach unserer Hochzeitsreise, ließ ich mich verleiten, zum Mittagessen nicht nach Hause zu kommen. Ich aß in einer Bar und blieb bis zum Abend aus. Als ich, nach Einbruch der Dunkelheit, endlich zurückkehrte, fand ich Augusta halb tot vor Hunger: sie hatte ihr Mittagbrot noch nicht gegessen. Zwar machte sie mir keine Vorwürfe, ließ sich aber um keinen Preis davon überzeugen, daß sie nicht richtig gehandelt hatte. Sanft, doch mit großer Entschiedenheit erklärte sie mir, daß sie immer mit dem Mittagessen bis zum Abend auf mich warten würde, wenn ich sie nicht vorher verständigte. Da war nicht zu spaßen! Ein anderes Mal war irgendein Freund daran schuld, daß ich erst um zwei Uhr nachts nach Hause kam. Augusta wartete noch auf mich und klapperte vor Kälte mit den Zähnen, weil sie das Feuer im Ofen hatte ausgehen lassen. Sie trug auch eine leichte Erkältung davon. Diese Lektion habe ich nie vergessen.

Eines schönen Tages wollte ich Augusta noch etwas zuliebe tun: ich beschloß zu arbeiten. Sie wünschte dies, und ich glaubte selber, daß es meiner Gesundheit zuträglich sein könnte. Es ist doch natürlich, daß ein Mensch, der keine Zeit hat, krank zu sein, es auch viel weniger ist. So ging ich also an die Arbeit. Daß ich nicht bei der Stange blieb, ist wirklich nicht meine Schuld. Ich fing mit den besten Vorsätzen an, mit einer wahren Demut. Ich maßte mir nicht an, die Leitung meiner Geschäfte zu übernehmen, sondern verlangte nur, das Hauptbuch zu führen. Vor diesem dicken Buch, dessen Kolonnen mit der Regelmäßigkeit von Straßen und Häuserkomplexen verliefen, empfand ich den größten Respekt. Meine Hand bebte, wenn ich zu schreiben begann.

Olivis Sohn, ein recht eleganter Jüngling, der eine Brille trug und sich in allen Fächern der Handelswissenschaft glänzend auskannte, übernahm es, mich zu unterweisen. Über ihn kann ich mich wirklich nicht beklagen. Er belästigte mich zwar ein wenig mit seinen volkswirtschaftlichen Kenntnissen und mit der Theorie von Angebot und Nachfrage, die ich besser begriff, als er glaubte. Aber ich merkte in ihm den gewissen Respekt vor seinem Herrn und war ihm dafür um so dankbarer, als ich nicht annehmen konnte, daß er ihn von seinem Vater geerbt hatte. Ein Großteil seines volkswirtschaftlichen Wissens dürfte in der Hochachtung vor dem Privateigentum bestanden haben. Er rügte mich niemals wegen der Eintragungsfehler, die mir oft unterliefen. Aber er war geneigt, sie der Mangelhaftigkeit meiner Kenntnisse zuzuschreiben, und gab mir Erläuterungen, die wirklich überflüssig waren.

Schlimm war nur eines: als ich auf diese Weise das Geschäft beobachtete, überkam mich eine unwiderstehliche Lust, selber daran tätig teilzunehmen. Schließlich sah ich immer statt des Hauptbuches meine eigene Tasche vor mir. Wenn ich einen Betrag auf die Sollseite des Kundenkontos verbuchen mußte, schien es mir, als hielte ich statt des Federstieles den Rechen eines Croupiers in der Hand, der die auf dem Spieltisch verstreuten Gelder einstreift.

Der junge Olivi zeigte mir auch den ganzen Eingang der Post. Ich studierte sie mit Aufmerksamkeit und – ich muß es gestehen – auch in der Meinung, mich darin besser auszukennen als alle anderen. Eine ganz gewöhnliche Offerte erregte eines Tages mein leidenschaftliches Interesse. Ehe ich sie noch gelesen hatte, fühlte ich in meiner Brust eine dunkle Vorahnung, wie ich sie vom Spieltisch her kannte. Es ist sehr schwer, eine solche Vorahnung näher zu beschreiben. Sie besteht in einer seltsamen Erweiterung der Lunge, so daß man die Luft, mag sie auch noch so raucherfüllt sein, wollüstig einatmet. Man weiß sofort, daß alles gut ausgehen wird, wenn man jetzt den Einsatz verdoppelt. Aber um das gleich zu begreifen, ist Erfahrung nötig. Wer einmal mit leer gewordenen Taschen vom Spieltisch aufgestanden ist, erfüllt von dem quälenden Vorwurf, jener Vorahnung nicht gefolgt zu sein – der vergißt das nie wieder. Für den Tag, an dem man einmal instinktlos gewesen ist und seiner Ahnung nicht nachgegeben hat, gibt es keine Rettung mehr. Aber es ist bei weitem verzeihlicher, am grünen Tisch eine solche Ahnung zu überhören, als vor dem nüchternen Hauptbuch. Ich erfaßte es klar und deutlich, als damals eine Stimme in mir rief:

«Kaufe sofort diese gedörrten Früchte!»

Mit aller Bescheidenheit und ohne meine Inspiration zu erwähnen, sprach ich darüber mit Olivi, der meinte, daß er solche Geschäfte nur für Rechnung Dritter durchführe, wenn er daraus einen kleinen Nutzen ziehen könne. So nahm er meinem Geschäft jede Chance, die ihm eine Inspiration verleihen konnte, und behielt sie Dritten vor.

Die darauffolgende Nacht bestärkte mich darin, daß meine Vorahnung nicht trügen könne. Mein Atem ging hastig, und ich konnte nicht einschlafen. Augusta merkte meine Unruhe, und ich mußte ihr den Grund sagen. Sofort überkam sie dieselbe Inspiration. Noch im Einschlafen flüsterte sie:

«Bist du etwa nicht der Chef?»

Ich muß allerdings zugeben, daß sie mir am nächsten Morgen, bevor ich fortging, mit großer Besorgnis sagte:

«Bitte, reize Olivi nicht. Soll ich nicht lieber meinem Vater etwas sagen?»

Dies wollte ich nicht, weil ich wußte, daß auch Giovanni von meinen Inspirationen nicht besonders viel hielt.

Im Büro angelangt, war ich fest entschlossen, für meine Idee zu kämpfen, schon um mich für die Schlaflosigkeit der letzten Nacht zu rächen. Der Kampf dauerte bis zur Mittagsstunde, zu welcher Zeit die Annahmefrist erloschen war. Olivi blieb unerschütterlich und entließ mich mit der üblichen Bemerkung:

«Wollen Sie mir vielleicht die Vollmacht einschränken, die mir Ihr seliger Vater selber gegeben hat?»

Voll Ärger setzte ich mich wieder an mein Hauptbuch, fest entschlossen, mich nie mehr ins Geschäft zu mischen. Aber der Geschmack der Sultanrosinen blieb mir weiterhin im Mund. Täglich erkundigte ich mich im Tergesteum nach ihrem Preis. Mich interessierte nichts anderes mehr. Der Preis stieg langsam, als wollte er sich erst einmal sammeln und einen Anlauf nehmen. Dann sprang er eines Tages mit Elan in die Höhe. Die Ernte war nämlich elend ausgefallen, und das wurde erst jetzt bekannt. Eine eigenartige Sache, diese Inspiration! Sie hatte nicht die kärgliche Ernte, sondern nur die Preissteigerung vorausgeahnt.

Das Spiel rächte sich. Ich brachte für die Arbeit am Hauptbuch nicht mehr die nötige Geduld auf. Ich verlor allen Respekt vor meinen Lehrern, um so mehr, als Olivi nun nicht mehr ganz so überzeugt schien, richtig gehandelt zu haben. Ich lachte höhnisch und verspottete die anderen. Das war während der nächsten Zeit meine einzige Beschäftigung.

Da kam eine neue Offerte, in der fast der doppelte Preis gestellt war. Olivi wandte sich an mich, um mich zu versöhnen, und fragte um Rat. Ich antwortete höhnisch, daß ich um diesen Preis die Rosinen nicht einmal essen würde. Beleidigt brummte er:

«Ich gehe von dem System nicht ab, nach dem ich mein ganzes Leben lang gearbeitet habe.»

Er ging auf die Suche nach einem Käufer und fand auch einen Abnehmer für ein sehr geringes Quantum. Dann kam er, immer in der besten Absicht, noch einmal zu mir, um mich zögernd zu befragen:

«Soll ich den Verkauf jetzt eindecken?»

Noch immer böse, gab ich zur Antwort:

«Ich hätte mich an Ihrer Stelle vor dem Verkauf eingedeckt.»

Schließlich verlor Olivi alle Kraft der eigenen Überzeugung und ließ den Verkauf ungedeckt. Die Rosinen stiegen weiter, und wir verloren so viel, wie es bei einem so kleinen Quantum überhaupt möglich war.

Olivi wurde zornig und erklärte, er habe dieses Glücksspiel nur mitgemacht, um mir einen Gefallen zu erweisen. Dabei vergaß der schlaue Alte ganz, daß ich ihm doch geraten hatte, auf Rouge zu setzen, und daß er, aus Trotz, Noir gewählt hatte. Unser Zwist war kaum mehr beizulegen. Olivi wandte sich an meinen Schwiegervater und teilte ihm mit, daß bei einer weiteren Zusammenarbeit zwischen ihm und mir die Firma nur geschädigt werde. Wenn meine Familie es wünschte, wolle er sich mit seinem

Sohn zurückziehen, um mir das Feld zu räumen. Mein Schwiegervater entschied sofort zugunsten Olivis. Er sagte mir:

«Die Geschichte mit den gedörrten Früchten ist sehr lehrreich. Ihr seid zwei Menschen, die miteinander nicht arbeiten können. Wer von euch beiden soll nun gehen? Derjenige, der durch die Schuld des anderen ein einziges Geschäft versäumt hat, oder dieser andere, der die Firma seit einem halben Jahrhundert führt?»

Auch Augusta wurde von ihrem Vater bewogen, mich zur Nachgiebigkeit zu überreden. Ich durfte mich also nicht mehr in meine eigenen Angelegenheiten mischen. Sie sagte:

«Mir scheint, daß deine Güte und deine Offenherzigkeit dich für Geschäfte untauglich machen. Bleib lieber bei mir zu Hause.»

Erzürnt zog ich mich in mein Zelt, das heißt in mein Studierzimmer zurück. In der ersten Zeit las und musizierte ich ein wenig. Dann empfand ich das Bedürfnis nach ernsterer Tätigkeit. Wenig hätte gefehlt, und ich wäre zum Jus- oder zum Chemiestudium zurückgekehrt. Schließlich befaßte ich mich mit Religionswissenschaften. Ich weiß wirklich nicht, wie ich darauf verfallen bin. Es schien mir, als nähme ich das Studium wieder auf, das ich knapp vor dem Tod meines Vaters angefangen und wieder aufgegeben hatte. Diesmal war es möglicherweise ein energischer Versuch, Augusta und ihrer Gesundheit näher zu kommen. Es genügte nicht, mit ihr zur Messe zu gehen. Ich mußte es von einer anderen Seite her beginnen, ich mußte Strauss und Renan lesen. Den erstern ertrug ich wie eine Strafe, den anderen las ich mit Vergnügen. Ich erwähne dies nur, um zu zeigen, wie groß die Zuneigung war, die Augusta in mir erweckte. Aber sie erriet diese Zuneigung nicht, als sie in meinen Händen eine kritische Ausgabe der Evangelien sah. Sie stand der Wissenschaft gleichgültig gegenüber und konnte also dieses höchste Zeichen meiner Sympathie, das ich ihr je gegeben habe, nicht vollauf würdigen. Wenn sie ihre Toilette oder ihre häuslichen Arbeiten unterbrach, um in die Tür meines Zimmers zu treten und mir etwas Liebes zu sagen, verzog sie den Mund, sooft sie mich beim Studium dieser Texte ertappte:

«Bist du immer noch bei dem Zeug?»

Um sich die Religion Augustas anzueignen oder um sie auszuüben, mußte man freilich keine Zeit aufwenden. Ein Kniefall – und sofort zurück ins Leben. Fertig! Für mich sah die Religion ganz anders aus. Wäre mir der wahre Glaube möglich gewesen, so hätte ich wahrscheinlich für nichts anderes gelebt.

In meinem wunderbar eingerichteten Zimmer stellte sich bald die Langeweile ein. Sie glich einer gewissen Bangigkeit, denn gerade damals glaubte ich, Kraft zur Arbeit in mir zu verspüren. Ich wartete nur auf die Aufgabe, die mir das Leben stellen würde. Mit dieser Erwartung ging ich oftmals aus und verbrachte dann viele Stunden im Tergesteum oder in irgendeinem Café.

So täuschte ich eine Tätigkeit vor. Eine höchst langweilige Arbeit.

Der Besuch eines Universitätsfreundes, der schwer erkrankt in aller Eile aus einem kleinen steirischen Ort heimgekehrt war, wurde zu meiner Nemesis.[31] Im Anfang sah die Sache nicht danach aus. Dieser Freund verbrachte in Triest einen Monat lang im Bett, und das hatte nur dazu geführt, seine Krankheit, eine akute Nierenentzündung, in eine chronische und vermutlich unheilbare zu verwandeln. Dann kam er zu mir. Er glaubte an eine Besserung und beabsichtigte, sich jetzt, während des Frühlings, an einen Ort mit milderem Klima zu begeben, wo er seine volle Gesundheit wiederzuerlangen hoffte. Vielleicht nahm er deshalb ein so tragisches Ende, weil er sich zu lange in unseren Gegenden, deren Klima rauh ist, aufgehalten hat. Ich glaube, daß mir der Besuch dieses schwerkranken, aber trotzdem fröhlichen und lächelnden Menschen Unheil gebracht hat. Doch vielleicht habe ich unrecht, vielleicht bedeutete dieser Besuch in meinem Leben nur ein Datum, über das man immerhin wegkommen mußte.

Mein Freund Enrico Copler zeigte sich erstaunt darüber, daß ich über ihn und seine Krankheit nicht informiert war, da Giovanni doch von allem wußte. Aber seitdem Giovanni selber krank war, hatte er für andere weder Zeit noch Interesse. So hatte er mir auch nichts von Copler erzählt, obwohl er an sonnigen Tagen immer zu uns kam, um einige Stunden in unserem Garten zu schlafen.

Mit diesen beiden Kranken verbrachte man vergnügte Nachmittage. Man unterhielt sich über ihre Leiden. Darüber zu sprechen, ist die beste Zerstreuung für die Kranken. Ihnen zuzuhören, ist für die Gesunden nicht allzu traurig. Dabei gab es immer einen kleinen Zwist: Giovanni brauchte frische Luft, während sich der andere davor hüten mußte. Aber diesem Umstand wurde augenblicklich abgeholfen, sobald ein leichter Wind wehte, der Giovanni veranlaßte, mit uns im kleinen, gut geheizten Zimmer zu bleiben.

Copler erzählte uns von seiner Krankheit, die ihm zwar keine Schmerzen verursachte, aber alle Kraft raubte. Erst jetzt, da es ihm besser ging, wußte er, wie krank er eigentlich gewesen war. Er erzählte von den Medizinen, die er hatte nehmen müssen; sofort begann mein Interesse lebhafter zu werden. Sein Arzt hatte ihm unter anderem eine wirksame Methode mitgeteilt, wie man zu Schlaf kam, ohne sich mit chemischen Schlafmitteln zu vergiften. Das war es ja, was ich vor allem brauchte!

Als mein armer Freund hörte, daß ich mich gleichfalls gewisser Medizinen bediente, gab er sich der inbrünstigen Hoffnung hin, ich könnte an derselben Krankheit leiden wie er. Er riet mir, mich untersuchen, abhorchen und analysieren zu lassen.

Augusta lachte herzlich und erklärte, daß ich nichts anderes sei als ein eingebildeter Kranker. Da glitt über Coplers abgemagertes Gesicht ein Schatten wie von Ärger. Aber sofort befreite er sich männlich aus der inferioren Stellung, zu der er sich verurteilt glaubte, und rief mit großer Energie: «Eingebildeter Kranker? Na, da möchte ich lieber ein wirklicher sein. Ich halte einen eingebildeten Kranken für etwas Lächerliches und Bedauernswertes. Für ihn gibt es doch keine Heilmittel, während für mich, wie für jeden wirklichen Kranken, die Apotheke immer etwas Wirksames auf Lager hat.»

Diese Worte erschienen mir so gesund. Ich muß aufrichtig sagen, daß ich unter ihnen litt.

Mein Schwiegervater stimmte Copler entschieden bei. Aber seine verächtlichen Worte vermochten den eingebildeten Kranken nicht zu treffen, denn sie verrieten allzu deutlich den Neid auf den Gesunden. Er sagte, daß er an meiner Stelle seine Mitmenschen nicht mit Klagen belästigen, sondern zu seinen geliebten Geschäften eilen würde, besonders jetzt, wo es ihm gelungen sei, seinen Bauch zu verkleinern. Er wußte nicht einmal, daß seine starke Abmagerung keineswegs als günstiges Symptom gewertet wurde.

Infolge der Angriffe Coplers bekam ich wirklich das Aussehen eines Kranken, noch ärger, das Aussehen eines Mißhandelten. Augusta empfand das Bedürfnis, mir zu Hilfe zu kommen. Sie streichelte meine Hand, die auf der Tischplatte lag, und sagte, daß meine Krankheit niemanden störe; sie sei auch gar nicht überzeugt, daß ich mich wirklich für krank halte, denn sonst wäre ich doch nicht so lebensfroh. Somit fiel Copler in seine inferiore Lage zurück, zu der er von Anfang an verurteilt war. Er stand ganz allein auf der Welt. Wenn er auch in Angelegenheiten der

Krankheit sich mit mir messen konnte, so hatte er doch nicht die Hilfe, die mir Augustas Zuneigung bot. Als er später einmal eine Pflegerin brauchte, gestand er mir, wie sehr er mich damals um Augusta beneidete.

Die Diskussion wurde an den folgenden Tagen, während Giovanni im Garten schlief, mit ruhigeren Worten fortgesetzt. Copler hatte über alles nachgedacht und erklärte nunmehr, daß ein eingebildeter Kranker tatsächlich krank sei, und zwar noch intensiver und schwerer als ein wirklicher. Die Nerven des eingebildeten Kranken seien so heruntergekommen, daß sie Krankheiten spüren, die gar nicht da sind; ihre normale Funktion hingegen bestehe darin, Krankheiten, die da sind, durch Schmerz anzuzeigen, um den Menschen zu allen möglichen Heilungsversuchen zu veranlassen.

Ich sagte:

«Ganz richtig. Zum Beispiel bei den Zähnen, wo der Schmerz auftaucht, wenn der Nerv frei liegt, und man den Nerv töten muß, um den Schmerz zu stillen.»

Schließlich einigten wir uns dahin, daß der eine Kranke des anderen würdig sei. Gerade bei Coplers Nierenentzündung hatte die Anzeige der Nerven gefehlt und fehlte eigentlich noch immer. Dagegen waren meine Nerven so empfindlich, daß sie mir schon Krankheiten meldeten, an denen ich vielleicht zwanzig Jahre später sterben konnte. Es waren also ganz tadellose Nerven, die nur die eine schlechte Eigenschaft hatten, daß sie meinem Leben so wenig heitere Tage gönnten. Copler war sehr zufrieden, mich endlich unter die Kranken eingereiht zu haben.

Ich weiß nicht, warum der arme Kranke von der fixen Idee besessen war, ununterbrochen über Frauen zu reden. Wenn Augusta abwesend war, drehte sich die Unterhaltung um nichts anderes. Er behauptete, daß sich bei einem wirklichen Kranken (zumindest bei Krankheiten, die uns bekannt sind) das sexuelle Vermögen vermindere, was eine glänzende Abwehr des Organismus darstelle. Dagegen sei es beim eingebildeten Kranken, der unter der Zerrüttung allzu regsamer Nerven leidet, geradezu pathologisch stark. Seine Theorie wurde durch meine Erfahrung bestätigt. Wir klagten uns gegenseitig unser Leid, und ich weiß nicht, warum ich ihm nicht sagen wollte, daß ich von jeder Zerrüttung weit entfernt war, und zwar schon seit langer Zeit. Ich wollte ihn nicht allzusehr kränken. Aber ich hätte ihm wenigstens gestehen können, daß ich mich für einen Genesenden hielt, wenn auch nicht für einen gänzlich Geheilten, denn es ist eine schwierige Sache, sich apodiktisch für gesund zu erklären, wenn man alle Komplikationen des Körpers kennen und fürchten gelernt hat.

Copler forschte:

«Du begehrst alle schönen Frauen, die du siehst?»

«Nicht alle», murmelte ich, um ihm zu zeigen, daß ich doch nicht ganz so krank war. Keinesfalls begehrte ich Ada, die ich allabendlich sah. Sie war geradezu «tabu» für mich geworden. Das Rauschen ihrer Röcke sagte mir gar nichts und hätte mir wahrscheinlich ebensowenig bedeutet, wenn ich es mit meinen eigenen Händen hervorgerufen hätte. Es war ein Glück, daß ich sie nicht geheiratet hatte. Diese Gleichgültigkeit war die Äußerung echter Gesundheit oder schien mir wenigstens dies zu sein. Vielleicht aber war mein Verlangen nach Ada so heftig gewesen, daß es sich selbst erschöpfte. Allein dieselbe Gleichgültigkeit erstreckte sich auch auf Alberta, die doch in ihrem ernsten und strengen Studentenkleidchen stets nett und hübsch aussah. Sollte der Besitz Augustas genügt haben, um mein Verlangen nach der gesamten Familie Malfenti zu stillen? Das wäre in der Tat sehr moralisch gewesen!

Vielleicht erzählte ich Copler von meiner neu erworbenen Tugend deshalb nichts, weil ich Augusta in Gedanken immer betrog. Auch damals, als ich mich auf diese Weise mit ihm unterhielt, dachte ich mit leidenschaftlichem Verlangen an alle Frauen, die ich ihretwegen vernachlässigen mußte: an jene, die verhüllt über die Straße gehen, bei denen die sekundären Merkmale ihres Geschlechtes eine Bedeutung gewinnen, die bei der Frau, die man besitzt, gänzlich verschwindet, als hätte eben der Besitz sie ausgelöscht. Meine Lust auf Abenteuer war immer gleich stark. Ich sehnte mich nach jenen Abenteuern, die schon mit der Bewunderung all dessen beginnen, was die weiblichen Formen verhüllt, mit der Bewunderung von Schuhen oder Handschuhen oder Röcken. Diese Sehnsucht konnte mir noch nicht als Schuld angerechnet werden. Copler aber tat nicht gut daran, mich zu analysieren. Wenn man jemandem genau auseinandersetzt, wie er eigentlich beschaffen ist, so ermächtigt man ihn damit, so zu handeln, wie es ihm gerade paßt. Und Copler tat noch Schlimmeres. Allerdings konnte er nicht voraussehen, wohin er mich später durch seine Reden und seine Handlungen bringen sollte.

Die Worte Coplers gruben sich so tief in mein Bewußtsein, daß sie heute, wenn ich an sie denke, alle mit ihnen zusammenhängenden Empfindungen wieder wachrufen: sowohl Dinge als auch Menschen.

Ich begleitete den Freund, der vor Anbruch der Dunkelheit zu Hause sein mußte, in den Garten hinunter. Von meiner Villa, die auf einer Anhöhe liegt, genoß man damals noch die schöne Aussicht aufs Meer, die leider heute durch neue Häuser verbaut ist. Wir blieben stehen und sahen lange auf das Wasser, das von einer leichten Brise bewegt war und mit Myriaden von roten Lichtern die ruhige Helle des Himmels widerspiegelte. In dem Flammenspiel war die istrianische Halbinsel ein willkommener Ruhepunkt fürs Auge. Sie stand mit ihrem sanften Grün auf dem Meer, ein fest umrissener Schatten in angespanntem Bogen. Die Molen und Wellenbrecher erschienen in ihrer linearen Form dagegen klein und unbedeutend. Das Wasser zwischen ihnen war dunkler durch seine Unbeweglichkeit, oder war es vielleicht trübe? In dem weiten Panorama konnte kein Gefühl des Friedens aufkommen, das grelle Rot wirkte zu leidenschaftlich. Beinahe geblendet kehrten wir dem Meer den Rücken. Auf dem engen Platz vor dem Hause lagerte schon die Nacht.

Vor dem Portal der Villa schlief mein Schwiegervater in einem großen Lehnstuhl. Sein Kopf war mit einer Mütze bedeckt und durch den aufgeschlagenen Kragen des Pelzmantels geschützt. Auf seinen Füßen lag eine wärmende Decke. Wir blieben stehen, um ihn zu betrachten. Er hatte den Mund merkwürdig aufgesperrt, so daß die untere Kinnlade herabhing wie ein toter Körperteil. Der Atem ging zu rasch und zu geräuschvoll. Jeden Augenblick fiel sein Kopf auf die Brust, und er erhob ihn wieder, ohne dabei aufzuwachen. Nur die Augenlider bewegte er, als müsse er die Augen öffnen, wenn er das Gleichgewicht wiederherstellen wollte. Dabei änderte sich der Rhythmus seines Atems. Es war wie eine richtige Unterbrechung des Schlafes.

Es war das erste Mal, daß sich die schwere Krankheit meines Schwiegervaters so deutlich zeigte. Ich war davon im tiefsten erschüttert.

Copler sagte mir leise:

«Man müßte ihn untersuchen lassen. Vielleicht hat auch er eine Nierenentzündung. Das ist kein Schlaf. Ich weiß, was das bedeutet. Armer Teufel!»

Dann empfahl er mir seinen Arzt.

Giovanni hatte uns gehört. Er öffnete die Augen, sah sofort besser aus und begann mit Copler zu scherzen:

«Was? Sie trauen sich, im Freien herumzustehen? Wird Ihnen das nicht schaden?»

Er glaubte, wunderbar geschlafen zu haben, und dachte nicht im entferntesten daran, daß es ihm an Luft gefehlt haben könnte, da doch das unendliche Meer immer neue

Brisen herübersandte. Aber seine Stimme war dumpf, und er stieß die Worte keuchend hervor. Als er sich vom Lehnstuhl erhob, fror er, und sein Gesicht war kalkweiß. Er flüchtete ins Haus. Ich sehe ihn noch vor mir, wie er den Rasen überschreitet, die Decke unterm Arm, schnaufend, aber lachend. Er winkte uns fröhlich zu.

Copler, der sich von seiner fixen Idee nicht freimachen konnte, sagte zu mir: «Siehst du, wie ein wirklicher Kranker aussieht? Der da ist nahe am Sterben und weiß nicht einmal, daß er krank ist.»

Auch mir schien es in diesem Augenblick, daß der wirklich Kranke eigentlich wenig zu leiden habe. Heute ruhen mein Schwiegervater und Copler schon jahrelang in Sant' Anna. Als ich eines Tages ihre Gräber besuchte, hatte ich das Gefühl, daß die von einem der beiden verfochtene These noch lange nicht dadurch entkräftet ist, daß die beiden schon seit vielen Jahren tot sind.

Copler hatte, bevor er seinen früheren Wohnsitz verließ, alle seine Geschäfte liquidiert und war daher, genauso wie ich, ohne jede Beschäftigung. Kaum vom Bett aufgestanden, konnte er auch schon nicht mehr stillsitzen, und da es ihm an eigenen Angelegenheiten fehlte, begann er sich mit denen der anderen zu befassen, die ihm viel interessanter vorkamen. Zuerst lachte ich darüber. Später sollte ich allerdings erfahren, welches angenehme Gefühl die Angelegenheiten anderer erregen können. Copler befaßte sich mit Wohltätigkeitsaktionen. Aber er konnte sich nicht den Luxus leisten, sie ganz auf eigene Kosten zu betreiben, da er sich vorgenommen hatte, nur von den Zinsen seines Kapitals zu leben. So legte er seinen Freunden und Bekannten gehörige Steuern auf, indem er unter ihnen Sammlungen veranstaltete. Als tüchtiger Geschäftsmann schrieb er alles auf. Ich dachte, daß dieses Buch sein Paß für die Reise in die Ewigkeit sei. Wäre ich an seiner Stelle gewesen, das heißt ohne Familie und zu einem so kurzen Leben verurteilt, so hätte ich sicher mein Vermögen angegriffen, um diesen Reisepaß besser auszustatten. Aber dieser eingebildete Gesunde, der Copler war, konnte sich nicht damit abfinden, ein kurzes Leben vor sich zu haben.

Eines Tages überfiel er mich auf der Straße mit der Bitte um einige hundert Kronen. Er wollte einem armen Mädchen ein Piano kaufen. Es handelte sich um einen Gelegenheitskauf, und man mußte rasch zugreifen. Das Mädchen wurde bereits – durch seine Vermittlung – von mir und einigen anderen mit einer kleinen Monatsrente unterstützt. Ich konnte ihm also nicht nein sagen. Aber ich sagte ziemlich plump, daß ich ein gutes Geschäft gemacht hätte, wenn ich an diesem Tag nicht ausgegangen wäre. Zeitweise leide ich an Anfällen von Geiz.

Copler nahm das Geld und verabschiedete sich mit kurzem Dank. Die Wirkung meiner Worte zeigte sich erst einige Tage später und blieb leider für mich von großer Bedeutung. Er kam zu mir, um mir mitzuteilen, daß das Piano bereits an seinem Platze stehe und daß Fräulein Carla Gerco und ihre Mutter um meinen Besuch bitten ließen, um mir danken zu können. Copler fürchtete nämlich, einen eifrigen Mitarbeiter seiner Wohltätigkeitsaktionen zu verlieren, und wollte mich damit locken, daß er mich die Dankbarkeit der Beschenkten auskosten ließ. Anfangs wollte ich von diesem sicherlich langweiligen Gang nichts wissen. Ich erklärte, ich sei überzeugt, daß er sich aufs Wohltun viel besser als ich verstehe. Aber er bestand so fest auf seinem Ansinnen, daß ich schließlich nachgab.

Lachend fragte ich:

«Ist sie wenigstens hübsch?»

«Hübsch?» sagte er. «Wunderschön! Aber ein harter Bissen. Für uns zu hart!»

Komisch, daß er mein Recht auf einen Bissen mit seinem zu vergleichen wagte, daß er sein Unvermögen mit mir in

Verbindung brachte. Er erzählte mir nun von der Anständigkeit der unglücklichen Familie, die vor einigen Jahren ihr Oberhaupt verloren hatte und trotz der traurigsten Verhältnisse streng und moralisch geblieben war.

Es war ein recht unfreundliches Wetter. Eiskalt blies der Wind. Ich beneidete Copler, der seinen Pelz trug. Hätte ich mit der Hand meinen Hut nicht festgehalten, so wäre er mir sicher davongeflogen. Trotzdem war ich guter Laune, denn ich schickte mich an, den Dank einzukassieren, den man meiner Menschenfreundlichkeit schuldete. Wir eilten zu Fuß durch die Corsia Stadion und durch den Volksgarten. Dann waren wir in einem Teil der Stadt, in dem ich sonst niemals zu tun hatte. Wir traten in eines der sogenannten Spekulationshäuser, die unsere Vorfahren vor ungefähr vierzig Jahren gebaut haben. Alle Vorstädte sind voll von ihnen. Das Haus sah bescheiden aus, aber immerhin stattlicher als jene, die man heutzutage aus denselben Motiven baut. Nur wenig Raum war für die Treppe übriggeblieben, die steil anstieg.

Wir hielten im ersten Stock. Ich war früher oben als mein Begleiter, der nur viel langsamer steigen konnte. Ich wunderte mich, daß von den drei Türen, die auf dem Flur zu sehen waren, zwei eine Visitenkarte mit dem Namen Carla Gerco trugen, und zwar die beiden Türen an der Seite. Auch auf der dritten, mittleren Tür befand sich eine Visitenkarte, aber mit einem anderen Namen. Copler erklärte mir, daß die Gercos auf der rechten Seite die Küche und das Schlafzimmer bewohnten, während links nur ein einziges Zimmer, das Arbeitszimmer Fräulein Carlas, lag. Sie hatten also den mittleren Teil der Wohnung vermieten können, so daß sie der Mietzins nur wenig belastete. Allerdings war es unangenehm, über den Flur gehen zu müssen, wenn man von einem Zimmer ins andere wollte.

Wir klopften also links an die Tür des Arbeitszimmers, wo Mutter und Tochter auf unseren Besuch bereits warteten. Copler stellte vor. Die Mutter war ein schüchternes Wesen in einem ärmlichen schwarzen Kleid und mit schneeweißen Haaren. Sie hielt eine kleine Ansprache, die sie wahrscheinlich auswendig gelernt hatte: wie sehr sie durch meinen Besuch geehrt seien und wie sie mir für das ansehnliche Geschenk dankten. Nachher machte sie den Mund nicht mehr auf.

Copler stand daneben wie ein Professor, der bei einer öffentlichen Prüfung die Leistungen überhört, auf die er seine Schüler mühselig vorbereitet hat. Er korrigierte oft die Frau, zum Beispiel, indem er ihr sagte, daß ich nicht nur das Geld für das Piano hergegeben habe, sondern auch einen großen Teil der Monatsrente bezahle. Ja, er liebte Genauigkeit.

Fräulein Carla erhob sich vom Sessel, auf dem sie neben dem Piano gesessen hatte, reichte mir die Hand und sagte einfach:

«Danke!»

Nun, das war wenigstens nicht lang gesprochen. Meine Rolle als Menschenfreund wurde mir langsam unsympathisch. Ich beschäftigte mich also auch schon mit den Angelegenheiten anderer, ganz wie ein wirklicher Kranker! Was sollte dieses entzückende Mädchen von mir denken? Eine Respektsperson, aber kein Mann! Oh, sie war wirklich entzückend. Ich glaube, daß sie in ihrem für die damalige Mode zu kurzen Rock wohl jünger aussehen wollte, als sie war. Oder stammte dieser Rock aus einer früheren Zeit? Trug sie ihn nur noch zu Hause? Ihr Kopf war ausgesprochen frauenhaft. Sie glich, infolge ihrer ziemlich gesuchten Frisur, einer Frau, die gefallen will. Die reichen, braunen Zöpfe waren derart angeordnet, daß sie die Ohren und teilweise auch den Hals bedeckten. Leider war ich von meiner Würde so sehr durchdrungen, daß ich zunächst das Mädchen gar nicht richtig ansehen konnte. Ich fürchtete auch die inquisitorischen Blicke Coplers. Heute kenne ich dieses Mädchen zur Genüge. Ihre Stimme hatte etwas Musikalisches. Mit einer Affektation, die schon Natur geworden war, dehnte sie beim Sprechen die Silben, als wollte sie den Ton, auf dem sie verweilte, zärteln und streicheln. Ihre Sprache hatte daher einen etwas ausländischen Akzent. Übrigens auch wegen einiger Vokale, die selbst für das Triestiner Idiom zu lang und zu gedehnt klangen. Später erfuhr ich, daß gewisse Gesanglehrer den Klang der Vokale willkürlich verändern, um ihren Schülern Modulation der Stimme beizubringen. Jeder dieser Laute schien von Liebe beseelt zu sein. Ada hatte eine ganz andere Aussprache.

Während unseres Besuches lächelte Fräulein Carla andauernd, vielleicht in der Meinung, in ihr Gesicht auf diese Weise den Ausdruck der Dankbarkeit für immer einzugraben. Es war ein stereotypes Lächeln: das Lächeln der Dankbarkeit. Als ich wenige Stunden später von Carla zu träumen begann, glaubte ich bereits, daß sich auf ihrem Antlitz ein Kampf zwischen Heiterkeit und Trauer abgespielt habe. Nachher fand ich in ihr nichts mehr von alledem. Viel später erkannte ich, daß die weibliche Schönheit an sich Gefühle vortäuschen kann, mit denen sie nicht das geringste zu schaffen hat; etwa wie die Leinwand, auf der eine Schlacht abgebildet ist, keinerlei heroische Gefühle hegt.

Copler schien mit diesem ersten Stadium des Besuches so zufrieden zu sein, als seien die beiden Frauen sein Werk. Er schilderte sie mir: sie arbeiteten und trugen ihr Schicksal mit Heiterkeit. Er sagte Worte auf, die einem Schulbuch entstammen konnten. Mein mechanisches Nicken erweckte den Eindruck, als hätte ich schon oft erfahren, wie arme und tugendhafte Frauen, die kein Geld haben, beschaffen sein müssen.

Dann bat er Carla, uns etwas vorzusingen. Sie wollte nicht, sie entschuldigte sich mit einer Erkältung. Es freute mich zu bemerken, daß sie sich vor unserem kritischen Urteil fürchtete. Aber da ich das Bedürfnis empfand, den Besuch zu verlängern, schloß ich mich den Bitten Coplers an. Ich sagte auch, ich könnte ja nicht wissen, ob sie mich jemals wiedersehen werde; ich sei sehr beschäftigt. Copler, der doch wußte, daß ich auf dieser Welt keinerlei Arbeit kannte, bestätigte mit großem Nachdruck meine Worte. Ich verstand sofort, daß er mein eventuelles Wiedersehen mit Carla absolut nicht wünschte.

Carla versuchte noch einmal, unsere Bitte abzuschlagen. Aber Copler bestand darauf in befehlendem Ton. Sie gehorchte. Wie leicht war es, sie zu zwingen!

Sie sang «*La mia bandiera*»[32]. Von meinem weichen Sofa aus folgte ich ihrem Gesang und wünschte glühend, ihn bewundern zu können. Wie schön wäre es gewesen, bei dieser Gelegenheit ein Genie zu entdecken! Statt dessen machte ich die Wahrnehmung, daß ihre Stimme, wenn sie sang, einfach unmusikalisch war. Sie wurde schon durch die Anstrengung verändert. Außerdem konnte Carla auch nicht Klavier spielen und beeinträchtigte so den an sich schon dürftigen Gesang noch durch stümperhafte Begleitung. Ich bedachte, daß ich eine Schülerin vor mir hatte, und prüfte sachlich den Umfang der Stimme. Er war mehr als ausreichend! In dem kleinen Raum war mein Ohr irritiert worden. Um Carla ermuntern zu können, zwang ich mich zu dem Glauben, daß nur ihre Schule schlecht sei.

So stimmte ich in den reichlichen und geschwätzigen Beifall Coplers ein. Er sagte:

«Stell dir vor, wie diese Stimme, von einem guten Orchester begleitet, wirken könnte.»

Das war gewiß richtig. Für diese Stimme brauchte man ein großes und äußerst kräftiges Orchester. Ich sagte aufrichtig, daß ich es mir vorbehalte, Fräulein Carla nach einigen Monaten wieder anzuhören; dann erst wollte ich mich über den Wert ihrer Stimme äußern. Weniger aufrichtig fügte ich hinzu, daß es für diese Stimme sicherlich nötig sei, von einem ganz hervorragenden Lehrer ausgebildet zu werden. Um nun zu mildern, was an diesen meinen Worten unangenehm sein konnte, philosophierte ich über die allgemeine Notwendigkeit, für eine hervorragende Stimme eine hervorragende Schule zu finden. Dieser Superlativ machte alles wieder gut. Später aber, als ich allein geblieben war, staunte ich darüber, daß ich auch nur für einen Augenblick das Bedürfnis empfunden hatte, Carla gegenüber aufrichtig zu sein. Sollte ich sie auf den ersten Blick geliebt haben? Aber ich hatte sie doch noch nicht einmal richtig angesehen!

Auf der Treppe, die von zweifelhaften Gerüchen erfüllt war, sagte Copler:

«Ihre Stimme ist zu stark. Es ist eine Theaterstimme.»

Er ahnte nicht, daß ich es bereits besser wußte: diese Stimme gehörte in einen ganz kleinen Raum, wo man ihre Natürlichkeit genießen und davon träumen konnte, Kunst, das heißt Leben und Schmerz, in sie hineinzutragen.

Beim Abschied sagte Copler, daß er mich verständigen wolle, wenn Carlas Lehrer ein öffentliches Konzert veranstaltete. Es sei ein allzuwenig bekannter Lehrer, aber sicherlich eine Größe der Zukunft. Wenigstens Copler war davon überzeugt, obwohl jener Mann schon ein beträchtliches Alter hatte. Es schien, als müßte für ihn jetzt erst die Berühmtheit kommen, nachdem ihn Copler kennengelernt hatte. Zwei Sterbende, die einander Illusionen machten.

Das Sonderbarste ist, daß ich das Bedürfnis empfand, Augusta von diesem Besuch genau zu berichten. Man könnte meinen aus Vorsicht, da Copler die ganze Geschichte kannte und ich keine Lust hatte, mir sein Schweigen zu erbetteln. Aber ich sprach zu gerne davon. Es war mir eine große Erleichterung. Ich hätte mir bei dieser Geschichte nichts anderes vorwerfen können, als sie Augusta verschwiegen zu haben. Nun war ich vollkommen unschuldig.

Sie erkundigte sich ein wenig nach dem Mädchen. Vor allem wollte sie wissen, ob Carla schön sei. Es fiel mir schwer zu antworten, ich sagte, daß die Arme äußerst blutarm ausgesehen habe. Dann kam mir eine gute Idee:

«Wenn du dich ihrer ein wenig annehmen wolltest?»

Augusta hatte in ihrem neuen Heim und auch in ihrem alten, wo sie sich um ihren kranken Vater kümmern mußte, so viel zu tun, daß sie auf dieses Thema nicht mehr zurückkam. Und gerade darum war meine Idee wirklich gut gewesen. Copler erfuhr durch Augusta, daß ich ihr von dem Besuch erzählt hatte. Er dachte daher nicht mehr an die Eigenschaften, die er einem eingebildeten Kranken zuschrieb. Er sagte mir in Gegenwart Augustas, daß wir Carla bald wieder besuchen müßten. Somit schenkte er mir volles Vertrauen.

Mein Müßiggang war schuld daran, daß mir der Wunsch, Carla wiederzusehen, viel zu schaffen machte. Ich wagte aber nicht, allein zu ihr zu gehen, weil ich fürchtete, daß Copler dies erfahren könnte. An Vorwänden hätte es nicht gefehlt. So hätte ich sie zum Beispiel besuchen können, um ihr eine Unterstützung anzubieten, die größer war als die gewohnte und von der Copler nichts wissen durfte. Sie hätte sicherlich darüber in ihrem eigenen Interesse geschwiegen. Aber wenn nun dieser wirkliche Kranke der Geliebte des Mädchens war? Ich wußte von den wirklichen Kranken überhaupt nichts. Es konnte doch möglich sein, daß sie die Gewohnheit hatten, sich ihre Geliebten von anderen bezahlen zu lassen. In diesem Fall hätte allerdings ein einziger Besuch bei Carla genügt, um mich zu kompromittieren. Ich konnte den Frieden meiner kleinen Familie nicht gefährden, das heißt natürlich: ich wollte ihn nicht gefährden, solange sich mein Verlangen nach Carla in normalen Grenzen hielt.

Aber es wuchs ständig. Schon kannte ich dieses Mädchen genauer als damals, da ich ihr die Hand zum Abschied reichte. Besonders gut erinnerte ich mich an den dunklen Zopf, der den schneeweißen Hals verhüllte. Man hätte diesen Zopf mit der Nase beiseite schieben müssen, wenn man die Haut küssen wollte, die er so geizig verbarg. Um mein Verlangen zu vergrößern, genügte es, mich daran zu erinnern, daß in einer bestimmten Etage derselben kleinen Stadt ein wunderschönes Mädchen wohnte und daß man durch einen kurzen Spaziergang zu diesem Mädchen gelangen konnte! Der Kampf mit der Sünde ist unter solchen Umständen sehr schwer. Man muß ihn täglich und stündlich von neuem beginnen – solange sich eben dieses Mädchen auf demselben Platz befindet. Ihre Stimme mit den langgezogenen Vokalen schien mich zu rufen. Dieser Klang bestärkte mich in der Überzeugung, daß kein Widerstand mehr da sein würde, wenn erst der meine gefallen wäre. Ich war mir auch darüber klar, daß ich mich irren konnte und daß Copler die Sache viel richtiger sah als ich. Aber diese Zweifel dienten nur dazu, meinen Widerstand zu schwächen, denn sie verstärkten ja die Möglichkeit, daß Carla selbst, die als Frau verpflichtet war, Widerstand zu leisten, die arme Augusta vor meiner Untreue bewahren werde.

Warum hätte ich mir also über mein Verlangen viel Skrupel machen sollen? Es war gerade zurecht gekommen, mich vor der drohenden Langeweile zu retten. Meine Beziehungen zu Augusta konnten ja darunter nicht leiden. Im Gegenteil. Ich sagte ihr nicht nur jene zärtlichen Worte, die ich immer für sie übrig hatte, sondern auch viele andere, die ich mir bereits für jene zweite auszudenken begann. Niemals hat es in meinem Hause einen solchen Überfluß an Zärtlichkeiten gegeben wie damals. Augusta war davon bezaubert. Ich hielt mich immer strenger an das, was ich den Stundenplan meiner Familie nannte. Mein Gewissen war so empfindlich, daß ich durch mein ganzes Verhalten schon damals Vorkehrungen traf, um meine späteren Skrupel zu mildern.

Daß es von meiner Seite an Widerstand nicht gefehlt hat, beweist die Tatsache, daß ich nicht in einem einzigen Anlauf bis an Carlas Haus gelangte, sondern etappenweise. In den ersten Tagen ging ich in den Volksgarten, und zwar in der ehrlichen Absicht, das Grün zu genießen, das zwischen dem Grau der Straßen und Häuser, die es umgeben, so lebensvoll und frisch erscheint. Als mir bei diesem Spaziergang leider das unverhoffte Glück nicht zufiel, Carla von ungefähr zu begegnen, verließ ich den Volksgarten, um direkt bis unter Carlas Fenster zu gehen. Ich tat dies in großer Erregung, die ganz an die köstlichen Gefühle des Jünglings erinnerte, der zum erstenmal in Liebesabenteuer verstrickt ist. Ich kannte zwar die Liebe, aber ich war schon lange nicht mehr die Wege gegangen, die zu ihr führen.

Kaum hatte ich den Garten verlassen, als ich plötzlich meiner Schwiegermutter begegnete. Im ersten Moment überkam mich ein eigentümlicher Verdacht: vormittags, zu so früher Stunde, in dieser Gegend, die von der unseren so weit entfernt ist? Vielleicht betrog auch sie den kranken Gatten? Ich erfuhr sofort, daß ich ihr mit dieser Vermutung unrecht tat, denn sie war beim Arzt gewesen, um sich über Giovannis Zustand beruhigen zu lassen. Giovanni hatte eine schlechte Nacht verbracht. Der Arzt hatte ihr zwar mit tröstenden Worten zugesprochen, aber sie war trotzdem noch immer so aufgeregt, daß sie mich sofort stehen ließ und sogar vergaß, sich darüber zu wundern, daß sie mich an einem Ort getroffen hatte, der gewöhnlich nur von alten Leuten, Kindern und Kindermädchen aufgesucht wird.

Aber es genügte, sie nur gesehen zu haben, um augenblicklich wieder meine Zugehörigkeit zu dieser Familie zu fühlen. Ich machte kehrt und schlug entschlossen die Richtung nach meinem Haus ein, wobei ich im Takt vor mich hinsagte: «Nie mehr! Nie mehr!» Der Schmerz der Schwiegermutter hatte mir das Bewußtsein meiner Pflichten wiedergegeben. Das war eine gute Lektion, die für den ganzen Tag reichte.

Ich traf Augusta nicht zu Hause. Sie war zu ihrem Vater geeilt, wo sie den Vormittag über blieb. Bei Tisch erzählte sie mir dann, daß man überlegt hatte, ob man die Hochzeit Adas, die für die nächste Woche festgesetzt war, wegen des Zustandes Giovannis nicht verschieben solle. Übrigens ging es Giovanni schon besser. Wahrscheinlich hatte er sich verleiten lassen, zum Abendbrot zu viel zu essen, so daß dann die Magenverstimmung wie eine Verschlimmerung seines Leidens aussah.

Ich erzählte Augusta, daß ich diese Neuigkeit bereits von ihrer Mutter erfahren hatte. Auch Augusta wunderte sich nicht über meinen Spaziergang, den ich bei der Gelegenheit erwähnen mußte. Doch ich fühlte das Bedürfnis, Erklärungen zu geben. Ich sagte also, daß ich seit einiger Zeit den Volksgarten als Ziel meiner Spaziergänge bevorzuge. Ich setze mich dort auf eine Bank und lese die Zeitungen. Dann fügte ich noch hinzu:

«Oh, dieser Olivi! Was der auf dem Gewissen hat! Daß er mich so zur Untätigkeit verurteilt!»

Augusta, die sich in dieser Beziehung immer ein bißchen schuldbewußt fühlte, zeigte einen schmerzlichen Ausdruck des Bedauerns. Nun fühlte ich mich wieder wohl in meiner Haut. Nun war ich wahrhaftig wieder unschuldig, blieb den ganzen Nachmittag in meinem Studierzimmer und konnte daher mit Recht annehmen, von jedem unmoralischen Gelüst gänzlich geheilt zu sein. Ich las gerade die Apokalypse.

Obwohl ich nun der moralischen Erlaubnis, jeden Vormittag in den Volksgarten zu gehen, sicher sein konnte, wuchs mein Widerstand gegen diese Versuchung so sehr, daß ich am nächsten Tag, als ich das Haus verließ, gerade die entgegengesetzte Richtung einschlug. Ich hatte die Absicht, irgendwelche Noten einzukaufen, weil ich eine neue Methode des Violinunterrichts, die man mir empfohlen hatte, ausprobieren wollte. Beim Weggehen erfuhr ich gerade, daß mein Schwiegervater die letzte Nacht ausgezeichnet verbracht hatte; er wollte nachmittags im Wagen zu uns kommen. Ich freute mich sowohl für den Schwiegervater als auch für Guido, der endlich heiraten konnte. Alles ging gut, und ich war ebenso gerettet wie mein Schwiegervater.

Aber gerade diese verhängnisvollen Noten führten mich zu Carla zurück. Unter den Lehrbüchern, die der Verkäufer mir anbot, befand sich irrtümlicherweise eines, das nicht für Geige, sondern für den Gesang bestimmt war. Ich studierte genau den Titel: «Vollständiges Traktat über die Technik des Gesanges (Schule Garcia) von E. Garcia (Sohn), mit einem Bericht über die der Akademie der Wissenschaften zu Paris vorgelegte Denkschrift über die menschliche Stimme.»

Während sich der Verkäufer mit anderen Kunden beschäftigte, machte ich mich an die Lektüre des Büchleins. Ich muß bekennen, daß ich es mit einer Erregung las, wie sie einen verderbten Jüngling bei der Lektüre eines pornographischen Werkes befällt. Das war der Weg zu Carla! Sie brauchte dieses Buch. Es wäre ein Verbrechen gewesen, ihr dieses Buch vorzuenthalten. Ich kaufte es also und ging damit nach Hause.

Die Arbeit Garcias bestand aus zwei Teilen, einem theoretischen und einem praktischen. Ich studierte sie ausführlich, um den Inhalt genau kennenzulernen und Carla Ratschläge erteilen zu können, wenn ich mit Copler zu ihr ging. Inzwischen wollte ich Zeit gewinnen und mich in meiner Phantasie an dem bevorstehenden Abenteuer ergötzen, ohne meinen ruhigen Schlaf zu riskieren.

Aber Augusta selber beschleunigte den Gang der Ereignisse, indem sie mich beim Lesen überraschte. Sie war gekommen, um mir guten Morgen zu wünschen. Sie beugte sich über mich, ihre Lippen berührten zärtlich meine Wangen. Sie fragte mich, womit ich mich befasse, und als sie hörte, daß ich eine neue Methode studiere, sah sie nicht weiter hin, weil sie dachte, es handle sich um mein Geigenspiel. Als sie wieder fort war, sah ich die Gefahr, in der ich mich befunden hatte, viel größer, als sie wirklich war. Ich hielt es für sicherer, dieses Buch nicht in meinem Studierzimmer zu lassen. Es sollte lieber sofort an seinen Bestimmungsort gebracht werden. So zwang man mich, in mein Abenteuer hineinzurennen. Nun hatte ich mehr als einen Vorwand, um das tun zu können, was ich wollte.

Ich zögerte nicht mehr. Auf jenem Treppenflur angekommen, wandte ich mich sofort gegen die linke Tür. Dann verweilte ich einen Augenblick, um den Klängen der Ballade *La mia bandiera* zu lauschen, die pompös auf den Stiegen widerhallten. Es war, als ob Carla die ganze Zwischenzeit nichts anderes getan hätte, als diese Melodie einzuüben. Ich lächelte zärtlich über so viel Kindlichkeit. Dann öffnete ich vorsichtig und ohne anzuklopfen die Tür und schlich mich auf den Zehenspitzen in das Zimmer. Ich wollte sie sofort sehen, sofort. In diesem kleinen Raum war ihre Stimme tatsächlich unangenehm. Sie sang mit größerer Begeisterung und mit mehr Wärme als zur Zeit meines ersten Besuches. Sie hatte sich im Sessel weit zurückgelehnt, um die ganze Luft aus den Lungen strömen zu lassen. Ich sah bloß ihren Hinterkopf, der von dicken Zöpfen umwunden war. Sofort zog ich mich zurück, tief erschrocken, so viel gewagt zu haben. Inzwischen war sie bei der letzten Note angelangt, die nicht enden wollte. Ich konnte einstweilen auf den Flur zurückkehren und hinter mir die Tür leise schließen, so daß sie meine Anwesenheit nicht bemerkte. Die letzte Note schwankte ein paarmal gegen die Höhe und gegen die Tiefe, bevor sie in der richtigen Lage hielt. Carla hatte also Gehör für das Richtige. Es war nun Aufgabe Garcias, sie zu belehren, wie man den richtigen Ton am raschesten findet.

Als ich ruhiger geworden war, klopfte ich an die Tür. Carla eilte sofort herbei und öffnete. Nie mehr werde ich ihre anmutige, an den Türrahmen gelehnte Gestalt vergessen. Sie starrte mich mit ihren braunen Augen groß an, bevor sie mich in der Dunkelheit erkannte.

Inzwischen hatte ich mich so sehr beruhigt, daß mich meine Skrupel wieder überfielen. Ich war auf dem besten Wege, Augusta zu betrügen. Aber ich redete mir ein, daß es mir leichtfallen werde, bei der Tür haltzumachen, das kompromittierende Buch zu übergeben und zufrieden wieder meiner Wege zu gehen, da es mir in den letzten Tagen doch auch leichtgefallen war, beim Volksgarten haltzumachen. Das war ein kurzer Augenblick voll guter Vorsätze. Ich erinnerte mich sogar an einen kuriosen Rat, den man mir einmal gegeben hatte, um mich von der Gewohnheit des Rauchens definitiv zu heilen, und der auch bei dieser Gelegenheit ganz gut angewandt werden konnte: «Oft genügt es zur vollen Befriedigung, nichts anderes zu tun, als ein Zündholz anzustreifen und dann Zigarette und Zündholz fortzuwerfen.»

Es wäre mir gar nicht schwergefallen, den Rat in diesem Fall zu befolgen, denn Carla errötete, als sie mich erkannte, und machte Miene davonzulaufen. Später erfuhr ich allerdings, daß sie sich geschämt hatte, in ihrer ärmlichen und abgenützten Hauskleidung überrascht zu werden.

Ich fühlte das Bedürfnis, mich zu entschuldigen: «Ich bringe Ihnen dieses Buch. Es wird Sie sicherlich interessieren. Wenn Sie wünschen, lasse ich es Ihnen da und gehe gleich wieder fort.»

Der Ton meiner Worte war ziemlich brüsk – jedoch nicht ihr Inhalt. Im Grunde überließ ich es Carla zu entscheiden, ob ich fortgehen oder bleiben und Augusta betrügen sollte.

Sie entschied sofort. Sie packte meine Hand, um mich sicherer zurückzuhalten, und bat mich einzutreten. Erregung trübte meinen Blick. Ich glaube, daß diese Erregung weniger von der Berührung ihrer lieblichen Hände herrührte als von der Selbstverständlichkeit dieser Geste, die über mein Schicksal und das Schicksal Augustas entschied. So konnte in mir der Eindruck entstehen, ich sei mit einigem Widerstreben in das Zimmer getreten. Wenn ich mich an die Geschichte meines ersten Ehebruchs zurückerinnere, werde ich das Gefühl nicht los, damals geradezu verführt worden zu sein.

Carlas Antlitz war wahrhaft schön. Ich war freudig überrascht zu bemerken, daß sie sicherlich gehofft hatte, mich wiederzusehen, wenn sie mich auch nicht für einen bestimmten Tag erwartete. Sie sagte mit viel Zärtlichkeit in der Stimme:

«Sie hatten also das Bedürfnis, mich wieder aufzusuchen, mich, die Ärmste, die Ihnen so viel verdankt?»

Wenn ich es in diesem Augenblick gewollt hätte, wäre sie sicherlich gleich in meine Arme gesunken. Aber ich dachte gar nicht daran. Ich reagierte nicht einmal auf ihre Worte, die mir sehr kompromittierend erschienen, sondern begann sofort, von Garcia und von der ganzen Wichtigkeit dieses Buches zu reden. Ich setzte mich für das Buch mit solchem Eifer ein, daß mir etliche unüberlegte Worte entschlüpften. So behauptete ich, Garcia würde sie lehren, wie man die Töne so fest wie Metall und dabei so leicht wie Luft machen könne; er würde ihr erklären, daß ein Ton nichts anderes sei als eine gerade Linie, oder vielmehr eine Fläche, aber eine ganze, ungebrochene Fläche.

Ich wurde erst kleinlaut, als mich Carla unterbrach, um mir ihren schmerzlichen Verdacht mitzuteilen:

«Meine Art zu singen gefällt Ihnen also nicht?»

Ich war von dieser Frage überrascht. Zwar hatte ich wirklich eine rücksichtslose Kritik geübt, aber da ich mir dessen nicht bewußt geworden war, protestierte ich im guten Glauben. Mein Protest war so leidenschaftlich, daß es mir, während ich vom Gesang sprach, schien, als redete ich von der Liebe, die mich so gebieterisch in dieses Haus getrieben hatte. Der Klang meiner Worte war so zärtlich, daß er einen Teil der Wahrheit verriet:

«Wie können Sie so etwas glauben? Wäre ich denn sonst hergekommen? Ich habe vorhin lange Zeit auf dem Hausflur gestanden, um Ihren Gesang zu genießen, der mir in seiner Ungeschultheit und Unverdorbenheit köstlich und wunderbar vorkommt. Ich bin nur der Ansicht, daß man zu seiner Ausbildung noch irgend etwas tun müßte. Die Anleitung dazu habe ich Ihnen eben gebracht.» Der Gedanke an Augusta hatte solche Macht, daß ich fortfuhr, hartnäckig zu beteuern, nicht von meiner Leidenschaft hergetrieben worden zu sein.

Carla hörte auf meine schmeichelhaften Worte und war nicht imstande, ihren tieferen Sinn zu verstehen. Sie mußte ziemlich ungebildet sein. Aber zu meiner großen Überraschung erkannte ich bald, daß sie viel gesunden Menschenverstand besaß. Sie erzählte mir, daß sie oft selber an ihrem Talent und an ihrer Stimme heftig zweifle. Sie fühle, daß sie keine Fortschritte mache. Oft, nachdem sie eine gewisse Anzahl von Stunden ihrem Studium geopfert hatte, gönnte sie sich selber die Freude, *«La mia bandiera»* zu singen. Sie hoffte dabei immer, das Wunder ihrer Stimme plötzlich zu entdecken. Aber es blieb immer beim alten. Es war stets ganz gut, wie ihr jene versicherten, die ihr zuhörten, und wie auch ich es getan hatte (hier warf sie mir aus ihren schönen braunen Augen einen sanft fragenden Blick zu, der bewies, wie sehr sie über den Sinn meiner Worte, der ihr noch immer fraglich schien, beruhigt werden mußte), es wurde nicht schlechter, aber andererseits war auch kein wirklicher Fortschritt festzustellen. Ihr Lehrer sagte, daß es in der Kunst kein langsames und stetiges Vorwärtskommen gäbe, sondern nur große Sprünge, die zum Ziel führten; eines schönen Tages werde sie als fertige Künstlerin aufwachen.

Sie fügte hinzu: «Aber es ist eine langwierige Sache.» Dabei sah sie ins Leere und dachte wahrscheinlich an alle vergangenen Stunden des Schmerzes und der Langeweile.

Man nennt denjenigen ehrlich, der seine wirkliche Meinung sagt. Es wäre zum Beispiel ehrlich gewesen, wenn ich dem armen Mädchen nahegelegt hätte, das Singen aufzugeben und meine Geliebte zu werden. Aber ich war von den guten Vorsätzen des Volksgartens noch gar nicht weit entfernt, und außerdem schwankte mein Urteilsvermögen über die Kunst des Gesanges bedenklich hin und her. Seit einigen Augenblicken befaßte ich mich in Gedanken besonders gründlich mit einer dritten Person: mit jenem langweiligen Copler, der jeden Feiertag in meiner Villa mit mir und meiner Frau verbrachte. Nun wäre vielleicht Gelegenheit gewesen, dem Mädchen unter irgendeinem Vorwand zu sagen, es möge Copler nichts von meinem Besuch erzählen. Ich tat es nur deshalb nicht, weil ich meine Bitte nicht begründen konnte. Das war wirklich gut. Ein paar Tage später erkrankte nämlich mein armer Freund und starb bald darauf.

Ich sagte Carla also nur, daß sie im Garcia alles finden könne, was sie suche. Einen Augenblick erwartete sie von diesem Buche eine direkte Wunderwirkung. Aber auch nur einen Augenblick lang. Dann, als sie beim Durchblättern so unendlich viele Worte sah, zweifelte sie an der Zauberkraft des Buches. Erst las ich ihr die Theorien Garcias vor, die natürlich in der Schriftsprache geschrieben waren. Dann erläuterte ich sie ihr ebenfalls in der Schriftsprache. Als dies noch immer nicht genügte, übersetzte ich alles in den Triestiner Dialekt. Aber sie spürte trotzdem nicht, daß sich in ihrer Kehle etwas regte. Die Wunderwirkung hätte sie doch nur an dieser Stelle verspüren können. Das Schlimmste war, daß ich selber die Überzeugung gewann, das Buch verliere in meinen Händen seine ganze Wirksamkeit. Dann las ich jeden der Sätze dreimal durch, verstand aber trotzdem nichts und rächte mich für mein Unvermögen, indem ich rücksichtslos kritisierte. Garcia verlor nur Zeit an mich, wenn er sich bemühte zu beweisen, daß es unrichtig sei, die menschliche Stimme als ein einziges Instrument anzusehen, denn sie könne ja die verschiedensten Töne hervorbringen. War das richtig, so mußte ja auch die Geige als ein ganzes Konglomerat von Instrumenten gelten. Vielleicht tat ich unrecht, diese Kritik auch Carla mitzuteilen. Aber vor einer Frau, die man erobern will, ist es schwer, sich in solchen Dingen zurückzuhalten und nicht alle Gelegenheiten auszunützen, bei denen man die eigene Überlegenheit beweisen kann. Sie bewunderte mich wirklich und entfernte das Buch, das sie schon längst innerlich abgetan hatte, nun auch räumlich. Es war ein kupplerisches Buch, ein Galeotto[33], obwohl es uns nicht bis zum Sündenfall begleitet hat. Ich konnte mich noch nicht entschließen, auf den Garcia zu verzichten, und verschob die weitere Lektüre bis zu meinem nächsten Besuch. Als Copler starb, brauchten wir es nicht mehr. Jede Verbindung zwischen diesem Haus und meiner Familie war zerrissen. Ich konnte durch nichts mehr gehemmt werden als durch mein eigenes Gewissen.

Wir waren schon ziemlich intim geworden, jedenfalls intimer, als man es von einer halbstündigen Konversation erwarten durfte. Die Übereinstimmung in einem kritischen Urteil bringt zwei Leute einander sehr nahe. Die arme Carla benützte die Gelegenheit unserer Intimität, um mir ausgiebig von ihrer Not zu erzählen. Seit der Intervention Coplers lebte man in diesem Haus zwar ohne allzu große Entbehrungen, aber immer noch sehr bescheiden. Die drückendste Last der beiden Frauen war der Gedanke an die Zukunft. Copler brachte ihnen die Unterstützungssumme pünktlich an den bestimmten Tagen; aber er warnte sie, sich darauf zu verlassen. Er wollte sich keine Sorgen machen und überließ dies lieber den Frauen. Auch gab er ihnen das Geld nicht ohne Gegenleistung. Er trat als der Herr des Hauses auf und mußte über jede Kleinigkeit unterrichtet werden. Wehe ihnen, wenn sie sich eine Ausgabe erlaubten, die er vorher nicht einkalkuliert hatte! Die Mutter Carlas war vor kurzem leicht erkrankt gewesen, und Carla hatte einige Tage ihre Gesangsstunden vernachlässigt, um die häuslichen Arbeiten zu übernehmen. Copler war vom Lehrer davon verständigt worden, machte eine heftige Szene und entfernte sich dann mit den Worten: «Es ist nicht der Mühe wert, Ehrenmänner mit der Sorge um solche Frauen zu belästigen.» Mehrere Tage mußten sie nun in der schrecklichen Angst verbringen, daß ihnen die Unterstützung entzogen werde. Als Copler endlich wiederkam, formulierte er neue Bedingungen und setzte vertraglich fest, wie viele Stunden Carla täglich Klavier üben müsse und wie lange sie sich mit häuslichen Arbeiten beschäftigen dürfe. Er drohte auch, er würde sie zu allen möglichen Tageszeiten überraschen.

Carla schloß ihre Erzählung: «Er will sicherlich nur unser Bestes. Aber er kann sich über Kleinigkeiten derart aufregen, daß er uns in so einem Aufregungszustand einmal auf die Straße setzen wird. Jetzt aber ist diese Gefahr doch beseitigt, da Sie sich selber um uns kümmern! Nicht wahr?»

Sie drückte mir wieder die Hand. Ich antwortete nicht sofort, und sie fürchtete, ich könnte mich auf Coplers Seite stellen.

«Auch Herr Copler sagt, daß Sie ein guter Mensch sind.»

Diese Worte sollten ein Kompliment für mich sein, aber auch für Copler.

Die Charaktereigenschaften Coplers, die mir Carla mit solcher Antipathie schilderte, waren mir ebenso neu wie sympathisch. Das Verlangen, das mich in dieses Haus getrieben hatte, machte mich ihm so unähnlich wie möglich, ich aber wollte ihm ähnlich sein! Es stimmte ja, daß er die beiden Frauen mit dem Geld anderer unterstützte. Aber dafür gab er doch seine ganze Tätigkeit her, vielleicht den größten Teil seines Lebens. Der Zorn, den er sie manchmal spüren ließ, war also wahrhaft väterlich. Ein Zweifel blieb mir immer noch: wenn ihn sein eigenes Verlangen zu alledem veranlaßte? Ohne zu zögern, fragte ich Carla:

«Hat Copler Sie niemals küssen wollen?»

Carla erwiderte lebhaft: «Nie. Wenn er mit meinem Verhalten zufrieden ist, drückt er mir kühl seine Zustimmung aus, gibt mir flüchtig die Hand und geht. Wenn er dagegen zornig ist, versagt er mir auch den Händedruck und merkt nicht einmal, daß ich vor Schrecken weine. In solchen Augenblicken wäre ein Kuß für mich geradezu eine Erlösung.»

Da ich zu lachen begann, erklärte sich Carla deutlicher:

«Ich würde mit Dankbarkeit einen alten Mann küssen, der so viel für uns tut.»

So sieht also der Vorteil der wirklich Kranken aus: sie erscheinen älter, als sie sind.

Ich machte einen schwachen Versuch, Copler ähnlich zu werden. Um das arme Mädchen nicht allzusehr zu erschrecken, sagte ich lächelnd, daß auch ich mit der Zeit sehr grob und herrisch werde, wenn ich mich mit jemandem intensiv beschäftige. Im übrigen sei ich gleichfalls der Meinung, daß man die Erlernung einer Kunst sehr ernst betreiben müsse. Damit spielte ich mich so gut in meine Rolle, daß sogar mein Lächeln verschwand. Copler habe recht, wenn er streng gegen ein junges Mädchen sei, das den Wert der Zeit nicht richtig einschätzen könne. Sie müsse sich doch vor Augen halten, wie viele Menschen Opfer bringen, um ihr beim Vorwärtskommen zu helfen. Ich benahm mich wirklich würdevoll und gemessen.

So rückte die Stunde, zu der ich nach Hause gehen mußte, immer näher. Gerade an einem solchen Tag wollte ich Augusta mit der Mahlzeit keine Sekunde warten lassen. Ich reichte also Carla die Hand und sah dabei, wie blaß sie war. Nun wollte ich ihr Mut zusprechen:

«Seien Sie überzeugt, daß ich mein Möglichstes tun werde, Sie gegen Copler wie gegen jeden anderen zu verteidigen.»

Sie dankte, schien aber noch immer bedrückt zu sein. Später erfuhr ich, daß sie sofort die Wahrheit erraten hatte, als ich damals bei ihr erschien. Sie war überzeugt, ich sei in sie verliebt. Das wäre ihre Rettung gewesen. Dann aber, als ich im Begriffe war zu gehen, war ihr wieder, als schätzte ich nur die Kunst und den Gesang. Ich würde sie also, wenn sie nicht schön singen oder keine Fortschritte machen sollte, ebenfalls verlassen.

Als ich sie so bedrückt sah, ergriff mich Mitleid, aber ich hatte keine Zeit zu verlieren. So beruhigte ich sie mit dem Mittel, das sie selber als wirksam erklärt hatte. Ich stand schon bei der Tür: da zog ich sie an mich, schob den dikken Zopf sorgfältig mit der Nase von ihrem Nacken fort und berührte mit den Lippen ihre Haut, in die ich sogar leicht hineinbiß. Das Ganze sah aus wie ein Scherz. Sie lächelte auch darüber, aber erst als ich sie losließ. Bis dahin war sie unbeweglich und verwundert in meinen Armen geblieben.

Sie begleitete mich bis an den Rand der Treppe. Als ich hinabsteigen wollte, fragte sie mich lachend:

«Wann kommen Sie wieder?»

«Morgen oder vielleicht an einem späteren Tag», antwortete ich unentschieden. Dann entschloß ich mich: «Ich komme bestimmt morgen.» Und gleich darauf, um mich nicht allzusehr bloßzustellen: «Wir müssen den Garcia weiterlesen.»

Während dieser kurzen Zeitspanne änderte sie nicht den Gesichtsausdruck. Sie war mit dem ersten, unbestimmten Versprechen einverstanden; sie war es – voll Anerkennung – auch mit dem zweiten Versprechen; und auch dem dritten stimmte sie – immer lächelnd – zu. Die Frauen wissen, was sie wollen. Weder für Ada, die mich zurückgewiesen, noch für Augusta, die mich genommen hatte, noch für Carla, die mich gewähren ließ, hat es jemals Zweifel gegeben.

Auf der Straße fühlte ich mich augenblicklich mehr zu Augusta hingezogen als zu Carla. Ich atmete die frische Luft und war im Vollgefühl meiner Freiheit. Ich hatte mir einen Scherz erlaubt, der seinen scherzhaften Charakter nicht darum verlieren durfte, weil er auf der weißen Haut eines Frauenhalses und unter einem dicken Zopf gelandet war. Schließlich hatte ja auch Carla diesen Kuß als Beweis der Sympathie und vor allem der Hilfsbereitschaft entgegengenommen.

An diesem Tag jedoch überfielen mich während der Mahlzeit wieder einmal wirkliche Schmerzen. Zwischen mir und Augusta stand das Abenteuer wie ein dunkles Gespenst. Ich konnte kaum glauben, daß es von Augusta nicht bemerkt wurde. Ich fühlte mich klein, schuldbewußt und krank. Der Schmerz, der in meiner Hüfte saß, schien von einer großen Wunde meines Gewissens auszustrahlen. Geistesabwesend nahm ich die Mahlzeit ein und suchte dabei Trost in dem festen Entschluß: «Ich werde sie nie mehr wiedersehen.» In Gedanken setzte ich fort: «Und wenn ich sie aus Höflichkeit oder menschlicher Rücksicht noch einmal aufsuchen muß, wird dies das letzte Mal sein.» Schließlich war es ja nichts Übermäßiges, was da von mir verlangt wurde, nur eine einzige Bemühung: Carla nicht mehr wiederzusehen.

Augusta fragte mich lachend:

«Hast du dich mit Olivi unterhalten, weil du so sorgenvoll dreinsiehst?»

Ich begann gleichfalls zu lachen. Es war eine große Erleichterung, reden zu dürfen. Zwar gaben meine Worte noch nicht gänzlich meiner Seele den Frieden zurück. Um das zu erreichen, hätte ich alles gestehen und durch ein feierliches Versprechen eine weitere Entwicklung der Dinge unmöglich machen müssen. Aber es erleichterte mich schon bedeutend, daß ich überhaupt etwas sagen durfte. Ich redete ausgiebig, mit viel Sanftheit und großer Ruhe. Da fiel mir etwas noch Besseres ein: ich sprach von der Errichtung der kleinen Wäscherei, die Augusta sich wünschte und die ich bisher verweigert hatte. Nun gab ich sofort meine Erlaubnis. Augusta war über meine unerwartete Güte derart gerührt, daß sie aufstand, zu mir trat und mich küßte. Das war ein Kuß, der offenbar einen anderen Kuß auslöschen konnte. Augenblicklich fühlte ich mich wohler.

So geschah es, daß wir zu unserer eigenen Wäscherei kamen. Heute noch, wenn ich vorbeigehe, muß ich daran denken, daß Augusta diesen kleinen Bau gewollt und Carla ihn bewilligt hat.

Es folgte ein bezaubernder Nachmittag, der erfüllt war von ehelicher Liebe. Solange ich allein war, fiel mir mein Gewissen zur Last; Augustas liebevolle Gesellschaft aber hatte die Macht zu beruhigen. Ich ging mit ihr aus. Dann begleitete ich sie zu ihrer Mutter und blieb auch den ganzen Abend mit ihr beisammen.

Bevor ich mich niederlegte, betrachtete ich, nach meiner Gewohnheit, Augusta eine gute Weile. Ich lauschte ihren leichten Atemzügen. Sogar im Schlaf betätigte sie ihre Ordnungsliebe. Sie hatte die Decke bis zum Kinn hinaufgezogen und ihre nicht allzu dichten Haare zu einem Zopf gedreht, der am Scheitel zusammengerollt war. Ich dachte: «Ich möchte ihr keinen Schmerz bereiten. Nie, niemals!» Dann schlief ich ruhig ein. Am nächsten Tag wollte ich in meinen Beziehungen zu Carla klare Rechnung machen und irgendeinen Modus finden, das arme Mädchen über seine Zukunft zu beruhigen, ohne es deshalb küssen zu müssen.

Ich hatte einen etwas eigenartigen Traum. Ich küßte nicht nur den Hals Carlas, sondern ich aß ihn auf. Der Hals war so beschaffen, daß die Bisse, die ich ihm in rasender Wollust versetzte, nicht bluteten, so daß er immer von der weißen Haut bedeckt blieb, unverändert in seiner leicht geschweiften Form. Carla, die sich meiner Liebe hingab, schien unter meinen Bissen nicht zu leiden. Eine andere litt darunter: Augusta, die plötzlich herbeieilte. Ihr sagte ich, um sie zu beruhigen: «Ich werde den Hals nicht ganz aufessen – es soll auch noch ein Stückchen für dich übrigbleiben.»

Dieser Traum wurde erst dann zu einem wahren Alpdruck, als ich mitten in der Nacht erwachte und mich mit klarem Verstand seiner erinnern konnte. Nicht früher. Solange der Traum andauerte, war mir die Anwesenheit Augustas in dieser Situation geradezu angenehm.

Aufgewacht, erkannte ich, wie stark meine Leidenschaft geworden war und welche Gefahren für mich und auch für Augusta sie barg. Vielleicht keimte im Körper der Frau, die neben mir lag, bereits ein neues Leben, für das ich verantwortlich war. Und Gott weiß, was Carla alles verlangen konnte, wenn sie erst meine Geliebte war. Sie würde vielleicht nach allen Genüssen streben, die ihr bis jetzt versagt waren. Dann müßte ich für zwei Familien sorgen. Augusta verlangte die praktische Hauswäscherei. Die andere konnte irgend etwas anderes verlangen, aber sicher nichts weniger Kostspieliges. Wieder erschien Carla deutlich vor mir, lachend, so wie sie mich von den Stiegen herab gegrüßt hatte, nachdem sie von mir geküßt worden war. Sie wußte schon, daß sie ihr Opfer vor sich hatte. Ich erschrak darüber. Da ich einsam wachend im Dunkeln lag, konnte ich einen schweren Seufzer nicht unterdrücken.

Meine Frau erwachte sofort und fragte besorgt, was mir fehle. Ich erwiderte mit ein paar Worten, und zwar den ersten besten, die mir durch den Kopf schossen, sowie ich mich von dem Schrecken erholte, den mir die plötzliche Frage verursacht hatte, die Frage, von der ich im Augenblick eines inneren Geständnisses überrascht worden war. Ich sagte:

«Ich denke an das hereinbrechende Alter.»

Augusta lachte und versuchte, mich zu trösten. Sie wurde dabei nicht ganz wach, sie suchte wohl noch, sich an den Schlaf festzuklammern. So sagte sie mir eintönig dieselbe Phrase, die sie stets für mich bereit hielt, wenn ich mich vor dem allzu raschen Vergehen der Zeit ängstigte:

«Denk doch jetzt nicht daran. Jetzt sind wir jung. Ach, der Schlaf ist gut.»

Dieser Ratschlag nützte. Ich dachte nicht mehr daran und schlief sofort ein. Ein Wort in der Nacht gleicht einem Lichtstrahl. Es beleuchtet blitzartig ein kleines Stück der Wirklichkeit, demgegenüber alle Phantasiegebilde verblassen. Warum sollte ich mich so sehr vor der armen Carla fürchten, deren Geliebter ich noch nicht einmal war? Es war allerdings klar, daß ich mir selber alle möglichen Anlässe zum Erschrecken gegeben hatte. Aber schließlich hatte das Kind, das von meiner Phantasie in

Augustas Schoß heraufbeschworen worden war, bis jetzt kein anderes Lebenszeichen von sich gegeben als das Bedürfnis Augustas nach einer eigenen Hauswäscherei.

Ich erhob mich am nächsten Morgen mit den besten Vorsätzen, eilte sofort in mein Arbeitszimmer und steckte ein wenig Geld in ein Couvert. Dieses wollte ich Carla im selben Augenblick überreichen, da ich ihr meinen festen Entschluß mitteilte, sie nie mehr wiederzusehen. Desgleichen wollte ich mich bereit erklären, ihr per Post Geld zu schicken, wann immer sie mich schriftlich darum bitten würde. Ich hätte ihr zu diesem Zweck eine bestimmte Adresse angegeben. Aber gerade, als ich im Begriff war, aus dem Haus zu gehen, bat mich Augusta mit süßem Lächeln, sie zu ihrem Vater zu begleiten. Der Vater Guidos war eben aus Buenos Aires angekommen, um der Hochzeit beizuwohnen. Man mußte seine Bekanntschaft machen. Sicherlich dachte Augusta weniger an Guidos Vater als an mich. Sie wollte die Zärtlichkeiten des letzten Tages erneuern. Aber an diesem Tag lagen die Dinge ja anders. Ich fand es nicht günstig, soviel Zeit zwischen meinem guten Vorsatz und seiner Ausführung verstreichen zu lassen. Während ich neben Augusta über die Straße ging und unsere gegenseitige Liebe über alle Zweifel erhaben schien, konnte sich Carla bereits für meine Geliebte halten. Das war gefährlich. So empfand ich diesen Spaziergang als unerträglichen Zwang.

Wir besuchten also Giovanni, dem es wirklich etwas besser ging. Er konnte nur nicht die Schuhe anziehn, weil ihm die Füße angeschwollen waren. Er hielt dies damals für nicht besonders gefährlich; ich auch nicht. Er saß im Salon neben Guidos Vater, dem er mich vorstellte. Augusta ließ uns gleich allein, um sich mit ihrer Mutter und Schwester zu treffen.

Herr Francesco Speier schien mir allerdings weniger Bildung zu besitzen als sein Sohn. Er war klein, von gedrungener Gestalt, ungefähr sechzig Jahre alt, weder geistreich noch lebhaft, dies letztere vielleicht deshalb, weil er infolge einer Krankheit schlecht hörte. Er mischte stets einige spanische Brocken in sein Italienisch:

«Jedesmal, Señor, wenn ich nach Triest komme...»

Die beiden Alten unterhielten sich über Geschäfte. Giovanni hörte dem anderen immer aufmerksam zu, denn diese Geschäfte waren ja für Adas Schicksal äußerst wichtig. Ich konnte dem Gespräch aus Zerstreutheit nur mit Mühe folgen. Ich erfuhr unter anderem, daß der alte Speier beschlossen hatte, seine Geschäfte in Argentinien zu liquidieren und alle seine «Duros» Guido zu übergeben, damit er sie für die Gründung einer Firma in Triest verwende. Hierauf wollte er nach Buenos Aires zurückkehren, um mit Frau und Tochter auf dem kleinen Gut zu leben, das ihm verblieb. Ich begriff nicht recht, warum er Giovanni dies alles in meiner Gegenwart erzählte; ich begreife es auch heute nicht. Ich hatte den Eindruck, als ob sie einen Rat von mir erwarteten, da beide plötzlich zu reden aufhörten und mich ansahen. Um höflich zu sein, bemerkte ich:

«Dieses Gut kann doch nicht gar so klein sein, wenn man davon leben kann.»

Giovanni brüllte sofort:

«Was redest du da zusammen!» Dieser Exzeß der Stimme erinnerte an seine besten Tage. Wahrscheinlich hätte Herr Francesco ohne dieses Geschrei meine Bemerkung gar nicht beachtet. So hingegen erblaßte er und sagte:

«Ich hoffe, daß Guido nicht verfehlen wird, die Zinsen meines Kapitals an mich abzuführen.»

Giovanni suchte ihn zu beruhigen, indem er weiter schrie:

«Natürlich die Zinsen. Nicht nur die Zinsen! Auch das Doppelte, wenn es nötig ist. Ist er vielleicht nicht Ihr Sohn?»

Aber Herr Francesco hatte seine Ruhe noch nicht wiedergefunden und erwartete gerade von mir ein paar

Worte, die sie ihm verschaffen sollten. Ich sagte sie sofort, und zwar wiederholte ich meine Worte mehrere Male, denn der Alte hörte in diesem Augenblick weniger als je.

Darauf wurde das Gespräch zwischen den beiden Geschäftsleuten fortgesetzt. Ich hütete mich, noch einmal dreinzureden. Giovanni warf mir über seine Brille hinweg von Zeit zu Zeit einen Blick zu, um mich zu überwachen. Sein schwerer Atem erschien mir wie eine Drohung.

Er redete lange herum und fragte mich in einem bestimmten Augenblick:

«Nicht wahr?»

Ich bejahte eifrig.

Dieses Ja mußte um so nachdrücklicher erscheinen, als alle meine Bewegungen infolge der Wut, die in mir zu kochen begann, immer heftiger wurden. Was hatte ich hier in diesem Zimmer verloren? Inzwischen verstrich doch die Zeit, während der ich meine strengen Vorsätze hatte verwirklichen wollen. Man zwang mich förmlich, etwas zu unterlassen, was für mich und für Augusta von so großem Nutzen war. Ich wollte eben eine Entschuldigung vorbringen, um ein plötzliches Weggehen zu motivieren, als die Frauen, begleitet von Guido, den Salon betraten. Guido hatte gleich nach der Ankunft seines Vaters Ada einen herrlichen Ring geschenkt. Niemand sah mich an, niemand begrüßte mich, nicht einmal die kleine Anna. Ada trug bereits das glänzende Schmuckstück und zeigte es ihrem Vater. Mit einem Arm stützte sie sich auf die Schulter ihres Bräutigams. Auch die Frauen sahen entzückt zu ihr hin.

Ringe interessierten mich nicht. Ich konnte nicht einmal den Ehering tragen, weil er meine Blutzirkulation behinderte. Ohne zu grüßen, steuerte ich gegen die Tür, durchquerte den Korridor und wollte eben die Wohnung verlassen. Aber Augusta hatte meine Flucht bemerkt und holte mich rechtzeitig ein. Ich erschrak über ihr verstörtes Aussehen. Ihre Lippen waren bleich wie am Tage unserer Hochzeit, bevor wir in die Kirche gingen. Ich sagte, daß ich zu einer dringenden Besprechung müsse. Rechtzeitig erinnerte ich mich noch daran, daß ich vor wenigen Tagen aus purer Laune eine nicht besonders starke Brille für Weitsichtige gekauft und in die Westentasche gesteckt hatte. Sie befand sich noch dort, ich fühlte es. Ich hatte sie noch nicht getragen. So sagte ich, ich hätte eine Verabredung mit einem Augenarzt, um meine Sehkraft untersuchen zu lassen, die mir seit einiger Zeit nachzulassen schien. Augusta erlaubte mir sofort zu gehen, bat mich aber, die gesellschaftlichen Pflichten gegen Guidos Vater nicht zu verletzen. Ich zuckte ungeduldig die Achseln, folgte ihr aber dennoch wieder in den Salon. Alle grüßten mich höflich. Da ich überzeugt war, daß man mich mit Vergnügen weggehen ließ, wurde ich sogar etwas besser gelaunt. Guidos Vater, der sich unter den vielen Mitgliedern der Familie nicht besonders gut auskannte, fragte mich:

«Sehen wir uns noch vor meiner Abreise nach Buenos Aires?»

Ich erwiderte:

«Jedesmal, Señor, wenn Sie in dieses Haus kommen, werden Sie mich treffen.»

Alle lachten, sogar Augusta gab mir mit übertriebener Freundlichkeit die Hand, und ich schritt im Triumph davon. Ich hatte alle gesellschaftlichen Pflichten erfüllt und konnte also ruhig über die Straße gehen. Und noch etwas befreite mich von allen Zweifeln, die mich bis dahin zurückgehalten hatten: ich verließ doch das Haus meines Schwiegervaters vor allem deshalb, weil ich mich von ihm so weit wie möglich entfernen wollte, das heißt bis zu Carla. In diesem Hause verdächtigte man mich nicht zum erstenmal (so schien es mir wenigstens), daß ich auf die niedrigste Art danach trachtete, Guido zu schaden. Dabei hatte ich nur in einer gewissen Geistesabwesenheit, aber vollkommen unschuldig von diesem Gut in Argentinien gesprochen. Doch Giovanni legte meine Worte so aus, als hätte ich sie nur zu dem Zwecke vorgebracht, Guido bei seinem Vater in ein schlechtes Licht zu setzen. Es wäre ja leicht gewesen, mich nötigenfalls mit Guido auseinanderzusetzen. Giovanni und alle anderen, die mich so niedriger Machinationen für fähig hielten, sollten meine Rache zu spüren bekommen. Ich nahm mir ja nicht vor, hinzugehen und Augusta zu betrügen. Aber ich konnte bei hellichtem Tag das tun, was mir gefiel. Ein Besuch bei Carla bedeutete noch nichts Böses. Wäre ich in dieser Gegend noch einmal meiner Schwiegermutter begegnet, so hätte ich auf ihre Frage, was ich hier suche, sicherlich geantwortet:

«Was ich hier suche? Ich gehe zu Carla!»

Es war somit das erste Mal, daß ich zu Carla ging, ohne an Augusta zu denken. So sehr hatte mich das Benehmen meines Schwiegervaters verletzt.

Diesmal hörte ich Carlas Stimme nicht schon auf dem Treppenflur. Ich erschrak für einen Moment. Sollte sie ausgegangen sein? Ich klopfte an die Tür und trat sofort ein, noch ehe mir jemand dazu die Erlaubnis gab. Carla war wohl da, jedoch in Gesellschaft ihrer Mutter. Sie nähten. Ich sah eine innige Zusammenarbeit, die vielleicht zwischen ihnen nicht selten war, wie ich sie aber bis dahin niemals gesehen hatte. Sie nähten an einem Leintuch, jede an einem der beiden Enden, so daß sie ziemlich weit voneinander zu sitzen kamen. Ich war zu Carla geeilt, und nun fand ich sie nicht allein. Das war wieder etwas anderes; man konnte also weder gute noch schlechte Vorsätze durchführen. Alles blieb in Schwebe.

Carla erhob sich mit vergnügtem Gesichtsausdruck, indes die Mutter langsam ihre Brille herunternahm und in ein Etui legte. Ich sah mich verhindert, meine Absichten sofort klar auszusprechen, glaubte aber, aus einem anderen Grund unwillig werden zu dürfen. Waren das nicht etwa die Stunden, die Copler für das Studium festgesetzt hatte? Ich begrüßte zuerst höflich die alte Frau. Diese gesellschaftliche Pflicht fiel mir ziemlich schwer. Ich grüßte auch Carla. Dann sagte ich: «Ich bin gekommen, um zu sehen, ob wir aus diesem Buch» – damit wies ich auf den Garcia, der unberührt auf der Tischplatte lag, so wie wir ihn am vorigen Tag dort liegengelassen hatten – «ob wir aus diesem Buch noch irgend etwas Nützliches herauslesen können.»

Damit nahm ich dort Platz, wo ich das letzte Mal gesessen hatte, und schlug das Buch auf. Carla versuchte, mir freundlich zuzulächeln. Ich reagierte nicht darauf. Da setzte sie sich mit einer gewissen Beflissenheit, mir zu gehorchen, neben mich, um mitzulesen. Ein bißchen zögerte sie dabei. Sie begriff nicht recht die Situation. Ich sah sie an und bemerkte Spuren von Widerspenstigkeit und Unwillen in ihrem Antlitz. So nahm sie wahrscheinlich die Vorwürfe Coplers entgegen. Sie war sich noch nicht klar darüber, ob ich ihr ähnliche Vorwürfe machen würde, denn schließlich und endlich erinnerte sie sich – wie sie mir später gestand –, daß ich sie doch am Tag zuvor geküßt hatte. Sie glaubte, für ewige Zeiten vor meinem Zorn sicher zu sein. Ihr Unwille war daher jederzeit bereit, in ein freundliches Lächeln umzuschlagen. Ich will hier gleich etwas bemerken, wozu ich später nicht mehr Gelegenheit haben werde: ihre Überzeugung, mich durch einen hingegebenen Kuß endgültig für sich gewonnen zu haben, mißfiel mir außerordentlich. Eine Frau, die so denkt, ist sehr gefährlich.

In diesem Augenblick konnte ich Coplers Handlungsweise gut begreifen. Ich war, genauso wie er in solchen Fällen, mit Vorwürfen und Ärger geladen. Immerhin begann ich, laut und schallend gerade jenes Kapitel vorzulesen, mit dem wir uns am vorhergehenden Tag bereits befaßt und das wir endgültig abgelehnt hatten. Heute kommentierte ich nicht die einzelnen Stellen, sondern hob nur stimmlich einige Worte hervor, die mir besonders wichtig erschienen.

Carla unterbrach mich mit fast zitternder Stimme: «Ich glaube, daß wir das schon gelesen haben.»

So war ich endlich gezwungen, eigene Worte vorzubringen. Das sollte mir helfen. Meine Worte fielen nicht nur milder aus, als ich wollte, sondern führten mich auch wieder in die Sphäre des gesellschaftlichen Lebens zurück:

«Sehen Sie, Fräulein» – und ich begleitete diese Anrede mit einem Lächeln, das einem Liebenden wohl angestanden hätte –, «ich möchte mich mit dieser Sache noch einmal befassen, bevor wir sie fortsetzen. Es ist doch möglich, daß wir gestern voreilig geurteilt haben. Ein Freund hat mich erst vor kurzem darauf aufmerksam gemacht, daß man den Garcia mit unerhörter Genauigkeit vom Anfang bis zum Ende durchlesen müsse, um ihn richtig verstehen zu können.»

Dann war mir, als müßte ich auch auf die arme alte Frau etwas mehr Rücksicht nehmen. Wie übel ihr das Leben bis zu diesem Augenblick auch mitgespielt haben mochte, sie hatte sich sicherlich noch nie in einer so peinlichen Lage befunden. Ich zeigte ihr gleichfalls ein Lächeln, das mir schwerer fiel als jenes erste, das Carla gegolten hatte. Dann sagte ich:

«Die Sache ist nicht besonders amüsant. Aber sie kann auch von demjenigen mit Vorteil vernommen werden, der nicht singen lernt.»

Ich setzte also hartnäckig die Lektüre fort. Carla fühlte sich augenscheinlich wohler. Auf ihren üppigen Lippen zeigte sich etwas, das einem Lächeln glich. Die Mutter hingegen gemahnte noch immer an ein armes, gefangenes Tier. Sicherlich blieb sie nur deshalb in dem Zimmer, weil ihre Schüchternheit sie an einem guten Abgang hinderte. Ich dagegen konnte doch meinen Wunsch, sie aus diesem

Zimmer hinauszubefördern, nicht allzu deutlich verraten. Das wäre wohl zu arg und zu kompromittierend gewesen.

Da faßte Carla einen Entschluß. Mit aller Rücksicht ersuchte sie mich, die Lektüre für einen Augenblick zu unterbrechen, wandte sich an die Mutter und bat sie zu gehen. Die Arbeit an dem Leintuch könne ja am Nachmittag fortgesetzt werden.

Die alte Frau schritt auf mich zu, zweifelte aber, ob sie mir die Hand geben solle. Da ergriff ich ihre Hand mit großer Herzlichkeit und sagte:

«Ich begreife ja, daß Sie diese Lektüre nicht besonders interessiert.»

Es schien beinahe, als bedauerte ich, daß sie uns allein ließ. Sie legte das Leintuch, das sie bisher krampfhaft festgehalten hatte, auf einen Sessel und ging hinaus. Hinter ihr trat Carla für einen Augenblick auf den Flur, um ihr etwas zu sagen. Einstweilen verzehrte ich mich vor Sehnsucht danach, sie endlich neben mir zu haben. Sie kam sofort zurück und schloß hinter sich die Tür. Als sie ihren alten Platz wieder einnahm, sah ich einen starren Zug um ihre Lippen, der an den Ausdruck des Eigensinns auf einem Kindergesicht erinnerte. Sie sagte:

«Jeden Tag studiere ich um diese Zeit. Gerade heute muß mir diese dringende Arbeit dazwischenkommen.»

«Aber sehen Sie denn nicht, daß mir an Ihrer Kunst gar nichts liegt!» – rief ich aus und überfiel sie mit einer heftigen Umarmung. Ich küßte sie zuerst auf den Mund und sodann auf jene Stelle, die ich schon tags zuvor mit meinen Lippen berührt hatte.

Sonderbar! Sie entzog sich meiner Umarmung und begann heftig zu schluchzen. Unter Tränenströmen erzählte sie mir, wie sehr sie gelitten habe, als sie mich so unfreundlich hereinkommen sah. Sie schluchzte aus dem Mitleid mit sich selber, das denjenigen befällt, der sich in seinem Schmerz von andern bedauert weiß. Die Tränen sind in diesem Falle nicht vom Schmerz erzeugt, sondern von seiner Geschichte. Man weint, wenn man die Welt der Ungerechtigkeit anklagt. Und es war wirklich ungerecht, dieses schöne Mädchen, das man lieben konnte, zum Studieren zu zwingen. Die Sache ließ sich schwieriger an, als ich es mir vorgestellt hatte. Ich mußte mich rechtfertigen. Um dies rasch zu erledigen, machte ich mir nicht die Mühe, irgend etwas zu erfinden, sondern erzählte die nackte Wahrheit. Ich sprach von meiner Ungeduld, sie zu sehen, sie in die Arme zu schließen. Ich hatte mir ja vorgenommen, schon am frühen Morgen zu ihr zu eilen. Dieser Vorsatz stammte sogar schon vom letzten Abend. Natürlich konnte ich ihr nicht mitteilen, was ich mir in Wirklichkeit vorgenommen hatte, bevor ich zu ihr ging. Aber das war ja nicht mehr so wichtig. Richtig war, daß ich zu dem Zeitpunkt, da ich ihr noch sagen wollte, wir dürften einander nie mehr wiedersehen, die gleiche schmerzhafte Ungeduld empfand wie jetzt, da ich darauf brannte, sie in meine Arme zu nehmen. So erzählte ich ihr von den Ereignissen dieses Morgens, wie meine Frau mich gezwungen habe, mit ihr auszugehen, wie ich bei meinem Schwiegervater gewesen sei und ein Gespräch über Geschäfte, die mich nichts angingen, habe anhören müssen. «Endlich, nach großen Mühen, gelingt es mir, mich loszumachen, den langen Weg im Laufschritt zurückzulegen – was finde ich? Das Zimmer – ausgefüllt von einem großen Leintuch.»

Carla fing an zu lachen. Sie begriff, daß in mir von Copler keine Spur zu finden war. Das Lachen auf ihrem schönen Antlitz glich einem Regenbogen, und so küßte ich sie rasch noch einmal. Sie erwiderte nicht meine Zärtlichkeiten, duldete sie aber mit Ergebung: ein Verhalten, das mir vielleicht deshalb so sehr gefällt, weil ich das schwache Geschlecht um so mehr liebe, je schwächer es ist. Sie sagte mir zum erstenmal, daß ihr Copler viel von meiner übergroßen Liebe zu meiner Frau erzählt hatte.

«Daher», fügte sie hinzu, und ich sah, wie sich über ihr schönes Antlitz der Schatten eines strengen Vorsatzes legte, «daher kann zwischen uns beiden nur gute Kameradschaft sein und nichts anderes.»

Ich glaubte diesem ernsten Vorsatz nicht allzusehr. Derselbe Mund, der ihn aussprach, vermochte sich fast im gleichen Augenblick meinen Küssen nicht mehr zu entziehen.

Dann sprach Carla lange Zeit. Sie versuchte offenbar, mein Mitleid zu erwecken. Ich erinnere mich an alles, was sie mir gesagt hat und woran ich erst richtig glaubte, als sie aus meinem Leben für immer verschwunden war. Solange ich sie körperlich in meiner Nähe hatte, fürchtete ich sie stets als eine Frau, die früher oder später ihren starken Einfluß dazu verwenden könnte, mich und meine Familie zugrunde zu richten. Als sie mir versicherte, daß sie nichts anderes verlange, als ihr eigenes Leben und das Leben ihrer Mutter gesichert zu sehen, glaubte ich ihr einfach nicht.

Heute weiß ich es sicher, daß sie niemals die Absicht hatte, mehr von mir zu verlangen, als sie unbedingt brauchte. Wenn ich dies bedenke, erröte ich vor Scham darüber, sie so schlecht verstanden und so verständnislos geliebt zu haben. Die Arme hat niemals etwas von mir gehabt. Ich hätte ihr sicherlich alles gegeben, denn ich gehöre zu jenen, die ihre Schulden bezahlen. Aber ich wartete darauf, daß sie mich darum bitte.

Sie erzählte von der traurigen Situation, in der sie sich zur Zeit von ihres Vaters Tod befand. Monatelang mußte sie mit ihrer Mutter Tag und Nacht an Stickereien arbeiten, die ihnen ein Kaufmann in Auftrag gab. In ihrer Einfalt glaubte sie, daß die Hilfe von der göttlichen Vorsehung kommen müsse, und sie stand manchmal stundenlang am Fenster, starrte auf die Gasse hinab, ob diese Hilfe nicht endlich daherkäme. Statt dessen kam Copler. Nun war sie einigermaßen mit ihrer Lage zufrieden. Ihre Mutter und sie verlebten aber trotzdem unruhige Nächte, denn die Unterstützung, die ihnen verschafft worden war, konnte doch nicht als sicher gelten. Und wenn es sich eines Tages herausstellte, daß sie weder über Stimme noch Talent verfügte? Copler hätte sie sicher verlassen. Er rechnete damit, sie nach wenigen Monaten öffentlich auftreten zu lassen. Wenn dies nun ein richtiges und unzweideutiges Fiasko würde?

Immer in der Absicht, mein Mitleid zu erregen, erzählte sie mir, daß das materielle Unglück ihrer Familie auch die Ursache ihres menschlichen Unglücks geworden sei. Ihr Bräutigam hatte sie verlassen.

Ich blieb die ganze Zeit in einer Stimmung, die alles eher als mitleidig war. Ich sagte bloß:

«Ihr Bräutigam hat Sie oft geküßt? Genauso wie ich?»

Sie lachte, denn ich hinderte sie daran zu reden. So wies mir mein Vorgänger den Weg.

Die Stunde, zu der ich zum Mittagessen hätte zu Hause sein müssen, war schon längst vorbei. Ich wollte gehen. Es war genug für diesen Tag. Ich verspürte weder die Skrupel, die mich die ganze Nacht lang wach gehalten hatten, noch auch die Unruhe, von der ich zu Carla getrieben worden war. Andererseits war ich auch nicht ruhig. Es ist wahrscheinlich mein Schicksal, niemals ruhig zu sein. Die Gewissenszweifel waren beruhigt, denn obwohl mir Carla so viele Küsse versprochen hatte, wie immer ich wollte, so war dies doch im Namen einer reinen Freundschaft geschehen, die Augustas Rechte nicht verletzen konnten. Ich mußte schon die Ursache meines Unbehagens, das leichte Schmerzen in meinem Organismus hervorrief, anderswo suchen. Ah – Carla sah mich ja in ganz falschem Licht! Carla konnte mich wohl verachten, da sie mich so begierig nach ihren Küssen sah und dabei genau wußte, daß ich Augusta liebte. Dieselbe Carla, die nur deshalb vorgab, mich hoch zu achten, weil sie mich einfach brauchte.

Ich beschloß, mir ihre Achtung wiederzuerringen, und sprach Worte, deren Erinnerung mich später schmerzte wie die Erinnerung an ein feiges Verbrechen, an einen ohne Notwendigkeit und ohne Nutzen begangenen Verrat.

Ich stand schon fast bei der Tür und trug im Gesicht den Ausdruck eines ruhigen und frohen Menschen, der ungern schwierige Geständnisse macht. So sagte ich zu Carla:

«Copler hat Ihnen also erzählt, wie sehr ich meine Frau liebe! Etwas davon ist ja wahr. Ich schätze meine Frau sehr.»

Hierauf erzählte ich ihr haargenau die Vorgeschichte meiner Ehe: wie ich mich in die ältere Schwester Augustas verliebte, die jedoch von mir nichts wissen wollte, weil sie einen anderen hatte; wie ich sodann versuchte, eine andere ihrer Schwestern zu heiraten, Alberta, die mich gleichfalls zurückwies; wie mir schließlich nichts übrigblieb, als in die Ehe mit Augusta einzuwilligen.

Carla glaubte diese Geschichte augenblicklich. Später erfuhr ich, daß schon Copler, der einiges davon wußte, ihr etliche Details hinterbracht hatte, die nicht ganz genau, aber im großen und ganzen stimmten und nun von mir persönlich bestätigt wurden.

Sie frage nachdenklich: «Ist Ihre Frau sehr schön?»

Ich erwiderte: «Nicht nach jedermanns Geschmack.»

Es gab noch ein Prinzip, das in mir wachte und mir verbot, gewisse Dinge zu tun. Ich hatte erklärt, daß ich meine Frau schätzte, aber nicht, daß ich sie liebte. Ich hatte auch nicht gesagt, daß sie mir gefalle, und auch nicht angedeutet, daß sie mir nicht gefallen könne. In jenem Augenblick glaubte ich, äußerst aufrichtig zu sein. Heute weiß ich, daß ich mit diesen Worten beide Frauen und alle Liebe verraten habe, sowohl meine wie auch ihre. Wenn ich mich aufrichtig prüfte, fand ich mich noch nicht ruhig. Es fehlte mir irgend etwas. Plötzlich fühlte ich, daß das Couvert, mit dem so viel gute Vorsätze zusammenhingen, noch immer in meiner Weste steckte, und bot es Carla an. Sie öffnete es und gab es mir sofort zurück. Sie sagte, Copler habe ihr am Tag zuvor die monatliche Rente gebracht, so daß sie im Augenblick wirklich nicht bedürftig sei. Meine Unruhe wuchs. Die Ansicht, die ich mir einmal gebildet hatte, nämlich daß wirklich gefährliche Frauen geringe Summen nicht annehmen, ging mir wieder durch den Kopf. Carla bemerkte mein Mißbehagen. Mit einer entzückenden Einfalt, die ich erst heute schätze, da ich darüber schreibe, bat sie mich um einen ganz geringen Betrag, für den sie ein paar Teller kaufen wollte. Die beiden Frauen hatten nämlich infolge eines Malheurs in der Küche fast alles Geschirr verloren.

Dann geschah etwas, das einen unauslöschlichen Eindruck in mir hinterlassen hat. Ich küßte sie vor dem Fortgehen: aber diesmal erwiderte sie meinen Kuß mit aller Innigkeit. Mein Gift hatte gewirkt. Sie sagte harmlos:

«Ich liebe Sie. Sie sind so gut, daß selbst der Reichtum Sie nicht verderben konnte.»

Mit einiger Bosheit fügte sie hinzu:

«Ich weiß nun, daß es nur gefährlich ist, Sie warten zu lassen; sonst nichts.»

Auf dem Treppenflur fragte sie noch:

«Kann ich nun den Gesanglehrer und auch Copler zum Teufel jagen?»

Ich stieg rasch die Treppen hinunter und sagte über die Schulter:

«Es wird sich finden.»

Somit war alles klar. Nur eines blieb bei der Sache ungelöst. Dies verursachte mir aber wieder ein solches Unbehagen, daß ich, als ich ins Freie trat, gar nicht in die Richtung nach meinem Hause ging, sondern in die entgegengesetzte. Fast war es, als wollte ich augenblicklich wieder zu Carla zurückkehren, um ihr das eine noch klar auseinanderzusetzen: meine Liebe zu Augusta. Ich konnte es noch tun, denn ich hatte ja noch nicht das Gegenteil behauptet, ich hatte es nur zu erwähnen vergessen, als ich die Vorgeschichte meiner Ehe erzählte. Carla hatte nun sicherlich daraus den Schluß gezogen, daß ich Augusta ganz und gar nicht liebte; daher der glühende Kuß, mit dem sie meinen erwiderte und den sie noch dazu mit einer Liebeserklärung unterstrich. Wenn dieser Umstand nicht gewesen wäre, hätte ich den vertrauensvollen Blick Augustas sicherlich weiter ertragen können. Dabei erinnerte ich mich, wie froh ich vor kurzem noch war, als ich erfuhr, daß Carla um meine Liebe zu Augusta wußte und deshalb das Abenteuer, das ich suchte, durch ihre freie Entschließung in eine Freundschaft, die allerdings durch Küsse reizvoller gemacht wurde, verwandeln wollte.

Ich ließ mich im Volksgarten auf eine Bank nieder und schrieb zerstreut mit dem Stock das Datum dieses Tages in den Kies. Dann lachte ich bitter auf: ich wußte, daß dieses Datum nicht das Ende meiner Treulosigkeit bedeutete. Im Gegenteil, sie begann ja erst mit diesem Tag. Woher hätte ich die Kraft nehmen können, zu dieser begehrenswerten Frau, die auf mich wartete, nicht zurückzukehren? Außerdem hatte ich schon so viele Verpflichtungen übernommen, Verpflichtungen der Ehre. Ich hatte schon so viele Küsse empfangen und nicht die Möglichkeit gehabt, mit etwas anderem meine Dankbarkeit zu erweisen als mit ein paar Tellern. Es war wirklich eine unsaldierte Rechnung, durch die ich nun mit Carla verbunden blieb.

Das Mittagessen war traurig. Augusta verlangte keine Rechenschaft über die Gründe meiner Verspätung. Freiwillig redete ich nicht, denn ich fürchtete, mich zu verraten, um so mehr, als ich auf dem kurzen Weg vom Volksgarten bis nach Hause mit dem Gedanken gespielt hatte, Augusta alles zu erzählen. Es war daher möglich, daß die Geschichte meines Treubruchs deutlich auf meinem Gesicht, das ich nicht verstellen konnte, zu lesen war. Es wäre aber das einzige Mittel gewesen, mich zu retten. Erzählte ich Augusta alles, so stellte ich mich unter ihren Schutz und ihre Verantwortung. Und dies wäre so bedeutend und entscheidend gewesen, daß ich das Datum dieses Tages mit gutem Recht hätte verzeichnen können. An diesem Tag wäre ich der absoluten Ehrlichkeit und Gesundheit um einen großen Schritt nähergekommen.

Man sprach von vielen und gleichgültigen Dingen. Ich bemühte mich, heiter zu sein, aber es gelang mir nicht, mich zärtlich zu zeigen. Augusta stockte der Atem; sicherlich wartete sie auf eine Erklärung, die nicht kam.

Sie machte sich also wieder an ihre große Arbeit, die darin bestand, die Winterkleider in die dafür bestimmten Schränke zu hängen. Im Lauf des Nachmittags sah ich sie öfter am Ende des langen Ganges, unterstützt von ihrer Magd, hingegeben an ihre Arbeit. Kein noch so großer Schmerz konnte ihren gesunden Betätigungsdrang unterbrechen.

Ruhelos ging ich zwischen meinem Schlafzimmer und dem Badezimmer hin und her. Ich wollte Augusta rufen und ihr wenigstens mitteilen, daß ich sie liebe. Das hätte ihrer armen Einfalt schon vollauf genügt. Statt dessen fuhr ich fort, herumzugrübeln und zu rauchen.

Ich erlebte verschiedene Phasen meiner Gemütsstimmung. Es gab sogar einen Moment, in dem meine enorme Tugendhaftigkeit von der lebhaften Ungeduld unterbrochen wurde, es möge der nächste Tag schon da sein, damit ich zu Carla eilen könne. Es ist möglich, daß auch diese Ungeduld von einem guten Vorsatz beseelt war. Die große Schwierigkeit bestand nur darin, sich ganz mutterseelenallein und ohne Hilfe an die strenge Pflicht zu halten. Ein

Geständnis hätte mir die Mitarbeit meiner Frau verschafft. Dies jedoch war undenkbar. Es blieb also nichts übrig, als auf Carlas Mund mit einem letzten Kuß abzuschwören. Wer war denn Carla? Erpressung war nicht einmal die ärgste Gefahr, die ich von ihr befürchten mußte. Am nächsten Tag würde sie meine Geliebte sein: wer weiß, was daraus noch entstehen konnte? Ich wußte doch von ihr nicht mehr, als was mir dieser dumme Copler erzählt hatte. Auf Coplers Informationen hin hätte ein vorsichtigerer Mensch, wie zum Beispiel Olivi, nicht gewagt, ein Geschäft zu basieren.

Die ganze Tätigkeit Augustas in meinem Hause, die so gesund und schön war, galt für nichts. Die Radikalkur, die ich bei meiner irrsinnigen Suche nach Gesundheit ausprobiert hatte, meine Ehe, war gänzlich mißlungen. Ich fühlte mich weniger gesund denn je, dazu war ich noch verheiratet, und zwar zu meinem Schaden und zu dem der anderen.

Später, als ich dann tatsächlich der Geliebte Carlas war und zufällig an jenen traurigen Nachmittag dachte, verstand ich einfach nicht, warum mein strenger und männlicher Vorsatz mich damals nicht zurückhalten konnte. Mein Ehebruch war mir, noch bevor ich ihn beging, derart schlecht, unzweckmäßig und bedauerlich erschienen, daß man hätte meinen sollen, es würde mir leichtfallen, ihn zu vermeiden. Über Erkenntnisse, die man nach vollzogener Tatsache findet, kann man immer nur lachen; sie sind genauso wenig wert wie jene, die man vorher gefunden hat. In irgendeinem Lexikon habe ich das Gedenken an diese anstvollen Stunden beim Buchstaben C (Carla) für ewig festgehalten: das Datum jenes Tages steht dort vermerkt, begleitet von dem Zusatz: «Letzter Ehebruch.» Aber der erste wirkliche Ehebruch, der noch viele andere zur Folge hatte, geschah erst am nächsten Tag.

Mir fiel nichts Besseres ein, als zu später Stunde noch

ein Bad zu nehmen. Ich wurde das Gefühl nicht los, am ganzen Körper schmutzig zu sein. Ich wollte mich waschen. In der Badewanne dachte ich, um völlig rein zu werden, müßte ich mich in diesem Wasser auflösen können. Dann kleidete ich mich willenlos an. Ich glaube, daß ich mich nicht einmal sorgfältig abtrocknete. Der Tag verrann. Ich stand in einem fort an meinem Fenster und betrachtete die schönen grünen Blätter auf den Bäumen meines Gartens. Da überfiel mich ein Schüttelfrost, und ich freute mich darüber, denn ich glaubte, Fieber zu haben. Ich wünschte mir nicht gerade den Tod, aber die Krankheit; eine Krankheit, die mir entweder als Vorwand dienen konnte, das zu tun, was ich eigentlich wollte, oder die mich an meinem Vorhaben hindern würde.

Endlich suchte mich Augusta auf, nachdem sie es sich so lange überlegt hatte. Als ich sie sah, so ohne jeden Groll, so voll unendlicher Sanftmut, steigerte sich mein Schüttelfrost bis zum Zähneklappern. Sie erschrak und bat mich, sofort ins Bett zu gehen. Mir war so kalt, daß meine Zähne aufeinanderschlugen, aber ich wußte schon, daß ich kein Fieber hatte, und hinderte Augusta, einen Arzt zu holen. Ich bat sie, bloß die Lampe auszulöschen, sich ruhig an meine Seite zu setzen und kein Wort zu reden. Ich weiß nicht mehr, wie lange wir so beisammen blieben. Die verlorene Wärme strömte plötzlich in mich zurück, und zugleich mit ihr ein neues und wundersames Gefühl von Vertrauen. Meine Gedanken blieben indessen noch immer in derartiger Verwirrung, daß ich Augusta, als sie wieder davon anfing, einen Arzt zu holen, resolut erklärte, ich wüßte genau den Grund meines Übelbefindens und würde ihn ihr später schon mitteilen. Noch einmal nahm ich mir vor, ihr alles zu gestehen. Es blieb mir doch kein anderer Weg, mich von meinem entsetzlichen Druck zu befreien.

So blieben wir noch eine geraume Weile schweigend beieinander. Dann bemerkte ich, daß sich Augusta von ihrem Lehnstuhl erhoben hatte und langsam auf mich zukam. Mich überfiel eine plötzliche Angst: Wahrscheinlich hat sie alles erraten. Sie ergriff meine Hand und streichelte sie. Darauf berührte sie sanft meine Stirn, um zu fühlen, ob meine Körpertemperatur höher sei als gewöhnlich. Dann sagte sie:

«Du hättest es voraussehen müssen. Trifft dich diese Überraschung wirklich so hart?»

Ich war über ihre Worte starr vor Staunen. Ich merkte auch, daß Augusta Tränen gewaltsam unterdrückte. Es war klar, das alles bedeutete keine Anspielung auf mein Abenteuer. Wie hätte ich denn voraussehen sollen, daß ich dieser Versuchung nicht widerstehen würde? Ich fragte also etwas schroff:

«Was meinst du denn? Was hätte ich voraussehen müssen?»

Sie flüsterte, ein wenig verwirrt:

«Daß Guidos Vater zur Hochzeit Adas kommen würde.»

Endlich begriff ich: sie glaubte, daß ich unter der unmittelbar bevorstehenden Hochzeit Adas so heftig litt. Nun aber war es mir, als täte sie mir unrecht: dieses Vergehens war ich wirklich nicht schuldig. Sofort verließ mich jegliche Gewissensqual; ich fühlte mich rein, unschuldig wie ein Neugeborener. Plötzlich sprang ich aus dem Bett und rief:

«Du glaubst, daß mir die Hochzeit Adas so nahe geht? Bist du wahnsinnig? Seitdem ich verheiratet bin, denke ich überhaupt nicht mehr an sie. Ich erinnerte mich in dem Augenblick, als du das sagtest, nicht einmal mehr daran, daß der Herr Señor heute angekommen ist.»

Ich umarmte und küßte Augusta mit größter Herzlichkeit. Meine Worte klangen so aufrichtig, daß sie sich schämte, mich verdächtigt zu haben.

Aus ihrem treuen Gesicht wich jeder Schatten. Beide

waren wir hungrig und setzten uns sofort zum Abendbrot. An demselben Tisch, an dem wir noch vor wenigen Stunden so viel gelitten hatten, saßen wir nun wie zwei gute Kameraden während der Ferien.

Augusta erinnerte mich, daß ich ihr versprochen hatte, ihr den Grund meines Übelbefindens später mitzuteilen. Ich schützte eine Krankheit vor, eben jene Krankheit, die mir die Möglichkeit geben sollte, zu tun und zu lassen, was mir gefiel, ohne selber eine Verantwortung für etwas zu tragen. Ich erzählte also, ich hätte mich schon an diesem Morgen, in Gesellschaft der beiden alten Herren, recht deprimiert gefühlt. Dann sei ich zum Augenarzt gegangen, um die Brille abzuholen, die er mir verordnet hatte. Vielleicht war es dieses Anzeichen des Alters, das mich so entmutigte und verbitterte. Stunde um Stunde sei ich dann durch die Straßen der Stadt gegangen. Andeutungsweise erzählte ich ihr auch von den Zwangsvorstellungen, die mir so große Schmerzen verursachten. Dies alles enthielt, wie ich mich erinnere, sogar die schattenhafte Skizze zu einem aufrichtigen Bekenntnis. Ich weiß nicht mehr, wie dies alles eigentlich mit meiner angeblichen Krankheit zusammenhing. Ich sprach sogar von dem Blut, das in mir kreiste und kreiste und mich aufrecht erhielt, fähig zu Gedanken und Taten und somit auch zu Schuld und Gewissensqual. Augusta begriff natürlich nicht, daß ich von Carla sprach. Ich aber war der Meinung, aufrichtig alles bekannt zu haben.

Nach dem Abendbrot setzte ich die Brille auf und tat nun lange Zeit so, als lese ich die Zeitung. In Wirklichkeit konnte ich durch die Brillengläser überhaupt nichts sehen. Meine freudige Erregung steigerte sich, als hätte ich Alkohol genossen. Ich sagte, ich könne nicht verstehen, was ich lese. So fuhr ich fort, den Kranken zu spielen.

Die ganze folgende Nacht fand ich keinen Schlaf. Ich sehnte mich nach der Umarmung Carlas mit leidenschaftlichstem Verlangen. Oh, ich verlangte nach ihr, dem Mädchen mit den reichen Zöpfen, die an einem ungewohnten Platze lagen, dem Mädchen mit der Stimme, die so von Musik erfüllt war, wenn sie sich nicht um Noten kümmern mußte. Schon das, was ich alles um Carla gelitten hatte, machte sie mir begehrenswert. Die ganze Nacht hindurch hielt ich an einem eisernen Vorsatz fest: sie sollte, ehe sie die Meine wurde, die volle Wahrheit über meine Beziehungen zu Augusta wissen. Mitten in der Einsamkeit der Nacht begann ich zu lachen. Es war in der Tat sehr originell, die Eroberung einer Frau dadurch bewerkstelligen zu wollen, daß man ihr erklärt, wie sehr man eine andere liebt. Vielleicht konnte dies Carla bewegen, zu ihrer Passivität zurückzukehren. Aber wozu sollte das gut sein? In diesem Augenblick hätte nichts vermocht, den Wert ihrer Hingabe, deren ich sicher zu sein glaubte, in meinen Augen herabzusetzen.

Am folgenden Morgen sagte ich mir während des Ankleidens all die Worte, die ich an Carla richten wollte, auswendig her: daß Augusta es verstanden habe, sich durch ihren Charakter und durch ihre Gesundheit (ich hätte ja länger dabei verweilen können, meinen Begriff von Gesundheit ausführlich zu erklären, was sicherlich auch der Erziehung Carlas förderlich gewesen wäre) nicht nur meine Hochschätzung, sondern auch meine Liebe zu gewinnen.

Als ich den Morgenkaffee trank, war ich in ein eingebildetes Gespräch mit Carla vertieft. Augusta bekam keinen anderen Abschiedsgruß als einen flüchtigen Kuß. Ich gehörte ja trotzdem ganz ihr! Und nun ging ich zu Carla, um meine leidenschaftliche Liebe zu Augusta aufs neue zu beleben.

Als ich Carlas Zimmer betrat, war ich so froh, sie allein und wartend anzutreffen, daß ich sie augenblicklich an mich zog und voll Leidenschaft umarmte. Ich erschrak über die Energie, mit der sie mich zurückstieß. Sie beging geradezu einen Gewaltakt! Augenscheinlich wollte sie von mir nichts wissen. Schmerzlich enttäuscht stand ich mitten im Zimmer und sperrte vor Staunen den Mund auf.

Aber sie hatte sich sogleich beruhigt und flüsterte mir zu:

«Sehen Sie denn nicht, daß Sie die Tür offen gelassen haben? Eben geht jemand die Treppe hinunter!»

Ich legte mir die Miene eines Mannes zurecht, der einen rein formellen und gesellschaftlichen Besuch abstattet. Als die Schritte des Störenfrieds auf der Stiege verhallt waren, schlossen wir die Tür. Carla erblaßte, als sie sah, daß ich auch den Schlüssel herumdrehte. Alles war nun klar. Bald darauf flüsterte sie mit tränenerstickter Stimme:

«Du willst es? Du willst es also wirklich?»

Sie sagte «du» zu mir, und das war entscheidend. Ich antwortete rasch:

«Es ist das einzige, was ich ersehne.»

Dabei vergaß ich ganz, daß ich vorher noch einiges hatte klarstellen wollen.

So versuchte ich denn, wenigstens gleich nachher von meinen Beziehungen zu Augusta zu reden, wenn ich es schon vorher vergessen hatte. Aber das war in diesem Augenblick leider sehr schwer. Mit Carla über etwas zu sprechen, das mit der Situation nicht zusammenhing, mußte wie eine Herabsetzung der eben erlebten Augenblicke erscheinen. Auch der Unempfindlichste unter den Männern weiß, daß man so etwas nicht tun darf, wenngleich auch alle wissen, daß die Bedeutung der Situation nachher mit der Bedeutung der Situation vorher keinen Vergleich aushalten kann. Aber immerhin, es wäre recht beleidigend für eine Frau, in deren Armen man eben zum erstenmal gelegen hat, zu sagen: «Vor allem muß ich dir meine gestrigen Worte näher erläutern.» Was war denn gestern? Alles was am Tag zuvor geschehen ist, muß einer Erwähung unwürdig erscheinen. Wenn dies ein Ehrenmann nicht fühlt, so ist es schlimm genug für ihn. Jedenfalls muß er sich bemühen, so zu handeln, daß niemand diese schlimme Eigenschaft bemerkt.

Es steht außer Frage, daß ich der Ehrenmann war, der das alles nicht fühlte, denn meine Verstellung beging einen Fehler, wie ihn die Aufrichtigkeit niemals begehen könnte. Ich fragte Carla:

«Wie war es eigentlich möglich, daß du meine Geliebte geworden bist? Womit habe ich das verdient?»

War meine Dankbarkeit echt, oder wollte ich Carla einen Vorwurf machen? Wahrscheinlich war es nichts als ein Versuch, irgendwelche Erklärungen meinerseits einzuleiten.

Sie blickte mir erstaunt ins Gesicht, um in meiner Miene zu lesen.

«Ich glaube, daß du es warst, der mich genommen hat», antwortete sie mit einem zärtlichen Lächeln, das besagen sollte, sie zürne mir nicht.

Ich erinnerte mich, gehört zu haben, daß die Frauen stets die Lüge hören wollen, man habe sie genommen. Aber es fiel Carla selber auf, daß da irgend etwas nicht stimmte: Dinge kann man nehmen, Menschen aber müssen sozusagen dazu erst die Erlaubnis geben. Sie murmelte:

«Ich habe auf dich gewartet! Du warst der Ritter, der kommen mußte, um mich zu befreien. Es ist natürlich nicht recht, daß du verheiratet bist, da ich aber weiß, daß du deine Frau nicht liebst, beruhigt mich wenigstens das Bewußtsein, nicht das Glück eines anderen Menschen zu zerstören.»

Plötzlich empfand ich wieder meinen Schmerz in der Hüfte, und zwar mit solcher Heftigkeit, daß ich Carla sofort aus meinen Armen lassen mußte. Also war die Bedeutung meiner unbedachten Worte am Tag vorher von mir doch richtig eingeschätzt worden. Es war wirklich meine Lüge, die Carla bewogen hatte, meine Geliebte zu werden. Wenn ich jetzt angefangen hätte, von meiner Liebe zu Augusta zu reden, so hätte mir Carla mit Recht vorwerfen können, sie in eine Falle gelockt zu haben. Was sollte ich jetzt klarstellen? Jede Erklärung war nun unmöglich geworden. Aber vielleicht würden sich in Zukunft noch irgendwelche Gelegenheiten ergeben, wieder auf die Sache zurückzukommen. Nun mußte ich diese Gelegenheiten abwarten, das aber bedeutete nichts anderes, als ein neues Band zu schlingen, das mich noch fester an Carla binden sollte.

In diesem Augenblick, den ich noch neben Carla verbrachte, erwachte von neuem und in aller gewohnten Intensität meine Leidenschaft für Augusta. Plötzlich kannte ich nur mehr ein Verlangen: zu meiner legitimen Frau zurückzukehren, und zwar einzig und allein, um sie bei ihrer eifrigen, ameisengleichen Arbeit zu beobachten, wie sie unsere Wintergarderobe in den Schränken aufbewahrte, in einer Atmosphäre von Kampfer und Naphthalin.

Aber ich folgte meiner Pflicht als Ehrenmann, die mir wegen eines Umstands sehr schwerfiel, der mir zunächst Unbehagen verursachte und mir wie die Drohung einer gefährlichen Sphinx erschien: Carla erzählte mir nämlich, daß sie am Tag zuvor, gleich nachdem ich weggegangen war, den Gesanglehrer, der bei ihr zur Stunde erschien, vor die Tür gesetzt habe.

Ich konnte eine Bewegung des Mißfallens nicht unterdrücken. Das bedeutete ja, daß Copler unsere Beziehung zu Ohren kommen mußte.

«Was wird Copler dazu sagen?» rief ich aus.

Carla begann zu lachen und suchte nun selbst Zuflucht in meinen Armen.

«Haben wir nicht gesagt, daß der gleichfalls hinausgeworfen werden soll?»

Sie war noch immer reizend, aber sie konnte mich nicht mehr verführen. Ich fand sofort eine Haltung, die mir in dieser Situation nicht übel paßte: die Haltung des Pädagogen. Sie gab mir die Möglichkeit, allen Groll, der auf dem Grund meiner Seele aufgestapelt lag, gegen die Frau loszulassen, die mich daran hinderte, über meine angetraute Gattin so zu reden, wie ich wollte. Ich sagte zu ihr:

«Man muß arbeiten auf dieser Welt. Diese Welt ist, wie du schon erfahren haben dürftest, äußerst schlecht. Nur Starke können sich in ihr behaupten. Was wirst du tun, wenn ich sterben sollte?»

So hatte ich mir plötzlich die Möglichkeit geschaffen, sie zu verlassen, und zwar in einer Weise, die sie nicht verletzen konnte. Carla war sogar noch gerührt. Dann sagte ich, in der deutlichen Absicht, sie zu beschämen, daß es bei meiner Frau beispielsweise genüge, einen Wunsch nur einmal zu äußern – sofort sehe ich ihn erfüllt. Carla meinte resigniert:

«Nun gut. Wir können dem Lehrer sagen lassen, er möge wiederkommen.»

Darauf versuchte sie, mir ihre Antipathie gegen diesen Lehrer zu erklären. Jeden Tag mußte sie die Gesellschaft dieses widerlichen Alten ertragen, der sie bis ins Unendliche dieselben Übungen wiederholen ließ, Übungen, die nichts taugten, wahrhaftig gar nichts. Sie erinnerte sich nicht, während dieser Lehrzeit jemals gute Tage gehabt zu haben, außer etwa jenen, an denen der Lehrer krank war. Sie hoffte immer, er würde einmal sterben – aber auch damit hatte sie kein Glück.

Am Ende war sie vor Verzweiflung außer sich. Sie wiederholte ihre Klagen mit immer stärkerem Nachdruck: sie hatte kein Glück, sie war rettungslos unglücklich. Und als sie sich erinnerte, daß sie mich auf den ersten Blick geliebt hatte, weil ihr meine Handlungsweise, meine Reden und Blicke als das Versprechen eines weniger strengen, weniger zwangsmäßigen, weniger langweiligen Lebens erschienen waren – brach sie in Tränen aus.

So lernte ich also bald ihre Tränen kennen, und sie waren mir äußerst lästig. Dabei brachen diese Tränen mit solcher Heftigkeit hervor, daß ihr ganzer Körper hin und her geschüttelt wurde. Ich hatte sofort das Gefühl, als müsse ich einem ungestümen Angriff auf Besitz und Leben standhalten. Ich fragte also:

«Aber glaubst du denn, daß meine Frau auf dieser Welt gar nichts zu tun hat? In der Zeit, die wir hier miteinander verbringen, vergiftet sie sich die Lungen mit dem Geruch von Kampfer und Naphthalin.»

Carla schluchzte:

«Diese ganzen häuslichen Utensilien... die Winterröcke... oh, die Glückliche!»

Ich dachte gereizt, sie wolle mir damit sagen, ich möge sofort hinuntereilen, um ihr alle diese Sachen zu kaufen und ihr so die Beschäftigung zu verschaffen, für die sie solche Vorliebe zeigte. Ich verbarg gottlob diese Gereiztheit und folgte meiner Pflicht und Schuldigkeit, die in meinem Innern befahl: du mußt das Mädchen, das sich dir vor einer halben Stunde hingegeben hat, jetzt zumindest streicheln! Ich streichelte sie also, indem ich mit leichter Hand über ihr Haar fuhr. Das hatte zur Folge, daß das Schluchzen nachließ und die Tränen reichlicher und hemmungsloser flossen, dem Regen gleich, der einem Gewitter folgt. Carla sagte darauf:

«Du bist mein erster Geliebter. Wirst du mich auch weiter liebbehalten?»

Die Mitteilung, daß ich ihr erster Geliebter sei, die Numerierung «erster», die den Platz schon für den zweiten reservierte, rührte mich nicht sonderlich. Übrigens war es auch eine Mitteilung, die reichlich spät kam, denn das Thema war schon seit gut einer halben Stunde erledigt. Abgesehen davon erschien sie mir auch wie eine neue Drohung. Eine Frau glaubt stets, enorme Rechte auf ihren ersten Geliebten zu haben. Jedenfalls flüsterte ich Carla sanft ins Ohr:

«Auch du bist meine erste Geliebte, seitdem ich verheiratet bin.»

Ich wollte reinen Tisch machen, aber meine Stimme sollte es nicht verraten.

Bald darauf verließ ich Carla, denn ich hätte um nichts in der Welt zu spät zum Mittagessen kommen wollen. Vor dem Fortgehen zog ich das Couvert heraus, das ich das Couvert der guten Vorsätze nannte, weil es seine Existenz meinem strengen, unabänderlichen Vorsatz verdankte. Ich hatte das Bedürfnis zu bezahlen, um mich freier zu fühlen. Carla wies das Geld wieder auf sanfte Weise zurück. Ich wurde darüber ernstlich zornig, konnte aber noch rechtzeitig meinen Zorn verbergen, und zwar dadurch, daß ich die zärtlichsten Worte brüllte. Ich schrie, um sie nicht schlagen zu müssen; ich verstellte mich gut. Ich teilte ihr mit, daß ich durch ihren Besitz den Gipfelpunkt meiner Wünsche erreicht hätte. Nur wolle ich mein Besitzgefühl noch dadurch steigern, daß ich vollkommen für ihren Unterhalt sorgte. Sie müsse sich deshalb hüten, mich zu erzürnen, denn ich litte darunter allzusehr. Da ich schon fort mußte, faßte ich meine Argumente in wenige Worte zusammen, die infolge des schreienden Tones äußerst roh ausfielen:

«Bist du meine Geliebte? Also! Dein Lebensunterhalt ist somit meine Sache!»

Erschrocken gab sie nach und nahm das Couvert, während sie mich ängstlich anstarrte, als wollte sie erforschen, was sie ernst nehmen solle: das Zorngeschrei oder das zärtliche Wort, mit dem ihr all das überreicht wurde, was sie sich nur wünschen konnte. Ein wenig ruhiger wurde sie, als ich sie, bevor ich fortging, leicht auf die Stirn küßte. Auf der Treppe befielen mich Zweifel darüber, ob sie nicht auch Copler vor die Tür setzen werde, nun, da sie über soviel Geld verfügte und auch wußte, daß ich für ihre weitere Zukunft sorgen würde. Copler sollte am selben Nachmittag zu ihr kommen. Ich wäre gern zurückgegangen, um sie zu bitten, sie möge mich nicht durch ein solches Vorgehen kompromittieren; aber es war dazu keine Zeit mehr, ich mußte mich sputen.

Ich fürchte, der Arzt, der dieses Manuskript liest, könnte auf den Gedanken kommen, daß auch Carla ein dankbares Objekt für seine Psychoanalyse abgegeben hätte. Er könnte glauben, die Hingabe Carlas, der die Verabschiedung des Gesanglehrers voranging, sei viel zu früh erfolgt. Auch mir schien es, daß sie als Belohnung für ihre Liebe von mir zu viele Konzessionen erwartete. Es mußten viele, fast unendlich viele Monate verstreichen, ehe ich das arme Mädchen besser verstand. Vielleicht gab sie sich nur deshalb so rasch hin, um die beunruhigende Herrschaft Coplers loszuwerden. Es mußte für sie eine äußerst schmerzliche Überraschung sein, daß ihre Hingabe umsonst war, denn ich verlangte ja von ihr auch weiterhin all das, was sie vorher so bedrückt hatte: die eifrige Durchführung des Gesangstudiums. Sie lag noch in meinen Armen, als sie schon vernehmen mußte, daß vom Abbruch dieses Studiums keine Rede sein konnte. Daher ihr Zorn und ihr Schmerz, die beide nicht ihren rechten Ausdruck fanden. Aus den verschiedensten Gründen führten wir so miteinander sonderbare Reden. Erst als sie mich wirklich liebgewann, bekam sie ihre Natürlichkeit wieder, die ihr in der Zeit, während der sie nur spekulierte, verlorengegangen war. Ich hingegen habe meine natürliche Einstellung überhaupt nie wiedergefunden.

Während ich fortlief, dachte ich noch: «Wenn sie wüßte, wie sehr ich meine Frau liebe, würde sie sich anders benehmen.» Und als sie es dann später zu wissen glaubte, benahm sie sich auch wirklich anders.

Unter dem klaren Himmel genoß ich meine Freiheit und empfand keinen Schmerz darüber, sie aufs Spiel gesetzt zu haben. Vor allem hatte ich nun Zeit bis zum nächsten Tag und konnte vielleicht noch das Mittel finden, um aller Schwierigkeiten, die mir drohten, Herr zu werden. Während ich nach Hause eilte, fand ich sogar noch den Mut, mich über die soziale Ordnung zu entrüsten, als trüge sie schuld an meinen Komplikationen. Ich glaubte, sie müßte so beschaffen sein, daß einem von Zeit zu Zeit (nicht immer) der freie Verkehr mit anderen Frauen gestattet sei, ohne irgendwelche Folgen befürchten zu müssen; sogar mit Frauen, die man gar nicht liebt. Von Reue empfand ich keine Spur. Ich glaube daher, daß die Reue nicht aus dem Bedauern über eine schon begangene schlechte Tat entsteht, sondern nur der traurigen Erkenntnis von der eigenen schlechten Veranlagung entspringt. Der höhere Teil des Körpers beugt sich herab, um den anderen Teil zu betrachten und zu beurteilen: er findet ihn scheußlich. Abscheu packt ihn, und das Ganze nennt man dann Reue. In der antiken Tragödie beispielsweise kehrte das Opfer nicht mehr ins Leben zurück, und dennoch verschwand jedes Reuegefühl. Das bedeutet, daß der Abscheu erregende Fehler durch den Tod wiedergutgemacht wird und daß jetzt das Bedauern der Überlebenden vollkommen ohne Bedeutung ist. Wo hätte in mir Platz für Reue sein sollen, da ich von solcher Freude erfüllt war, von solcher Liebe zu meiner legitimen Gattin, zu der ich eilte? Seit langem hatte ich mich nicht mehr so rein gefühlt.

Während des Mittagessens war ich lieb und zärtlich zu Augusta, und zwar ohne jeden Zwang. An diesem Tag gab es keinen einzigen Mißton zwischen uns. Aber auch keine übertriebenen Zärtlichkeiten. Ich benahm mich genau so, wie ich mich zu der Frau benehmen mußte, die ehrlich und sicher die meine war. Ich kam immer nur dann aus dem Häuschen, wenn sich in meinem Innern ein Kampf zwischen den beiden Frauen abspielte: indem ich meine Zärtlichkeitsäußerung übertrieb, fiel es mir leichter, Augusta zu verheimlichen, daß zwischen uns der übermächtige Schatten einer anderen Frau stand. Dabei weiß ich, daß mich Augusta dann am liebsten hatte, wenn sie fühlte, daß ich nicht ganz und nicht mit aller Aufrichtigkeit der Ihre war.

Ich staunte selber ein wenig über meine Ruhe, schrieb sie aber dem Umstand zu, daß es mir geglückt war, Carla zu bewegen, das Couvert der guten Vorsätze anzunehmen. Nicht, daß ich geglaubt hätte, sie damit gekauft zu haben, nur die erste Rate für einen Ablaßzettel schien mir damit bezahlt zu sein.

Unglücklicherweise stand die Beschäftigung mit Carlas Geldangelegenheiten während der ganzen Dauer unserer Beziehung im Vordergrund. Bei jeder möglichen Gelegenheit legte ich an irgendeinem gut versteckten Platz meiner Bibliothek eine Geldsumme beiseite, um allen plötzlichen Forderungen der Geliebten, die ich befürchtete, gewachsen zu sein. Dieses Geld ersparte ich, als Carla mich verließ, und es diente dann ganz anderen Zwecken.

Den Abend dieses denkwürdigen Tages mußten wir im Hause meines Schwiegervaters verbringen. Alle Mitglieder der Familie waren zu einem Souper eingeladen, das das traditionelle Verlobungsbankett ersetzen sollte. Es war eine Vorfeier zur Hochzeit Adas, die für zwei Tage später festgesetzt war. Guido wollte den augenblicklichen günstigen Gesundheitszustand Giovannis, an dessen Dauer er nicht glaubte, ausnützen, um zu heiraten.

Ich ging mit Augusta am frühen Nachmittag in die Wohnung meines Schwiegervaters. Auf der Straße erinnerte ich sie daran, daß sie mich am Tag vorher noch im Verdacht hatte, ich litte unter dieser Hochzeit. Sie schämte sich dieses Verdachts. Ich beteuerte immer wieder, ganz unschuldig zu sein. Ich war doch nach Hause gekommen, ohne überhaupt zu wissen, daß an diesem Abend die ersten Hochzeitsfeierlichkeiten stattfinden sollten.

Obwohl nur die nahen Verwandten eingeladen waren, wollte die Familie Malfenti doch das Bankett in feierlicher Form abhalten. Man hatte also Augusta gebeten, an der Ausschmückung des Saales und der Tafel mitzuhelfen. Alberta wollte nämlich von solchen Dingen nichts wissen. Kurz vorher hatte sie einen Schauspielpreis für einen von ihr verfaßten Einakter erhalten und setzte es sich in den Kopf, das nationale Theater zu reformieren.

So bemühten wir uns allein um die Tafel, ich und Augusta, unterstützt von einem Stubenmädchen und Luciano, einem Burschen aus Giovannis Büro, der seinen geschäftlichen Ordnungssinn auch im Hause bewies.

Ich befaßte mich damit, Blumen auf den Tisch zu stellen und sie in schöne Gruppen zu verteilen.

«Siehst du», sagte ich scherzend zu Augusta, «wie ich zu dem Glück Adas mein Scherflein beitrage. Selbst wenn man von mir verlangte, das Hochzeitsbett herzurichten, würde ich das in derselben frohen Stimmung tun!»

Dann sprachen wir mit dem Brautpaar, das von einem offiziellen Besuch zurückkehrte. Im verborgensten Winkel des Salons saßen die beiden dicht beieinander. Es ist anzunehmen, daß es zwischen den beiden nichts als Küsse gab, bevor wir zu ihnen traten. Die Braut hatte noch nicht einmal das Straßenkostüm abgelegt. So von der Hitze gerötet, sah sie entzückend aus.

Um keinen Verdacht aufkommen zu lassen, sie hätten sich etwa geküßt, wollten uns die beiden einreden, sie hätten eben über ein wissenschaftliches Thema gesprochen. Scheuten sie sich, ihre Intimität zu verraten, oder glaubten sie vielleicht, sie könnten jemandem damit weh tun? Aber dies alles trübte nicht meine gute Laune. Guido sagte, Ada wolle nicht glauben, daß es gewisse Wespen gibt, die mit einem einzigen Stich größere Insekten lähmen und sie gelähmt, aber noch immer lebend für ihre Jungen aufbewahren. Ich glaubte mich zu erinnern, daß es so etwas Gräßliches in der Natur tatsächlich gibt, aber ich wollte Guido in diesem Augenblick um keinen Preis irgendeine Genugtuung verschaffen.

So sagte ich lächelnd: «Bin ich eine Wespe, daß du mich danach fragst?»

Wir ließen die Brautleute wieder allein, damit sie sich ungestört mit amüsanteren Dingen befassen könnten. Dieser Nachmittag fing an, ein wenig langweilig zu werden. Wie gerne wäre ich nach Hause gegangen, um in meinem Arbeitszimmer die Stunde des Banketts abzuwarten.

Im Vorzimmer sahen wir Doktor Paoli, der gerade aus dem Schlafzimmer meines Schwiegervaters trat. Er war noch jung, hatte es aber verstanden, sich binnen kurzem eine bedeutende Praxis zu verschaffen. Hellblond, von weißer Haut und mit roten Backen, glich er einem großen Jungen. Doch die Augen, die in seiner kräftigen Erscheinung eine wichtige Rolle spielten, gaben seinem ganzen Äußeren etwas Ernstes und Gebieterisches. Überdies waren sie durch Brillengläser unnatürlich vergrößert. Der Blick haftete stets lange an den Dingen, als liebkoste er sie. Heute, da ich den Doktor Paoli ebensogut kenne wie den Doktor S. – den von der Psychoanalyse –, glaube ich, daß der Blick des Doktor S. mit bewußten Absichten arbeitet, während der Blick des Doktor Paoli nur aus reiner Neugierde besteht. Paoli blickt seinen Patienten genau und sorgsam an, jedoch nicht nur ihn, sondern auch die Frau, die ihm gerade gehört, und den Stuhl, auf dem er gerade sitzt. Gott weiß, welcher dieser beiden Ärzte seinen Patienten mehr Schaden zufügt! Während der Krankheit meines Schwiegervaters besuchte ich Doktor Paoli oft, um ihn zu bitten, meiner Familie zu verheimlichen, daß die Katastrophe unmittelbar bevorstehe. Ich erinnere mich, daß er eines Tages, nachdem er mich länger angeblickt hatte, als mir angenehm war, mit einem Lächeln zu mir sagte:

«Sie lieben ja Ihre Frau unendlich!»

Er war ein guter Beobachter. In diesem Augenblick betete ich meine Frau wahrhaftig an, da sie unter der Krankheit ihres Vaters so schrecklich litt und ich sie zu alledem täglich betrog.

Er sagte uns, als wir ihn im Vorzimmer trafen, daß sich Giovanni zweifellos besser befinde als am Tag vorher. Er sehe im Moment keinen Anlaß zu Besorgnissen. Die Jahreszeit sei äußerst günstig. Das Brautpaar könne ruhig auf die Hochzeitsreise gehen. Er fügte vorsichtshalber hinzu:

«Natürlich, falls nicht unvorhergesehene Komplikationen eintreten.»

Seine Prognose war richtig. Es kamen nachher die unvorhergesehenen Komplikationen.

Als er sich verabschiedete, sagte er noch, daß wir doch auch einen gewissen Copler kannten, an dessen Krankenbett er am selben Tag gerufen worden war. Er hatte bei ihm eine plötzliche Lähmung der Nieren konstatieren müssen. Dieser Lähmung waren entsetzliche Zahnschmerzen vorangegangen. Doktor Paoli schilderte Coplers Zustand als äußerst bedenklich, milderte aber seine schreckliche Diagnose, wie er es immer zu tun pflegte, durch einen Vorbehalt:

«Wenn er bis morgen durchhält, ist es möglich, daß er mit dem Leben davonkommt.»

Augusta kamen vor Mitleid die Tränen in die Augen. Sie beschwor mich, sofort nach unserem armen Freund zu sehen. Nach einigem Zögern gehorchte ich, und zwar gerne, denn mein Herz war plötzlich voll Mitleid für Carla. Wie hart war ich doch mit diesem armen Mädchen umgegangen! Nun, da Copler dahinging, blieb sie ganz allein auf ihrem öden Treppenflur, von jeder Verbindung mit meiner Welt abgeschlossen, und so konnte sie mich denn auch nicht mehr kompromittieren. Es war nötig, sofort zu ihr zu eilen, um die Erinnerung an mein rohes Benehmen von heute morgen auszulöschen. Vorsichtshalber besuchte ich zuerst meinen armen Freund Copler. Ich mußte doch Augusta später mitteilen können, daß ich ihn gesehen hatte.

Ich kannte schon die bescheidene, aber bequeme und ruhige kleine Wohnung Coplers in der Corsia Stadion. Ein alter Pensionär hatte ihm drei Zimmer von seiner Wohnung abgetreten. Von diesem Pensionär wurde ich empfangen, einem dicken Mann mit geröteten Augen, der unruhig und schnaufend in dem kurzen und finsteren Gang auf und ab schritt.

Der Arzt, so erzählte er, sei vor kurzem weggegangen und habe gesagt, daß sich Copler in Agonie befinde. Dies erzählte der Alte mit leiser Stimme, als hätte er Angst, die Ruhe des Sterbenden zu stören. Ich sprach gleichfalls ganz leise. Es ist das eine Art von Ehrfurcht, die wir Menschen Sterbenden gegenüber empfinden. Dabei ist es wahrscheinlich, daß es den Sterbenden angenehmer wäre, wenn laute und klare Stimmen ihren Abgang begleiteten. Vielleicht würde sie das noch einmal an das Leben erinnern.

Der Alte erzählte mir noch, daß sich eine geistliche Schwester bei dem Kranken befinde. Ich verweilte voll Ehrfurcht einige Zeit vor der Tür des Zimmers, darin mein armer Freund Copler mit einem Röcheln lag, das mit gleichmäßigen Rhythmen seine letzten Stunden abmaß. Sein also hörbarer Atem setzte sich aus zwei Lauten zusammen: der eine, zögernd, schien durch das Einatmen, der andere, deutlich hastend, durch das Ausströmen der Luft verursacht. Hast und Eile zu sterben? Den beiden aufeinanderfolgenden Lauten folgte dann eine Pause. Ich dachte: Wenn diese Pause ewig dauert, wird Coplers neues Leben beginnen.

Diese ewige Pause konnte ich leider nicht abwarten,

denn ich mußte zu Carla eilen. Die Tür zu ihrem Studierzimmer war abgesperrt. Ich klopfte heftig an, aber niemand öffnete. Ungeduldig traktierte ich das unschuldige Holz mit Fußtritten. Plötzlich kam hinter meinem Rücken jemand aus der Wohnung. Die Stimme von Carlas Mutter fragte:

«Wer ist denn da?»

Dann beugte sich die Alte weit vor und erkannte mich bei dem trüben Licht, das aus dem Spalt der offen gelassenen Küchentür kam. Ich konnte bemerken, daß sich ihr Gesicht mit einer starken Röte überzog, die von den schneeweißen Haaren besonders abstach. Carla war nicht zu Hause. Die Alte machte sich erbötig, den Schlüssel zu Carlas Zimmer zu holen, damit ich dort warten könne; sie hielt dieses Zimmer allein für würdig, mich zu empfangen. Aber ich bat sie, sich nicht zu bemühen, und ging in die Küche, wo ich mich ohne weiteres auf einen einfachen Holzstuhl setzte. Im Herd loderte eine Handvoll Kohle. Ich bat Carlas Mutter, sich durch meine Anwesenheit ja nicht bei der Zubereitung des Abendessens stören zu lassen. Sie mußte es mir versprechen. Sie war gerade dabei, Bohnen zu kochen, «die nie lang genug auf dem Herd stehen können». Die Dürftigkeit dieses Abendessens, das in einem Hause zubereitet wurde, für dessen Aufwand ich die Sorge trug, rührte mich und stimmte mich weich. Der Ärger, den ich empfunden hatte, weil meine Geliebte nicht zu meiner Verfügung war, verschwand.

Obwohl ich die alte Frau schon mehrmals aufgefordert hatte, sich zu setzen, blieb sie noch immer stehen. Da erzählte ich ihr ohne jede weitere Einleitung, daß ich gekommen sei, um Fräulein Carla eine böse Nachricht zu überbringen: Herr Copler liege im Sterben.

Der Alten fielen die Arme schlaff herunter. Jetzt erst fühlte sie das Bedürfnis, sich zu setzen. Sie murmelte:

«Mein Gott, mein Gott! Was geschieht jetzt mit uns!»

Dann erinnerte sie sich plötzlich, daß ja Copler weit Schlimmeres traf als sie. Bedauernd fügte sie hinzu:

«Der arme Herr! Er war so gut!»

Schon war ihr Antlitz von Tränen überströmt. Offenbar wußte sie nicht, daß der arme Herr, wenn ihn der Tod nicht vorher ereilt hätte, noch am selben Tag aus ihrem Haus hinausgeflogen wäre. Dies beruhigte mich eigentlich. Carla hatte also Diskretion gewahrt!

Ich versuchte nun, die alte Frau zu trösten, indem ich ihr versprach, ich würde von jetzt an selber für sie all das tun, was Copler bisher getan hatte. Hierauf beteuerte sie, daß sie natürlich nicht aus eigennützigen Motiven weine – denn es gebe noch andere Menschen, die gut zu ihnen seien –, sondern über das grausame Schicksal ihres großen Wohltäters.

Dann wollte sie wissen, an welcher Krankheit Copler sterben müsse. Als ich ihr schilderte, wie sich die Katastrophe angekündigt hatte, erinnerte ich mich plötzlich an das Gespräch über die Nützlichkeit der Schmerzen, das ich mit Copler erst vor wenigen Tagen führte. In diesem Fall waren es die Zahnnerven gewesen, die sich aufgeregt und um Hilfe geschrien hatten, weil einen Meter von ihnen entfernt die Niere langsam aufhörte zu funktionieren. Ich war von dem Verhängnis meines armen Freundes, dessen Röcheln ich vor kurzem noch vernommen hatte, so wenig gerührt, daß ich fortfuhr, mich mit seinen Ideen theoretisch auseinanderzusetzen. Hätte er mir nur noch zuhören können! Wie einleuchtend konnte ich ihm nunmehr beweisen, daß bei einem eingebildeten Kranken die Nerven vollkommen ordnungsgemäß schmerzen können infolge einer Krankheit, die in der Entfernung von einigen Kilometern ausgebrochen ist.

Zwischen mir und der Alten gab es nur wenig mehr zu besprechen. Ich erklärte mich einverstanden, Carla in ihrem Studierzimmer zu erwarten. Ich nahm den Garcia zur

Hand und versuchte, einige Seiten intensiv zu lesen. Aber die Gesangskunst interessierte mich jetzt kaum.

Die Alte nahm mich noch einmal in Anspruch. Sie war in äußerster Unruhe, weil Carla noch immer nicht zurückkam. Carla war weggegangen, um Teller zu kaufen, die im Haushalt dringend benötigt wurden.

Ich war mit meiner Geduld zu Ende. Ärgerlich fragte ich:

«Ihr habt also Teller zerschlagen? Konntet ihr wirklich nicht vorsichtiger damit umgehen?»

Auf diese Weise wurde ich die Alte endlich los. Sie ging hinaus und murmelte dabei zerknirscht:

«Nur zwei... ich selber habe sie zerschlagen...»

Einen Augenblick lang wollte ich darüber lachen, denn ich wußte ja, daß alle Teller, die es in diesem Haushalt gab, zerschlagen wurden, und zwar nicht von der Alten, sondern von Carla. Sie selber hatte es mir erzählt. Später erfuhr ich, daß Carla nicht sehr sanft mit ihrer Mutter umging. Diese hatte daher eine wahnsinnige Angst, allzuviel über ihre Tochter zu reden. Einmal erzählte sie Copler ganz arglos, wie sehr Carla unter den Gesangstunden litt. Copler warf dies später Carla vor, und diese ließ ihren ganzen Zorn an der Mutter aus.

So kam es, daß ich meine wunderbare Geliebte, als sie endlich daherkam, ungestört umarmen konnte. Ich tat es mit wildem Ungestüm. Sie stammelte entzückt:

«Und ich – ich konnte an deiner Liebe zweifeln! Den ganzen Tag habe ich mit dem Gedanken gespielt, mich umzubringen. Ich schämte mich zu Tode, die Geliebte eines Menschen geworden zu sein, der mich so schlecht behandelt!»

Ich erklärte, daß nur meine heftigen Kopfschmerzen, an denen ich öfters leide, schuld daran gewesen seien. Als ich später wieder in den Zustand kam, in dem ich am liebsten sofort zu Augusta gelaufen wäre, fing ich an, von meinen

Kopfschmerzen zu reden, und konnte mich auf diese Weise beherrschen. Ich machte Fortschritte. Unterdessen betrauerten wir gemeinsam den armen Copler; wirklich, gemeinsam!

Carla blieb von dem furchtbaren Ende ihres ehemaligen Wohltäters nicht ungerührt. Sie erbleichte, als ich ihr von ihm erzählte, und sagte:

«Ich kenne mich gut. Nun werde ich mich lange Zeit vor dem Alleinsein fürchten. Er flößte mir schon immer, noch als er lebte, solche Furcht ein!»

Nun machte sie mir zum erstenmal den schüchternen Vorschlag, ich möge die ganze Nacht bei ihr bleiben. Ich dachte nicht im entferntesten daran. Mir war es, als hielte ich es in diesem Zimmer nicht einmal mehr eine halbe Stunde aus. Aber ich hütete mich, dem armen Mädchen meine Gefühle zu verraten, die ich selbst verdammte. Ich bedauerte laut die Undurchführbarkeit ihres Vorschlags. Ihre Mutter wohne doch im selben Hause, Tür an Tür. Carla verzog die Lippen voll Verachtung:

«Wir würden einfach das Bett in dieses Zimmer tragen. Meine Mutter wagt nicht, mir nachzuspionieren.»

So mußte ich ihr von dem Bankett erzählen, das auf mich wartete, empfand aber das Bedürfnis, sogleich hinzuzufügen, daß es mir überhaupt nie möglich sein werde, eine ganze Nacht mit ihr zu verbringen. Dank meinem strengen Vorsatz, zu Carla möglichst gut zu sein, gelang es mir, meinen Worten einen milden und zärtlichen Ton zu geben. Im übrigen war mir, als bedeutete jede weitere Konzession, die ich ihr machte oder bloß in Aussicht stellte, einen neuen Betrug an Augusta, den ich keinesfalls begehen wollte.

Gleichzeitig wurde mir klar, was mich am stärksten an Carla fesselte: Mein Vorsatz, sie liebevoll zu behandeln, und die Lüge, die ich ihr über meine Einstellung zu Augusta gesagt hatte. Diese Lüge mußte ich mit der Zeit und ganz behutsam aus der Welt schaffen. Damit begann ich, natürlich mit der nötigen Vorsicht, schon an diesem Abend. Ich erinnerte mich zu gut, welche Folgen diese Lüge schon gezeitigt hatte. So erzählte ich Carla mit aller Eindringlichkeit, daß ich mir der Pflicht gegen meine Frau sehr stark bewußt sei; sie verdiene große Achtung und wahrscheinlich auch mehr Liebe, als ich ihr entgegenbrachte. Deshalb dürfe sie von meiner Treulosigkeit nie etwas erfahren.

Carla umarmte mich:

«So habe ich dich lieb, so gut und sanft, wie ich dich kennengelernt habe. Ich werde alles vermeiden, was deiner armen Frau irgendein Leid zufügen könnte.»

Es mißfiel mir sehr, daß sie Augusta eine «arme Frau» nannte, war aber der armen Carla auch gleichzeitig dankbar, daß sie sie nicht haßte. Ich wollte ihr meine Dankbarkeit beweisen und blickte im Zimmer umher, um irgendeine Liebesäußerung zu finden. Ich fand sie. Ich schenkte auch ihr gewissermaßen eine Hauswäscherei, indem ich ihr erlaubte, den Gesanglehrer endgültig fortzuschicken.

Das löste einen Zärtlichkeitsausbruch aus, den ich, obwohl er mir lästig war, mit Tapferkeit ertrug. Dann beteuerte Carla, daß sie das Singen nie vernachlässigen würde. Sie nahm sich sogar vor, den ganzen Tag zu singen, aber nach ihrer Art. Ja, sie wollte gleich jetzt ein Lied zum Vortrag bringen. Ich wehrte ab und ging sofort weg. Ich glaube, daß Carla auch in dieser Nacht an Selbstmord gedacht hat. Aber ich habe ihr später niemals Zeit gelassen, es mir zu erzählen.

Ich ging wieder zu Copler; ich mußte ja Augusta die letzten Nachrichten über den Kranken bringen, damit sie glaubte, ich hätte die ganze Zeit bei ihm geweilt. Copler war vor ungefähr zwei Stunden gestorben, gleich nachdem ich ihn verlassen hatte. Ich trat mit dem alten Pensionär, der noch immer mit seinen schlurfenden Schritten unaufhörlich den engen Korridor durchmaß, an das Totenbett. Der Leichnam lag bereits angekleidet im Bett, auf der nackten Matratze. In der Hand hielt er ein Kruzifix. Der Pensionär flüsterte mir zu, daß alle Formalitäten erfüllt worden seien; eine Nichte des Toten würde bald kommen, um die Nachtwache zu halten.

So hätte ich mit dem Bewußtsein gehen können, daß es meinem armen Freund an nichts von alledem, was er noch brauchte, fehlen würde. Aber ich blieb noch einige Minuten, um ihn gerührt zu betrachten. Es wäre mir angenehm gewesen, wenn mir eine aufrichtige Träne des Bedauerns in die Augen getreten wäre. Der Ärmste hatte so tapfer mit der Krankheit gerungen und sogar versucht, in ein Kompromißverhältnis mit ihr zu gelangen. Ich sagte laut: «Es ist schmerzlich!» Die Krankheit, gegen die es eine ganze Armee von Medizinen gab, hatte ihn grausam getötet. Es war der reinste Hohn! Aber meine Träne blieb aus. Das magere Gesicht Coplers war noch nie so ausdrucksvoll gewesen wie in der Starrheit des Todes. Es glich einer Maske, aus farbigem Marmor gemeißelt. Niemand hätte glauben können, daß die Verwesung schon am Werk war. Im Gegenteil, dieses Gesicht offenbarte ein stärkeres Leben! Übrigens trug es den deutlichen Ausdruck der Mißbilligung. Vielleicht war es mir, dem eingebildeten Kranken, abgeneigt, vielleicht auch Carla, die nicht singen lernen wollte. Plötzlich schrak ich zusammen: ich hatte einen Augenblick den Eindruck, als röchle der Tote. Aber gleich darauf überkam mich wieder die gelassene Ruhe eines objektiven Kritikers. Das Röcheln war nichts anderes als das Schnaufen des lebenden Pensionärs, das infolge der Erschütterung über den Tod des Mieters lauter klang als sonst.

Der Pensionär gab mir das Geleit bis zum Tor und bat mich, ihm jemanden zu empfehlen, der eine kleine Wohnung suche:

«Sie sehen, ich habe auch in dieser Situation alles getan, was nötig war; sogar mehr noch, viel mehr.»

Er hob zum erstenmal die Stimme, in der plötzlich irgendein Groll vernehmbar wurde, der zweifellos dem armen Copler galt. Dieser hatte doch die Wohnung verlassen, ohne die gesetzliche Kündigungsfrist einzuhalten. Ich versprach dem Alten alles, was er wollte, und ging schleunigst davon.

Als ich bei meinem Schwiegervater anlangte, setzte sich die Gesellschaft eben zu Tisch. Alle fragten nach Copler. Um die Fröhlichkeit dieses Abends nicht von vornherein zu trüben, sagte ich, daß Copler noch lebe und daß einige Hoffnung vorhanden sei.

Mir machte diese ganze Versammlung einen traurigen Eindruck. Vielleicht war daran der Anblick meines Schwiegervaters schuld; er war zu einem Teller Suppe und einem Glas Milch verurteilt, während sich die andern, die um ihn herum saßen, an den herrlichsten Speisen und Getränken gütlich taten. Er hatte viel Zeit, mein armer Schwiegervater, er konnte sich lange damit beschäftigen, den anderen auf den Mund zu sehen. Als er auf diese Weise Herrn Francesco ansah, der sich gerade mit großem Genuß den Vorspeisen hingab, brummte er:

«Wenn ich daran denke, daß der um zwei Jahre älter ist als ich!»

Später, als Herr Francesco schon beim dritten Glas Weißwein hielt, fing mein Schwiegervater von neuem an:

«Das ist schon das dritte! In Galle soll sich das verwandeln!»

Dieser Glückwunsch hätte mich nicht weiter gestört, wenn ich nicht selbst an diesem Tisch mit Essen und Trinken beschäftigt gewesen wäre und wenn ich nicht gewußt hätte, daß dieser Wunsch auch dem Wein galt, den ich gerade trank. Daher bemühte ich mich, möglichst unbeobachtet und rasch mit der Mahlzeit fertig zu werden. Ich benützte die Augenblicke, in denen mein Schwiegervater seine dicke Nase in das Milchglas versenkte oder in denen er auf irgendeine Frage antworten mußte, um große Stücke schleunigst hinunterzuwürgen und riesige Weingläser in meine Kehle zu leeren. Nur um die Gesellschaft zum Lachen zu bringen, konstatierte Alberta laut, daß ich viel zuviel trinke. Meine Frau drohte mir scherzhafterweise mit dem Finger. Sie dachte dabei nichts Schlechtes, und dennoch war das schlecht, was sie tat, denn es verleidete mir, weiter im verborgenen zu essen. Giovanni, der bis dahin meine Anwesenheit gar nicht bemerkt zu haben schien, sah mich plötzlich über seine Brille hinweg mit einem haßerfüllten Blick an. Er sagte:

«Ich habe niemals zuviel getrunken oder gegessen. Wer übermäßig trinkt oder ißt, ist kein wirklicher Mann, sondern ein Sch...kerl.» Das letzte Wort, das bei Gott kein Kompliment war, wiederholte er mehrere Male vor der ganzen Tafelrunde.

Infolge des Weines, den ich getrunken hatte, weckte das schöne Wort, das noch dazu von einem allgemeinen Gelächter begleitet war, ein unvernünftiges Verlangen nach Rache in mir. Ich griff meinen Schwiegervater bei seiner schwächsten Seite an, bei seiner Krankheit. Ich schrie, daß nicht der kein wirklicher Mann sei, der zuviel ißt oder trinkt, sondern derjenige, der sich, ohne aufzubegehren, völlig widerstandslos den Vorschriften des Arztes fügt. Ich zum Beispiel würde mich an seiner Stelle ganz anders, ganz nach meinem eigenen Willen benehmen. Bei der Hochzeit meiner Tochter würde ich schon aus Liebe zu ihr – wenn aus keinem andern Grunde – nicht dulden, daß man mich hindere zu essen oder zu trinken, soviel ich wolle.

Giovanni schrie voll Zorn:

«Ich möchte dich gerne einmal in meiner Haut sehen.»

«Genügt es dir nicht, mich in meiner Haut zu sehen? Habe ich etwa aufgehört zu rauchen?»

Es war das erste Mal im Leben, daß es mir gelang, mich meiner Schwäche zu rühmen. Um meine Worte sinnfällig zu illustrieren, zündete ich mir sofort eine Zigarette an. Alle lachten, alle erzählten Herrn Francesco zu gleicher Zeit, daß mein Leben aus nichts anderem bestehe als aus «letzten Zigaretten». Diesmal jedoch fühlte ich mich stark und kampfesmutig, diese Zigarette sollte ausnahmsweise nicht die letzte sein. Ich verlor aber sofort die Unterstützung der anderen, als ich Giovanni ein großes Wasserglas voll Wein eingoß. Sie fürchteten alle, Giovanni würde es wirklich trinken, und schrien durcheinander, bis Frau Malfenti das Wasserglas ergriff und von der Tafel entfernte. Giovanni betrachtete mich neugierig und fragte dann sanft:

«Du willst mich also wirklich umbringen?»

Er dachte keinen Augenblick daran, den Wein, den ich ihm angeboten hatte, zu kosten. Ich fühlte mich beschämt und schmählich besiegt. Am liebsten hätte ich mich meinem Schwiegervater zu Füßen geworfen und ihn um Verzeihung gebeten. Aber ich hielt diese Anwandlung für eine Folge des reichlichen Weingenusses, so ließ ich davon ab. Ich hätte ja damit meine Schuld eingestanden. Das Bankett ging ungestört weiter, und im Verlauf des Abends würde ich sicherlich noch Gelegenheit haben, diesen leider mißlungenen Scherz wiedergutzumachen. Man hat auf dieser Welt zu allem immer noch Gelegenheit und Zeit. Nicht alle Betrunkenen werden sofort zu wehrlosen Opfern des reichlichen Weingenusses. Wenn ich zuviel getrunken habe, analysiere ich meine Handlungen genau so, als wäre ich nüchtern, und wahrscheinlich mit demselben Resultat. Ich prüfte mich sofort und genau, um zu erkennen, wieso ich eigentlich auf den bösen Gedanken kommen konnte, meinem Schwiegervater zu schaden. Ich entdeckte nichts, als daß ich müde war, sterbensmüde. Wenn sie gewußt hätten, was für ein Tag hinter mir lag, hätten sie mir sicher verziehen. Zweimal hatte ich mir eine Frau errungen, zweimal sie wieder verlassen. Zweimal war ich zu meiner legitimen Gattin innerlich zurückgekehrt, um sie dann wieder zweimal zu verleugnen. Durch irgendeine Gedankenverbindung tauchte in meiner Erinnerung rettend der Leichnam Coplers auf, über den zu weinen ich vergeblich versucht hatte; sofort verschwanden die sorgenvollen Gedanken, die sich mit den beiden Frauen befaßten. Das war gut. Sonst hätte ich womöglich angefangen, laut von Carla zu reden. Wohnte mir nicht stets der Drang inne, alles zu bekennen, auch wenn ich nicht durch reichlichen Weingenuß großherzig und edelmütig gestimmt war? Endlich begann ich, von Copler zu reden. Alle mußten erfahren, daß ich an diesem Tag meinen besten Freund verloren hatte. Das sollte mein sonderbares Verhalten entschuldigen.

Ich schrie laut auf, daß Copler tot sei und daß ich bis jetzt geschwiegen hätte, um den andern nicht die Stimmung zu verderben. Endlich! Endlich fühlte ich, daß mir Tränen in die Augen traten. Ich mußte den Blick senken, um sie zu verbergen.

Alle lachten hell auf, weil sie mir nicht glaubten. Mit einer Hartnäckigkeit, die die bezeichnendste Eigenschaft des Rausches ist, beschrieb ich den Tod:

«Sein Gesicht war so starr, wie aus härtestem Marmor. Wie von Michelangelo gemeißelt.»

Es entstand eine plötzliche Pause. Guido rief dazwischen:

«Und jetzt macht es dir nichts, uns die Laune verdorben zu haben?»

Der Einwand war richtig. Ich hatte schon wieder einem Vorsatz zuwidergehandelt. Nun erinnerte ich mich daran. War es nicht möglich, dies wiedergutzumachen? Ich begann also zu lachen, wie ein Wahnsinniger: «Hereingefallen! Er lebt! Es geht ihm bedeutend besser!»

Fassungslos sahen mich alle an. Ich fügte mit ernster Miene hinzu:

«Es geht ihm wirklich besser! Er hat mich sogar erkannt. Er hat vergnügt gelächelt!»

Alle glaubten mir, aber die allgemeine Empörung war groß. Giovanni erklärte, er würde mir einen Teller an den Schädel werfen, wenn er nicht fürchten müßte, sich durch die Anstrengung zu schaden. Es war wirklich unverzeihlich, das Fest durch so eine erfundene Nachricht zu stören. Hätte ich nicht besser getan, wieder die Wahrheit zu sagen? Für die Wahrheit war ich ja nicht verantwortlich. Copler war tot. Sobald ich allein wäre, würden mir sicher die Tränen kommen, und zwar natürlich und reichlich. Ich rang nach Worten, ich wollte es so rasch wie möglich sagen. Aber Frau Malfenti unterbrach mich mit der gebieterischen Haltung der großen Dame:

«Lassen wir, bitte, den armen Kranken. Wir haben noch Zeit, an ihn zu denken. Vielleicht morgen.»

Ich gehorchte, sogar in meinen Gedanken, die sich für diesen Abend von dem Toten empfahlen: «Adieu! Warte ein wenig! Ich werde später auf dich zurückkommen!»

Nun kam die Stunde der Toaste. Giovanni hatte vom Arzt die Erlaubnis erhalten, ein einziges Glas Champagner zu trinken. Er sah mißtrauisch zu, wie man ihm den Wein einschenkte, und weigerte sich, das Glas zu nehmen, bevor es bis zum äußersten Rand gefüllt war. Und nachdem er einen ernsten und sachlichen Glückwunsch für Ada und Guido vorgebracht hatte, leerte er es langsam, bis zum letzten Tropfen. Dabei sah er mich höhnisch an und sagte dann, der letzte Schluck hätte meiner Gesundheit gegolten. Um diesen Wunsch, der mir angst und bange machte, zu entkräften, schlug ich unter der Tischdecke zwei Finger meiner rechten Hand übereinander.

Meine Erinnerung an den weiteren Verlauf dieses Abends ist ein wenig verschwommen. Ich weiß, daß man auf Anregung Augustas eine ganze Menge guter Dinge über mich sagte und mich als das Vorbild eines Ehegatten pries. Man verzieh mir alles, sogar mein Schwiegervater wurde liebenswürdig. Er sagte mir, er hoffe, daß der Gatte Adas sich so gut bewähren werde, wie ich mich bewährt hatte. Er hoffe aber auch, er würde gleichzeitig ein besserer Geschäftsmann sein und vor allem ein Mensch, der – er fand leider nicht das Wort. Niemand verlangte von ihm, daß er dieses Wort fände. Nicht einmal Herr Francesco, der mich an diesem Morgen zum erstenmal gesehen hatte und mich daher nicht so gut kennen konnte. Ich war gar nicht beleidigt. Wie wird doch der eigene Stolz durch das Bewußtsein, ein Unrecht wiedergutmachen zu müssen, herabgestimmt! Ich ertrug mit Dankbarkeit alle Unverschämtheiten, wenn sie nur auf irgendeine Weise Spuren einer Zuneigung zeigten, die ich nicht verdiente. Mein von Müdigkeit und Wein umnebelter Geist spielte vergnügt mit der Vorstellung des guten Gatten, dessen Ruf, auch wenn er die Ehe brach, nicht das mindeste einbüßte. Man mußte nur gut sein, gut und noch einmal gut! Alles weitere war überflüssig. Meine Lippen, die ich Augusta entgegenhielt, formten sich zu einem Kuß. Sie nahm dies Zeichen mit dankbarem Lächeln auf.

Nun aber fand sich jemand am Tisch, der meine Betrunkenheit ausnützen wollte, um zu lachen: Man zwang mich, einen Toast vorzubringen. Ich sagte zu. Es schien mir eine bedeutsame Sache zu sein, in aller Öffentlichkeit gute Vorsätze zu fassen. Ich zweifelte zwar in diesem Augenblick überhaupt nicht an mir, im Gegenteil, ich fühlte mich ganz so, wie man mich geschildert hatte. Aber es machte mich sicherlich noch um vieles besser, wenn ich meine Vorsätze vor so vielen Menschen kundgab und diese sie gewissermaßen als Zeugen unterschrieben.

So kam es, daß ich in diesem Toast nur von mir und von Augusta sprach. Zum zweitenmal an diesem Tag erzählte ich die Vorgeschichte meiner Ehe. Ich hatte sie für Carla umgelogen, indem ich ihr verschwieg, daß ich ja meine Frau jetzt liebte. Bei diesem Toast log ich sie gleichfalls um. Ich sprach kein Wort von den beiden Menschen, die in dieser Geschichte eine so bedeutende Rolle gespielt hatten: Ada und Alberta. Ich erzählte nur von meinem langen Zögern, das mir später so leid getan hätte, weil ich dadurch um eine lange Zeit meines Glücks gekommen sei. Aus Höflichkeit sagte ich, daß auch Augusta gezögert habe. Aber Augusta lachte und widersprach lebhaft.

Mit einiger Mühe fand ich den Faden meiner Rede wieder. Ich berichtete von unserer Hochzeitsreise und von unserer Liebe, die wir in allen Museen Italiens erprobt hätten. Ich steckte in Lügen bis zum Hals, und es machte mir nichts mehr aus, auch diese letzte erlogene Episode, die zu gar nichts gut war, hinzuzufügen. Und da behauptet das Sprichwort, daß im Wein die Wahrheit zu finden sei!

Augusta unterbrach mich zum zweitenmal, um etwas richtigzustellen. Sie sagte, die Meisterwerke in den Museen hätten sich durch mich in so großer Gefahr befunden, daß wir deshalb den Museen ausgewichen seien. Sie merkte nicht, die Gute, daß sie die Lügenhaftigkeit meiner ganzen Rede aufdeckte, wenn sie den Sinn dieser einen Episode richtigstellte. Hätte an diesem Tisch ein Mensch von schärferer Beobachtungsgabe gesessen, so wäre ihm bald klargeworden, wie es um diese Liebe bestellt war, die ich auf Schauplätze verlegte, wo sie sich unmöglich abspielen konnte.

Wieder entgleiste meine lange Rede. Ich erzählte von der Ankunft in unserem Wohnhaus und von unseren Bemühungen, es schön und wohnlich zu gestalten. Dabei kam ich auf unsere Hauswäscherei zu sprechen.

Augusta unterbrach mich, noch immer lachend, zum drittenmal:

«Das alles paßt doch nicht für ein Fest, das zu Ehren

Adas und Guidos veranstaltet wird! Sprich doch von ihnen!»

Alles stimmte lärmend zu. Ich lachte gleichfalls, da ich entdeckte, daß ich es war, der zu der überströmenden Heiterkeit Anlaß gab, die bei solchen Gelegenheiten unentbehrlich ist. Ich fand, daß ich nichts mehr zu sagen hatte. Es schien mir, als hätte ich stundenlang gesprochen. Ich goß also ein paar Gläser Wein hinunter, eines nach dem andern:

«Das für Ada!» Ich bemühte mich zu sehen, ob sie unter der Tischdecke die Finger übereinander schlug.

«Das für Guido!» – Nachdem ich den Wein getrunken hatte, fügte ich noch hinzu: «Von ganzem Herzen!» – wobei mir einfiel, daß ich beim ersten Wunsch diese Worte hinzuzufügen vergaß.

«Das für das erste Kind!»

Ich hätte wahrscheinlich noch einige Gläser auf das Wohl der nächsten Kinder geleert, wäre ich nicht daran gehindert worden. Wie viele Unschuldige hätten sonst die Schuld dafür tragen müssen, daß ich allen Wein von der Tafel wegtrank.

Alles schwamm vor meinen Augen. Nur eines ist mir noch bewußt: die große Sorge, nicht betrunken zu erscheinen. Ich hielt mich aufrecht und bemühte mich nunmehr, wenig zu sprechen. Jedes Wort, das über meine Lippen kam, unterzog ich einer strengen Prüfung. So mußte ich leider darauf verzichten, am allgemeinen Gespräch teilzunehmen. Man ließ mir nicht die Zeit, meine undeutlichen Gedanken zu erklären. Infolgedessen wollte ich selber ein Gespräch beginnen und sagte zu meinem Schwiegervater:

«Hast du gehört, daß die ‹Exterieur› um zwei Punkte gesunken ist?»

Ich sprach da von einer Sache, die mir vollkommen gleichgültig war. Ich hatte auf der Börse irgend etwas über sie gehört. Ich wollte absichtlich von Geschäften sprechen, von ernsten Dingen, die für gewöhnlich einen Betrunkenen nicht interessieren. Meinem Schwiegervater aber war die Angelegenheit anscheinend weniger gleichgültig als mir. Er regte sich auf und nannte mich einen Unglücksraben. Mit ihm hatte ich an diesem Tag kein Glück.

Ich wandte mich also meiner Nachbarin zu, Alberta. Man sprach gerade allgemein über die Liebe, ein Thema, das Alberta nur theoretisch interessierte, und auch ich machte mir im Augenblick nichts aus der Praxis. Mit um so größerem Vergnügen sprach ich darüber. Als sie sich nach meiner Ansicht über die Liebe erkundigte, entdeckte ich sofort etwas, das mir aus meinen Erfahrungen dieses Tages klar hervorzugehen schien: Die Frau ist ein Objekt, dessen Wert schwankt, und zwar stärker als der Wert eines Börsenpapiers. Alberta verstand mich falsch und fragte, ob ich ihr damit die altbekannte Tatsache mitteilen wolle, daß eine Frau in verschiedenen Lebensaltern verschiedene Werte darstelle. Ich drückte mich deutlicher aus: Eine Frau kann zu einer gewissen Stunde des Morgens einen sehr hohen Wert besitzen, den sie zu Mittag gänzlich verliert, am Nachmittag wieder zurückgewinnt und ums Doppelte vermehrt, und am Abend kann dieselbe Frau einen geradezu negativen Wert repräsentieren. Ich erklärte den Begriff «negativer Wert». Der Wert einer Frau läßt sich immer durch die Summe ausdrücken, die man zu zahlen bereit ist, um sie augenblicklich loszuwerden.

Die arme dramatische Schriftstellerin begriff die Sentenz noch immer nicht, von deren Richtigkeit ich vollkommen überzeugt war, da ich ja die Wertveränderung kannte, die Carla und Augusta an diesem einen Tage durchgemacht hatten. Als ich mich noch deutlicher erklären wollte, spielte mir der Wein einen Streich, und ich kam völlig zu Fall. Ich sagte nämlich:

«Nehmen wir einmal an, du repräsentierst jetzt einen

bestimmten Wert und erlaubst mir, deinen Fuß mit meinem zu berühren. Dadurch würde dein Wert für mich mindestens ums Doppelte wachsen.»

Ich ließ meinen Worten sofort die Tat folgen.

Alberta errötete über und über und entzog mir den Fuß. Doch wollte sie noch immer die Geistreiche spielen und sagte daher:

«Aber dies ist ja schon Praxis und nicht mehr Theorie. Wollen wir nicht Augusta danach fragen?»

Ich muß gestehen, daß auch mir dieser kleine Fuß ganz und gar nicht wie graue Theorie vorkam. Trotzdem schrie ich und beteuerte mit der unschuldigsten Miene der Welt:

«Es ist reine Theorie, reinste Theorie! Du bist ein schlechter Mensch, wenn du das anders auffaßt.»

Die Phantasien des Rausches sind genau so zu werten wie wirkliche Ereignisse. Weder ich noch Alberta konnten, selbst lange nachher, jene körperliche Berührung vergessen. Auch meine gleichzeitige Andeutung, daß dabei irgendein Vergnügen zu empfinden war, blieb uns lange im Gedächtnis. Die Tat hatte das Wort erst fühlbar gemacht und das Wort die Tat. Bis zu ihrer Heirat hatte sie dann für mich nur noch ein Lächeln und ein Erröten übrig, nachher nur mehr Erröten und Zorn. So sind die Frauen. Mit jedem neuen Tag sehen und erklären sie ihre Vergangenheit anders. Ihr Leben kann daher niemals monoton werden. Ich hingegen legte dieses Vorgehen gegen Alberta immer auf die gleiche Weise aus: als Diebstahl eines kleinen Gegenstandes von hohem Reiz. Es war nur Albertas Schuld, daß sie sich später immer wieder daran erinnerte, als ich schon bereit gewesen wäre zu zahlen, um diese Erinnerung aus der Welt zu schaffen.

Aber an etwas anderes erinnere ich mich gleichfalls. Es wog weit schwerer und geschah noch, bevor wir das Haus verließen. Ich blieb einen Augenblick lang mit Ada allein. Giovanni war schon früher zu Bett gegangen. Die anderen verabschiedeten sich gerade von Herrn Francesco, der, von Guido begleitet, in sein Hotel zurückging. Ich betrachtete Ada lange. Sie war ganz in weiße Spitzen gekleidet, die die Schultern und die Arme unverhüllt ließen. Obwohl ich das Bedürfnis fühlte, etwas zu sagen, kam lange Zeit kein Wort über meine Lippen. Ich analysierte jeden meiner Gedanken und verwarf ihn dann. Ich erwog zum Beispiel, ob man in dieser Situation sagen konnte: «Wie freue ich mich, daß du endlich heiratest, daß du Guido heiratest, der mein guter Freund ist. Jetzt erst wird zwischen uns alles vergessen sein.» Das war eine Lüge. Wir beide wußten, daß alles zwischen uns schon seit Monaten erledigt und vergessen war. Aber mir kam diese Lüge wie ein recht schönes Kompliment für Ada vor. Eine Frau, die so gekleidet ist wie sie an diesem Abend, verdient ohne Zweifel ein Kompliment und würde auch daran Gefallen finden. Jedoch nach langer Überlegung entschloß ich mich zu schweigen. Ich unterdrückte diese Worte, denn in dem Ozean von Wein, in dem ich hin und her gondelte, fand ich so etwas wie eine Rettungsinsel. Mir kam es plötzlich unrecht vor, die Liebe Augustas aufs Spiel zu setzen, um Ada, die mich nicht mochte, ein Vergnügen zu bereiten. Bei dieser Überlegung, die mir einen Augenblick lang den Geist verwirrte, und bei der Kraftanstrengung, mich von den Worten loszulösen, die ich noch eben hatte sagen wollen, warf ich Ada einen Blick zu, der sie veranlaßte, aufzuspringen und hinauszugehen. An der Tür wandte sie sich noch einmal nach mir um und sah mich ganz erschrocken an. Sie schien bereit, sofort davonzulaufen.

Man erinnert sich an einen Blick, den man einem Menschen zugeworfen hat, genauso gut wie an ein Wort, das man zu ihm gesprochen hat, manchmal sogar noch besser. Ein Blick ist oft wichtiger als ein Wort. In keinem Wörterbuch ist ein Wort zu finden, das imstande wäre, eine Frau zu entkleiden. Ich weiß nun, daß mein Blick die Worte, die ich mir ausgedacht hatte, Lügen strafte, indem er sie vereinfachte. Er versuchte, durch die Augen Adas und bis unter ihre Kleider, ja unter ihre Haut vorzudringen. Er bedeutete nichts anderes als: «Willst du sofort mit mir ins Bett gehen?» Der Wein ist deshalb so gefährlich, weil er nicht die Wahrheit ans Tageslicht bringt, sondern gerade ihr Gegenteil: Er enthüllt die vergangenen, vergessenen und erledigten Geschichten der Menschen, und nur bedingt ihren gegenwärtigen Willen. Er bringt willkürlich all die flüchtigen Gedanken ans Licht, mit denen man vor längerer oder kürzerer Zeit gespielt und die man wieder vergessen hat. Er spottet der Absicht, irgend etwas zu streichen, er liest alles aus dem menschlichen Herzen, was trotz der Streichung immer noch lesbar geblieben ist. Es ist weit leichter, ein falsches Indossament auf einem Wechsel durch Streichung ungültig zu machen. Kurz, unsere ganze Geschichte bleibt für immer irgendwie lesbar, und der Wein liest alles laut vor und schreit es in die Welt hinaus, ohne sich um die Korrekturen zu kümmern, die das Leben später hinzugefügt hat.

Augusta und ich nahmen einen Wagen, um nach Hause zu fahren. Im Dunkel dieses Wagens hielt ich es für angebracht, meine Frau zu küssen und zu umarmen, weil ich dies bei solchen Gelegenheiten schon öfters getan hatte. Ich fürchtete, sie könnte glauben, es sei etwas zwischen uns anders geworden, wenn ich es einmal unterließ. Es hatte sich aber gar nichts verändert. Auch dies brachte mir der Weinrausch zu klarem Bewußtsein. Sie war die Gattin Zeno Cosinis, genau desselben, der wie immer neben ihr saß. Was besagte es denn, daß ich an diesem Tag schon andere Frauen besessen hatte, Frauen, deren Zahl der Wein vermehrte, indem er Ada oder Alberta (ich wußte es nicht mehr genau) unter sie versetzte?

Ich erinnere mich, daß ich vor dem Einschlafen einen Augenblick lang das marmorne Totenantlitz Coplers wieder vor mir sah. Es schien, als fordere es Gerechtigkeit, als wolle es um keinen Preis auf meine Tränen verzichten. Aber ich gab sie ihm nicht einmal jetzt. Der Schlaf umfing mich und löschte mich aus. Vorher entschuldigte ich mich noch bei dem Phantom: «Warte noch ein bißchen! Ich werde gleich auf dich zurückkommen!» Ich kam aber nie mehr darauf zurück. Ich war nicht einmal bei seinem Begräbnis. Es blieb keine Zeit dafür. Augusta und ich hatten soviel im Hause zu tun. Ich war nebenbei auch außerhalb des Hauses nicht unbeschäftigt. Es war noch oft von Copler die Rede, aber nur, um zu lachen und an meinen Rausch zu denken, der ihn so oft getötet und wieder von den Toten auferweckt hatte. Er wurde sogar in unserer Familie zum Sprichwort. Jedesmal wenn die Zeitungen, wie es öfter vorkam, eine Todesnachricht dementierten, sagten wir alle: «Wie beim armen Copler.»

Am nächsten Morgen erhob ich mich mit Kopfschmerzen. Auch meine Hüfte schien mir zur Beunruhigung Anlaß zu geben. Ich war an den Hüftschmerz schon gar nicht mehr gewöhnt. Während des Rausches hatte ich nichts von ihm verspürt. Im Grunde aber fühlte ich mich froh. Augusta trug das Ihre zu meiner frohen Laune bei, als sie mir sagte, es wäre vor meiner Ankunft in der Gesellschaft entsetzlich langweilig gewesen und man hätte sich wie bei einem Begräbnis gefühlt. Ich brauchte also mein Verhalten nicht zu bereuen. Später jedoch bekam ich zu fühlen, daß mir eines niemals verziehen werden würde: der Blick, den ich an jenem Abend Ada zuwarf.

Als ich Ada am Nachmittag traf, reichte sie mir die Hand mit einer unsicheren Bewegung, die mich noch viel unsicherer machte. Vielleicht bedrückte sie die Tatsache, daß sie vor mir geradezu geflohen war; das war alles eher als höflich gewesen. Aber auch mein Blick mußte als eine sehr häßliche Handlung gelten. Ich erinnerte mich genau daran, wie sich meine Augen bewegt hatten, und ich begriff vollauf, daß eine Frau, die dies gesehen, es nicht so leicht vergessen konnte. Ich mußte den Vorfall durch besonders brüderliches Benehmen wiedergutmachen.

Man sagt, daß gegen Katzenjammer nichts so heilsam sei wie ein neuer Rausch. Ich ging an diesem Morgen zu Carla, um mich zu erholen. Ich spürte in mir den deutlichen Wunsch, intensiver zu leben. Das führt jedesmal wieder zum Alkohol. Auf dem Wege dachte ich mir, wie gut es wäre, wenn sie mir heute eine ganz andere Lebensintensität verschaffte als am Tag vorher. Ich war von nicht sehr deutlichen, aber durchweg ehrlichen Vorsätzen erfüllt. Ich wußte, daß ich Carla nicht ohne weiteres stehen lassen konnte. Aber ich wollte mich dieser hochmoralischen Tat ganz langsam nähern. Vorderhand befolgte ich die Taktik, weiter von meiner Frau zu erzählen. Eines schönen Tages würde sie dann ohne weiteres erkennen, wie sehr ich meine Frau liebte. In meiner Westentasche trug ich wieder ein Couvert mit Geld, um jedem unvorhergesehenen Ereignis gewachsen zu sein.

Ich kam also zu Carla. Eine Viertelstunde später warf sie mir ein Wort an den Kopf, das infolge seiner Richtigkeit noch lange in meinen Ohren nachklang: «Wie roh du bist!» Ich bin mir aber nicht bewußt, gerade damals roh gwesen zu sein. Ich hatte nur angefangen, unaufhörlich von meiner Frau zu reden. Die Lobeshymnen, die ich also Augusta sang, klangen Carla wie ebenso viele gegen sie gerichtete Vorwürfe.

Dann aber war es Carla, die mich beleidigte. Um die Zeit angenehmer zu vertreiben, erzählte ich ihr, wie schlecht ich mich bei dem ganzen Bankett unterhalten hätte, besonders wegen meiner Rede, die voller Ungereimtheiten und Unaufrichtigkeiten gewesen sei. Carla sagte darauf: «Wenn du deine Frau liebtest, könntest du am Tisch ihres Vaters weder ungereimt noch unaufrichtig reden.»

Dann gab sie mir einen Kuß, um mich sozusagen für die geringe Liebe zu belohnen, die ich meiner Frau entgegenbrachte.

Indessen ließ mich der gleiche Wunsch nach intensivem Leben, der mich zuerst in Carlas Wohnung getrieben hatte, wieder zu Augusta zurückstreben. Sie war ja doch die einzige, mit der ich mich über meine Liebe zu ihr aufrichtig unterhalten konnte. Von dem Alkohol, der mir als Heilmittel dienen sollte, hatte ich wahrscheinlich schon zuviel genossen, oder ich brauchte nun eine andere Sorte. Aber meine Beziehungen zu Carla sollten noch am selben Tag zarter werden und endlich mit der Sympathie gekrönt werden, die dieses arme Mädchen – was ich allerdings erst später einsehen lernte – wirklich verdiente. Sie hatte schon oft den Vorschlag gemacht, mir ein kleines Lied vorzusingen, um endlich mein Urteil zu erfahren. Ich aber wollte niemals etwas davon hören. Nicht einmal die süße Unverdorbenheit ihres Gesanges reizte mich mehr. So sagte ich auch diesmal, es sei ja nicht der Mühe wert, mir etwas vorzusingen, da sie es doch selber ablehne, weiterzustudieren.

Diese Erklärung war wirklich grob und beleidigend. Carla litt sehr darunter. Sie saß neben mir und starrte unbeweglich auf ihre Hände, die sie im Schoß verschränkt hielt, nur um ihre Tränen nicht zeigen zu müssen. Dann wiederholte sie ihren Tadel:

«Wie unermeßlich roh mußt du erst gegen die Menschen sein, die du nicht liebst, wenn du mit mir schon so roh bist.»

Gutmütig, wie ich im tiefsten Grunde trotz allem bin, ließ ich mich von diesen Tränen erweichen und bat nun Carla inständig, mir in dem kleinen Raum mit ihrer großen Stimme das Trommelfell zu zerreißen. Jetzt weigerte sie sich. Ich mußte sogar drohen, daß ich für immer fortgehen würde, wenn sie mir nicht diesen Gefallen täte. Einen

Augenblick lang erschien mir dies insgeheim als der beste Vorwand, um meine Freiheit wiederzuerlangen. Aber die demütige Magd ging nach dieser Drohung mit gesenktem Blick zum Piano und setzte sich davor nieder. Eine kleine Weile brauchte sie, um sich zu sammeln. Sie fuhr mit der Hand über ihr Gesicht, als wollte sie von dort jede Wolke verscheuchen. Dies gelang ihr mit einer Schnelligkeit, die mich überraschte. Als sie die Hand vom Gesicht wieder wegnahm, schien es von allen eben erlittenen Schmerzen gereinigt zu sein.

Nun erlebte ich eine große Überraschung. Carla sprach ihr Liedchen mit halblauter und halb singender Stimme vor sich hin, sie erzählte es gewissermaßen, sie schrie es nicht mehr. Das Schreien hatte ihr ja nur der Gesanglehrer angewöhnt. Nun war es, zugleich mit dem Gesanglehrer, verschwunden. Das kleine Triestiner Volkslied begann folgendermaßen:

Fazzo l'amor xe vero
Cossa ghe xe de mal
Volè che a sedes' ani
Stio là come un cocal...[34]

Es war wie ein hingeplaudertes, freimütiges Geständnis: Ich habe einen Liebsten, gewiß. Was ist denn Schlechtes daran? Soll ich mit meinen sechzehn Jahren Trübsal blasen? – Die Augen Carlas leuchteten vor innerer Lebhaftigkeit und waren ausdrucksvoller als die Worte. Ich brauchte keine Verletzung des Trommelfells mehr zu befürchten. Überrascht und hingerissen ging ich ganz nahe zu ihr hin und setzte mich neben sie. Sie erzählte das Liedchen noch einmal, mir ganz allein, sie schloß die Augen, um mir mit den heitersten und reinsten Tönen mitzuteilen, daß man im Alter von sechzehn Jahren nichts anderes verlangt als Freiheit und Liebe.

Zum erstenmal konnte ich Carlas Antlitz genau betrachten. Ein ganz reines Oval, das nur von den tiefen, schön geschwungenen Einschnitten der Augenbrauen und, weiter unten, durch die Andeutung der Backenknochen unterbrochen wurde. Besonders klar und rein erschien es in diesem Augenblick, von ungetrübter Weiße, da es nur mir und dem Licht zugewandt und von keinem Schatten verdunkelt war. Die weichen Linien in diesem Fleisch bedurften der Zärtlichkeit und des Schutzes. Fast transparent erschien mir dieses unbeschreibliche Antlitz, durch welches Blut und Adern ganz unmerklich durchschimmerten.

Nun war ich bedingungslos bereit, ihr jede Zärtlichkeit und jeden Schutz zu gewähren, auch dann, wenn ich mich zu Augusta hingezogen fühlen sollte. Damals verlangte sie ja nichts anderes als meine väterliche Liebe, die ich ihr geben konnte, ohne Augusta zu betrügen. Ah, welche Genugtuung. Ich blieb also bei Carla und gab ihr, was der Zauber ihres Antlitzes bedingungslos von mir verlangte; aber ich entfernte mich dabei nicht von Augusta! Meine Zuneigung zu Carla wurde immer zarter und feiner. Von nun an war es nicht mehr nötig davonzulaufen, wenn ich mich nach Ehrlichkeit und Reinheit sehnte; ich konnte bleiben und brauchte nur das Gespräch zu ändern.

Verdankte ich dieses neue Glück dem Zauber ihres Gesichtes oder ihrem musikalischen Talent? Das Talent war nicht wegzuleugnen! Das eigentümliche Liedchen in Triestiner Mundart endete mit einer Strophe, in der das Mädchen erklärt, daß es alt und elend geworden sei und keine andere Freiheit mehr verlange als die zu sterben. Carla belebte die armen Verse durch ein Übermaß von Heiterkeit und Temperament. Sie blieb ewige Jugend, die sich nur als Alter verkleidet, um von diesem neuen Standpunkt aus besser ihr ewiges Recht zu fordern.

Als das Lied zu Ende war, klatschte ich voll Bewunderung. Auch sie schien mich zum erstenmal, über unser Liebesverhältnis hinaus, menschlich gern zu haben. Sie begriff so gut, daß mir dieses kleine Lied besser gefiel als der hochdramatische Gesang, den ihr der Lehrer eingedrillt hatte.

Ein wenig traurig fügte sie hinzu:

«Schade, daß man diese Fähigkeit niemals praktisch verwerten kann, wenn man in kein *Café chantant* gehen will.»

Ich widersprach und meinte, es gäbe auf der Welt viele große Künstlerinnen, die rezitierten, ohne zu singen.

Sie ließ sich die Namen nennen und war überglücklich, als sie hörte, wie bedeutsam ihre Kunst einmal noch werden konnte. Mit kindlichem Eifer fügte sie hinzu:

«Ich weiß, daß diese Art von Gesang viel schwerer ist als die andere, bei der man nur schreien muß, bis es einem den Atem verschlägt.»

Ich lächelte und debattierte nicht weiter. Ihre Kunst war sicherlich auch nicht leicht, und sie wußte es, denn es war die einzige Kunst, die sie beherrschte. Dieses kleine Lied zum Beispiel hatte sie große Mühe gekostet. Sie hatte es vor sich hin gesagt und noch einmal vor sich hin gesagt, sie hatte die Betonung jeder Silbe und jedes Lautes immer wieder verbessert. Nun studierte sie ein anderes Liedchen, glaubte es aber erst in einigen Wochen wirklich zu können. Vorher wollte sie nichts davon verlauten lassen.

Es folgten zauberhafte Augenblicke in diesem Zimmer, das bisher nur der Schauplatz roher Sinnlichkeit gewesen war. Nun eröffnete sich für Carla eine Karriere, durch die ich sie vielleicht einmal loswerden würde, eine Karriere, die jener sehr ähnlich war, die schon Copler für Carla erträumte. Ich erklärte mich bereit, ihr einen Lehrer zu suchen. Zuerst erschreckte sie das Wort «Lehrer». Sie ließ sich aber bald überreden, als ich ihr versicherte, es stünde ihr jederzeit frei, diesen Lehrer sofort zu entlassen, wenn er sich als langweilig oder als wenig tauglich erweisen sollte.

Auch mit Augusta vertrug ich mich an diesem Tag äußerst gut. Mein Gemüt war ruhig, als wäre ich nicht vom Hause Carlas, sondern von einem Spaziergang zurückgekehrt. Oder doch vom Hause Carlas, aber etwa so, wie der arme Copler oft zurückgekehrt sein mochte, wenn ihm kein Anlaß zum Ärger gegeben worden war. Ich genoß diese Gemütsruhe in vollen Zügen, als lustwandelte ich in einer Oase unter Palmen. Es wäre für mich und meine Gesundheit sehr schädlich gewesen, wenn sich meine lange Beziehung zu Carla unter ewigen Aufregungen abgespielt hätte. Es waren sanfte Tage nötig, um sowohl die Liebe zu Carla wie auch zu Augusta neu zu beleben. Im allgemeinen begann die Angelegenheit überhaupt erst von diesen Tagen an, sanfter und ruhiger zu verlaufen. Das war gleichsam das Resultat der zauberhaften Schönheit, die ich an Carla neu entdeckt hatte.

Zwar bedeutete jeder Besuch bei Carla noch immer einen Betrug an Augusta; aber meine Hemmungen waren bald in einem wahren Ozean von Gesundheit und guten Vorsätzen verschwunden. Meine guten Vorsätze waren nicht mehr so brutal, nicht mehr so aufregend wie zu Anfang, als ich fast umkam vor Verlangen, Carla zu erklären, ich könne sie leider nie im Leben wiedersehen. Nun war ich ganz sanft und väterlich zu ihr: ich dachte doch wieder an ihre Karriere! Einer Frau für ewig Lebewohl zu sagen, um am nächsten Tag unfehlbar wieder bei ihr zu erscheinen, das wäre eine Anstrengung gewesen, der mein Gemüt nicht gewachsen war. So hingegen blieb Carla stets in meiner Hand, und ich konnte sie, je nach Bedarf, bald in diese, bald in jene Richtung lenken.

Trotz meiner guten Vorsätze kam ich lange nicht dazu, den Lehrer, der für Carla paßte, zu suchen. Ich spielte immer mit dem guten Vorsatz, doch es fiel mir nicht ein, mich zu rühren. Eines schönen Tages aber teilte mir Augusta mit, daß sie sich Mutter fühle. Von diesem Moment an wuchs der gute Vorsatz ins Riesenhafte, und Carla bekam endlich den Lehrer.

Ich hatte auch deshalb so lange gezögert, weil ich glaubte, Carla würde auch ohne Lehrer ihre neue Kunst ernsthaft studieren können. Jede Woche sang sie mir ein neues Liedchen vor, das in Wort und Geste wirklich sorgfältig ausgearbeitet war. An einigen Stellen mußte wohl noch ein wenig gefeilt werden, aber die Fähigkeit zur Selbstkritik und zur völlig selbständigen Arbeit würde sich sicherlich mit der Zeit noch einstellen. Den entscheidendsten Beweis ihrer echten Künstlerschaft gab mir Carla durch ihre Art, die kleinen Lieder immer wieder von neuem zu studieren, um sie zu vervollkommnen, ohne dabei auf die improvisierten und besten Einfälle des ersten Augenblicks zu verzichten. Ich bat sie oft, mir jenes allererste Liedchen wieder vorzusingen. Jedesmal fand ich es besser und vollkommener, dank einer neuen und wirksamen Nuance. Es war staunenswert, wie sie, trotz ihrer Unbildung, in dem unaufhörlichen Drang nach letzter und restloser Vollkommenheit niemals einen falschen oder übertriebenen Ton in die Sache mengte. Als echte Künstlerin fügte sie in ihr kleines Gebäude Tag für Tag einen neuen Stein, während das Ganze doch unverändert blieb. Das Liedchen machte mehrere Wandlungen durch, das Gefühl blieb immer gleich. Jedesmal, bevor Carla zu singen begann, fuhr sie sich mit der Hand über das Gesicht. Hinter dieser Hand sammelte sich Carla, und dieser Augenblick genügte, sie gänzlich in die Situation der Komödie zu versetzen, die sie spielen sollte. Eine nicht immer ganz harmlose Komödie. Der ironische Refrain des Liedchens:

Rosina te xe nata in un casoto[35]

erschien drohend, aber trotzdem nicht allzu ernst. Es

schien, als wollte die Sängerin gleichzeitig mitteilen, sie wisse genau, wie alltäglich diese Geschichte sei. Ihr persönlicher Gedankengang war ein anderer als der des Textes, aber er führte zu dem gleichen Resultat: «Meine Sympathie gehört Rosina», sagte sie, «sonst würde das Liedchen nicht verdienen, gesungen zu werden.»

Es schien mir manchmal, als ob Carla, ohne es zu wissen, meine Liebe zu Augusta und meine ganzen Gewissensqualen von neuem aufstacheln wollte. Dies geschah meistens, wenn sie die feste Position, die meine Frau in meinem Gemütsleben einnahm, von einer unvermuteten Seite her angriff. Sie hörte zum Beispiel nicht auf, den brennenden Wunsch zu wiederholen, mich einmal eine ganze Nacht lang bei sich zu haben. Sie gestand mir, daß sie oft glaube, wir seien viel weniger intim als andere Liebesleute, weil wir noch nie nebeneinander geschlafen hatten. Und da ich mich daran gewöhnen wollte, liebenswürdig mit ihr zu sein, schlug ich ihr diesen Wunsch nicht mit genügend Entschlossenheit ab, obwohl ich wußte, wie absolut unmöglich seine Erfüllung war. Ich konnte es doch nicht riskieren, Augusta am Morgen nach einer solchen Nacht wartend und übernächtig am Fenster zu finden. Und dann: wäre dies nicht ein wirklicher Betrug an meiner Frau gewesen? Manchmal, das heißt an Tagen, an denen mein Verlangen nach Carla den Höhepunkt erreichte, fühlte ich mich nahe daran, ihren Wunsch wirklich zu erfüllen. Aber dann sah ich immer wieder die Unmöglichkeit eines solchen Vorgehens ein. So aber gelang es mir auch niemals, Carlas Hoffnung gänzlich zunichte zu machen. Wir waren gewissermaßen übereingekommen, früher oder später doch einmal eine Nacht miteinander zu verbringen. Die räumliche Möglichkeit war vorhanden, denn ich hatte Carlas Mutter bewogen, die Untermieter, die ihre Wohnung in zwei Teile teilten, hinauszuwerfen. So hatte Carla zu jener Zeit bereits ihr eigenes Schlafzimmer.

Kurz nach Guidos Hochzeit geriet mein Schwiegervater in eine Krankheitskrisis, die mit seinem Tod enden sollte. Ich war so unvorsichtig, Carla zu erzählen, daß meine Frau eine Nacht am Krankenbett ihres Vaters durchwachen müsse, um ihrer Mutter einmal Gelegenheit zu geben, sich auszuruhen. Carla verlangte, daß ich diese Nacht mit ihr verbringe – dieselbe Nacht, die für meine Frau so überaus leidvoll war. Ich fand den Mut nicht zu widersprechen und machte mich schweren Herzens darauf wie auf einen Opfergang gefaßt.

An jenem Morgen ging ich nicht zu Carla. Abends eilte ich voll Verlangen zu ihr, wobei ich mir einredete, es sei kindisch zu glauben, daß ich Augusta mehr als sonst betrog, wenn ich es zu einer Zeit täte, in der sie aus ganz andern Gründen litt. Ich wurde beinahe ungeduldig, als mich die arme Augusta noch aufhielt, um mir zu erklären, wo ich alles finden könne, was ich zum Abendessen, für die Nacht und zum Frühstück am nächsten Morgen brauchte.

Carla empfing mich in ihrem Studierzimmer. Gleich darauf servierte uns die alte Frau, die Mutter und Dienstmagd zugleich war, ein kleines, aber ausgezeichnetes Abendessen, für das ich Kuchen aus einer Konditorei mitgebracht hatte. Dann kam sie noch einmal ins Zimmer, um Geschirr und Gedeck wegzuräumen. Endlich verschwand sie. Am liebsten wäre ich sofort zu Bett gegangen, aber es war wirklich noch zu früh. Carla bat mich, einige Lieder anzuhören, und ging ihr ganzes Repertoire durch. Das war sicherlich der schönste Teil des Abends; die Bangigkeit, mit der ich die Geliebte erwartete, erhöhte das Vergnügen, das ich stets am Gesang der Künstlerin fand.

«Das Publikum würde dich heute mit Blumen und Applaus überschütten», sagte ich nachher und vergaß dabei völlig, daß es unmöglich war, ein ganzes Publikum in jenen Zustand zu versetzen, in dem ich mich ja schon vorher befunden hatte.

In einem kleinen und schmucklosen Raum legten wir uns endlich nieder. Es schien viel eher ein Korridor zu sein, den eine Wand in zwei Teile schied. Ich empfand noch gar kein Schlafbedürfnis. Ich hätte auch unter anderen Umständen kaum in diesem Gemach einschlafen können, wo es so wenig Raum und Luft gab.

Plötzlich wurde Carla gerufen. Um zu antworten, ging sie zur Tür und öffnete sie halb. Ich hörte, wie sie in zornigem Ton die Alte anfuhr, was sie eigentlich wolle. Verschüchtert und undeutlich sagte diese einige Worte, deren Sinn ich nicht verstehen konnte. Hierauf schlug Carla ihrer Mutter die Tür vor der Nase zu und schrie:

«Laß mich in Ruhe! Ich habe dir schon gesagt, daß ich heute nacht hier schlafen will!»

Auf diese Weise erfuhr ich, daß Carla, die sich in der Nacht wahrscheinlich fürchtete, allein zu bleiben, auch weiterhin in ihrem alten Schlafzimmer bei der Mutter schlief, während dieser Raum nur benützt werden sollte, wenn wir zusammen schlafen würden. Sicherlich hatte mich Carla nur aus Furcht dazu bewogen, Augusta so Böses zuzufügen. Mit lebhafter Heiterkeit, die ich nicht verstehen und nicht teilen konnte, gestand sie mir, daß sie sich mit mir zusammen in der Nacht viel sicherer fühle als mit ihrer Mutter. Mir gab dieses Bett, das knapp neben dem isolierten Studierzimmer stand und das ich vorher niemals sah, zu denken. Ich war eifersüchtig! Gleichzeitig empfand ich für Carla wegen ihres Benehmens gegen ihre alte Mutter eine gewisse Verachtung. Sie war wohl aus ganz anderem Stoff gemacht als Augusta, die für eine Nacht auf meine Gesellschaft verzichtete, um ihren Eltern beizustehen. Rücksichtslosigkeit gegen die eigenen Eltern erschien mir immer sehr peinlich. Mit welcher Resignation habe ich doch die Launen meines armen Vaters ertragen!

Carla merkte weder meine Eifersucht noch meine Verachtung. Ich erinnerte mich daran, daß ich kein Recht hatte, eifersüchtig zu sein, da ich doch oft selber wünschte, jemand möge mir meine Geliebte wegnehmen. So mußte ich jede Äußerung der Eifersucht unterdrücken. Ferner hatte es gar keinen Zweck, das arme Mädchen meine Verachtung fühlen zu lassen, spielte ich doch, ungeachtet der Eifersucht, die meinen Unmut steigerte, neuerlich mit dem Gedanken, sie endgültig aufzugeben. Mein einziger Wunsch war, möglichst bald dies enge Zimmer zu verlassen, das höchstens einen Kubikmeter Luft einschloß und außerdem noch überheizt war.

Ich weiß nicht mehr genau, welche Ausrede ich gebrauchte, um augenblicklich fortgehen zu können. Ich kleidete mich jedenfalls angstvoll an. Ich glaube, ich log etwas von einem Schlüssel, den ich meiner Frau zu übergeben vergessen hätte, so daß sie gegebenenfalls gar nicht ins Haus hinein könnte. Ich zeigte Carla sogar diesen Schlüssel. Es war kein anderer als der, den ich immer in der Tasche trug. Nun diente er mir wunderbar als Wahrheitsbeweis für meine Aussage. Carla machte keine Anstalten, mich zurückzuhalten. Sie kleidete sich gleichfalls an und begleitete mich, um mir zu leuchten. Im Dunkel der Stiege war mir, als messe sie mich mit inquisitorischen Blicken, die mich verwirrten. Begann sie etwas zu ahnen? Dies war nicht leicht möglich, denn ich verstand mich wirklich gut aufs Komödiespielen. Um ihr dafür zu danken, daß sie mich weggehen ließ, ohne weitere Schwierigkeiten zu machen, drückte ich meine Lippen auf ihre Wangen oder tat irgend etwas Ähnliches, als wäre ich noch immer von derselben Begeisterung erfüllt, die mich zu ihr geführt hatte. Über den Erfolg meiner Schauspielkunst konnte ich keine Zweifel hegen. Kurz zuvor hatte mir Carla in einer Aufwallung von Liebe gesagt, daß ich den häßlichen Namen Zeno, den mir meine Eltern gaben, wirklich nicht verdiente. Nach ihrem Geschmack hätte ich Dario heißen müssen. Im Halbdunkel des Torflures verabschiedete sie sich dann von mir, indem sie mich bei diesem Namen rief. Sie bemerkte noch, daß das Wetter drohend aussah, und wollte sofort einen Schirm für mich holen. Aber ich konnte ihre Gegenwart nicht länger ertragen und lief eilig davon, wobei ich nochmals den Schlüssel in der Luft schwenkte, an dessen erlogenen Zweck ich nunmehr wirklich zu glauben begann.

Die tiefe Finsternis dieser Nacht wurde von Zeit zu Zeit durch drohende und grelle Blitze unterbrochen. Das Grollen des Donners war wie aus weiter Ferne vernehmbar. Die Luft blieb unbewegt und ebenso dumpf wie im Zimmer Carlas. Die spärlichen Tropfen, die niederfielen, waren lauwarm. Vom Himmel kam offenbar irgendeine Gefahr. Ich begann zu laufen. In der Corsia Stadion fand ich ein Haustor, das noch offen und beleuchtet war. Gerade zur rechten Zeit konnte ich hineinflüchten. Unmittelbar darauf schlug der Platzregen auf das Pflaster nieder. Sein Geräusch wurde von wütenden Windstößen unterbrochen, die auch den Donner mitzureißen schienen. Es donnerte plötzlich aus nächster Nähe. Schrecken packte mich. Wenn mich der Blitz um diese Stunde in der Corsia Stadion getroffen hätte – wie wäre ich verraten und kompromittiert gewesen! Es war nur gut, daß mich meine Frau als einen Menschen kannte, der oft absonderliche Gelüste hat und der in der Nacht auch eventuell bis in die Corsia Stadion rennen konnte. Damit war alles entschuldigt.

Länger als eine Stunde mußte ich unter diesem Haustor warten. Oft schien es, als wollte sich das Unwetter beruhigen; aber jedesmal brach es wieder mit neuer Heftigkeit los. Nun hagelte es sogar.

Der Hausbesorger war gekommen, um mir Gesellschaft zu leisten. Ich mußte ihm einige Kreuzer dafür schenken, daß er das Tor noch nicht zusperrte. Dann kam ein weißgekleideter Herr, der von Wasser troff. Er sah alt, mager und trotz aller Nässe ganz verdorrt aus. Ich habe ihn nie mehr wiedergesehen, kann ihn aber wegen seiner merkwürdig leuchtenden schwarzen Augen und wegen der Energie, die seine dürftige Gestalt ausströmte, nicht vergessen. Er fluchte, weil er auf so unliebsame Weise mit Wasser begossen worden war.

Mir macht es stets Spaß, mich mit Leuten zu unterhalten, die ich nicht kenne. Ihnen gegenüber fühle ich mich gesund und sicher. Ich empfinde dies geradezu als Erholung. Ich muß achtgeben, nicht zu hinken, nicht zu stöhnen; dadurch bin ich immer für eine Weile geheilt.

Als das Gewitter endlich nachließ, begab ich mich nicht nach Hause, sondern eilte ins Haus meines Schwiegervaters. Ich glaubte mich in diesem Augenblick sofort melden zu müssen.

Mein Schwiegervater war eingeschlafen. Augusta, die noch eine Krankenschwester zur Hilfe hatte, konnte mir eine Weile im Nebenzimmer Gesellschaft leisten. Sie sagte, ich hätte gut daran getan zu kommen, und warf sich weinend in meine Arme. Sie hatte ihren Vater fürchterlich leiden sehen.

Sofort bemerkte sie, daß ich ganz durchnäßt war. Ich mußte mich in einen Klubsessel setzen und wurde von unten bis oben in Decken eingehüllt. Eine Zeitlang konnte Augusta neben mir verweilen. Ich war sehr müde und kämpfte in ihrer Gegenwart mit dem Schlaf. Dabei fühlte ich mich wunderbar unschuldig, denn ich hatte sie doch nicht betrogen, obzwar ich eine ganze Nacht fern von unserer ehelichen Wohnung verbrachte. So wunderschön war das Gefühl der Unschuld, daß ich den Versuch machte, es noch zu verstärken. Ich begann Reden zu führen, die einem Bekenntnis schon ganz ähnlich sahen. Ich sagte, daß ich mich schwach und schuldig fühle. Sie sah mich an, als verlangte sie eine nähere Erklärung. Da zog ich leider wieder den Kopf aus der Schlinge und erzählte bloß, daß ich mich viel mit Philosophie befaßt hätte und daß mich nunmehr das Gefühl der Schuld bei jedem Atemzug überkäme. Augusta antwortete: «So ist es auch bei den Religiösen. Wer weiß, ob wir nicht für eine Schuld, die wir gar nicht kennen, auf diese Weise gestraft werden.»

Diese Worte paßten sehr wohl zu ihren Tränen. Mir schien es, als begriffe sie nicht ganz den Unterschied zwischen meinem Gefühl und dem der Religiösen. Aber ich hatte keine Lust zu debattieren. Das monotone Geräusch des Windes, das wieder stärker wurde, und die Gemütsruhe, die mir dieser Ansatz zu einem Bekenntnis verschafft hatte, schläferten mich ein. So fiel ich denn in einen langen, erlösenden Schlaf.

Als die Frage des Gesanglehrers wiederauftauchte, war sie in wenigen Stunden erledigt. Ich hatte mich schon seit längerer Zeit für einen entschieden, und, um offen zu sein, deshalb, weil er der billigste in ganz Triest war. Zur Vorsicht ließ ich Carla allein hingehen und verhandeln. Ich selber habe diesen Herrn niemals gesehen, aber ich muß sagen, daß ich heute sehr viel von ihm weiß und daß er einer von den wenigen ist, die ich auf der Welt hochschätze. Er muß sehr einfältig und gesund gewesen sein, was doppelt verwunderlich ist bei einem Künstler, der so für seine Kunst lebte wie dieser Vittorio Lali. Ein beneidenswerter Mensch, genial und gesund zugleich.

Ich merkte bald, daß Carlas Stimme weicher, geschmeidiger und sicherer wurde. Wir hatten zuerst gefürchtet, daß dieser Lehrer ihr einen Zwang auferlegen würde wie der erste, den Copler aussuchte. Das geschah aber keineswegs. Vielleicht fügte er sich Carlas Wünschen – jedenfalls pflegte er mit ihr die Art des Gesanges, die ihr lag. Erst viele Monate später bemerkte sie, daß sie sich dennoch langsam von ihr entfernt und ihre Kunst verfeinert hatte.

Sie sang nicht mehr jene kleinen Triestiner Lieder, auch keine neapolitanischen, sondern war zu altitalienischen Canzonen übergegangen und schließlich bei Mozart und Schubert angelangt. Ich erinnere mich noch an ein Wiegenlied, das Mozart zugeschrieben wird. An Tagen, an denen ich die ganze Traurigkeit des Lebens fühle und dem spröden Mädchen nachtrauere, das mein gewesen ist und das ich niemals geliebt habe, klingt dieses Lied als Vorwurf unaufhörlich in meinen Ohren nach. Ich sehe dann wieder die Erscheinung Carlas vor mir. Sie gleicht einer Mutter, aus deren Kehle die süßesten Töne quellen, um das Kindchen in Schlaf zu singen. Und doch konnte sie, die eine unvergeßliche Geliebte war, keine gute Mutter sein, da sie als schlechte Tochter gelten mußte. Aber sie konnte wie eine Mutter singen, und das war eine Eigenschaft, die alle anderen, schlechteren, vergessen ließ.

Von Carla erfuhr ich die Lebensgeschichte ihres Lehrers. Er hatte einige Jahre lang am Konservatorium in Wien studiert und war dann nach Triest zurückgekehrt, wo er das Glück hatte, bei Smareglia[36] studieren zu dürfen. Er schrieb nach Diktat die Kompositionen dieses blinden Meisters nieder. Er genoß das Vertrauen, das ein Blinder zu seinem Mitarbeiter haben muß. Er lernte auch die gesamten Ideen, die Arbeitspläne und die immer jugendlichen Träume des Alten kennen. Bald war seine Seele gänzlich in der Musik zu Hause, auch in jener, die Carla brauchte. Carla beschrieb mir auch sein Aussehen: jung, blond, eher gedrungen, nachlässig gekleidet, mit einem nicht immer reinen Hemd und einer Krawatte, die groß und locker geschlungen war und einmal schwarz gewesen sein mußte. Dazu trug er einen Hut mit riesiger Krempe. Gänzlich erfüllt von seiner Aufgabe und wortkarg – so schilderte ihn Carla, und ich mußte ihr wohl glauben, denn als er später, nach einigen Monaten, vertraulicher wurde, erzählte sie mir auch das sofort.

Bald ergaben sich neue Komplikationen. Jeden Morgen brachte ich Carla außer meiner Liebe auch bittere Eifersucht mit, die sich im Lauf des Tages allerdings wieder abschwächte. Es erschien mir unmöglich, daß sich dieser junge Gesanglehrer die leichte Beute nicht aneignen sollte. Carla wunderte sich darüber, daß mir so etwas überhaupt einfallen konnte, und ich wunderte mich wiederum, daß sie es so absurd fand. Hatte sie vergessen, wie rasch und leicht es am Anfang zwischen uns beiden gegangen war?

Eines Tages kam ich zitternd vor Eifersucht bei ihr an. Sie erschrak und erklärte sich bereit, den Lehrer sofort zu entlassen. Ich glaube nicht, daß ihr Schreck allein von der Angst kam, ihre Unterstützung zu verlieren. Gerade zu jener Zeit gab sie mir Beweise ihrer Zuneigung, an denen ich nicht zweifeln konnte und die mich oft selig machten. Wenn ich in anderer Stimmung war, fielen sie mir allerdings auch lästig, weil sie sich gegen Augusta zu richten schienen und ich sie gegen besseres Wissen und Gewissen noch mit dankbarem Lächeln quittieren mußte. Ihr Vorschlag brachte mich also in große Verlegenheit. Ob ich sie nun liebte oder ob ich alles bereute, was zwischen uns vorgefallen war – gleichviel, ich wollte keinerlei Opfer von ihr annehmen. Es mußte zwischen meinen zwei entgegengesetzten Seelenzuständen ein Band bestehen bleiben. Ich wollte meine ohnehin so bescheidene Freiheit, von einem Zustand zum andern überzugehen, nicht noch verringern. Daher konnte ich ihren Vorschlag nicht annehmen. Ich wurde vorsichtiger, und es gelang mir, meine Eifersucht zu verbergen, auch wenn ich der Verzweiflung nahe war. Meine Liebe verursachte mir immer mehr Widerstand und Ärger. Ob ich sie nun begehrte oder nicht, ich sah jetzt in Carla ein niedriges Wesen. Entweder sie betrog mich, oder sie interessierte mich überhaupt nicht mehr. Wenn ich sie nicht gerade haßte, übersah ich ganz und gar ihre Existenz. Ich gehörte dem Reich der Gesundheit und der Ehrlichkeit an, in welchem Augusta herrschte, und wollte mit Leib und Seele dahin zurück, wenn mich Carla nur freiließ.

Carla war wirklich und restlos aufrichtig. Daher weiß ich genau, wie lange (und es war sehr lange) sie mir mit Leib und Seele angehört hat. Meine periodische Eifersucht kann lediglich als Äußerung meines unbewußten Gerechtigkeitsgefühles angesehen werden: es mußte ja schließlich das kommen, was ich verdiente. Der Gesanglehrer verliebte sich in Carla. Das erste Symptom seiner Liebe war aus gewissen Worten zu spüren, die mir Carla triumphierend hinterbrachte, weil sie glaubte, sie bedeuteten ihren ersten künstlerischen Erfolg, für den sie sich Lob und Belohnung von mir erwartete. Er sagte ihr zum Beispiel, er habe seine Aufgabe liebgewonnen und würde sie, falls sie ihn einmal nicht bezahlen könnte, gerne auch unentgeltlich unterrichten. Ich hätte sie dafür am liebsten geohrfeigt. Bald aber brachte ich es fertig zu behaupten, daß ich mich über Carlas großen Triumph ehrlich freue. Sie dachte nicht mehr an den Krampf, der anfangs mein Gesicht verzogen hatte, als hätte ich mit aller Kraft in eine Zitrone gebissen. Glücklich nahm sie das verspätete Lob entgegen. Der Lehrer erzählte ihr von seinen Sorgen: Musik, Elend und Familie. Eine Schwester machte ihm viel zu schaffen; dabei verstand er es, Carla eine gehörige Antipathie gegen diese unbekannte Dame einzuflößen. Daß sie diese Antipathie teilte, erschien mir höchst alarmierend. Ferner sang sie jetzt Kompositionen des Lehrers, die mir zu jeder Zeit armselig vorkamen, ob ich nun Carla gerade wirklich liebte oder ob ich sie als unerträgliche Last empfand. Es kann ja möglich sein, daß diese Kompositionen halbwegs brauchbar waren, obwohl niemand mehr etwas von ihnen gehört hat. Ihr Schöpfer dirigierte später mehrere Orchester in den Vereinigten Staaten; vielleicht findet man dort auch seine Kompositionen gut und singt sie hie und da.

Eines schönen Tages erzählte mir Carla, der famose Lehrer habe ihr den Antrag gestellt, seine Frau zu werden, sie habe ihn aber natürlich zurückgewiesen. Darauf erlebte ich zwei wirklich grauenvolle Viertelstunden. Zuerst drohte ich voll grenzenloser Wut, ich würde den Lehrer, wenn er in Carlas Wohnung käme, mit Fußtritten die Stiege hinunterbefördern. Dann aber wurde ich schwankend und gestand mir ein, daß diese Heirat doch wirklich eine schöne und moralische Sache sei und ganz dazu angetan, die Schwierigkeit meiner Lage noch weit schneller zu beheben als die künstlerische Karriere, die Carla an meiner Seite anzutreten gedachte.

Warum war dieser gottverlassene Lehrer nur so rasch und so scharf ins Zeug gegangen? Nach unserem einjährigen Verhältnis hatte sich zwischen mir und Carla so vieles ausgeglichen, meine Stirnfalten waren sogar verschwunden, wenn ich von ihr Abschied nahm. Meine Gewissensqualen waren erträglicher geworden. Obgleich Carla noch öfter Gelegenheit hatte zu erkennen, wie roh ich in der Liebe war, schien sie sich daran gewöhnt zu haben. Und da ich mich übrigens seit den ersten Tagen unserer Beziehung sehr bezähmt hatte, mußte ihr mein späteres Benehmen geradezu sanft vorkommen.

Auch in den Stunden, in denen mir an Carla nicht eben viel lag, sah ich voraus, wie bitter es werden würde, eines schönen Morgens die Geliebte in ihrer Wohnung nicht mehr vorzufinden. Gewiß, es wäre mindestens ebenso wunderschön gewesen, endlich zu Augusta ohne das übliche Intermezzo mit Carla zurückzukehren. Ich glaubte im Augenblick sogar, dazu mit Leichtigkeit imstande zu sein. Aber ich hätte es gerne erst einmal nur versuchsweise getan. Mein Vorsatz dürfte ungefähr so gelautet haben: «Morgen werde ich also Carla bitten, den Antrag des Lehrers anzunehmen; heute aber werde ich sie daran hindern.» Und mit großer Anstrengung fuhr ich fort, den zärtlichen Liebhaber zu spielen. Heute, da ich darüber schreibe, nachdem ich sämtliche Phasen dieses Abenteuers registriert habe, könnte es scheinen, als hätte ich den Versuch machen wollen, meine Geliebte an einen andern zu verheiraten und sie dennoch für mich selber zu behalten. Dies wäre die Taktik eines klügeren, weltgewandteren, wenn auch unmoralischeren Mannes gewesen, als ich es bin. Es verhielt sich in Wirklichkeit so: sie sollte den Lehrer heiraten, aber sie durfte sich nicht an diesem Tag, sondern erst am nächsten dazu entschließen. Erst damit hörte ich auf, mich in dem Zustand zu befinden, den ich mit Entschiedenheit als den der Unschuld bezeichnen möchte. Es war nun nicht mehr möglich, Carla während einer kurzen Zeitspanne des Tages zu lieben, um sie dann volle vierundzwanzig Stunden lang zu hassen und am nächsten Morgen wieder, naiv wie ein kleines Kind, einen neuen Tag zu beginnen, der dem vorangegangenen vollkommen glich, und über diesen Verlauf zu staunen, den ich doch auswendig kennen mußte. Das war nicht mehr möglich. Es drohte die Gefahr, meine Geliebte für immer zu verlieren, wenn ich meinen Wunsch, von ihr frei zu werden, nicht bezwang. Da bezwang ich diesen Wunsch sofort.

So kam es, daß ich an einem Tag, an dem mir wirklich nicht das geringste mehr an Carla lag, ihr eine Liebesszene vorspielte, die wegen ihrer Verlogenheit und wegen ihrer unnatürlichen Hast jener andern glich, die ich damals, während der Wagenfahrt nach dem Verlobungsbankett, im berauschten Zustand Augusta vorspielte. Nur daß jetzt von Rausch nicht die Rede war. Vom Klang meiner Worte wurde ich aber schließlich selber gerührt: ich erklärte Carla, daß ich sie liebe und ohne sie nicht leben könne, daß es andererseits aber schwer sei, von ihr zu verlangen, sie solle mir ihr Leben opfern, da ich ihr doch niemals das würde bieten können, was Lali ihr bot.

Das war wirklich eine neue Melodie in unserem Zusammensein, das doch so viele Stunden großer Liebe in sich geborgen hatte. Carla hörte mir selig zu. Spät erst entschloß sie sich, mir zu sagen, daß ich keinen Anlaß hätte, mir Sorgen zu machen, weil Lali sie liebe. Sie denke nicht daran, ihn zu heiraten.

Ich dankte ihr, immer mit derselben Glut, obwohl sie mich jetzt nicht mehr zu rühren vermochte. Ich spürte einen ungeheuren Druck in der Magengegend. Ich hatte mich offensichtlich stärker als jemals verstrickt. Aber meine vorgespielte Glut wuchs, anstatt abzunehmen; dadurch gewann ich Zeit, ein Wort der Bewunderung für den armen Lali zu finden. Ich wollte ihn ja nicht aus dem Spiel entfernen; ich wollte ihn mir für den nächsten Tag aufheben.

Als die Frage aufgeworfen wurde, ob der Lehrer zu behalten oder zu entlassen sei, waren wir bald miteinander einig. Wenn ich schon die Heirat Carlas unmöglich machte, wollte ich ihrer Karriere doch nicht schaden. Auch sagte sie, daß sie viel von den künstlerischen Fähigkeiten ihres Lehrers halte: jede Lektion sei ein neuer Beweis, wie notwendig sie ihn für ihre Ausbildung brauche. Sie versicherte mir, daß ich ruhig sein könne: sie liebe nur mich und keinen andern.

Mein Ehebruch hatte offenbar an Gewicht und Umfang zugenommen. Durch neue Zärtlichkeiten hatte ich mich fester an meine Geliebte gebunden. Die Sache erstreckte sich bereits auf Gebiete, die bis jetzt nur meiner legitimen Liebe reserviert waren. Aber wenn ich nach Hause kam, waren auch meine Zärtlichkeiten für Augusta doppelt so stark. Für Carla hatte ich plötzlich nichts mehr übrig als ein tiefes Mißtrauen. Wer weiß, was an dieser Heiratsgeschichte überhaupt wahr war? Es hätte mich nicht gewundert, wenn mir Carla, ohne den andern zu heiraten, einen Sohn beschert hätte, der sich durch großes Musiktalent auszeichnete. Aber die eisernen Vorsätze, die mich auf meinem Weg zu Carla täglich begleiteten, verließen mich bei ihrer Tür und warteten auf der Straße auf mich, bis ich wieder aus dem Haus kam. Vorsätze, die um ihrer selbst willen da waren und keinerlei praktische Folgen nach sich zogen.

Auch alle Veränderungen, die uns der Sommer brachte, blieben ohne weitere Folgen. Der Sommer verging und nahm meinen Schwiegervater mit. Dann hatte ich sehr viel mit der neugegründeten Handelsgesellschaft Guidos zu tun; ich arbeitete damals mehr als je in meinem Leben, meine Universitätsjahre mit einbegriffen. Auf diese Arbeit werde ich später zu sprechen kommen. Auch der Winter verging. In meinem kleinen Garten sproßten schon die ersten Blüten. Diese sahen mich aber nicht mehr so verzagt an wie im vorigen Frühling. Meine Tochter Antonia kam zur Welt. Carlas Lehrer war zu unserer Verfügung geblieben. Carla wollte aber noch immer nichts davon wissen, ihn seinem eigentlichen Zweck zuzuführen – und ich auch nicht. Noch immer nicht.

Dagegen gab es Schwierigkeiten in meiner Beziehung zu Carla, und zwar aus Gründen, die wirklich unscheinbar waren. Fast unmerklich spielten sich diese Ereignisse ab und wurden erst an ihren Folgen deutlich erkennbar.

Zu Beginn jenes Frühlings mußte ich einmal mit Carla im Volksgarten spazierengehen. Dies empfand ich als sehr kompromittierend. Carla wünschte, an meinem Arm in der Sonne auf und ab zu gehen, und ich mußte schließlich nachgeben. Aber nicht einmal für kurze Momente war es uns vergönnt, wie Mann und Frau nebeneinander zu gehen. Selbst dieser kleine Versuch endete kläglich.

Um die neue und unerwartete Wärme besser zu genießen, setzten wir uns auf eine Bank. An Werktagen war der Garten vormittags gewöhnlich leer. Mir schien es, daß die Gefahr, gesehen zu werden, wesentlich vermindert würde, wenn ich regungslos dasaß. Da plötzlich näherte sich, mit langsamen, aber riesigen Schritten, eine Krücke unter der einen Achsel, mein Freund Tullio, der Mann mit den vierundfünfzig Muskeln, und setzte sich, ohne uns anzusehen, just neben uns nieder. Dann hob er einmal den Kopf, sein Blick fiel auf mich, und er grüßte:

«Lange nicht gesehen! Wie geht es dir? Bist du endlich weniger beschäftigt?»

In meinem ersten Schreck machte ich eine Bewegung, wie um Carla zu verstecken. Aber sowie er mir die Hand gereicht hatte, fragte er:

«Deine Frau Gemahlin?»

Er wartete, daß ich sie vorstellte. Ich gab langsam nach:

«Fräulein Carla Gerco, eine Freundin meiner Frau.»

Dann fuhr ich fort zu lügen. Von Tullio selber erfuhr ich später, daß schon die zweite Lüge genügte, um ihm alles zu verraten. Ich sagte nämlich mit gezwungenem Lächeln:

«Das Fräulein setzte sich zufällig neben mich, ohne mich zu erkennen. Genau wie du.»

Jeder Lügner sollte daran lernen, daß man nur die allernotwendigsten Lügen sagen darf, um Glauben zu finden. Tullio bewies, als wir uns einmal wieder begegneten, gesunden Menschenverstand, indem er sagte:

«Du hast mir viel zuviel erklären wollen. Ich habe sofort erraten, daß du lügst und daß diese schöne Dame deine Geliebte war.»

Zu dieser Zeit aber hatte ich Carla bereits verloren, und ich gestand Tullio mit großer Genugtuung, daß er richtig geraten hatte, aber daß die Geschichte leider aus und erledigt sei. Er glaubte mir nicht, und dafür war ich ihm dankbar. Seine Ungläubigkeit erschien mir als gute Vorbedeutung.

Carla geriet bei jener Begegnung im Volksgarten in eine Mißstimmung, wie ich sie an ihr noch nie gesehen hatte. Ihre ganze Auflehnung gegen mich begann in diesem Augenblick. Ich merkte es nicht gleich, denn ich wandte ihr den Rücken zu, um Tullio zuzuhören, der mir wieder einmal von seinen Krankheiten und seinen vielfachen Kuren ausführlich erzählte. Später verstand ich, daß eine Frau es nicht vertragen kann, öffentlich verleugnet zu werden, auch wenn sie sich sonst eine weniger höfliche Behandlung gefallen läßt. Carla ließ ihre Mißstimmung weniger an mir als an dem armen Hinkenden aus, dem sie überhaupt keine Antwort gab, als er einige Worte an sie richtete. Auch ich hörte Tullio nicht besonders aufmerksam zu, denn in diesem Augenblick interessierten mich seine Kuren weniger als früher. Ich sah ihm tief in die kleinen Augen, um meinerseits zu erraten, was er von dieser Begegnung dachte. Indessen erzählte er mir, daß er bereits pensioniert sei. Wie leicht konnte er die Kreise der damaligen Triestiner Gesellschaft, die äußerst eng waren, mit seinen Berichten über mich versorgen, da er nun den ganzen Tag dazu Zeit hatte.

Nach einigem Nachdenken erhob sich Carla plötzlich und ging davon. Sie murmelte:

«Auf Wiedersehen!» – und war schon ein paar Schritte weit weg. Ich wußte nun, daß sie mir ernstlich zürnte. Ich mußte auf die Anwesenheit Tullios Rücksicht nehmen und versuchte, die nötige Zeit zu gewinnen, um Carla zu versöhnen. Ich rief ihr die Bitte nach, sie begleiten zu dürfen, da wir doch ohnedies denselben Weg hätten. Ihr trockener Gruß hatte beinahe wie ein Abschiedsgruß für immer geklungen. Es war das erste Mal, daß ich wirklich Angst hatte. Die ganze Situation verschlug mir den Atem.

Aber Carla wußte selbst noch nicht, wohin sie ihre Schritte lenken wollte. Sie handelte nur in einer momentanen Aufwallung von Wut, die bald vergehen sollte.

So wartete sie auf mich und schritt dann schweigend neben mir her. Als wir aber zu Hause angelangt waren, überfiel sie ein Weinkrampf, der mir gar nicht unangenehm war, weil er sie bewog, in meinen Armen Zuflucht zu suchen. Ich schilderte ihr den Charakter Tullios und erklärte, welchen Schaden mir sein böses Mundwerk zufügen konnte. Als ich sah, daß sie in meinen Armen noch immer weinte, wagte ich einen etwas schärferen Ton anzuschlagen: ihr läge also daran, mich zu kompromittieren! Hatten wir nicht immer gesagt, daß wir der armen Frau, die doch meine Gattin und die Mutter meiner Tochter war, jeden Schmerz ersparen wollten?

Als Carla langsam wieder zur Vernunft gekommen zu sein schien, verlangte sie, allein zu bleiben, um sich zu beruhigen. Ich war froh, davonlaufen zu können.

Seit jenem Vorfall zeigte Carla immer deutlicher den Wunsch, öffentlich als meine Frau aufzutreten. Es war, als hätte sie die Absicht, mich zu zwingen, die Stellung einzunehmen, die sie dem Lehrer verweigerte, da sie ihn nicht heiraten wollte. Sie bat mich öfters darum, zwei Sitze im Theater zu besorgen, auf denen wir dann, von verschiedenen Seiten kommend, wie zufällig nebeneinander Platz nehmen sollten. Oft ging ich mit ihr noch in den Volksgarten, der gewissermaßen der Grenzstein meiner Wanderungen war. Weiter nie! Nun begann aber meine Geliebte, mir sehr lästig zu werden. Ohne Grund wurde sie jeden Augenblick auf mich böse. Es gab furchtbare Wutausbrüche, nach denen sie allerdings bald wieder zur Vernunft kam, was genügte, mich jedesmal wieder gut und gefügig zu machen. Oft fand ich sie in Tränen aufgelöst, ohne daß es mir gelang, irgend etwas über die Gründe ihrer Schmerzen zu erfahren. Vielleicht war dies meine Schuld, weil ich mich zuwenig energisch um Erklärungen bemühte. Als ich Carla noch besser kennenlernte, das heißt, als sie mich verließ, brauchte ich keine weiteren Erklärungen mehr. Sie hatte sich einfach von Not getrieben mit mir eingelassen, mit einem Menschen, der wirklich nicht zu ihr paßte. In meinen Armen war sie zur Frau geworden – zur anständigen Frau, wie ich mir immer wieder einredete. Natürlich hatte ich keinen Vorteil davon, im Gegenteil, nur Schaden.

Sie litt an einer neuen fixen Idee, die mich zuerst überraschte, gleich darauf aber im tiefsten rührte. Sie wollte meine Frau einmal sehen, sie schwor, daß sie sich ihr nicht nähern würde, sondern alles tun, um von ihr unbemerkt zu bleiben. Ich versprach ihr, sie zu verständigen, wenn ich einmal genau wüßte, um welche Zeit meine Frau ausging. Sie dürfe ihr aber nicht in der Nähe unserer Villa begegnen, die Gegend dort sei so einsam, daß jeder einzelne gut beobachtet werden könne. Die Begegnung sollte sich lieber in einer sehr belebten Straße abspielen.

Zu dieser Zeit wurde meine Schwiegermutter von einem Augenleiden befallen. Sie mußte einige Tage lang mit verbundenen Augen herumgehen und langweilte sich dabei zu Tode. Um die strenge Einhaltung ihrer Kur zu überwachen, leisteten ihr die Töchter abwechselnd Gesellschaft. Meine Frau am Vormittag und Ada bis vier Uhr nachmittags. In einer plötzlichen Eingebung sagte ich, daß meine Frau das Haus meiner Schwiegermutter täglich um vier Uhr nachmittags verlasse. Ich weiß heute noch nicht, warum ich Carla Ada als meine Frau vorgestellt habe. Wahrscheinlich hatte ich nach dem Heiratsantrag des fatalen Lehrers das Bedürfnis, meine Geliebte fester an mich zu binden, und glaubte wohl, daß sie den Mann, der ihr gewissermaßen seine Frau opferte, um so mehr schätzen würde, je schöner sie diese Frau fände. Augusta sah zu jener Zeit nicht anders aus als eine gute und gesunde Amme. Vielleicht hat mich auch die Vorsicht zu dieser Handlungsweise bewogen. Ich hatte alle Ursache, die Launen meiner Geliebten zu fürchten. Hätte sie sich nun gegenüber Ada zu irgendeiner unbesonnenen Handlung hinreißen lassen, so wäre das nicht so schlimm gewesen. Ada hatte mir schon einmal bewiesen, daß sie niemals versuchen würde, mir bei meiner Frau zu schaden.

Hätte mich nun Carla vor Ada kompromittiert, so wäre nichts anderes übriggeblieben, als Ada alles zu erzählen. Das aber, ich muß es offen sagen, hätte ich mit großer Genugtuung getan.

Aber meine Taktik hatte leider andere Folgen, als ich vorhersehen konnte. Von einer bangen Ahnung getrieben, ging ich am nächsten Morgen früher als gewöhnlich zu Carla. Ein Ernst, den ich an ihr nicht kannte, erfüllte das wunderbare Oval ihres Gesichts. Als ich sie küssen wollte, stieß sie mich zurück. Dann überließ sie mir ihre Wange zum flüchtigen Kuß, jedoch nur, um mich zu bewegen, ihr ruhig zuzuhören. Ich saß ihr gegenüber, am andern Ende des Tisches. Ohne besondere Eile nahm sie ein Blatt Papier, auf dem sie offenbar bis zu meiner Ankunft herumgekritzelt hatte, und legte es zwischen einige Notenhefte, die auf dem Tisch lagen. Ich schenkte diesem Blatt keine besondere Aufmerksamkeit und erfuhr erst später, daß es ein Brief an Lali war.

Heute weiß ich, daß Carlas Seele damals noch immer von heftigen Zweifeln erfüllt war. Ihr ernster Blick prüfte mich lange; dann sah sie gegen das Licht, das zum Fenster hereindrang. Sie sperrte sich einen Augenblick lang vor der Außenwelt ab, um ihre eigene und wirkliche Absicht klarer erforschen zu können. Hätte ich alles, was sich in ihr um diese Stunde abspielte, sofort begriffen – wer weiß, ob es mir nicht noch möglich gewesen wäre, meine süße Geliebte für mich zu retten.

Sie erzählte mir von ihrer Begegnung mit Ada. Sie hatte ihr vor dem Hause meiner Schwiegermutter aufgelauert und wollte sie auf den ersten Blick erkannt haben.

«Es war keine Täuschung möglich. Du hattest sie mir so überdeutlich geschildert. Oh! Du kennst sie wirklich sehr gut.»

Sie schwieg einen Augenblick lang, um die Bewegung zu bezwingen, die sie am Weitersprechen hinderte. Dann fuhr sie fort:

«Ich weiß nicht, was zwischen euch gewesen ist. Aber ich will diese Frau nicht länger betrügen, die so schön und traurig ist! Heute schreibe ich dem Gesanglehrer, daß ich bereit bin, ihn zu heiraten.»

Ich rief überrascht aus: «Traurig? Irrst du dich nicht? Vielleicht hat ihr in diesem Augenblick ein enger Schuh weh getan.»

Ada traurig! Sie, die doch immer lachte und lächelte! Sogar heute morgen noch, als ich sie bei mir zu Hause einen Augenblick lang gesehen hatte. Aber Carla wußte es besser.

«Ein enger Schuh! Sie schritt einher wie eine Göttin, die auf Wolken schwebt!»

In immer größerer Erregung erzählte sie mir dann, daß es ihr gelungen war, ein süßes Wort von Ada zu empfangen. Ada war das Taschentuch entglitten, und Carla eilte sofort hinzu, um es aufzuheben und es ihr zu übergeben. Adas kurzer Dank erschütterte Carla bis zu Tränen. Aber noch etwas anderes war zwischen den beiden Frauen vorgefallen: Ada bemerkte die Tränen und antwortete mit einem kurzen, unendlich traurigen Blick der Solidarität. Für Carla war alles klar: meine Frau wußte, daß sie betrogen wurde, und litt darunter entsetzlich. Und das bewog nun Carla, mit mir zu brechen und Lali zu heiraten.

Ich wußte nicht, wie ich mich verteidigen sollte. Es fiel mir nicht schwer, voll Abneigung über Ada zu reden, jedoch nicht über meine Frau, die gesunde Amme, die ganz von ihrer mütterlichen Aufgabe erfüllt war und wahrlich keine Zeit hatte, auf die Vorgänge in meinem Innern zu achten. Ich fragte Carla behutsam, ob ihr nicht aufgefallen sei, wie hart der Blick jener Frau wirken mußte, wie rauh und tief ihre Stimme war, bar jeder weiblichen Sanftheit.

Um Carlas Neigung wiederzugewinnen, hätte ich gerne meiner Frau noch andere schlechte Eigenschaften Adas zugeschrieben. Aber das war leider nicht mehr möglich. Seit einem Jahr hatte ich ja Carla gegenüber nichts anderes getan, als meine Frau zu einer Göttin zu erheben, die auf Wolken schreitet.

Ich versuchte, mich auf andere Weise zu retten. Mich packte nämlich selbst eine große Rührung und trieb mir Tränen in die Augen. Ich glaubte, mich mit vollem Recht bemitleiden zu dürfen. Ohne Absicht hatte ich mich da in eine Situation begeben, in der ich mich todunglücklich fühlte und aus der es keinen Ausweg gab. Die Verwechslung und Begriffsverwirrung zwischen Adas und Augustas Persönlichkeit war unerträglich. In Wahrheit verhielt es sich so, daß meine Frau gar nicht so schön war wie Carla meinte, während mir die schöne Ada einst bitteres Leid zugefügt hatte. Und ausgerechnet für Ada floß Carla nun von Mitgefühl über! Sie verurteilte mich wirklich ganz zu Unrecht.

Meine Tränen versetzten Carla in mildere Stimmung.

«Dario, Lieber! Wie tun mir deine Tränen wohl! Ich weiß nicht, was es zwischen dir und deiner Frau gegeben hat, aber es kann nur ein Mißverständnis sein. Es ist ungeheuer wichtig, dieses Mißverständnis aufzuklären. Ich will deine Handlungsweise nicht zu streng beurteilen, aber ich persönlich werde diese Frau nie wieder betrügen. Ich ertrage es nicht, der Anlaß ihrer Tränen zu sein. Ich habe mir geschworen, alles wiedergutzumachen.»

Trotz dieses Schwures betrog sie schließlich meine Frau noch ein letztes Mal. Zwar wollte sie sich von mir nur mit einem Kuß für immer verabschieden. Aber ich forderte diesen Kuß auf meine Weise und wäre andernfalls in Zorn von ihr gegangen. Sie fügte sich also. Wir flüsterten beide:

«Zum letztenmal!»

Es war ein herrlicher Moment. Der Vorsatz, der von uns

beiden gleichzeitig gefaßt wurde, tat seine besondere Wirkung, die jede Schuld auslöschte. Wir waren beide unschuldig und glückselig. Mein gütiges Schicksal hatte mir also noch einen Augenblick vollkommenen Glücks vorbehalten.

In dieser Stimmung führte ich meine Komödie bis zum letzten Augenblick des Abschieds fort. Wir sollten uns nie mehr wiedersehen. Carla wies das Couvert zurück, das ich wie immer in meiner Tasche trug. Sie wollte es nicht einmal als reines Andenken behalten. Aus einem neuen Leben mußte man jede Spur der Vergangenheit austilgen. Zum Schluß küßte ich sie noch väterlich auf die Stirn, ganz so, wie sie es ursprünglich gewollt hatte.

Dann, auf der Treppe, hatte ich plötzlich ein Bedenken. Die Sache wurde mir zu ernst. Wenn ich gewußt hätte, daß Carla am nächsten Morgen noch immer zu meiner Verfügung sei, wäre mir der Gedanke an die Zukunft nicht so bald gekommen. Sie sah mir vom oberen Treppenflur nach, wie ich die Treppe hinunterstieg. Mit einem schalkhaften Lachen rief ich ihr zu:

«Auf morgen!»

Überrascht, beinahe erschrocken, trat sie einen Schritt zurück und entfernte sich dann mit den Worten:

«Nie mehr!»

Immerhin fühlte ich Genugtuung darüber, daß ich es gewagt hatte, ihr diese Worte zuzurufen, Worte, die mich noch einer letzten Umarmung entgegenführen konnten, wenn ich nur wollte. Ohne Wunsch und ohne Verpflichtung verbrachte ich diesen schönen Tag teils mit meiner Frau, teils in Guidos Büro. Ich muß gestehen, daß mich der Mangel an Verpflichtungen meiner Frau und meiner Tochter viel näher brachte. Ich war zu ihnen ganz anders als sonst: nicht allein höflich, sondern liebevoll und väterlich, wie eben ein Vater, der nichts kennt als seinen häuslichen Herd und heiteren Sinnes Anordnungen und Befehle gibt. Als ich zu Bett ging, sagte ich in Form eines strengen Vorsatzes:

«Alle Tage müssen nun so sein wie dieser.»

Bevor ich einschlief, empfand Augusta das Bedürfnis, mir ein großes Geheimnis anzuvertrauen, das sie am selben Tag von ihrer Mutter erfahren hatte. Vor kurzem nämlich war Guido von Ada überrascht worden, wie er das Dienstmädchen umarmte. Ada wollte die Stolze spielen. Aber das Mädchen wurde frech, und so setzte Ada sie vor die Tür. Nun waren sie alle neugierig zu erfahren, wie Guido die Sache aufnehmen würde. Hätte er sich beklagt, so wäre Ada von einer Scheidung nicht abzubringen gewesen. Doch Guido lachte und behauptete, daß Ada schlecht gesehen hätte. Er war aber auch dafür, daß dieses Mädchen, wenngleich unschuldig, entlassen werde. Die Sache schien damit beigelegt.

Ich war nun meinerseits sehr begierig zu erfahren, ob Ada nicht vielleicht schlecht gesehen habe, oder ob Guido wirklich von ihr in einer solchen Situation überrascht worden sei. Aber gab es denn da überhaupt die Möglichkeit, schlecht zu sehen? Wenn sich zwei Menschen umarmen, so nehmen sie doch eine ganz andere Stellung ein, als wenn einer dem andern etwa die Schuhe putzt! Ich war in ausgezeichneter Stimmung. Ich fühlte aber auch das Bedürfnis, mich in der Beurteilung Guidos möglichst gerecht und freundlich zu zeigen. Ada war sicherlich ein eifersüchtiger Charakter. Es war also möglich, daß sie die Entfernungen kürzer und die Menschen anders gesehen hatte, als es der Wirklichkeit entsprach.

Mit trauriger Stimme bestätigte mir dann Augusta, daß Ada richtig gesehen habe und sich nur aus übergroßer Liebe jetzt vom Gegenteil überzeugt zeige. Sie fügte hinzu:

«Ada hätte viel besser getan, dich zu heiraten!»

Ich, der ich mich von Minute zu Minute unschuldiger fühlte, leistete mir folgenden Ausspruch:

«Es ist noch die Frage, ob ich ein besseres Geschäft gemacht hätte, wenn meine Ehe mit Ada zustande gekommen wäre.»

Dann, vor dem Einschlafen, brummte ich noch vor mich hin:

«So ein Kerl, dieser Guido! Wie kann man so sein Heim beschmutzen!»

Ich war ziemlich aufrichtig. Ich warf ihm doch nur vor, was ich mir in einer ähnlichen Geschichte nicht vorzuwerfen hatte.

Am nächsten Morgen erhob ich mich mit dem brennenden Wunsch, daß dieser erste Tag dem vorigen gliche. Vielleicht nahm Carla ihre wunderbaren Vorsätze nicht wichtiger als ich, der ich mich völlig ungebunden fühlte. Diese Vorsätze waren viel zu schön, um zu verpflichten. Ich empfand bange Neugier, wie Carla etwa darüber dachte, und hätte sie gern zu einem neuen Vorsatz bereit gefunden. Das Leben wäre weitergegangen, zwar reich an Genüssen, aber auch reich an Bemühungen, besser zu werden. Jeder Tag wäre von vielen guten Handlungen und von wenigen Gewissensqualen erfüllt gewesen. Die bange Neugier wuchs und wuchs. Während des ganzen Jahres, das für mich so reich an guten Vorsätzen gewesen, hatte Carla nur eines gewollt: mir beweisen, daß sie mich liebte. Das hatte sie glänzend durchgeführt. Es war aber schwer vorauszusehen, ob es ihr ebenso leichtfallen werde, ihren neuen Vorsatz durchzuführen, der den früheren auslöschte.

Carla war nicht zu Hause. Das enttäuschte mich sehr. Ich biß mir vor Zorn in die Finger. Die Alte bat mich, in die Küche einzutreten, und erzählte mir, daß Carla erst am Abend zurückkommen werde. Im Herd war nicht wie gewöhnlich Feuer angemacht, denn Carla hatte auch die Absicht geäußert, außer Hause zu essen.

«Sie haben das nicht gewußt?» fragte die Alte und riß erstaunt die Augen auf.

Ich murmelte bekümmert und zerstreut:

«Ja, ja, sie hat es mir gestern schon gesagt. Ich wußte nur nicht sicher, ob das für den heutigen Tag gemeint war.»

Ich nahm schnell Abschied und lief davon. Wenn mich auf der Straße niemand ansah, fletschte ich die Zähne. Es bedurfte einiger Zeit, ehe ich den Mut fand, öffentlich wütend zu sein. Ich trat in den Volksgarten und ging dort eine halbe Stunde auf und ab, um mir Zeit zu lassen, die Dinge besser zu begreifen. Sie waren aber so deutlich, daß ich gar nichts mehr zu begreifen hatte. Erbarmungslos wurde ich plötzlich gezwungen, einen so großen Vorsatz wirklich zu halten! Ich fühlte mich schlecht, ausgesprochen schlecht. Ich hinkte, und eine neue Art von Atemnot machte mir viel zu schaffen. Ich habe manchmal solche Anfälle: zwar kann ich ausgezeichnet atmen, aber nur dann, wenn ich die einzelnen Atemzüge zähle und mit genauer Überlegung einen nach dem andern ins Werk setze. Wenn ich einmal dabei nicht aufpasse, glaube ich, sofort ersticken zu müssen.

Um diese Stunde hätte ich längst in meinem Büro oder vielmehr in Guidos Büro sein müssen. Aber ich war unfähig, mich von diesem Ort loszureißen. Der Tag war vom vorhergehenden wirklich sehr verschieden! Wenn ich nur die Adresse dieses verfluchten Lehrers gekannt hätte, der mir mit seiner Gesangskunst und für mein Geld die Geliebte wegnahm.

Schließlich ging ich wieder zu der Alten zurück, wo ich ein paar Worte für Carla hinterlassen wollte, die sie bewegen sollten, noch einmal mit mir zusammenzukommen. Am wichtigsten schien es mir, sie sofort in greifbare Nähe zu bekommen. Alles weitere hätte wohl keine Schwierigkeiten bereitet.

Ich fand Carlas Mutter noch immer in der Küche; sie saß neben dem Fenster und war ganz ins Strümpfestopfen vertieft. Sie nahm die Brille von der Nase und blickte mich fragend und schüchtern an. Ich stockte. Dann fragte ich:

«Sie wissen, daß Carla sich entschlossen hat, Herrn Lali zu heiraten?»

Mir schien es, als erzählte ich mir selber eine Neuigkeit. Carla hatte zweimal davon gesprochen; tags zuvor hatten ihre Worte zwar mein Ohr getroffen, deutlich genug, um sie dort wiederzufinden, aber sie waren wahrscheinlich abgeglitten, ohne meine Aufmerksamkeit zu erregen. Jetzt erst, als ich sie vor der Mutter wiederholte, drangen sie mir bis in die Eingeweide, die vor Schmerz zusammenzuckten.

Die Alte sah mich zweifelnd an. Wahrscheinlich fürchtete sie, eine Indiskretion zu begehen, für die sie schwer gestraft werden konnte. Dann aber platzte sie heraus:

«Carla hat es Ihnen gesagt? Dann wird es wohl so sein. Ich glaube, daß sie gut daran tut. Was meinen Sie?»

Jetzt lachte sie herzlich und hocherfreut, diese verfluchte Alte, die wahrscheinlich über unsere Beziehungen wohl unterrichtet war. In diesem Moment hätte ich sie selber gerne geschlagen. Ich beschränkte mich aber darauf zu sagen, daß ich an Carlas Stelle vorerst warten würde, bis sich der Lehrer eine Position geschaffen hätte. Kurz und gut: mir schien die Sache übereilt zu sein.

Vor lauter Freude wurde die Alte zum erstenmal mir gegenüber redselig. Sie war absolut nicht meiner Ansicht. Wenn man jung heiratet, muß man eben die Karriere erst nach der Hochzeit machen. Warum sollte man sich mit der Karriere beeilen? Carla hatte so wenige Bedürfnisse. Die Ausbildung ihrer Stimme würde sie jetzt nichts mehr kosten, da sie ihren Lehrer in dem zukünftigen Gatten fand.

Diese Worte, die ich als Anspielung auf meinen Geiz auslegte, brachten mich auf eine Idee, die mich für den Augenblick beruhigte. In dem Couvert, das ich aus alter Gewohnheit noch immer in meiner Tasche trug, mußte sich eine stattliche Summe befinden. Ich zog es also hervor, klebte es zu und überreichte es der Alten, die es an Carla weitergeben sollte. Wahrscheinlich empfand ich das Bedürfnis, in würdevoller Form meine Geliebte zu bezahlen. Aber das Bedürfnis, sie wiederzusehen und wiederzuhaben, war doch noch stärker. Und Carla mußte natürlich mit mir zusammenkommen, wenn sie das Geld zurückgeben wollte. Wenn sie es aber behalten wollte, mußte sie sich gleichfalls noch einmal mit mir treffen, um sich zu bedanken. Ich atmete auf. Es war also noch nichts verloren.

Ich sagte der Alten, daß das Couvert ein wenig Geld enthielt, und zwar den Rest der Summe, die mir die Freunde des armen Copler für Carla übergeben hätten. Immer zuversichtlicher werdend, bat ich sie, Carla auch noch auszurichten, daß ich ihr ein guter Freund für das ganze Leben bleiben würde und daß sie sich immer ohne weiteres an mich wenden könne, wenn sie einmal irgendeine Hilfe brauchte. Das war der Vorwand, um ihr meine Adresse zu geben – die Adresse von Guidos Büro.

Ich ging in weitaus besserer Stimmung fort, als ich gekommen war; meine Schritte waren geradezu elastisch.

Am selben Tag hatte ich einen heftigen Streit mit Augusta. Eine Kleinigkeit war die Ursache. Ich behauptete, daß die Suppe zu stark gesalzen sei; sie behauptete das Gegenteil. Ich bekam einen fürchterlichen Wutanfall, weil ich glaubte, Augusta wolle mich verspotten. Mit einem heftigen Ruck zog ich das Tischtuch herunter, so daß das ganze Geschirr auf den Boden fiel und zerbrach. Das kleine Kind, das die Kinderfrau auf dem Arm trug, begann zu brüllen, was mich völlig von Sinnen brachte. Es schien mir, als wolle mich dieser kleine Wurm auch noch tadeln. Augusta erblaßte, wie eben nur sie erblassen konnte, nahm das Kind an sich und ging hinaus. Auch dieses Benehmen erschien mir ungeheuerlich: Sie ließ mich also allein, als wäre ich ein unzurechnungsfähiges Tier! Sie kam aber ohne das Kind wieder zurück, deckte noch einmal den Tisch, setzte sich vor ihren neuen Teller und rührte die Suppe mit dem Löffel, als wollte sie endlich zu essen beginnen.

Ich fluchte halblaut, wurde mir dabei aber schon bewußt, daß ich das Spielzeug einer unvernünftigen Naturkraft gewesen war. Der Natur, der es leicht ist, Kräfte zusammenzuballen, gelingt es noch leichter, sie wieder zu zerstreuen. Meine Flüche galten Carla, die vorgab, nur zu meinem Besten und zum Besten meiner Frau zu handeln. Nun konnte man sehen, was sie aus mir gemacht hatte.

Jedesmal wenn ich in einer solchen Verfassung war, wandte Augusta ein besonderes System an, das sie bis heute beibehalten hat. Sie widerspricht niemals, sie weint und disputiert nicht. Als ich sie nachher voll Sanftmut um Verzeihung bat, wollte sie mir ihr Verhalten erklären: Sie hatte nicht gelacht, sondern nur gelächelt, und zwar in genau derselben Art, die mir früher so sehr an ihr gefallen und die ich so oft gerühmt hatte.

Ich schämte mich in Grund und Boden. Ich beschwor Augusta, das Kind sofort wieder hereinzubringen. Als ich es dann in meinen Armen hielt, spielte ich lange mit ihm. Dann ließ ich es auf meinem Kopf sitzen; mit seinem Kleidchen, das über meinem Gesicht herunterhing, trocknete ich die Tränen, die ich an Augustas Statt vergoß. Ich spielte mit der Kleinen weiter, weil ich wußte, daß ich mich auf diese Weise rechtfertigen und Augusta wieder nähern konnte, ohne mich zu erniedrigen. Und Augustas Wangen bekamen wirklich die gewohnte Farbe wieder.

Der Nachmittag dieses Tages verging genau wie der vorige. Er endete gut, und es war mir, als hätte ich Carla am Morgen wie immer vorgefunden. Mehrmals bat ich noch Augusta um Verzeihung, denn ich mußte sie wieder dazu bringen, mir mütterlich zuzulächeln, wenn ich Absonderliches sagte oder tat. Wehe, wenn sie sich in meiner Gegenwart zu einem bestimmten Benehmen zwingen mußte, wenn sie zum Beispiel ihr zärtliches Lächeln unterdrückte, das mir als das vollkommenste und zugleich gütigste Urteil über mich erschien.

Am Abend sprachen wir wieder von Guidos Affäre. Er schien sich vollständig mit Ada ausgesöhnt zu haben. Augusta wunderte sich über die Nachsichtigkeit ihrer Schwester. Diesmal war an mir die Reihe zu lächeln. Augusta gedachte offenbar nicht ihrer eigenen Güte, die nahezu unendlich war. Ich fragte sie:

«Wenn ich auf solche Weise unser Haus entehrte – würdest du mir auch verzeihen?»

Sie zögerte. Dann rief sie aus:

«Wir haben unser Kind. Ada hat keine Kinder, die sie an ihren Mann fesseln.»

Guido schien Augusta nicht sehr sympathisch zu sein. Ich glaube manchmal, daß sie ihm deshalb grollte, weil er mir einst so großes Leid zugefügt hat.

Wenige Monate später gebar Ada Zwillinge. Guido begriff nicht, warum ich ihn mit solcher Inbrunst beglückwünschte. Da er nunmehr gleichfalls Kinder hatte, konnten ihm, wenigstens nach Augustas Meinung, die Dienstmädchen nicht mehr gefährlich werden.

Am nächsten Tag fand ich auf meinem Bürotisch einen Brief, auf dessen Umschlag ich Carlas Handschrift erkannte. Ich atmete auf. Es war wirklich noch nichts verloren. Ich konnte weiterleben und brauchte auf nichts zu verzichten. Carla gab mir mit wenigen Worten ein Rendezvous, und zwar um elf Uhr morgens im Volksgarten, bei jenem Ausgang, der ihrem Haus gegenüberlag. Wir konnten uns also nicht mehr in ihrem Zimmer, aber immerhin in dessen nächster Nähe treffen.

Voller Ungeduld kam ich eine Viertelstunde zu früh an die bezeichnete Stelle. Sollte Carla nicht kommen, dann wollte ich schnurstracks in ihre Wohnung gehen, was mir bedeutend angenehmer gewesen wäre.

Dieser Tag strahlte in der ersten Frühlingssonne, die süß und erfrischend war. Kaum hatte ich die lärmende Corsia Stadion verlassen, umfing mich im Volksgarten eine geradezu ländliche Stille, zu der das leise Rauschen der vom leichten Windhauch bewegten Büsche wunderbar paßte.

Eben wollte ich den Garten wieder verlassen, als mir Carla entgegenkam. Sie hielt das Couvert in der Hand. Ohne den lächelnden Gruß, den ich gewohnt war, im Gegenteil, mit einer strengen Entschlossenheit im blassen Gesichtchen, ging sie auf mich zu. Sie trug ein einfaches Kleid aus grobem blaugestreiftem Leinen, das ihr sehr gut stand. Sie erschien mir wie eine Blüte dieses Gartens. Später, in den Zeiten, da ich sie am stärksten haßte, machte ich ihr zum Vorwurf, daß sie sich an diesem Tag absichtlich so gekleidet habe, um im Augenblick der Zurückweisung besonders begehrenswert zu erscheinen. Aber es war vor allem der erste Frühlingsrausch, der sie so wunderbar kleidete. Man muß auch bedenken, daß in der langen, aber gedrängten Zeit unseres Liebesverhältnisses, Carla wenig Zeit gefunden hatte, sich für mich zu putzen und zu schmücken. Ich war ja immer direkt in ihr Studierzimmer gegangen, und einfache Frauen sind zu Hause stets sehr bescheiden gekleidet.

Sie reichte mir die Hand, die ich hastig ergriff. Ich sagte: «Ich danke dir, daß du gekommen bist!»

Um wieviel würdiger hätte ich mich benommen, wenn ich die ganze Zeit so sanft geblieben wäre! Carla schien gerührt zu sein. Als sie zu sprechen begann, ließ irgendeine Art von Krampf ihre Lippen erzittern. Manchmal hatte dieses Zittern sie übrigens auch beim Singen behindert. Sie sagte also: «Ich möchte dir gerne den Gefallen tun, dieses Geld anzunehmen. Aber ich kann nicht – ich kann es einfach nicht! Ich bitte dich, nimm es zurück!»

Da ich sie nahe daran sah, in Tränen auszubrechen, fügte ich mich sofort. Ich nahm das Couvert. Lange nachher, als ich den Garten schon verlassen hatte, befand es sich noch in meiner Hand.

«Wirklich? Du willst also wirklich nichts mehr von mir wissen?»

Ich stellte diese Frage, ohne zu bedenken, daß sie mir doch bereits am Tag vorher beantwortet worden war. Aber ich glaubte es einfach nicht, daß die Frau, die so begehrenswert vor mir stand, sich mir nun auf ewig verweigern würde. Sie antwortete mit viel Weichheit in der Stimme:

«Zeno! Haben wir uns nicht gegenseitig versprochen, uns nie mehr wiederzusehen? Infolge dieses feierlichen Versprechens bin ich eine Verpflichtung eingegangen, wie du sie einst auf dich genommen hast, ehe du mich kennenlerntest. Meine Verpflichtung ist ebenso heilig wie deine. Ich hoffe, daß deine Frau heute schon weiß, daß du von nun an ganz ihr gehörst.»

In ihrem Kopf schien also die Schönheit Adas noch immer bedeutungsvoll zu sein. Wenn ich damals sicher gewußt hätte, daß einzig und allein die Erscheinung Adas an Carlas Benehmen schuld trug, so hätte ich zweifellos den Weg gefunden, alles wiedergutzumachen, und ihr einfach auseinandergesetzt, daß Ada nicht meine Frau war. Ich hätte ihr Augusta gezeigt, die schielte und gebaut war wie eine gesunde Amme. Aber jetzt war die Verpflichtung wichtiger, die Carla auf sich genommen hatte. Darüber mußte man sprechen.

Ich versuchte krampfhaft, meine Ruhe zu bewahren. Dabei begannen meine Lippen gleichfalls heftig zu beben; aber vor Verlangen. Ich sagte, daß sie noch nicht wisse, wie sehr sie mein Eigentum geworden sei, und daß sie nicht mehr das Recht habe, frei über sich zu verfügen. In meinem Kopf entstand sogar ein wissenschaftlicher Beweis für alles, was ich ihr da sagen wollte. Ich wollte an das berühmte Experiment Darwins[37] mit der arabischen Stute erinnern; Gott sei Dank bin ich fast sicher, diese Ungeheuerlichkeit nicht ausgesprochen zu haben. Immerhin dürfte viel von Tieren und ihrer physischen Treue die Rede gewesen sein. Im großen und ganzen war das alles ein Gestammel ohne Sinn. Ich ließ daher von diesen schwierigen Themen wieder ab. Sie waren in diesem Augenblick weder für mich noch für Carla leicht verständlich. Ich sagte nur:

«Welche Verpflichtung kannst du eingegangen sein? Und welche Bedeutung kann diese Verpflichtung im Vergleich zu unserer Liebe haben? Unsere Liebe hat uns doch über ein Jahr lang aneinander gebunden.»

Ich packte sie stürmisch bei der Hand, weil ich das Bedürfnis nach irgendeiner energischen Geste in mir fühlte und weil ich kein Wort fand, das mir diese Geste ersetzen konnte.

Sie befreite sich mit einem Ruck von meinem energischen Griff, als wäre es das erste Mal, daß ich mir so etwas erlaubte. Sie hob die Hand wie zum Schwur und sagte:

«Nie – niemals bin ich eine heiligere Verpflichtung eingegangen. Der Mann, an den ich mich gebunden habe, bindet sich genauso an mich.»

Ich zweifelte nicht länger. Das Blut, das plötzlich in ihre bleichen Wangen schoß, bedeutete Groll, Groll gegen den Mann, der ihr gegenüber nicht die geringste Verpflichtung eingegangen war. Und sie erklärte sich deutlicher:

«Gestern sind wir miteinander durch die Straßen gegangen, Arm in Arm, und in Begleitung seiner Mutter.»

Nun war es klar: Diese Frau entfernte sich immer weiter von mir. Ich lief ihr gleichsam nach, wie ein Wahnsinniger, mit Sprüngen, die denen eines kleinen Hundes glichen. Noch einmal ergriff ich heftig ihre Hand. Dabei machte ich einen Vorschlag:

«Gut! Nun gehen wir beide miteinander Hand in Hand

durch die ganze Stadt. Das muß noch mehr auffallen, als wenn man Arm in Arm geht. So gehen wir erst einmal durch die Corsia Stadion, vorbei an den Volti di Chiozza, dann über den ganzen Corso bis nach Sant' Andrea, um von der andern Seite wieder zurückzukehren. Die ganze Stadt soll uns so sehen.»

Zum erstenmal leistete ich auf Augusta Verzicht. Das erschien mir wie eine Befreiung. Die vermeintliche Augusta war es doch, die mir Carla raubte.

Carla entwand sich wieder meinem Griff und bemerkte trocken:

«Das wäre ungefähr derselbe Weg, den ich gestern mit Lali gegangen bin.»

Ich sprang noch immer wie ein Hund.

«Und er weiß, er weiß alles? Er weiß auch, daß du gestern noch mein gewesen bist?»

Sie antwortete voll Stolz: «Ja, er weiß alles, alles.»

Ich fühlte mich rettungslos verloren. Meine Wut war der Wut eines Hundes ähnlich, der die ersehnten Fleischhappen nicht mehr erreichen kann und die Kleider des Menschen zerreißt, der sie ihm vorenthält. Ich sagte:

«Dein Herr Verlobter scheint einen vorzüglichen Magen zu haben. Heute hat er die Geschichte mit mir hinuntergeschluckt, morgen wird er alles hinunterschlucken müssen, was du nur willst.»

Ich hörte nicht mehr genau den Klang meiner Worte. Ich glaube, daß ich vor Schmerz heulte. Carla aber zeigte einen Ausdruck der Empörung, den ich in ihren sanften, braunen Augen niemals vermutet hätte.

«Mir sagst du das? Warum hast du nicht den Mut, ihm das selber zu sagen?»

Sie drehte mir den Rücken und strebte mit raschen Schritten dem Ausgang zu. Ich bereute meine Worte und war gleichzeitig sehr überrascht. Ich durfte Carla nicht mehr grob behandeln? Diese Überraschung nagelte mich an meinem Platz fest. Die zarte Gestalt in Blauweiß erreichte mit kleinen, aber raschen Schritten den Ausgang. Endlich entschloß ich mich, ihr nachzulaufen. Ich wußte nicht, was ich ihr eigentlich noch sagen wollte; aber es war doch unmöglich, auf diese Weise auseinanderzugehen.

Vor ihrer Haustür holte ich sie ein und sagte ihr mit einer Stimme, in welcher der ganze ungeheure Schmerz dieses Augenblicks zitterte:

«Wollen wir wirklich nach so viel Liebe so auseinandergehn?»

Sie ging weiter, ohne zu antworten. Ich folgte ihr bis auf die Treppe. Da sah sie mich mit feindseligen Augen an:

«Kommen Sie bitte mit, wenn Sie meinen Verlobten sehen wollen. Hören Sie ihn nicht? Er spielt gerade oben Klavier.»

Erst jetzt hörte ich die Synkopen des «Grußes» von Schubert, in der Bearbeitung von Liszt.

Obzwar ich von Kindheit an weder mit einem Säbel noch mit einem Stock umzugehen gelernt habe, bin ich doch kein furchtsamer Mensch. Aber das große Verlangen, das mich bis auf diese Treppe getrieben hatte, war plötzlich weg. Immerhin blieb mir noch eine männliche Eigenschaft: die Streitlust. Ich hatte ungestüm eine Sache begehrt, die mir nicht mehr gehörte, das war ein Fehler. Nun hieß es kämpfen, um halbwegs wiederzugewinnen, was ich verloren hatte, sonst wäre mir die Erinnerung an diese Frau, die mir drohte, mich von ihrem Bräutigam züchtigen zu lassen, unerträglich gewesen.

«Gut, wenn du es erlaubst, komme ich gleich mit.»

Mir klopfte das Herz bis zum Halse, nicht aus Angst vor einem Kampf, sondern aus Angst, mich schlecht zu benehmen.

Ich stieg neben Carla die Treppe hinauf. Plötzlich blieb sie stehen, lehnte sich an die Mauer und begann wortlos zu weinen.

Dort oben erklangen noch immer die süßen Akkorde des «Grußes» von Schubert – auf dem Klavier, das ich bezahlt hatte. Das Weinen Carlas ließ dieses Lied äußerst rührend erscheinen.

«Ich tue, was du willst. Willst du nun, daß ich fortgehe?»

«Ja», sagte sie und war kaum fähig, dieses kurze Wort hervorzubringen. Ich antwortete:

«Leb wohl! Da du es willst, leb wohl für immer!»

Ich stieg langsam die Treppe hinunter. Den «Gruß» von Schubert mußte ich unwillkürlich mitpfeifen. Ich weiß nicht, ob ich mich täuschte oder ob Carla wirklich meinen Namen gerufen hat:

«Zeno!»

Aber in diesem Augenblick hätte sie mich sogar bei dem sonderbaren Kosenamen Dario rufen können, ich wäre nicht mehr stehengeblieben. Es trieb mich fort. So kehrte ich einmal wirklich rein in Augustas Haus zurück. Auch der Hund, den man mit Fußtritten von einem Weibchen fortjagt, läuft davon und fühlt sich einen Augenblick lang wirklich rein.

Als ich mich am folgenden Tag an die Szene erinnerte, schimpfte ich mich einen Feigling. Carla hatte mich gerufen, wenn auch nicht mit dem Kosenamen, aber immerhin, sie hatte mich gerufen. Und ich hatte nicht geantwortet.

Das war der erste Schmerzenstag, dem noch viele andere folgten, die mich mit bitterster Verzweiflung erfüllten. Da ich nicht mehr begriff, wie ich so einfach hatte fortgehen können, bezichtigte ich mich, ich hätte Angst vor dem andern Mann oder Angst vor dem Skandal gehabt. Jetzt wäre ich wieder bereit gewesen, jede noch so harte Bedingung anzunehmen, wie damals, als ich Carla den langen Spaziergang, Hand in Hand durch die ganze Stadt, vorschlug. Ein günstiger Augenblick war ungenutzt vorübergegangen. Ich wußte allzugut, daß gewisse Frauen solche Gelegenheiten nur einmal und nie wieder bieten. Mir hätte dieses eine Mal genügen können.

Ich beschloß, Carla zu schreiben. Ich ertrug es nicht, auch nur einen Tag vorübergehen zu lassen, ohne den Versuch zu machen, mich ihr wieder zu nähern. Ich schrieb einen Brief, zerriß ihn und begann ihn mehrmals wieder von neuem. Alle List, derer ich fähig war, wollte ich in diese wenigen Worte legen. Ich begann den Brief aber auch deshalb immer wieder von neuem, weil das Schreiben mich beruhigte. Ich hatte es nötig, meinem gepreßten Herzen Luft zu machen. Ich bat Carla für meinen Wutausbruch um Verzeihung und erklärte ihr, daß eine große Liebe längere Zeit brauche, um abzuflauen und langsam zu verschwinden. Ich schrieb unter anderem: «Jeder Tag, der vergeht, hat mich um ein weniges beruhigt.» Diesen Satz schrieb ich unzähligemal nieder und knirschte jedesmal mit den Zähnen. Ich schrieb, daß ich mir meine rohen Worte selber nicht verzeihen könne und daß es mir unmöglich sei, ohne ihre Verzeihung weiterzuleben. Schuld des Schicksals sei es, wenn ich ihr nicht das bieten könne, was ihr Lali gab und was sie sicherlich verdiente.

Ich hoffte zuversichtlich auf die starke Wirkung dieses Briefes. Carla würde ihn Lali zeigen, da dieser doch alles wußte. Für Lali war es jedenfalls vorteilhaft, einen Freund von meinen Qualitäten und meiner äußeren Position zu haben. Ich träumte sogar, daß sich ein herrliches Leben zu dritt einrichten lassen könnte. Mein Gefühl für Carla hatte sich derart gewandelt, daß ich schon froh gewesen wäre, wenn ich Carla nur hätte den Hof machen dürfen.

Am dritten Tag erhielt ich von Carla ein kurzes Antwortschreiben. Mein Name kam darin nicht vor, weder Zeno noch Dario. Sie schrieb lediglich:

«Vielen Dank! Seien Sie in Ihrer Ehe gleichfalls glücklich. Und erweisen Sie sich dieses Glückes würdig.» Natürlich dachte sie schon wieder an die Erscheinung Adas, als sie das schrieb.

Ich hatte die günstige Gelegenheit verpaßt, und nun war es endgültig aus. Meine Sehnsucht verwandelte sich in Wut. Aber ich ließ sie nicht mehr an Augusta aus. Mein Gemüt war so erfüllt von Carla, daß mich mein Gewissen wieder quälte, und so zwang ich mich Augusta gegenüber stets zu einem stumpfsinnigen und stereotypen Lächeln, das sie als aufrichtig und echt hinnahm.

Irgend etwas mußte geschehen. Ich konnte doch nicht weiter so warten und leiden! Ich wollte aber nicht mehr schreiben. Beschriebenes Papier nehmen die Frauen niemals sehr ernst. Ich mußte etwas Besseres finden.

Einmal sprang ich ohne bestimmte Absicht von meinem Schreibtisch auf und eilte im Laufschritt bis zum Volksgarten; dann, bedeutend langsamer, bis zum Hause Carlas. Ich stieg wie gewöhnlich die Treppe hinauf und klopfte oben an die Küchentür. Ich wollte eine Begegnung mit Lali vermeiden, und doch wäre es mir auch nicht unlieb gewesen, ihm Aug in Auge gegenüberzustehen und die Explosion herbeizuführen, die ich die ganze Zeit schon brauchte.

Die alte Frau stand wie gewöhnlich am Herd, in dem ein großes Feuer brannte. Sie wunderte sich über mein plötzliches Auftauchen. Dann aber lachte sie in ihrer unschuldigen und natürlichen Art und sagte:

«Es freut mich, Sie wiederzusehen! Sie kamen doch früher täglich zu uns. Ich glaube, daß es Ihnen nun schwerfällt, von uns ganz fernzubleiben.»

Ich brachte sie mühelos zum Reden. Sie erzählte von der heißen Liebe zwischen Carla und Vittorio. An diesem Tag sollten er und seine Mutter in Carlas Haus zu Mittag essen: «Es wird bald soweit kommen, daß sie ihn zu den

Stunden, die er in der Stadt zu geben hat, begleitet. Sie können einander nicht einmal für so kurze Zeit allein lassen.»

Sie lächelte mütterlich über dieses stille Glück. Dann teilte sie mir noch mit, daß Carla in wenigen Wochen heiraten wolle.

Ich fühlte einen üblen Geschmack im Mund. Fast wäre ich ohne jedes weitere Wort zur Tür gegangen und verschwunden. Aber ich hielt mich zurück, weil ich hoffte, daß mich das Geschwätz der Alten auf gute Ideen bringen würde. Ich suchte noch immer irgendeinen Anlaß zu Hoffnungen. Der Fehler, den ich zuletzt begangen hatte, bestand ja eben darin, daß ich fortgegangen war, ohne die Möglichkeit ausgeforscht zu haben, wie ich Carla zurückgewinnen konnte.

Einen Augenblick lang glaubte ich wirklich, eine brauchbare Idee gefunden zu haben. Ich fragte die Alte, ob sie bis an ihr Lebensende die Dienstmagd ihrer Tochter sein wolle; wußte ich doch, wie wenig zärtlich Carla mit ihr umging.

Sie hörte mir zu, ohne ihre emsige Küchenarbeit zu unterbrechen. Dann antwortete sie mit einer Aufrichtigkeit, die ich nicht verdiente. Sie beklagte sich zwar über Carla, die wegen jeder Kleinigkeit die Geduld verlor, fand aber sofort für sie auch die Entschuldigung: «Ich vergesse ja wirklich alles. Ich werde ja täglich älter.»

Sie hoffte, daß alles jetzt besser werden würde. Wenn Carla glücklich war, wurde sie sanfter. Und dann hatte Vittorio gleich von Anfang an seiner zukünftigen Schwiegermutter die größte Hochachtung entgegengebracht. Am Ende ihrer Rede, während der sie sich intensiv beschäftigt hatte, Teigstücke in verschiedene Formen zu kneten, sagte sie noch:

«Das läßt sich einmal nicht ändern. Es ist meine Pflicht, bei meiner Tochter zu bleiben.»

Mit einer gewissen Hast, die einer Angst ähnlich war, versuchte ich, sie vom Gegenteil zu überzeugen. Ich sagte, daß es für sie sehr gut möglich wäre, sich von dieser Sklaverei zu befreien. Es gab doch noch einen Helfer auf dieser Welt: mich! Ich würde ihr die Monatsrente, die bis jetzt Carla von mir erhielt, weiter zukommen lassen. Es war mir ein Bedürfnis, irgend jemanden zu unterstützen. Die Alte, die mir ein Teil der Tochter zu sein schien, wollte ich für mich gewinnen.

Carlas Mutter dankte mir herzlichst. Sie bewunderte meine Güte. Aber bei dem Gedanken, sie solle ihre Tochter verlassen, mußte sie herzlich lachen. Das war etwas, das sie sich nicht einmal vorstellen konnte.

Ihre Worte schienen mir hart. Ich war wie vor den Kopf geschlagen. Wieder einmal fiel ich in jene große Einsamkeit zurück, in der es keine Carla gab. Kein Pfad, der zu ihr führen konnte, war sichtbar. Ich erinnere mich noch, einen letzten Versuch gemacht zu haben, mir selber einzureden, daß dieser Pfad wenigstens andeutungsweise vorhanden sei. Ich sagte zu der Alten, es könnte immerhin möglich sein, daß sie ihre Ansicht noch ändere. In diesem Fall sollte sie sich meiner erinnern. Dann ging ich fort.

Als ich aus dem Haus trat, war ich so zerschlagen, als hätte mich jemand mißhandelt. Ich hatte doch nur eine gute Tat vollbringen wollen. Das Lachen dieser alten Frau war geradezu beleidigend gewesen. Es hallte noch immer in meinen Ohren wider und verspottete nicht nur den Vorschlag, den ich gemacht hatte, sondern mich als ganze Person. In solcher Verfassung konnte ich nicht zu Augusta zurück; ich hätte sie seelisch mißhandelt. Und für solche Mißhandlungen rächte sie sich immer durch eine Blässe, die mir schrecklich weh tat. Ich zog es vor, mit großen, abgewogenen Schritten durch die Straßen zu gehen. Das konnte mich vielleicht beruhigen. Und wahrhaftig, diese Beruhigung kam. Ich hörte auf, über mein Schicksal zu klagen. Ich durchschaute mich, als wäre mein Inneres von einer Röntgenlampe auf das Pflaster vor mir projiziert, so daß ich mich genau studieren konnte. Ich verlangte nicht mehr nach Carla. Ich verlangte nur nach ihrer Umarmung, womöglich ihrer letzten Umarmung. Wie lächerlich! Ich biß mich in die Lippen, um Schmerz, das heißt ein wenig Ernst in das lächerliche Bild, das ich abgab, zu bringen. Ich kannte mich so genau und fand es unverzeihlich von mir, unter der Tatsache zu leiden, daß sich mir endlich eine günstige Gelegenheit zu einer gesunden Entwöhnung bot. Carla existierte nicht mehr; das war doch genau das, was ich mir so oft und so sehnlich gewünscht hatte.

Mitten in dieser Erleuchtung des Geistes geriet ich ohne Absicht in eine entlegene Straße und folgte dort unwillkürlich einer geschminkten Frau, die mir mit dem Finger ein Zeichen gemacht hatte.

Ich kam daher sehr spät zum Essen, benahm mich aber so zärtlich gegen Augusta, daß sie mir nicht zürnen konnte. Ich brachte es jedoch nicht fertig, mein Kind zu küssen. Eine Stunde lang konnte ich auch keinen Bissen über die Lippen bringen. Ich fühlte mich beschmutzt. Ich schützte keine Krankheit vor, wie ich es sonst immer tat, wenn ich meine Gewissensqualen verbergen und mildern wollte. Es schien mir auch nicht möglich, mich mit guten Vorsätzen zu trösten. Zum erstenmal tat ich das nicht. Und es brauchte geraume Weile, ehe ich meine frühere Lebensart zurückgewann, da ich immer aus einer trüben Gegenwart in eine klare Zukunft gesehen hatte.

Augusta merkte, daß eine Veränderung in meinem Wesen vor sich gegangen war. Sie lachte:

«Mit dir kann man sich niemals langweilen. Du bist täglich ein anderer Mensch.»

Ja! Jene Dame aus der Vorstadt glich keiner andern, und ich hatte dieses Erlebnis noch in allen Gliedern.

Den Nachmittag und den Abend verbrachte ich gleichfalls mit Augusta. Sie hatte viel zu tun, und ich stand ihr immer nur im Wege. Es schien aber, als würde ich, obwohl ich mich selber nicht rührte, von einem reinen und klaren Strom mitgeschleppt: vom ehrlichen Leben meines Hauses.

Ich überließ mich also diesem Strom, der mich wohl mittrug, aber nicht reinigte. Im Gegenteil! Der Schmutz, der an mir haftete, kam mir nur um so deutlicher zum Bewußtsein.

In der langen Nacht, die folgte, landete ich natürlich doch wieder bei meinen guten Vorsätzen. Der erste war äußerst streng: Ich wollte mir einen Revolver kaufen, um mich sofort umzubringen, wenn ich mich noch einmal in jenem Stadtteil überraschen sollte. Dieser eiserne Vorsatz beruhigte mich und tat mir wohl.

Ich hütete mich, im Bett zu stöhnen; ich täuschte sogar den regelmäßigen Atem eines Schlafenden vor. Dann befaßte ich mich wieder mit meiner ursprünglichen Absicht, mich durch ein Geständnis vor meiner Frau zu reinigen, ganz wie damals, als ich im Begriffe stand, sie mit Carla zu betrügen. Jetzt wäre es aber ein weitaus schwierigeres Geständnis gewesen. Nicht etwa wegen der Schwere des Vergehens, sondern wegen der Komplikation, die das Geständnis hätte zur Folge haben müssen. Ich hätte nämlich vor einem Richter, der die Eigenschaften meiner Frau besaß, auch mildernde Umstände anführen können. Aber das wäre nur möglich gewesen, wenn ich ihr von der unglaublichen Heftigkeit erzählt hätte, mit der ich von Carla gegangen war. Dazu wäre es wieder nötig gewesen, den ganzen Treubruch mit Carla einzugestehen, der mir nunmehr veraltet und verjährt vorkam. Er war viel unschuldiger als das neueste Verbrechen, aber für eine Frau vermutlich viel beleidigender.

Nach längerer Überlegung gelangte ich zu immer klügeren Vorsätzen. Ich dachte, die Wiederholung ähnlich unliebsamer Vorfälle dadurch vermeiden zu können, daß ich mich nach einem anderen Verhältnis umsah, ähnlich jenem, das ich verloren hatte und das ich, wie ich nun aus Erfahrung wußte, unumgänglich brauchte. Aber auch der Gedanke an eine neue Frau schreckte mich. Tausend Gefahren lauerten auf mich und meine kleine Familie. Auf dieser Welt gab es keine zweite Carla. Mit bitteren Tränen trauerte ich ihr nach, der Sanften, der Guten, die sogar versucht hatte, meine von mir innigstgeliebte Frau zu lieben, was ihr nur deshalb nicht gelungen war, weil ich sie mit einer ganz andern Frau zusammenführte, und zwar gerade mit einer, die ich ganz und gar nicht liebte.

VII
Die Geschichte eines Handelshauses

Guido war es, der mir vorschlug, bei seinem neugegründeten Unternehmen mitzuarbeiten. Ich hatte große Lust dazu, wollte ihn das aber in keiner Weise merken lassen. Es ist leicht erklärlich, daß mir der Vorschlag einer kommerziellen Zusammenarbeit mit einem Freund in meinem Zustand völliger Untätigkeit sehr willkommen war. Aber noch ein Beweggrund war vorhanden. Ich hatte noch immer nicht die Hoffnung aufgegeben, ein guter Kaufmann zu werden, und glaubte, als Lehrer Guidos leichter ans Ziel zu gelangen, denn als Schüler Olivis. Mancher kann nur lernen, wenn er sich selber zuhört, oder ist zumindest außerstande, anderen zuzuhören und von ihnen zu lernen.

Es gab für mich noch weitere Gründe, mit Guido zu arbeiten. Ich wollte ihm nützlich sein. Und vor allem: ich konnte ihn wirklich gut leiden. Obwohl er sich gern auf den starken und sicheren Mann hinausspielte, schien er mir geradezu hilflos und schutzbedürftig in der Welt zu stehen. Ich wollte ihm meinen Schutz gewähren. Dann hoffte ich auch, dadurch nicht nur vor den Augen Augustas, sondern auch vor meinem Gewissen meine Gleichgültigkeit gegen Ada klar zu beweisen.

Kurz, ich wartete nur noch auf Guidos letztes Wort, um mich ihm sofort zur Verfügung zu stellen. Dieses Wort kam spät, weil Guido glaubte, ich sei jeder kommerziellen Tätigkeit abgeneigt. Wollte ich doch von der Arbeit in meinem eigenen Geschäft überhaupt nichts wissen.

Eines Tages sagte er zu mir:

«Obwohl ich die Handelsakademie mit Erfolg absolviert habe, macht es mir doch einige Schwierigkeiten, mich um alle Details in meinem Unternehmen so zu kümmern, wie es der gesunde Fortgang der Geschäfte verlangt. Ein Kaufmann muß ja, um erfolgreich zu sein, nicht alles selbst verstehen; wenn er eine Waage benötigt, bestellt er sie beim Waagenmacher; in einem Rechtsstreit wendet er sich an einen Advokaten; und wenn er irgendeine Buchung durchführen muß, befiehlt er dies dem Buchhalter. Aber es ist auf jeden Fall riskant, von Anfang an die Manipulation mit dem eigenen Kapital einem Fremden anzuvertrauen.»

Das war die erste deutliche Anspielung auf seinen Plan, mich in die Firma aufzunehmen. Ich hatte zwar keine andere Praxis als die wenigen Monate, da ich Olivis Hauptbuch geführt hatte. Aber ich war der einzige Buchhalter, der Guido so nahestand, daß er ihm vertrauen konnte.

Als Guido daranging, für sein Büro die Möbel zu bestellen, sprachen wir zum erstenmal über die Möglichkeit einer Zusammenarbeit. Ohne näher darauf einzugehen, bestellte er gleich zwei Schreibtische für das Direktionszimmer. Ich wurde rot und fragte:

«Warum zwei?»

Er antwortete:

«Der andere ist für dich.»

Ich war ihm dafür so dankbar, daß ich ihn beinahe umarmt hätte.

Als wir das Möbelgeschäft verließen, sagte Guido mit einiger Verlegenheit, er sei leider noch nicht so weit, mir in seinem Unternehmen einen fixen Posten anbieten zu können. Der Schreibtisch in seinem Zimmer stehe zu meiner Verfügung und solle mich veranlassen, so oft wie möglich hinaufzukommen und ihm Gesellschaft zu leisten. Guido wollte mich also in keiner Weise binden, doch auch selber keine Verpflichtungen übernehmen. Er wollte mich aber in der Direktion seiner Firma fix beschäftigen, sowie die Geschäfte anfangen würden, sich vorwärtszubewegen.

Wenn Guido von diesen Geschäften sprach, wurde sein schönes braunes Gesicht sehr ernst. Es schien, als hätte er alle Transaktionen, die er durchführen wollte, schon genau durchdacht. Er blickte über meinen Kopf hinweg, gewissermaßen in die Ferne. Ich faßte Vertrauen zu dieser Denkermiene. Ich bemühte mich, in der Zukunft gleichfalls das zu sehen, was er dort sah, nämlich jene Transaktionen, die uns Glanz und Reichtum bringen sollten. Er wollte weder die erfolgreiche Straße unseres gemeinsamen Schwiegervaters noch den bescheidenen und sicheren Weg Olivis gehen. Beide waren nach seiner Meinung Kaufleute vom alten Schlag, deren Methoden längst überholt waren. Heute mußte man ganz andere Wege einschlagen. Das war der Grund, weshalb er so gern mit mir arbeiten wollte; er hielt mich für unbeeinflußt von den Alten, für unverdorben.

Dies alles erschien mir richtig. Ich errötete noch einmal aus Freude darüber, daß ich meinen ersten kommerziellen Erfolg erlebte. So kam es, daß ich aus reiner Dankbarkeit für die mir also entgegengebrachte Wertschätzung zwei Jahre lang mehr oder weniger intensiv für Guido arbeitete, ohne einen anderen Lohn zu empfangen als die Ehre, einen Platz in seinem Direktionszimmer einzunehmen. Es war sicherlich die längste Zeit, die ich jemals ein und derselben Beschäftigung gewidmet habe. Ich kann leider darauf nicht besonders stolz sein. Meine intensive Tätigkeit hat weder mir noch Guido etwas eingetragen, und bei Geschäften urteilt man, wie jeder weiß, nur nach dem Erfolg.

Drei Monate hindurch war ich fest davon überzeugt, einer großartigen kaufmännischen Zukunft entgegenzugehen. Es waren die drei Monate, in denen das Unternehmen eigentlich gegründet wurde. Ich sah bald, daß es nicht nur meine Aufgabe war, einzelne Teile wie etwa die Buchhaltung und die Korrespondenz zu organisieren, sondern daß ich überhaupt den ganzen Geschäftsbetrieb zu überwachen hatte. Guido übte auf mich einen so großen Einfluß, daß er mich sogar hätte zugrunde richten können. Mein gutes Geschick allein hat dies verhindert. Ein Wink Guidos genügte, und ich eilte zu ihm. Heute noch, während ich dies niederschreibe, wundere ich mich darüber, und ich habe doch sicherlich genügend freie Zeit gehabt, über mein ganzes Leben nachzudenken.

Ich berichte weiter über diese beiden Jahre. Meine Anhänglichkeit an Guido scheint mir nämlich ein deutliches Symptom meiner Krankheit zu sein. Was hatte ich denn für stichhaltige Gründe, mich ihm anzuschließen, um von ihm den großen Handel zu lernen, wenn es schließlich darauf hinauskam, daß ich ihm den kleinen Handel beibringen mußte? Weshalb fühlte ich mich in dieser Stellung so wohl? Wollte ich damit, daß ich mich zu Guido so freundschaftlich benahm, ausdrücken, wie gleichgültig mir Ada geworden war? Wer aber verlangte von mir dies alles? Bewiesen nicht schon die Kinder, die sowohl Ada wie auch ich beharrlich in die Welt setzten, unsere gegenseitige Gleichgültigkeit zur Genüge? Ich mochte Guido, wie gesagt, ja ganz gut leiden, aber er war sicherlich nicht ein Freund, den ich mir freiwillig ausgesucht hätte. Ich sah seine Schwächen und Fehler so deutlich, daß mich der Gedanke öfters ärgerte, wie wenig sie an meiner Einstellung zu ihm änderten. Ich opferte meine freie Zeit und geriet in die widerlichsten Situationen, nur um ihm zu helfen. Wahrlich, das war eine unzweideutige Äußerung von Krankheit oder von Herzensgüte, jedenfalls von zwei menschlichen Eigenschaften, die in inniger Beziehung zueinander stehen. Dies ist die Wahrheit über mich und Guido, wenngleich sich mit der Zeit zwischen uns eine Art von besonderer Zuneigung entwickelte, wie immer, wenn zwei Menschen aus besseren Kreisen einander täglich sehen. Meine Zuneigung kannte beinahe keine Grenzen. Als Guido von dieser Welt verschwand, fühlte ich längere Zeit in meinem Leben eine Lücke. Ja, mein Leben schien mir völlig leer geworden zu sein, denn Guido und seine Geschäfte hatten es ganz ausgefüllt.

Ich muß lachen, wenn ich daran denke, daß wir schon bei dem ersten gemeinsamen Geschäft, und zwar bei der Übernahme der gekauften Möbel, gewissermaßen in Verzug gerieten. Wir konnten uns nämlich noch immer nicht entscheiden, wo wir eigentlich unser Büro etablieren sollten. Diesbezüglich gab es zwischen mir und Guido eine Meinungsverschiedenheit, die die Angelegenheit in die Länge zog. Ich hatte bei meinem Schwiegervater und bei Olivi beobachten können, daß es gut war, das Kontor mit dem Magazin räumlich zu verbinden: so konnte man den Magazinbetrieb besser überwachen. Guido machte ein verächtliches Gesicht und widersprach.

«Gott, diese ganzen Magazinbüros in Triest, die alle nach Stockfischen oder nach Häuten riechen!»

Er versicherte, daß man das Warenlager auch aus der Ferne überwachen könne. Immerhin zögerte er. Eines schönen Tages drohte der Möbelhändler, er werde die Möbel auf die Straße stellen, falls sie nicht binnen kürzester Frist von uns übernommen werden sollten. Da beeilte sich Guido, ein Lokal zu mieten. Es war das letzte, das man ihm angeboten hatte, weit entfernt von allen Magazinen, die in Betracht kamen, aber im Zentrum der Stadt gelegen.

Es bestand aus zwei großen lichten Räumen und einem fensterlosen Kabinett. An der Tür zu diesem Kabinett befestigten wir eine Tafel, auf der in großen Lettern zu lesen war: «Buchhaltung», auf der zweite Tür: «Cassa» und auf der dritten nach englischem Muster das so schöne Wort: «Privat». Guido war nämlich in England kommerziell ausgebildet worden und hatte von dort viele nützliche Kenntnisse mitgebracht. Die «Cassa» enthielt, ganz wie es sich gehörte, einen wunderbaren Eisentresor und einen vergitterten Schalter. Unser «Privatraum» war ein Luxuszimmer, dessen Wände eine herrliche goldbraune Tapete bedeckte. Ferner standen darin die beiden Schreibtische, ein Sofa und eine Anzahl höchst bequemer Klubsessel.

Nun mußten wir uns um die Beschaffung der Bücher und der andern notwendigen Utensilien kümmern. Ich hatte die diesbezüglichen Dispositionen zu treffen. Kaum war mir das Wort entfahren, daß die eine oder andere Sache notwendig sei, als sie auch schon ankam. Es wäre mir zwar weitaus lieber gewesen, meine Anordnungen nicht so prompt befolgt zu sehen, aber schließlich hielt ich es für meine Pflicht, Guido auf alles aufmerksam zu machen, was meiner Meinung nach in ein Büro gehörte. Hierbei glaubte ich, den großen Unterschied zwischen mir und Guido zu entdecken. Meine Kenntnisse veranlaßten mich zu Reden, ihn aber zu Taten. Sobald er irgend etwas von meinen Kenntnissen vernahm, dachte er nicht weiter darüber nach, sondern kaufte blindlings. Oft entschloß er sich zwar, nichts zu unternehmen, weder zu kaufen noch zu verkaufen; aber auch dies schien mir der Entschluß eines Mannes zu sein, der sich schon seit langem über alles klar ist. Ich hätte auch im Nichtstun mit viel größeren Zweifeln und Bedenken zu kämpfen gehabt.

Bei den erwähnten Anschaffungen war ich sehr vorsichtig. Ich ging einmal zu Olivi und maß seine Buchhaltungs- und Kopierbücher auf den Millimeter genau ab. Der junge Olivi half mir dann auch bei der Eröffnung der Bücher, wobei er mir das Prinzip der doppelten Buchhaltung erklärte. Das ist gar nicht schwer, man vergißt es nur leicht. Auch bei der Aufstellung der Bilanz (wenn es einmal so weit sein sollte) wollte mir der junge Olivi helfen.

Wir wußten noch immer nicht, welches Geschäft wir in

diesem Büro eigentlich betreiben wollten. (Heute weiß ich, daß auch Guido es nicht wußte.) Jedenfalls besprachen wir die Frage der Organisation. Ich erinnere mich, daß tagelang darüber verhandelt wurde, wo die Angestellten untergebracht werden sollten, falls man welche benötigte. Guido schlug vor, sie alle, soweit Platz da war, in der «Cassa» unterzubringen. Aber der kleine Luciano, vorläufig unser einziger Angestellter, erklärte, daß sich in der «Cassa» niemand aufhalten dürfe, der nicht direkt mit ihr zu tun habe. Es war recht bitter, von unserem Laufburschen belehrt zu werden.

Da hatte ich eine gute Idee:

«Ich glaube mich erinnern zu können, daß man in England nur mittels Scheck bezahlt.»

Das hatte man mir in Triest gesagt. Guido bestätigte:

«Natürlich. Ich erinnere mich jetzt auch daran. Wie habe ich das nur vergessen können!»

Und er begann, Luciano des langen und breiten zu erklären, daß es nicht mehr üblich sei, mit viel Bargeld zu manipulieren. Schecks und Wechsel, die auf jeden beliebigen Betrag ausgestellt werden konnten, gingen von Hand zu Hand. Durch diese Erklärung waren wir rehabilitiert und Luciano zum Schweigen gebracht.

Dieser Luciano hat noch viel Nützliches von Guido gelernt. Er war unser Laufbursche; heute ist er ein angesehener Kaufmann in Triest. Er grüßt mich jetzt noch mit einer gewissen Unterwürfigkeit, die allerdings durch ein Lächeln etwas gemildert wird. Guido verbrachte einen großen Teil des Tages damit, vor allem Luciano, dann mich und schließlich unsere Stenotypistin zu belehren. Ich erinnere mich, daß er sehr lange die Absicht hatte, Kommissionsgeschäfte zu übernehmen, um nicht allzuviel eigenes Kapital zu riskieren. Er erklärte mir demzufolge genau das Wesen des ganzen Kommissionshandels; leider begriff ich es rascher, als ihm recht war. Da nahm er sich denn Luciano vor, der ihm zu seiner Genugtuung mit angespanntester Aufmerksamkeit und leuchtenden Augen zuhörte. Man darf nicht sagen, daß Guido damit seine Zeit nutzlos verschwendet hat: Luciano ist heute der einzige von uns dreien, der im Kommissionshandel wirkliche Erfolge verzeichnen kann. Und da sage man noch, daß die Wissenschaft siegt!

Inzwischen kamen die Pesos aus Buenos Aires. Das war eine schwierige Angelegenheit. Anfangs schien sie zwar leicht erledigt werden zu können, aber der Markt von Triest war auf diese ausländischen Valuten nicht eingestellt. Wieder mußten wir uns an den jungen Olivi wenden, der uns erklärte, wie man die Umwandlung der Pesos in einheimisches Geld bewerkstelligen konnte. Als er dann glaubte, uns genügend informiert zu haben, überließ er uns unserem Schicksal. Guido ging einige Zeit herum, die Taschen mit österreichischen Kronen gefüllt, bis wir endlich den Weg zu einer Bank fanden, die uns dieses lästige Gewicht abnahm und dafür ein Scheckbuch übergab, dessen richtigen Gebrauch wir bald erlernten.

Guido wollte den jungen Olivi bitten, uns bei der Etablierung unseres Geschäftes behilflich zu sein, und fügte hinzu:

«Ich verspreche Ihnen, daß ich der Firma meines Freundes Zeno niemals Konkurrenz machen werde.»

Aber der junge Mann, der von kommerziellen Dingen ganz andere Vorstellungen als Guido hatte, erwiderte:

«Gott, ich wäre froh, wenn wir in dieser Branche eine größere Anzahl Kontrahenten hätten. Es würde uns viel besser gehen!»

Guido sperrte den Mund vor Staunen auf, begriff aber wie gewöhnlich nur zu gut und ließ von dieser Theorie nicht mehr ab, die er jedem, der ihm in den Weg lief, sofort erläuterte.

Trotz der Absolvierung einer Handelsakademie hatte

Guido einen äußerst undeutlichen Begriff von Soll und Haben. Als ich das Kapitalkonto eröffnete und die Spesen verbuchte, sah er mir voll erstaunter Neugier über die Schulter. Später hat er dann die Buchhaltungstechnik so vollkommen erlernt, daß er jedes Geschäft, das ihm unter die Finger kam, zuallererst vom buchhalterischen Standpunkt aus analysierte. Es schien geradezu, als vermittle ihm die Erkenntnis dieser Dinge eine neue Weltanschauung. Überall sah er nur noch Kreditoren und Debitoren, auch wenn zwei einander prügelten oder miteinander zärtlich waren.

Man muß zugeben, daß er mit großer Umsicht ans Werk ging. Eine ganze Anzahl von Geschäften lehnte er glatt ab. Während der ersten sechs Monate lehnte er eigentlich alles ab. Er hatte dabei das ruhige und unerschütterliche Aussehen eines Menschen, der mit ungeheurer Klarheit um die Dinge Bescheid weiß.

Er sagte immer nur: «Nein.» Diese eine Silbe schien das letzte Ergebnis einer langwierigen Kalkulation zu sein, selbst dann, wenn es sich um eine Ware handelte, die er noch nie im Leben gesehen hatte. All seine Denkkraft wurde auf nichts anderes verwendet als auf die Untersuchung, durch welche buchhalterischen Vorgänge der mögliche Gewinn oder Verlust hindurch müsse. Die Buchhaltung war eben das, was er zuletzt erlernt hatte, und sie beherrschte seinen ganzen Gesichtskreis.

Es tut mir eigentlich leid, von meinem armen Freund so wenig respektvoll reden zu müssen. Aber ich muß aufrichtig sein, schon deshalb, um mich selber besser verstehen zu können. Wieviel geistige Anstrengung, die für Nützlicheres hätte verwendet werden können, verschwendete Guido, um unser kleines Büro mit tausenderlei Kram anzufüllen, den seine Launen gerade brauchten. Auf diese Weise machte er jede gesunde Tätigkeit geradezu unmöglich. Um die Eröffnung unseres Kommissionsgeschäftes würdig vorzubereiten, versandten wir per Post Tausende Zirkulare. Guido hatte folgende Überlegung:

«Wieviel Briefporto würden wir ersparen, wenn wir vor der Absendung der Zirkulare schon wüßten, welche von den Adressaten darauf reagieren werden.»

Dieser sinnvolle Ausspruch hätte ja nicht weiter geschadet. Aber Guido befaßte sich lange mit der aufgestellten Frage. Er verfiel auf den Ausweg, sämtliche kuvertierten Zirkulare in die Luft zu werfen und sodann nur jene abzusenden, die mit der Adresse nach oben auf den Boden fielen. Dieses Experiment erinnerte mich ein wenig an gewisse andere, die ich selber während meiner geschäftlichen Tätigkeit ausgeführt habe; aber ich glaube, daß ich nie so weit gegangen bin. Selbstverständlich brachte ich die von Guido ausgeschiedenen Exemplare nicht zur Absendung; wer konnte wissen, ob ihn nicht wirklich eine höhere Inspiration geleitet hatte. Ich durfte doch nicht mit den Briefmarken, die er bezahlte, verschwenderisch umgehen.

Ein glückliches Geschick rettete mich davor, von Guido ruiniert zu werden. Ich nahm nämlich an seinen Geschäften nicht so lebhaften Anteil, wie man hätte glauben können. Ich sage es laut und vernehmlich, weil es in Triest so manchen gibt, der es nicht für wahr hält: Während all der Zeit, die ich mit ihm gearbeitet habe, überkam mich nie eine Inspiration, wie etwa damals, als es sich um die gedörrten Früchte gehandelt hat. Niemals verleitete ich Guido dazu, ein Geschäft durchzuführen; niemals hinderte ich ihn daran. Ich war bloß sein theoretischer Ratgeber. Meine Aufgabe war, ihn ständig zur Tätigkeit und Wachsamkeit anzutreiben. Aber ich hätte nie gewagt, selber sein Geld aufs Spiel zu setzen.

Solange ich bei ihm war, unternahm ich überhaupt nichts. Ich bemühte mich nur, ihn auf den rechten Weg zu führen. Vielleicht ist mir dies nur deshalb nicht gelungen, weil ich eben zuwenig unternehmend war. Aber wenn sich zwei zusammentun, so ist es keinem freigestellt, seine Rolle auszusuchen: Don Quijote oder Sancho Pansa. Kurzum, er unternahm die Geschäfte auf eigene Faust, und ich folgte ihm gemächlich mit meinen Büchern als ein guter Sancho Pansa, nachdem ich ihm vorher womöglich noch einige theoretische Ratschläge erteilt hatte.

Die Kommissionsgeschäfte endeten mit einem vollkommenen Fiasko. Aber wir erlitten wenigstens keinen Verlust. Der einzige, der uns Waren gesandt hat, war ein Papierhändler aus Wien. Diese Waren wurden von Luciano verkauft, der langsam dahinterkam, daß wir von solchen Waren noch eine ansehnliche Menge zu erwarten hatten, und darauf richtete er sich ein. Fast alles übernahm er von Guido zum Verkauf. Guido gab schließlich nach, denn für ihn waren das Kleinigkeiten. Außerdem bedeutete ja das erste Geschäft, das wir so gut liquidiert hatten, vielleicht gar noch Glück. Die übriggebliebenen Waren verstauten wir in der Rumpelkammer: eine ziemliche Menge von Kanzleiutensilien, die wir behalten und bezahlen mußten. Ein Handelshaus, weit größer als das unsere, wäre damit für Jahre versorgt gewesen.

Monatelang war uns dieses kleine, lichte Büro im Zentrum der Stadt ein sehr gemütlicher Zusammenkunftsort. Man arbeitete dort recht wenig. Ich glaube, daß im ganzen nur zwei Geschäfte – mit alten Fässern – zustande kamen, aus denen sich ein kleiner Gewinn ergab, aber nur deshalb, weil Angebot und Nachfrage zufällig am gleichen Tage bei uns einliefen. Doch wir plauderten viel, wie eben zwei gute brave Jungen miteinander zu plaudern pflegen. Wir zogen auch oft den harmlosen Luciano ins Gespräch, der jedesmal, wenn von Geschäften die Rede war, so sehr in Erregung kam wie andere Burschen seines Alters, wenn von Weibern die Rede ist.

Es fiel mir leicht, mich mit harmlosen Menschen harmlos zu unterhalten; damals hatte ich nämlich Carla noch nicht verloren. An jeden dieser Tage erinnere ich mich heute noch mit Vergnügen. Abends hatte ich Augusta immer so viel zu erzählen. Rückhaltlos konnte ich über alles sprechen, was das Geschäft betraf, ohne etwas zu erfinden oder zu fälschen.

Ich wurde gar nicht unruhig, wenn Augusta besorgt ausrief:

«Und wann werdet ihr endlich anfangen, Geld zu verdienen?»

Geld? Daran hatten wir noch gar nicht gedacht. Wir waren davon überzeugt, daß es zunächst einmal notwendig sei, Ware, Markt und auch unser Hinterland zu beobachten und zu studieren. Ein großes Handelsunternehmen konnte man doch nicht aus dem Stegreif beginnen! Augusta beruhigte sich wieder.

Dann kam in unser Büro ein äußerst geräuschvoller Gast: ein Jagdhund, der wenige Monate alt, sehr lebhaft und sehr aggressiv war. Guido liebte ihn heiß und kümmerte sich um seine regelmäßige Diät: Milch und Fleisch. Ich sah recht gerne zu, wie der Hund im Büro umhersprang und die vier oder fünf Posen einnahm, die wir bei einem Hund verstehen können, als wären es Worte, und die ihn uns liebenswert machen. Aber ich fand, daß ein so lärmendes und schmutziges Tier in einem vornehmen Büro nicht ganz am Platze war. Seine Anwesenheit erschien mir als ein Beweis, daß Guido nicht würdig war, ein Handelsunternehmen zu leiten. Er verriet damit einen gewaltigen Mangel an Ernst. Ich versuchte ihm zu erklären, daß der Hund nicht in der Lage sei, unsere Geschäfte zu fördern. Aber ich fand nicht den Mut, auf meinem Standpunkt zu beharren. Guido fertigte mich mit der Antwort ab, die ihm gerade einfiel.

Daher sah ich es als meine Pflicht an, auf die weitere Ausbildung des Hundes, dieses neuen Bürokollegen, einige Aufmerksamkeit zu verwenden. Ich versetzte ihm mit großem Vergnügen einen Fußtritt, wenn Guido nicht anwesend war. Der Getretene krümmte sich und winselte, schmiegte sich aber anfangs immer wieder an mich, weil er wahrscheinlich meinte, ich hätte ihn nur aus Versehen getreten. Doch die weiteren Tritte nahmen ihm jeden Zweifel an der Bedeutung der ersten. Er jammerte dann so lange, bis Guido endlich kam. Schließlich bereute ich es, meinen Zorn an einem Unschuldigen ausgelassen zu haben. Aber es war zu spät. Der Hund vertraute mir nicht mehr, so sehr ich ihn mit Liebkosungen überhäufte. In Guidos Anwesenheit wagte er es, seine Antipathie gegen mich deutlich hervorzukehren. Guido sagte:

«Das ist sehr sonderbar. Zum Glück kenne ich dich genau, sonst würde ich dir von nun an kein Vertrauen mehr schenken. Die Hunde irren sich selten in ihren Sympathien und Antipathien.»

Um Guidos Verdacht zu zerstreuen, hätte ich ihm beinahe die ganze Geschichte meiner Beziehung zu diesem Hund erzählt.

Bald hatte ich den ersten Streit mit Guido, und zwar wegen einer Sache, die mich wahrhaftig nicht viel anging. Guido setzte sich nämlich in den Kopf, seine Privatspesen auf das Geschäftsspesenkonto zu setzen. Das war wieder einmal so eine Frucht seiner leidenschaftlichen buchhalterischen Studien. Ich ging mit Olivi zu Rate und verteidigte sodann die Interessen des alten «Herrn Señor». Es war absolut nicht möglich, auf diesem Konto alles zu verbuchen, was Guido für sich, für Ada und auch für die Zwillinge, die noch kommen sollten, verausgabte. Das waren doch Auslagen, die Guidos Person betrafen und nicht seine Firma. Ich schlug vor, daß Guido seinem Vater nach Buenos Aires schreiben solle, um mit ihm ein fixes Gehalt für seine persönlichen Ausgaben zu vereinbaren. Guidos Vater wies dieses Ansinnen mit der Bemerkung zurück, daß Guido ohnehin schon mit 75 Prozent am Gewinn beteiligt sei, während ihm, dem Geldgeber und Vater, nur der Rest verbleibe.

Mir schien diese Antwort sehr berechtigt; Guido aber schrieb seinem Vater unzählige Briefe, um die Angelegenheit von einem höheren Gesichtspunkt aus zu behandeln. So sagte er wenigstens. Da Buenos Aires von Triest ziemlich weit entfernt liegt, dauerte die Korrespondenz mit seinem Vater genauso lange wie unser ganzes Unternehmen. Aber meine gerechte Ansicht siegte! Das Spesenkonto wurde korrekt geführt, die Privatausgaben Guidos durften nicht hineingeschmuggelt werden. Als das Unternehmen dann zusammenbrach, stand das ganze Kapital, durch keinen Abzug geschmälert, in den Büchern.

Die fünfte Person in unserem Büro (wenn man den Hund Argus zu den Personen rechnet) war Carmen. Ich war gerade bei Carla gewesen und kam vergnügt ins Büro – von jenem berühmten Frohsinn durchdrungen, den der Fürst von Talleyrand um acht Uhr morgens zu empfinden pflegte –, als ich im dunklen Gang eine unbekannte Dame sah. Luciano sagte mir, daß sie Guido persönlich sprechen wolle. Ich bat sie, draußen zu warten, da ich einiges zu tun hatte. Kurz darauf trat Guido ins Zimmer. Offenbar hatte er die Dame nicht bemerkt. Luciano übergab ihm die Visitenkarte. Guido las sie und sagte dann trocken:

«Nein!» Damit zog er sich den Rock aus; es war ein heißer Tag. Gleich darauf besann er sich und sagte:

«Es wird wohl nötig sein, ein paar Worte mit ihr zu sprechen, schon aus Rücksicht für die Leute, die sie empfohlen haben.»

Damit ließ er sie eintreten. Ich sah sie erst an, als sich Guido plötzlich auf seinen Rock stürzte, um ihn anzuziehen. Er kehrte der Dame sein schönes braunes Gesicht zu. Seine Augen blitzten.

Ich bin sicher, viele Mädchen kennengelernt zu haben,

die ebenso schön waren wie Carmen. Keine aber war von einer so aggressiven Schönheit, die auf den ersten Blick auffallen und überwältigen mußte. Gewöhnlich wird die Schönheit einer Frau erst erzeugt durch das Verlangen des Mannes; bei dieser Frau fiel das erste Entwicklungsstadium fort. Als ich sie ansah, mußte ich lächeln; erst ein wenig, dann immer stärker. Sie kam mir vor wie ein reisender Kaufmann, der die ganze Welt kreuz und quer durchstreift, um die Vorzüge seiner Ware anzupreisen. Sie präsentierte sich unter dem Vorwand, hier bei uns eine Position zu suchen. Ich hatte Lust, sie mit der Frage zu unterbrechen: «Was für eine Position? Soll ich vorerst die Tür absperren?»

Ich sah wohl, daß sie ihr Gesicht nicht bemalt hatte; aber die Farben darauf waren so überdeutlich, das Weiß so blendend und das Rot so reif, daß man unbedingt meinen mußte, es handle sich um künstliche Farben. Das Licht brach sich in solcher Fülle und mit solchem Glanz in ihren großen braunen Augen, daß jede ihrer Bewegungen glanzumflossen und bedeutungsvoll erschien.

Guido hatte sie aufgefordert, Platz zu nehmen. Sie sah bescheiden auf die Zwinge ihres Sonnenschirms oder möglicherweise auf die Spitzen ihrer Lackschuhe nieder. Als Guido zu reden begann, hob sie flink die Augen und richtete sie mit so strahlendem Ausdruck auf sein Gesicht, daß mein armer Chef geradezu niedergedonnert dasaß. Sie war bescheiden gekleidet, aber das besagte gar nichts, denn jede Bescheidenheit, die mit ihr zusammenhing, mußte sich selber Lügen strafen. Nur ihre Schuhe waren luxuriös und spielten dieselbe Rolle wie das blendend weiße Papier, das Velázquez unter die Füße seiner Modelle zu legen pflegte. Um Carmen von ihrer Umgebung abstechen zu lassen, hätte sie Velázquez sicherlich auf schwarzen Lack gestellt.

Ich war in guter Stimmung und hörte neugierig zu.

Guido fragte, ob sie stenographieren könne. Sie gab zu, von der Stenographie keine Ahnung zu haben, sagte aber, daß sie trotzdem mit großer Gewandtheit nach Diktat schreibe. Sonderbar! Aus dieser anmutigen, schlanken und so ebenmäßigen Gestalt kam eine ausgesprochen rauhe Stimme. Ich konnte meine Überraschung nicht verbergen und fragte:

«Sind Sie heiser?»

Sie erwiderte: «Nein! Warum fragen Sie?» Sie selber war nun derart überrascht, daß sie mich von oben bis unten musterte. Sie wußte offenbar nicht, daß sie eine so mißtönende Stimme hatte. Ich mußte also glauben, daß auch ihr Gehör, trotz der klassischen Form ihrer Ohren, nicht ganz vollkommen war.

Guido fragte weiter, ob sie die englische, die französische oder die deutsche Sprache beherrsche. Er überließ ihr die Wahl. Wir konnten ja selber noch nicht wissen, welche Sprache wir bei unseren Geschäften eigentlich brauchen würden. Carmen erwiderte, daß sie ein wenig Deutsch spreche, aber wirklich nur ein wenig.

Guido faßte niemals einen Entschluß, ohne vorher lange zu überlegen und seine Überlegung auch auszusprechen. Er sagte also:

«Für Ihr Deutsch haben wir keine Verwendung. Ich beherrsche diese Sprache selber.»

Das Mädchen wartete auf seine endgültige Entscheidung, die mir übrigens schon ausgesprochen zu sein schien. Sie erklärte noch, daß sie in ihrer neuen Position nur die Möglichkeit zu praktischer Arbeit suche und daß sie sich daher auch mit einem minimalen Gehalt begnügen wolle.

Die vorzüglichste Wirkung weiblicher Schönheit auf den Willen eines Mannes ist der Sieg über seinen Geiz. Guido zuckte die Achseln, um auszudrücken, daß er sich mit solchen Bagatellen nicht abgebe. Dann bestimmte er ein Gehalt, das sie dankend genehmigte. Er legte ihr noch nahe, Stenographie zu lernen. Das geschah aber nur aus Rücksicht auf mich: Er hatte mir stets erklärt, daß sein erster Beamter ein perfekter Stenotypist sein müsse. So wollte er sich mir gegenüber nicht bloßstellen.

Noch am selben Abend erzählte ich meiner Frau von unserem neuen Bürokollegen. Sie war darüber außerordentlich beunruhigt. Sie vermutete sofort und ohne daß ich einen diesbezüglichen Verdacht ausgesprochen hätte, daß Guido dieses Mädchen nur in seine Dienste genommen habe, um es zu seiner Geliebten zu machen. Ich widersprach. Zwar hatte ich erzählt, daß sich Guido recht verliebt benommen habe; nun beeilte ich mich aber zu versichern, daß er zweifellos von diesem *coup de foudre* rechtzeitig zur Besinnung kommen und unüberlegte Schritte vermeiden würde. Übrigens schien das Mädchen im allgemeinen anständig zu sein.

Ich weiß nicht, ob es ein Zufall war, daß uns Ada wenige Tage später im Büro besuchte. Guido war noch nicht da. Sie unterhielt sich eine Weile mit mir und fragte endlich, wann Guido kommen werde. Dann trat sie zögernd ins Nebenzimmer, wo sich im Augenblick nur Luciano und Carmen aufhielten. Carmen war gerade damit beschäftigt, auf der Schreibmaschine zu üben, und suchte mit großer Anstrengung jeden einzelnen Buchstaben. Sie hob die schönen Augen, um Ada anzusehen. Ada starrte sie an. Wie verschieden waren doch diese beiden Frauen! Äußerlich waren sie zwar einander ein wenig ähnlich, aber Carmen schien affektierter zu sein, gewissermaßen eine Karikatur von Ada. Ich dachte, daß gerade die eine, die ein so reiches Kleid trug, dazu geschaffen war, Gattin und Mutter zu sein, während die andere, trotz ihrer einfachen Schürze, die eine Beschmutzung durch die Schreibmaschine verhindern sollte, bestimmt schien, die Geliebte eines Mannes zu werden. Ich weiß nicht, ob es auf dieser

Welt weise Menschen gibt, die zu erklären vermöchten, warum die herrlichen Augen Adas weniger feurig erschienen als die Augen Carmens; warum sie eher dafür bestimmt waren, Dinge und Menschen zu schauen, als durch besonderen Glanz zu blenden. So konnte Carmen den ebenso neugierigen wie verächtlichen Blick der andern aushalten. Vielleicht auch stand in den Augen Adas ein wenig Neid, oder war dies meine Einbildung?

Dies war das letzte Mal, daß ich Ada noch in all ihrer Schönheit gesehen habe, genauso schön wie damals, als sie sich mir verweigerte. Dann kam ihre verheerende Schwangerschaft: die Geburt der Zwillinge erforderte einen chirurgischen Eingriff. Gleich darauf befiel sie eine Krankheit, die ihre ganze Schönheit zerstörte. Das ist der Grund, weshalb ich mich an jenen Besuch so gut erinnere. Er geht mir aber auch deshalb nicht aus dem Sinn, weil in diesem Augenblick meine uneingeschränkte Sympathie nur Adas stiller und bescheidener Schönheit galt, die von jener andern Frau so sehr gedemütigt wurde. Gewiß, ich liebte Carmen nicht und wußte auch weiter nichts von ihr, als daß sie herrliche Augen, wundervolle Farben und eine mißtönende Stimme hatte und daß sie auf nicht ganz einwandfreie Art in dies Büro gekommen war, wofür man sie freilich nicht verantwortlich machen konnte. Hingegen habe ich Ada wirklich in diesem Augenblick geliebt. Es ist merkwürdig, daß man eine Frau, die man einmal rasend begehrt hat, die man niemals besessen hat und die einem völlig gleichgültig geworden ist, plötzlich wieder lieben kann. Man gelangt also ungefähr dahin, wo man sich befände, wenn alles leidenschaftliche Begehren erfüllt worden wäre. Es ist überraschend zu konstatieren, wie geringe Bedeutung im Grunde manche Dinge haben, für die wir unser Leben opfern wollten.

Um die schmerzlichen Minuten, die Ada durchlebte, abzukürzen, führte ich sie wieder ins andere Zimmer zurück.

Bald darauf kam Guido. Er errötete, als er seine Frau sah. Ada gab sofort irgendeinen plausiblen Grund an, der sie hergeführt habe, fügte aber schon halb im Gehen hinzu:

«Du hast eine neue Beamtin im Büro?»

«Ja», sagte Guido. Er unterbrach sich, um seine Verwirrung zu bemänteln, und fragte uns, ob jemand nach ihm gefragt habe. Als ich verneinte, machte er eine Grimasse, als habe er einen ungeheuer wichtigen Besuch erwartet. Ich wußte aber, daß niemand angemeldet war. Dann sagte er mit einem gleichgültigen Gesichtsausdruck, der ihm endlich mühelos gelang, zu Ada:

«Ja, ja, wir brauchten einen Stenographen.»

Es amüsierte mich köstlich zu bemerken, wie er das Geschlecht der Person, die er angeblich brauchte, veränderte.

Carmen brachte Leben in unser Büro. Ich meine damit nicht die Lebhaftigkeit ihrer Augen, ihrer lieblichen Gestalt oder der Farben ihres Antlitzes, ich meine die Bewegung, die plötzlich in unsere Geschäfte kam. Für Guido war dieses Mädchen ein Ansporn zur Arbeit. Vor allem wollte er mir und den andern beweisen, daß die neue Beamtin unumgänglich notwendig sei. Täglich ersann er immer neue Aufgaben, bei deren Durchführung er mithalf. Später wurde ihm die rege kommerzielle Tätigkeit nur zum Mittel, um Carmen erfolgreicher den Hof zu machen. Und der Erfolg war unglaublich. Guido zeigte ihr, wie man einen Geschäftsbrief aufsetzt, verbesserte ihre schauderhafte Orthographie, und zwar alles mit äußerster Sanftmut. Kein noch so großer Dank des Mädchens wäre übertrieben gewesen.

Von den Geschäften, die er aus Liebe ersann, waren wenige erfolgreich. Einmal bemühte er sich lange um einen Artikel, der sich dann als völlig unerreichbar erwies. Eines schönen Tages kam ein Mann mit schmerzverzerrtem Gesicht in unser Büro, dem wir, ohne es zu wissen, ins Gehege gekommen waren. Er wollte wissen, was für Absichten wir mit jenem Artikel verfolgten, und vermutete, wir seien von mächtigen ausländischen Konkurrenten beauftragt worden. Zum erstenmal war er ernstlich um seine Ware besorgt und befürchtete das Ärgste. Als er darauf kam, wie harmlos wir waren, lachte er uns ins Gesicht und versicherte, daß wir nichts erreichen würden. Am Ende hat er ja recht behalten, aber es dauerte noch geraume Zeit, ehe wir die Unmöglichkeit unseres Unternehmens einsahen. Carmen mußte in dieser Sache unzählige Briefe schreiben, bis wir erkannten, daß der Artikel in festen Händen war. Ich wollte Augusta nichts von diesem Geschäft sagen. Sie aber begann davon zu reden, weil Guido seiner Frau alles erzählt hatte, um ihr zu beweisen, wie wichtig der Stenograph in unserem Geschäftsbetrieb sei. Übrigens war er davon überzeugt, daß der erfolglose Ausgang dieses Geschäftes in keiner andern Stadt der Welt möglich gewesen wäre. Von nun an klagte er über die kommerziellen Verhältnisse in Triest und behauptete, dies am eigenen Leibe erfahren zu haben.

Unter den wilden und ungeordneten Geschäften, um die wir uns bemühten, gab es auch eines, an dem wir beinahe zugrunde gegangen wären. Das Geschäft war uns aufgedrängt worden, und zwar von einem Dalmatiner namens Tacich, dessen Vater in Argentinien der Compagnon von Guidos Vater gewesen war. Er hatte uns ursprünglich nur aufgesucht, um einige Informationen zu erlangen, die wir ihm auch verschafften.

Tacich war ein überaus schöner Mensch, vielleicht zu schön. Seine Gestalt war stark und hoch, sein Antlitz kupferfarben, seine Augen unter langen Wimpern blau und leuchtend. Er trug einen kleinen gesträubten Schnurrbart, auf den das Licht goldene Reflexe setzte. Kurz und gut: er stellte eine derart wunderbar abgestufte Farbenkombination dar, daß er zur Gesellschaft Carmens wie geschaffen schien. Er wußte es wohl auch selber, denn er besuchte uns täglich. Die Diskussionen in unserem Büro dauerten stundenlang, ohne langweilig zu werden. Zwei Männer stritten wie brünstige Tiere um den Besitz einer Frau und stellten dabei ihre hervorragendsten Eigenschaften auffällig zur Schau. Guido war befangen, denn der Dalmatiner pflegte ihn auch zu Hause zu besuchen und war daher mit Ada bekannt; nichts aber konnte ihm in den Augen Carmens mehr schaden. Ich kannte diese Augen bereits so gut, daß ich dies augenblicklich wußte, während es Tacich erst viel später merkte. Um einen Vorwand zu haben, Carmen noch öfter zu sehen, kaufte er bei uns, statt beim Fabrikanten, mehrere Waggons Seife, die er natürlich um etliche Prozent teurer bezahlen mußte. Hierauf stürzte er uns, gleichfalls aus lauter Liebe zu Carmen, in jenes unglückselige Geschäft.

Sein Vater hatte die Beobachtung gemacht, daß Kupfersulfat zu gewissen Jahreszeiten regelmäßig im Preise stieg. Er beschloß daher, in England ungefähr sechzig Tonnen dieses Artikels in einem günstigen Augenblick zu Spekulationszwecken zu kaufen. Wir besprachen lange dies Geschäft und setzten uns sogar mit einem englischen Handelshaus in Verbindung. Dann telegraphierte der Vater seinem Sohn, daß er den Augenblick zum Einkauf bereits für günstig halte, und fixierte auch den Preis, mit dem er das Geschäft abschließen sollte. Tacich, in seiner grenzenlosen Verliebtheit, rannte sofort zu uns und übergab uns die ganze Sache, wofür er einen zärtlichen Blick Carmens als Lohn erhielt. Der Arme nahm diesen Blick für sich in Anspruch, ohne zu begreifen, daß er eigentlich ein Beweis für Carmens Liebe zu Guido war.

Ich weiß noch, mit welcher Ruhe und Sicherheit sich Guido in dieses Geschäft einließ. Es schien allerdings sehr einfach zu sein. Man konnte die Ware unter Konsignation von England in unseren Hafen transportieren lassen und sie dort ohne weitere Manipulationen dem Käufer abtreten. Guido errechnete genau den Betrag, den er dabei gewinnen wollte. Mit meiner Hilfe setzte er einen limitierten Kaufpreis für unseren englischen Freund fest. Mit Hilfe eines Wörterbuches verfaßten wir ein Telegramm in englischer Sprache. Als das Telegramm abgesandt war, rieb sich Guido die Hände und freute sich über die vielen Kronen, die als Entgelt für so geringe Mühe in unsere «Cassa» regnen sollten. Um sich die Gunst der göttlichen Vorsehung zu sichern, hielt er es für ratsam, mir eine kleine Provision zu versprechen und, mit einigen Hintergedanken, auch Carmen, deren Augen bei diesem Geschäft so intensiv mitgearbeitet hatten. Wir wollten beide dieses Angebot nicht annehmen, aber Guido beschwor uns, wenigstens zum Schein so zu tun. Er fürchte andernfalls unsern bösen Blick. Um ihn zu beruhigen, gab ich nach. Obwohl ich ihm nur Gutes wünschte, verstand ich auch, daß er daran zweifelte. Hier unten auf dieser Erde lieben alle einander, wenn sie einander nicht zufällig hassen; aber unsere lebhaftesten Wünsche gelten doch nur den Geschäften, an denen wir selber beteiligt sind.

Das Geschäft war nach jeder Richtung genau durchdacht. Ich weiß sogar, daß Guido ausgerechnet hatte, wie viele Monate er mit dem Gewinn seine Familie und sein Büro erhalten könne, oder vielmehr seine beiden Familien, wie er oft zu sagen pflegte. Es gab aber auch oft Zeiten, in denen er sagte: meine beiden Büros. Dann hatte er zu Hause Unannehmlichkeiten gehabt.

Aber das Geschäft war vielleicht zu sehr durchdacht, deshalb ging es auch unglücklich aus. Von London kam ein kurzes Telegramm: «Vorgemerkt». Es folgte eine Ziffer, die den Preis bezeichnete, zu dem das Sulfat an jenem Tag zu haben war. Er war weit höher als der Preis, mit dem wir dem Käufer gegenüber abgeschlossen hatten. Das Geschäft kam also nicht zustande. Wir benachrichtigten Tacich, der kurz darauf Triest verließ.

Zu jener Zeit unterbrach ich meine Bürotätigkeit. Daher ging ein Brief, der an unsere Firma gerichtet war, nicht durch meine Hände. Der Brief sah unscheinbar aus, sollte aber für Guido die schwersten Folgen haben. Mit diesem Brief bestätigte die englische Firma ihr Telegramm und teilte uns ferner mit, daß sie unsere Order bis auf Widerruf in Vormerkung genommen habe. Und Guido dachte nicht daran, sie sofort zu widerrufen. Als ich ins Büro zurückkehrte, erinnerte ich mich nicht mehr an jenes Geschäft. Nach Monaten kam Guido eines Abends plötzlich in meine Villa und zeigte mir ein Telegramm, das er nicht verstand und das er für irrtümlicherweise an uns adressiert hielt, obwohl es klar und deutlich die Telegrammadresse trug, die wir gleich nach Eröffnung unseres Büros vorschriftsmäßig hatten anmelden lassen. Das Telegramm enthielt drei Worte: «60 tons settled». Ich verstand sofort. Es war nicht schwer zu verstehen, da das Kupfersulfatgeschäft das einzige große Geschäft war, das wir versucht hatten. Ich sagte also Guido, daß aus der Depesche folgendes zu ersehen sei: das Kupfersulfat hatte den Preis erreicht, der seinerzeit von uns limitiert worden war; wir konnten uns somit als glückliche Besitzer von sechzig Tonnen Kupfersulfat ansehen.

Guido protestierte erregt:

«Wie kann man mir zumuten, die Ware mit solcher Verspätung zu übernehmen!»

Ich vermutete sofort, daß in unserm Büro ein Brief liegen müsse, der unsere erste Depesche bestätigte. Aber Guido erinnerte sich nicht an einen solchen Brief. Voller Unruhe schlug er vor, sofort ins Büro zu eilen, um dort nachzusuchen. Ich war mit seinem Vorschlag einverstanden, weil mir diese Diskussion in Gegenwart Augustas äußerst unangenehm war. Sie hätte darauf kommen können, daß ich mich mehrere Monate lang im Büro nicht hatte blicken lassen.

Wir eilten also ins Büro. Guido war verzweifelt, daß er das Geschäft jetzt machen mußte, und wäre am liebsten sofort nach London gefahren, um es sich vom Halse zu schaffen. Wir öffneten die Tür, tasteten in der Finsternis umher und fanden endlich den Weg zu unserem Zimmer. Nach langem Suchen konnten wir endlich das Gaslicht entzünden. Augenblicklich war der Brief gefunden. Er enthielt genau das, was ich vermutet und gefürchtet hatte: er setzte uns davon in Kenntnis, daß unser Auftrag zuverlässig ausgeführt werden würde, sollten wir ihn nicht widerrufen.

Mit sorgenvoller Miene betrachtete Guido diesen Brief. Seine Stirn legte sich in Falten, sei es vor Schmerz, sei es, um mit den Blicken das auszulöschen, was durch wenige geschriebene Worte zur unwiderruflichen Tatsache geworden war.

Dann bemerkte er: «Ich darf nicht daran denken, daß es genügt hätte, zwei Worte nach London zu schreiben, um mir einen derartigen Verlust zu ersparen.»

Dieser Vorwurf konnte mich nicht treffen. Ich war ja zur fraglichen Zeit nicht im Büro gewesen. Den Brief sah ich an diesem Abend zum erstenmal. Trotzdem hatte ich ihn sofort gefunden, da ich ja wußte, wo er zu finden sein mußte. Jedenfalls empfand ich das Bedürfnis, auch Vorwürfe, die nicht existierten, energisch zurückzuweisen:

«Während meiner Abwesenheit hättest du doch alle Briefe aufmerksam durchlesen müssen!»

Guidos Antlitz erhellte sich wieder. Er zuckte die Achseln und murmelte:

«Wer weiß, ob dieses Geschäft nicht noch mein Glück wird!»

Kurz danach verabschiedete er sich. Ich ging nach Hause.

Aber Tacich hatte recht gehabt. Zu gewissen Jahreszeiten sank der Preis des Kupfersulfates mit enormer Schnelligkeit. Täglich sank er um einige Punkte. Es wurde uns unmöglich, die Ware zu dem Preis, den wir bezahlen mußten, an einen andern abzutreten. Dafür bot sich uns eine glänzende Gelegenheit, dieses Preisphänomen genau zu studieren. Täglich wuchs unser Verlust. Am ersten Tag fragte mich Guido um Rat. Damals hätte er noch mit einem Verlust verkaufen können, der gering war im Vergleich zu dem, den er schließlich erlitt. Ich wollte ihm zum Verkauf nicht direkt zureden, erinnerte ihn aber daran, daß uns Tacich erzählt hatte, ein solcher Preissturz könne sich unter Umständen auch über ein halbes Jahr erstrekken. Guido lachte:

«Na, das fehlte noch, meine Geschäfte von so einem Provinzler beeinflussen zu lassen!»

Ich versuchte, diesen Einwand richtigzustellen. Ich sagte, daß dieser Provinzler seit vielen Jahren in seiner dalmatinischen Stadt nichts anderes tue, als die Preisbewegungen des Kupfersulfates zu studieren. Wenn ich mich an den Verlust erinnere, den Guido aus diesem Geschäft davontrug, finde ich mein Gewissen rein. Er hätte damals auf mich hören sollen!

Nach einiger Zeit besprachen wir die Angelegenheit mit einem Agenten. Es war ein kleiner und dicker Mann von großer Regsamkeit und Klugheit. Er machte uns zwar arge Vorwürfe, diese schwierige Ware gekauft zu haben, schien aber im übrigen die Ansicht des Tacich nicht zu teilen. Er meinte, wenn auch Kupfersulfat sozusagen einen Markt für sich darstelle, bleibe es doch nicht unbeeinflußt von den Preisbewegungen des Kupfers. Guido schöpfte aus diesem Gespräch eine gewisse Zuversicht. Er ersuchte den Agenten, ihn über jede Preisbewegung genau zu informieren. Er wollte warten. Er beabsichtigte nicht nur, ohne Verlust zu verkaufen, sondern sogar mit einem kleinen Gewinn. Der Agent lachte diskret. Im weiteren Verlauf des Gesprächs äußerte er dann etwas, das ich mir merkte, weil es mir besonders richtig zu sein schien:

«Es ist merkwürdig, daß es auf der Welt so wenige Leute gibt, die kleine Verluste tragen wollen; mit den großen finden sie sich dann schweigend ab.»

Guido hat sich diesen Ausspruch nicht gemerkt. Während jenes Gesprächs mußte ich ihn bewundern, weil er dem Agenten nicht erzählte, auf welche Weise wir in den Besitz des Kupfersulfates gekommen waren. Ich sagte ihm das, und er brüstete sich damit. Er sagte, er habe gefürchtet, uns sonst in Mißkredit zu bringen.

Dann war einige Zeit lang vom Sulfat nicht mehr die Rede. Zumindest solange nicht, bis von London ein Brief kam, in dem um Instruktionen für die Lieferung und um Bezahlung der Faktura ersucht wurde. Wir hatten also sechzig Tonnen in Empfang zu nehmen und bei uns einzulagern! Guido wußte nicht mehr, wie ihm geschah. Wir berechneten zunächst, wieviel uns eine monatelange Einlagerung dieses Quantums kosten würde. Eine ungeheure Summe! Ich äußerte mich nicht mehr. Der Agent, der die Ware schon gerne in Triest gehabt hätte, weil er sicher sein konnte, früher oder später den Verkaufsauftrag zu bekommen, sagte allerdings, daß die Summe, die uns so ungeheuerlich vorkam, ausgedrückt in Prozenten vom Wert der Ware als minimal gelten konnte.

Guido schien diese Äußerung merkwürdig zu sein, und er begann darüber zu lachen:

«Ich besitze nicht nur einhundert Kilo Kupfersulfat, sondern unglücklicherweise gleich sechzig Tonnen!»

Wahrscheinlich hätte er sich durch die Kalkulation des Agenten überzeugen lassen, daß es nur einer kleinen Aufwärtsbewegung des Preises bedurfte, um die Spesen zu decken. In diesem Augenblick überfiel ihn aber wieder einmal eine sogenannte Inspiration. Wenn es einmal passierte, daß eine kommerzielle Idee tatsächlich von ihm ausging, so blendete sie ihn vollkommen; in seinem Kopf war dann kein Platz mehr für andere Überlegungen. Hier seine Idee: Die Ware war ihm franko Triest verkauft worden, die Transportspesen mußten also vom Verkäufer getragen werden. Gab er die Ware wieder an den Verkäufer zurück, so ersparte dieser die Transportspesen, konnte also einen besseren Preis zahlen als irgendeiner in Triest. Die Sache stimmte wohl nicht ganz. Aber um Guido eine Freude zu bereiten, widersprach niemand. Als er die Sache auf diese Weise erledigt hatte, lächelte er bitter und sagte mit dem Gesichtsausdruck eines pessimistischen Philosophen:

«Sprechen wir nicht mehr davon! Diese Lehre ist uns teuer zu stehen gekommen. Wir müssen versuchen, sie ein anderes Mal nützlich anzuwenden.»

Aber es wurde noch davon gesprochen. Guido gewann die wunderbare Sicherheit, die er beim Annehmen und Abweisen von Geschäften zur Schau getragen hatte, nie wieder zurück. Als ich ihm am Ende des Jahres bei der Bilanz zeigte, wieviel Geld wir verloren hatten, murmelte er:

«Dieses verfluchte Kupfersulfat! Das war mein Ruin! Ich habe eben alles darangesetzt, mich auf irgendeine Weise von diesem Verlust zu erholen.»

Der Grund meiner langen Abwesenheit vom Büro war nichts anderes gewesen als der Bruch mit Carla. Ich konnte in meiner Verfassung der Liebespantomime zwischen Carmen und Guido nicht zusehen. Sie lächelten, sie blickten einander in meiner Gegenwart verlangend an. Ich ging fort und faßte in dem Augenblick, da die Bürotür hinter mir zufiel, den Entschluß, nie wieder herzukommen. Ich sagte niemandem etwas davon. Eigentlich hatte ich erwartet, daß mich Guido nach dem Grund meines Fernbleibens fragen würde, und mich darauf vorbereitet, ihm gründlich meine Meinung zu sagen. Ich konnte mir ja erlauben, streng mit ihm zu sein, denn er hatte keine Ahnung von meinen täglichen Spaziergängen im Volksgarten.

Mein Widerwille war eine Art von Eifersucht. Carmen schien mir nämlich die Carla Guidos zu sein, und zwar eine Carla, die viel sanfter und unterwürfiger war als meine. Guido hatte eben eine glücklichere Hand als ich, sowohl mit der ersten als auch mit der zweiten Frau. Vielleicht verdankte er sein Glück den Eigenschaften, um die ich ihn beneidete, obwohl ich sie auch weiterhin als minderwertig ansah. Seine Sicherheit im Leben schien mir genauso groß zu sein wie seine Sicherheit im Geigenspiel. Ich wußte damals bereits, daß ich Carla einfach geopfert hatte; es war mein größtes Opfer für Augusta. Wenn ich die zwei Jahre überdachte, in denen mir Carla so viel Glück schenkte, dann vermochte ich kaum mehr zu verstehen, wie sie mich so lange hatte ertragen können. Erst jetzt erkannte ich ihren Charakter. Hatte mich nicht die Liebe zu Augusta veranlaßt, Carla täglich zu beleidigen? Dagegen wußte ich ganz genau, daß sich Guido an Carmen erfreuen konnte, ohne auch nur im entferntesten an Ada zu denken. Seine Unbefangenheit ertrug auch zwei Frauen nebeneinander. Wenn ich mich mit ihm verglich, kam ich mir rein wie ein Engel vor. Ich hatte zwar Augusta geheiratet, ohne sie zu lieben, war aber dennoch nicht imstande, sie zu betrügen, ohne darunter zu leiden. Vielleicht hatte Guido Ada gleichfalls ohne sie zu lieben geheiratet. Aber obwohl mir an Ada nicht das geringste mehr lag, mußte ich doch der Liebe gedenken, die sie in mir entflammt hatte. Ich glaube, daß ich an Guidos Stelle gegen Ada zartfühlender gewesen wäre, als ich es gegen Augusta war.

Guido holte mich nicht zurück. Ich kam freiwillig wieder ins Büro, um meine Langeweile loszuwerden. Er befolgte nur unsere Abmachung, der zufolge ich keinerlei Verpflichtung hatte, regelmäßig mit ihm zu arbeiten. Sooft wir während der Zeit meiner Abwesenheit zu Hause oder anderswo einander trafen, benahm er sich äußerst freundschaftlich zu mir, wofür ich ihm immer dankbar war. Er schien sich gar nicht daran zu erinnern, daß ich meinen Platz an dem Doppelschreibtisch, den er für uns beide gekauft hatte, nunmehr leer ließ. Nur einer war verlegen bei solchen Zusammenkünften, und das war ich. Als ich endlich auf meinen Posten zurückkehrte, empfing er mich, als wäre ich nur einen einzigen Tag weggeblieben, und bezeugte seine herzliche Freude, meine Gesellschaft wiedergewonnen zu haben. Als ich erklärte, sofort weiterarbeiten zu wollen, rief er aus:

«Es war also gut von mir, daß ich niemanden über deine Bücher gelassen habe.»

Wahrhaftig, das Hauptbuch und das Journal waren unangetastet.

Luciano sagte zu mir:

«Hoffentlich wird die Sache nun wieder etwas vorwärtsgehen. Es scheint, daß Herr Guido infolge einiger Geschäfte, die er durchführen wollte und die wahrscheinlich nicht geglückt sind, sehr niedergeschlagen ist. Sagen Sie ihm nicht, daß ich Ihnen das erzählt habe. Vielleicht wollen Sie aber versuchen, ihn ein bißchen aufzumuntern.

Ich bemerkte tatsächlich, daß in dem Büro sehr wenig gearbeitet wurde. Man führte sogar ein recht idyllisches Leben, solange sich der Verlust mit dem Kupfersulfat noch nicht fühlbar machte. Ich schloß daraus, daß Guido nicht mehr so dringend die Notwendigkeit fühlte, Carmen unter seiner Leitung zu beschäftigen. Die Zeit des Hofmachens schien vorbei zu sein, sie war also bereits seine Geliebte geworden.

Der Empfang, den mir Carmen bereitete, war eine große Überraschung. Sie hielt es für nötig, mich an etwas zu erinnern, das ich gänzlich vergessen hatte. In jenen Tagen, in denen ich so vielen Frauen nachgerannt war, weil ich die eine, die ich ersehnte, nicht mehr haben konnte, hatte ich wahrscheinlich auch Carmen belästigt. Sie sprach jedenfalls davon, und zwar mit großem Ernst und mit einiger Verlegenheit. Sie freue sich, mich wiederzusehen, sie halte mich für Guidos Freund, sie glaube, daß ihm meine Mitarbeit sehr nützlich sei: daher wolle sie, wenn ich nichts dagegen hätte, mir brüderliche Kameradschaft entgegenbringen. So oder so ähnlich sagte sie und reichte mir mit entschlossener Gebärde ihre rechte Hand. Auf ihrem schönen Antlitz, das sonst so sanft und süß aussah, lag diesmal der Ausdruck großen Ernstes; die Kameradschaftlichkeit der Beziehung, die sie mir anbot, sollte betont werden.

Jetzt erst kam mir wieder alles in Erinnerung und ließ mich erröten. Wäre mir das früher eingefallen, hätte mich das Büro nie wiedergesehen. Es handelte sich um folgendes: Einige Tage nach dem Bruch mit Carla hatte ich eine sorgfältige Überprüfung der Bücher begonnen. Carmen war mir dabei behilflich. Um eine Seite besser lesen zu können, beugte ich mich tiefer und legte dabei ganz unwillkürlich meinen Arm um Carmens Taille. Dann preßte ich sie immer kräftiger an mich. Carmen entwand sich mir ziemlich heftig und sprang auf. Ich machte, daß ich aus dem Büro kam.

Als sie mich nun daran erinnerte, hätte ich mit einem versöhnlichen Lächeln die Sache sicher noch gutmachen können. Frauen sind stets geneigt, über derartige Verbrechen gleichfalls zu lächeln. Ich hätte ihr auch sagen können:

«Es war ein Versuch, der leider nicht geglückt ist. Es tut mir leid, aber Ihnen kann ich deshalb nicht böse sein. Ich will Ihnen gute Kameradschaft bewahren, solange Sie es wollen.»

Ich hätte mich auch ernster fassen können. Vielleicht hätte ich Guido um Entschuldigung bitten müssen, womöglich in Carmens Anwesenheit.

«Verzeiht mir beide! Oder wartet wenigstens mit eurem

Urteil über mich, bis ihr wißt, in welcher Verfassung ich mich damals befunden habe.»

Aber nichts von alledem konnte ich vorbringen. Meine Kehle war vor Zorn wie zugeschnürt, meine Stimme versagte, ich blieb stumm. Die vielen Frauen, die mich zurückwiesen, verliehen meinem Leben geradezu eine tragische Note. Kein Zeitabschnitt meines Lebens war unglücklicher gewesen. Statt jeder Antwort wollte ich die Zähne fletschen, mußte mich aber zurückhalten, was mir großes Mißbehagen verursachte. Vielleicht fehlten mir die Worte, weil ich eine Hoffnung, die noch immer unbewußt in mir schlummerte, als völlig aussichtslos erkennen und aufgeben mußte. Keine Frau hätte nämlich den Platz, den Carla leer ließ, so gut ausfüllen können wie Carmen. Carla hatte in ganz und gar unkompromittierender Weise von mir nichts anderes verlangt als die Erlaubnis, neben mir dahinleben zu dürfen – bis zu dem Zeitpunkt natürlich, da sie mir kategorisch die Erlaubnis abverlangte, mich nicht mehr sehen zu müssen. Noch weniger kompromittierend wäre Carmen gewesen. Es gibt nichts, das die Stellung eines Mannes weniger kompromittiert, als eine Geliebte, die er mit einem andern teilt. Damals war mir diese Erwägung nicht ganz klar. Sicherlich aber fühlte ich sie deutlich. Erst heute ist sie mir bewußt geworden. Als Geliebter Carmens hätte ich Ada nur Gutes und Augusta nur wenig Böses zugefügt. Beide wären viel weniger betrogen worden, als wenn Guido und ich jeder für sich eine Geliebte gehabt hätten.

Ich antwortete Carmen erst einige Tage später. Noch heute werde ich rot, wenn ich an diese Antwort denke. Die Aufregung, in die mich der Bruch mit Carla gebracht hatte, schien noch immer nicht besänftigt zu sein. Jene Worte quälen mich wie keine andern in meinem ganzen Leben. Worte können an uns viel stärker nagen als schmähliche Taten, zu denen uns die Leidenschaft hinreißt. Ich meine damit natürlich Worte, die nur Worte sind und nicht als Taten gelten können. Die Worte Jagos zum Beispiel kann man nur wie Taten bewerten. Aber solche Taten vollführt man, um aus ihnen Vergnügen oder Vorteil zu ziehen. Daher ist der ganze Organismus an ihnen beteiligt, auch jener Teil, der später als Richter auftreten soll. Er wird daher zu einem äußerst milden Richter. Aber die blöde Zunge will nur die Befriedigung ihrer kleinen und momentanen Eitelkeit, unbekümmert um den Willen des Ganzen. Sie kämpft also einen Kampf, vielmehr sie täuscht einen Kampf vor, der schon entschieden, das heißt verloren ist, noch ehe er begonnen hat. Worte wollen nur verletzen oder nur liebkosen, und sie verbrennen den, der sie ausspricht.

Ich hatte bemerkt, daß Carmens Farben, um derentwillen sie in unserem Büro sofort engagiert worden war, nicht mehr die gleiche Schönheit und Leuchtkraft zeigten wie ehedem. Daran konnte ein Leiden schuld sein, das nicht physischer Natur war, sondern, so meinte ich, mit der Liebe zu Guido zusammenhing. Übrigens bedauern die Männer immer jene Frauen, die sich andern hingegeben haben. Sie bemerken dabei nicht, welch großer Vorteil den Frauen daraus erwachsen kann. Mögen auch manche Männer durchaus imstande sein, dem Mann, um den es sich hierbei handelt, freundschaftliche Zuneigung entgegenzubringen – wie ich sie Guido im Grunde entgegenbrachte –, so können sie doch nicht umhin, sich, das Opfer bedauernd, vor Augen zu halten, wie solche Liebesabenteuer zu enden pflegen. Ich empfand für Carmen aufrichtigstes Mitleid, so wie ich es für Augusta oder für Carla nie empfunden hatte. Ich sagte also zu ihr:

«Da Sie mich so höflich aufgefordert haben, Ihr Kamerad zu werden, müssen Sie mir gestatten, Sie vor gewissen Dingen zu warnen.»

Sie gestattete es nicht. Wie alle bedrängten Frauen hielt

sie die Warnung für einen Angriff von anderer Seite. Sie errötete und sagte verwirrt: «Ich verstehe Sie nicht! Was meinen Sie eigentlich?» Und gleich darauf, um mich gänzlich zum Schweigen zu bringen: «Wenn ich einmal einen Rat brauchen sollte, werde ich mich bestimmt an Sie wenden, Herr Cosini.»

Somit war es mir leider unmöglich, ihr eine Moralpredigt zu halten. Das war sehr schlecht für mich. Durch eine Moralpredigt wäre ich gewiß dazu gelangt, gegen mich selber aufrichtiger zu sein. Vielleicht hätte ich noch einmal versucht, Carmen in meine Arme zu nehmen, und das wäre gut gewesen. Ich könnte mich heute nicht darüber ärgern, daß ich damals die verlogene Haltung eines Mentors einnehmen wollte.

Mehrere Tage in der Woche kam Guido nicht mehr ins Büro. Er hatte eine neue Leidenschaft: Fischfang und Jagd. Ich hingegen arbeitete seit meiner Rückkehr äußerst intensiv im Büro. Ich hatte die vernachlässigten Bücher wieder in Ordnung zu bringen. Oft war ich mit Carmen und Luciano allein. Während dieser Zeit mußten sie mich als ihren Chef betrachten. Ich hatte nicht den Eindruck, als ob Carmen unter der Abwesenheit Guidos litt. Sie liebte ihn vielleicht so sehr, daß es ihr Freude machte, ihn bei seiner Lieblingsbeschäftigung zu wissen. Sie schien auch genau darüber informiert zu sein, an welchen Tagen er nicht ins Büro kommen würde, denn es war ihr nie irgendeine bange Erwartung anzumerken. Durch Augusta wußte ich, daß Ada sehr unglücklich war und sich bitter über das häufige Fortbleiben ihres Gatten beklagte. Übrigens war dies nicht der einzige Grund ihres Unglücks. Wie alle ungeliebten Frauen litt sie gleicherweise unter den kleinen wie unter den großen Beleidigungen. Sie vermutete, daß Guido sie betrog. Aber noch ärger empfand sie es, daß er, wenn er einmal zu Hause war, sich ausschließlich mit seiner Violine beschäftigte. Diese Violine, die mir seinerzeit soviel Pein verursacht hatte, schien mir so recht eine Achilleslanze an Vielseitigkeit und Leistungsfähigkeit zu sein. Ich erfuhr, daß Guido einmal während meiner Abwesenheit die Violine auch ins Büro mitgenommen hatte, um Carmen mit einigen wunderbaren Variationen über den «Barbier von Sevilla» zu imponieren. Später wurde die Violine im Büro überflüssig. Guido brachte sie wieder nach Hause, wo sie ihn von der Verpflichtung, mit seiner Frau zu reden, befreien sollte.

Zwischen mir und Carmen ist nichts mehr vorgefallen. Sie war mir gleichgültig geworden, ganz als hätte sich ihr Geschlecht geändert. Dieses Gefühl war auch jenem andern ähnlich, das ich für Ada empfand. Beide mußte ich bedauern, weiter nichts. Wirklich, ich kannte kein anderes Gefühl mehr.

Guido wurde täglich liebenswürdiger zu mir. Ich glaube, daß er während der Zeit, in der er allein gewesen war, meine Gesellschaft schätzen gelernt hatte. Eine kleine Frau wie Carmen konnte ihm von Zeit zu Zeit sehr erwünscht sein; aber es war ihm unmöglich, ganze Tage lang ausschließlich ihre Gesellschaft zu ertragen. Er lud mich ein, mit ihm auf Jagd und Fischfang zu gehen. Ich weigerte mich entschieden, denn ich verabscheute (und verabscheue noch heute) das Töten wehrloser Tiere. Eines Abends aber packte mich die Langeweile, und so begleitete ich ihn trotz meiner Weltanschauung zum Fischfang. Der Fisch hat auch wirklich wenig Beziehung zu uns Menschen und kann daher kaum unser Mitleid erwecken. Schnappt er doch nach Luft, als läge er in den letzten Zügen, selbst wenn er gesund und munter wie eben ein Fisch im Wasser schwimmt. Nicht einmal der Tod verändert sein Aussehen. Sollte es in seinem Körper so etwas wie Schmerzen geben, so wird dies durch den Schuppenpanzer vollständig verdeckt.

Als mich also Guido an jenem Abend einlud, ihn auf

seinem nächtlichen Fischzug zu begleiten, wollte ich vorher Augusta fragen, ob sie mir gestattete, auszugehen und so lange fortzubleiben. Ich wußte, daß Guidos Boot um neun Uhr abends vom Molo Sartorio fortfuhr. Ich gab also den Bescheid, daß ich kommen würde, wenn es mir irgendwie möglich sein sollte. Ich dachte, daß mich Guido nach diesem Bescheid nicht erwarten würde, denn wie viele ähnliche Verabredungen hatte ich nicht eingehalten!

Aber an diesem Abend wurde ich durch das Geschrei der kleinen Antonia aus dem Haus gejagt. Je mehr sich die Mutter um sie bemühte, desto stärker brüllte sie. Darauf wandte ich ein von mir neuerfundenes System an; es bestand darin, daß ich in das Ohr des kleinen brüllenden Affen selber hineinbrüllte. Der einzige Effekt war, daß sich der Rhythmus des Lärms veränderte: Antonia begann, langgezogene Schreie des Schreckens auszustoßen. Nun wollte ich noch ein anderes System probieren, aber Augusta erinnerte mich energisch an meine Verabredung mit Guido und begleitete mich persönlich bis zur Tür. Sie versprach mir, falls ich später nach Hause kommen sollte, nicht auf mich zu warten, sondern allein zu Bett zu gehen. Um mich loszuwerden, hätte sie sich sogar dazu bereit erklärt, das Frühstück am andern Morgen ohne mich einzunehmen. Über die Art, lästige Kinder zu behandeln, besteht nämlich zwischen mir und Augusta eine kleine Meinungsverschiedenheit, die übrigens die einzige ist. Ich bin der Ansicht, daß die Leiden der Kinder nicht so wichtig sind wie die unseren. Wir dürfen ihnen ohne weiteres neue Leiden zufügen, wenn wir uns dadurch die Belästigung vom Halse schaffen, mit der sie uns das Leben erschweren. Augusta hingegen findet, daß Leute, die Kinder in die Welt setzen, auch alles ertragen müssen, was von diesen kommt.

Es fehlte noch einige Zeit bis zur Stunde unserer Verabredung. Ich spazierte langsam durch die Stadt und sah mir die Frauen an. Dabei befaßte ich mich in Gedanken mit der Erfindung eines sinnreichen Apparates, der in Zukunft jede Meinungsverschiedenheit zwischen mir und Augusta beseitigen sollte. Aber die Menschheit schien mir noch nicht reif zu sein für den Segen eines solchen Apparats! Er sollte einer ferneren Zukunft vorbehalten bleiben. Für mich hatte diese Erfindung den Vorteil, daß sie mich erkennen ließ, durch welch geringfügigen Anlaß Zwistigkeiten mit Augusta hervorgerufen werden konnten: durch den Mangel eines kleinen Apparats. Diesen stellte ich mir als eine Art häuslicher Straßenbahn vor, einen bequemen Stuhl auf Rädern und Schienen, in dem die kleine Antonia tagsüber liegen mußte. Drückte man auf einen elektrischen Knopf, so setzte sich dieser Fahrstuhl in Bewegung und trug das brüllende Kind in die entferntesten Winkel des Hauses, von wo aus die Stimme gedämpft und beinahe angenehm herüberklingen mußte. Ich und Augusta konnten indessen ruhig und zärtlich beisammenbleiben.

Es war eine mondlose und sternhelle Nacht, eine jener Nächte, die besänftigen und beruhigen, weil man mit Leichtigkeit in unendliche Fernen sehen kann. Ich betrachtete die Sterne, an denen möglicherweise noch immer der Abschiedsblick meines sterbenden Vaters haftete. Ich wurde wirklich ruhig und sagte mir, daß die schreckliche Zeit, in der meine Kinder noch brüllten und alles beschmutzten, bald vorübergehen müsse. Meine Kinder würden mir ähnlich werden, dann konnte ich sie liebgewinnen, wie es meine väterliche Pflicht war, ohne allen Zwang. In der schönen und weiten Nacht überkam mich ein großer Frieden, ich fühlte mich als guter Mensch und hatte kein Bedürfnis mehr nach irgendwelchen strengen Vorsätzen.

Auf dem Molo Sartorio wurde der Lichtschein, der über der Stadt flimmerte, durch ein uraltes Haus verdeckt, dessen Unterbau aus den am weitesten vorgeschobenen Steinen des Molo bestand. Die Finsternis war vollkommen, das dunkle und ruhige Meer erschien mir höher als gewöhnlich, auf träge Weise aufgeschwollen.

Ich hatte nicht Zeit, den Himmel oder das Meer länger zu betrachten. In einer Entfernung von wenigen Schritten stand eine Frau, die meine Aufmerksamkeit dadurch erregte, daß die Spitze ihres Lackschuhs einen Augenblick lang in der Finsternis aufglänzte. Mitten in dieser Finsternis und in der Enge des Raumes hatte ich die Empfindung, daß diese hochgewachsene und wahrscheinlich sehr elegante Dame sich allein mit mir in einem geschlossenen Raum befinde. Angenehme Abenteuer tauchen meistens dann auf, wenn man sie am wenigsten erwartet. Als ich bemerkte, daß diese Frau plötzlich und schnurgerade auf mich zukam, überfiel mich ein freudiger Schrecken, der aber sofort verschwand, als ich die rauhe Stimme Carmens erkannte. Sie heuchelte große Freude über meine Beteiligung an dieser nächtlichen Ausfahrt. Aber in der Finsternis und mit dieser Stimme kann man sich nur schwer verstellen. Ich sagte brüsk:

«Guido hat mich eingeladen. Wenn Sie das stört, finde ich auch anderwärts Beschäftigung und lasse Sie gerne allein!»

Sie protestierte und sagte, sie sei im Gegenteil geradezu glücklich darüber, mich heute zum drittenmal zu sehen. Sie finde es lustig, daß das kleine Boot an diesem Abend unser ganzes Büro tragen würde, denn auch Luciano sei da. Wehe unseren Geschäften, wenn das Boot unterging! Sie erwähnte die Anwesenheit Lucianos sicher nur, um mir zu beweisen, wie unschuldig ihre Zusammenkunft mit Guido sei. Munter plauderte sie weiter und erzählte, sie gehe zum erstenmal in ihrem Leben fischen. Später stellte sich heraus, daß es schon der zweite Fischzug war, den sie mit Guido unternahm. Sie sagte nämlich unvorsichtigerweise, wie angenehm sie es finde, auf der «Grätung» des

Bootes zu sitzen. Ich fragte verwundert, woher sie diesen Ausdruck kenne, und sie gestand, ihn von Guido gehört zu haben, als sie zum erstenmal mit ihm auf Fischfang fuhr.

Dann wollte sie die vollkommene Unschuld jener ersten Ausfahrt beteuern: «Es war damals am Morgen. Wir wollten nicht Doraden, sondern Makrelen fangen.»

Schade, daß wir nicht noch weiter plaudern konnten. Ich hätte vielleicht noch einiges, das mich interessierte, von ihr erfahren. Da tauchte in der Dunkelheit der Sacchetta plötzlich Guidos Barke auf. Mit ziemlicher Eile kam sie daher. Ich fragte mich, ob ich mich nicht entfernen sollte, da Carmen doch die Absicht hatte, Guido zu begleiten. Außerdem hatte ich die Einladung am Morgen ziemlich deutlich abgelehnt, und Guido rechnete vielleicht nicht damit, in so großer Gesellschaft auszufahren. Inzwischen legte das Boot an. Mit jugendlichem Sprung, der auch in der Finsternis nichts von seiner Sicherheit einbüßte, stieg Carmen ein. Sie bedurfte nicht des Armes, den Luciano ihr anbot. Ich zauderte, aber Guido schrie:

«Wir dürfen keine Zeit verlieren.»

Mit einem Sprung war ich in der Barke. Diese Bewegung erfolgte beinahe unbewußt; Guidos Geschrei hatte sie mechanisch ausgelöst. Sehnsüchtig blickte ich zurück nach dem Ufer, aber es war bereits zu spät, das Boot zu verlassen. Ich ließ den Dingen ihren Lauf und setzte mich auf den Bug. Als sich mein Auge an die Dunkelheit gewöhnte, konnte ich erkennen, daß Guido mir gegenüber am Kiel des Bootes saß, während Carmen ihm zu Füßen auf der Grätung kauerte. Luciano, der die Ruder betätigte, trennte mich von den beiden. Ich fühlte mich höchst unsicher und unbehaglich in dem kleinen Boot. Aber der Anblick der Sterne beruhigte mich wieder. In Anwesenheit Lucianos, eines Menschen, der unserer ganzen Familie treulich diente, konnte es Guido sicherlich nicht wagen, Ada zu betrügen. Meine Gesellschaft störte ihn also nicht.

Ich wünschte nur, den Glanz des Himmels, die Ruhe des Meeres und die Unendlichkeit dieser Nacht zu genießen. Wollte ich mir irgendwelche Skrupel machen, so wäre es für mich besser gewesen, zu Hause zu bleiben und mich von der kleinen Antonia quälen zu lassen. In meine Lungen drang die Kühle der Nachtluft, meine Seele wurde weich, und ich wußte plötzlich, daß ich Guido und Carmen im Grunde liebte und daß ich mich in ihrer Gesellschaft auch recht wohl fühlen konnte.

Wir glitten am Leuchtturm vorüber und gelangten ins freie Meer. Unzählige Laternen großer und kleiner Segelschiffe funkelten in einer Entfernung von mehreren Meilen; dort wurde den Fischen noch ganz anders mitgespielt. Hinter dem Militärbad, einem mächtigen Massiv, das dunkel über dem Wasser zu schweben schien, begannen wir längs dem Ufer von Sant' Andrea auf und ab zu rudern. Diesen Platz bevorzugten viele Fischer. In aller Stille vollführten mehrere Boote neben uns dasselbe Manöver. Guido präparierte drei Angelschnüre, indem er kleine Krebse mit dem Hinterteil an den Haken befestigte. Dann reichte er jedem von uns eine Schnur. Die meine war mit Blei beschwert und sollte, nach Guidos Mitteilung, für Fische besondere Anziehungskraft haben. Trotz der Dunkelheit besah ich mir genau den kleinen Krebs samt seinem durchbohrten Hinterteil. Es schien mir plötzlich, als bewege er seinen Oberkörper oder jenen Teil, der von keiner Kruste bedeckt war. Aber diese Bewegungen drückten keinen Schmerz, sondern eher eine gewisse Nachdenklichkeit aus. Vielleicht verringert sich das, was bei großen Organismen Schmerz genannt wird, bei kleineren und zwerghaften so sehr, daß es lediglich als eine neue Erfahrung der Wirklichkeit, gleichsam als ein gedanklicher Anreiz wahrgenommen wird. Ich warf die Angel ins Wasser und ließ sie auf Guidos Geheiß etwa zehn Ellen tief hinuntersinken. Nach mir warfen Carmen und Guido ihre Schnüre aus.

Guido handhabte vom Kiel aus mit einer Hand das Ruder und trieb die Barke vorwärts, indem er peinlich darauf achtgab, die Angelschnüre nicht zu verwickeln. Anscheinend war Luciano noch nicht imstande, die Barke auf diese Weise zu lenken. Er hatte dagegen die Aufgabe, im richtigen Augenblick den Fisch, sowie er mit der Angel hochgezogen war, mit einem kleinen Netz aus dem Wasser zu heben.

Lange hatte er nichts zu tun. Guido plauderte ununterbrochen. Sein leidenschaftlicher Hang, wann immer es anging, andere Menschen zu belehren und zu unterweisen, fesselte ihn vielleicht noch stärker an Carmen als gewöhnliche Liebe. Ich hörte ihm ungern zu. Ich wollte viel lieber über die kleinen Tiere nachdenken, die ich eben der Grausamkeit gefräßiger Fische aussetzte. Falls sie jene seltsamen Kopfbewegungen im Wasser fortsetzten, lockten sie damit die Fische nur noch stärker an. Aber Guido rief mich mehreremal beim Namen, und ich mußte seine ganze Theorie des Fischfangs über mich ergehen lassen. Er sagte, daß die Fische wohl öfter am Köder nagen, daß wir uns aber hüten sollten, die Schnur heraufzuziehen, ehe sie sich straff anspannte. War es einmal soweit, müßten wir ihr einen kräftigen Ruck geben, damit der Angelhaken den Gaumen des Fisches durchstoße. Seiner Gewohnheit gemäß erklärte Guido das alles lang und breit. Er wollte uns ganz genau beschreiben, was unsere Hand spüren müsse, wenn der Fisch den Angelhaken berührte. Als ich und Carmen schon aus Erfahrung den beinahe hörbaren Stoß kennengelernt hatten, den jede Berührung der Angel erzeugt, fuhr er noch immer in seinen Erklärungen fort. Wir mußten indessen mehrmals die Schnur heraufziehen, um einen neuen Köder zu befestigen. Die kleinen nachdenklichen Tierchen endeten stets ungerächt im Rachen eines schlauen Fisches, der es verstand, ohne Berührung der Angel seinen Appetit zu stillen.

Im Boot waren Brötchen und Bier vorbereitet. Guido würzte auch das Essen mit seinem unerschöpflichen Geplauder. Eben sprach er von den großen Schätzen, die im Meer verborgen waren. Es handelte sich aber dabei weder um den Reichtum an Fischen noch, wie Luciano vermutete, um Wertobjekte, die die Menschen versenkt hatten. Nein. Guido wußte, daß im Meereswasser Gold aufgelöst sei. Da erinnerte er sich rechtzeitig, daß ich Chemie studiert hatte, und sagte:

«Du müßtest eigentlich auch über dieses Gold Bescheid wissen.»

Ich erinnerte mich nur mehr dunkel daran, jedenfalls bejahte ich und wagte sogar eine Behauptung, von deren Richtigkeit ich durchaus nicht überzeugt war:

«Das ist das teuerste Gold der Welt. Für einen Napoléon d'or aus diesem Meeresgold müßte man fünf gewöhnliche bezahlen.»

Luciano, der sich voll Spannung nach mir umgedreht hatte, um etwas Näheres über die Reichtümer zu hören, auf denen wir herumschwammen, drehte mir enttäuscht den Rücken. Dieses teure Gold interessierte ihn nicht. Guido hingegen bestätigte alles, was ich sagte, und wollte sich ganz genau erinnern, daß der Preis des Goldes, das man aus Meerwasser destillieren kann, genau fünfmal so groß sei wie der gewöhnliche. Er rühmte meine Kenntnisse, die lediglich meiner Phantasie entsprungen waren. Ich ersah daraus deutlich, daß er mich für ungefährlich hielt und nicht einen Schatten von Eifersucht empfand. Die Frau hörte mir aufmerksam zu, während sie zu Guidos Füßen kauerte. Einen Augenblick lang fühlte ich mich versucht, Guido zu blamieren und zu erklären, daß ich mich jetzt besser an die ganze Sache erinnere: es genügten drei Napoléon d'or, um einen aus dem Wasser zu destillieren; oder waren gar zehn erforderlich?

Aber in diesem Augenblick lenkte die Angelschnur, die

sich plötzlich straffte, meine Aufmerksamkeit ab. Ich riß an der Schnur herum und rief die andern zu Hilfe. Mit einem Satz war Guido neben mir und packte die Schnur, die ich ihm willig überließ. Er zog sie ruckweise herauf, zuerst ganz langsam und in kleinen Abständen, dann, als der Widerstand sich verringerte, mit aller Kraft. Im dunklen Wasser erglänzte silbrig der Leib des großen Fisches. Er sträubte sich kaum, er eilte geradezu in die Richtung, aus der sein Schmerz kam. Jetzt verstand ich auch den Schmerz der stummen Kreatur: Diese Hast, in den Tod zu eilen, kam einem Schrei gleich. Bald lag das Tier, nach Luft schnappend, zu meinen Füßen. Luciano hatte es mit seinem Netz aus dem Wasser gehoben, rücksichtslos mit der Linken gepackt und ihm mit der Rechten den Angelhaken aus dem lebendigen Fleisch gerissen.

Er klopfte auf den schweren, schuppenbedeckten Körper:

«Eine Dorade, die mindestens drei Kilo wiegt!»

Achtungsvoll nannte er den Preis, den man dafür auf dem Fischmarkt verlangen würde. Guido meinte nun, daß kaum mehr Hoffnung bestehe, an diesem Abend noch andere Fische zu fangen; die Flut hatte aufgehört, und die Fischer sagen, daß die Fische, wenn das Wasser weder steigt noch fällt, nicht fressen und somit auch nicht gefangen werden können. Er philosophierte weiter über die Lebensgefahr, die diesen schuppigen Tieren aus ihrer Gefräßigkeit erwächst. Dann lachte er und sagte zu mir, ohne zu merken, daß er sich dadurch kompromittierte:

«Du bist der einzige, der heute abend zu fischen versteht.»

Der arme Fisch, den ich gefangen hatte, wälzte sich noch immer im Boot, da schrie Carmen plötzlich auf. Guido fragte unbewegt, aber mit einem verhaltenen Lachen:

«Noch eine Dorade?»

Carmen erwiderte verwirrt:

«Ich glaube. Aber sie hat die Angel wieder losgelassen.»

Ich bin davon überzeugt, daß sich Guido nicht mehr hat beherrschen können und Carmen in der Dunkelheit gekniffen hat.

Plötzlich fühlte ich mich unbehaglich. Das Angeln interessierte mich nicht mehr. Ich bewegte meine Schnur hin und her, so daß die armen Fische nicht danach schnappen konnten. Auf diese Weise rettete ich sie vor dem Tod. Dann erklärte ich, ich sei schläfrig, und bat Guido, mich in Sant' Andrea abzusetzen. Er konnte nun vermuten, daß ich die Ursache von Carmens plötzlichem Schrei erraten hätte und deshalb gehen wolle. Ich suchte diesen Verdacht zu zerstreuen und schilderte ihm die Szene, die die kleine Antonia vor meinem Weggehen aufführte. Ich wolle mich vergewissern, daß ihr nichts zugestoßen sei.

Gefällig wie immer, ruderte Guido die Barke ans Land. Er wollte mir die Dorade mitgeben, die doch als meine Beute anzusehen war; aber ich lehnte dankend ab und bat, sie wieder ins Meer zu werfen und ihr die Freiheit zurückzugeben. Luciano protestierte lebhaft und aus innerster Überzeugung. Guido meinte gutmütig:

«Ich würde es gerne tun, wenn ich ihr damit Leben und Gesundheit wiedergeben könnte. Aber in diesem Zustand ist das arme Tier wirklich nur noch gut für die Bratpfanne.»

Ich folgte dem davongleitenden Boot mit den Blicken und vergewisserte mich noch, daß die andern mit dem Platz, den ich freigelassen hatte, nichts anzufangen wußten. Sie blieben so eng beisammen wie zuvor. Der Bug hob sich aus dem Wasser, da der Kiel überlastet war. Dann verschwand das Boot.

Zu Hause angekommen, ereilte mich die Strafe Gottes. Ich erfuhr, daß meine Kleine in hohem Fieber lag. Hatte nicht ich die Krankheit heraufbeschworen dadurch, daß ich Guido eine Besorgnis vorheuchelte, die mir fremd war? Augusta schlief noch nicht. Kurz vorher war der Doktor Paoli dagewesen, und seiner Meinung nach bedeutete dies plötzliche hohe Fieber nichts Gefährliches. Wir blieben lange beisammen und betrachteten die kleine Antonia, die benommen in ihrem Bettchen lag. Die Haut ihres Gesichtchens war trocken und unter den verwirrten braunen Locken stark gerötet. Sie schrie nicht mehr. Von Zeit zu Zeit seufzte sie leise, um gleich darauf wieder in ihre Apathie zu verfallen. Mein Gott! Wie brachte das Leiden sie mir nahe! Ich hätte einen Teil meines Lebens dafür gegeben, um ihr das Atmen zu erleichtern. Wie sollte ich mich von meiner Gewissensqual befreien? Ich hatte geglaubt, sie nicht lieben zu können, und die Zeit, in der sie litt, in einer solchen Gesellschaft zugebracht! Wie sollte ich das ungeschehen machen?

Plötzlich schluchzte Augusta auf und sagte: «Sie sieht Ada ähnlich!» Das war richtig. Wir gewahrten es jetzt zum erstenmal. Diese Ähnlichkeit verstärkte sich, je älter Antonia wurde; manchmal zuckt mein Herz zusammen bei dem Gedanken, daß sie dasselbe Schicksal ereilen könnte wie die Ärmste, der sie so ähnlich sieht.

Wir stellten das Bett der Kleinen neben das Augustas; dann legten wir uns nieder. Ich konnte nicht einschlafen. Etwas lastete auf meinem Herzen, wie so oft in früheren Nächten, die die Erlebnisse des Tages in wirren, von Schmerz und Gewissensqualen erfüllten Träumen widerspiegelten. Ich glaubte, an den Leiden meines Kindes schuld zu sein, und protestierte gegen eine solche Schuld! Aber um meine Unschuld zu bezeugen, mußte ich reden. Und ich redete. Ich erzählte Augusta die ganze Geschichte mit Carmen: sie hatte so merkwürdig in der Barke gelegen und in einer Weise aufgeschrien, daß man nur eine brutale Liebesgeste als Ursache annehmen konnte. Mit Sicherheit wollte ich es allerdings nicht behaupten. Augusta aber war sich über alles im klaren. Weshalb hatte sich die Stimme Guidos gleich nachher verändert? Warum mußte er lachen? Ich versuchte, sie von ihrer Meinung abzubringen, aber ich mußte weiter berichten. Nebenbei legte ich auch ein Bekenntnis ab, das meine Person betraf, und erzählte von der Langeweile, die mich aus dem Hause getrieben hatte, von dem Mangel an Liebe zu Antonia, den ich jetzt so bitter bereute. Sofort wurde ich wieder gesund und ruhig und konnte einschlafen.

Am andern Morgen ging es Antonia wieder gut; sie hatte beinahe kein Fieber mehr. Ruhig und unbeschwert lag sie da, nur etwas blaß und übermüdet, als hätte ihr Körper einen Kampf bestanden, der über seine Kraft gegangen war. Aber, und daran konnte man nicht mehr zweifeln, dieser kleine Körper war am Ende doch Sieger geblieben. Ich beruhigte mich, als ich die kleine Antonia außer jeder Gefahr sah. Plötzlich tat es mir leid, Guido verraten zu haben. Ich wollte Augusta das Versprechen abnehmen, daß sie keiner Menschenseele etwas von meinem Verdacht erzählen werde. Sie widersprach; es handle sich hier um keinen Verdacht, sondern um eine Gewißheit. Trotz heftiger Diskussion gelang es mir nicht, sie vom Gegenteil zu überzeugen. Schließlich aber versprach sie mir alles, was ich wollte, und ich konnte beruhigt ins Büro gehen.

Guido war noch nicht da. Carmen erzählte, daß sie nach meinem Fortgang noch großes Glück gehabt hätten. Zwei Doraden seien gefangen worden, zwar etwas kleiner als die meine, aber immer noch schwer genug. Ich glaubte nicht, daß es nach meinem Fortgang in dem Boot anders zugegangen sei als vorher. War denn die Flut plötzlich wieder gestiegen? Und wie lange hatte dieser glückliche Fischzug eigentlich gedauert?

Carmen schien viel daran zu liegen, mir die Wahrheit ihrer Worte zu beweisen; Luciano mußte bezeugen, daß noch zwei Doraden gefangen worden waren. Von diesem Tag an hielt ich Luciano für fähig, die gemeinste Handlung zu begehen, um sich bei Guido einzuschmeicheln.

In der ruhigen Zeit vor dem Geschäft mit dem Kupfersulfat gab es einmal in unserem Büro eine sonderbare Szene, die ich nie vergessen werde. Einerseits offenbart sie deutlich den Größenwahn Guidos, andererseits spiele auch ich darin eine Rolle, in der ich mich nicht gern wiedererkenne. Wir saßen alle vier im Büro. Der einzige von uns, der von Geschäften sprach, war, wie gewöhnlich, Luciano. Vielleicht klang eine seiner Anspielungen in den Ohren Guidos nach Tadel oder zumindest nach Widerspruch, was Guido in Gegenwart Carmens nicht ertragen konnte. Dabei hatte er es schwer, sich zu verteidigen, denn Luciano bewies, daß ein Geschäft, zu dem er schon vor mehreren Monaten geraten hatte und das von Guido zurückgewiesen worden war, jetzt andern Firmen einen Haufen Geld eintrug. Guido schloß die Diskussion, indem er erklärte, er verachte im Grunde die ganzen Geschäfte; wenn das Glück ihm weiter nicht günstig sei, würde er bald einen andern und würdigeren Weg finden, sein Geld zu verdienen. Zum Beispiel: mit seinem Geigenspiel. Alle stimmten ihm bei. Auch ich – nur mit einem Vorbehalt:

«Da mußt du aber noch viel studieren.»

Dies gefiel ihm nicht. Er meinte, daß er noch ganz andere Dinge erreichen könnte, wenn er studieren wollte, zum Beispiel auf literarischem Gebiet. Wieder war die Zustimmung allgemein. Wieder war ich es, der eine kleine Einschränkung machte. Ich erinnerte mich nicht mehr genau an die Physiognomien der großen Dichter und suchte mit aller Gewalt in meinem Gedächtnis nach einer, die Guido ähnlich war. Der aber brüllte:

«Wollt ihr eine wunderbare Fabel hören? Ich will euch eine aus dem Stegreif dichten, genauso wie Äsop!»

Alle außer ihm lachten. Er ließ sich die Schreibmaschine bringen und begann zu schreiben, ohne auch nur eine Sekunde zu überlegen. Es glich einem unsichtbaren Diktat. Allerdings, die Gebärden, die Guido dabei vollführte, waren komplizierter, als vielleicht notwendig gewesen wäre. Schon überreichte er das Blatt Luciano, als er sich eines andern besann und es wieder zurückriß. Er spannte es neuerlich in die Maschine, um eine zweite Fabel niederzuschreiben. Diese machte ihm bereits mehr Mühe als die erste, so daß er gänzlich vergaß, die göttliche Inspiration durch Gebärden anzudeuten. Auch mußte er sein Manuskript oftmals korrigieren. Ich glaube daher, daß er die erste Fabel irgendwo gestohlen hat und daß nur die zweite tatsächlich seiner Phantasie entsprungen ist. Sie sieht danach aus. Die erste handelte von einem kleinen Vogel, der plötzlich bemerkt, daß man die Türe zu seinem Käfig offen gelassen hat; erst denkt er daran, die Gelegenheit auszunützen und fortzufliegen, dann aber besinnt er sich, denn er fürchtet, die Türe könnte in seiner Abwesenheit wieder geschlossen werden, und er würde so die Freiheit verlieren. Die zweite handelte von einem Elefanten und war auch ein richtiger Elefant von einer Fabel. Das Riesentier war schwach auf den Beinen und begab sich hilfesuchend zu einem Menschen-Arzt. Als dieser die ungeheuren Gliedmaßen des Tieres erblickte, rief er aus: «Wie können Sie schwach auf den Beinen sein? Ich habe noch nie so starke Beine gesehen!»

Luciano ließ sich von diesen Fabeln nicht verblüffen, schon deshalb, weil er sie nicht verstand. Er lachte gründlich und ausgiebig, aber man konnte ihm ansehen, daß ihm nichts anderes komisch erschien als der Gedanke, man könne mit so etwas Geld verdienen. Er lachte auch aus Höflichkeit, als man ihm erklärte, daß der kleine Vogel fürchtete, er könnte die Freiheit verlieren, in den Käfig zurückzukehren, und daß der Mensch die Elefantenfüße bewunderte, auch wenn sie für Elefantenbegriffe schwach sein mochten. Dann fragte er:

«Was bezahlt man eigentlich für zwei solche Fabeln?»

Guido sagte mit vornehmer Herablassung:

«Schon allein das Vergnügen, sie erfunden zu haben, ist ein unermeßlicher Lohn. Dann bekommt man aber auch noch eine ganze Menge Geld, wenn man viele solcher Fabeln schreibt.»

Carmen war sehr aufgeregt. Sie bat um die Erlaubnis, die beiden Fabeln abschreiben zu dürfen. Als Guido das Blatt, das er auf der Maschine geschrieben hatte, mit seinem Namenszug versah und es ihr feierlich überreichte, zerfloß sie vor Dankbarkeit.

Was hatte ich mit alledem zu schaffen? Ich brauchte nicht um die Bewunderung Carmens zu kämpfen, denn diese Frau interessierte mich gar nicht. Wenn ich mich aber an meine damalige Handlungsweise erinnere, so muß ich glauben, daß auch Frauen, die wir nicht begehren, uns zwingen können, ihnen imponieren zu wollen. Die Ritter des Mittelalters haben doch tatsächlich um die Gunst hoher Damen gekämpft, mit denen sie niemals im Leben zusammengetroffen waren. An jenem Tage begannen wieder einmal meine berühmten stechenden Schmerzen. Ich glaubte, sie auf keine andere Weise loswerden zu können als durch einen Kampf mit Guido. So ging ich mutig daran, selber einige Fabeln zu fabrizieren. Ich setzte mich vor die Maschine und improvisierte. Ich muß zugeben, daß die Idee der ersten Fabel, die ich niederschrieb, schon seit mehreren Tagen in mir bereit lag. Ich dichtete den Titel: «Hymne an das Leben.» Nach einiger Überlegung schrieb ich noch darunter: «Dialog.» Es schien mir leichter, die Tiere selber reden zu lassen, als sie zu beschreiben. So entstand in Dialogform die folgende kurze Fabel:

Der kleine Krebs (nachdenklich, auf einen Angelhaken gespießt): «Das Leben ist eigentlich ganz schön; aber man müßte immer erst den Platz genau untersuchen, auf den man sich hinsetzt.»

Die Dorade (zum Zahnarzt eilend): «Das Leben ist eigentlich ganz schön; aber man müßte erst die perfiden Tierchen aus der Welt schaffen, die in ihrem wohlschmeckenden Fleisch eine spitze Nadel verstecken.»

Hierauf hätte ich die zweite Fabel schreiben müssen. Leider fielen mir keine Tiere mehr ein. Ich blickte auf den Hund; er kauerte in der Ecke und erwiderte meinen Blick. Seine furchtsamen Augen erinnerten mich daran, daß Guido einige Tage zuvor voller Flöhe von der Jagd zurückgekehrt war und sofort in die Rumpelkammer gehen mußte, um sich gründlich zu reinigen. Da hatte ich auch schon die gesuchte Fabel und schrieb sie fließend nieder:

«Es war einmal ein Prinz, der von vielen Flöhen belästigt wurde. Er betete zu den Göttern, es doch mit einem einzigen Floh genug sein zu lassen, mochte er groß und gefräßig sein, wie er wollte. Mit den übrigen sollten sie andere Menschen beglücken. Keiner der Flöhe aber wagte es, mit diesem Rindvieh von einem Prinzen allein zu bleiben, und so mußte dieser sie alle behalten.»

Im ersten Augenblick kamen mir diese Fabeln großartig vor. Alles was unser eigener Geist gebiert, erscheint uns bedeutend, zumindest unmittelbar nach der Erfindung. Ich muß übrigens aufrichtig sagen, daß mir die erste Fabel, der Dialog, auch heute noch gefällt, obwohl ich inzwischen schon einige Praxis im Dichten erworben habe. Eine Hymne an das Leben, von Sterbenden gesungen, klingt sehr sympathisch für diejenigen, die dem Sterben zusehen können. Es kommt auch in Wirklichkeit oft vor, daß Sterbende mit ihrem letzten Atemzug von dem sprechen, was sie als die Ursache ihres Sterbens ansehen. Damit singen sie eine Hymne auf das Leben der andern, die lebensgefährliche Zwischenfälle noch vermeiden können. Über die zweite Fabel will ich mich nicht äußern. Sie wurde von Guido selbst richtig interpretiert, als er lachend ausrief:

«Das ist keine Fabel; das ist ein Vorwand, um mich ein Rindvieh zu nennen.»

Ich lachte gleichfalls. Die Schmerzen, die mich zu dieser Niederschrift veranlaßt hatten, ließen augenblicklich nach. Auch Luciano lachte, als ich ihm erklärte, was ich mit meinen Fabeln hatte ausdrücken wollen. Er meinte aber, daß weder meine noch Guidos poetische Leistungen Geld einbringen würden. Carmen mißfielen meine Fabeln ganz und gar. Sie warf mir einen prüfenden Blick zu. In ihren Augen las ich einen Ausdruck, den ich bisher an ihr noch nicht gekannt hatte und den ich wie ein gesprochenes Wort empfand:

«Du liebst Guido nicht!»

Ich war betroffen. In diesem Augenblick stimmte das wirklich. Aber ich fand es unrichtig, mich so zu benehmen, als liebte ich Guido nicht. Arbeitete ich doch immerfort für ihn, ohne etwas davon zu haben. Ich mußte mich in Zukunft mehr in acht nehmen.

Mit übertriebener Sanftmut wandte ich mich an Guido:

«Ich gebe zu, daß deine Fabeln besser sind als die meinen. Aber du mußt bedenken, daß es die ersten sind, die ich im Leben verfaßt habe.»

Er gab nicht nach:

«Glaubst du etwa, daß ich mich schon früher damit beschäftigt habe?»

Carmens Blick war schon milder geworden. Um sie ganz zu versöhnen, sagte ich zu Guido:

«Du hast zweifellos außerordentliches Talent zum Fabeldichter.»

Dieses Kompliment brachte beide zum Lachen. Gutmütig stimmte ich ein. Das Lachen war nicht böse gemeint, denn alle konnten merken, daß ich ohne ironische Hintergedanken gesprochen hatte.

Nach der Geschichte mit dem Kupfersulfat war die Stimmung in unserm Büro wesentlich ernster. Wir hatten keine Zeit mehr, Fabeln zu dichten. Wir befaßten uns beinahe mit allen Geschäften, die uns angeboten wurden. Einige davon waren gewinnbringend, aber nur in bescheidenem Maße. Aus anderen wieder ergaben sich große Verluste. Der Hauptfehler Guidos war sein großer Geiz in geschäftlichen Dingen; außerhalb des Büros war er im allgemeinen großzügig. Wenn ein Geschäft günstig aussah, liquidierte er es so bald wie möglich, um den kleinen Gewinn einzukassieren, der bereits sicher war. Verwickelte er sich dagegen in ein unglückliches Geschäft, so konnte er sich nie entschließen, es mit kleinem Verlust aufzugeben; er schob den Augenblick, da er in die eigene Tasche greifen mußte, so lange wie möglich hinaus. Das war der Grund, daß seine Verluste immer groß und seine Gewinne immer klein blieben. In den kaufmännischen Fähigkeiten eines Menschen spiegelt sich sein ganzer Organismus wider, vom Scheitel bis zur Sohle. Guido hätte man mit einem Ausdruck bezeichnen können, den die Griechen gerne anwenden: Ein schlauer Dummkopf. Seine Einfälle waren wirklich stets schlau und klug; aber er konnte damit nichts anderes anfangen, als die steile Rutschbahn zu schmieren, die er unaufhaltsam hinabglitt.

Außer dem Kupfersulfat bereiteten ihm zur gleichen Zeit auch seine neuangekommenen Zwillinge große Sorgen. Das freudige Ereignis hatte ihn nicht sehr freudig überrascht. Als er es mir mitteilte, machte er einen Witz, über den ich viel lachen mußte, und dieser Erfolg freute ihn wieder so sehr, daß er nicht fähig war, seinen finsteren Gesichtsausdruck beizubehalten. Er brachte nämlich die Zwillinge mit den sechzig Tonnen Kupfersulfat in Verbindung:

«Ich bin wohl für immer verurteilt, en gros zu arbeiten.»

Um ihn mit dem Unglück anderer zu trösten, erinnerte ich daran, daß sich Augusta schon wieder im siebenten Monat befand; an Kindern würde ich also bald die Engros-Quanten erreichen, mit denen er zu tun hatte. Er antwortete noch witziger:

«Ich bin ein guter Buchhalter, und es scheint mir nicht dasselbe zu sein.»

Einige Tage später zeigte er für seine beiden Sprößlinge eine gewisse Zärtlichkeit. Augusta, die stets einen Teil des Tages bei ihrer Schwester verbrachte, erzählte mir, daß Guido sich täglich stundenlang mit seinen Kindern abgab. Er streichelte sie; er sang sie sogar in den Schlaf. Ada war ihm dafür so dankbar, daß zwischen den beiden Ehegatten eine neue Liebe aufzublühen schien. Zu jener Zeit überwies er einer Versicherungsgesellschaft eine stattliche Geldsumme; wenn seine beiden Söhne großjährig würden, sollte ihnen ein kleines Vermögen sicher sein. Ich erinnere mich noch genau daran: ich selber habe die Summe zu seinen Lasten in die Geschäftsbücher eingetragen.

Dann wurde ich einmal eingeladen mir die Zwillinge anzusehen.

Obwohl schon zehn Tage seit der Entbindung verstrichen waren, mußte Ada noch das Bett hüten. Sie konnte mich nicht empfangen. Die zwei Wiegen mit den Zwillingen standen im anstoßenden Zimmer. Ada rief mir durch die Tür zu:

«Zeno! Sind meine Kinder schön?»

Ich staunte über den Klang dieser Stimme. Sie schien mir melodischer als sonst. Ada schrie eigentlich, die Anstrengung war deutlich zu hören, und doch klang die Stimme süß und sanft. Sicherlich war die Mutterschaft an dieser Verwandlung schuld. Mich erschütterte es, da ich die Entdeckung erst in dem Augenblick machte, als sich die Stimme an mich wandte. Die Melodie gab mir den trügerischen Eindruck, als riefe mich Ada nicht allein beim Namen, sondern auch mit einem zärtlichen Beiwort, etwa: «Mein lieber Zeno!» Ich empfand eine stürmische Dankbarkeit und beschloß, mich mit aller Güte und Zärtlichkeit zu benehmen, deren ich fähig war. Ich antwortete also freudig:

«Deine Kinder sind wunderbar. Eines gleicht dem anderen. Man weiß nicht, über welches von beiden man mehr staunen soll.»

In Wahrheit erschienen mir diese Zwillinge so blaß und dürftig wie zwei Totgeburten. Sie jammerten und kreischten und waren einander nicht im entferntesten ähnlich.

Guido kehrte bald zu seiner gewohnten Lebensweise zurück. Nach dem berühmten Geschäft mit dem Kupfersulfat kam er häufiger ins Büro. Er ging noch immer einmal in der Woche auf die Jagd, samstags, und kehrte erst Montag spät am Morgen zurück; immerhin zeitig genug, um sich vor dem Mittagessen noch auf einen Augenblick im Büro zu zeigen. Ferner widmete er mehrere Abende seiner geliebten Fischerei; oft verbrachte er die ganze Nacht auf dem Meer. Augusta erzählte mir täglich, wie sehr die unglückliche Ada unter wahnsinniger Eifersucht und unter dem quälenden Alleinsein litt. Augusta versuchte, sie zu beruhigen, und redete ihr ein, daß man weder auf der Jagd noch beim Fischfang Frauen brauchen könne. Aber Ada hatte irgendwie erfahren, daß Carmen oft mit war. Guido hatte es dann selbst eingestanden und bemerkt, daß doch nichts Böses daraus zu schließen sei; er habe sich einer äußerst nützlichen Beamtin gegenüber einmal revanchieren wollen. Und überhaupt – Luciano sei doch jedesmal dabeigewesen! Schließlich versprach er, Carmen nicht wieder mitzunehmen, wenn sich Ada darüber aufrege. Dagegen erklärte er entschieden, daß er weder auf die Jagd, die ihn so viel Geld kostete, noch auf den Fischfang verzichten könne. Er sagte, daß er im Büro viel arbeiten müsse (und zu dieser Zeit hatten wir tatsächlich viel zu tun) und daß ihm die kleine Zerstreuung nicht entzogen werden dürfe. Ada konnte diese Ansicht nicht teilen. Guido sollte nach ihrer Meinung seine beste Zerstreuung im trauten Familienkreise finden. Darin wurde sie von Augusta unterstützt. Meine persönliche Ansicht hingegen war, daß eine solche Zerstreuung allerdings mit einigem Lärm verbunden gewesen wäre.

Da rief Augusta aus: «Du kommst doch selber immer so pünktlich nach Hause.»

Das stimmte. Ich mußte zugeben, daß es da zwischen mir und Guido einen großen Unterschied gab. Ich war aber nicht imstande, mich dessen zu rühmen. Ich zog vor, Augusta zärtlich zu streicheln und zu sagen:

«Das ist nur dein Verdienst. Du hast eben drastischere Erziehungsmethoden angewendet.»

Übrigens verschlimmerte sich die Situation des armen Guido von Tag zu Tag. Die beiden Kinder hatten anfangs nur eine Amme, da Ada hoffte, eines davon selber stillen zu können. Aber sie war zu schwach dafür, und so mußte eine zweite Amme hinzugezogen werden. Wenn Guido in humoristischer Stimmung war und mich zum Lachen bringen wollte, ging er im Büro auf und ab und stieß im Takt die Worte hervor: «Eine Frau – zwei Kinder – zwei Ammen!»

Etwas gab es, das Ada besonders haßte: Guidos Geige. Das entsetzliche Geschrei ihrer Kinder ertrug sie gerne, aber der süße Wohllaut dieser Geige brachte sie zur Raserei. Sie sagte einmal zu Augusta: «Wenn ich dies Geigenspiel höre, möchte ich am liebsten heulen wie ein Hund!»

Sonderbar! Wenn Augusta an meinem Studierzimmer vorbeiging und durch die Tür die elenden und unrhythmischen Töne hörte, die ich, mein armes Instrument mißhandelnd, hervorbrachte – da war sie einfach glückselig.

Ich sagte ganz erstaunt: «Die Heirat Adas ist doch wirklich aus reiner Liebe zustande gekommen! Und Guidos Geige war eines seiner bedeutendsten Attribute!»

Aber dieser und ähnliche Aussprüche waren völlig vergessen, als ich Ada zum erstenmal wiedersah. Sonderbarerweise war ich der erste, der die Symptome ihrer späteren Krankheit entdeckte. An einem kalten Novembertag verließ ich zufällig das Büro um drei Uhr nachmittags und ging nach Hause, um mich von der anstrengenden Arbeit ein wenig auszuruhen. Ich freute mich, in meinem warmen Studierzimmer vor mich hinzuträumen und über Verschiedenes nachzudenken. Ich ging durch den langen Korridor meiner Wohnung. Vor dem Zimmer Augustas machte ich halt. Die Stimme Adas war durch die Tür zu hören, und zwar so weich und unsicher (zwei Eigenschaften, die meiner Meinung nach einander bedingen) wie an dem Tag, an dem Ada mich von ihrem Bett aus gerufen hatte. Ich ging hinein; neugierig wollte ich wissen, warum sich denn die heitere und ruhige Stimme Adas so sonderbar verändert habe. Diese Stimme erinnerte geradezu an manche Schauspielerinnen, die die anderen zum Weinen bringen, ohne selber weinen zu können. Es war wirklich eine schauspielerische und verstellte Stimme; oder erschien sie mir nur so, weil sie losgelöst von dem Menschen, dem sie gehörte, nach so vielen Tagen noch immer unverändert weich und rührend klang? Ich nahm an, daß die beiden Frauen gerade von Guido sprachen. Welches andere Thema hätte denn Ada sonst so rühren können?

Doch die beiden Frauen, die gerade Kaffee tranken, unterhielten sich über häusliche Angelegenheiten: Wäsche, Dienstboten und noch vieles andere. Der bloße Anblick Adas aber genügte mir, um zu begreifen, daß ihre Stimme nicht verstellt war. Rührend und weich geworden war auch ihr Antlitz, an dem ich als erster eine Veränderung bemerkte; und diese Stimme gab, gerade weil sie mit dem

Inhalt der Worte nicht im Einklang war, rückhaltlos den Zustand des ganzen Organismus wieder, sie war daher echt. Ich fühlte dies sofort. Ich bin kein Arzt und dachte daher nicht gleich an eine Krankheit. Ich bemühte mich vielmehr, die Veränderung Adas als eine Folge ihrer Rekonvaleszenz anzusehen. Wie aber war es zu erklären, daß Guido überhaupt nichts davon merkte? Ich, der ich diese Augen so gut kannte, weil ich sie immer gefürchtet hatte – diese Augen, die mit derartiger Kälte Dinge und Menschen prüften, um sie zu genehmigen oder abzulehnen –, ich machte jedenfalls die Beobachtung, daß sie völlig verändert waren und so groß geworden, als wollten sie aus ihren Höhlen treten, um die Dinge und Menschen ringsum besser zu unterscheiden. In dem blassen und sorgenvollen Antlitz störten diese Augen.

Ada reichte mir mit großer Herzlichkeit die Hand und sagte:

«Ja, ja, ich weiß, du nutzest jeden freien Augenblick, um zu deiner Frau und zu deinem Kind zu kommen.»

Ihre Hand war feucht. Ich weiß, daß dies ein Symptom übergroßer Schwäche ist. Aber ich glaubte, daß Ada bald die völlige Gesundheit, die Farben von ehedem und die klaren Marmorlinien ihrer Wangen und ihrer Augenwinkel wiedergewinnen werde.

Da ich in den Worten, die sie an mich richtete, einen Tadel für Guido sah, antwortete ich gutmütig:

«Auf Guidos Schultern liegt doch eine weit größere Verantwortung. Er ist schließlich der Eigentümer der Firma. Es ist ganz natürlich, daß er stärker ans Büro gefesselt ist.»

Sie sah mich prüfend an, um herauszufinden, ob ich dies ernst oder ironisch meinte. Dann antwortete sie:

«Ich glaube trotzdem, daß er für seine Frau und seine Kinder etwas mehr Zeit haben könnte.»

Die Stimme arbeitete sich unter Tränen hervor. Bald

aber faßte sich Ada und lächelte, als bäte sie um Nachsicht:

«Außer seinen Geschäften hat er ja noch die Jagd und die Fischerei. Das nimmt ihm soviel Zeit weg.»

Mit einer ungewöhnlichen Geschwätzigkeit, die mich verwunderte, begann sie nun von den wunderbaren Speisen zu erzählen, den Jagdbeuten Guidos, die bei ihnen auf den Tisch kamen.

«Trotzdem würde ich auf dies alles gern verzichten!» fügte sie mit einem Seufzer hinzu und konnte ihre Tränen nicht unterdrücken. Übrigens hielt sie sich selber nicht für unglücklich, im Gegenteil, sie erzählte, daß sie sich das Leben ohne ihre beiden vergötterten Kinder überhaupt nicht vorstellen könne. Mit einem fast boshaften Lächeln sagte sie dann: «Da nun jedes seine eigene Amme hat, kann ich sie beide noch mehr lieben. Ich schlafe ja nicht viel, aber wenn ich schlafe, stört mich wenigstens niemand.»

Als ich sie fragte, wie es käme, daß sie so wenig schlafe, meinte sie mit ernster und gerührter Miene, daß dies momentan ihre größte gesundheitliche Beschwerde sei. Etwas heiterer fügte sie hinzu:

«Aber es geht mir schon viel besser.»

Bald danach ging sie, und zwar aus zwei Gründen: erstens wollte sie vor dem Abendbrot noch auf ein paar Augenblicke ihre Mutter besuchen; zweitens konnte sie die Temperatur unserer Zimmer, in denen große Öfen standen, nicht vertragen. Da mir diese Temperatur gerade paßte, hielt ich es für ein Zeichen besonderer Gesundheit, sie als übertrieben heiß zu empfinden. Ich sagte also lächelnd zu Ada:

«Ich glaube nicht, daß du gar so schwach bist. Du wirst schon erleben, wie ganz anders man in meinem Alter redet.»

Es freute sie innig, daß sie jemand als besonders jung bezeichnete.

Augusta und ich begleiteten sie bis zum Stiegenhaus. Sie

schien ein großes Bedürfnis nach liebevoller Behandlung zu haben. Während dieser wenigen Minuten schritt sie langsam zwischen uns und faßte zuerst Augusta und dann mich am Arm. Mein Arm wurde plötzlich starr und wie gelähmt, aus Angst vor meiner alten Gewohnheit, jeden weiblichen Arm, der mir nahe kommt, sofort an mich zu pressen. Auf der Stiege sprach sie noch immer, und mit einer unheimlichen Geschwätzigkeit, die man an ihr nicht gewohnt war. Als die Rede auf ihren Vater kam, füllten sich ihre Augen wiederum mit Tränen: das war das dritte Mal innerhalb einer Viertelstunde. Als sie fort war, nannte ich sie deshalb im Gespräch mit Augusta einen Springbrunnen. Ich hatte zwar deutlich gesehen, daß Ada krank war, dem aber nicht viel Bedeutung beigelegt. Es war mir klar, daß die Größe ihrer Augen und die Magerkeit ihres Gesichtes nicht natürlich sein konnten. Auch ihre Stimme war verwandelt, ihr ganzer Charakter. Diese Anfälle von Zärtlichkeit paßten nicht zu ihr. Aber ich schrieb das alles noch immer dem seelischen Erlebnis der doppelten Mutterschaft und der darauffolgenden körperlichen Schwäche zu. Kurzum: ich war ein großartiger Beobachter, denn ich hatte ja wirklich alles konstatiert – und gleichzeitig ein großartiger Dummkopf; denn das einzig zutreffende Wort hatte ich nicht ausgesprochen: Krankheit!

Am Tag danach ließ der Frauenarzt, in dessen Behandlung Ada stand, den Dr. Paoli kommen, der augenblicklich das Wort aussprach, das mir nicht eingefallen war: Morbus Basedowii[38]. Guido berichtete mir davon, wobei er mit der Miene des Fachmannes sämtliche Symptome dieser Krankheit schilderte. Er bedauerte Ada, die so schwer leiden mußte. Ohne jede Böswilligkeit denke ich, daß sein Mitleid ebenso groß war wie seine Sachkenntnis, nämlich minimal. Solange er von seiner Frau erzählte, lag sein Gesicht in Sorgenfalten, sowie er aber Carmen einen Brief diktierte, war es ihm schon wieder eine Lust, zu leben und

Unterricht zu erteilen. Er behauptete, daß der Name dieser Krankheit von jenem Basedow stammte, der ein Freund Goethes[39] war. Als ich mir dann aber über diese Krankheit in einem Lexikon Rat holte, kam ich sofort darauf, daß es sich um einen anderen handelt.

Die Basedowsche Krankheit finde ich äußerst bedeutsam. Es war für mich von großer Wichtigkeit, sie kennenzulernen. Ich studierte sie genau in vielen Beschreibungen und glaube, erst dadurch das eigentliche Geheimnis des menschlichen Organismus entdeckt zu haben. Mir geht es wie so vielen Menschen: zu gewissen Zeiten füllen gewisse Ideen mein ganzes Denken aus und sperren es gegen alles andere ab. Aber nicht nur einzelnen Menschen, der Masse geht es genauso. Heute lebt sie von Darwin, nachdem sie Robespierre und Napoleon abgetan hat, morgen wird sie von Liebig leben oder, wenn nicht gerade Bismarck den Erdball regiert, meinetwegen von Leopardi oder, weiß Gott, von wem sonst!

Aber von Basedow habe ich allein gelebt! Es schien mir, als wäre dieser Mann bis zu den Wurzeln des Lebens vorgedrungen. Dieses Leben sieht also aus: Alle Individuen stehen in einer Reihe Spalier, an deren einem Ende die Basedowsche Krankheit herrscht. Alle, die sich an diesem Ende befinden, leiden an einem verschwenderischen und völlig sinnlosen Verbrauch vitaler Kräfte. Gleich dem Schlagen eines entfesselten Herzens steigert diese ungeheure Verschwendung das Leben zu einem tollen Tanz. Am anderen Ende der Reihe stehen jene Individuen, die aus Geiz eingeschrumpft sind, und diese müssen an einer Krankheit sterben, die eigentlich wie Erschöpfung aussieht, im Grunde aber Faulheit ist. In der Mitte der Reihe findet ein Ausgleich zwischen den beiden Krankheiten statt: der wird fälschlicherweise Gesundheit genannt. Eigentlich besteht die Gesundheit aber aus zwei Krankheiten, die einander aufheben. Zwischen der Mitte der Reihe und jenem Ende, an dem die Basedowsche Krankheit herrscht, befinden sich alle, die das Leben in Sehnsucht, Ruhmsucht oder Genußsucht und den daraus resultierenden Mühen verzehren und verschwenden; auf der anderen Seite befinden sich jene, die sich mit Brosamen begnügen, mit allem und jedem sparen und als verachtenswerte und übermäßig langlebige Geschöpfe der Gesellschaft nur zur Last fallen. Anscheinend ist auch diese Last notwendig. Der ganze Fortschritt der menschlichen Gesellschaft ist auf den Antrieb der Basedow-Kranken zurückzuführen. Die anderen hemmen sie wieder, und das ist der Grund, weshalb die Gesellschaft nicht schon längst in den Abgrund gestürzt ist. Ich bin davon überzeugt, daß dieser Bau der menschlichen Gesellschaft sicherlich viel einfacher hätte angelegt werden können. Aber er ist nun einmal so. Auf der einen Seite steht der Kropf, auf der anderen das Ödem. Dagegen ist gar nichts zu machen. In der Mitte stehen jene, die gleiche Veranlagung zum Kropf wie zum Ödem haben. Die absolute Gesundheit aber gibt es innerhalb der ganzen Reihe der Menschheit nicht.

Soweit ich Augusta glauben konnte, hatte Ada zwar keinen Kropf, jedoch alle anderen Symptome der Basedowschen Krankheit. Arme Ada! Wie lange war sie mir wie ein Sinnbild der Gesundheit vorgekommen! Ich war sogar der Meinung gewesen, daß sie ihren Gatten mit derselben kalten Überlegung ausgewählt hatte wie etwa ihr Vater seine Waren. Nun fiel sie einer Krankheit zum Opfer; nun wurde sie in ganz andere Gegenden des menschlichen Lebens geführt: Sie sollte die seelischen Perversionen kennenlernen. Übrigens erkrankte ich zu gleicher Zeit, und zwar an einer leichten, jedoch langwierigen Krankheit. Ich hatte leider zu lange bei Basedow verweilt, und ich glaube, daß man sich auf jeden Fall beschmutzt, wo immer auf der Welt man sich auch niederläßt. Man muß sich also rühren. Das Leben verfügt über Gifte, jedoch auch über Gegengifte. Nur wenn man läuft, kann man die einen vermeiden und die anderen sich zunutze machen.

Meine Krankheit bestand in einem übermächtigen Gedanken, der wie ein schrecklicher Traum war. Dieser Gedanke hatte folgenden Ursprung: Perversion bedeutet nichts anderes als ein Abweichen von den Wegen der Gesundheit, auf denen wir eine lange Zeit unseres Lebens gegangen sind. Ich wußte zum Beispiel, wie die Gesundheit Adas beschaffen war. Nun war der Gedanke folgender:

Sie hat mich als Gesunde zurückgewiesen. Könnte sie die Perversion, verursacht durch ihre Krankheit, nicht etwa dazu bringen, mich nunmehr zu lieben?

Ich weiß nicht, welcher äußere Umstand diese Furcht (oder Hoffnung) in mir begünstigt hatte.

Vielleicht war es die gebrochene und ach so süße Stimme Adas, die nach Liebe klang, als sie sich an mich wandte? Die arme Ada war leider so häßlich geworden. Ich konnte sie wirklich nicht mehr begehren. Aber ich überprüfte meine vergangenen Empfindungen. Und da schien mir plötzlich, daß es sehr peinlich werden würde, wenn mich Ada jetzt wirklich lieben sollte. Das wäre ja dieselbe Lage, in der sich Guido befand, als er von seinem englischen Geschäftsfreund die bestellten sechzig Tonnen Kupfersulfat widerspruchslos übernehmen mußte. Wirklich, ganz derselbe Fall. Wenige Jahre zuvor hatte ich ihr meine Liebe erklärt und niemals widerrufen, es sei denn, daß meine Ehe mit Augusta als Widerruf betrachtet werden konnte. Aber war nicht Ada mit mir einen Vertrag eingegangen, der zwar nicht vom Zivilrecht, wohl aber von der Ritterlichkeit geschützt wurde? Ich glaubte wirklich, mich ihr gegenüber so stark verpflichtet zu haben, daß meinen damaligen Worten auch viele Jahre nachher noch bindende Kraft innewohnte, sogar dann, wenn zu sämtlichen Symptomen der Basedowschen Krankheit, die an Ada zu beobachten waren, noch ein Kropf hinzugekommen wäre.

Ich erinnere mich aber deutlich, daß eine derartige Aussicht mein Gefühl für Ada zärtlicher stimmte. Bisher hatte ich bestimmt keine Schadenfreude empfunden, als ich hörte, was alles Ada durch Guido erdulden mußte; aber ich betrachtete doch mit einer gewissen Befriedigung mein Heim, in das Ada um keinen Preis hatte eintreten wollen: hier gab es keinerlei Leiden. Nun lagen die Dinge anders. Jene Ada, die mich einst voll Verachtung von sich stieß, gab es nicht mehr. Wenn meine medizinischen Schriften nicht irrten, konnte sie auch niemals wiederkehren.

Ihre Krankheit war wirklich ernster Natur. Einige Tage darauf riet Dr. Paoli, Ada von der Familie zu entfernen und nach Bologna in ein Sanatorium zu schicken. Guido erzählte es mir. Von Augusta erfuhr ich, daß der armen Frau auch in dieser schrecklichen Zeit nichts erspart blieb. Guido hatte die unglaubliche Frechheit, Carmen als Wirtschafterin für die Zeit von Adas Sanatoriumsaufenthalt vorzuschlagen. Ada war zu schüchtern, frei herauszusagen, was sie von solch einem Vorschlag dachte. Sie wollte sich aber nicht aus dem Hause rühren, wenn die Wirtschaft nicht Tante Maria übergeben würde. Guido erklärte sich sofort damit einverstanden. Heimlich aber spielte er weiter mit dem Gedanken, Carmen an den Platz zu setzen, den Ada frei ließ: er wollte sie eben immer zu seiner Verfügung haben. Er sagte eines Tages zu Carmen, wenn im Büro wenig zu tun wäre, könnte sie ruhig bei ihm die Wirtschaft führen. Luciano und ich sahen einander an. Jeder entdeckte im Gesicht des andern einen boshaften Ausdruck. Carmen errötete und meinte, daß sie dies wohl nicht annehmen könne. Guido rief wütend:

«Natürlich! Wegen dieser blödsinnigen Rücksicht auf

die Welt kann man nie tun, was man will und was von so großem Vorteil wäre.»

Weiter sprach er nicht. Es war überraschend, daß der Vortrag, der so interessant angefangen hatte, so bald wieder abbrach.

Die ganze Familie begleitete Ada auf den Bahnhof. Augusta hatte mich gebeten, Blumen zu besorgen. Ich verspätete mich ein wenig und legte einen großen Orchideenstrauß in Augustas Hände. Ada sah zu. Als sie dann von Augusta die Blumen nahm, sagte sie:

«Ich danke euch von ganzem Herzen.»

Sie wollte damit sagen, daß sie die Blumen auch von mir entgegennahm. Ich empfand dies wie einen Ausdruck von Zuneigung, der gleicherweise süß wie auch unpersönlich und kalt war. Die Basedowsche Krankheit hatte sicherlich nichts damit zu tun.

Die arme Frau sah wie eine jungfräuliche Braut aus, ihre Augen waren groß und strahlend vor Glück. Die Basedowsche Krankheit kann eben alle Gefühle vorspiegeln.

Guido reiste mit ihr ab. Er wollte sie bis Bologna begleiten und nach einigen Tagen wiederkommen. Wir standen alle auf dem Bahnsteig und warteten auf die Abfahrt des Zuges. Ada zeigte sich am Fenster ihres Abteils und winkte mit dem Taschentuch, solange wir sie noch sehen konnten.

Dann begleiteten wir Frau Malfenti nach Hause. Sie war in Tränen aufgelöst. Als wir uns voneinander verabschiedeten, küßte sie erst Augusta und dann auch mich. Zwischen Lächeln und Weinen sagte sie zu mir:

«Verzeih! Ich habe es getan, ohne es zu wollen. Aber wenn du erlaubst, gebe ich dir noch einen zweiten Kuß»

Auch die kleine Anna, die nun zwölf Jahre zählte, wollte mich küssen. Alberta, die eben im Begriff war, von einer Reform des nationalen Theaters abzusehen und sich zu verloben, reichte mir an diesem Abend mit großer

Herzlichkeit die Hand. Früher war sie immer sehr zurückhaltend gewesen. Alle mochten mich also gern. Meine Frau sah so gesund aus: Vielleicht drückten sie auf diese Weise ihre Antipathie gegen Guido aus, dessen Frau so krank war.

Aber gerade jetzt lief ich Gefahr, einige meiner guten Eigenschaften einzubüßen. Ich tat, ohne es zu wollen, Augusta einen großen Schmerz an, und zwar mit einem Traum, an dem ich sie sozusagen teilnehmen ließ.

Dies der Traum. Wir waren zu dritt, Augusta, Ada und ich. Wir standen vor einem bestimmten Fenster. Es war das kleinste, das es in drei Wohnungen, die ich genau kenne, gibt. Das heißt also: wir standen vor dem Küchenfenster in der Wohnung meiner Schwiegermutter, welches in Wirklichkeit auf einen schmalen Hof geht; im Traum sah ich aber von dort aus den Corso. Die Fensteröffnung war so schmal, daß Ada, die zwischen mir und Augusta stand und sich an unseren Armen festhielt, mit ihrer ganzen Schwere an mich gelehnt war. Ich betrachtete sie bei dieser Gelegenheit genau. Ihre Augen waren wieder kalt und hart wie ehedem, die Linien ihres Antlitzes marmorgleich. Ich konnte auch ihren Nacken sehen, der von kleinen Locken bedeckt war. Es waren die gleichen Locken, die ich so gut von der Zeit her kannte, als mir Ada den Rücken kehrte. Aber trotz ihrer Kälte (denn kalt erschien mir ihre große Gesundheit) blieb sie an mich gelehnt, genauso wie ich sie am Abend meiner Verlobung, im dunklen Zimmer während der spiritistischen Sitzung, an mich gelehnt wähnte. Freudig sagte ich etwas zu Augusta; ich gab mir augenscheinlich Mühe, mich auch mit ihr zu befassen: «Siehst du? Sie ist wieder ganz gesund. Wo bleibt nur Basedow?» – «Siehst du ihn denn nicht?» sagte Augusta plötzlich. Sie war die einzige von uns, die auf die Straße hinabblicken konnte. Mit einiger Anstrengung beugten auch wir – Ada und ich – uns vor, und gewahrten eine große Menschenmenge, die mit lauten Drohrufen heranrückte. «Wo bleibt Basedow?» fragte ich noch einmal. Da sah ich ihn, Herrn Basedow. Er kam daher, gefolgt von der Menge, ein alter Bettler in einem zerrissenen Mantel, jedoch aus steifem Brokat, den großen Kopf unter einer weißen, zerzausten Mähne, die im Wind flatterte. Die Augen traten ihm aus den Höhlen und blickten ängstlich nach allen Seiten. Ihr Ausdruck war verschüchtert und drohend zugleich. Etwas Ähnliches hatte ich oft bei gehetzten Tieren bemerkt. Die Menge brüllte: «Schlagt ihn tot, den Gauner!»

Dann folgte ein Augenblick, der nichts war als leere Nacht. Unmittelbar darauf befand ich mich mit Ada allein auf der steilsten Stiege, die es in unseren drei Wohnungen gibt, nämlich auf der Stiege zum Dachboden meiner Villa. Ada stand einige Stufen höher als ich, mir zugewandt. Ich hatte die Absicht hinaufzusteigen, sie aber schien herunterzuwollen. Ich umfaßte ihre Beine, sie neigte sich mir zu, vielleicht aus Schwäche, vielleicht in dem Bedürfnis, mir näher zu sein. Einen Augenblick lang schien sie mir wieder von ihrer Krankheit gräßlich entstellt. Gleich danach aber – ich betrachtete sie bekümmert – gelang es mir, sie wieder genau so zu sehen, wie sie mir am Fenster erschienen war: schön und gesund. Sie sagte mit ihrer harten Stimme: «Geh voran, ich folge dir gleich.» Ich war freudig bereit. Ich wollte rasch vorauslaufen; da konnte ich gerade noch bemerken, wie sich die Tür zum Dachboden langsam öffnete und die weiße Mähne Basedows mit dem Antlitz, das zwischen Angst und Drohen schwankte, sichtbar wurde. Nun sah ich auch die zitterigen Beine und den jämmerlichen Körper, den der zerrissene Mantel nicht ganz zu bedecken vermochte. Es gelang mir fortzulaufen. Ich weiß nicht, ob ich Ada voraneilen oder überhaupt fliehen wollte.

In dieser Nacht fuhr ich offenbar keuchend aus dem

Schlaf und hatte nun nichts Eiligeres zu tun, als, noch halb bewußtlos, den ganzen Traum oder mindestens seine wichtigsten Begebenheiten Augusta zu erzählen. Dann sank ich in einen ruhigen und tiefen Schlaf. Wahrscheinlich verfiel ich damals, im Halbschlaf, blindlings der alten Verlockung, Augusta meine Verfehlungen zu bekennen.

Am anderen Morgen entdeckte ich auf Augustas Antlitz wieder jene wächserne Blässe, die mir von den früheren großen Ereignissen her bekannt war. Des Traums entsann ich mich noch ganz genau, jedoch nicht des Berichtes, den ich Augusta erstattet hatte. Sie sagte nur mit dem Ausdruck schmerzlichster Resignation:

«Du fühlst dich unglücklich, weil sie krank ist und die Stadt verlassen hat. Darum träumst du von ihr.»

Ich verteidigte mich mit Lachen. Ich lachte Augusta aus. Nicht Ada sei es, die diese Bedeutung für mich habe, sondern Basedow. Ich erzählte ihr von den Studien, die ich über diese Krankheit gemacht, und von den Theorien, mit denen ich sie zu erklären versucht hatte. Ich glaube nicht, daß es mir gelungen ist, Augusta zu überzeugen. Wenn man im Schlaf erwischt wird, ist es schwer, sich zu verteidigen. Wirklich, das ist etwas anderes, als wenn man zu seiner Frau kommt, nachdem man sie eben mit vollem Bewußtsein betrogen hat. Übrigens hatte ich bei derartigen Eifersuchtsanfällen Augustas nichts zu verlieren. Sie liebte Ada so sehr, daß von dort kein Schatten fallen konnte. Und mich behandelte sie in solchen Augenblicken nur noch rücksichtsvoller und zärtlicher und war mir für die geringste Liebkosung dankbar.

Ein paar Tage später kam Guido mit erfreulichen Neuigkeiten aus Bologna zurück. Der Direktor des Sanatoriums garantierte für die vollständige Heilung Adas, unter einer Bedingung: sie mußte bei ihrer Rückkehr zu Hause Ruhe vorfinden. Mit größter Unbefangenheit berichtete Guido von dieser Äußerung des Arztes. Er merkte nicht, daß gewisse Vermutungen, die die Familie Malfenti bezüglich seines Verhaltens gegen Ada hegte, dadurch bestätigt wurden. Ich sagte zu Augusta:

«So, nun darf ich mich wieder auf einige Küsse von deiner Mutter gefaßt machen.»

Anscheinend fühlte sich Guido in seinem Hause, wo Tante Maria das Regiment führte, nicht sehr wohl. Er ging oft im Büro auf und ab und brummte vor sich hin:

«Zwei Kinder – drei Ammen – keine Frau.»

Manchmal erschien er auch gar nicht im Büro. Auf der Jagd oder beim Fischfang ließ er an armen Tieren seine üble Laune aus. Als aber gegen Ende des Jahres aus Bologna die Nachricht einlief, daß Ada für geheilt erklärt wurde und im Begriffe war heimzukehren, schien sich Guido nicht übermäßig darüber zu freuen. Sollte er sich an Tante Maria gewöhnt haben? Oder sah er sie so selten, daß es ihm leichtfiel, ihre Herrschaft im Hause zu ertragen? Mir gegenüber zeigte er natürlich keine Mißstimmung über die Rückkehr Adas; er gab nur der Besorgnis Ausdruck, daß seine Frau es vielleicht mit dem Verlassen des Sanatoriums zu eilig habe. Sie setze sich der Gefahr eines Rezidivs aus. Und als sie tatsächlich nach kurzer Zeit, noch im selben Winter, nach Bologna zurückkehren mußte, triumphierte Guido:

«Was habe ich gesagt?»

Ich glaube, daß dieser Triumph lediglich das freudige Gefühl zum Ausdruck brachte, mit seiner Behauptung recht behalten zu haben. Im Grunde wünschte er Ada nichts Böses; aber er hätte es sicherlich nicht ungern gesehen, wenn sie noch länger ferngeblieben wäre.

Als Ada ankam, war Augusta infolge der Geburt meines kleinen Alfio ans Bett gefesselt. Sie benahm sich wahrhaft rührend. Sie bestand darauf, daß ich zum Bahnhof gehe, um Ada Blumen zu bringen und ihr zu sagen, daß sie sie noch am selben Tag bei sich erwarte. Sollte es Ada unmöglich sein, direkt vom Bahnhof zu Augusta zu kommen, dann sollte ich sofort nach Hause eilen, um zu berichten, ob Adas Schönheit, der Stolz der ganzen Familie, wiederhergestellt war.

Ich wartete also zusammen mit Guido und Alberta auf dem Bahnsteig. Frau Malfenti war nicht erschienen, sie verbrachte den größten Teil des Tages bei Augusta. Guido versuchte, uns vorzutäuschen, wie sehr er sich über die Rückkehr seiner Frau freue. Alberta wieder spielte die Zerstreute; wie sie mir später erzählte, tat sie dies, um nicht antworten zu müssen. Mir fiel es nicht schwer, Guido gegenüber Verständnis zu heucheln. Ich war darauf schon eingespielt. Mußte ich doch seit jeher so tun, als bemerkte ich seine Vorliebe für Carmen nicht. Nie wagte ich anzudeuten, daß er sich gegen Ada schlecht benehme. Ich hörte ihm daher mit großer Aufmerksamkeit zu, so, als bewunderte ich seine Freude, die er angeblich über die Rückkehr seiner Frau empfand.

Punkt zwölf Uhr mittags fuhr der Zug in die Bahnhofshalle ein. Guido lief uns voraus, seiner Frau entgegen, die aus dem Wagen stieg. Er schloß sie in seine Arme und küßte sie zärtlich. Da sie um so viel kleiner war als er, mußte er sich tief hinabbeugen. Ich betrachtete seinen gebeugten Rücken und dachte: «Was für ein glänzender Schauspieler!» Er faßte Ada bei der Hand und führte sie zu uns:

«Da ist sie, unserer Liebe wiedergegeben!»

Damit zeigte er sein wahres Gesicht. Er war falsch und vollkommen verlogen. Hätte er die arme Frau besser angesehen, so wäre ihm nicht entgangen, daß sie damals nicht unserer Liebe wiedergegeben, sondern unserer vollkommenen Gleichgültigkeit ausgeliefert war. Adas Antlitz hatte sich sonderbar verändert; die Wangen, wieder zu vollem Rot gewölbt, lagen nicht am rechten Platz, als hätte das Fleisch vergessen, wohin es gehörte, und wäre infolgedessen etwas zu tief geraten. Sie machten eher den Eindruck von Geschwülsten. Die Augen waren wohl in ihre Höhlen wieder zurückgetreten; niemand aber war imstande gewesen, den Schaden wiedergutzumachen, den sie seinerzeit bei ihrem Heraustreten angerichtet hatten. Die präzisen und bedeutungsvollen Gesichtszüge waren vollkommen verschoben und zerstört. Als wir uns vor dem Bahnhof in der strahlenden Wintersonne verabschiedeten, bemerkte ich noch, daß die Farben dieses einstmals so sehr geliebten Gesichtes nicht mehr dieselben waren. Es war blaß und nur an gewissen Stellen rot gesprenkelt. Alle Gesundheit war gewichen und nur in plumper Weise nachgeahmt. Ich berichtete Augusta indes, daß Ada wieder wunderschön sei, genau wie als junges Mädchen. Augusta war darüber selig. Als sie sie später sah, bestätigte sie zu meiner großen Verwunderung meine Worte, die doch nur eine pietätvolle Lüge waren. Sie sagte:

«Sie ist wirklich so schön, wie sie es als junges Mädchen war und wie es meine Tochter hoffentlich einmal sein wird.»

Wie man sieht, ist ein schwesterliches Auge nicht besonders scharf.

Dann sah ich Ada lange Zeit nicht mehr. Sie hatte mit ihren Kindern ebensoviel zu tun wie Augusta und ich mit den unseren. Trotzdem richteten es Ada und Augusta ein, daß sie sich öfters in der Woche trafen, aber immer wenn ich nicht zu Hause war.

Die Vorarbeiten für die Bilanz machten sich schon unangenehm bemerkbar. Ich hatte sehr viel zu tun. An manchen Tagen saß ich vielleicht zehn Stunden lang am Schreibtisch. Guido hatte zwar vorgeschlagen, einen Buchhalter zu engagieren; aber ich wollte davon nichts wissen. Ich wollte die Aufgabe, die ich übernommen hatte, bis ins letzte erfüllen und damit Guido für den unheilvollen Monat, den ich vom Büro ferngeblieben war, gründlich entschädigen. Außerdem machte es mir Freude, Carmen meinen Fleiß zu zeigen, der doch durch nichts anderes als durch meine Zuneigung zu Guido zu erklären war.

In dem Maße, wie ich mit dem Abschluß der einzelnen Konten weiterkam, erkannte ich zu meinem großen Schmerz den schweren Verlust, der aus diesem einen Jahr kaufmännischer Tätigkeit resultierte. Ich teilte einige Ziffern voller Besorgnis Guido unter vier Augen mit. Er ging aber gerade auf die Jagd und interessierte sich nicht sonderlich dafür. Er meinte bloß:

«Du wirst schon sehen, es ist alles nicht so schlimm. Wer weiß, was noch kommen kann. Das Jahr ist doch noch nicht zu Ende!»

Es fehlten bis zum neuen Jahr noch ganze acht Tage.

Ich besprach die Sache mit Augusta. Zuerst war sie nur darum besorgt, ob mir persönlich aus dieser Angelegenheit kein Schaden erwachse. So sind die Frauen. Augusta war auffallend aufgeregt. Konnte ich nicht für den Verlust Guidos verantwortlich gemacht werden? Ich sollte mich sofort bei einem Advokaten erkundigen. Jedenfalls bat sie mich, mit Guido nicht mehr zu arbeiten und das Büro nicht mehr zu betreten.

Es fiel mir nicht leicht, Augusta davon zu überzeugen, daß ich für nichts verantwortlich gemacht werden konnte. Im Grunde war ich ja nur ein Beamter Guidos. Augusta entgegnete aber, daß einer, der kein festes Gehalt bezieht, nicht als Beamter, sondern als verantwortlicher Chef betrachtet werde. Als ich sie endlich vom Gegenteil überzeugen konnte, hielt sie ihre Bitte trotzdem weiter aufrecht. Natürlich! Sie fand, daß ich in dem Büro nichts verloren hätte; meine dortige Anwesenheit würde mich nur in geschäftlichen Kreisen in Mißkredit bringen. Donnerwetter! In Mißkredit! Es schien mir ja selber sehr wichtig, meinen Ruf als Geschäftsmann hochzuhalten. Obwohl Augusta mit ihren Argumenten unrecht hatte, kamen wir dennoch überein, alles so durchzuführen, wie sie es wollte. Ich sollte die Bilanz, die ich nun einmal begonnen hatte, noch abschließen. Nachher müßte ich aber schleunigst den Weg in mein Studierzimmer wiederfinden. Dort konnte ich zwar kein Geld verdienen, aber auch keines verlieren.

Zu gleicher Zeit machte ich wieder einmal an mir selber eine eigenartige Erfahrung. Obwohl ich einen festen Entschluß gefaßt hatte, war ich einfach nicht imstande, meine Arbeit zu verlassen. Ich staunte darüber sehr. Wenn man die Dinge besser verstehen will, muß man sie in Bilder kleiden. Ich erinnerte mich, daß in England Verbrecher einst folgendermaßen abgestraft wurden: man hängte den Verurteilten über ein Rad, das mit Wasserkraft angetrieben wurde; das arme Opfer war dadurch gezwungen, die Beine immerfort in einem gewissen Rhythmus zu bewegen, damit sie nicht zerquetscht würden. Einen Zwang gleicher Art empfindet man bei jeder Arbeit. Nun bleibt die Lage die gleiche, auch wenn man nicht arbeitet. Sowohl ich wie Olivi waren sozusagen über ein Rad gehängt, nur mit dem Unterschied, daß ich nicht die Füße zu bewegen brauchte. Es kommt aber wirklich nur auf den Zufall an, ob einer über ein bewegliches oder über ein unbewegliches Rad gehängt wird. Das Schwierige ist, sich loszumachen.

Ich fuhr also fort, ins Büro zu gehen, nachdem ich schon lange die Bilanz abgeschlossen hatte. Mein Beschluß, es unter keinen Umständen mehr zu betreten, hielt leider nicht lange vor. Zögernd verließ ich jeden Morgen meine Villa, um spazierenzugehen, schlug aber jedesmal einen Weg ein, der ungefähr in die Richtung des Büros führte. Je weiter ich schritt, um so klarer wurde es, daß der Weg überhaupt nirgends anders mehr hinführen konnte als in Guidos Büro. Und bald saß ich denn auf meinem gewohnten Stuhl. Zum Glück bat mich Guido zu dieser Zeit, meinen Posten um Himmels willen nur jetzt nicht zu verlassen. Ich versprach es ihm, da ich wußte, daß ich doch gar nicht mehr anders konnte.

Am fünfzehnten Januar war die Bilanz endlich abgeschlossen. Sie enthüllte eine wahre Katastrophe. Das halbe Geschäftskapital war verloren. Um keinen Preis wollte Guido die Bilanz dem jungen Olivi zeigen, dessen Indiskretion er fürchtete. Ich aber bestand darauf, in der Hoffnung, daß er einen Fehler finden könnte, der die Sachlage retten würde. Der Junge hatte Praxis. Es konnte möglich sein, daß ich einen Betrag, der auf die Sollseite gehörte, fälschlich unter «Haben» gebucht hatte. Eine solche Korrektur hätte die Bilanz um vieles freundlicher gestaltet. Olivi versprach lächelnd, die strengste Diskretion zu wahren. Einen ganzen Tag lang arbeitete er mit mir aufs intensivste. Unglücklicherweise fand er keinen einzigen Fehler. Ich lernte viel aus dieser Revision, die wir zu zweit vornahmen. Heute könnte ich wahrscheinlich schwierigere Bilanzen als diese aufstellen und abschließen.

Ehe der ernste Jüngling fortging, fragte er:

«Also, was wollt ihr jetzt machen?» Ich wußte gleich, was er im Sinne hatte. Als ich noch jung war, unterhielt sich mein Vater oft mit mir über diverse kommerzielle Fragen und erzählte mir unter anderem, was man in solchen traurigen Fällen, wie dem unseren, zu tun hat: wenn es sich um den Verlust des halben Kapitals handelt, muß man die Firma liquidieren, sei es auch nur zu dem Zwecke, um sie sofort auf neuer Basis aufzubauen. Ich ließ also den jungen Olivi in diesem Sinn seine Vorschläge machen. Am Ende sagte er:

«Es handelt sich ja wirklich nur um eine Formalität.» Dabei lächelte er. Dann fügte er hinzu:

«Wenn man es aber unterläßt, kann es teuer zu stehen kommen.»

Am Abend stürzte sich Guido noch einmal über die Bilanz, mit der er sich nicht abfinden konnte. Er überprüfte sie vollkommen unsystematisch, indem er bald hier, bald dort einen beliebigen Posten herausgriff und oberflächlich in den anderen Büchern kontrollierte. Um diese vollkommen zwecklose Arbeit zu unterbrechen, teilte ich ihm den Rat Olivis mit, nämlich sofort eine kleine Formalität durchzuführen: das Geschäft zu liquidieren.

Bis zu diesem Augenblick war Guidos Antlitz von der Anstrengung ganz verzerrt gewesen. Um jeden Preis hatte er in einem Posten den erlösenden Fehler finden wollen. Sein Antlitz war so finster und verzogen, als hätte er im Mund einen üblen Geschmack. Als ich ihm aber Olivis Rat mitteilte, glätteten sich seine Falten vor angespannter Aufmerksamkeit. Er begriff nicht gleich. Als ich ihm endlich alles soweit erklärt hatte, daß er nicht mehr umhin konnte zu begreifen, fing er an, herzlich zu lachen. Diese Verwandlung erklärte ich mir folgendermaßen: Guidos Gemütsverfassung mußte äußerst düster sein, solange er sich Zahlen gegenüber befand, die er nicht ändern konnte; als dies schmerzliche Problem aber aus der Welt geschafft, das heißt, durch einen Vorschlag abgelöst wurde, der ihm die Möglichkeit gab, sich als Herrn und Richter aufzuspielen, war das Leben wieder heiter und vielversprechend.

Bald sah ich, daß er noch immer nicht begriffen hatte. Der Vorschlag, der den einzigen gangbaren Weg zeigte, kam nach seiner Meinung von einem Feinde. Ich mußte ihm auseinandersetzen, daß die Firma tatsächlich Gefahr lief, noch weiter Geld zu verlieren und endgültig zugrunde zu gehen. Das endgültige Falliment mußte aber gesetzlich strafbar werden, wenn wir nach einer solchen Bilanz nicht die Schritte unternommen hätten, die Olivi uns wies. Ich fügte hinzu:

«Die Strafe, die nach österreichischem Gesetz wegen fahrlässiger Krida verhängt wird, beträgt einige Monate Kerker.»

Guido wurde so rot, daß ich einen plötzlichen Gehirnschlag befürchtete. Er schrie:

«Ich brauche keine Ratschläge von Olivi. Wenn der Fall eintreten sollte, von dem du da sprichst, werde ich mir schon anders zu helfen wissen.»

Seine Entschlossenheit imponierte mir. Ich hatte das Gefühl, einem Mann gegenüberzustehen, der sich seiner Verantwortung vollauf bewußt ist. Ich kapitulierte. Ich stellte mich auf seine Seite und vergaß völlig, daß ich den Ratschlag Olivis nicht nur ihm hinterbracht, sondern auch befürwortet hatte. Mit gesenkter Stimme erklärte ich:

«Das habe ich auch Olivi gesagt. Die Verantwortung trägst du ja allein. Wir haben uns beide nicht einzumischen, wenn du das Schicksal der Firma bestimmst, die dir und deinem Vater gehört.»

In Wahrheit hatte ich dies Augusta und nicht Olivi gesagt. Aber immerhin: Es war von mir ausgesprochen worden. Diese mannhafte Erklärung hätte ich vielleicht auch nachträglich Olivi mitteilen können. Entschlossenheit und Mut haben mir immer imponiert, vermochte mich doch schon Unbefangenheit zu gewinnen, eine Eigenschaft, die keineswegs immer aus den beiden obenerwähnten entspringt, sondern oft aus viel minderwertigeren.

Da ich zu Augustas Beruhigung noch mehr betonen wollte, daß ich in keiner Weise verantwortlich war, fuhr ich fort:

«Du weißt auch, daß ich im Ruf stehe, nicht die geringste Fähigkeit zum Kaufmann zu besitzen. Ich kann nur das ausführen, was du befiehlst. Für das, was du tust, bin ich natürlich nicht verantwortlich.»

Er bejahte lebhaft. Die Rolle des Chefs und Herrn, die ich ihm großmütig zuwies, behagte ihm. Er vergaß den Schmerz über die schlechte Bilanz und wiederholte immer wieder:

«Ich bin allein verantwortlich. Alles trägt doch meinen Namen. Ich würde unter keinen Umständen zugeben, daß mir ein anderer die Verantwortung abnimmt.»

Das war etwas, das man Augusta gut wiedererzählen konnte. Ja, es war noch viel mehr, als ich gewünscht hatte. Man mußte auch die Miene sehen, mit der Guido diese Erklärungen abgab. Er glich in diesem Augenblick eher einem Apostel als einem Bankerotteur. Den einen Arm auf seine passive Bilanz stützend, erklärte er sich zum Herrn und Meister. Da erkaltete mein Gefühl für ihn, wie immer, wenn ich die Verlogenheit seiner Posen durchschaute. Seine Selbstüberschätzung übertraf alles. Ich kann es nicht anders ausdrücken: er spielte falsch. Dieser glänzende Musiker spielte falsch.

Ich fragte geradeheraus:

«Soll ich von dieser Bilanz für deinen Vater eine Kopie anfertigen?»

Einen Augenblick lang wollte ich ihm sogar ohne Umschweife sagen, daß ich nach dieser Bilanz darauf verzichtete, weiter in sein Büro zu kommen. Ich tat es nicht, weil ich nicht wußte, was ich dann mit meinen vielen freien Stunden anfangen sollte. Aber die Frage bezüglich der Kopie ersetzte völlig meine unterdrückte Erklärung. Jedenfalls erinnerte ich ihn daran, daß er in diesem Büro nicht allein der Herr war.

Er wunderte sich über die Frage. Sie schien ihm mit meinen früheren Worten, die im Ton der Zustimmung vorgebracht worden waren, nicht im Einklang zu stehen. Er sagte in derselben herrischen Art wie vorher:

«Ich werde es dir schon sagen, wie diese Kopie gemacht werden soll.»

Nun fing ich an zu schreien. Während meines ganzen Lebens habe ich nicht so laut gesprochen wie damals, denn er schien mir taub zu sein. Ich setzte ihm auseinander, daß es auch eine Verantwortung des Buchhalters gebe und daß ich mich nicht dazu hergeben wolle, verdrehte Zahlengruppen für richtige Kopien zu erklären.

Er wurde ganz blaß. Kleinlaut gab er zu, daß ich recht hatte. Dann fing er wieder damit an, daß er der Herr sei und anordnen könne, was er wolle. Es dürfe überhaupt keine Kopie angefertigt werden. Darin stimmte ich ihm bei. Als er sich dann etwas erholt hatte, entschied er sich, am nächsten Tag selber seinem Vater zu schreiben. Ursprünglich wollte er sogar sofort schreiben, aber er überlegte es sich wieder und schlug vor, ein bißchen frische Luft zu schöpfen. Ich wollte ihm gefällig sein und ging mit. Man sah deutlich, daß ihm die Bilanz noch im Magen lag und er ein wenig Bewegung brauchte, um sie besser zu verdauen.

Unser Spaziergang erinnerte mich an jenen anderen, den wir zusammen in der Nacht nach meiner Verlobung unternahmen. Der Mond war diesmal freilich bedeckt. Überall lag dichter Nebel. Nur ganz unten lag ein Streifen klarer Luft. Auch Guido erinnerte sich jener denkwürdigen Nacht:

«Ich glaube, wir sind seit damals nicht mehr zusammen nachts spazierengegangen. Weißt du noch? Du erzähltest mir, daß man sich auf dem Mond genauso küßt wie hier unten auf der Erde. Dort oben küßt man heute noch immer. Es ist ein ewiger Kuß. Ich glaube es wirklich, obgleich man es gerade heute nicht sehen kann. Dagegen hier auf Erden...»

Fing er schon wieder an, über Ada schlecht zu reden? Die arme Kranke! Ich unterbrach ihn aber sanft, als wollte ich mich seiner Meinung anschließen. (Hatte ich ihn denn nicht begleitet, um ihm das Vergessen leichter zu machen?)

«Gewiß. Hier unten kann man nicht immer küssen, und das, was man dort oben sieht, ist ja auch nur das Bild eines Kusses. Das Wesen des Kusses besteht doch vor allem in der Bewegung.»

So versuchte ich, Guido von seinen Sorgen, von der Bilanz und von Ada, abzulenken. Es gelang mir sogar, einen Satz rechtzeitig zu unterdrücken, den ich schon auf den Lippen hatte: daß die Umarmung dort oben keine Zwillinge erzeuge. Er aber wollte sich von dem Alpdruck der Bilanz befreien, indem er von seinen anderen Sorgen sprach. Es kam, wie ich es vorausgesehen hatte: er sprach schlecht von Ada. Er klagte, wie unglücklich dieses erste Jahr seiner Ehe gewesen sei. Er schwieg von den Zwillingen, die so hübsch und artig waren, und sprach nur von Adas Krankheit. Die Krankheit mache sie reizbar, eifersüchtig und so wenig begehrenswert. Schließlich rief er verzweifelt:

«Das Leben ist ungerecht und grausam.»

Ich glaubte nicht das Recht zu haben, auch nur ein Wort zu entgegnen, das ein Urteil über ihn und Ada enthielt. Trotzdem drängte es mich, irgend etwas zu sagen. Guido war bereits beim «Leben im allgemeinen» angelangt, dem er zwei Attribute verlieh, die wahrlich nicht übermäßig originell waren. Ich wußte etwas Besseres. Man sagt oft Dinge nur um des Klangs der Worte willen, die miteinander zufällig harmonieren. Nachträglich prüft man, ob das, was man gesagt hat, den Atem wert war, den man dabei verschwendete. Oft geschieht es, daß die zufällige Klangassoziation eine Idee erzeugt. Ich sagte:

«Das Leben ist weder häßlich noch schön; es ist originell.»

Ich hatte das Gefühl, etwas äußerst Bedeutsames ausgesprochen zu haben. Das Leben, das ich auf solche Weise definierte, erschien mir mit einemmal in ganz neuem Licht. Ich glaubte es wirklich zum erstenmal zu sehen, mit seinen festen, flüssigen und gasförmigen Körpern. Hätte ich es, so wie es mir im Augenblick erschien, einem Wesen geschildert, das die Erde nicht kannte und das nicht mit unseren Sinnen versehen war – ihm wäre bei der Vorstellung eines so ungeheuren und doch zwecklosen Gebäudes sicherlich der Atem ausgeblieben. Vielleicht hätte es mich gefragt: «Wie können Sie das nur ertragen?» Wenn ich dann weitererzählt hätte, von den himmlischen Körpern, die da oben hängen, damit man sie sehe, aber nicht berühre, oder vom Geheimnis, das den Tod umgibt, so hätte es wirklich nichts anderes ausrufen können als: «Sehr originell!»

Guido sagte lachend: «Also das Leben soll originell sein? Wo hast du denn das gelesen?»

Ich verzichtete darauf, ihm zu erklären, daß ich das nirgends gelesen hatte. Es hätte wahrscheinlich auch weniger Eindruck auf ihn gemacht. Aber je mehr ich der Sache nachging, desto origineller erschien mir das Leben. Man mußte nicht einmal ein überirdisches Wesen sein, das von auswärts kommt, um zu bemerken, wie bizarr seine Zusammenhänge sind. Ich selber brauchte mich nur daran zu erinnern, was ich und viele andere Menschen alles vom Leben erwartet hatten, und was dann daraus geworden war. Alle mußten zu der Schlußfolgerung kommen: «Der Mensch ist wahrscheinlich aus Versehen da hineingestellt worden. Er gehört gar nicht hierher.»

Wir gelangten genau wie das letzte Mal auf die Anhöhe der Via Belvedere, ohne es beabsichtigt zu haben. Guido fand den Mauervorsprung, auf dem er in jener Nacht gelegen, kletterte wieder hinauf und streckte sich der Länge nach aus. Dabei summte er vor sich hin. Wahrscheinlich bedrückten ihn noch immer seine mannigfachen Sorgen. Er rüttelte offenbar im Geiste an den unverrückbaren Ziffern seiner Bilanz. Ich erinnerte mich, wie ich ihn an dieser Stelle damals hatte töten wollen, und verglich die Gefühle, die ich heute empfand, mit jenen von damals. Dieser Vergleich bewies mir noch einmal schlagend die kolossale Originalität des Lebens. Plötzlich aber dachte ich daran, wie mich eben noch Zorn gegen Guido erfüllte, und das an dem schlimmsten Tag seines Lebens, weil er meinen Ehrgeiz gedemütigt hatte. Wenn ich mich jetzt erforschte, mußte ich feststellen, daß ich den Qualen Guidos, an denen meine Bilanz schuld war, nur mit geringer Erschütterung zusah. Da fragte ich mich: bin ich gut oder schlecht? Eine Erinnerung tauchte in mir auf: als kleines Kind, mit kurzem Röckchen bekleidet, hob ich den Kopf, um meine nachsichtig lächelnde Mutter zu fragen: «Mutter, bin ich eigentlich gut oder schlecht?» Damals dürfte sich diese Frage in mir gebildet haben, weil mich viele Leute in meiner Kindheit als guten Jungen, andere aber scherzhaft als schlechten Kerl bezeichneten. Wie soll sich ein kleines Kind in diesem Dilemma auskennen? Wie war das Leben schon wieder originell! War es nicht erstaunlich, daß die Frage, die dem kleinen Jungen in so primitiver Form aufgedrängt worden war, von dem Erwachsenen, der sicher die Hälfte seines Lebensweges schon durchmessen hatte, noch immer nicht gelöst werden konnte?

In der finsteren Nacht, ausgerechnet an der Stelle, an der ich Mordgedanken gehegt hatte, bedrückte mich diese Frage wieder. Das Kind konnte darunter sicher nicht so gelitten haben. Kindern erzählt man, daß, wer einmal schlecht gewesen ist, wieder gut werden kann. Ich versuchte, mich wieder zu diesem Glauben zu zwingen. Es gelang mir teilweise; der Druck in meinem Herzen ließ nach. Wäre es mir nicht gelungen, so hätte ich wahrscheinlich über mich, über Guido und über das ganze trostlose, wenn auch originelle Leben heiße Tränen vergießen müssen. Ein guter Vorsatz gab mir wieder einmal den Glauben! Der Vorsatz, Guido zur Seite zu stehen und am Erfolg seines Geschäftes mitzuhelfen, von dem ja sein Leben und das Leben der Seinen abhing. Diesen Vorsatz faßte ich, ohne dadurch etwas anderes für mich anzustreben als etwa das Bewußtsein, für Guido zu laufen, zu arbeiten und zu studieren. Ja, ich glaubte sogar, ich könnte ein ganz großer, unternehmungslustiger und genialer Geschäftsmann werden, nur um Guido zu helfen. Das waren meine Gedanken in der finsteren Nacht dieses originellen Lebens.

Guido dachte indessen gar nicht mehr an die Bilanz. Als er seinen Platz verließ, war er viel munterer. Als hätte er aus Voraussetzungen, die ich nicht kennen konnte, einen unwiderleglichen Schluß gezogen, sagte er, daß er seinem Vater von dieser Bilanz überhaupt nichts mitteilen wolle, sonst würde der arme Alte vielleicht noch einmal die mühsame Reise aus seiner sommerlichen Hitze in unsere winterlichen Gegenden unternehmen. Ferner meinte er, der Verlust erscheine zwar auf den ersten Blick enorm, sei aber in Wirklichkeit gar nicht so groß, wenn man ihn nicht allein tragen müsse. Kurz, er hatte sich entschlossen, Ada zu bitten, die Hälfte zu übernehmen. Dafür sollte sie die Hälfte des großen Gewinnes bekommen, der im nächsten Jahr sicherlich bevorstand. Die zweite Hälfte des Verlustes wollte er selber gern tragen.

Ich gab darauf keine Antwort. Ich fühlte mich nicht berechtigt, Ratschläge zu erteilen, und wollte mich nicht zum Richter über die beiden Ehegatten machen. Übrigens war ich in diesem Augenblick so erfüllt von dem guten Vorsatz, Guido beizustehen, daß es mir vollkommen sicher schien, Ada würde ein gutes Geschäft machen, wenn sie an dem Unternehmen teilnahm, das von Guido und mir gemeinsam geleitet wurde.

Ich begleitete Guido bis zu seinem Haustor. Während ich ihm lange und wortlos die Hand drückte, erneuerte ich im Innern meinen Vorsatz, nur immer sein Bestes zu wollen. Dann dachte ich noch lange nach, was ich ihm etwa sagen könnte. Schließlich stellte ich mir folgenden Satz zusammen:

«Deine Zwillinge mögen eine gute Nacht haben und dich ungestört schlafen lassen, denn du hast Ruhe nötig.»

Als ich fortging, biß ich mir auf die Lippen, aus Wut darüber, daß mir nichts Gescheiteres und Witzigeres eingefallen war. Ich hätte auch wirklich daran denken können, daß die beiden Zwillinge mit ihren beiden Ammen ungefähr einen halben Kilometer von Guido entfernt schliefen und somit gar nicht in der Lage waren, seinen Schlaf zu stören, wenn sie es auch noch so sehr gewollt hätten. Aber immerhin: Guido war die Absicht meiner Worte nicht entgangen; er hatte sie mit einem dankbaren Lächeln entgegengenommen.

Zu Hause fand ich Augusta im Schlafzimmer meiner Kinder vor. Alfio wurde gerade gestillt. Antonia schlief in ihrem Bettchen und wandte mir den Rücken zu; ich sah die kleinen Locken an ihrem Hals. Vor Augusta mußte ich mein spätes Kommen rechtfertigen; so erzählte ich ihr von Guidos fabelhafter Idee zur Verminderung seines Verlustes. Augusta meinte, daß die Idee von ganz gemeiner Gesinnung zeuge.

«Ich würde es ihm an Adas Stelle glattweg abschlagen», rief sie heftig aus, wenn auch mit leiser Stimme, um das Kind, das sie stillte, nicht zu erschrecken.

Ich hatte mir vorgenommen, gütig zu sein. So wandte ich ein: «Wenn ich in dieselben Schwierigkeiten wie Guido geriete – würdest du mir helfen?»

Sie lachte:

«Das ist etwas anderes! Wir beide werden immer nur das tun, was für unsere Kinder am besten ist.» Und sie deutete auf die Kleinen. Dann dachte sie einen Augenblick nach und fuhr fort:

«Sollen wir etwa Ada raten, ihr Geld Guido zu geben, damit er das Geschäft fortführen kann, an dem du selbst in kürzester Zeit nicht mehr teilnehmen wirst? Werden wir nicht verpflichtet sein, dafür zu haften, wenn sie es auf unseren Rat hin tut? Sie kann dieses Geld doch wirklich nicht verlieren.»

Das war ein Gedankengang, der nur von Unwissenheit zeugen konnte. In meinem neugewonnenen Altruismus aber rief ich aus:

«Warum nicht?»

«Aber siehst du denn nicht, daß wir zwei Kinder haben, für die wir sorgen müssen?»

Natürlich sah ich diese beiden Kinder. Die Frage konnte nur als rhetorische Phrase angesehen werden und war daher völlig sinnlos. Triumphierend antwortete ich:

«Haben Guido und Ada nicht auch zwei Kinder?»

Augusta begann so schallend zu lachen, daß Alfio erschrak, sofort zu trinken aufhörte und zu weinen begann. Sie beruhigte ihn, lachte aber noch immer. Ich nahm dieses Lachen mit einer Miene entgegen, als hätte ich es durch meine schlagfertige Antwort angeregt. In Wirklichkeit hatte ich aber, als ich diese Antwort erteilte, in meiner Brust eine große Liebe für alle Eltern aller Kinder und für alle Kinder aller Eltern gefühlt. Mir blieb dann nichts übrig, als in Augustas Lachen mit einzustimmen. Da war von jener Liebe nichts mehr zu verspüren.

Bald legte sich auch meine große Besorgnis, ich könnte vielleicht kein guter Mensch sein. Ich glaubte diese quälende Frage endlich gelöst zu haben. Man war eben weder gut noch schlecht. Güte gleicht einem Licht, das manchmal und nur für sehr kurze Zeit im Dunkel der menschlichen Seele aufflammt. Dazu muß erst Brennstoff vorhanden sein, und zweitens Feuer, um ihn zu entzünden. In meiner Seele war sicherlich der Brennstoff vorhanden, denn mehrmals in meinem Leben hatte dieses Licht bereits geleuchtet. Früher oder später würde auch das Feuer wieder erscheinen. In diesen lichten Augenblicken erkennen denkende Menschen die Richtung ihres Weges so gut, daß sie sich dann später, wenn das Licht erloschen ist, auch im Dunkel zurechtfinden. Man kann sich also auch weiter als gut erweisen, selbst wenn man es im Inneren längst nicht mehr ist. Und wenn das Licht wiederkommt, wird es einen weder überraschen noch blenden. Ich möchte es dann überhaupt auslöschen, denn ich brauche es ja nicht mehr. Der Vorsatz war ja bereits gefaßt, das heißt die Wegrichtung erkannt.

Der Vorsatz, gut zu sein, ist also beruhigend und praktisch. Ich konnte jetzt kühl und gelassen überlegen. Sonderbar! Die Übertriebenheit meiner Güte hatte mich veranlaßt, meine Person und mein Können zu überschätzen. Was konnte ich denn in Wirklichkeit für Guido tun? Gewiß, ich nahm in seinem Geschäft dieselbe Stellung ein, wie in meinem der alte Olivi. Das bewies aber nicht viel. Um ganz praktisch zu denken: was für einen Rat wollte ich beispielsweise Guido am nächsten Tag geben? Sollte mir wieder meine berühmte Inspiration helfen? Aber selbst am Spieltisch darf man nicht seinen Inspirationen folgen, wenn man mit fremdem Geld spielt. Um ein großes Handelsunternehmen am Leben zu erhalten, muß man ihm Arbeit verschaffen; Arbeit, die täglich neue Aufgaben stellt. Das aber kann nur erreicht werden, wenn man ununterbrochen damit beschäftigt ist, die Organisation des Unternehmens auszubauen. Erstens war ich nicht der Mann, der so etwas konnte, zweitens schien es mir ungerecht, daß ich mich wegen meiner Güte von Guido zu lebenslänglicher Langeweile verurteilen lassen sollte.

Da ich aber noch immer unter dem Eindruck meiner plötzlichen Anwandlung von Güte stand, empfand ich in dieser Nacht meine Verpflichtung gegen Guido so stark, daß ich nicht einschlafen konnte. Ich atmete unruhig; mehrmals mußte ich aufseufzen. In diesen Augenblicken schien es mir, als sei ich an Guidos Geschäft genauso gefesselt wie Olivi an das meine.

Im Halbschlaf murmelte Augusta:

«Was fehlt dir denn? Hast du wieder eine Auseinandersetzung mit Olivi gehabt?»

Das brachte mich auf den rettenden Gedanken. Ich wollte Guido raten, den jungen Olivi als Direktor anzustellen. Dieser ernste und arbeitsame Mensch, den ich so ungern in meinem eigenen Büro sah, weil er sich schon darauf vorzubereiten schien, seinem Vater in der Direktion zu folgen, um mir endgültig jeden Einfluß auf meine Geschäfte wegzunehmen – dieser junge Mensch gehörte zweifellos in Guidos Büro. Das war für mich von Nutzen, aber auch für Guido. Wenn er ihm eine Stellung in seinem Unternehmen einräumte, konnte das die Rettung bedeuten. Dort arbeitete dieser allzu strebsame Junge sicherlich vorteilhafter als in meinem Geschäft.

Diese Idee begeisterte mich. Ich weckte Augusta, um sie ihr mitzuteilen. Sie stimmte mir so lebhaft bei, daß sie vollkommen wach wurde. Sie glaubte nämlich, daß ich dadurch leichter von den Geschäften Guidos loskommen würde, die mir doch bis dahin nur Unannehmlichkeiten bereitet hatten. Bald danach schlief ich mit ruhigem Gewissen ein. Ich sah die Möglichkeit, Guido zu retten, ohne mich zugleich zu lebenslänglicher Zwangsarbeit zu verurteilen.

Es gibt nichts Peinlicheres als die Zurückweisung eines Vorschlags, der die Frucht ehrlichen Willens und stundenlanger Anstrengung gewesen ist. Außer meinen Schlaf hatte mich ja diese Überlegung noch etwas gekostet: Die Illusion, ich könnte Guido bei seinen Geschäften helfen. Damit war es nun aus. Eine übermenschliche Selbstüberwindung! Zuerst hatte ich mich zu aufrichtiger Güte, sodann zu kalter Objektivität durchringen müssen. Hierauf wurde ich zum Teufel geschickt!

Guido wies meinen Vorschlag geradezu mit Empörung zurück. Erstens zweifelte er an den Fähigkeiten des jungen Olivi, ferner mißfiel ihm das alte Aussehen dieses jungen Mannes. Am meisten störten ihn aber die scharfen Augengläser in dem blassen Gesicht. Die Argumente Guidos bewiesen mir nur eines: seinen Wunsch, mich zu verhöhnen. Zuletzt meinte er, er würde die Leitung seiner Geschäfte jedenfalls lieber dem alten Olivi übertragen als dem jungen. Das war unmöglich. Ich glaubte kaum, den alten Olivi dazu bewegen zu können, an einem Geschäft mitzuarbeiten, das so aussah. Ferner wußte ich, daß ich keineswegs genügend Kenntnisse besaß, um von heute auf morgen die Leitung meines Geschäftes selber zu übernehmen. Ich beging nun den Fehler, mit Guido zu diskutieren. Ich behauptete, daß die eigensinnige Arbeit des alten Olivi nicht viel tauge und mich schon manches Geld gekostet habe. Zum Beweis brachte ich den Fall der gedörrten Früchte vor.

Guido rief befriedigt aus: «Na also! Wenn der Alte nichts wert ist, kann der Junge, der sein Schüler ist, nur noch weniger taugen.» Er hatte ein stichhaltiges Gegenargument gefunden, das auf mich um so unangenehmer wirkte, als ich es ihm durch mein unbedachtes Geschwätz in den Mund gelegt hatte.

Einige Tage später erzählte mir Augusta, daß Guido Ada den Vorschlag gemacht habe, mit ihrem Geld die Hälfte des Geschäftsverlustes zu tragen. Ada habe sich geweigert und zu Augusta gesagt:

«Erst betrügt er mich, dann will er auch noch mein Geld.»

Augusta hatte nicht den Mut, Ada zu widersprechen. Sie versicherte mir aber, daß sie alles getan habe, um sie wegen der Treue ihres Gatten zu beruhigen. Ada habe darauf geantwortet, sie wisse über diesen Punkt mehr, als wir alle glaubten. Augusta meinte zuletzt: «Für den eigenen Mann soll man stets Opfer bringen. Kann diese Regel aber auch im Fall Guido gelten?»

An den folgenden Tagen war das Benehmen Guidos einfach unerhört. Er kam unregelmäßig ins Büro und blieb nicht länger als eine halbe Stunde. Dann eilte er fort wie einer, der zu Hause sein Taschentuch vergessen hat. Später erfuhr ich, daß er jedesmal zu Ada rannte, um ihr neue Argumente vorzutragen, die ihm entscheidend schienen und die ihren Standpunkt ändern sollten. Er machte wirklich den Eindruck eines Mannes, der viel geweint oder geschrien hat, ja, wie einer, der eben aus der Feuerlinie kommt. Nicht einmal im Büro war er imstande, die Erregung niederzuhalten, die ihm die Kehle zuschnürte und Tränen in die Augen trieb. Ich fragte ihn sanft, was ihm eigentlich fehle. Er antwortete ausweichend, jedoch mit einem traurigen und wohlwollenden Lächeln, um zu beweisen, daß er persönlich nichts gegen mich habe. Dann faßte er sich so weit, daß er reden konnte, ohne sich aufzuregen. Endlich kam es heraus: Ada quälte ihn mit ihrer Eifersucht.

So versuchte er, mir einzureden, daß er sich mit Ada nur über private Angelegenheiten unterhielt. Ich wußte aber genau, daß bei diesen Unterhaltungen viel mehr als alles andere die Geschichte des Gewinn- und Verlustkontos besprochen wurde.

Mir gegenüber schien er dieser Geschichte keine große Bedeutung beizumessen. Dies sagte er mir wenigstens mehrmals, und auch Ada sagte es Augusta, mit der sie niemals von etwas anderem sprach als von ihrer Eifersucht. Die Heftigkeit jener Debatten hinterließ tiefe Spuren im Antlitz Guidos und bestätigte scheinbar die Wahrheit von Adas Aussagen.

Bald aber stellte sich heraus, daß die beiden Ehegatten doch von nichts anderem sprachen als von ihren Geldangelegenheiten. Ada war ganz von ihrer Eifersucht beherrscht, aber in ihrem gekränkten Stolz ließ sie zu Guido kein Wort darüber fallen. Guido seinerseits redete über sein Schuldbewußtsein hinweg von Geschäften, als gäbe es auf der Welt nichts anderes, was zwischen ihnen beiden stehe. Er jagte förmlich nach dem Geld Adas, während sie, der die Geldfrage nicht so wichtig war, alle Vorschläge nur mit einem unantastbaren Argument zurückwies: das Geld müsse den Kindern erhalten bleiben. Guido fand neue Gegenargumente: die Beruhigung seines Gewissens, der Vorteil, der den Kindern aus dem künftigen Ertrag seiner Arbeit erwachsen würde, das sichere Gefühl, vom Strafgesetz nicht bedroht zu sein. Aber Ada quittierte alles mit einem unerschütterlichen Nein. Das reizte Guido und steigerte wie bei einem kleinen Kind seinen Wunsch. Beide aber, sowohl Ada wie auch Guido, glaubten aufrichtig zu sein, wenn sie anderen gegenüber versicherten, daß sie nur an unglücklicher Liebe und Eifersucht litten.

Ein Mißverständnis hinderte mich, zur rechten Zeit einzugreifen und die verdrießliche Geldfrage zum Schweigen zu bringen. Ich konnte Guido beweisen, daß sie wirklich nicht so wichtig war. Als Buchhalter bin ich ein wenig schwerfällig und verstehe die Dinge erst dann, wenn ich sie schwarz auf weiß in die Bücher eingetragen habe. Trotzdem begriff ich bald, daß so eine Geldverschreibung, wie Guido sie von Ada forderte, die Sachlage nicht wesentlich verändert hätte. Wozu sollte es denn nötig sein, dieses Geld zu überschreiben? Der Verlust konnte ja nur kleiner werden, wenn Ada sich etwa bereit erklärte, mit ihrem Geld ein paar Verlustgeschäfte zu kaschieren und aus der Bilanz verschwinden zu machen. Das aber verlangte Guido gar nicht. Anderenfalls war es für das Strafgesetz vollkommen gleichgültig, ob Guido nach diesem verlustreichen Jahr noch etwas mehr riskierte und neue Kapitalien in sein Unternehmen steckte.

Eines Morgens erschien Guido überhaupt nicht im Büro. Wir alle wunderten uns, denn wir wußten, daß er am Abend vorher nicht auf der Jagd gewesen war. Mittags erzählte mir Augusta, erschüttert und furchtbar aufgeregt, daß Guido am letzten Abend versucht hatte, sich das Leben zu nehmen. Gottlob konnte er rechtzeitig gerettet werden. Ich muß gestehen, daß mich diese Neuigkeit, die Augusta so tragisch vorkam, in äußerste Wut versetzte.

Guido hatte da einfach zu einem unsauberen Mittel gegriffen, um den Widerstand seiner Frau zu brechen. Der Versuch war mit aller nötigen Vorsicht durchgeführt worden. Ehe Guido das Morphium einnahm, ließ er sich an verschiedenen Orten mit der Phiole in der Hand blicken. So war denn Ada schon gewarnt, als er in eine leichte Betäubung fiel. Sie rief sofort den Arzt, und bald befand sich Guido außer jeder Gefahr. Nichtsdestoweniger verbrachte Ada eine schreckliche Nacht, weil der Arzt es für notwendig befunden hatte, ausdrücklich zu erklären, daß er dennoch jede Garantie für das Aufkommen Guidos ablehne. Ihre Aufregung wurde noch dadurch gesteigert, daß Guido, als er zu sich kam, jedoch sicherlich noch nicht im Vollbesitz seines Bewußtseins war, sofort anfing, sie mit Vorwürfen zu überschütten und sie eine Hetzerin, eine Feindin zu heißen, die jede gesunde Arbeit verhindere.

Hierauf bewilligte ihm Ada die Anleihe, die er verlangte, sagte ihm aber, in der Absicht, sich zu verteidigen, ihre Meinung endlich unverblümt heraus. Alle Vorwürfe kamen ans Tageslicht, die sie so lange für sich behalten hatte. Trotzdem kam eine Verständigung zustande, denn – so meinte Augusta – Guido gelang es, jeden Zweifel an seiner ehelichen Treue zu zerstreuen. Als der Name Carmen fiel, wurde er energisch:

«Also auf Carmen bist du eifersüchtig? Gut, wenn du willst, schicke ich sie noch heute fort.»

Ada gab darauf keine Antwort und glaubte, damit die Annahme des Vorschlages ausgedrückt zu haben. Ihrer Meinung nach bedeutete dieser Ausspruch Guidos eine Verpflichtung.

Ich wunderte mich, daß Guido in halb betäubtem Zustand fähig gewesen sein sollte, sich so zu benehmen. Schließlich kam mir der Verdacht, daß er nicht einmal die von ihm angegebene kleine Dosis Morphium zu sich genommen habe. Eine Betäubung des Gehirns hat, so meine ich, unter anderem auch die Folge, daß die verhärtetste Gesinnung weich wird und sich verleiten läßt, Zugeständnisse zu machen. Hatte ich nicht ein ähnliches Erlebnis hinter mir? Guido konnte also nicht im mindesten betäubt gewesen sein. Dieser Verdacht erhöhte meinen Unwillen und meine Geringschätzung für diesen Menschen.

Augusta begann heftig zu weinen, als sie dann erzählte, in welchem Zustand sie Ada vorgefunden hatte. Ada war so häßlich gewesen mit ihren vor Schreck weitaufgerissenen Augen, die wieder aus den Höhlen zu treten begannen.

Zwischen mir und Augusta entspann sich eine lange Debatte über die Frage, ob ich Guido und Ada sofort besuchen sollte, oder ob es besser wäre, mich unwissend zu stellen und zu warten, bis Guido mir im Büro selber alles erzählte. Den Besuch empfand ich als eine unerträgliche Belästigung. Wie sollte ich es anstellen, Guido nicht meine Meinung ins Gesicht zu sagen, wenn ich ihn wiedersah? Ich dachte:

«Das ist eine Handlungsweise, deren sich ein Mann schämen müßte. Ich kann sagen, daß ich gar keine Lust habe, mich umzubringen. Sollte es dennoch einmal vorkommen, so bin ich sicher, daß es sofort gelingen wird.»

Das war meine Überzeugung, die ich auch Augusta mitteilen wollte. Aber es schien mir zuviel Ehre für Guido, wenn ich ihn mit mir verglich. Ich sagte also:

«Man muß nicht gerade ein Chemiker sein, um unseren Organismus zerstören zu können, der doch so empfindlich ist. In unserer Stadt verschluckt beinahe in jeder Woche einmal eine kleine Näherin eine Phosphorlösung, die sie in ihrem ärmlichen Stübchen ohne weiteres zubereitet hat. Gegen dieses primitive Gift nützt keine ärztliche Hilfe; es bringt unfehlbar den Tod. So gehen arme Mädchen jahraus, jahrein in den Tod, die schmalen Gesichter verzerrt von physischem Schmerz und auch von seelischem. Was so unschuldige arme Seelen oft erdulden müssen!»

Augusta war nicht der Ansicht, daß die Seelen der kleinen Nähmädchen so überaus unschuldig seien; aber sie widersprach nicht sehr energisch und bemühte sich weiter, mich zu bewegen, Guido und Ada jetzt gleich aufzusuchen. Ich sollte mich nicht davor fürchten, dort in Verlegenheit zu geraten. Sie habe ja selber schon mit Guido gesprochen. Er sei so ruhig gewesen, als hätte er nur Alltägliches hinter sich.

Ich verließ das Haus, ohne Augusta die Genugtuung zu verschaffen, mich von ihren Darlegungen überzeugt zu zeigen. Nach kurzem Zögern beschloß ich trotzdem, ihr den Gefallen zu tun, um den sie mich gebeten hatte. So kurz der Weg war – beim Rhythmus meiner Schritte milderte sich mein Urteil über Guido. Ich wollte wieder Güte üben. Guido war im Grunde nichts als ein Kind. Gegen ein Kind mußte man nachsichtig sein; früher oder später würde er zur Reife gelangen, falls es ihm vorher nicht glücken sollte, sich umzubringen.

Das Stubenmädchen ließ mich in den engen Raum eintreten, der wohl der Salon Adas war. Dunkel herrschte dort, denn der Tag war trübe, und dichte Vorhänge verhängten die Fenster. An der Wand hingen Bilder von Adas und Guidos Eltern. Ich hatte nicht viel Zeit, alles genau zu betrachten, denn das Mädchen erschien sofort wieder und führte mich in das Schlafzimmer, wo sich Guido und Ada aufhielten. Dieses Zimmer war hell und geräumig. Die lichten Farben der Tapete und der Möbel strahlten in dem Licht, das durch die großen Fenster fiel. Guido lag in seinem Bett mit eingebundenem Kopf. Ada saß neben ihm.

Guido begrüßte mich ohne auch nur eine Spur von

Verlegenheit; im Gegenteil, er schien mir für meinen Besuch äußerst dankbar zu sein. Er machte zwar den Eindruck, als sei er eben aus dem Schlaf erschreckt worden, aber er wußte sich gut zusammenzuraffen. Als er mir Anordnungen für das Büro gab, war er bereits ganz wach. Nachher ließ er sich in die Kissen zurückfallen und schloß wieder die Augen. Wahrscheinlich erinnerte er sich plötzlich daran, daß er mir die Nachwirkung des Morphiums vorspielen mußte. Trotzdem erregte er keinen Zorn in mir, sondern nur Mitleid. Ich war wieder einmal von Güte ganz erfüllt.

Ich sah nicht gleich nach Ada; ich fürchtete das Basedowsche Gesicht. Als dann mein Blick zufällig auf sie fiel, war ich angenehm enttäuscht, denn ich hatte Ärgeres erwartet. Die Anschwellungen in ihrem Antlitz, die die Stelle der Wangen eingenommen hatten, waren nicht mehr so deutlich zu sehen. Dagegen traten die Augäpfel noch immer hervor. Im ganzen schien sie mir gleichwohl schöner geworden zu sein. Sie trug ein weites rotes Hauskleid, das bis zum Knie geschlossen war. Ihr schmächtiger Körper schien sich darin zu verlieren. Sie hatte etwas Keusches an sich und auch etwas sehr Strenges, was möglicherweise eine Wirkung der veränderten Augen war. Ich war mir über meine Gefühle nicht recht klar, aber ich glaubte bald, neben einer Frau zu sitzen, die jener Ada ähnlich sah, die ich einst so sehr geliebt hatte.

Plötzlich öffnete Guido die Augen, setzte sich auf und zog unter dem Kissen einen Scheck hervor, auf dem ich sofort Adas Unterschrift bemerkte, und gab ihn mir mit der Bitte, ihn einzukassieren und den Betrag zugunsten eines Kontos zu verwenden, das ich in unseren Büchern auf Adas Namen eröffnen sollte.

«Auf den Namen Ada Malfenti oder Ada Speier?» fragte ich Ada scherzhalber.

Sie zuckte die Achseln und sagte:

«Ihr beide werdet schon wissen, wie man das machen muß.»

«Ich werde dir noch die nötigen Anweisungen geben», fügte Guido mit einer Schärfe hinzu, die mich verletzte.

Er sank wieder in seinen fingierten Schlaf zurück, und ich hatte gute Lust, ihn darin zu stören, um ihm mitzuteilen, er möge sich selber bemühen, wenn er Buchungen in seinem Büro vorzunehmen habe.

Da wurde eine große Tasse mit schwarzem Kaffee hereingebracht, die Ada Guido an den Mund hielt. So, mit der Nase in der Tasse, die er mit beiden Händen umklammert hielt, glich er wirklich einem kleinen Kind.

Als er mich verabschiedete, sagte er noch, daß er am nächsten Tag zuverlässig ins Büro kommen werde.

Ich hatte auch Ada schon Lebewohl gesagt und war daher nicht wenig überrascht, als sie mich bei der Wohnungstür noch einmal einholte und schwer atmend atmend sagte:

«Zeno! Bitte, sei so gut und warte noch einen Augenblick! Ich habe dir etwas zu sagen.»

Ich folgte ihr in den kleinen Salon, in dem ich mich vorher aufgehalten hatte; nun hörte man aus irgendeinem Nebenzimmer das Weinen eines kleinen Kindes.

Wir blieben stehen und sahen einander ins Gesicht. Ada keuchte noch immer. Das war der Grund, warum ich einen Augenblick lang glaubte, daß sie mich in dieses dunkle Zimmer eintreten hieß, um mich um die Liebe zu bitten, die ich ihr einmal vergeblich angetragen hatte.

In der Dunkelheit wirkten ihre großen Augen fürchterlich. Angsterfüllt fragte ich mich, wie ich mich zu benehmen hätte. Wäre es nicht meine Pflicht gewesen, sie in die Arme zu schließen und ihr so jede weitere Frage zu ersparen? Eine Unzahl von Vorsätzen tauchte einen Augenblick lang in meinem Innern auf. Es ist eines der schwersten Dinge im Leben zu erraten, was eine Frau eigentlich will.

Es ist dabei ganz überflüssig, auf ihre Worte zu hören, denn ein ganzes Gespräch kann von einem einzigen Blick Lügen gestraft werden. Aber wer sagt uns dann, ob dieser Blick aufrichtig ist? Wenn wir uns mit dieser Frau allein in einem bequemen und dunklen Zimmer befinden, weil sie es so gewünscht hat, ist jede Entscheidung unsicher und zweifelhaft.

Da ich also nicht imstande war zu erraten, was sie eigentlich wollte, versuchte ich, wenigstens meinen eigenen Willen, meine Absichten in diesem Augenblick zu erforschen. Was wollte ich eigentlich? Wollte ich diese fürchterlichen Augen küssen, diesen skelettartigen Körper umarmen? Ich konnte mir keine präzise Antwort geben. Kurz vorher noch war sie mir in der strengen Keuschheit ihrer Erscheinung, die das Hauskleid mit weichem Faltenwurf umhüllte, so begehrenswert erschienen wie das von mir einst geliebte Mädchen.

Erst hatte sie gekeucht, nun weinte sie. So verging die Zeit. Ich wußte weder, was sie wollte, noch wurde ich mir über meinen eigenen Willen klar. Endlich erzählte sie mir mit gebrochener Stimme wieder einmal von ihrer Liebe zu Guido. Infolgedessen hatte ich ihr gegenüber keine Rechte und keine Pflichten mehr. Sie stammelte:

«Augusta hat mir gesagt, daß du Guido verlassen, daß du dich um seine Angelegenheiten nicht mehr kümmern willst. Ich bitte dich inständig, ihm weiter beizustehen. Ich glaube nämlich nicht, daß er imstande ist, irgend etwas selbständig zu machen.»

Sie bat mich also nur, auch weiterhin das zu tun, was ich ohnehin schon tat. Das war wenig, sehr wenig. Ich versuchte, ihr mehr zu gewähren:

«Da du es bist, die mich darum bittet, will ich Guido nicht verlassen. Ich werde sogar mehr arbeiten als bisher, ich werde alles daransetzen, um ihn zu retten.»

Das war wieder einmal mein unglückseliger Hang zur

Übertreibung. Ich bemerkte ihn erst, als ich bereits so weit gegangen war, daß ich nicht mehr zurück konnte. Ich wollte Ada ja eigentlich nur sagen oder vielleicht vorlügen, daß sie in meinem Leben eine wichtige Rolle spielte, daß sie mir noch immer am Herzen lag. Sie wollte aber gar nicht meine Liebe, sondern nur meine Hilfe. Ich hatte so gesprochen, daß sie glauben konnte, ich sei bereit, ihr beides zu gewähren.

Ada ergriff meine Hand. Ich begann zu zittern. Wieviel Erfüllung kann oft allein im Händedruck einer Frau liegen! Das habe ich oft empfunden. Gab mir eine Frau die Hand, so vermeinte ich stets, von ihrem ganzen Körper Besitz zu ergreifen. Ich spürte Adas Körper, und wie wir so einander gegenüberstanden, war es mir, als umarmte ich sie. Sicherlich war in diesem Augenblick ein inniger Kontakt zwischen uns vorhanden.

Ada fuhr fort: «Ich muß bald wieder in das Sanatorium nach Bologna zurück. Es wäre mir eine große Beruhigung, dich an Guidos Seite zu wissen.»

«Darauf kannst du dich verlassen», antwortete ich mit resignierter Miene. Ada hielt diese Resignation wohl für den Ausdruck des Opfers, das ich ihr brachte. In Wahrheit ging ich daran, mich innerlich damit abzufinden, zu meinem alltäglichen Leben zurückzukehren, da mir Ada nicht in jenes Ausnahmeleben folgen wollte, von dem ich einen Augenblick lang geträumt hatte.

Ich stieg also wieder in den Alltag hinab. Sofort entdeckte ich ein Buchhaltungsproblem, das nicht einfach zu lösen war. Ich mußte Adas neu eröffnetes Konto mit dem Betrag erkennen, der auf dem Scheck stand. Das war klar. Keineswegs klar war hingegen, wie diese Buchung mit dem Gewinn- und Verlustkonto in Zusammenhang gebracht werden sollte. Ich sagte Ada nichts davon. Wußte sie überhaupt, was ein Hauptbuch war, in dem es Konti so verschiedener Natur gab?

Aber ich wollte das Zimmer nicht so ohne weiteres verlassen. Statt von Buchhaltung zu sprechen, warf ich eine Phrase hin, die zu nichts anderem dienen sollte, als die Zeit auszufüllen. Trotzdem wurde diese Phrase für mich, für Ada und für Guido sehr bedeutsam. Vor allem für mich. Ich stellte mich wieder einmal bloß. Es war mir, als hätte ich damals unbeobachtet die Lippen geöffnet, um diese Phrase in dem dunklen Zimmer auszusprechen, und zwar in Gegenwart der vier Bilder von Adas und Guidos Eltern, die an der Wand hingen, als hielten sie dort eben Hochzeit. Ich sagte also: «Ada! Nun hast du einen Mann geheiratet, der noch verschrobener ist als ich.»

Wie vermag doch ein Wort die Zeit aufzuheben! Man spricht es aus, um ein Ereignis einzufangen. Statt dessen wird es selber zum Ereignis. Meine Worte wurden zum tragischen Ereignis. Mit ungeheurer Lebendigkeit erwachte in mir die Erinnerung an jene Stunde auf einer sonnenbeschienenen Straße, in der Ada zwischen mir und Guido gewählt hatte: nach tagelanger Erwartung begegne ich ihr auf der Straße und versuche, ihr mit aller Gewalt ein Lächeln abzuringen, das ich unsinnigerweise als Verheißung ansehe.

Ada antwortete mit leiser Stimme:

«Ja, ja, das ist wahr.»

Dann lächelte sie voll Zärtlichkeit:

«Aber ich bin um Augustas willen froh, daß du um so viel gütiger und gescheiter bist, als ich glaubte.» Sie seufzte auf: «Ich bin so froh darüber, daß dies sogar ein wenig meinen Schmerz über Guido mildert. Guido ist so ganz anders, als ich es erwartete.»

Ich schwieg weiter und wußte noch immer nicht, woran ich war. Es schien mir einen Augenblick, als habe Ada sagen wollen, daß ich das geworden sei, was sie von Guido erwartet hatte. Sie liebte mich also? Eben fügte sie noch hinzu:

«Du bist der Beste in der ganzen Familie. Du bist unsere Zuversicht und unsere Hoffnung.» Wieder ergriff sie meine Hand, und ich drückte die ihre; vielleicht etwas zu lange. Da zog sie sie so rasch zurück, daß jeder Zweifel schwinden mußte. Ich wußte wieder, wie ich mich in diesem dunklen Zimmer zu benehmen hatte. Nun wollte sie die Heftigkeit ihrer Geste wieder mildern und sagte mir eine weitere Liebenswürdigkeit: «Und weil ich jetzt weiß, wie du bist, schmerzt es mich sehr, dir böse Stunden verursacht zu haben. Hast du wirklich an mir so viel gelitten?»

Ich suchte im Dunkel der Vergangenheit mein Leid wieder. Dann murmelte ich:

«Ja.»

Langsam erinnerte ich mich an Guidos Geige und an jenen entsetzlichen Abend, da ich mich, um nicht aus dem Salon der Familie Malfenti gewiesen zu werden, an Augusta klammern mußte. Ich sah genau den Salon wieder, mit dem Louis XIV-Tisch, an dem ein Pärchen sich küßte, während am andern Tisch einer zusah. Ich mußte auch an Carla denken, denn sie hing irgendwie mit Ada zusammen. Plötzlich hörte ich deutlich Carlas Stimme; sie sagte, ich gehörte meiner Frau – und dabei dachte sie doch an Ada! Mir kamen Tränen in die Augen, und ich wiederholte:

«Viel habe ich gelitten! Sehr, sehr viel!»

Ada schluchzte auf: «Es tut mir so leid, so leid!»

Dann faßte sie sich und sagte:

«Jetzt aber liebst du Augusta!»

Sie konnte vor Schluchzen nicht weiterreden. Ich erschrak. Vielleicht hielt sie deshalb mit dem Reden ein, um meine Antwort zu hören und zu wissen, ob ich diese Liebe bestätigte oder ableugnete. Es war ein großes Glück für mich, daß ich nicht zum Reden kam. Sie fuhr fort:

«Jetzt sind wir miteinander verbunden wie Bruder und Schwester. Das ist gut. Ich brauche dich nämlich. Ich muß für diesen Jungen dort im Zimmer eine Mutter sein. Ich muß ihn beschützen. Willst du mir bei dieser schweren Aufgabe helfen?»

In dem Aufruhr ihrer Gefühle lehnte sie sich an mich; das war ganz so, wie ich es einmal geträumt hatte. Ich aber hielt mich streng an ihre Worte. Sie bat mich um brüderliche Liebe. Meine Pflichten ihr gegenüber, die einer ganz anderen Liebe entsprangen, verwandelten sich in Rechte, die sie von mir zu fordern hatte. Ich versprach ihr sofort, Guido zu helfen, ihr zu helfen und überhaupt alles zu tun, was sie wollte. Wäre ich aufrichtiger gewesen, so hätte ich zugeben müssen, daß ich dieser Aufgabe nicht gewachsen war. Aber damit hätte ich wahrscheinlich die unvergeßliche Stimmung dieses Augenblicks zerstört. Auch ich war so gerührt, daß mir meine Unzulänglichkeit gar nicht zum Bewußtsein kam. In diesem Augenblick schien mir nichts auf der Welt unmöglich. Selbst Guidos Unzulänglichkeiten ließen sich am Ende mit einigen Worte, die ihn in Begeisterung versetzten, beheben.

Ada begleitete mich bis auf den Treppenflur und blieb dort, ans Geländer gelehnt, stehen, um mir nachzusehen. Das, genau das, hatte immer Carla getan. Es kam mir so sonderbar vor, daß nun Ada es tat, die Guido liebte. Ich empfand eine stürmische Dankbarkeit und wandte mich auf dem zweiten Treppenabsatz zurück, um Ada noch einmal zu grüßen. So benehmen sich gewöhnlich Liebende; aber, wie man sieht, auch solche, die einander lieben wie Bruder und Schwester.

Ich ging beruhigt fort. Ada hatte mich bis auf den Treppenflur begleitet, nicht weiter. Es konnte keinen Zweifel mehr geben. Alles blieb beim alten. Ich hatte Ada geliebt, nun liebte ich Augusta; aber meine alte Liebe gab Ada noch immer das Recht, von mir Ergebenheit zu fordern. Sie selber liebte weiterhin diesen «Jungen», empfand aber für mich eine starke schwesterliche Zuneigung; nicht nur deshalb, weil ich ihre Schwester geheiratet hatte, sondern auch, um mich für alles zugefügte Leid zu entschädigen. Dies Leid bildete ein geheimes Band, das uns aneinander fesselte. Unsere ganze Geschichte war süß und von einem seltsamen Duft, der in diesem Leben nicht allzuoft vorkommt. Konnte mir so eine Süße nicht die Gesundheit verschaffen? Tatsache ist, daß ich an diesem Tag ganz ohne Schmerzen und ohne Beschwerden dahinschritt. Ich empfand mich selber als großzügigen und starken Menschen. In meinem Herzen wohnte ein Gefühl von Sicherheit, das mir neu war. Ich vergaß ganz, auf welche verwerfliche Art ich meine Frau betrogen hatte. Jedenfalls nahm ich mir vor, so etwas nie mehr zu tun; und das löschte gewissermaßen meine Tat wieder aus. Kurz, ich fühlte mich so, wie Ada mich sah: als den Besten in der Familie.

Als diese heroische Stimmung langsam verschwand, hätte ich sie gerne zurückgerufen. Aber inzwischen war Ada nach Bologna gefahren, und alle meine Versuche, in der Erinnerung an ihre Worte neuen Ansporn zu finden, blieben vergeblich. Gewiß! Ich wollte alles, was sie verlangte, tun. Aber es war so wenig, was ich für Guido tun konnte! Das allein konnte die Luft in meiner Lunge und das Blut in meinen Adern nicht kräftiger antreiben. Für Ada blieb in meinem Herzen eine ganz große Zärtlichkeit, die jedesmal neu entflammt wurde, wenn ihre Briefe an Augusta einige liebevolle Worte für mich enthielten. Ich erwiderte diese Art von Liebe aus ganzem Herzen und hegte die innigsten Wünsche für Adas Heilung. Gott möge ihr helfen, ihre ganze Gesundheit und Schönheit wiederzuerlangen.

Am Tag nach der Unterredung im dunklen Zimmer kam Guido ins Büro und besprach mit mir die Buchungen, die er vornehmen wollte. Er meinte:

«Übertragen wir also die Hälfte des Gewinn- und Verlustkontos auf das Konto Adas.»

Das also wollte er, obwohl es gar nichts nützte. Hätte ich noch so zu Guido gestanden wie vor wenigen Tagen, so würde ich diese unsinnige Anweisung gleichgültig befolgt haben. Weiter wären mir daraus keine Sorgen erwachsen. So aber empfand ich es als meine Pflicht, ihm alles zu sagen. Auch glaubte ich, ihn zur Arbeit anzuspornen, wenn ich ihn darüber aufklärte, daß es gar nicht so leicht war, den Verlust zu tilgen, den wir erlitten hatten.

Ich erklärte ihm also, daß Ada, soviel ich wußte, dieses Geld nur dazu hergegeben hatte, damit es zu ihren Gunsten auf ein Konto gebucht würde. Dies befolgten wir aber nicht, wenn wir auf die andere Blatthälfte den halben Verlust der Bilanz, der genau dieselbe Summe ausmachte, eintrugen: dadurch glich sich ja das Konto wieder aus. Ferner müßte ja jener Teil des Verlustes, den er selber übernehmen wollte, in sein Konto eingetragen werden. Im Grunde genommen hätte nicht nur dieser Teil, sondern das Ganze auf Guidos Konto kommen müssen, so aber wäre der Verlust keineswegs getilgt worden, sondern wäre weiter ersichtlich geblieben. Ich hatte über das alles so viel nachgedacht, daß es mir nicht schwerfiel, es Guido auseinanderzusetzen. Ich schloß mit der Erklärung:

«Falls wir, wovor Gott uns bewahre, in eine Situation geraten sollten, wie Olivi sie uns prophezeit hat, so würde dann der Verlust doch unzweideutig aus den Büchern hervorgehen und vor allem einem erfahrenen Sachverständigen nicht verborgen bleiben.»

Guido sah mich verständnislos an. Er verstand genug von Buchhaltung, um langsam darauf kommen zu können, was ich meinte. Aber diesmal konnte er es nicht, weil er es unbedingt nicht wollte. Ich fügte noch hinzu, um ihm zu einem besseren Verständnis zu verhelfen:

«Siehst du nun, daß die Überschreibung, die dir Ada zugestanden hat, vollkommen zwecklos war?»

Endlich verstand er. Er wurde sehr blaß und begann nervös an den Fingern zu kauen. Ganz benommen stand er da und versuchte, sich von seinen trüben Gedanken loszureißen. Mit den Gebärden eines Befehlshabers, die er sich auch in einer solchen Stunde nicht abgewöhnen konnte und die komisch wirkten, verfügte er, daß die Eintragung trotzdem so vorgenommen werde, wie er es ursprünglich angeordnet hatte. Er fügte hinzu:

«Um dich vor jeder Verantwortlichkeit zu schützen, erkläre ich mich bereit, selber die Buchungen durchzuführen. Ich will auch meine Unterschrift daruntersetzen.»

Ich sah es klar, er wollte dort weiterträumen, wo es keinen Platz für Träume gibt: in der doppelten Buchhaltung.

Ich mußte krampfhaft an alles denken, was ich mir selber oben auf der Anhöhe der Via Belvedere vorgenommen und späterhin auch Ada im dunklen Salon ihrer Wohnung versprochen hatte. So sagte ich gütig:

«Ich werde sofort die Eintragungen vornehmen, die du wünschst. Ich verlange nicht, daß du mich mit deiner Unterschrift decken sollst. Ich bin doch da, um dir zu helfen und nicht, um dir Schwierigkeiten zu bereiten.»

Er drückte mir herzlich die Hand und sagte:

«Das Leben ist sehr schwer. Da bedeutet es einen großen Trost, wenn man einen Freund wie dich an seiner Seite hat.»

Gerührt sahen wir einander in die Augen. In Guidos Pupillen leuchtete es auf. Um mich von dieser lächerlichen Rührung, mit der ich schwer zu kämpfen hatte, zu befreien, sagte ich lachend:

«Das Leben ist nicht schwer. Es ist originell.»

Auch Guido lachte von Herzen.

Dann setzte er sich neben mich, um zuzusehen, wie ich das Gewinn- und Verlustkonto abschloß. Das war in wenigen Minuten geschehen. Das Konto starb, riß aber auch Adas Konto mit sich in den Abgrund. Den Betrag dieses Kontos schrieben wir Ada in einem kleinen Büchlein gut, für den Fall, daß jedes andere Beweismaterial infolge eines Erdbebens oder irgendeines andern Unfalles zugrunde gehen sollte; in diesem Büchlein wollten wir auch die Zinsen vermerken. Die andere Hälfte des Verlustes wurde vom Gewinn- und Verlustkonto auf Guidos Konto übertragen, wo sie die ohnehin so beträchtliche Soll-Seite noch vergrößerte.

Buchhalter sind von Natur aus Lebewesen, die stark zur Ironie neigen. Als ich diese Eintragungen machte, dachte ich: «Ein Konto, das zu Lebzeiten ‹Gewinn- und Verlustkonto› hieß, ist ermordet worden; ein anderes, und zwar Adas Konto, ist gleichfalls tot, aber eines natürlichen Todes gestorben; es war nicht mehr am Leben zu erhalten. Nur Guidos Konto ist nicht umzubringen. Der ewige Debet-Saldo dort erscheint wie ein offenes und unausfüllbares Grab, in das wir noch das ganze Unternehmen werden hineinwerfen müssen.»

Man sprach überhaupt sehr viel von Buchhaltung in diesem Büro. Guido zermarterte sich das Gehirn, um ein Mittel zu finden, das ihn vor der lauernden Tücke des Strafgesetzes – so beliebte er sich auszudrücken – schützen sollte. Wahrscheinlich zog er noch andere Bücherexperten zu Rate. Eines schönen Tages kam er ins Büro und schlug mir vor, die alten Bücher überhaupt zu vernichten und an ihrer Stelle neue zu eröffnen, in denen ein fingierter Gewinn unter irgendeinem Namen eingetragen werden sollte; die Rolle dieses Gewinnes sollte Adas Geld spielen. Es war für mich äußerst bitter, ihn enttäuschen zu müssen, denn er hatte in so freudiger Hoffnung das Büro betreten. Aber er schlug da eine Fälschung vor, die mich geradezu anwiderte. Bisher hatten wir nichts anderes getan, als wirkliche Geschäftsvorgänge in den Büchern hin- und herzuschieben; damit konnte niemand geschädigt werden, oder höchstens einer, der stillschweigend die Zustimmung dazu gegeben hatte. Dagegen wollte er jetzt Warenumsätze erfinden, die in Wirklichkeit nicht stattgefunden hatten. Auch ich sah natürlich ein, daß man auf diese Weise, und zwar nur auf diese Weise, den erlittenen Verlust vor dem Gesetz vertuschen konnte. Aber wie schwierig war das alles. Man mußte den Namen des Käufers erfinden oder irgendeinen Menschen um die Erlaubnis bitten, ihn in unsere Bücher als Käufer eintragen zu dürfen. Ich hatte eigentlich nichts dagegen, daß die alten Bücher zerstört würden, die ich immerhin mit so großer Sorgfalt angefertigt hatte. Aber es erschien mir äußerst mühevoll, neue Bücher vollzuschreiben. So machte ich juristische Einwände, die Guido schließlich überzeugten. Eine Faktura war übrigens wirklich nicht leicht zu fälschen. Wir hätten ja auch alle anderen Dokumente nachbilden müssen, die die Existenz, die Herkunft der Ware und unser Eigentumsrecht bewiesen.

So verzichtete Guido auf seine Absicht. Am nächsten Tag betrat er das Büro mit einem andern Vorschlag. Auch dieser hatte die Vernichtung der alten Bücher zur Basis. Ich war es müde zuzusehen, wie durch solche nutzlosen Gespräche jede Arbeit in unserem Büro aufgehalten wurde, und protestierte:

«Wenn man sieht, wie sehr du über diese Sache nachdenkst, so möchte man wirklich meinen, daß du knapp vor dem Falliment stehst. Andernfalls könnte eine so geringfügige Verminderung deines Kapitals dir keine solchen Sorgen bereiten. Wovor fürchtest du dich? Vorläufig hat noch niemand das Recht, deine Bücher zu kontrollieren. Es gibt aber für dich jetzt nur noch eines: intensiv zu arbeiten und dich durch nichts ablenken zu lassen.»

Er gab zu, daß ihn der Gedanke an seinen Verlust unaufhörlich verfolge. Seine Situation war ja wirklich nicht angenehm. Zwei oder drei unglückliche Zufälle – und schon mußte er mit dem Strafgesetz in Konflikt geraten und schnurgerade in den Arrest wandern.

Ich erinnerte mich, sowohl während meiner juristischen Studien als auch während meiner Praxis bei Olivi erfahren zu haben, welche Pflichten ein Kaufmann im Fall einer solchen Bilanz zu erfüllen hat. Und um Guido und mich selber von diesem lähmenden Alp zu befreien, redete ich ihm zu, einen befreundeten Rechtsanwalt zu Rate zu ziehen.

Er antwortete, daß er dies bereits getan habe; er sei zwar nicht direkt zu einem Rechtsanwalt gegangen, denn er wollte ja niemandem sein Geheimnis anvertrauen; er habe aber mit einem Freund zusammen gejagt, der Rechtsanwalt war; während der Jagd sei das Gespräch von Guido auf dieses Thema gelenkt worden.

Er wußte also, daß Olivi leider nicht gelogen, nicht einmal übertrieben hatte.

Als er die Nutzlosigkeit seiner Bemühungen einsah, gab er es auf, seine Bücher fälschen zu wollen. Dadurch gewann er aber seine Ruhe nicht wieder. Jedesmal wenn er ins Büro kam, verfinsterte sich seine Miene beim Anblick der großen und verhängnisvollen Bücher. Eines Tages gestand er mir, daß es ihm beim Betreten des Zimmers immer so vorkomme, als betrete er das Vorzimmer eines Zuchthauses. Er war nahe daran, die Flucht zu ergreifen.

Eines Tages fragte er mich:

«Weiß Augusta von unserer Bilanz?»

Ich wurde rot, denn ich glaubte, in der Frage einen Vorwurf zu hören. Aber es war klar, daß auch Augusta davon wissen durfte, wo doch Ada alles wußte. Ich kam nicht gleich zu dieser Schlußfolgerung, sondern glaubte vielmehr, den Tadel, den er mich absichtlich fühlen ließ, zu verdienen. Daher murmelte ich:

«Sie wird es von Ada erfahren haben oder vielleicht von Alberta, der Ada alles erzählt.»

Ich hatte damit alle Wege genannt, die zu Augusta führen konnten. Ich glaubte, damit nicht direkt abgeleugnet zu haben, daß sie die Sache auch aus erster Hand, das heißt von mir, wissen konnte. Ich wollte damit nur sagen, daß es nutzlos gewesen wäre zu schweigen. Schade! Wenn ich gleich gestanden hätte, daß ich vor Augusta nichts geheim halte, hätte ich mich viel aufrichtiger und ehrlicher gefühlt! Eine Kleinigkeit wie diese, die Fälschung einer harmlosen Tatsache, die man besser aufrichtig eingesteht, genügt, um die aufrichtigste Freundschaft zu gefährden.

Obwohl sie weder für Guido noch für meine Entwicklung irgendwie bedeutsam war, vermerke ich noch eine Tatsache. Wenige Tage darauf hielt mich jener geschwätzige Sensal, mit dem wir beim Ankauf des Kupfersulfats zu tun hatten, auf der Straße an und sah mich von unten nach oben an, wozu er durch seine niedrige Statur, die noch niedriger erschien, weil er sich beim Sprechen vornüber beugte, gezwungen war. Er sagte ironisch:

«Ich habe gehört, daß Sie noch andere Geschäfte gemacht haben, die ebenso gut waren wie das mit dem Kupfersulfat!»

Als er sah, daß ich erbleichte, drückte er mir rasch die Hand und fügte hinzu:

«Ich persönlich wünsche Ihnen alles Beste. Hoffentlich zweifeln Sie nicht daran!»

Damit verschwand er. Ich nehme an, daß er von seiner Tochter über unsere Geschäfte informiert worden war, die zusammen mit der kleinen Anna das Lyzeum besuchte. Ich erzählte Guido nichts von dieser kleinen Indiskretion. Meine hauptsächliche Arbeit bestand ja darin, ihm alles, was ihn unnötigerweise ängstigen konnte, zu ersparen.

Ich wunderte mich, daß Guido keinerlei Anstalten traf, Carmen zu entlassen – wußte ich doch, daß er dies Ada förmlich versprochen hatte. Ich nahm an, daß Ada schon nach einigen Monaten zurückkehren werde, so wie das erste Mal. Aber statt von Bologna nach Triest zu kommen, fuhr sie direkt an den Lago Maggiore, wo sie eine kleine

Villa mietete und wohin ihr Guido kurz darauf die Kinder brachte.

Als er von der Reise zurückkam, fragte er mich – ich weiß nun nicht, ob er von selber darauf kam oder ob ihn Ada an sein Versprechen gemahnt hatte –, wie ich über die Möglichkeit dächte, Carmen in meinem Büro, das heißt bei Olivi unterzubringen. Ich wußte, daß in diesem Büro bereits alle Plätze vergeben waren; da mich Guido aber so dringend bat, versprach ich, mit meinem Verwalter darüber zu reden. Ein glücklicher Zufall wollte es, daß eine Hilfskraft Olivis gerade um diese Zeit den Dienst verließ. Ihr Gehalt war aber niedriger als jenes, das Carmen in den letzten Monaten von ihrem freigebigen Chef bezog, der also einen Weg gefunden hatte, die Spesen für sein Verhältnis auf das Konto «Allgemeine Spesen» zu buchen. Der alte Olivi erkundigte sich bei mir über die Fähigkeiten Carmens; obwohl ich die beste Auskunft gab, erklärte er sich nur bereit, sie zu denselben Bedingungen, wie sie der entlassene Beamte hatte, probeweise aufzunehmen. Ich erzählte es Guido. Dieser war sehr verlegen und kratzte sich den Kopf:

«Wie kann man ihr ein so niedriges Gehalt antragen? Könntest du nicht Olivi bewegen, ihr wenigstens so viel zu geben, wie sie momentan von mir bekommt?»

Ich wußte, daß ich das nicht konnte. Olivi war mit seinen Beamtinnen nicht verheiratet. Wären ihm Carmens Fähigkeiten nur um eine Krone weniger wert erschienen, als er dafür geboten hatte, so hätte er diese Krone mitleidslos abgezogen. Schließlich blieb es bei folgendem: Olivi bekam niemals die entscheidende Antwort. Er verlangte sie auch gar nicht, und Carmen fuhr fort, in unserem Büro ihre schönen Augen schwärmerisch umherschweifen zu lassen.

Zwischen mir und Ada bestand ein Geheimnis, das nur deshalb bedeutsam war, weil es Geheimnis blieb. Sie schrieb fleißig an Augusta, erzählte ihr aber nie von dem

Gespräch, das wir miteinander hatten. Augusta wußte also nicht, daß Guido meinem Schutze anheimgestellt war. Auch ich sprach nicht darüber. Eines Tages zeigte mir Augusta einen Brief Adas, der an mich gerichtet war. Ada fragte darin zunächst nach meinem Befinden und bat mich schließlich, indem sie an meine Güte appellierte, ihr etwas über den Gang von Guidos Geschäften mitzuteilen. Zunächst war ich verwirrt, als ich bemerkte, daß sie sich direkt an mich wandte; aber ich fand meine Fassung sofort wieder, als sich herausstellte, daß es nur deshalb geschah, weil sie Informationen über Guido erhalten wollte. Wiederum brauchte ich nichts zu wagen.

Im Einverständnis mit Augusta und ohne Guido etwas davon zu sagen, schrieb ich an Ada. Ich setzte mich an den Schreibtisch mit dem Vorsatz, ihr einen richtiggehenden Geschäftsbrief zu schreiben. Erst teilte ich ihr mit, daß ich mit Guido außerordentlich zufrieden sei; er leite jetzt seine Geschäfte mit Fleiß und Umsicht.

Das stimmte. Wenigstens an diesem Tag war ich mit ihm zufrieden, denn es war ihm geglückt, eine Ware, die er schon seit mehreren Monaten in der Stadt eingelagert hatte, mit Gewinn zu verkaufen. Es entsprach auch der Wahrheit, daß er fleißiger geworden war, wenngleich er noch immer jede Woche einmal jagen oder fischen ging. Ich übertrieb mein Lob gerne, denn ich glaubte, dadurch auch Adas Heilung zu beschleunigen.

Als ich meinen Brief noch einmal überlas, fand ich ihn unzulänglich. Etwas fehlte darin. Ada hatte sich an mich gewandt, und es war klar, daß sie auch von mir etwas wissen wollte. Es wäre also unhöflich gewesen, ihr nichts über mich zu berichten. Und ich wurde an meinem Schreibtisch – daran erinnere ich mich, als sei es eben jetzt geschehen – immer verlegener und verlegener, so als hätte ich mich wieder allein mit Ada in jenem dunklen Zimmer befunden. Sollte ich die dargebotene Hand fest drücken?

Ich schrieb. Aber ich mußte auch diesen Brief noch einmal schreiben, denn es waren mir geradezu kompromittierende Worte entschlüpft; ich sehne mich danach, sie wiederzusehen, und hoffe, sie werde all ihre Gesundheit und Schönheit wiedererlangen. Das bedeutete dasselbe, wie wenn ich eine Frau, die mir bloß die Hand reicht, um die Taille faßte. Meine Pflicht war es, diese Hand nur zu streifen oder sie leicht zu drücken und dadurch zu zeigen, daß ich alles verstand, alles, was niemals gesagt werden durfte.

Ich kann hier nicht das ganze Phrasenregister wiedergeben, das ich in Gedanken durchging, um etwas Passendes zu finden; etwas, das diesen sanften und bedeutungsvollen Händedruck ersetzen konnte. Ich will hier nur die Phrasen wiedergeben, die ich wirklich schrieb. Ich erzählte lange von dem hereinbrechenden Alter, das bald schwer auf mir lasten werde. Mit jedem neuen Umlauf meines Blutes schleiche sich etwas in meine Knochen und Adern, das Alter hieß. An jedem Morgen müsse die Welt grauer geworden sein; ich gewahre es nicht immer, denn die Farbabstufung änderte sich nur unmerklich. Und doch gebe es an diesem Tag nicht einen Pinselstrich, dessen Farbe irgendeiner Farbe des vorhergegangenen Tages gleich wäre. Wenn ich immer daran denken müßte, würde mich die Klage um die vergangene Zeit zur Verzweiflung bringen.

Dann schickte ich den Brief mit großer Befriedigung ab. Diese Worte konnten mich keineswegs bloßstellen. Es schien mir aber gewiß, daß Ada den liebevollen Händedruck verstehen würde, wenn sie ähnlich dachte wie ich. Es gehörte nicht viel Scharfsinn dazu, um zu erraten, daß diese Betrachtungen über das Alter nichts anderes bedeuteten als die Angst, ich könnte auf meiner unfreiwilligen Flucht durch die Zeit von der Liebe nicht mehr erreicht werden. Es schien, als rief ich der Liebe zu: «Komm, komm!» Ich weiß jedoch nicht, ob ich diese Liebe im Grunde wirklich so sehnlich wünschte.

Von diesem Brief fertigte ich für Augusta eine Kopie an, in der ich die Betrachtungen über das Alter ausließ. Sie hätte sie zwar nicht verstanden; aber Vorsicht schadet niemals. Ich hätte möglicherweise erröten müssen bei der Empfindung, sie könnte mir zusehen, wie ich ihrer Schwester die Hand drückte! Ja! Ich hatte ein besonderes Talent zu erröten. Sogar dann, als ich von Ada ein kurzes Schreiben empfing, in dem sie mir dankte, aber mit keinem Wort meine Plauderei über das Alter erwähnte, war ich wie mit Blut übergossen. Sie schien sich mir gegenüber weit mehr bloßzustellen, als ich es je getan hatte. Sie entzog ihre Hand keineswegs meinem zarten Druck. Sie ließ sie widerspruchslos in der meinen. Und Widerspruchslosigkeit ist bei Frauen eine Form der Zustimmung.

Einige Tage nach diesem Brief entdeckte ich, daß Guido auf der Börse spielte. Ich erfuhr es durch eine Indiskretion des Sensals Nilini.

Den kannte ich seit vielen Jahren; wir waren in dasselbe Gymnasium gegangen, er hatte aber das Studium bald aufgegeben, um in das Geschäft seines Onkels einzutreten. Später hatten wir uns manchmal gesehen, und ich verspürte immer eine Art Überlegenheit ihm gegenüber. Er grüßte mich immer zuerst. Manchmal versuchte er auch, mit mir gesellschaftlich zu verkehren, was ich begreiflich fand. Weniger begreiflich war es mir, daß er plötzlich – ich weiß nicht mehr genau, wann – sehr hochmütig wurde. Von da ab grüßte er mich nicht mehr zuerst und dankte kaum noch für meinen Gruß. Das beschäftigte mich ein wenig, denn ich bin sehr empfindsam und wenig dickhäutig. Aber was hätte ich tun sollen? Vielleicht hatte er mich in Guidos Büro gesehen, wo ich, wie er wohl meinte, eine untergeordnete Stellung einnahm, und schätzte mich deshalb geringer ein. Mit derselben Wahrscheinlichkeit konnte ich aber auch annehmen, daß er die Nase hoch trug, weil sein Onkel gestorben war und er jetzt die Stelle eines selbständigen Börsensensals einnahm. In einem so kleinen Milieu wie dem unseren sind dergleichen Dinge nicht selten. Obwohl keine Feindseligkeiten zwischen uns vorgekommen waren, sahen wir einander plötzlich mit Haß und Verachtung an.

Ich war somit überrascht, als ich ihn plötzlich in unserem Büro auftauchen sah, wo ich mich gerade allein befand. Er fragte nach Guido. Er nahm den Hut ab und reichte mir die Hand. Dann ließ er sich gleich in einen der bequemen Fauteuils fallen. Ich betrachtete ihn mit Interesse. Seit Jahren hatte ich ihn nicht so nahe gesehen. Nun, da er mir eine so große Feindschaft entgegenbrachte, interessierte er mich.

Damals zählte er ungefähr vierzig Jahre. Er war sehr häßlich. Schon wegen seiner Glatze, die nur von einigen Büscheln dichter und dunkler Haare im Nacken und an den Schläfen unterbrochen wurde. Das Gesicht war gelb und faltig. Nicht einmal seine große Nase vermochte die Haut dieses Gesichts anzuspannen. Die Gestalt war klein und mager und hielt sich so stramm, daß ich einen sympathischen Schmerz im Hals empfand, wenn ich mit ihm sprach. Das war die einzige Sympathie, die ich für ihn empfand. An jenem Tag schien es mir, als könne er sein Lachen kaum verbergen und als sei sein Gesicht von Ironie oder Geringschätzung verzogen. Das alles konnte mich aber nicht verletzen, da er mich mit Höflichkeit begrüßt hatte. Später bemerkte ich aber, daß dieser ironische Zug seinem Gesicht schon von der Natur, die manchmal solche Launen hat, verliehen worden war. Seine beiden Kinnladen paßten nicht ganz aufeinander und ließen eine Öffnung frei, in der sich diese stereotype Ironie eingenistet hatte. Er war keineswegs dumm, sondern warf mit Bemerkungen um sich, die giftigen Pfeilen glichen, aber hauptsächlich gegen die Abwesenden gerichtet waren. Vielleicht liebte er es nur deshalb, den Nächsten zu verspotten, um mit seiner Maske, die er ja, außer wenn er gähnte, leider nicht loswerden konnte, nicht in Widerspruch zu geraten.

Er redete viel und hatte gute Einfälle, besonders in Angelegenheiten, die mit der Börse zusammenhingen. Er sprach von der Börse, als handle es sich um einen Menschen, und er beschrieb sie bald als gefährlich, bald als faul und schläfrig; sie hatte ein Gesicht, das zu lachen, aber auch zu weinen verstand. Er sah sie die steilen Treppen der Kurse tanzend hinansteigen und dann wieder herunterkullern, daß man fast fürchten konnte, sie werde sich den Hals brechen. Er beobachtete mit Bewunderung, wie sie ein Papier umschmeichelte und ein anderes erdrosselte oder wenn sie die Menschen lehrte, bald vorsichtig, bald kühn und aggressiv zu sein. Nur ein Mensch von Verstand konnte mit ihr auskommen. Es lag viel Geld auf der Börse am Boden verstreut, aber es war nicht leicht, sich zu bükken und es aufzulesen.

Ich bot ihm eine Zigarette an, bat ihn, ein wenig zu warten, und machte mich dann wieder an meine Korrespondenz. Nach einiger Zeit wurde er ungeduldig und erklärte, er könne nicht länger bleiben. Übrigens sei er nur hergekommen, um Guido mitzuteilen, daß gewisse Aktien, die den eigentümlichen Namen Rio Tinto trugen und zu deren Kauf er Guido tags zuvor – ja, gerade vor vierundzwanzig Stunden – geraten hatte, heute um zirka zehn Prozent gestiegen waren. Er begann herzlich zu lachen.

«Während wir hier sprechen, hat die Nachbörse sicherlich ihr übriges getan. Wenn Herr Speier jetzt diese Aktien kaufen wollte – wer weiß, wie teuer er sie bezahlen müßte. Ich habe es gleich erraten, wo die Börse diesmal hinauswollte.»

Er prahlte mit seinem Scharfblick, den er seiner langen Börsenpraxis verdankte. Dann unterbrach er sich und fragte: «Wo, glaubst du, kann man mehr lernen: an der Universität oder an der Börse?»

Seine Kinnlade senkte sich noch mehr und verstärkte so den Ausdruck von Ironie.

«Zweifellos an der Börse!» antwortete ich mit Überzeugung. Dies trug mir einen herzlichen Händedruck ein. Dann ging der Herr Sensal wieder fort.

Guido spielte also auf der Börse! Wäre ich aufmerksamer gewesen, so hätte ich es früher bemerken müssen. Als ich ihm die Abrechnung über die nicht unbedeutenden Beträge zeigte, die bei unseren letzten Geschäften als Gewinn eingegangen waren, hatte er sie lächelnd, beinahe verächtlich angesehen. Er fand, daß wir zu viel hatten arbeiten müssen, um dieses Geld zu verdienen. Und man bedenke: mit zehn solchen Geschäften konnte man den Verlust hereinbringen, den wir im Vorjahr erlitten hatten! Was sollte ich nun dagegen tun? Dabei hatte ich tags zuvor noch sein Lob gesungen! Bald danach kam Guido ins Büro. Ich erzählte ihm wortgetreu, was Nilini gesagt hatte. Er hörte mir so gespannt zu, daß ihm meine plötzliche Kenntnis von seinem Börsenspiel gar nicht auffiel. Dann eilte er davon.

Abends erzählte ich es Augusta, die der Ansicht war, man solle Ada in Ruhe lassen, dafür aber Frau Malfenti auf die Gefahren aufmerksam machen, denen Guido sich aussetzte; ich solle auch mein möglichstes tun, um ihn vor Unbesonnenheiten zurückzuhalten.

Ich überlegte lange, wie ich ihm das sagen sollte. Endlich verwirklichte ich meinen Vorsatz, gut zu sein, und löste mein Versprechen ein, das ich Ada gegeben hatte. Wußte ich doch, wie ich Guido anpacken mußte, damit er mir gehorche. Ich wollte ihm sagen: jeder darf an der Börse eine Leichtfertigkeit begehen; aber ein Geschäftsmann, der eine derartige Bilanz aufzuweisen hat, kann sich das nicht leisten.

Am nächsten Tag fing ich glänzend an:

«Du spielst also jetzt auf der Börse? Willst du im Gefängnis enden?» So fragte ich ihn mit strenger Miene. Ich war auf eine Szene gefaßt und hielt die Erklärung bereit, daß ich ohne weiteres das Büro verlassen würde, wenn er fortführe, die Firma durch seine Spekulationen dem Ruin auszusetzen.

Guido aber konnte mich gleich entwaffnen. Bis jetzt hatte er das Geheimnis für sich behalten. Nun aber erzählte er mir von seinen Geschäften mit der Rückhaltlosigkeit eines guten Jungen. Er spekulierte in Minenpapieren irgendeines exotischen Landes. Diese hatten ihm sogar schon einen Nutzen eingetragen, der genügte, um unseren Verlust fast zu decken. Nun gab es kein Risiko mehr, und er konnte mir alles gestehen. Sollte er das Unglück haben, alles, was er gewonnen hatte, wieder zu verlieren, dann wollte er einfach aufhören zu spielen. Sollte ihn aber das Glück weiterhin begünstigen, so wollte er so bald wie möglich diese Bücher in Ordnung bringen, von denen ihm noch immer eine große Gefahr zu drohen schien.

Ich sah ein, daß nun kein Grund zur Strenge vorhanden war; im Gegenteil, er war zu beglückwünschen. Man konnte sich jetzt sicherer fühlen. Wo das nötige Geld vorhanden ist, fällt es leicht, die unangenehme Bilanz zu frisieren. Wenn in unseren Büchern das Konto Adas, korrekterweise, wieder auftauchte und wenn das andere, das ich als das Grab unseres Unternehmens bezeichnet hatte, das Konto Guidos, wenigstens einigermaßen in Ordnung gebracht wurde, dann sah unsere Buchhaltung wirklich viel freundlicher aus.

Ich schlug also vor, die Neuordnung der Bücher sofort durchzuführen und die Börsenoperationen auf Rechnung des Unternehmens zu verbuchen. Gottlob wollte er davon nichts wissen. Sonst wäre ich wahrhaftig der Buchhalter eines Spielers geworden und hätte mir eine ungeheure Verantwortung aufgeladen. So aber schritt die Angelegenheit weiter, als wäre ich nicht auf der Welt gewesen. Er wies meinen Vorschlag mit Argumenten zurück, die mir richtig erschienen. Man soll seine Gläubiger nicht sofort befriedigen; denn jeder Spieler weiß, daß fremdes Geld Glück bringt. Ich glaube wohl nicht daran. Aber ich lasse gleichfalls keine Vorsicht außer acht, wenn ich einmal spiele.

Eine Zeitlang machte ich mir Vorwürfe, diese Argumente Guidos ohne Protest hingenommen zu haben. Als ich aber sah, daß auch Frau Malfenti seine Ansichten teilte, indem sie mir erzählte, wie ihr Mann es verstanden hatte, sich ein gutes Stück Geld an der Börse zu verdienen, und als ich auch von Ada hörte, daß sie das Börsenspiel als einen Handelszweig wie jeden anderen ansah, begriff ich, daß ich mir wegen dieser Unterlassung absolut nichts vorzuwerfen brauchte. Um Guido auf seiner abschüssigen Bahn aufzuhalten, hätte mein Protest allein nicht genügt; er wäre gänzlich wirkungslos gewesen, da ihn kein anderes Mitglied der Familie unterstützt hätte.

So spielte denn Guido weiter, und mit ihm die ganze Familie. Auch ich befand mich in seinem Gefolge, ja, ich trat sogar in eine etwas sonderbare Beziehung zu Nilini. Zweifellos konnte ich ihn nicht leiden und fand ihn borniert und größenwahnsinnig; anscheinend aber vermochte ich aus Rücksicht auf Guido, der von ihm nützliche Ratschläge erwartete, meine Gefühle so gut zu verbergen, daß Nilini schließlich glauben konnte, ich sei sein ergebener Freund. Ich will nicht leugnen, daß meine Höflichkeit vielleicht auch dem Wunsch entsprang, das Unbehagen aus der Welt zu schaffen, das mir seine Feindschaft bereitet hatte. Diese Feindschaft wirkte infolge der Ironie, die seinem häßlichen Gesicht eingeprägt war, äußerst unangenehm. Doch beschränkte sich meine Höflichkeit auf einen Händedruck und einen Gruß, wenn er kam oder ging. Er hingegen war außerordentlich zuvorkommend. Ich brachte es dann nicht fertig, seine Liebenswürdigkeiten kühl aufzunehmen; das ist im Grunde die größte Höflichkeit, die es auf der Welt gibt. Er verschaffte mir geschmuggelte Zigaretten und berechnete sie mir zum Selbstkostenpreis, das heißt also sehr billig. Wäre er mir sympathischer gewesen, so hätte er mich dazu verleiten können, mich seiner als Mittelsperson zu bedienen, um zu spielen; ich tat es aber nie, nur um ihn nicht öfter sehen zu müssen.

Dennoch sah ich ihn nur zu oft! Er verbrachte ganze Stunden in unserem Büro, obwohl er – das war leicht zu bemerken – in Carmen nicht verliebt war. Er kam nur, um mir Gesellschaft zu leisten. Offenbar hatte er es sich in den Kopf gesetzt, mich in die Politik einzuweihen, in der er infolge seiner Tätigkeit an der Börse glänzend versiert war. Er schilderte mir die Großmächte, wie sie einander an einem Tag die Hand reichten und am folgenden Ohrfeigen versetzten. Ich weiß nicht, ob er richtig prophezeite, denn aus Antipathie gegen ihn hörte ich ihm nie zu. Ich trug ein dummes und stereotypes Lächeln zur Schau. Das Mißverständnis entstand sicherlich dadurch, daß er mein Lächeln als Bewunderung auffaßte. Ich bin aber daran nicht schuld.

Ich erinnere mich nur an das, was er jeden Tag wiederholte. Ich merkte, daß er kein waschechter Italiener war, denn seiner Meinung nach wäre es für Triest besser gewesen, österreichisch zu bleiben. Er bewunderte Deutschland, vor allem die deutschen Züge, die immer so pünktlich ankamen. Er war Sozialist auf besondere Art: Nach seiner Ansicht durfte eine einzelne Person nicht mehr als hunderttausend Kronen besitzen. Ich lachte nicht, als er eines Tages im Gespräch mit Guido zugab, hunderttausend Kronen zu besitzen, aber nicht einen Heller mehr. Ich lachte nicht und fragte ihn auch nicht, ob er seine Theorie berichtigen würde, falls er einmal mehr Geld hinzuverdiente. Unsere Beziehung war wirklich eigentümlich. Weder konnte ich mit ihm noch über ihn lachen.

Wenn er eine seiner Sentenzen losließ, richtete er sich in seinem Fauteuil mit solcher Kraft hoch auf, daß seine Augen die Decke anstarrten und mir nur jene Öffnung zugekehrt blieb, die ich den «ironischen Zwischenraum» genannt habe. Mit dieser Öffnung konnte er offenbar sehen. Ich wollte oft von dieser seiner Stellung profitieren und rasch an etwas anderes denken. Leider brachte ihn meine Unaufmerksamkeit sofort wieder zu sich, und er fragte: «Hörst du auch zu?»

Seit jenem sympathischen Herzenserguß hatte Guido lange Zeit nicht mehr mit mir von Geschäften gesprochen. Im Anfang erfuhr ich noch einiges durch Nilini; dieser wurde dann auch zurückhaltender. Von Ada hörte ich, daß Guido stets im Gewinn sei.

Als Ada nach Triest zurückkehrte, fand ich leider, daß sie sehr häßlich geworden war. Sie war nicht gerade dick, doch wirkte sie irgendwie aufgedunsen. Die Wangen, die voller geworden waren, saßen wieder nicht an ihrem richtigen Platz. Das ganze Antlitz sah quadratisch aus. Die Augen hingen förmlich aus den Höhlen. Meine Überraschung war sehr groß. Sowohl von Guido wie auch von anderen, die bei Ada zu Besuch gewesen waren, hatte ich vernommen, daß jeder Tag, der verging, ihr neue Kraft und Gesundheit bringe. Aber die Gesundheit einer Frau ist doch vor allem ihre Schönheit.

Dies war übrigens nicht die einzige Überraschung, die ich mit Ada erlebte. Sie begrüßte mich zwar herzlich, aber nicht herzlicher, als sie etwa Augusta begrüßt hatte. Zwischen mir und ihr gab es kein Geheimnis mehr. Sicherlich erinnerte sie sich gar nicht mehr daran, daß sie geweint hatte bei dem Gedanken, mir einst so großes Leid zugefügt zu haben. Nun, um so besser! Dann vergaß sie vielleicht auch die Rechte, die sie auf mich hatte. Ich war nur noch ihr guter und liebenswürdiger Schwager, und sie mochte mich nur deshalb leiden, weil sie meine zärtlichen Beziehungen zu meiner Frau noch unverändert fand, wofür ich ja stets im Haus Malfenti bewundert worden bin.

Eines Tages machte ich eine Entdeckung, die mich außerordentlich überraschte. Ada glaubte, daß sie noch schön sei. Dort drüben am Lago Maggiore hatte man ihr den Hof gemacht, und es war für jeden Betrachter klar zu sehen, daß dieser Erfolg ihr schmeichelte. Möglicherweise machte sie in ihrer Erzählung mehr daraus, als tatsächlich der Fall war; ich hielt es jedenfalls für eine Übertreibung, wenn sie behauptete, sie habe ihren Aufenthalt am Lago Maggiore abbrechen müssen, um sich den Zudringlichkeiten eines unglücklichen Verehrers zu entziehen.

Vielleicht war ein Körnchen Wahrheit dabei. Vielleicht konnte Ada Leuten, die sie früher nicht gekannt hatten, als schön erscheinen. Aber gewiß nicht als übermäßig schön. Diese Augen, die Farbe und die Form dieses Gesichtes mußten doch abstoßend wirken. Uns erschien sie wohl häßlicher, als sie vielleicht in Wirklichkeit war, denn wenn wir uns ihrer einstigen Schönheit erinnerten, sahen wir um so deutlicher die entsetzliche Zerstörung, die die geheimnisvolle Krankheit angerichtet hatte.

Wir luden sie zusammen mit Guido für einen Abend zu uns ein. Wir verbrachten einige angenehme Stunden *en famille*. Es war wie eine etwas verspätete Fortsetzung unserer gemeinsamen Verlobungszeit. Aber auf dem Haar Adas glänzten nicht mehr die berühmten Lichter.

Als sie sich verabschiedeten, half ich Ada in den Mantel und blieb dadurch mit ihr einen Augenblick lang allein. Ich empfand sofort, daß unsere Beziehung sich gänzlich verändert hatte. Wir waren allein geblieben, wir hätten einander vielleicht das sagen können, was in Gegenwart der anderen unmöglich war. Während ich ihr half, dachte ich angestrengt nach und fand endlich etwas Passendes:

«Du weißt, daß er jetzt spielt», sagte ich mit ernster und würdiger Stimme. Manchmal glaube ich, daß ich mit dieser Stimme die Erinnerung an unser letztes Zusammensein wieder wachrufen wollte.

Sie sagte lächelnd: «Ja. Und damit hat er ganz recht. Man sagt allgemein, daß er überhaupt sehr tüchtig geworden ist.»

Ich lächelte mit ihr, ja, ich lachte laut heraus. Endlich fühlte ich mich frei von jeder Verantwortung. Im Fortgehen aber fragte sie mich flüsternd:

«Ist diese Person, diese Carmen, noch immer in euerm Büro?»

Ich kam nicht dazu, ihr zu antworten, denn sie lief davon. Zwischen uns stand nichts mehr, was der Vergangenheit angehörte. Aber ihre Eifersucht lebte noch immer. Die hatte sich nicht verändert seit unserem letzten Zusammensein.

Wenn ich heute die ganze Sache überdenke, wundere ich mich, wie es mir so lange Zeit entgehen konnte, daß Guido an der Börse verlor. Aus seinem Antlitz schwand langsam der Ausdruck des Triumphs. Es verdüsterte sich und zeigte wieder die ganze Sorge um die Bilanz, deren Resultat ihn ins Zuchthaus bringen konnte. Ich fragte ahnungslos:

«Warum sorgst du dich darüber? Du hast doch schon das Geld in der Tasche, das alle unsere fingierten Buchungen decken soll. Wer so viel Geld hat, kann doch nicht gut ins Zuchthaus kommen.»

Damals hatte er, wie ich später erfuhr, keinen Heller mehr in der Tasche. Aber ich glaubte noch immer, daß er endlich den Schlüssel zum Glück gefunden habe und ihn auch nie mehr verlieren würde. Alle Indizien, die auf das Gegenteil hinwiesen, übersah ich.

An einem schönen Augustabend schleppte er mich wieder auf einen Fischfang mit. Beim klaren Licht eines beinahe vollen Mondes war die Wahrscheinlichkeit, etwas an die Angel zu bekommen, äußerst gering. Er aber bestand auf seiner Absicht und fügte noch hinzu, daß die Kühle des Meeres uns auch etwas Erleichterung von den Qualen der großen Hitze verschaffen würde. Und wirklich, diese Erleichterung war das einzige, was uns der Fischzug eintrug. Nach mehreren mißglückten Versuchen gaben wir es auf, neue Köder zu befestigen, und ließen die Schnüre lässig aus dem Boot heraushängen, das Luciano ins offene Meer hinausruderte. Die Strahlen des Mondes reichten bis zum Meeresgrund, wo sie den großen und kleinen Fischen halfen, alle Listen der Fischer zu durchschauen. Sie schwammen bloß an den Köder, hatten aber gar keine Lust, ihre Gaumen von dem Widerhaken durchbohren zu lassen.

Guido streckte sich an der Kielseite des Bootes aus; ich lagerte mich am Bug. Er murmelte nach einiger Zeit:

«So traurig, dieses viele Licht.»

Wahrscheinlich sagte er das, weil das Licht ihn hinderte einzuschlafen. Um ihm wieder einmal einen Gefallen zu tun, stimmte ich bei; auch wohl deshalb, um nicht durch eine ebenso lange wie dumme Belehrung die erhabene Ruhe zu stören, in der wir eben dahinglitten. Aber Luciano widersprach natürlich und meinte, daß ihm persönlich dieses Licht außerordentlich gefalle. Da Guido glücklicherweise nicht gleich antwortete, versuchte ich, Luciano möglichst rasch zum Schweigen zu bringen. Ich sagte, daß das Licht gewiß eine traurige Sache sei; erstens enthülle es alle Dinge dieser schlechten Welt, und zweitens vereitle es den Fischfang. Luciano mußte darüber lachen. Dann schwieg er endlich. Nun herrschte lange Zeit Ruhe. Ich gähnte dem Mond mehrmals ins Gesicht. Dabei bedauerte ich unentwegt, daß ich mich wieder hatte verleiten lassen, dieses Boot zu besteigen.

Guido sagte plötzlich:

«Du bist doch Chemiker. Kannst du mir vielleicht sagen, was wirksamer ist: gewöhnliches Veronal oder Natrium-Veronal.»

Ich wußte nicht einmal, daß es Veronal mit Natrium überhaupt qibt. Man kann doch nicht von einem Chemiker verlangen, er solle alles in der Welt auswendig wissen.

Ich weiß von Chemie gerade noch so viel, daß ich alles, was ich etwa brauche, in meinen Büchern nachschlagen kann. Immerhin bin ich imstande, auch über solche chemischen Dinge zu diskutieren, von denen ich, wie im vorliegenden Fall, überhaupt nichts weiß.

Natrium-Veronal? Es war doch allgemein bekannt, daß die Natriumverbindungen am leichtesten assimiliert werden. Gerade hinsichtlich des Natriums erinnerte ich mich an eine Lobeshymne, die mein Chemie-Professor während einer Vorlesung diesem brauchbaren Element gesungen hatte. Ich konnte sie sogar noch halbwegs exakt wiedergeben. Natrium war gewissermaßen die Equipage, die fast alle Elemente bestiegen, wenn sie rascher vorwärtskommen wollten. Der Professor hatte auch davon erzählt, wie zum Beispiel das Natriumchloryr von einem Organismus zum anderen wandere und sich schließlich infolge seiner Schwere an der tiefsten Stelle der Erde, nämlich auf dem Meeresgrund, ansammle. Ich weiß nicht, ob dieser Gedankengang des Professors in meiner Erinnerung richtig aufbewahrt worden ist. Aber da wir uns gerade auf dem Meer, angesichts einer so ungeheuren Menge von Natriumchloryr, befanden, sprach ich mit ganz besonderem Respekt vom Natrium.

Nach kurzer Pause fragte Guido: «Daraus geht also hervor, daß man lieber Natrium-Veronal nehmen soll, wenn man sterben will?»

«Ja», antwortete ich.

Als ich dann meinte, daß es Fälle gibt, in denen man gern nur einen Selbstmord vortäuscht, wobei ich sonderbarerweise nicht gleich an Guidos unliebsame Episode dachte, fügte ich hinzu:

«Und wer nicht sterben will, soll lieber gewöhnliches Veronal nehmen.»

Die intensiven Betrachtungen, die Guido über das Veronal anstellte, hätten mir eigentlich zu denken geben sollen.

Indessen war ich wieder so sehr mit dem Natrium beschäftigt, daß ich an gar nichts anderes dachte. Während der folgenden Tage konnte ich Guido noch weitere Beweise von den Eigenschaften, die ich dem Natrium zugeschrieben hatte, erbringen. Man verbindet auch Quecksilber mit Natrium, um die Amalgamierung zu beschleunigen, die eigentlich nichts anderes als die Umarmung zweier Körper ist, eine Umarmung, die anstelle der Verbindung tritt. Aber Guido interessierte sich gerade in diesem Augenblick nicht mehr sonderlich für Veronal. Wahrscheinlich waren seine Aussichten auf der Börse momentan besser geworden.

Im Laufe einer Woche kam Ada dreimal ins Büro. Erst nach ihrem zweiten Besuch stieg in mir die Ahnung auf, daß sie mich allein sprechen wolle.

Beim ersten Besuch traf sie Nilini, der wieder einmal dasaß, um mich in Finanzwissenschaft und Politik zu unterrichten. Sie wartete eine ganze Stunde, daß er uns endlich allein lasse, aber sie beging den Fehler, mit ihm zu sprechen, und das nahm er für eine Aufforderung, weiter zu bleiben. Da sich Nilini nunmehr an Ada wandte, brauchte ich die Öffnung seiner Kinnbacken nicht mehr zu beobachten. Ich war froh, daß ich der Konversation nur noch halb folgen mußte.

Nilini war an diesem Tag geradezu geistreich. Er überraschte Ada mit der Mitteilung, daß die Menschen an der Börse ihren Mitmenschen genauso viel Übles nachsagen, wie etwa die Leute im Salon einer Dame. Nur seien sie auf der Börse besser informiert als anderswo. Ada sagte, daß Nilini von den Damen und ihren Salons denn doch zu schlecht denke; sie selber wisse gar nicht, was das eigentlich sei: üble Nachrede. Da konnte ich mich wieder an der Konversation beteiligen; ich bestätigte, daß ich während der langen Jahre, die ich Ada kannte, niemals ein Wort aus ihrem Mund vernommen hätte, das an so etwas wie üble Nachrede auch nur entfernt erinnerte.

Ich lächelte, als ich das sagte; ich glaubte, ihr damit einen Vorwurf zu machen. Sie kannte keine üble Nachrede, natürlich, denn sie war nie in der Lage gewesen, sich um die Angelegenheiten anderer überhaupt zu kümmern. Früher, im Vollbesitz ihrer Gesundheit, war sie immer mit sich selbst beschäftigt gewesen, mit ihren eigenen Hoffnungen und Befürchtungen. Nun, da die Krankheit von ihr Besitz ergriffen hatte und sie vollkommen ausfüllte, wurde der kleine seelische Spielraum, den diese ihr etwa noch ließ, ganz von ihrer elenden Eifersucht eingenommen. Sie war egoistisch durch und durch. Aber sie merkte nicht, was ich mit meinen Worten ausdrücken wollte, und nahm sie mit Dankbarkeit auf.

Nilini tat, als glaube er weder ihr noch mir. Er kenne mich seit vielen Jahren und halte mich für sehr naiv. Ada und ich amüsierten uns darüber. Es war mir aber äußerst unangenehm, als er mich, zum erstenmal vor einer dritten Person, für einen seiner besten Freunde erklärte und mich daher zu kennen glaubte. Leider wagte ich nicht zu widersprechen. Diese freche Erklärung verletzte mein Schamgefühl. Es war mir zumute wie einem Mädchen, dem man in aller Öffentlichkeit ins Gesicht sagt, es lege sich mit jedem Dahergelaufenen ins Bett.

Nilini meinte, ich sei so naiv, daß Ada sogar ruhig in meiner Gegenwart über mich schlecht reden könne, ich würde es nicht merken. Ada schien sich auch über dies zweifelhafte Kompliment sehr zu amüsieren. Später sagte sie, sie habe ihn reden lassen in der Hoffnung, er werde endlich müde werden, nichts mehr zu sagen wissen und sich verabschieden. Aber da hätte sie lange warten können.

Bei Adas zweitem Besuch war Guido im Büro. Jetzt las ich in ihrem Antlitz den Ausdruck der Ungeduld und erriet, daß sie mich allein sprechen wollte. Bis zu ihrem nächsten Besuch träumte ich ununterbrochen davon und dachte viel darüber nach. Im Grunde verlangte sie ja keine Liebe von mir; aber sie wollte allzuoft mit mir allein sein. Es ist schwer für die Männer, genau zu verstehen, was die Frauen eigentlich wollen; denn sie wissen es doch selber nicht.

Ihre Worte weckten in mir kein neues Gefühl. Als sie mich endlich, beim dritten Besuch, allein sprechen konnte, versagte ihre Stimme vor Erregung. Nicht deshalb, weil sie zu mir sprach, gewiß nicht. Sie wollte ja nichts anderes von mir erfahren als den Grund, warum Carmen noch immer da war. Ich erzählte ihr alles, was ich darüber wußte; ich erwähnte auch unsere Bemühung, Carmen eine Stelle bei Olivi zu verschaffen.

Sofort beruhigte sie sich; das, was ich ihr erzählte, entsprach genau der Erzählung Guidos. Später kam ich darauf, daß die Eifersucht periodisch bei ihr auftrat. Sie stellte sich plötzlich ein und konnte durch ein einziges Wort, das sie überzeugte, wieder aus der Welt geschafft werden.

Ada stellte noch zwei Fragen: Ob es wirklich für eine Beamtin so schwer sei, eine Stelle zu finden, und ob Carmens Familie in derartigen Verhältnissen lebe, daß sie vom Verdienst dieses Mädchens abhinge.

Damals war es in Triest wirklich sehr schwer für eine Frau, eine Anstellung in einem Büro zu finden. Das erklärte ich auch Ada. Auf ihre zweite Frage konnte ich leider keine Antwort geben, denn ich wußte nichts von Carmens Familie.

«Guido dagegen kennt die ganze Familie», sagte sie voll Zorn. Schon wieder stiegen ihr die Tränen auf.

Beim Fortgehen drückte sie mir fest die Hand und dankte mir. Sie lächelte unter Tränen und sagte, daß sie sich auf mich verlasse. Dieses Lächeln gefiel mir. Es galt nicht dem liebenswürdigen Schwager, sondern dem Mann, der im geheimen mit ihr verbunden war. Ich versuchte, ihr zu beweisen, daß ich dieses Lächelns würdig sei, und murmelte:

«Wenn ich mich um Guido sorge, so tue ich's nicht wegen Carmen. Sein Börsenspiel macht mir Gedanken.»

Ada zuckte die Achseln:

«Das will gar nichts besagen. Ich habe auch mit der Mutter darüber gesprochen. Mein Vater hat immer an der Börse gespielt und fast immer viel Geld verdient.»

Diese Antwort brachte mich ein wenig aus dem Konzept. Ich versuchte, eindringlich weiterzureden: «Dieser Nilini gefällt mir nicht. Übrigens sind wir miteinander gar nicht so befreundet.»

Sie blickte überrascht auf:

«Ich halte ihn für einen Gentleman. Auch Guido mag ihn gern. Übrigens glaube ich wirklich, daß Guido jetzt sehr vorsichtig in Geschäften ist.»

Da ich fest entschlossen war, nichts Schlechtes über Guido zu sagen, mußte ich schweigen. Sowie ich wieder allein war, befaßte ich mich nicht mehr mit Guido, sondern mit mir selber. Vielleicht war es ganz gut, daß sich Ada mir gegenüber rein schwesterlich benahm. Sie versprach mir weder ihre Liebe, noch bedrohte sie mich mit ihr. Dennoch lief ich tagelang in der Stadt umher. Etwas mußte mich aus dem Gleichgewicht gebracht haben. Ich war mir über mich im unklaren. Ich fühlte mich genauso wie in den Tagen nach dem Bruch mit Carla. Und doch hatte sich nichts Neues ereignet. Um ehrlich zu sein: vielleicht brauchte ich in meinem Leben Abenteuer oder Komplikationen, die Abenteuern ähnlich sahen. Und meine Beziehungen zu Ada waren ja jetzt nicht mehr kompliziert.

Eines schönen Tages predigte Nilini in seinem Fauteuil länger als gewöhnlich. Eine drohende Wolke erschien am Horizont: nichts Geringeres als eine Verteuerung des Geldes. Der Markt war übersättigt und konnte nichts mehr aufnehmen.

Ich machte einen witzigen Vorschlag: «Werfen wir Natrium auf den Markt.»

Nilini mißfiel diese Unterbrechung seiner Rede. Vornehm überhörte er meine ungelegenen Worte und predigte weiter.

Plötzlich war das Geld auf der Welt selten und teuer geworden. Dieses Ereignis hatte er zwar vorausgesehen, aber erst für einen Monat später; er war erstaunt, daß es jetzt schon eingetreten war.

Ich meinte: «Alles Geld muß auf den Mond gewandert sein.»

Erst sah mich Nilini an, dann starrte er wieder zur Decke und sagte streng: «Das sind ernste Dinge, über die man nicht scherzen darf. Jetzt wird sich zeigen, wer kämpfen kann und wer beim ersten Ansturm unterliegt.»

Genausowenig wie ich verstand, warum das Geld auf der Welt plötzlich seltener geworden sein sollte, genausowenig kam ich darauf, daß Nilini Guido zu jenen Kämpfern zählte, deren Wert nun erprobt werden müsse. Ich war so gewohnt, Nilinis Predigten unaufmerksam zuzuhören, daß auch diese, die ich von Anfang bis zu Ende genau mit angehört habe, an mir vorüberglitt, ohne eine Spur in mir zu hinterlassen.

Aber ein paar Tage nachher zog Nilini ganz andere Saiten auf. Er war dahintergekommen, daß Guido auch mit einem anderen Sensal Geschäfte gemacht hatte, und schrie in gereiztem Ton, er habe sich Guido gegenüber nichts zuschulden kommen lassen und auch immer die nötige Diskretion gewahrt. Dafür rief er mich zum Zeugen an. Habe er nicht etwa die Geschäfte Guidos stets geheimgehalten, sogar mir gegenüber, den er doch als seinen besten Freund betrachtete? Jetzt aber brauche er keine Rücksicht mehr zu nehmen, jetzt könne er mir in die Ohren brüllen, daß Guido verlor und verlor, alles, bis auf das Hemd. Was die Geschäfte betraf, die er vermittelt hatte, so versicherte er, daß die Position bis zu einer Besserungstendenz durchgehalten werden könne. Doch sei es unerhört, daß sich Guido gleich beim ersten Mißgeschick so unfair benehme.

Seine Eifersucht übertraf ja noch die Adas! Ich wollte Einzelheiten von Nilini erfahren, aber seine Eitelkeit war einmal verletzt, und er erging sich in immer heftigeren Ausfällen gegen Guido und sprach von nichts anderem als von dem Unrecht, das ihm zugefügt wurde. So blieb er diesmal ganz gegen seine Absicht weiterhin diskret.

Am Nachmittag fand ich Guido im Büro. Er lag ausgestreckt auf unserem Sofa, in einem seltsamen Zustand zwischen Schlaf und Verzweiflung. Ich fragte:

«Du verlierst alles bis aufs Hemd?»

Erst antwortete er nicht. Er hob bloß die Hand und fuhr mit ihr über sein Gesicht. Dann sagte er:

«Hast du jemals einen unglückseligeren Menschen gesehen als mich?»

Er ließ die Hand wieder sinken und änderte seine Stellung, indem er sich auf den Rücken legte. Dann schloß er die Augen. Es schien, als vergäße er langsam meine Gegenwart.

Ich war nicht imstande, ihm Trost zu spenden. Daß er sich für den unglückseligsten Menschen auf der Welt hielt, mißfiel mir ehrlich. Das war keine Übertreibung, das war eine Lüge. Wenn es mir möglich gewesen wäre, hätte ich ihm geholfen. Aber was konnte ich tun? Meiner Meinung nach verdiente nicht einmal einer Mitleid, der unschuldiger war als Guido; sonst gäbe es ja in unserem Leben für nichts anderes Platz als für Mitleidsgefühle, und das wäre äußerst lästig. Das Gesetz der Natur gibt uns kein Recht auf Glück. Im Gegenteil, es verurteilt uns ausdrücklich zu Not und Schmerz. Wo eine Speise steht, tauchen auch schon die Parasiten auf; gibt es deren nicht genug, so werden sie rasch geboren. Bald reicht der Fraß nur noch zur Not, gleich darauf aber gar nicht mehr aus. Die Natur stellt keine Kalkulationen an, sondern handelt nach Erfahrungen. Wenn der Fraß nicht mehr reicht, müssen eben die Fresser vermindert werden. Dieses Geschäft besorgt der Tod, dem der Schmerz vorausgeht. Für einen Augenblick wird dadurch das Gleichgewicht wiederhergestellt. So ist der Ablauf der Natur. Wie unsinnig, sich über etwas so Unabänderliches zu beklagen. Und doch klagen alle. Die einen, die am Fraß nicht teilgenommen haben, erheben ihr Geschrei über die Ungerechtigkeit der Natur; die anderen, die noch bis zum Fraß gelangen konnten, schreien gleichfalls, weil sie ein Recht auf ein viel größeres Stück zu haben glauben. Warum leben und sterben sie alle nicht schweigend? Dagegen ist die Freude desjenigen sympathisch, der es verstanden hat, sich ein ganz großes Stück zu sichern, und der sich nun bei hellem Sonnenschein zur Schau stellt, umgeben von Applaus. Der einzige laute Schrei, den ich erlauben möchte, ist der des Triumphators.

Aber Guido erst! Ihm fehlte jegliches Talent, Reichtum zu erwerben, ja sogar auch das, ihn zu bewahren. Wenn er vom Spieltisch kam, weinte er, weil er verloren hatte. Er benahm sich also nicht einmal wie ein Mann. Er ekelte mich an. Darum, nur darum fand er bei mir in dem Augenblick, in dem er es vielleicht am nötigsten gehabt hätte, keinen Trost. Selbst meine unaufhörlich strengen und guten Vorsätze waren hier zu Ende.

Indessen wurde Guidos Atem immer regelmäßiger und geräuschvoller. Er war eingeschlafen! Wie wenig männlich er sein Unglück ertrug! Man hatte ihm den Fraß fortgenommen. Und er schloß die Augen, um davon zu träumen, daß er ihn noch immer besaß, anstatt sie besser als vorher zu öffnen, um nach einem kleinen Stückchen, das vielleicht noch zu erhaschen gewesen wäre, auszuspähen.

Ich wollte wissen, ob Ada von dem Unglück unterrichtet war, und fragte ihn danach mit lauter Stimme. Er fuhr zusammen, und es dauerte lange, ehe er sich an sein Unglück gewöhnte, das ihm wieder bewußt wurde.

«Nein!» murmelte er und schloß wieder die Augen. Wahrscheinlich fühlen alle, denen das Schicksal übel mitgespielt hat, ein starkes Schlafbedürfnis. Schlaf spendet neue Kräfte. Ich sah Guido unschlüssig an. Wie sollte man ihm aber helfen, wenn er schlief? Es war wirklich eine ungelegene Zeit zu schlafen. Ich packte ihn also grob an der Schulter und rüttete ihn:

«Guido!»

Er hatte tatsächlich geschlafen. Unsicher sah er mich an. Sein Auge war noch verschleiert. Dann fragte er:

«Was willst du?» Plötzlich wurde er zornig und schrie noch einmal: «Was willst du denn?»

Ich wollte ihm doch nur helfen. Andernfalls hätte ich nicht das Recht gehabt, ihn aufzuwecken. Auch ich wurde zornig und schrie, daß jetzt nicht der Moment zum Schlafen sei; man müsse rasch ans Werk gehen, um zu retten, was noch zu retten war; man müsse kalkulieren, man müsse mit allen Familienmitgliedern verhandeln, auch mit denen, die sich in Buenos Aires befanden.

Guido setzte sich auf. Er war noch etwas benommen. Ich hatte ihn wirklich unsanft geweckt.

«Du hättest besser daran getan, mich schlafen zu lassen», sagte er bitter. «Wer soll mir jetzt helfen? Du weißt, wie weit es das letzte Mal kommen mußte, ehe es möglich wurde, das wenige zusammenzubringen, das ich zur Rettung brauchte. Heute handelt es sich um ganz andere Summen! An wen soll ich mich denn wenden?»

Ohne jede Liebe, nein, voll Zorn darüber, daß ich nun bereit war, zu geben und mich und die Meinen zu berauben, rief ich:

«Bin ich nicht auch noch da?» Dann meldete sich doch der Geiz und bewog mich, mein Opfer nicht zu weit zu treiben:

«Ist nicht Ada da? Nicht unsere Schwiegermutter? Können wir uns nicht alle zusammentun, um dich zu retten?»

Er erhob sich und kam auf mich zu, mit der offenkundigen Absicht, mich zu umarmen. Aber gerade das war etwas, das ich in diesem Augenblick nicht ertragen konnte. Da ich ihm meine Hilfe anbot, besaß ich jetzt das volle Recht, ihm Vorwürfe zu machen, und ich tat es ausgiebig. Ich warf ihm seine Schwäche und seine Eitelkeit vor, die sich sogar in einem solchen Augenblick noch bemerkbar machte. Die habe ihn ins Verderben getrieben. Er sei nach eigenem Gutdünken vorgegangen, ohne sich von jemandem beraten zu lassen! Wie oft hätte ich versucht, etwas zu erfahren, um ihn eventuell zurückzuhalten und dadurch zu retten. Aber er habe alles heimlich gemacht und sein ganzes Vertrauen diesem Nilini geschenkt.

Da lächelte Guido. Wahrhaftig, er lächelte, der Unglückliche, und sagte, daß er seit vierzehn Tagen nicht mehr mit Nilini arbeite. Er hatte sich eingebildet, daß ihm der «ironische Kinnbacken» Nilinis Unglück bringe.

Das war für ihn bezeichnend: der Schlaf und das Lächeln! Er stürzte alle ins Unglück – und lächelte dabei. Ich nahm die Miene eines strengen Richters an. Um Guido zu retten, mußte man ihn wirklich erst erziehen. Ich wollte wissen, wieviel er eigentlich verloren hatte. Als er dann sagte, daß er es nicht genau wüßte, geriet ich in Wut. Ich wurde noch wütender, als er mir hierauf eine verhältnismäßig niedrige Zahl nannte, die sich bald als jener Betrag entpuppte, der bei der Liquidation am fünfzehnten dieses Monats, bis zu dem nur zwei Tage fehlten, fällig war. Guido versicherte, daß bis zum Ende des Monats noch eine lange Zeit sei und sich die Dinge wieder ändern würden. Der Geldmangel an der Börse könne doch nicht ewig währen.

Ich schrie:

«Wenn auf dieser Welt kein Geld mehr vorhanden ist,

woher willst du dann welches holen? Etwa vom Mond?» Dann sagte ich, daß er keinen Tag länger spielen dürfe. Er könne doch nicht riskieren, den ohnehin riesengroßen Verlust noch zu vergrößern. Ich sagte auch, daß der Verlust ja in vier Teile aufgeteilt werden könnte, von denen ich, der Señor, Frau Malfenti und Ada je einen Teil tragen würden. Ferner, daß weder Nilini noch sonst ein Börsensensal unser Büro mehr betreten dürfe.

Mit unendlicher Sanftmut bat mich Guido, nicht so zu schreien, weil uns sonst die Nachbarn hören könnten.

Ich nahm mich zusammen. Es gelang mir tatsächlich, ruhig zu werden; allerdings warf ich ihm mit gedämpfter Stimme weitere Schimpfreden ins Gesicht. Ich bezeichnete seine Handlungsweise als ein Verbrechen; man müsse doch wirklich ein Tier sein, um sich derartigen Dingen gedankenlos auszusetzen. Ich legte Wert darauf, daß er von dieser ganzen Lektion kein Wort verlor.

Da machte Guido ein paar schüchterne Einwände. Wer hätte noch nicht auf der Börse gespielt? Unser Schwiegervater, der doch gewiß ein solider Geschäftsmann gewesen sei, habe keinen Tag verstreichen lassen, ohne auf der Börse zu spielen. Und dann – Guido wußte es – hatte ich nicht selber gespielt?

Ich protestierte. Zwischen Spiel und Spiel sei ein Unterschied. Guido habe sein ganzes Vermögen aufs Spiel gesetzt, ich bloß das Einkommen eines einzigen Monats.

Ich fand es erbärmlich, daß Guido sich auf so kindische Weise seiner Verantwortung entziehen wollte. Er behauptete dann noch, daß Nilini ihn verleitet habe, höher zu spielen, als ursprünglich beabsichtigt.

Ich lachte und spottete. Nilini war kein Vorwurf zu machen; der war nur auf seinen Verdienst bedacht. Aber war Guido nicht gleich darauf durch einen anderen Sensal noch riskantere Verpflichtungen eingegangen? Er hätte sich dieser neuen Geschäftsverbindung nur dann rühmen dürfen, wenn es ihm gelungen wäre, ohne Wissen Nilinis *à la baisse* zu spekulieren. Um den ersten Schaden gutzumachen, genügte es doch nicht, einfach die Mittelsperson zu wechseln und dabei auf demselben Weg fortzuschreiten! Da verfolgte ihn nur dasselbe Unglück. Nach dieser Predigt bat mich Guido, ihn endlich in Ruhe zu lassen. Mit einem Aufschluchzen, das ihm schon lange in der Kehle gesessen hatte, gab er zu, einen falschen Weg gegangen zu sein.

Da hielt ich mit den Vorwürfen inne. Er tat mir wirklich leid. Ich hätte ihn gerne umarmt, wenn er noch darauf Wert gelegt hätte. Ich versprach, mich sofort an die Beschaffung des Geldes zu machen und mit unserer Schwiegermutter zu verhandeln. Dafür überließ ich es ihm, mit Ada zu reden.

Mein Mitleid wuchs, als er mir sagte, er nähme es mir gerne ab, mit unserer Schwiegermutter zu verhandeln; dagegen quäle ihn die Vorstellung, neuerdings mit Ada über Geldangelegenheiten Dispute zu führen.

«Du weißt doch, wie die Frauen sind! Von Geschäften verstehen sie nur dann etwas, wenn sie gut ausgehen!» Er wolle Ada nichts sagen und lieber Frau Malfenti bitten, diese unangenehme Aufgabe zu übernehmen.

Dieser Entschluß erleichterte ihn ein wenig. Wir gingen zusammen fort. Ich sah ihn neben mir mit gesenktem Haupt einherschreiten und bereute sofort, ihn so grob angefahren zu haben. Aber wie hätte ich es denn anders tun sollen? Er mußte zur Besinnung gebracht werden, sollte er nicht sofort ins Verderben stürzen! Wie mußten übrigens seine Beziehungen zu seiner Frau aussehen, wenn er solche Angst hatte, mit ihr zu reden!

Es gelang ihm glücklich, mich wieder in Wut zu versetzen. Beim Gehen überlegte er noch, wie er sich die Durchführung meines Planes, der ihm überaus gefiel, noch erleichtern könnte. Er wollte nicht nur einer Auseinandersetzung mit seiner Frau ausweichen, sondern sie an diesem Abend überhaupt nicht mehr sehen und sich sofort auf die Jagd begeben. Dieser sinnreiche Vorsatz befreite ihn von jedem Druck. Die bloße Aussicht, in frischer Luft und fern von jeglicher Sorge zu weilen, genügte, um seine Miene aufzuhellen.

Ich war darüber empört! Mit dieser Miene konnte er leicht wieder an die Börse gehen und dort das Spiel, mit dem er das Vermögen der ganzen Familie und dazu noch das meine riskierte, von neuem anfangen.

Er sagte:

«Ich will mir nur noch dieses letzte Vergnügen gönnen. Ich lade dich ein, gleich mitzukommen, unter der Bedingung, daß du die Ereignisse des heutigen Tages mit keinem Wort erwähnst.»

Das sagte er lächelnd. Als er mein ernstes Gesicht sah, wurde er wieder ernster. Er fügte noch hinzu:

«Du mußt doch einsehen, daß ich nach einem derartigen Schlag eine kleine Erholung nötig habe. Dann wird es mir leichter fallen, mich in diesem Kampf als Mann zu bewähren.»

Seine Stimme zitterte aber doch vor Erregung. Es gelang mir daher, meine Wut zu unterdrücken, das heißt, ich äußerte sie nur noch dadurch, daß ich seine Einladung ablehnte. Ich müsse in der Stadt bleiben, um das nötige Geld zu beschaffen. Das war doch schon ein Vorwurf! Ich, der Unschuldige, blieb auf meinem Platz, während er, der Schuldige, seinem Vergnügen nachging!

Wir langten vor dem Hause der Frau Malfenti an. Guido konnte die Freude, die die Aussicht auf einige Stunden Erholung auf sein Gesicht gezaubert hatte, nicht mehr wiederfinden. Solange er in meiner Gesellschaft war, trug er den stereotypen Ausdruck des Leides, das ich in ihm wachgerufen hatte. Bevor wir uns trennten, machte er sich Luft. Er sagte, daß er überrascht sei, in mir einen solchen

Freund zu finden; er zögere sogar, das Opfer anzunehmen, das ich ihm bringen wollte. Er erklärte mir ganz unzweideutig, daß ich keineswegs dazu verpflichtet sei und daß es mir vollkommen freistehe, ihm zu helfen oder nicht.

Ich bin sicher sehr rot geworden. Um einen Ausweg aus meiner Verlegenheit zu finden, sagte ich rasch:

«Glaubst du, daß ich mein Wort zurücknehmen will, wo ich noch vor wenigen Minuten unaufgefordert bereit war, dir zu helfen?»

Er sah mich ein wenig unsicher an und meinte:

«Wenn du es bedenkenlos für mich tun willst, nehme ich es ohne weiteres an. Ich danke dir. Aber wir müssen einen neuen Kompanievertrag aufstellen. Jeder soll das bekommen, was ihm gebührt. Ja, wenn es zur Arbeit kommt und du weiter an ihr teilnehmen willst, mußt du auch endlich ein Gehalt beziehen. Wir werden die neue Gesellschaft auf einer ganz anderen Basis aufbauen. Dann werden wir auch nichts mehr befürchten müssen, weil wir den Verlust des vorigen Jahres verheimlicht haben. Er wird uns nur als Lehre dienen.»

Ich erwiderte:

«Dieser Verlust ist jetzt nicht mehr wichtig. Denk nicht mehr daran. Sieh nur zu, daß du die Schwiegermutter für dich gewinnst. Das ist jetzt die schwerste und wichtigste Aufgabe.»

So verließen wir einander. Ich glaube, daß ich über die Kindlichkeit, mit der mir Guido seine verborgensten Gefühle enthüllte, gelächelt habe. Er hatte mir diese lange Rede nur deshalb gehalten, um mir nicht allzu große Dankbarkeit bezeugen zu müssen. Aber ich verlangte das gar nicht. Es genügte mir zu wissen, daß mir Guido diese Dankbarkeit tatsächlich schuldete.

Ich fühlte mich, als wir auseinandergegangen waren, so leicht, als wäre ich erst jetzt ins Freie getreten. Ich genoß wieder meine volle Freiheit, die mir der Vorsatz, Guido zu erziehen und auf den rechten Weg zu führen, geraubt hatte. Im Grunde ist der Lehrer unfreier als der Schüler. Ich war fest entschlossen, ihm das Geld zu verschaffen. Ich weiß nicht, ob ich das aus Liebe zu ihm oder aus Liebe zu Ada tun wollte oder vielleicht, um mich der, wenn auch noch so geringen Verantwortung zu entledigen, die auf mir lastete, weil ich in Guidos Büro gearbeitet hatte. Jedenfalls beschloß ich, einen Teil meines Vermögens herzugeben. Noch heute denke ich an diesen Tag meines Lebens mit großer Genugtuung. Dieses Geld sollte nicht nur Guido, sondern auch mir zur Entlastung dienen. In gehobener Stimmung bummelte ich den ganzen Abend durch die Stadt und versäumte daher die Zeit, zu der ich Olivi auf der Börse hätte treffen können. Ich mußte mich ja an Olivi wenden, um eine so große Summe flüssig zu machen. Dann meinte ich wieder, daß die Angelegenheit nicht so dringend sei. Ich hatte einiges Geld zur persönlichen Verfügung, und das genügte gerade für die Regelung von Guidos Verpflichtungen, die am fünfzehnten des Monats fällig waren. Bis zum Monatsende wollte ich dann schon für das weitere sorgen.

An diesem Abend dachte ich nicht mehr an Guido. Später, als die Kinder schon schliefen, nahm ich zwar ein paarmal einen Anlauf, um Augusta von der Katastrophe zu erzählen, die über Guido hereingebrochen war. Aber ich wollte mich nicht mit langen Debatten anstrengen und dachte daher, es sei besser, Augustas Zustimmung erst dann einzuholen, wenn die andern zwei Helfer ihre Zustimmung gegeben hätten. Und es wäre doch wirklich zum Lachen gewesen, wenn ich mich, während Guido seinem Vergnügen nachging, über sein Unglück gegrämt hätte.

Ich schlief ausgezeichnet. Als ich am Morgen ins Büro kam, hatte ich herzlich wenig Geld in der Tasche. Ich trug nur das bekannte Couvert bei mir, das mir noch von Carlas Zeiten her geblieben war und das ich seinerzeit fürsorglich für sie oder für einen ihrer Erben beiseite gelegt hatte, sowie noch einen kleineren Geldbetrag, den ich von der Bank abheben konnte. Ich verbrachte den Vormittag mit der Lektüre verschiedener Zeitungen, während Carmen nähte und Luciano sich im Multiplizieren und Addieren übte.

Als ich zum Mittagessen nach Hause kam, fand ich Augusta bestürzt und niedergeschlagen vor. Ihr Antlitz war sehr blaß, wie immer, wenn sie unter mir zu leiden hatte. Sie sagte:

«Ich habe erfahren, daß du bereit bist, einen Teil deines Vermögens zu opfern, um Guido zu retten! Du bist nicht verpflichtet, mich davon zu unterrichten, das weiß ich, aber...»

Hier zögerte sie. Meine diesbezügliche Pflicht war ihr nicht ganz klar. Dann aber fing sie wieder an, mir mein Stillschweigen zum Vorwurf zu machen:

«Ich bin ja nicht wie Ada. Ich habe mich doch niemals deinem Willen widersetzt.»

Ich brauchte einige Zeit, um herauszubekommen, was sich eigentlich ereignet hatte. Augusta war zufällig zu Ada gekommen, als diese die schwebende Angelegenheit mit ihrer Mutter besprach. Bei Augustas Anblick vergoß Ada eine Flut von Tränen; dann redete sie von meiner Großmut, die sie unter keinen Umständen annehmen wolle. Sie beschwor sogar Augusta, mich zu bitten, ich möge mein Angebot zurückziehen.

Ich bemerkte sofort, daß Augusta an ihrer alten Krankheit litt: an der Eifersucht auf ihre Schwester. Aber ich legte im Augenblick darauf gar kein Gewicht. Mich überraschte die Haltung Adas.

«War sie beleidigt?» fragte ich und machte erstaunte Augen.

«Nein! Nein! Gar nicht beleidigt!» rief die aufrichtige Augusta. «Sie hat mich umarmt und geküßt... Vielleicht, um dich durch mich zu umarmen!»

Das war eine etwas eigentümliche Art, sich auszudrücken. Dabei sah mich Augusta prüfend und voll Mißtrauen an.

Ich protestierte.

«Glaubst du etwa, daß Ada mich liebt? Was fällt dir eigentlich ein!»

Aber es gelang mir nicht, Augusta zu beruhigen. Ihre Eifersucht fiel mir äußerst lästig. Sicherlich ging Guido in diesem Augenblick nicht mehr seinem Vergnügen nach, sondern verbrachte mit seiner Schwiegermutter und seiner Frau eine unangenehme Viertelstunde; aber auch ich erlebte nicht gerade Angenehmes. Ich war der Meinung, daß ich unverhältnismäßig viel litt, wo ich doch an allem unschuldig war.

Ich versuchte, Augusta mit Liebkosungen zu beruhigen. Sie entzog mir die Lippen und trat einen Schritt zurück, um mir besser ins Gesicht sehen zu können. Dann machte sie mir einen sehr sanften Vorwurf, durch den ich aufrichtig gerührt wurde.

«Ich weiß, daß du mich auch liebst», sagte sie.

Offenbar kümmerte sie sich nicht um das, was Ada fühlte. Es war ihr nur um mich zu tun. Mir fiel etwas ein, durch das ich ihr meine Unschuld eindeutig beweisen wollte:

«Also, Ada liebt mich neuerdings», sagte ich lachend und trat selber einen Schritt zurück, um mich besser betrachten zu lassen. Dann füllte ich die Mundhöhle mit Luft, daß die Wangen anschwollen, und riß die Augen weit auf; so ahmte ich das Aussehen Adas nach. Augusta sah mich erst verständnislos an, bald aber verstand sie meine Absicht und brach in ein schallendes Lachen aus, dessen sie sich augenblicklich wieder schämte.

«Nein!» sagte sie. «Bitte, verspotte sie nicht.» Dann meinte sie, noch immer lachend, daß es mir wirklich ausgezeichnet gelungen sei, die Entstellungen wiederzugeben, die Ada ein so sonderbares Aussehen verliehen. Diese Mi-

mik war aber deshalb so naturgetreu, weil mir dabei einen Augenblick lang zumute gewesen war, als umarmte ich Ada. Später, als ich allein war, wiederholte ich noch mehrmals diesen Versuch mit Begierde und Ekel zugleich.

Nachmittags ging ich ins Büro. Ich hoffte Guido anzutreffen. Nachdem ich einige Stunden vergeblich gewartet hatte, entschloß ich mich, ihn zu Hause aufzusuchen. Ich mußte doch wissen, ob es noch nötig war, Olivi um Geld zu bitten. Ich mußte meine Pflicht erfüllen, so lästig es mir auch war, Ada wiederzusehen, die der Ausdruck der Dankbarkeit sicherlich noch mehr entstellen würde. Wer weiß, wie viele Überraschungen mir noch von dieser Frau bevorstanden.

In Guidos Haus traf ich auf der Treppe mit Frau Malfenti zusammen, die gerade schwerfällig hinaufstieg. Sie erzählte mir lang und breit, was bis jetzt in Guidos Angelegenheit beschlossen worden war. Am Abend zuvor waren alle darüber einig gewesen, daß man einen Mann, den ein so furchtbares Unglück getroffen hat, retten müsse. Am Morgen hatte dann Ada erfahren, daß ich mich daran beteiligte, Guidos Verlust zu decken. Dagegen wehrte sich Ada. Frau Malfenti entschuldigte sie:

«Was willst du machen? Sie kann es mit ihrem Gewissen nicht vereinbaren, ihre liebste Schwester finanziell so zu schädigen.»

Im Zwischenstock blieb Frau Malfenti stehen, um Luft zu schöpfen, und auch, um zu reden. Sie sagte lächelnd, daß die Angelegenheit niemanden schädigen werde. Vor dem Mittagessen nämlich waren Ada und Guido zu einem Advokaten gegangen, einem alten Freund der Familie, der nun auch der Vormund der kleinen Anna war. Dieser hatte erklärt, daß niemand zur Zahlung verpflichtet sei; das Gesetz anerkenne keine Spielschulden. Guido sträubte sich dagegen mit Händen und Füßen und schwatzte von Ehre und Pflicht; aber es bestehe kein Zweifel, daß er sich darein fügen müsse, wenn alle, Ada inbegriffen, beschlossen, nicht zu zahlen.

«Seine Firma wird auf der Börse bankrott erklärt werden!» rief ich voll Bestürzung aus.

«Wahrscheinlich!» meinte Frau Malfenti mit einem Seufzer und nahm dann die letzten Stufen in Angriff.

Guido pflegte nach dem Mittagessen zu schlafen. Daher wurden wir von Ada allein in dem kleinen Salon empfangen, den ich so gut kannte. Als sie mich sah, war sie einen Augenblick lang verwirrt; aber wirklich nur einen Augenblick lang. Diesen Augenblick erfaßte ich und hielt ihn in der Erregung fest – klar und deutlich, als hätte sie mir ihre Verwirrung mitgeteilt. Dann raffte sie sich auf und reichte mir die Hand mit einer entschlossenen Bewegung, die die frauliche Unsicherheit, in der sie sich vorher befunden hatte, auslöschen sollte.

Sie sagte dabei:

«Augusta wird dir erzählt haben, wie dankbar ich dir bin. Ich kann augenblicklich nicht sagen, was ich fühle, ich bin zu verwirrt. Ich muß auch krank sein. Ja, sehr krank! Ich sollte wieder ins Sanatorium nach Bologna gehen!»

Sie schluchzte auf und konnte kaum weiterreden. Dann faßte sie sich etwas:

«Ich bitte dich um eines: sage Guido um Himmels willen, daß auch du nicht in der Lage bist, ihm das Geld zu geben. So wird es uns leichter fallen, ihn zu den Schritten zu bewegen, die nun einmal getan werden müssen.»

Zuerst waren ihr die Tränen bei der Erinnerung an die eigene Krankheit gekommen; jetzt weinte sie wieder, weil sie von ihrem Gatten reden mußte:

«Er ist ein Kind, und man muß ihn so behandeln. Wenn er weiß, daß du bereit bist, ihm das Geld zu geben, wird er auf seiner ursprünglichen Absicht bestehen und auch den Rest unseres Vermögens opfern. Unnötigerweise – denn nun wissen wir mit absoluter Sicherheit, daß ein Börsenfalliment nicht strafbar ist. Der Advokat hat es gesagt.»

So teilte sie mir die Meinung einer anderen hohen Autorität mit, ohne nach der meinen zu fragen. Dabei war ich ein alter Börsenfachmann. Meine Meinung hätte doch auch neben der des Advokaten ein wenig in die Waagschale fallen sollen. Aber ich dachte jetzt nicht an meine Meinung, obwohl ich so etwas tatsächlich hatte. Ich dachte vielmehr, daß man mich schon wieder in eine schwierige Lage brachte. Die Verpflichtung, die ich Guido gegenüber eingegangen war, konnte ich nicht rückgängig machen: denn gerade als Entgelt für diese Verpflichtung hatte ich mir doch herausgenommen, ihm so viele Unverschämtheiten ins Gesicht zu sagen; ich hatte also sozusagen schon Zinsen genommen von dem Geld, das ich deshalb nicht mehr verweigern konnte.

Ich zögerte also: «Ada! Ich glaube nicht, daß ich imstande bin, plötzlich wortbrüchig zu werden. Wäre es nicht besser, wenn du Guido überredest, die Sache so zu regeln, wie du es wünschst?»

Frau Malfenti, die mir immer große Sympathie entgegenbrachte, meinte nun, sie verstehe die Schwierigkeit meiner Lage sehr gut. Übrigens müßte sich Guido ihrem Willen fügen, auch wenn ich nicht einverstanden sei; denn es würde ihm dann doch nur ein Viertel des Betrages, den er brauchte, zur Verfügung gestellt.

Ada war mit ihren Tränen noch nicht zu Ende. Sie weinte und bedeckte ihr Gesicht mit dem Taschentuch. Sie sagte:

«Du hast schlecht gehandelt, sehr schlecht, als du ihm dieses unerhörte Angebot machtest. Jetzt sieht man klar, wie schlecht das war.»

Sie schien zwischen Dankbarkeit und großem Groll hin und her zu schwanken. Sie fügte dann noch hinzu, sie wünsche nicht, daß von meinem Angebot noch gesprochen werde. Sie bitte mich zum letztenmal, das Geld zu verweigern; andernfalls würde sie mich daran zu hindern wissen, es Guido zu übergeben, oder Guido, es anzunehmen.

Ich war so verwirrt, daß ich mir am Ende durch eine Lüge half. Ich erklärte, daß ich mir dieses Geld schon verschafft hätte, und wies dabei auf meine Brusttasche, in der sich das Couvert befand, dessen Gewicht allerdings sehr gering war. Diesmal sah mich Ada mit einem Ausdruck wahrer Bewunderung an. Ich hätte wahrscheinlich darüber große Befriedigung empfunden, wenn ich mir nicht bewußt gewesen wäre, daß ich diese Bewunderung nicht verdiente. Heute finde ich für diese Lüge keine andere Erklärung als die seltsame Sucht, vor Ada größer zu erscheinen, als ich war. Jedenfalls hinderte mich diese Lüge, länger auf Guido zu warten und trieb mich aus dem Hause. Es hätte ja auch passieren können, daß Ada gegen alle Erwartung plötzlich das Geld von mir verlangte. Wie hätte ich dann dagestanden? Ich gab also vor, dringende Geschäfte im Büro erledigen zu müssen, und eilte fort.

Ada begleitete mich bis zur Tür und versicherte mir, daß sie Guido bestimmen werde, selber zu mir zu kommen, um mir für meine Güte zu danken und mein Angebot zurückzuweisen. Sie machte diese Erklärung mit solcher Entschlossenheit, daß ich erschrak, als ob dieser feste Entschluß auch gegen mich gerichtet wäre. Nein! In diesem Augenblick konnte sie mich nicht lieben. Meine Großmut war zu groß. Sie erdrückte die Menschen, denen sie galt. Auf dem Weg ins Büro versuchte ich, das Mißbehagen loszuwerden, das mir das Verhalten Adas verursacht hatte. Ich sagte mir vor, daß ich mein Opfer nur Guido brachte und keinem andern. Was hatte Ada damit zu tun? Ich nahm mir das Versprechen ab, dies bei der nächsten Gelegenheit in Anwesenheit Adas festzustellen.

Nur um nicht eine zweite Lüge auf mein Gewissen zu

laden, ging ich ins Büro, obwohl ich dort nichts zu tun hatte. Seit dem Morgen fiel ein feiner und andauernder Sprühregen, der die Luft beträchtlich abkühlte. Der Frühling ließ diesmal auf sich warten. Mit zwei Schritten wäre ich daheim gewesen, während der Weg zum Büro weitaus länger und recht unangenehm war. Aber es schien mir, daß ich eine Verbindlichkeit einhalten müsse. Bald kam auch Guido und schickte Luciano fort, um mit mir allein zu reden. Er trug jene verstörte Miene zur Schau, die ihm bei Zwisten mit seiner Frau immer so nützlich war und die ich bereits sehr gut kannte. Er mußte geradezu geschrien und geweint haben.

Er fragte mich, was ich von den Vorschlägen seiner Frau und unserer Schwiegermutter dachte. Er wußte, daß ich bereits informiert war. Ich antwortete ausweichend. Ich wollte ihm meine Meinung nicht sagen. Einerseits stimmte sie mit der Meinung der beiden Frauen nicht überein, andererseits aber, wenn ich gegen mein besseres Wissen die Ansicht der Frauen vertrat, mußte ich eine neue Szene mit Guido befürchten. Außerdem war es mir sehr unangenehm, Guido gegenüber wankelmütig zu erscheinen. Und schließlich war ich doch mit Ada übereingekommen, daß die Entscheidung von Guido getroffen werden sollte und nicht von mir. Ich sagte also, daß man kalkulieren, die Sache näher untersuchen und andere Leute zu Rate ziehen müsse. Ich sei kein so gewiegter Geschäftsmann, um in einem so schwerwiegenden Falle allein die Entscheidung zu fällen. Um Zeit zu gewinnen, fragte ich ihn auch noch, ob wir Olivi zu Rate ziehen sollten.

Das genügte, um ihn in Wut zu bringen.

«Dieser Idiot!» schrie er. «Ich bitte dich, kein Wort von dem!»

Ich war keineswegs bereit, die Verteidigung Olivis zu übernehmen; allein meine Ruhe hatte keinen Einfluß auf Guido. Es war dieselbe Situation wie am Tag zuvor; nun aber war er es, der schrie, indes ich schweigen mußte. So hängt alles von der Gemütsverfassung ab, in der sich die Menschen befinden. Ich saß in der Klemme und fühlte mich an jeder freien Bewegung behindert.

Er ließ nicht locker. Er wollte unbedingt meine Meinung hören. In einer Eingebung, die mir göttlich erschien, begann ich nun zu sprechen. Ich sprach so glänzend, daß spätere Katastrophen ausgeblieben wären, hätte meine damalige Rede nur die geringste Wirkung gehabt. Ich wollte also vorläufig die beiden Angelegenheiten voneinander trennen: die Liquidation am Fünfzehnten und die am Monatsende. Im Grunde war am Fünfzehnten nicht allzuviel zu zahlen; es galt nur, Ada und Frau Malfenti so weit zu bringen, daß sie diesen verhältnismäßig kleinen Verlust auf sich nahmen. Dann würden wir noch immer die nötige Zeit haben, über die Regelung der zweiten Liquidation gründlich nachzudenken.

Guido unterbrach mich und fragte:

«Ada hat mir gesagt, daß du das Geld schon bei dir trägst. Wo ist es?»

Ich wurde rot. Aber ich wußte sogleich eine rettende Lüge.

«Da deine Leute das Geld nicht annehmen wollten, habe ich es vor einer Stunde wieder auf die Bank getragen. Aber wir können es haben, wann wir wollen. Schon morgen früh.»

Nun warf er mir vor, daß ich wankelmütig sei. Hatte ich nicht noch gestern erklärt, daß man nicht die zweite Liquidation abwarten, sondern das ganze gleich ordnen sollte? Hier bekam er einen Wutausbruch, der ihn aufs Sofa warf. Er phantasierte. Er wollte Nilini und die anderen Agenten, die ihn zum Spiel verleitet hatten, die Treppe hinunterwerfen. Oh! Beim Spiel war er auf seinen Ruin gefaßt gewesen, aber niemals auf eine solche Demütigung von seiten der Frauen, die nichts, weniger als nichts verstanden.

Ich trat zu ihm und drückte ihm die Hand. Am liebsten hätte ich ihn umarmt. Ich hatte ja nie etwas anderes angestrebt, als ihn endlich zu diesem Entschluß kommen zu sehen. Kein Spiel mehr, sondern tägliche Arbeit!

Das hätte seine Freiheit und unser aller glückliche Zukunft bedeutet. Nun handelte es sich nur darum, eine kurze, aber schwere Zeit zu überstehen; nachher würde alles leicht und einfach sein.

Bald darauf verließ er mich, noch niedergeschlagen, aber ruhiger.

«Ich gehe zu Ada!» sagte er leise und zeigte ein bitteres, aber selbstbewußtes Lächeln.

Ich begleitete ihn bis zur Tür. Ich hätte ihn auch bis nach Hause begleitet, aber vor der Tür wartete der Wagen auf ihn.

Guido schien vom Unglück verfolgt zu sein. Eine halbe Stunde später überlegte ich, ob es nicht gut wäre, ihn zu Hause aufzusuchen und ihm beizustehen. Ich befürchtete keine besondere Gefahr, stand aber jetzt auf seiner Seite und wollte Ada und Frau Malfenti überreden, ihm voll und ganz zu helfen. Ein Börsenbankrott gefiel mir nicht besonders. Übrigens war ja der Verlust, wenn man ihn in vier Teile aufteilte, zwar immer noch bedeutend, aber für keinen von uns ruinös.

Dann fiel mir ein, daß meine Aufgabe jetzt nicht darin bestand, Guido gut zuzureden, sondern das versprochene Geld für den nächsten Tag bereitzustellen. Ich machte mich sofort auf die Suche nach Olivi und rüstete mich gewissermaßen zu einem neuen Kampf. Ich dachte mir eine Methode aus, wie ich den großen Betrag meiner Firma im Laufe von mehreren Jahren wieder zurückzahlen würde; allerdings wäre dabei in wenigen Monaten auch alles draufgegangen, was mir vom Erbteil meiner Mutter geblieben war. Ich hoffte aber, daß Olivi keine Schwierigkeiten machen werde; bis jetzt hatte ich von ihm nie mehr verlangt, als mir vom Reingewinn und von den Zinsen korrekterweise zufiel. Außerdem konnte ich fest versprechen, ihn nie mehr mit ähnlichen Bitten zu belästigen. Schließlich stand außer Zweifel, daß ich wenigstens einen Teil des Betrages wieder von Guido zurückbekommen würde.

An jenem Abend konnte ich Olivi nicht erreichen. Als ich in sein Büro kam, war er eben fortgegangen. Man vermutete, daß er sich auf die Börse begeben habe. Aber ich traf ihn auch dort nicht an, und so ging ich endlich in seine Wohnung. Dort wieder sagte man mir, in der Wirtschaftsgenossenschaft, in der er eine Ehrenstelle einnahm, finde eben eine Sitzung statt, nur dort könne ich ihn erreichen. Aber es war bereits Nacht geworden, und außerdem regnete es so stark, daß die Straßen in Flüsse verwandelt waren.

Es war eine wahre Sinflut, die die ganze Nacht hindurch andauerte. Noch nach langen Jahren sprachen die Leute davon. Der Regen strömte in unerschütterlicher Ruhe geradezu senkrecht und mit immer gleicher Stärke vom Himmel. Von den Hügeln, die unsere Stadt umgeben, wurden Erde und Schlamm herabgeschwemmt, die die Kanäle verstopften. Ich mußte in einem Haustor Zuflucht nehmen, dort wartete ich vergeblich auf ein Nachlassen des schrecklichen Wetters. Als mir klarwurde, daß sich der Himmel für den Dauerregen entschieden hatte und daß es aussichtslos war, auf eine baldige Änderung zu warten, entschloß ich mich heimzugehen. Obwohl ich die höchsten Stellen des Pflasters aussuchte, watete ich dennoch im Wasser. Ich eilte fluchend nach Hause; als ich ankam, war ich naß bis auf die Knochen. Ich fluchte, weil ich soviel Zeit mit der Suche nach Olivi vergeudet hatte und dadurch in das Unwetter geraten war. Und obgleich meine Zeit möglicherweise nicht sehr kostbar ist, ärgere ich mich doch immer, wenn ich mich einmal umsonst angestrengt habe. Während ich durch die Straßen lief, dachte ich: «Verschieben wir alles auf morgen, da wird das Wetter klar und trocken sein. Morgen werde ich zu Olivi gehen. Morgen werde ich Guido aufsuchen. Wenn es sein muß, werde ich morgen sogar sehr früh aufstehen. Aber das Wetter wird wenigstens klar und trocken sein.»

Ich war von der Richtigkeit dieses Entschlusses so überzeugt, daß ich zu Augusta sagte: «Alle haben beschlossen, die ganze Angelegenheit auf morgen zu vertagen.» – Ich kleidete mich um und steckte meine zermarterten Füße in bequeme, weiche Pantoffeln. Langsam wurde ich trocken. Dann aß ich mein Abendbrot und legte mich schlafen. Ich schlief tief und fest bis zum Morgen, während der Regen gegen mein Fenster wie mit Peitschen schlug.

So erfuhr ich erst sehr spät von den Ereignissen dieser Nacht. Zuerst kam die Nachricht, daß der Regen an verschiedenen Stellen der Stadt Überschwemmungen hervorgerufen hatte, und dann, daß Guido tot war.

Viel später erst erfuhr ich, wie sich dies zugetragen hatte. Als Frau Malfenti weggegangen war, ungefähr um elf Uhr abends, teilte Guido seiner Frau mit, daß er eine beträchtliche Menge Veronal genommen habe. Er wollte damit sagen, daß ihm nichts anderes mehr übriggeblieben sei. Er umarmte und küßte sie und bat sie um Verzeihung für alles, was er ihr angetan hatte. Bevor sich seine Rede in das wirre Gestammel Sterbender verwandelte, sagte er ihr noch, daß sie die einzige Liebe seines Lebens gewesen sei. Zunächst glaubte sie weder an diese letzte Versicherung noch daran, daß er eine solche Menge Gift geschluckt habe, die zum Sterben genügt. Sie glaubte ihm nicht einmal seinen jämmerlichen Zustand und war überzeugt, daß er wieder eine Komödie spiele, um ihr Geld herauszulocken.

Nach ungefähr einer Stunde merkte sie, daß er in immer tieferen Schlaf verfiel. Da packte sie doch eine gewisse

Angst. Sie schrieb einem in der Nähe wohnenden Arzt, daß ihr Gatte sofortiger Hilfe bedürfe, da er eine beträchtliche Menge Veronal zu sich genommen habe.

Bis dahin war alles so ruhig vor sich gegangen, daß die alte Frau, die erst seit kurzem in diesem Haus diente, keine Ahnung von der Wichtigkeit ihrer Mission haben konnte.

Das übrige tat der Regen. Die alte Magd mußte bis zu den Waden im Wasser waten und verlor dabei den Zettel. Das merkte sie aber erst, als sie mit dem Arzt sprach. Immerhin wußte sie, daß der Fall dringend war, und bewog schließlich den Arzt, gleich mit ihr zu kommen.

Doktor Mali zählte ungefähr fünfzig Jahre. Er war alles andere als ein Genie; jedoch sicherlich ein gewissenhafter Arzt, der immer seine Pflicht erfüllt hat, so gut er konnte. Er besaß keinen großen privaten Patientenkreis, aber er hatte viel für eine mitgliederreiche Krankenkasse zu tun, die ihn nicht gerade glänzend bezahlte. Er war erst vor kurzem nach Hause gekommen und freute sich schon darauf, sich am warmen Ofen trocknen zu können. In welcher Stimmung er diesen behaglichen Winkel verließ, kann man sich vorstellen. Als ich die Todesursache meines armen Freundes näher zu erforschen suchte, machte ich auch die Bekanntschaft des Doktor Mali. Er sagte nur: «Als ich hinaustrat und der Regen mich durch den Schirm hindurch bespritzte, tat es mir leid, Medizin studiert zu haben statt Landwirtschaft; denn der Bauer bleibt zu Hause, wenn es regnet.»

An Guidos Bett traf er Ada völlig ruhig vor. Beim Anblick des Arztes erinnerte sie sich wieder, wie Guido vor einigen Monaten einen ähnlichen Selbstmord vorgetäuscht hatte. Die Verantwortung traf diesmal nicht sie, sondern den Arzt; der mußte alles erfahren, vor allem, warum man den Selbstmordversuch Guidos für eine Komödie halten konnte. Der Arzt hörte gleichzeitig diesen Erklärungen und dem Rauschen des Regens auf der Straße zu, aus dem er eine Bestätigung dieser Erklärungen herauszuhören meinte. Da man ihm nicht gesagt hatte, daß es sich um eine Vergiftung handelte, war er ohne Instrumente gekommen. Er entschuldigte sich und stammelte einige Worte, die Ada nicht verstand. Das schlimmste aber war, daß er niemanden nach den Instrumenten, die für eine Magenauswaschung nötig waren, schicken konnte; er hätte selber nach Hause gehen, das heißt zweimal den Weg durch die Sintflut machen müssen. So befühlte er Guidos Puls und fand ihn ausgezeichnet. Er fragte Ada, ob Guido immer einen tiefen Schlaf habe. Ada bejahte, meinte aber, so tief sei Guidos Schlaf doch selten gewesen. Der Arzt untersuchte dann die Pupillen des Kranken: sie reagierten auf den Wechsel des Lichts. Darauf entfernte er sich, nachdem er noch angeordnet hatte, Guido von Zeit zu Zeit sehr starken schwarzen Kaffee zu verabreichen.

Ich erfuhr auch, daß er auf der Straße, auf dem Nachhauseweg, voll Zorn vor sich hingebrummt hat:

«Es müßte gesetzlich verboten sein, bei so einem Wetter Selbstmord vorzutäuschen!»

Als ich dies alles von dem Arzt erfuhr, wagte ich nicht, ihm Vorwürfe wegen seiner Nachlässigkeit zu machen. Er erriet aber meine nicht sehr schmeichelhaften Gedanken und behauptete, ganz überrascht gewesen zu sein, als er am nächsten Tag hörte, daß Guido tot war. Im ersten Augenblick habe er geglaubt, Guido sei im Laufe der Nacht noch einmal zu sich gekommen und habe dann eine zweite Dosis Veronal geschluckt.

Er seufzte und fügte hinzu, ein Laie werde nie begreifen, daß ein Arzt sich daran gewöhnen müsse, sich gegen Menschen zu schützen, die in ihrer Sorge um das eigene Leben keine Rücksicht für das Leben des Arztes kennen.

Nach einer Stunde wurde Ada schließlich müde, Guido den Kaffeelöffel immer wieder zwischen die Lippen zu pressen. Da sie aber plötzlich merkte, daß Guido beinahe nichts mehr von der Flüssigkeit aufnahm und daß diese über das Kissen rann, erschrak sie und bat die Magd, zum Doktor Paoli zu eilen. Diesmal hielt die Magd das Billett fest; aber sie brauchte mehr als eine Stunde, um zur Wohnung des Doktors zu gelangen. Es ist natürlich, daß man bei so einem großen Regenguß das Bedürfnis hat, hie und da unter einem Haustor Zuflucht zu suchen. So ein Wetter macht einen nicht nur bis auf die Haut naß, es peitscht einen geradezu durch.

Doktor Paoli war nicht zu Hause. Er war soeben zu einem Patienten gerufen worden, und man wußte nur, daß er bald zurückkehren wollte. Es scheint aber, daß er es vorgezogen hatte, bei jenem Patienten ein Nachlassen des Regens abzuwarten. Das Dienstmädchen des Arztes, eine gutmütige und schon etwas bejahrte Person, bat die Magd Adas, sich ans Feuer zu setzen, damit sie sich von ihrem Marsch erhole. Der Arzt hatte die Adresse des Patienten, bei dem er sich befand, nicht hinterlassen. So verbrachten die beiden Frauen mehrere Stunden zusammen neben dem Feuer. Der Arzt kehrte erst zurück, als der Regen bereits aufgehört hatte. Sofort eilte er mit den Instrumenten, die er an Guido schon erprobt hatte, zu Ada. Es wurde schon langsam Tag. An Guidos Bett aber blieb dem Arzt nichts mehr übrig, als Ada zu verheimlichen, daß Guido tot war, und Frau Malfenti holen zu lassen, ehe Ada die Wahrheit erfuhr.

Deshalb erhielten wir die Nachricht von Guidos Tod erst spät. Als ich aufstand, packte mich wieder einmal Wut über den armen Guido; er komplizierte sein Unglück immer durch solche Komödien! Ich lief ohne Augusta hin, die die Kinder nicht so ohne weiteres im Stich lassen konnte. Auf der Straße kämpfte ich mit Zweifeln! Sollte ich nicht noch warten, bis die Banken geöffnet waren und ich Olivi in seinem Büro sprechen konnte? Ich wollte

Guido das versprochene Geld mitbringen. So wenig glaubte ich an die traurige Nachricht.

Die Wahrheit erfuhr ich auf der Treppe, von Doktor Paoli. Ich war so erschüttert, daß ich beinahe die Stiege rücklings hinabgefallen wäre. Guido war für mich während der gemeinsam verbrachten Zeit zu einer wichtigen Persönlichkeit geworden. Solange er lebte, sah ich ihn in einem besonderen Licht, einem Licht, das ein Bestandteil meines Lebens war. Als er starb, verwandelte sich dieses Licht, als fiele es plötzlich durch ein Prisma. Das war es, was mich im ersten Augenblick blendete und erschütterte. Guido hatte Fehler begangen. Aber nun, da er tot war, blieb von seinen vielen Fehlern nichts mehr übrig. Jener Weise, der auf einem Friedhof, in dem er nur lobende Grabschriften fand, fragte, wo man hier die Sünder begrabe, war ein Esel. Guido war jetzt rein von allen Sünden. Der Tod hatte ihn gereinigt.

Der Doktor war von dem Schmerzensausbruch Adas tief erschüttert. Er erzählte mir einiges von der schrecklichen Nacht, die sie erlebt hatte. Es war gelungen, ihr einzureden, daß die von Guido eingenommene Dosis auf jeden Fall tödlich gewirkt hätte; daß also jede Hilfe von vornherein aussichtslos gewesen wäre. Wehe, wenn sie das Gegenteil erfahren sollte.

«Wenn ich aber um einige Stunden früher gekommen wäre», fügte der Arzt hinzu, «so hätte ich ihn noch gerettet. Ich habe die leeren Fläschchen vorgefunden, in denen das Gift war. Ich habe sie mir genau angesehen. Eine starke Dosis, aber doch nicht viel stärker als das letzte Mal.»

Er zeigte mir einige Fläschchen, auf deren Etikett zu lesen war: Veronal. Also kein Natrium-Veronal. Nun konnte ich sicher sein, daß Guido nicht hatte sterben wollen. Vollkommen sicher. Aber ich habe es nie jemandem gesagt.

Bevor sich Doktor Paoli verabschiedete, sagte er mir noch, ich solle momentan Ada nicht unter die Augen treten. Er habe ihr starke Beruhigungsmittel verschrieben und zweifle nicht daran, daß bald die Wirkung eintreten werde.

Schon im Korridor hörte ich aus dem kleinen Salon, in dem ich zweimal von Ada empfangen worden war, ein leises Klagen. Es waren einzelne Worte, die ich nicht verstand, durchzittert von Leid. Das Wort «er» kam mehrmals vor. Ich glaubte zu erraten, was sie sagen wollte. Sie stellte zu dem armen Toten eine neue Beziehung her. Diese Beziehung durfte nicht jener gleichen, die sie zu dem Lebenden unterhielt. Es stand für mich außer Zweifel, daß sie dem Lebenden gegenüber gesündigt hatte. Nun war Guido für ein Verbrechen hingerichtet worden, das von allen begangen worden war; denn er hatte mit der Zustimmung aller an der Börse gespielt. Erst als es sich darum handelte zu zahlen, ließen sie ihn alle im Stich. Er aber hatte sich beeilt zu zahlen. Ich war der einzige seiner Verwandten, der frei von Schuld war, denn ich allein hatte die Pflicht empfunden, ihm zu helfen.

Im Schlafzimmer lag der arme Guido verlassen da. Ein Bettlaken bedeckte seinen Körper. Die Totenstarre hatte begonnen. In dieser Starre war keine Spannung mehr, eher ein Erstaunen lag darin, gestorben zu sein, ohne es zu wollen. In Guidos schönem braunen Gesicht gab es auch Züge, die Vorwurf bedeuteten. Dieser Vorwurf konnte aber nicht mir gelten.

Ich ging zu Augusta, um sie zu bitten, ihrer Schwester beizustehen. Ich war sehr erschüttert. Augusta brach in Tränen aus und umarmte mich: «Du warst ihm ein Bruder», sagte sie leise. «Jetzt bin ich bereit, einen Teil unseres Vermögens zu opfern, um sein Andenken rein zu bewahren.»

Ich bemühte mich, meinem armen Freund alle Ehre zu

erweisen. Zuerst klebte ich an die Tür unseres Büros einen Zettel, auf dem zu lesen war: «Wegen Ableben des Chefs geschlossen.» Ferner setzte ich die Todesanzeige auf. Die Anordnungen für das Begräbnis wurden erst am nächsten Tag im Einverständnis mit Ada getroffen. Ada hatte beschlossen, dem Sarg bis zum Grab zu folgen. Sie wollte damit ihre Liebe bezeugen, so gut sie es eben noch konnte. Die Ärmste! Ich weiß, was es heißt, an einem Grab Gewissensqualen zu leiden. Wie habe ich mich beim Tod meines Vaters gequält!

Ich verbrachte den Nachmittag im abgesperrten Büro. Nilini leistete mir Gesellschaft. Es gelang uns, eine vorläufige Bilanz aufzustellen. Sie war erschreckend! Nicht nur das ganze Kapital der Firma war verloren: Guidos Firma schuldete noch einmal soviel, wenn sie allen Verpflichtungen gerecht werden wollte.

Es wäre meine Pflicht gewesen zu arbeiten; für meinen armen Freund wütend zu arbeiten. Aber ich konnte ja nichts anderes als träumen. Mein erster Vorsatz war, den Rest meines Lebens in diesem Büro zu verbringen und für Ada und ihre Söhne zu arbeiten. Aber ich war nicht ganz sicher, ob ich diesen Vorsatz durchführen konnte.

Wie gewöhnlich schwatzte Nilini, während ich meine Gedanken weit in die Ferne schweifen ließ. Auch er empfand das Bedürfnis, seine Beziehung zu Guido nachträglich zu korrigieren. Nun begriff er plötzlich alles! Als ihm der arme Guido soviel Unrecht zufügte, mußte er schon an der geistigen Krankheit gelitten haben, die ihn zum Selbstmord führte. Somit war alles vergeben und vergessen. Nilini konnte niemandem grollen. Er hatte Guido immer gerne gehabt; jetzt liebte er ihn.

Schließlich vermischten sich Nilinis Phantasien mit den meinen und verdrängten sie. Mit bedächtiger Handelstätigkeit konnte man eine solche Katastrophe nicht wiedergutmachen; nur durch neuerliches Börsenspiel. Zu alledem erzählte mir Nilini von einem seiner Freunde, der sich im letzten Augenblick dadurch gerettet habe, daß er den doppelten Einsatz riskierte.

Wir sprachen viele Stunden miteinander. Der Vorschlag Nilinis, das von Guido begonnene Börsenspiel fortzusetzen, kam erst kurz vor Mittag zur Sprache und wurde von mir sofort aufgegriffen. Ich ging mit solcher Freude darauf ein, als hätte ich einen Weg gefunden, meinen Freund wieder ins Leben zurückzurufen. Schließlich kaufte ich auf den Namen des armen Guido eine Menge neuer Aktien, die alle seltsame Namen trugen wie: Rio Tinto, South French und so weiter.

So begannen fünfzig Stunden angestrengter Arbeit, wie ich sie in meinem ganzen Leben nicht gekannt hatte. Zunächst war ich damit beschäftigt, bis zum Abend mit großen Schritten im Büro auf und ab zu gehen. Ich wartete, ob meine Anordnungen richtig ausgeführt würden. Ich fürchtete, daß der Selbstmord Guidos auf der Börse schon bekannt sei und daß man daher auf seinen Namen keine weiteren Geschäfte abschließen wolle. Aber die Leute wußten mehrere Tage lang nichts davon, daß Guido durch Selbstmord geendet hatte.

Als mir Nilini mitteilte, daß alle meine Anordnungen richtig ausgeführt waren, geriet ich in einen Aufregungszustand, der durch den peinlichen Umstand noch erhöht wurde, daß an den gekauften Papieren nicht nur nichts gewonnen, sondern ein ziemlich hoher Betrag verloren wurde. Bei der Erinnerung an diese aufregenden Tage überkommt mich das seltsame Gefühl, als hätte ich damals fünfzig Stunden ununterbrochen am Spieltisch gesessen und mit größter Anspannung die Karten magnetisch beeinflussen wollen. Ich kenne niemanden, der so viele Stunden solcher Tortur ruhig ausgehalten hätte. Jede Kursschwankung wurde von mir beobachtet und verfolgt. Ich wünschte die Notierungen bald höher, bald tiefer, so wie sie mir oder vielmehr meinem armen Freund günstig gewesen wären. Meine Nächte vergingen ohne Schlaf.

Da ich fürchtete, daß mich die Familienmitglieder an der Rettungsaktion, die ich angefangen hatte, hindern könnten, sagte ich keinem Menschen etwas davon. Bei der Liquidation am Fünfzehnten bezahlte ich alles aus meiner Tasche. Die andern waren gerade um den Leichnam geschart, der der Beerdigung harrte. Übrigens mußte ich bei dieser Liquidation weniger bezahlen, als zu Guidos Lebzeiten angenommen wurde. Das Glück hatte sich mir bald wieder zugekehrt. Mein Schmerz um Guidos Tod war so groß, daß ich ihn nur mindern konnte, wenn ich für den toten Freund alle möglichen Gefahren auf mich nahm und mit meiner Unterschrift und mit meinem Geld haftete. Ich lebte in einem Traum von Güte, wie ich ihn vor langer Zeit an Guidos Seite begonnen hatte. Aber die Aufregung bereitete mir solche Qualen, daß ich später nie mehr für meine Rechnung auf der Börse gespielt habe.

Infolge der angestrengten Börsenspekulation (sie war damals meine einzige Beschäftigung) versäumte ich Guidos Begräbnis. Gerade an diesem Tag schnellten die Papiere, an denen wir interessiert waren, in die Höhe. Nilini und ich verbrachten die ganze Zeit mit Berechnungen, wieviel vom Verlust bereits hereingebracht worden war. Das Vermögen des alten Speier war nur mehr um die Hälfte vermindert! Ein glänzendes Resultat! Es erfüllte mich mit Stolz. Nun geschah wirklich, was Nilini vorausgesagt hatte. Diese Voraussage war seinerzeit zwar in sehr unsicherem Ton vorgebracht worden, jetzt natürlich, da er sie wiederholte, verschwand alle Unsicherheit. Nilini stand als Prophet da. Nach meiner Meinung hatte er aber sowohl dies wie auch das gerade Gegenteil prophezeit. Er hätte also auf jeden Fall recht behalten müssen. Ich sagte ihm das nicht, denn mir lag daran, daß er mit all seinem Ehrgeiz an unserem schwierigen Geschäft arbeite. Auch sein Wunsch sollte auf die Notierungen einwirken.

Wir verließen das Büro um drei Uhr und begannen zu laufen. Wir wußten, daß das Begräbnis um ein Viertel vor drei Uhr stattfinden sollte.

Auf der Höhe der Volti di Chiozza gewahrte ich in der Ferne einen Zug von Menschen und glaubte sogar den Wagen zu erkennen, den ein Freund Ada für das Begräbnis zur Verfügung gestellt hatte. Ich sprang mit Nilini rasch in einen Mietwagen und gab dem Kutscher Auftrag, dem Zug zu folgen. In diesem Wagen redeten Nilini und ich weiter über unsere Spekulationen. Unsere Gedanken waren so fern von dem Toten, daß wir uns sogar über das langsame Vorwärtskommen des Wagens beklagten. Wer weiß, was inzwischen auf der Börse geschah, die von uns nicht überwacht wurde? Plötzlich sah mir Nilini ganz gegen seine Gewohnheit in die Augen und fragte mich, warum ich auf der Börse keine Geschäfte für eigene Rechnung machte.

«Momentan arbeite ich nur für meinen armen Freund», sagte ich und wurde rot. Dann fügte ich nach kurzer Überlegung hinzu: «Dann erst kann ich an mich denken.» – Ich wollte Nilini die Hoffnung lassen, später auch mich für das Börsenspiel gewinnen zu können. Innerlich dachte ich mir, was ich nicht auszusprechen wagte: «Dir werde ich mich niemals ausliefern!» Nilini begann wieder zu predigen:

«Wer weiß, ob noch einmal so eine günstige Gelegenheit kommt!» Er vergaß ganz, daß er bereits mehrmals gelehrt hatte, auf der Börse sei zu jeder Stunde eine günstige Gelegenheit.

Als wir an die Stelle kamen, an der die Wagen sonst zu halten pflegen, sah Nilini hinaus und stieß einen Schrei der Überraschung aus. Der Wagen fuhr weiter; in die Richtung zum griechischen Friedhof.

«War Herr Guido Grieche?» fragte er erstaunt.

Wirklich, der Leichenzug fuhr am katholischen Friedhof vorbei und wollte offenbar woanders hin, zum jüdischen, griechischen, protestantischen oder serbischen Friedhof.

«Möglicherweise war er Protestant!» sagte ich im ersten Schrecken. Dann erinnerte ich mich, daß ich doch seiner Hochzeit in der katholischen Kirche beigewohnt hatte.

«Es muß ein Irrtum sein!» rief ich aus. Ich dachte, man wolle Guido an einem falschen Ort begraben. Plötzlich brach Nilini in ein unbändiges Gelächter aus, das ihn an die Rückwand des Wagens schleuderte, als wäre er eine kraftlose Puppe. Sein Riesenmund blieb in dem kleinen Gesicht weit aufgesperrt.

«Wir haben uns geirrt!» keuchte er. Als es ihm gelang, sein Lachen zu bändigen, überschüttete er mich mit Vorwürfen. Ich hätte doch erkennen müssen, welchem Zug wir folgten. Es war natürlich der Leichenzug eines anderen!

Ich war äußerst gereizt. Ich lachte keineswegs mit und ertrug nur mit Mühe seine Vorwürfe. Warum hatte nicht auch er besser hingesehen? Ich unterdrückte meine Gereiztheit nur deshalb, weil mich die Börse momentan mehr interessierte als das Begräbnis. Wir stiegen schleunigst aus dem Wagen, um uns besser zu orientieren. Dann lenkten wir die Schritte zum katholischen Friedhof. Der Wagen folgte uns. Die Hinterbliebenen des anderen Toten sahen uns erstaunt nach. Sie haben sich wahrscheinlich nie erklären können, warum wir den Ärmsten, den wir so weit begleitet hatten, im schönsten Augenblick verließen.

Nilini ging ungeduldig voraus. Nach kurzem Zögern fragte er den Portier:

«War der Leichenzug des Herrn Guido Speier schon da?»

Der Portier schien über diese Frage, die mir etwas komisch vorkam, nicht sehr erstaunt. Er antwortete, daß er leider keine Auskunft geben könne. Er wisse nur, daß während der letzten halben Stunde zwei Begräbnisse stattgefunden hatten. Das war alles.

Voller Bestürzung überlegten wir, was nun zu tun sei. Wir wußten ja nicht, ob der Leichenzug schon auf dem Friedhof war. Es schien mir unzulässig, zu einer solchen Zeremonie zu spät zu kommen und sie dadurch zu stören. So wollte ich lieber den Friedhof gar nicht betreten. Andererseits durfte ich es auch nicht riskieren, dem zurückkehrenden Zug zu begegnen. Ich verzichtete also darauf, dem Begräbnis Guidos beizuwohnen. Ich wollte in weitem Umweg über Servola in die Stadt zurückkehren. Nilini behielt den Wagen. Er wollte aus Rücksicht für Ada, die er kannte, sich wenigstens einmal zeigen.

Um jeder möglichen Begegnung auszuweichen, ging ich raschen Schrittes über den steilen Feldweg, der zum Dorf hinaufführte. Nun bedauerte ich es nicht mehr, den Leichenzug verwechselt und dem armen Guido die letzte Ehre verweigert zu haben. Ich konnte meine Zeit doch nicht mit dergleichen religiösen Handlungen vertrödeln. Eine höhere Pflicht lag mir ob: Die Ehrenrettung meines Freundes, die Verteidigung seines Vermögens zum Vorteil seiner Witwe und seiner Kinder. Wenn ich in der Lage war, Ada mitzuteilen, daß ich Dreiviertel des Verlustes zurückgewinnen konnte – ich überprüfte im Geist die Kalkulation, die ich so oft aufgestellt hatte: Guido hatte das doppelte Vermögen verloren, aber nach meiner Intervention betrug der Verlust nur noch die Hälfte dieses Vermögens, es stimmte also: ich hatte wirklich Dreiviertel des Verlustes wiedergewonnen –, dann mußte sie mir auch verzeihen, daß ich dem Begräbnis ferngeblieben war.

An diesem Tag war das Wetter schön. Die Frühlingssonne strahlte, über den feuchten Feldern lag reine und gesunde Luft. Meine Lungen weiteten sich bei der Bewegung, die mir seit Tagen nicht mehr vergönnt gewesen war. Ich bestand ganz aus Gesundheit und Kraft. Der Begriff Gesundheit entsteht durch Vergleich. Ich verglich mich mit dem armen Guido. Ich stieg immer höher in meinem Triumph, den ich in demselben Kampf errungen hatte, in dem er unterlegen war. Alles atmete Gesundheit und Kraft ringsum; auch die Wiese mit dem jungen Gras. Der übermäßige Regen, die Katastrophe des letzten Tages, erzeugte jetzt Segen und Fruchtbarkeit. Die Sonne spendete endlich die Wärme, nach der sich die gefrorene Erde so sehr gesehnt hatte. Bedeckte sich aber der Himmel nicht bald wieder mit Wolken, so bedeutete auch das eine Katastrophe: dann würde die glühende Sonne das Land versengen. Doch darauf kam ich erst später durch Erfahrung. Damals dachte ich nicht daran, erst heute, da ich darüber schreibe, fällt es mir ein. Damals war meine Seele erfüllt von einer Hymne an meine Gesundheit, an die Gesundheit der ganzen Natur, die die Äonen überdauert.

Ich beschleunigte meine Schritte, ein seliges Gefühl erfaßte mich, als ich sie so leicht empfand. Beim Abstieg über den Hügel von Servola wurden sie immer rascher, schließlich lief ich beinahe. Auf der Promenade von Sant' Andrea ging ich wieder langsamer. Immer noch hatte ich aber das Gefühl großer Leichtigkeit. Die Luft trug mich.

Ich vergaß, daß ich vom Begräbnis meines besten Freundes kam. Mein Gang, mein Atem – alles an mir war Triumph. Aber die Freude über den Triumph war eine Huldigung für meinen armen Freund, in dessen Interesse ich den Kampf auf mich genommen hatte.

Ich ging ins Büro, um die Schlußkurse anzusehen. Sie waren etwas schwächer. Das aber raubte mir nicht den Mut, weiter zuspekulieren. Ich zweifelte nicht, daß ich mein Ziel erreichen würde.

Ich mußte nun endlich zu Ada gehen. Augusta öffnete mir dort die Tür. Sie fragte gleich:

«Was ist dir eingefallen? Du, der einzige Mann in der Familie, bist nicht zum Begräbnis gekommen?»

Ich legte Schirm und Hut weg und sagte ein wenig bestürzt, daß ich gleich mit Ada sprechen möchte. Ich wollte die Sache nicht zweimal erzählen. Vorläufig versicherte ich, ich hätte gute Gründe gehabt, nicht zum Begräbnis zu kommen. Allerdings war ich selbst nicht mehr ganz davon überzeugt. Plötzlich schmerzte mich die Hüfte; vielleicht aus Müdigkeit. Vielleicht aber auch, weil mir die Bemerkung Augustas allen Mut nahm, mein Fernbleiben zu entschuldigen. Anscheinend hatten es alle als Skandal empfunden. Ich sah sie im Geiste, die sich der traurigen Pflicht nicht entzogen hatten, ich sah sie, wie sie ihren Schmerz dadurch ablenkten, daß sie einander fragten, wo ich eigentlich sei.

Aber Ada kam nicht. Später erfuhr ich, daß sie von meinem Kommen gar nicht benachrichtigt worden war. Ich wurde von Frau Malfenti empfangen, die mir mit einem düsteren Blick, wie ich ihn noch nie an ihr gesehen, entgegenkam. Ich begann, mich zu entschuldigen. Aber ich verlor die Sicherheit, die mich wie im Fluge vom Friedhof in die Stadt getragen hatte. Ich stotterte. Ich erzählte ihr auch Sachen, die nicht ganz richtig waren. Ich verwob sie mit der wahren Erzählung über mein mutiges Vorgehen an der Börse, das dem Vorteil Guidos dienen sollte, das heißt, ich erzählte, ich hätte kurz vor dem Begräbnis einen Auftrag nach Paris depeschieren müssen, ich hätte nicht gewagt, das Büro zu verlassen, ehe die Antwort da war. Es stimmte wohl, daß Nilini und ich nach Paris telegraphieren mußten. Das war aber schon vor zwei Tagen geschehen, die Antwort war gleich danach gekommen. Kurz, ich sah klar, daß die bloße Wahrheit nicht genügte, um mich zu rechtfertigen; vielleicht deshalb, weil ich sie nicht ganz wiedergeben und von der Tätigkeit erzählen konnte, die die wichtigste war: von dem Bestreben, mit meinem Wunsche die Devisenkurse zu beeinflussen. Aber Frau Malfenti verzieh mir, als sie die Summe hörte, auf die der Verlust Guidos reduziert worden war. Sie dankte mir mit Tränen in den Augen. Ich war wieder nicht nur der einzige Mann in der Familie, sondern auch der beste.

Sie bat mich, Ada, zusammen mit Augusta, abends zu besuchen. Sie wolle Ada inzwischen alles erzählen. Augenblicklich sei Guidos Witwe nicht in der Verfassung, jemanden zu empfangen. Und ich ging mit Augusta gern fort. Auch sie empfand kein Bedürfnis, vor dem Verlassen des Hauses mit Ada zu reden, die sich in solcher Verzweiflung befand, daß sie gar nicht bemerkte, ob überhaupt noch jemand im Zimmer war.

Ich hatte eine schüchterne Hoffnung:

«Also hat Ada mein Fernbleiben gar nicht bemerkt?»

Augusta sagte, daß sie gerne über diesen Punkt geschwiegen hätte; Ada sei über mein Versäumnis maßlos empört. Sie habe Erklärungen von Augusta verlangt. Als diese ihr gestehen mußte, daß sie selber nichts wüßte, da sie mich noch nicht gesehen hatte, schrie Ada verzweifelt: «Natürlich hat Guido ein solches Ende nehmen müssen, da er von der ganzen Familie gehaßt wurde.»

Ich glaubte, daß Augusta mich hätte verteidigen sollen, etwa indem sie Ada daran erinnerte, daß ich allein bereit gewesen war, Guido in der einzig richtigen Weise zu helfen. Wenn man mir gefolgt wäre, hätte Guido keinen Anlaß gehabt, einen Selbstmord zu versuchen oder vorzutäuschen.

Aber Augusta hatte geschwiegen. Adas Verzweiflung hatte sie so erschüttert, daß sie fürchten mußte, die Ärmste zu beleidigen, wenn sie eine Debatte anfing. Übrigens glaubte sie zuversichtlich, daß die Erklärungen Frau Malfentis Ada von der Ungerechtigkeit ihrer Behauptungen überzeugen würden. Ich erinnere mich, daß auch ich etwas Ähnliches hoffte, ja noch mehr, daß ich mich in diesem Augenblick voll Vergnügen an der Überraschung, die auf Ada wartete, an der Vorstellung ihrer Dankbarkeit weidete, zumal sie ja, nach Basedow, übertriebenen Gefühlsanwandlungen unterworfen sein mußte.

Ich ging ins Büro zurück und erfuhr dort, daß auf der Börse wieder steigende Tendenz herrschte, zwar nicht übermäßig, aber doch stark genug, daß man für den nächsten Tag die früheren Kurse erwarten konnte.

Nach dem Abendbrot mußte ich allein zu Ada gehen. Augusta konnte mich nicht begleiten, weil eines der Kinder sich unwohl fühlte. Ich wurde von Frau Malfenti empfangen, die mir mitteilte, daß sie mich wegen einer Arbeit in der Küche vorerst mit Ada allein lassen müsse. Später gestand sie, daß Ada sie gebeten hatte, mich mit ihr allein zu lassen; sie wollte mir etwas sagen, das von niemandem gehört werden durfte. Bevor Frau Malfenti aus dem Salon ging, in dem ich mich schon zweimal mit Ada allein befunden hatte, sagte sie lächelnd:

«Weißt du, beinahe kann sie dir noch nicht verzeihen, daß du nicht gekommen bist... Beinahe!»

In diesem kleinen Zimmer hatte ich stets Herzklopfen; diesmal aber nicht aus Angst, daß mich eine lieben könnte, die ich nicht liebte. Seit einigen Augenblicken, und zwar seit den Worten Frau Malfentis, war mir klargeworden, daß ich eine arge Verfehlung gegen das Andenken des armen Guido begangen hatte: denn Ada, die nun wußte, daß ich ihr als Entschuldigung für mein Versäumnis ein ganzes Vermögen darbot, konnte mir nicht gleich verzeihen. Ich setzte mich und betrachtete die Bilder von Guidos Eltern. Der alte «Señor» trug eine befriedigte Miene zur Schau. Ich schmeichelte mir, daß diese Befriedigung meinem Werk galt. Guidos Mutter hingegen, eine magere Frau, die ein Kleid mit weiten Ärmeln und auf dem Gipfel eines Gebirges von Haaren einen winzigen Hut trug, schnitt ein strenges Gesicht. So nimmt jeder vor der Kamera ein anderes Aussehen an. Ich blickte rasch weg, um die Gefühle nicht näher zu untersuchen, die mir diese Gesichter entgegenbrachten. Guidos Mutter konnte doch wirklich nicht vorausgesehen haben, daß ich bei der Beerdigung ihres Sohnes nicht anwesend sein würde!

Der Ton, in dem Ada zu mir sprach, war für mich eine schmerzliche Überraschung. Sie mußte sich lange überlegt haben, was sie mir sagen wollte, denn sie überhörte alle meine Erklärungen, Versicherungen und Rechtfertigungen, kurz alles, was sie nicht vorherwissen konnte und worauf sie nicht vorbereitet war. Sie rannte wie ein scheu gewordenes Pferd immer weiter und weiter.

Ada trat ein. Sie trug nur einen schwarzen Schlafrock, ihre Haare waren zerwühlt. Sie näherte sich dem Tischchen, an dem ich saß, und stützte sich mit den Händen darauf, um mich besser zu sehen. Ihr Antlitz war wieder abgemagert. Es trug keine Spur von jener seltsamen Gesundheit mehr, die ihre Wangen an falscher Stelle gerötet hatte. Sie war nicht so schön wie damals, als Guido sie gewann, aber niemand hätte bei ihrem Anblick die Krankheit entdeckt. Diese Krankheit war fort! An ihre Stelle war ein Schmerz getreten, der sie ganz erfüllte. Ich verstand ihn so gut, diesen ungeheuren Schmerz, daß ich nicht imstande war zu reden. Während ich sie ansah, dachte ich: «Welche Worte soll ich dir sagen, die eine brüderliche Umarmung ersetzen und dich ermutigen können, zu weinen und dein Herz zu erleichtern?» Später, als ich mich beschimpft fühlte, wollte ich mich verteidigen; aber ich tat es nur schwach, und sie hörte mich nicht.

Sie redete, redete, redete; ich kann nicht alle ihre Worte wiedergeben. Wenn ich mich nicht irre, begann sie mir ernst, aber ganz ohne Wärme, dafür zu danken, daß ich für sie und die Kinder so viel getan hatte. Gleich darauf jedoch wurde sie aggressiv:

«Du hast dadurch eine Situation geschaffen, die deutlich zeigt, daß er wegen einer Sache gestorben ist, die wahrlich nicht der Mühe wert war!»

Jetzt senkte sie die Stimme, als wolle sie mir im geheimen etwas mitteilen, und in ihrer Stimme wurde eine größere Wärme fühlbar, eine Wärme, die von ihrer Liebe zu Guido und – oder schien es mir bloß so? – auch zu mir erzeugt war:

«Und ich verzeihe dir, daß du nicht zu seinem Begräbnis gekommen bist. Du konntest nicht kommen. Ich verzeihe dir. Auch er würde dir verzeihen, wenn er noch am Leben wäre. Was solltest du auch an seinem Grabe? Du, der du ihn nicht geliebt hast! In deiner Güte hättest du vielleicht geweint um mich, um meine Tränen, aber nicht um ihn, den du... gehaßt hast! Armer Zeno! Armer Bruder!»

Es war ungeheuerlich, daß sie so etwas sagen, daß sie die Wahrheit so entstellen konnte. Ich protestierte, aber sie hörte mich nicht. Ich glaube, daß ich geschrien habe, jedenfalls würgten Schreie meine Kehle. Ich wollte unbedingt sagen: «Aber das ist doch ein Irrtum, eine Lüge, eine Verleumdung. Wie kannst du so etwas glauben?»

Sie fuhr mit leiser Stimme fort:

«Ich habe es ja gleichfalls nicht verstanden, ihn zu lieben. Ich konnte ihn zwar nicht betrügen, nicht einmal in Gedanken; aber dennoch war mein Gefühl für ihn so schwach, daß ich nicht imstande war, ihn zu beschützen. Ich hatte immer deine Beziehung zu deiner Frau vor Augen. Ich beneidete euch. Ihr schient mehr voneinander zu haben als wir beide. Ich danke dir dafür, daß du nicht zum Begräbnis gekommen bist: denn sonst wären mir niemals die Augen aufgegangen. So aber sehe und erkenne ich alles. Auch ich habe Guido nie geliebt! Wie hätte ich denn sonst sogar seine Geige verabscheuen können, die das vollkommene Attribut seines großen Geistes war.»

Nach diesen Worten legte ich den Kopf in meine verschränkten Arme und verbarg mein Antlitz. Die Anklage, die mir Ada entgegenschleuderte, war so ungerecht, daß ich darauf überhaupt nicht antworten konnte. Ihre ganze Unvernunft wurde dabei von einem so liebevollen, beinahe zärtlichen Ton gemildert, daß ich auch den Mut nicht aufbrachte, wenigstens laut dagegenzureden, wie ich es hätte tun müssen, um siegreich aus diesem Kampf hervorzugehen. Dazu kam noch, daß mir Augusta das Beispiel eines rücksichtsvoll schweigenden Menschen gegeben hatte, daß sie mich gelehrt hatte, wie schonungsvoll man einen so großen Schmerz behandeln müsse. Ich schwieg daher. Als sich meine Augen geschlossen hatten, erkannte ich in der Dunkelheit, daß durch Adas Worte – so wie immer durch unwahre Worte – eine neue Situation geschaffen worden war. Ich glaubte im Augenblick wirklich, daß ich Guido immer gehaßt hatte und daß ich nur deshalb nicht von seiner Seite gewichen war, um den richtigen Augenblick abzupassen, da ich ihm einen Schaden zufügen konnte. Ada hatte Guido und seine Geige in einem Atem genannt. Wenn ich nicht sicher gewußt hätte, daß nur Schmerz und Gewissensqual aus ihr sprachen, hätte ich glauben müssen, daß diese Geige nur deshalb erwähnt wurde, um mich am raschesten von der Richtigkeit der furchtbaren Anklage zu überzeugen.

In der Dunkelheit sah ich auch den Leichnam Guidos wieder. Auf seinem Antlitz stand noch immer die Verwunderung darüber, daß er das Leben durch Zufall und Nachlässigkeit verloren hatte, daß er plötzlich, ehe er es noch recht bedacht hatte, drüben war. Erschrocken blickte ich wieder auf. Da war es immer noch besser, der anklagenden Ada in die Augen zu blicken. Das war wenigstens Wirklichkeit. Die Wirklichkeit tat unrecht, konnte aber immer noch leichter ertragen werden als das große Dunkel.

Ada sprach noch immer über mich und Guido:

«Und du, armer Zeno, hast die ganze Zeit, ohne es zu

wollen, mit deinem ganzen Haß neben ihm leben müssen. Aus Liebe zu mir hast du ihm noch Gutes getan. Aber das konnte ja nicht ewig so fortgehen! Es mußte ein solches Ende nehmen. Auch ich hatte die Absicht, aus der Liebe, die du für mich weiter im Herzen bewahrt hast, Nutzen für Guido zu ziehen. Ich wußte, daß du ihm nützlich sein konntest. Aber niemand war imstande, ihn zu beschützen, es sei denn einer, der ihn liebte. Niemand von uns hat ihn geliebt.»

«Was hätte ich denn noch mehr für ihn tun können?» fragte ich leise. Tränen flossen aus meinen Augen, die sollten Ada und mich selber von meiner Unschuld überzeugen. Tränen ersetzen oft Argumente. Ich wollte auf keinen Fall schreien, ja, ich war unschlüssig, ob ich überhaupt reden sollte. Aber auf irgendeine Weise mußte ich den Behauptungen Adas entgegentreten; also weinte ich.

«Ihn retten, Zeno! Ich oder du oder einer von uns hätte ihn retten können. Ich konnte es nicht, obwohl ich ihm so nahestand; dazu liebte ich ihn nicht genug. Und du, du warst ihm ferne, ganz ferne, auch noch in dem Augenblick, da er unter der Erde lag. Nun kommst du und erzählst von deiner großen Liebe. Vorher hast du dich nicht um ihn gekümmert. Bis zum letzten Abend war er mit dir beisammen. Hättest du ihm wirklich nahegestanden, so wäre dir an diesem Abend klargeworden, daß etwas Furchtbares geschehen würde.»

Nun machten meine Tränen jedes weitere Wort unmöglich. Ich brachte ein paar verwirrte Laute hervor; eigentlich wollte ich sagen, daß er in der Nacht zuvor noch seinem Vergnügen nachgegangen war und Schnepfen gejagt hatte, daß daher niemand auf der Welt voraussehen konnte, welchen Dingen er in der folgenden Nacht nachgehen würde.

«Er brauchte ja die Jagd, er brauchte sie wirklich!» sagte Ada tadelnd und laut. Dann, als wäre diese Anstrengung zu groß gewesen, schlug sie plötzlich bewußtlos auf den Boden hin.

Ich erinnere mich, einen Augenblick lang geschwankt zu haben, ob ich Frau Malfenti rufen sollte oder nicht. Ich fürchtete, die Bewußtlosigkeit Adas würde vor anderen enthüllen, was sie mir eben gesagt hatte. Endlich rief ich.

Frau Malfenti und Alberta liefen herein. Frau Malfenti beugte sich über Ada und fragte:

«Hat sie mit dir auch von diesen verfluchten Börsengeschäften gesprochen?» Und dann: «Das ist heute schon die zweite Ohnmacht.»

Sie bat mich, für einen Augenblick das Zimmer zu verlassen. Ich trat auf den Korridor. Ich wartete gespannt, was weiter geschehen würde. Sollte ich gehen oder bleiben? Ich dachte mir verschiedene und ausführliche Erklärungen aus, die ich Ada nachher geben wollte. Sie vergaß doch gänzlich, daß das Unglück vermieden worden wäre, wenn man nur das getan hätte, was ich vorgeschlagen hatte. Diese Erklärung mußte eigentlich genügen, um Ada zu überzeugen, daß sie mir unrecht tat.

Bald darauf kam Frau Malfenti heraus und sagte, daß Ada wieder zu sich gekommen sei; sie wünsche, mir Adieu zu sagen. Ich trat ein, sie lag auf dem Sofa, auf dem ich vor kurzem gesessen hatte. Bei meinem Anblick begann sie zu weinen. Das waren die ersten Tränen, die ich in jenen Unglückstagen an ihr sah. Dann reichte sie mir ihre kleine Hand, die ganz mit Schweiß bedeckt war.

«Leb wohl, Zeno, ich bitte dich, denke daran! Du mußt immer daran denken! Vergiß es ja nicht!»

Frau Malfenti fragte mich leise, woran ich denn denken solle. Ich gab ihr die Auskunft: Ada wolle, daß die ganze Börsenposition Guidos so rasch wie möglich liquidiert werde. Über diese Lüge mußte ich erröten. Auch fürchtete ich, daß Ada widersprechen würde. Aber anstatt mich Lügen zu strafen, begann sie sofort zu schreien:

«Ja, ja, natürlich! Alles muß liquidiert werden. Ich will von dieser verfluchten Börse nichts mehr hören!»

Sie war wieder ganz blaß geworden. Frau Malfenti beruhigte sie, indem sie mehrmals versicherte, daß alles so geschehen werde, wie sie es wolle.

Dann begleitete mich Frau Malfenti bis zur Tür. Sie bat mich, die Angelegenheit nicht zu überstürzen und nach bestem Wissen und im Interesse Guidos zu handeln. Mein Risiko war ungeheuer. Ich erwiderte, daß ich es kaum wagen könne, unter solchen Umständen die Interessen eines anderen weiter zu vertreten. Ich glaubte ja nicht mehr an das Börsenspiel, und es fehlte mir vor allem die Zuversicht, durch die ich vermeinte, das Steigen und Sinken der Kurse beeinflussen zu können. Ich war also dafür, sofort zu liquidieren.

Ich sagte Augusta nichts von den Worten und Anklagen Adas. Warum hätte ich sie aufregen sollen? Aber diese Worte blieben auf der Welt, auch wenn ich sie niemandem weitererzählte. Sie waren aufbewahrt in meinen Ohren, ich trug sie jahrelang mit mir herum. Noch heute machen sie mir viel zu schaffen; gerade jetzt, in dem Augenblick, in dem ich sie niederschreibe. Oft versuchte ich, sie zu analysieren. Ich kann nicht sagen, daß ich Guido geliebt habe; er war ja auch ein sonderbarer, vielleicht kranker Mensch. Eines aber ist sicher: daß ich ihm brüderlich zur Seite gestanden und geholfen habe, so gut ich konnte. Ich glaube wirklich, daß ich die Vorwürfe Adas nicht verdiente.

Nie mehr traf es sich, daß ich mit Ada allein sprechen konnte. Sie hatte kein Bedürfnis, mir noch etwas zu sagen. Ich wagte nicht, weitere Erklärungen von ihr zu verlangen; vielleicht deshalb, weil ich unsere Wunden nicht wieder aufreißen wollte.

An der Börse lief alles so ab, wie ich es vorausgesehen hatte. Guidos Vater, dem mit den ersten Telegrammen der Verlust des ganzen Vermögens bekanntgegeben worden war, freute sich sicherlich, wenigstens die Hälfte gerettet zu sehen. Das war mein Werk. Aber ich konnte keine große Genugtuung darüber empfinden.

Ada behandelte mich die ganze Zeit, bis zu ihrer Abreise nach Buenos Aires, mit äußerster Liebenswürdigkeit. Sie übersiedelte mit ihren Kindern zu der Familie ihres verstorbenen Mannes. Vorher kam sie noch gern und oft mit Augusta und mir zusammen.

Oft redete ich mir ein, daß ihre damaligen Vorwürfe nur auf einen wahnsinnigen Schmerzensausbruch zurückzuführen seien und daß sie sie vollkommen vergessen habe. Als aber einmal in unserer Gesellschaft die Rede auf Guido kam, faßte sie mit fünf Worten noch einmal alles zusammen, was sie mir an jenem unglückseligen Tag gesagt hat:

«Keiner liebte ihn, den Armen.»

Als sie an Bord ging (sie trug dabei eines ihrer Kinder, das nicht ganz wohl war, auf dem Arm), küßte sie mich. In einem Augenblick, da niemand uns hören konnte, sagte sie hastig:

«Leb wohl, Zeno, mein Bruder. Ich werde stets daran denken, daß ich Guido nicht genug geliebt habe. Das sollst du wissen. Ich verlasse meine Heimat gerne. Es ist mir, als ließe ich auch meine Gewissensqualen hier zurück.»

Ich tadelte sie, weil sie sich noch immer so quälte. Sie sei doch Guido stets eine gute Frau gewesen; ich wisse das und könne es bezeugen. Ich glaube aber nicht, daß ich ihr das im letzten Augenblick noch hätte einreden können. Sie sprach nicht mehr, Tränen hinderten sie daran. Später, nach langer Zeit, fühlte ich erst, daß sie mit diesen Abschiedsworten zugleich ihre Vorwürfe gegen mich erneuern wollte.

Dieser Tag war trübe und traurig. Eine einzige harmlose Wolke war imstande, den Himmel gänzlich zu verfinstern. An den großen Frachtbooten hingen die Segel schlapp herunter; manche versuchten, mit Hilfe von Rudern den Hafen zu verlassen. Unzählige Ruderschläge waren notwendig, um ein kleines Stückchen vorwärtszukommen. Vielleicht half dann, auf offener See, ein kleiner Windhauch weiter.

Ada stand oben auf dem Deck des großen Passagierdampfers und ließ ihr Taschentuch flattern. Bald aber wandte sie uns den Rücken. Sicherlich gingen ihre letzten Blicke in die Richtung von Sant' Anna, wo Guido begraben lag. Je weiter sie sich entfernte, um so vollendeter und eleganter erschien ihre schlanke Gestalt. So verließ sie uns. Es sollte mir nie mehr vergönnt sein, ihr meine Unschuld zu beweisen.

VIII
Psychoanalyse

3. Mai 1915.

Ich habe die Psychoanalyse satt. Nachdem ich mich nun schon volle sechs Monate hindurch analysiert habe, fühle ich mich schlechter als zuvor. Der Doktor ist noch da, aber ich habe mich definitiv entschlossen, ihm den Laufpaß zu geben. Vorläufig ließ ich ihm gestern sagen, daß ich verhindert sei, ihn zu empfangen. Jetzt will ich ihn noch ein paar Tage warten lassen. Wenn ich ganz sicher wäre, über ihn lachen zu können, ohne mich dabei aufzuregen, würde ich mich entschließen, zu ihm zu gehen. Aber ich habe Angst, ich könnte am Ende handgreiflich werden.

Seit Ausbruch des Krieges langweilt man sich in dieser Stadt mehr denn je. Um die Zeit auszufüllen, die sonst der psychoanalytischen Behandlung gewidmet war, widme ich mich von neuem meinen geliebten Blättern. Ein ganzes Jahr lang habe ich kein Wort geschrieben; so bin ich einer Anordnung des Arztes gefolgt. Dieser hatte erklärt, daß ich mich nur in seinem Beisein seelisch prüfen dürfe, denn eine von ihm nicht überwachte Selbstprüfung würde die sogenannten Widerstände verstärken, die mir verbieten, ganz wahr und ungezwungen zu sein. Nun aber fühle ich mich krank, aus dem Gleichgewicht gebracht wie noch nie im Leben, und ich glaube, daß mir das Schreiben mehr helfen wird, als es die Kur vermocht hat. Jedenfalls bin ich sicher, daß dies die einzig richtige Methode ist, um einer Vergangenheit, die nicht mehr schmerzt, wieder einige Bedeutung zu verleihen und eine verhaßte Gegenwart möglichst rasch verschwinden zu lassen.

Ich hatte ein solches Zutrauen zu dem Arzt, daß ich seine Erklärung, ich sei geheilt, voller Glauben hinnahm. Ich glaubte ihm mehr als den Schmerzen, an denen ich immer noch litt. Ich sagte zu ihnen:

«Ihr seid ja nicht wirklich!» Jetzt aber gibt es keinen Zweifel mehr! Sie existieren! Die Knochen meiner Beine sind zu spitzen Fischgräten geworden, die mein Fleisch und meine Muskeln zerstechen.

Das aber würde mir nicht allzu große Sorge machen. Das ist es auch nicht, warum ich die Kur aufgebe. Wenn die Stunden der Selbsterforschung weiterhin interessante Enthüllungen und neue Gefühle gebracht hätten, würde ich sie nicht aufgegeben haben, oder ich hätte doch so lange gewartet, bis der Krieg, der mir jede andere Tätigkeit verbietet, endlich zu Ende wäre. Aber jetzt, da ich alles weiß, nämlich daß es sich um nichts anderes gehandelt hat als um eine simple Illusion, um einen guten Trick, der vielleicht auf irgendein altes hysterisches Weib Eindruck machen könnte – wie kann ich nun die Gesellschaft dieses lächerlichen Arztes noch weiter ertragen, wie kann ich noch in diese Augen sehen, die forschend dreinschauen wollen, wie diesem Eigendünkel begegnen, der diesem Scharlatan erlaubt, alle Phänomene dieser Welt um seine große, neue Theorie zu gruppieren? Ich will meine freie Zeit mit Schreiben ausfüllen. Vorläufig will ich aufrichtig die Geschichte meiner Kur erzählen. Zwischen mir und dem Doktor ist nämlich jede Aufrichtigkeit verlorengegangen. Erst jetzt atme ich auf. Nun wird mir keine Kette mehr angelegt. Ich muß mich zu keinem Glauben zwingen, ich muß keinen Glauben mehr vortäuschen. Gerade um meine Meinung vor diesem Arzt zu verbergen, glaubte ich, ihm eine kriecherische Ehrfurcht entgegenbringen zu müssen. Das ermutigte ihn dazu, mir jeden Tag eine neue Wahrheit vorzusetzen. Meine Kur müßte schon lange zu Ende sein, denn meine Krankheit ist ja schon entdeckt. Hier die Diagnose, genau dieselbe, die schon der selige Sophokles dem armen Ödipus gestellt hat: Ich liebte meine Mutter und wollte meinen Vater ermorden.

Ich ärgerte mich nicht etwa darüber! O nein, ich hörte noch bezaubert zu. Es schien mir eine Krankheit zu sein, die mich in einen gewissen Adel erhob. Eine vornehme Krankheit, zu der schon unsere Vorfahren, im mythologischen Zeitalter, gelangt waren. Und ich ärgere mich auch jetzt nicht darüber, da ich allein bin und die Feder in der Hand halte. Ich lache von Herzen. Der beste Beweis dafür, daß ich diese Krankheit nie gehabt habe, ist doch die Tatsache, daß ich nicht geheilt bin. Dieser Beweis müßte auch den Arzt überzeugen. Er kann beruhigt sein: Seine Worte sind nicht imstande gewesen, die Erinnerungen an meine Jugend zu beschmutzen. Ich schließe die Augen: rein, kindlich und unschuldig ersteht vor mir die Liebe zu meiner Mutter und die Ehrfurcht vor meinem Vater.

Der Arzt mißt auch meinen unglückseligen Aufzeichnungen zuviel Bedeutung bei. Er will sie mir nicht zurückgeben, obwohl ich sie gerne noch einmal durchsehen möchte. Mein Gott! Er hat nur seine medizinischen Wissenschaften gelernt und weiß daher nicht, was es für uns, die wir Dialekt sprechen, ihn aber nicht schreiben können, bedeutet, reines Italienisch zu Papier zu bringen. Ein geschriebenes Bekenntnis ist immer verlogen. Mit jedem sprachlich reinen Wort lügen wir! Wenn er wüßte, wie wir nur jene Dinge gern erzählen, für die uns das Wort bereitsteht; wie wir fast alle andern auslassen, die uns zwingen würden, das Wörterbuch zu benutzen. Auf diese Weise wählen wir aus unserem Leben die Episoden, die wir erzählen. Es ist klar, daß unser Leben ganz anders aussähe, wenn es in unserem Dialekt erzählt würde.

Der Arzt sagte mir, daß er in seiner langen Praxis noch nie eine so starke Erregung beobachtet habe wie an mir, als ich die Bilder schaute, die er mir erschlossen zu haben glaubte. Infolgedessen war er auch so rasch geneigt, mich für geheilt zu erklären.

Diese Erregung war echt. Ich habe in meinem ganzen Leben keine stärkere durchgemacht. In Schweiß gebadet, schuf ich die Bilder; und als ich sie erkannte, kamen mir die Tränen. Die Hoffnung, ich könnte wieder einen Tag voll Unschuld und Unbefangenheit erleben, machte mich selig. Monatelang war diese Hoffnung meine einzige Stütze. Was für ein Wunder geschah doch da! Handelte es sich nicht etwa darum, mitten im Winter Rosen zu pflükken? Der Arzt versicherte mir, daß mein Erinnerungsbild vollständig und leuchtend sein werde. An dieser Rose sollte weder der volle Duft noch auch der Stachel fehlen.

Um diese Erinnerungsbilder bemühte ich mich so lange, bis ich sie endlich sah. Heute weiß ich, daß alles erdichtet war. Aber Dichtungen sind doch Schöpfungen und keine Lügen. Meine Phantasien waren Bilder, wie sie dem Fieber entstammen. Plastisch standen sie im Raum, so daß man sie von allen Seiten besehen und betasten konnte. Sie hatten die Körperlichkeit, die Farbe und auch die Bewegung lebender Dinge. Mein Wunsch schuf diese Bilder. Sie waren nirgends sonst wirklich als in meinem Kopf, ich aber projizierte sie hinaus in den Raum, den ich sah, in einen Raum, dessen Luft, dessen Licht, ja sogar dessen harte Materie ich nicht anders spürte als in jedem anderen Raum, durch den ich je geschritten bin.

Als ich in jenen Traumzustand verfiel, der die Schöpfung solcher Illusionen vorbereitete und der wahrscheinlich nichts anderes war als ein Gemisch von großer Anstrengung und großer Trägheit, glaubte ich, daß diese Bilder Reproduktionen ferner Tage seien. Ich hätte bald innewerden müssen, daß dem nicht so war, denn wenn ich mich gleich nach ihrem Verschwinden an sie zu erinnern bemühte, erschienen sie mir wie Vorgänge, die mir von jemandem erzählt worden waren, der sie selbst wieder von einem anderen gehört hat. Wären sie Reproduktionen wirklicher Erlebnisse gewesen, so hätte ich lachen und weinen müssen, wie im Augenblick des ersten Erlebens.

Der Doktor registrierte alles. Er sagte immer: «Da haben wir nun das eine, da haben wir nun das andere.» In Wirklichkeit hatten wir gar nichts. Oder doch: ein paar graphische Zeichen, Skelette von Gestalten, die nie lebendig gewesen sind.

Der Arzt überredete mich zu dem Glauben, es handle sich wirklich um eine Auferstehung meiner Jugendtage. Das erste der Bilder schien dies zu bestätigen; es versetzte mich zurück in eine verhältnismäßig nahe Vergangenheit, von der ich noch eine blasse Erinnerung bewahrte. Es gab ein Jahr in meinem Leben, da ich schon zur Schule ging, mein Bruder jedoch noch nicht. Die Stunde, die in meinem Geist wiederauferstand, schien in dieses Jahr zu fallen. Ich sah mich an einem sonnigen Vormittag aus der Villa treten und stadtwärts gehen, weiter, immer weiter, an der Hand unserer alten Magd Catina. Mein Bruder kam in dieser geträumten Szene gar nicht vor: trotzdem war er die Hauptperson. Ich wußte nämlich, daß er frei und glücklich zu Hause spielen durfte, während ich zur Schule mußte. Meine Schritte wurden widerspenstig und störrisch. Das Weinen saß mir in der Kehle, in meiner Seele erhob sich ein furchtbarer Groll. Ich sah nur diesen einen Gang zur Schule, aber der Groll sagte mir, daß ich täglich zur Schule gehen mußte und daß mein Bruder täglich zu Hause blieb, als wäre das für alle Ewigkeit so gewesen. Ich weiß heute, daß nach nicht allzu langer Zeit mein Bruder, der doch nur ein Jahr jünger war, gleichfalls zur Schule gehen mußte. Damals aber erschien mir die Wahrheit dieses Traumes unanfechtbar: ich war dazu verurteilt, immer zur Schule zu gehen, während mein Bruder immer daheim bleiben durfte. Als ich so neben Catina einherging, rechnete ich mir aus, wie lange diese Tortur dauern werde. Ich sagte vor mich hin: «Bis mittag! Während er zu Hause sitzt!» Ich wußte auch, daß ich, wenn ich an den vorhergehenden Tagen in der Schule mit Drohungen und Tadel eingeschüchtert wurde, stets dabei dachte: «Ihm kann das nicht passieren!»

Das war eine Vision von erschütternder Deutlichkeit. Catina, die ich als kleines Weib in Erinnerung habe, erschien mir damals ungeheuer groß: natürlich, denn ich war ja so klein. Zwar erschien sie mir auch alt; aber bekanntlich sehen die Kinder immer alle Erwachsenen als alte Menschen. Ich entdeckte auf diesem Schulweg sogar die seltsamen kleinen Pfeiler, die damals die Gehsteige unserer Stadt begrenzten. Allerdings habe ich später als Erwachsener im Stadtzentrum noch die letzten dieser Pfeiler sehen können, die dann abgetragen wurden. Doch auf der Straße, durch die ich mit Catina in meiner Vision wandelte, waren sie in Wirklichkeit schon in meinen späteren Kinderjahren nicht mehr vorhanden.

Mein Glaube an die Echtheit dieses Bildes wurde auch nicht erschüttert, als ich bald nachher, offenbar angeregt durch meine Träume, mit kaltem Verstand andere Details aus jener Zeit entdeckte. Vor allem dieses: Mein Bruder beneidete mich, weil ich in die Schule gehen durfte. Diese Erinnerung war eine Zeitlang verloren gewesen, tauchte aber bald nach jener Vision wieder in mir auf; das genügte, um mir die Glaubwürdigkeit der Vision zu bestätigen. Später glaubte ich nicht mehr daran. Die Eifersucht war wahrscheinlich in Wirklichkeit wohl dagewesen; der Traum jedoch hatte sie verfälscht und verkleidet.

Auch der zweite Traum versetzte mich in eine relativ nahe, wenngleich zeitlich noch früher liegende Vergangenheit. Ich sah ein bestimmtes Zimmer in der Villa, ich weiß aber nicht mehr, welches; es war größer als irgendeines von denen, die es in Wirklichkeit dort gibt. Merkwürdig, daß ich mich dort eingesperrt fühlte. Ich wußte aber auch noch einen Umstand, der mir nicht durch die bildmäßige Erscheinung mitgeteilt werden konnte. Dieses Zimmer war sehr entfernt von jenem anderen Zimmer, in dem sich meine Mutter und Catina aufzuhalten pflegten. Ich ging damals noch nicht zur Schule.

Dieses Zimmer war ganz weiß. Ich habe noch niemals ein so weißes, ein so von Sonne erfülltes Zimmer gesehen. Die Sonne schien durch die Wände zu dringen. Sicherlich stand sie sehr hoch am Himmel, ich aber lag noch immer im Bett. In der einen Hand hielt ich eine Tasse, aus der ich eben meinen Milchkaffee getrunken hatte, in der anderen den Löffel, mit dem ich weiter in der leeren Tasse herumrührte, um mir die Zuckerreste herauszuholen. Es gelang mir aber nicht, ein noch so kleines Stück zu erreichen. Dann versuchte ich es mit der Zunge. Aber auch dies gelang nicht. Während ich weiter die Tasse in der einen und den Löffel in der anderen Hand hielt, betrachtete ich meinen Bruder, der im Bett daneben lag. Er war langsamer als ich, er trank noch immer seinen Kaffee, wobei er seine Nase in die Tasse senkte. Als er endlich sein Gesicht wieder erhob, sah ich, wie es unter den Sonnenstrahlen, die darauf fielen, heller und heller wurde, während ich (Gott weiß warum) im Schatten lag. Sein Gesicht war blaß und wirkte infolge seines überhängenden Oberkiefers häßlich. Er sagte zu mir:

«Leihst du mir deinen Löffel?»

Jetzt erst bemerkte ich, daß Catina vergessen hatte, ihm einen Löffel zu bringen. Ich antwortete, ohne eine Sekunde lang nachzudenken:

«Ja. Aber nur, wenn du mir dafür etwas von deinem Zucker gibst.»

Ich hielt den Löffel in die Höhe, um augenfälliger seinen

Wert zu zeigen. Sofort ertönte im Zimmer die Stimme Catinas:

«Schäm dich, du Wucherer!»

Schrecken und Scham ließen mich aus dem Traum auffahren; so kam ich in die Gegenwart zurück. Ich hätte noch gerne mit Catina debattiert, aber sie, mein Bruder und ich, klein wie ich damals war, unschuldig und zugleich ein Wucherer, verschwanden, als stürzten wir in einen Abgrund.

Ich bedauerte es, diese Scham so stark empfunden zu haben, daß sie die Vision zerstörte, die ich mit solcher Mühe errungen hatte. Es wäre viel besser gewesen, meinem Bruder den Löffel freiwillig und umsonst zu überlassen und es nicht darauf ankommen zu lassen, daß über meine schlechte Handlung, die vielleicht die erste in meinem Leben war, disputiert würde. Vielleicht hätte Catina meine Mutter gerufen, damit sie mich bestrafe. So wäre mir meine Mutter endlich wieder vor die Augen gekommen.

Ich sah sie jedoch einige Tage später; oder glaubte wenigstens, sie zu sehen. Ich hätte gleich wissen müssen, daß es sich um eine Illusion handelte, denn das Aussehen meiner Mutter, das ich mir in die Erinnerung zurückrief, glich allzusehr dem Bild, das über meinem Bett hängt. Immerhin muß ich sagen, daß diese Illusion sich wie eine lebende Person bewegte.

Viel, viel Sonne! Sie blendete! Von dem vermeintlichen Bild meiner Jugend strahlte so viel Sonne aus, daß es mir schwerfiel, nicht an dieses Bild zu glauben. Unser Speisezimmer. Nachmittags. Mein Vater ist nach Hause gekommen und sitzt auf einem Sofa neben der Mutter, die mit einer gewissen Farbtinktur auf vielen Wäschestücken Initialen anbringt. Der Tisch, an dem sie sitzt, ist ganz mit Wäsche bedeckt. Ich hocke unter dem Tisch, ich spiele dort mit irgendwelchen Kugeln. Da nähere ich mich meiner Mutter. Möglicherweise wünsche ich, daß sie mitspiele. Plötzlich, um mich aufzurichten, packe ich ein Wäschestück, das über den Tischrand hängt, und nun geschieht die Katastrophe. Das Fläschchen mit der Tinktur fällt mir auf den Kopf, sein Inhalt rinnt über mein Gesicht, über meine Kleider und über den Rock meiner Mutter und hinterläßt sogar auf den Hosen meines Vaters einen leichten Fleck. Mein Vater hebt den Fuß, um mir einen Tritt zu versetzen…

Aber ich kehrte noch rechtzeitig von dieser langen und abschweifenden Reise zurück und befand mich hier im Sicheren, erwachsen und alt. Ich muß es sagen: Einen Augenblick litt ich unter der drohenden Mißhandlung, gleich danach aber bedauerte ich, sie nicht noch abgewartet zu haben; sicherlich wäre dann meine Mutter dazwischengetreten, um mich zu beschützen. Wer aber vermag die Visionen aufzuhalten, die durch die Zeit flüchten! Noch nie war die Zeit dem Raum so ähnlich. Immerhin sah ich sie, solange ich noch an die Echtheit dieser Vision glaubte. Jetzt aber (oh, wie ich das beklage!) glaube ich nicht mehr daran und weiß, daß keine Bilder flüchteten, sondern daß von meinen Augen nur der Nebel fiel. Sie blickten klar in den wirklichen Raum, in dem es keinen Platz für Gespenster gibt.

Ich will Visionen schildern, die ein andermal auftauchten und denen der Arzt solche Bedeutung beimaß, daß er mich bald danach für geheilt erklärte.

In dem Halbschlaf, in den ich mich verlor, erlebte ich einen Traum, der die Starrheit eines Alpdrucks hatte. Ich sah mich selber, zu einer Zeit, als ich noch ein kleines Kind war. Der Traum zeigte mir, wie dieses Kind selbst träumte. Es lag da, und sein kleiner Organismus war ganz erfüllt von einer großen Freude. Es schien endlich seinen innersten Wunsch erfüllt zu sehen. Und doch lag es ganz allein und verlassen da! Aber es sah und hörte mit jener Deutlichkeit, mit der man im Traum auch die entferntesten Dinge wahrnimmt. Das Kind, das in einem Zimmer meiner Villa lag, sah (Gott weiß, wieso), daß im Dach dieser Villa ein Käfig mit soliden Stützen eingemauert war. Obwohl dieser Käfig weder eine Tür noch ein Fenster hatte, erschien er doch von strahlendem Licht und reiner, wohlriechender Luft erfüllt. Das Kind wußte, daß nur es allein zu diesem Käfig gelangen könne, und zwar ohne sich zu regen; möglicherweise senkte sich der Käfig bis zu ihm herab. In diesem Käfig stand nur ein Möbelstück, ein Lehnstuhl, und auf diesem saß eine schöne Frau, wunderbar gebaut, schwarz gekleidet, blond, mit großen blauen Augen, blendendweißen Händen, kleinen Füßen, die in Lackschuhen staken, von denen ein leichter Schimmer unter dem Rock hervorblitzte. Ich muß sagen, daß mir diese Frau als unteilbares Ganzes vorkam, mit ihrem schwarzen Kleid und den Lackschuhen. Alles war sie! Und das kleine Kind träumte davon, diese Frau zu besitzen, aber auf die seltsamste Art; es war nämlich überzeugt, unten und oben kleine Stücke wegessen zu können. Wenn ich jetzt darüber nachdenke, wundere ich mich, daß der Arzt, der meinen Aufzeichnungen – wenigstens behauptet er es – mit so großer Aufmerksamkeit gefolgt ist, sich dabei nicht an den Traum erinnerte, den ich hatte, bevor ich das erste Mal zu Carla ging. Als ich nach einiger Zeit daran zurückdachte, schien mir, daß dieser Traum der gleiche von damals sei, nur ein wenig abgeändert, ins Kindliche übersetzt.

Aber der Arzt verzeichnete sorgfältig alles und fragte mich dann mit alberner Miene:

«Ihre Mutter war blond und wohlgeformt?»

Ich wunderte mich über diese Frage. Ich antwortete, daß auch meine Großmutter ebenso ausgesehen habe. Aber für ihn war ich geheilt, vollkommen geheilt. Ich riß erst den Mund auf, um mich mit ihm zu freuen. Ich fügte mich allem, was er mir dann vorschrieb: keine Selbsterforschung, keine Untersuchung mehr, sondern nur eine richtige und beharrliche Wiedererziehung.

Von jenem Tag ab waren diese Sitzungen eine wahre Qual. Ich ließ nur deshalb nicht davon ab, weil es mir immer schwerfiel, stehenzubleiben, wenn ich mich bewegte, oder mich in Bewegung zu setzen, wenn ich ruhig stand. Manchmal, wenn sich dieser Arzt zuviel herausnahm, wagte ich einen Einwand: Es war ja nicht wahr, daß (so wie er es annahm) jedes meiner Worte, jeder meiner Gedanken ein Verbrechen bewies. Er sah mich groß an. Ich war geheilt und wollte es noch immer nicht zur Kenntnis nehmen! Das war wirklich Blindheit: Ich wußte nun, daß ich meinem Vater die Gattin – also meine Mutter! – fortnehmen wollte, und fühlte mich nicht geheilt: Das war ausgesprochener Eigensinn! Jedoch der Arzt gab zu, daß ich noch vollständiger geheilt würde, wenn erst meine Wiedererziehung beendet wäre. Ich müsse mich nur daran gewöhnen, gewisse Dinge (den Wunsch, den Vater zu töten und die Mutter zu küssen) als die unschuldigsten der Welt zu betrachten, als Dinge, für die man keine Gewissensqualen zu empfinden braucht, weil dergleichen in den besten Familien vorkommt. Was brauchte mich das denn anzufechten? Eines Tages sagte er mir auch, ich gliche einem Genesenden, der sich noch nicht daran gewöhnen kann, ohne Fieber zu leben. Nun gut: ich wollte mich daran gewöhnen.

Er fühlte, daß ich noch nicht ganz auf seiner Seite war. Außer der Wiedererziehung nahm er also von Zeit zu Zeit die alte Kur wieder auf. Er probierte es wieder mit den Träumen; leider kamen keine mehr. Es war mir äußerst lästig, so lange zu warten; so erfand ich einen. Ich hätte dies nicht getan, wenn mir die Schwierigkeit dieser Erfindung vorher klar gewesen wäre. Es ist nicht etwa leicht zu stammeln, als läge man aufgelöst im Halbschlaf; es ist gar nicht einfach, den Schweiß aus den Poren zu drücken und blaß zu werden, ohne sich zu verraten; mir wurde infolge der Anstrengung sehr heiß, und ich durfte dabei nicht erröten. Ich sprach ganz so, als sähe ich wieder die Frau im Käfig, als hätte ich sie dazu gebracht, mir durch ein Loch, das sich plötzlich in der Zimmerwand auftat, eine Zehe darzureichen, damit ich an ihr sauge und sie aufesse. «Die linke, die linke!» murmelte ich und bereicherte damit die Vision um ein interessantes Detail, das sie den vorhergegangenen ähnlicher machen sollte. Dadurch bewies ich aber auch, daß ich die Krankheit, die der Arzt von mir verlangte, vollkommen begriff. Ödipus kann sich als Baby doch nur so benehmen: er saugt an der linken Zehe der Mutter und überläßt die rechte dem Vater. In meiner Bemühung, wirklich zu träumen (hierin liegt kein Widerspruch), betrog ich aber mich selber, denn bald spürte ich den Geruch dieses Fußes. Ich war schließlich nahe daran, mich zu übergeben.

Es war nicht nur der Wunsch des Arztes, sondern auch der meine, daß diese lieben Erscheinungen meiner Kindheit öfter auftauchen möchten – seien sie nun echt oder nicht. Jedenfalls hätte ich sie nicht erst konstruieren müssen. Da sie aber in Gegenwart des Arztes nie mehr kamen, versuchte ich, fern von ihm, sie aus mir hervorzuzaubern. Allerdings, allein lief ich Gefahr, sie wieder zu vergessen, aber ich beabsichtigte doch damit keine Kur! Ich wollte nur wieder im Dezember Mairosen sehen. Ich hatte sie schon gesehen; warum sollten sie nicht wiederkommen?

In der Einsamkeit langweilte ich mich gerade genug. Dann aber kam statt der Erscheinungen etwas anderes, das sie mir gewissermaßen ersetzte. Ich glaubte, eine wissenschaftliche Entdeckung gemacht zu haben. Ich fühlte mich plötzlich berufen, die ganze physiologische Farbentheorie zu vervollständigen. Meine Vorläufer, Goethe und Schopenhauer, wären niemals darauf gekommen, was man alles durch eine geschickte Handhabung der Komplementärfarben erreichen kann.

Man muß wissen, daß ich meine ganze Zeit damit zubrachte, im Studierzimmer auf dem Sofa zu liegen, von wo aus ich durch das gegenüberliegende Fenster einen Teil des Meeres und des Horizontes betrachten konnte. Die Sonne ging unter, der von Wolken zerrissene Himmel begann sich zu verfärben. Ich verbrachte lange Zeit damit, auf dem weißen Wolkensaum eine herrliche Farbe zu bewundern: ein reines, sanftes Grün. Dabei gab es ein Rot an den Rändern der westlichen Wolken; es war noch schwach und durch die geraden, weißen Strahlen der Sonne gebleicht. Nach einiger Zeit wandte ich geblendet die Augen ab und mußte sie schließen; nun konnte ich erkennen, daß meine ganze Aufmerksamkeit, meine Liebe dem Grün zugewandt war, denn auf der Netzhaut erschien eine Komplementärfarbe, ein leuchtendes Rot, das nichts mit der blaßrötlichen Farbe des Himmels zu tun hatte. Dann erst gab es eine Überraschung: als ich wieder die Augen öffnete, sah ich, daß ein flammendes Rot den Himmel überflutete und auch das Smaragdgrün verdrängte, das ich durch lange Zeit nicht mehr zu finden vermochte. Aber da hatte ich ja eine Methode gefunden, die Natur zu färben! Natürlich wiederholte ich das Experiment mehrere Male, um zu sehen, ob es sich bewährte. Das Schönste war, daß mit dieser Kolorierung auch ein anderer Vorgang Hand in Hand ging. Als ich die Augen wieder öffnete, nahm der Himmel nicht gleich die gewünschte Farbe von meiner Netzhaut auf. In diesem Augenblick des Zauderns gelang es mir sogar, das Smaragdgrün zu entdecken, das dieses Rot gebar und dem es dann Platz machte. Dieses Rot drang unerwartet von innen hervor und breitete sich aus wie ein Riesenbrand.

Als ich meiner Beobachtung sicher war, erzählte ich sie dem Arzt in der Hoffnung, dadurch unsere langweiligen

Sitzungen amüsanter zu gestalten. Er aber fertigte mich damit ab, daß meine Netzhaut wahrscheinlich infolge des Nikotins empfindlicher sei als die normale. Fast hätte ich mich dazu hinreißen lassen, ihm zu sagen, daß ja dann auch die Bilder, die wir als Wiedergeburt meiner Jugendzeit ansahen, eine Folge desselben Giftes sein könnten. Damit aber hätte ich ihm verraten, daß ich mich nicht geheilt fühlte, und er hätte mich wahrscheinlich zu überreden versucht, die Kur wieder von vorne anzufangen.

Und doch hielt mich dieser Idiot nicht immer für vergiftet. Das geht schon daraus hervor, daß er bei meiner Wiedererziehung versuchte, mich auch von meiner sogenannten Krankheit der letzten Zigarette zu heilen. Das waren seine Worte: «Die Zigaretten schaden Ihnen nicht. Wenn Sie einmal im Innern davon überzeugt sind, daß sie keine Gefahr bedeuten, verhält es sich auch in Wirklichkeit so.» Dann fuhr er fort: «Nun, da Ihre Beziehungen zu Ihrem Vater ans Tageslicht gekommen sind und Ihrem erwachsenen Urteilsvermögen bewußt gemacht wurden, müssen Sie wohl einsehen, daß Sie sich das Laster des Rauchens nur angewöhnt haben, um mit Ihrem Vater zu konkurrieren. Eine giftige Wirkung schreiben Sie dem Tabak nur deshalb zu, weil ein gewisses moralisches Gefühl Sie für diese Konkurrenz mit Ihrem Vater strafen will.»

An diesem Tag rauchte ich wie ein Türke, sowie ich das Haus des Doktors verließ. Es handelte sich darum, eine Probe zu machen. Ich probierte mit Vergnügen. Ich rauchte ununterbrochen, den ganzen Tag. Dann folgte eine schlaflose Nacht. Meine chronische Bronchitis machte sich wieder bemerkbar, darüber konnte kein Zweifel sein: es war leicht, ihre Folgen im Spucknapf zu entdecken.

Am nächsten Tag erzählte ich dem Arzt, daß ich viel geraucht hätte und daß mir nichts mehr daran gelegen sei. Er sah mich lächelnd an. Ich konnte leicht erraten, daß ihm die Brust vor Stolz geschwellt war. Mit großer Ruhe nahm er meine Erziehung wieder auf, in der bescheidenen Überzeugung, daß auf jedem Fleck, den sein Fuß berührte, sogleich Blumen blühen würden.

An diese Wiedererziehung erinnere ich mich nur ungenau. Ich ließ alles mit mir geschehen. Jedesmal wenn ich aus dem Zimmer des Arztes trat, schüttelte ich mich wie ein Hund, der dem Wasser entsteigt. Ich blieb aber immer noch feucht, wenn nicht naß.

Ich erinnere mich jedoch genau und mit Empörung daran, daß mein Erzieher mir einreden wollte, Doktor Coprosich habe ganz recht gehabt, als er mir jene Worte entgegenschleuderte, die einen solchen Groll bei mir auslösten. Aber dann hätte ich ja auch die Ohrfeige verdient, die mein sterbender Vater mir versetzen wollte? Ich weiß nicht, ob er auch das gesagt hat. Ich weiß hingegen sicher, daß er meinte, ich hätte auch den alten Malfenti gehaßt, den ich doch an die Stelle meines Vaters gesetzt hätte. Viele Menschen auf der Welt glauben, ohne ein gewisses Maß an Liebe nicht leben zu können; ich hingegen verlor – seiner Meinung nach – stets mein Gleichgewicht, wenn mir ein gewisses Quantum an Haß fehlte. Ich heiratete die eine oder die andere von Malfentis Töchtern, ganz gleichgültig, welche, nur um deren Vater an einen Platz stellen zu können, an dem er für meinen Haß erreichbar wurde. Dann entehrte ich seine Familie, die ich zu der meinen gemacht hatte, wann immer es möglich war. Ich betrog meine Frau; es stand außer Zweifel, daß ich Ada oder Alberta verführt hätte, wenn es mir gelungen wäre. Natürlich dachte ich nicht daran zu widersprechen, es reizte mich aber stets zum Lachen, wenn der Arzt bei solchen Mitteilungen eine Miene aufsetzte, wie weiland Christoph Kolumbus, als er Amerika entdeckte. Ich glaube, daß er der einzige Mann auf der Welt ist, der, wenn ihm einer sagte, er wolle sich mit zwei wunderschönen Frauen ins

Bett legen, fragen würde: «Untersuchen wir einmal, warum der das tun will.»

Es war aber noch schwerer zu ertragen, was er mir über meine Beziehungen zu Guido zu sagen wagte. Meinem eigenen Bericht hatte er entnehmen können, welche Antipathie ich anfangs gegen ihn empfand. Nach seiner Meinung bestand diese Antipathie die ganze Zeit hindurch. Ada habe somit recht gehabt, mein Fernbleiben von seinem Begräbnis als letztes Zeichen dieser Antipathie anzusehen. Ich erinnerte ihn nicht daran, daß ich damals gänzlich mit einem Liebeswerk beschäftigt war: das Vermögen Guidos und Adas zu retten. Ich hielt es für unter meiner Würde, ihn daran zu erinnern.

Es scheint übrigens, daß der Arzt bezüglich Guidos selber eigene Erkundigungen eingezogen hat. Er behauptete, Guido könne nicht so gewesen sein, wie ich ihn beschrieb; schon deshalb nicht, weil er von Ada auserwählt worden war. Der Arzt entdeckte zum Beispiel, daß ganz in der Nähe seiner Wohnung, in der wir die Psychoanalyse praktizierten, ein ungeheures Holzdepot stand, das einst der Firma Guido Speier & Co. gehörte. Warum hätte ich davon nichts erwähnt? Hätte ich aber davon gesprochen, so wäre in der ohnedies schon hinreichend schwierigen Abhandlung eine neue Schwierigkeit aufgetaucht. Diese Auslassung beweist nichts anderes, als daß ein von mir in rein italienischer Sprache geschriebenes Bekenntnis weder vollständig noch aufrichtig sein kann. Es gibt verschiedene Arten von Hölzern, von denen jede in Triest mit anderen Namen bezeichnet wird, mit Namen, die teils aus dem Triestiner Dialekt, teils aus dem Kroatischen[40], dem Deutschen, ja sogar dem Französischen stammen. Wo konnte ich mir da das nötige Wörterbuch beschaffen? Hätte ich in meinem Alter noch eine Stelle bei einem italienischen Holzhändler annehmen sollen? Übrigens brachte das Holzmagazin der Firma Guido Speier & Co. nur Verluste. Mehr brauche ich darüber nicht zu sagen, denn dieses Depot spielte wirklich keine Rolle; es kamen bloß unaufhörlich Diebe, die diesen sonderbar benannten Hölzern Beine machten: Sie waren weg, wie von Geistern entführt, ganz so, als wären die Hölzer von Guido zur Erzeugung kleiner Tischchen für spiritistische Experimente bestimmt worden.

Ich schlug dem Arzt vor, über Guido bei meiner Frau, bei Carmen und auch bei Luciano, der heute ein angesehener Kaufmann ist, Erkundigungen einzuziehen. Meines Wissens hat er sich aber an keine dieser Personen gewendet. Wahrscheinlich hatte er Angst, daß sein Gebäude von Anklagen und Verdächtigungen zusammenbrechen könnte. Wer weiß, warum er gegen mich einen solchen Haß hegt. Er scheint wohl auch ein Hysteriker zu sein, der aus dem einfachen Grunde, weil er seine Mutter vergeblich begehrt hat, andere, die nichts mit dergleichen zu tun haben, verdächtigt und quält.

Schließlich wurde ich es müde, ununterbrochen mit dem Arzt, der von mir bezahlt wurde, Kämpfe auszufechten. Ich glaube auch, daß diese Traumversuche mir nicht sehr gut getan haben. Die Freiheit, rauchen zu dürfen, soviel ich wollte, brachte mich jedenfalls auf den Hund. Da kam mir ein guter Einfall: ich ging zu Doktor Paoli.

Den hatte ich seit vielen Jahren nicht mehr gesehen. Er war nun ein wenig angegraut, aber seine stramme Gestalt schien vom Alter weder verfettet noch gebeugt zu sein. Er sah mit seinen Augen noch immer die Dinge so an, als wollte er sie streicheln. Diesmal wußte ich plötzlich, warum mir das so vorkam. Es bereitete ihm offenbar Freude, in die Welt zu gucken, und so zeigte er beim Ansehen aller schönen und häßlichen Dinge dieselbe Zärtlichkeit, mit der man sonst nur einen geliebten Menschen streichelt.

Ich suchte ihn mit dem Vorsatz auf, von ihm zu erfahren, ob er eine Fortsetzung meiner psychoanalytischen Kur für zuträglich halte. Aber als ich dann seinem forschenden Auge gegenübersaß, fand ich dazu nicht den Mut. Vielleicht machte ich mich lächerlich, wenn ich ihm erzählte, daß ich mich in meinem Alter von einem Schwindler hereinlegen ließ. Es tat mir leid, schweigen zu müssen. Wenn Doktor Paoli mir die Psychoanalyse untersagt hätte, wäre meine Situation wesentlich einfacher geworden, allein ich hätte die Liebkosung seines großen Auges kaum noch länger ausgehalten.

Ich erzählte ihm also nur von meiner Schlaflosigkeit und von meiner chronischen Bronchitis, ferner von den Blutwallungen in meinen Wangen, an denen ich damals litt, von gewissen stechenden Schmerzen in den Beinen und schließlich von meiner sonderbaren Vergeßlichkeit bezüglich gewisser Dinge.

Doktor Paoli untersuchte meine Ausscheidung in meiner Gegenwart. Das Gemenge färbte sich schwarz. Doktor Paoli machte ein ernstes Gesicht. Endlich einmal eine wirkliche Analyse und keine Psychoanalyse! Ich dachte mit Vergnügen und Rührung an meine ferne Vergangenheit, an die Zeit, da ich noch Chemiker war und wirkliche Analysen durchführte: ich, eine Retorte und ein Reagens! Das Element, das analysiert werden sollte, schlief, bis das Reagens es gebieterisch aufweckte. Es gibt in der Retorte keine Hemmungen; zumindest fallen sie bei der geringsten Temperaturerhöhung. Verstellung und Lüge sind dort überhaupt unmöglich. In dieser Retorte begab sich nichts, was an mich und mein ganzes Verhalten erinnern konnte, nichts erfand für den Experimentierenden erlogene Details über seine Kindheit, nichts bestätigte die Diagnose des Sophokles. Da war alles Wahrheit. Die zu analysierende Sache blieb in der Phiole eingesperrt und wartete, stets sich selber gleich, auf das Reagens. Wenn dieses dazukam, geschah stets dasselbe. In der Psychoanalyse dagegen wiederholt sich nie die gleiche Vision oder dasselbe Wort. Man müßte diese Analyse überhaupt anders bezeichnen. Vielleicht Seelenabenteuer. Ja, das stimmt: wenn man sich einer solchen Analyse unterzieht, so ist es, als begäbe man sich in einen Wald, ohne zu wissen, ob man dort einem Räuber oder einem Freund begegnen wird. Man weiß auch nicht genau, wann eigentlich das Abenteuer vorbei ist. In dieser Hinsicht erinnert die Psychoanalyse an den Spiritismus.

Doktor Paoli glaubte nicht, daß es sich um Zucker handle. Er wollte mich jedenfalls am nächsten Tag wiedersehen, um inzwischen die Flüssigkeit durch Polarisation zu prüfen.

Ich ging fort, im Geiste mit der Diabetes ruhmvoll behaftet. Ich war im Begriff, zum Doktor S. zu eilen und ihn zu fragen, wie er die Ursachen einer solchen Krankheit in meiner Psyche analysieren und damit aus meinem Körper vertreiben würde. Aber ich hatte schon genug von diesem Individuum. Nicht einmal um ihn auszulachen, wollte ich ihn wiedersehen.

Ich muß gestehen, daß die Zuckerkrankheit für mich eine wahre Beruhigung war. Ich sprach darüber mit Augusta, der natürlich sofort die Tränen in die Augen kamen. Sie sagte: «Du hast dir in deinem Leben so viele Krankheiten eingebildet – es mußte ja so enden, daß du einmal wirklich krank wirst!»

Dann versuchte sie, mich zu trösten.

Ich aber freute mich meiner Krankheit. Ich verstand plötzlich den armen Copler, der eine wirkliche Krankheit einer eingebildeten weitaus vorzog. Ich war jetzt restlos mit ihm eines Sinnes. Eine wirkliche Krankheit war ja so einfach: man mußte sie gewähren lassen. Tatsächlich, als ich dann in einem medizinischen Werk die Beschreibung meiner süßen Krankheit las, entdeckte ich in allen ihren Stadien nicht etwa ein Todesprogramm, sondern ein ausgesprochenes Lebensprogramm! Fort mit den Vorsätzen! Endlich war ich sie los. Alles würde nun ohne mein Dazutun seinen Weg gehen.

Ich entdeckte auch, daß meine Krankheit immer, oder fast immer, sehr angenehm war. So ein Kranker ißt und trinkt viel, große Entbehrungen und Leiden gibt es für ihn nicht, nur muß er sich vor Schwellungen hüten. Und selbst sein Tod ist süß und sanft.

Bald danach telephonierte Doktor Paoli. Er teilte mir mit, daß keine Spur von Zucker zu finden sei. Ich ging am nächsten Tag zu ihm. Er verordnete mir eine Diät, die ich ein paar Tage lang einhielt, und irgendein Tränklein, dessen Zusammensetzung er mit unentzifferbarer Schrift auf ein Rezept hinkritzelte und das mir einen Monat lang guttat.

«Nicht wahr, die Diabetes war ein Schreckgespenst?» fragte er mich lächelnd.

Ich widersprach nur sanft, ich sagte jedenfalls nicht, daß ich mich nun, da mich die Diabetes verlassen hatte, sehr einsam fühlte.

Um diese Zeit kam mir zufällig das berühmte Buch des Doktor Beard über die Neurasthenie[41] in die Hände. Ich folgte den Ratschlägen, die ich dort fand, ich wechselte am Anfang jeder Woche die Medizinen, deren Rezepte ich aus dem Buch mit deutlicher Schrift abschrieb. Einige Monate lang schien mir die Kur gutzutun. Nicht einmal Copler hat in seinem Leben soviel Trost in Arzneien gefunden wie ich zu jener Zeit. Aber dieser Glaube verging. Ich hatte jedenfalls für einige Zeit Urlaub von der Psychoanalyse bekommen.

Da traf ich zufällig den Doktor S. Er fragte mich, ob ich beschlossen hätte, die Kur aufzugeben. Dabei war er sehr höflich, viel höflicher als zu den Zeiten, da er mich sicher in seinen Klauen wußte. Offenbar wollte er mich wiedergewinnen. Ich sagte ihm, ich hätte dringende Geschäfte vor, Familienangelegenheiten, die mich gänzlich in Anspruch nähmen und in Besorgnis versetzten; sobald ich aber zur Ruhe käme, würde ich ihn sofort wieder besuchen. Ich wollte ihn bitten, mir mein Manuskript zurückzugeben, aber ich wagte es nicht. Diese Bitte wäre eine deutliche Erklärung gewesen, daß ich von der Kur nichts mehr wissen will. Ich verschob daher den Versuch auf ein andermal, vielleicht wird Doktor S. bis dahin selber gewahr werden, daß ich nicht mehr an eine Kur denke.

Bevor er mich verließ, sagte er einige Worte in der deutlichen Absicht, mich wieder einzufangen: «Wenn Sie heute Ihre Psyche prüfen, werden Sie sie verändert finden. Passen Sie auf, Sie werden zu mir zurückkehren. Sie werden darauf kommen, daß ich Sie in einer verhältnismäßig kurzen Zeit der Gesundheit wesentlich näher gebracht habe.»

Ich aber glaube, daß ich mir mit seiner Hilfe und durch das Studium meiner Psyche nur neue Krankheiten zugezogen habe.

Meine Absicht ist jetzt, mich von seiner Kur zu heilen. Ich vermeide Träume und Erinnerungen. Nur durch sie ist mein armer Kopf so verwirrt, daß er sich auf seinem Halse nicht mehr sicher sitzen fühlt. Ich bin entsetzlich zerstreut. Wenn ich mit Leuten von irgendeiner Sache spreche, versuche ich, ohne es zu wollen, mich an irgendeine andere zu erinnern, die ich kurz vorher erwähnt oder getan habe und die plötzlich vergessen ist; oder an einen verschwundenen Gedanken, der mir von ungeheurer Wichtigkeit zu sein scheint, gleich jenen Gedanken, die meinem Vater kurz vor seinem Tod zu schaffen machten und an die er sich gleichfalls nicht mehr erinnern konnte.

Fort mit diesen Spielereien, wenn ich nicht im Irrenhaus enden will.

15. Mai 1915.

Wir haben zwei Feiertage in unserer Villa in Lucinico[42] verbracht. Mein Sohn Alfio muß sich von einer Influenza erholen. Er wird mit seiner Schwester noch einige Wochen dort bleiben. Zu Pfingsten wollen auch wir wieder hinfahren.

Es ist mir endlich gelungen, zu meinen lieben Vorsätzen zurückzukehren: ich will nicht mehr rauchen. Ich fühle mich schon viel besser, seitdem es mir gelungen ist, mich von der Freiheit zu befreien, die dieser Idiot von Arzt mir gestatten wollte. Heute, am Fünfzehnten des Monats, wurde ich von der Schwierigkeit überrascht, die unser Kalender einem regelmäßigen und ordentlichen Vorsatz entgegenstellt. Kein Monat gleicht dem anderen. Um meinen Vorsatz besser zu demonstrieren, müßte ich dann aufhören zu rauchen, wenn am selben Tag auch etwas anderes aufhörte: z. B. ein Monat. Aber außer dem Juli und August und dem Dezember und Januar gibt es keine anderen Monate, die aufeinanderfolgend zusammen eine gerade Anzahl von Tagen ergeben. Die Zeit kennt wirklich keine Ordnung.

Um mich besser auf meinen Vorsatz zu konzentrieren, verbrachte ich den Nachmittag des zweiten Tages allein an den Ufern des Isonzo.[43] Es gibt keine bessere Konzentration, als den Blick starr auf fließendes Wasser zu richten. Man bleibt ruhig, das vorbeiziehende Wasser bringt die Abwechslung, die man braucht. Das Wasser bleibt niemals sich selber gleich (sei es auch nur für den Bruchteil eines Augenblicks), weder an Farbe noch an Gestalt.

Das war ein seltsamer Tag. Vermutlich ging ganz oben in der Höhe ein starker Wind, denn die Wolken veränderten ihre Form. Unten blieb die Luft unbewegt. Von Zeit zu Zeit geschah es, daß die schon warme Sonne sich durch einen plötzlichen Riß zwischen den bewegten Wolken einen Weg bahnen konnte. Dann überflutete sie mit ihren

Strahlen irgendeinen Hügel oder Berggipfel und ließ inmitten der Schatten, die die ganze Landschaft bedeckten, ein saftiges Maigrün aufblitzen. Die Luft war warm. Die Wolkenflucht am Himmel hatte etwas Frühlingshaftes. Es gab keinen Zweifel: das Wetter war gleichfalls im Begriff, gesund zu werden.

In meiner Konzentration genoß ich einen der wenigen Augenblicke, die das geizige Leben manchmal gewährt, die voll echter und großzügiger Gerechtigkeit sind und in denen man aufhört, sich als Opfer zu fühlen. Angesichts des Grüns, das so reizvoll unter den zerstreuten Sonnenstrahlen aufglänzte, vermochte ich über mein Leben und auch über meine Krankheit zu lächeln. In beiden hat die Frau eine große Rolle gespielt. Sogar schon die Details einer Frau, ihre kleinen Füße, ihre Taille, ihr Mund – so etwas konnte meine Tage ausfüllen. Und wie ich mein Leben und auch meine Krankheit vor meinem Geist Revue passieren ließ, liebte und verstand ich beide! Um wieviel schöner war doch mein Leben als das der sogenannten Gesunden, die immer (außer in besonderen Augenblicken) ihre Frau schlagen oder schlagen wollen. Ich hingegen war nur von der Liebe geleitet worden. Wenn ich nicht an meine Frau dachte, dachte ich in gewisser Hinsicht immer noch an sie, indem ich sie in Gedanken darum um Verzeihung bat, daß ich an eine andere dachte. Andere Männer verlassen ihre Frauen enttäuscht und verzweifeln am Leben. Mein Leben ist niemals ohne Sehnsucht gewesen. Nach jedem Schiffbruch tauchten die Illusionen gleich in ihrer ganzen Größe wieder auf. Es entstand ein Traum, der von noch schöneren Gliedmaßen, Tönen und Gebärden handelte.

Jetzt erinnere ich mich, daß eine von den vielen Lügen, die ich jenem großartigen Beobachter, dem Doktor S., auftischte, folgendermaßen lautete: «Ich habe nach Adas Abreise meine Frau nicht mehr betrogen.» Auch auf diese

Lüge basierte er eine ganze Theorie. Aber an diesem Tag, am Ufer des Flusses, wurde ich mir plötzlich und mit Schrecken bewußt, daß ich tatsächlich seit einigen Tagen, vielleicht seit dem Aufgeben der Kur, keine weibliche Gesellschaft (außer der meiner Frau) mehr gesucht hatte. Sollte ich geheilt sein, wie Doktor S. annahm? Meine alte Visage schauen die Frauen schon seit langer Zeit nicht mehr an. Wenn ich nun auch aufhörte, sie anzusehen, dann wäre jede Beziehung zwischen mir und ihnen abgebrochen.

Wenn mich ein solcher Verdacht in Triest befallen hätte, hätte ich ihn sofort auf seine Richtigkeit prüfen können. Hier war das wesentlich schwerer.

Wenige Tage zuvor hatte ich die Memoiren des Da Ponte[44] in Händen, dieses Abenteurers und Zeitgenossen Casanovas. Sicherlich war auch er durch Lucinico gekommen. Ich träumte nun davon, auf eine seiner gepuderten Damen zu stoßen, deren schöne Glieder von Krinolinen verborgen wurden. Mein Gott! Wie hatten es diese Frauen nur angestellt, sich so rasch und so oft hinzugeben, da ihnen doch diese steifen Stoffmassen höchst hinderlich gewesen sein mußten!

Es scheint, daß dieser Gedanke mich trotz meiner Kur noch genügend aufregte. Aber diese Aufregung war doch zu künstlich hervorgerufen worden und reichte nicht aus, mich zu beruhigen. Die natürliche Probe, die ich suchte, wurde mir aber bald geboten. Sie genügte, mich zu beruhigen, kam mich aber nicht wenig teuer zu stehen. Um ihretwillen trübte und zerstörte ich die reinste Beziehung meines Lebens.

Ich begegnete Teresina, der ältesten Tochter des Ansiedlers, dessen Besitzung neben meiner Villa lag. Er war seit zwei Jahren Witwer; seine vielköpfige Kinderschar fand in Teresina eine zweite Mutter. Sie war ein kräftiges Mädchen, sie erhob sich am frühen Morgen, um zu arbeiten, und hörte erst damit auf, um sich niederzulegen und auszuruhen; am nächsten Morgen fing sie wieder von vorne an. An diesem Tag führte sie den Esel, der sonst unter der Obhut ihres kleinen Bruders stand, und schritt neben dem Karren daher, der mit frischem Gras beladen war. Das kleine Tier wäre ja kaum imstande gewesen, über die, wenn auch nur schwache Steigung noch das Gewicht des Mädchens mitzuschleppen.

Im Jahr zuvor war mir Teresina noch wie ein Kind erschienen. Ich hatte für sie nichts übrig als ein freundliches und väterliches Gefühl. Auch noch am Tag zuvor, als ich sie zum erstenmal wiedersah, erblickte ich in ihr nichts weiter als ein unreifes Mädchen, an dessen schwachentwickeltem, kleinem, abgehetztem Körper ich nichts anderes lieben konnte, als die unerhörte Beweglichkeit und das mütterliche Empfinden, das den kleinen Geschwistern zugute kam. Nun sah ich, daß sie gewachsen war, daß ihr braunes Gesichtchen ernster dreinschaute und daß sich ihre Schultern über der Brust, die sich zu wölben begann, breiter spannten. Wenn ich nie etwas von dieser verfluchten Kur gehört, also nicht das Bedürfnis gefühlt hätte, sofort zu untersuchen, in welchem Stadium sich meine Krankheit befinde, würde ich auch diesmal Lucinico verlassen haben, ohne eine Unschuld zu belästigen.

Teresina trug keine Krinoline. Ihr volles und lächelndes Gesicht kannte keinen Puder. Ihre Füße waren nackt, auch ein Stück der nackten Beine war zu sehen. Das Gesichtchen, die kleinen Füße und die Beine konnten mich nicht erregen. Das alles war von ein und derselben Farbe; es gehörte der freien Natur an. Es war nicht ungehörig, daß es sich der Natur so unbekleidet zeigte. Vielleicht vermochte es mich deshalb nicht zu erregen. Als ich mich aber so ruhig fühlte, erschrak ich. Sollte es nach beendeter Kur ohne Krinoline nicht mehr gehen?

Ich begann, den Esel zu streicheln, dem ich damit eine kleine Atempause verschaffte. Dann kam ich auf Teresina zurück. Ich legte ihr nicht weniger als zehn Kronen in die Hand. Das war das erste Attentat! Im Vorjahr hatte ich ihr und ihren kleinen Geschwistern nur ein paar Heller geschenkt, um ihnen meine väterliche Liebe zu beweisen. Aber gewiß, väterliche Liebe ist etwas anderes. Teresina war über das reiche Geschenk erstaunt. Sorgfältig hob sie ihr Röckchen, um in irgendeiner verborgenen Tasche die wertvolle Banknote zu verwahren. Auf diese Weise konnte ich ein weiteres Stück nackten Beines sehen; aber auch dies war braun und keusch.

Ich wandte mich wieder dem Esel zu und drückte ihm einen Kuß auf den Kopf. Meine Zärtlichkeit rief die seine wach. Er streckte sein Gesicht vor und stieß seinen großen Liebesschrei aus, den ich aus der Ferne immer mit Respekt anhöre. Wie bedeutsam klingt es doch, wenn so ein Esel den ersten Schrei flehentlich ausstößt, ihn dann wiederholt, abschwächt und in einem verzweifelten Weinen ausklingen läßt. Aber so ganz in der Nähe tat er meinem Trommelfell weh.

Teresina lachte. Ihr Lachen flößte mir Mut ein. Ich wandte mich ihr wieder zu, ergriff sie beim Oberarm und glitt mit der Hand langsam, langsam gegen die Schulter vor, wobei ich meine Gefühle studierte. Gott sei Dank, ich war noch nicht geheilt! Ich hatte die Kur noch rechtzeitig abgebrochen.

Teresina versetzte dem Esel einen Tritt, damit er weitergehe. Sie folgte ihm nach und ließ mich stehen.

Ich lachte herzlich. Ich war ja zufrieden, auch wenn die kleine Bäuerin nichts von mir wissen wollte.

Ich rief ihr nach:

«Hast du einen Bräutigam? Du müßtest einen haben. Es wäre schade, wenn du noch keinen hättest.»

Aus einiger Entfernung sagte sie mir über die Schulter:

«Einer, den ich mir aussuche, wird sicher jünger sein als Sie!»

Meine Freude konnte dadurch nicht getrübt werden. Ich wollte Teresina eine kleine Lektion erteilen und versuchte mich zu erinnern, wie bei Boccaccio[45] «der Meister Alberto aus Bologna auf höchst züchtigliche Weise eine Fraue beschämet, als welche ihn beschämen wollte, weil er zu ihr in Liebe entbrannt war». Aber die Darlegungen des Meister Alberto taten ja nicht ihre Wirkung, denn Madonna Malgherida de' Ghisolieri erwiderte ihm: «Eure Lieb' ist mir teuer, so wie mir füglich alles sein muß, was von einem kühnen und weisen Herren kommet; und darum legt allem, *außer meiner Ehre,* ruhig Euren Willen auf, wie jedwedem anderen Ding, das Ihr als das Euere betrachtet.»

Ich versuchte also, es besser zu machen:

«Wann wirst du dich mit Alten abgeben, Teresina?» rief ich sehr laut, um von ihr noch gehört zu werden; sie war schon recht weit.

«Wenn ich einmal selber alt bin», brüllte sie und lachte aus vollem Halse, ohne stehenzubleiben.

«Dann aber werden die Alten nichts mehr von dir wissen wollen. Hör auf mich. Ich kenne sie gut!»

Ich brüllte nun auch und freute mich über meinen exzellenten Geist, der direkt aus meinem sexuellen Zentrum stammte.

In diesem Augenblick öffneten sich die Wolken an verschiedenen Stellen des Himmels und ließen einige Sonnenstrahlen durch, die gerade auf Teresina fielen. Sie war schon ungefähr vierzig Meter von mir entfernt und stand überdies etwa zehn Meter höher als ich. Sie war braun und klein, aber strahlend!

Mich beleuchtete die Sonne nicht! Wenn man alt ist, bleibt man im Schatten, auch wenn man noch so exzelleten Geist beweisen kann.

26. Juni 1915.

Der Krieg hat mich erwischt! Ich, der ich die Frontberichte immer angehört habe, als handle es sich um einen Krieg aus einem anderen Jahrhundert, von dem man mit Vergnügen spricht, über den man sich aber nicht aufregen kann – sieh da, ich geriet mitten in den Krieg hinein. Ich war sehr erstaunt, daß mir so etwas passieren konnte, zu gleicher Zeit aber auch darüber, daß ich nicht darauf gefaßt war, früher oder später irgendwie hineingezogen zu werden. Ich hatte seelenruhig in einem Gebäude gewohnt, dessen Erdgeschoß bereits brannte. Ich hatte nicht vorausgesehen, daß früher oder später das ganze Gebäude mit mir zusammen in Flammen aufgehen werde.

Der Krieg erfaßte mich, schüttelte mich wie einen alten Fetzen, beraubte mich mit einem Schlage meiner Familie und meines Verwalters. Über Nacht wurde ich ein neuer Mensch. Um mich ganz exakt auszudrücken: jede der vierundzwanzig Stunden eines Tages war plötzlich anders. Seit gestern bin ich ein wenig ruhiger, denn nach einem Monat vergeblichen Wartens erhielt ich endlich die erste Nachricht von meiner Familie. Sie befindet sich heil und gesund in Turin. Ich hatte schon alle Hoffnung aufgegeben, sie jemals wiederzusehen.

Ich muß den ganzen Tag in meinem Büro zubringen. Ich habe zwar dort gar nichts zu tun, aber beide Olivis haben abreisen müssen, da sie italienische Staatsbürger sind, und meine besten Beamten sind an dieser oder jener Front eingerückt. So muß ich allein auf meinem Platz bleiben und den Geschäftsgang überwachen. Abends gehe ich nach Hause schlafen; in meinen Taschen klirren die großen Magazinschlüssel. Heute, da ich mich um so vieles ruhiger fühle, habe ich das Manuskript ins Büro mitgenommen. Vielleicht kann ich mit Schreiben die lange Zeit vertreiben. In der Tat verschaffte es mir eine heitere Viertelstunde, als ich wieder darauf kam, daß es auf der Welt

Zeiten gab, in denen man ruhig und still sitzen und sich mit derartigen Spielereien beschäftigen konnte.

Das wäre nicht übel, wenn mich heute jemand ernstlich auffordern wollte, in einen Zustand des Halbschlafs zu verfallen, um eine Stunde meines früheren Lebens wieder zu erleben. Ich würde ihm ins Gesicht lachen. Wie kann man diese Gegenwart verlassen wollen, um so unwichtigen Dingen wieder nachzuhängen? Mir scheint, als hätte ich mich erst jetzt von meiner Gesundheit sowohl wie von meiner Krankheit befreit. Ich gehe durch die Straßen unserer von Elend heimgesuchten Stadt und fühle, daß ich ein Bevorzugter des Schicksals bin: ich muß nicht in den Krieg ziehen und habe täglich, was ich zum Essen brauche. Im Vergleich mit all den anderen fühle ich mich so glücklich – besonders seitdem ich Nachricht von den Meinen habe –, daß ich fürchten müßte, den Zorn der Götter zu erwecken, wenn es mir vollkommen gutginge.

Der Krieg und ich sind einander in einer drastischen Weise begegnet, die zugleich hart an das Komische grenzt. Augusta und ich waren nach Lucinico zurückgekehrt, um die Pfingstzeit mit unseren Kindern zu verbringen. Am 23. Mai stand ich früh auf. Ich mußte Karlsbader Salz zu mir nehmen und meinen gewohnten kleinen Spaziergang vor dem Frühstück beginnen. Bei dieser Kur in Lucinico kam ich darauf, daß das Herz seine Tätigkeit wesentlich erhöht, wenn der Magen nüchtern ist; daß das Herz dann ein großes Wohlbefinden erzeugt, welches den ganzen Organismus durchstrahlt. Meine Theorie sollte sich noch am selben Tag bewähren. Ich wurde gezwungen zu hungern, was mir so außerordentlich guttat.

Um mir «guten Morgen» zu wünschen, hob Augusta ihr weißes Haupt von den Kissen und erinnerte mich daran, daß ich meiner Tochter ein paar Rosen versprochen hatte. Unser einziger Rosenstock war bereits abgeblüht, ich mußte mich daher anderswo nach Rosen umsehen.

Meine Tochter ist zu einem schönen Mädchen herangewachsen. Sie sieht Ada ähnlich. Plötzlich hatte ich aufgehört, ihr gegenüber den strengen Erzieher zu spielen, und war zum Kavalier geworden, der die weibliche Anmut auch in der eigenen Tochter respektiert. Sie wurde sich ihrer Macht sofort bewußt und mißbrauchte sie zu meiner und Augustas größter Heiterkeit. Sie wollte unbedingt Rosen haben; man mußte sie ihr also verschaffen.

Ich nahm mir vor, ungefähr zwei Stunden lang spazierenzugehen. Die Sonne strahlte hell. Da ich vorhatte, ununterbrochen zu marschieren und mich erst zu Hause wieder auszuruhen, nahm ich nicht einmal Rock und Hut mit. Zum Glück dachte ich daran, daß die Rosen bezahlt werden mußten, und ließ daher mit meinem Rock nicht auch die Brieftasche zu Hause.

Zuerst ging ich durch die nahen Felder, zum Vater Teresinas, um ihn zu bitten, mir ein paar Rosen abzuschneiden. Ich wollte sie auf dem Rückweg abholen. Ich trat in einen großen Hof, der von einer abbröckelnden Mauer umgeben war. Dort fand ich niemanden vor. Ich rief: «Teresina!» Aus dem Haus trat das jüngste Kind, das sechs Jahre alt sein mochte. Ich drückte ihm ein paar Heller in die Hand; es erzählte mir, daß sich die ganze Familie schon frühzeitig auf das andere Ufer des Isonzo begeben hatte, und zwar für den ganzen Tag: ein Kartoffelfeld sollte dort bearbeitet werden.

Das war mir gar nicht unangenehm. Ich wußte, wo dieses Feld lag: es war bis dorthin ungefähr eine Stunde Weges. Da ich beschlossen hatte, zwei Stunden zu marschieren, kam es mir sehr gelegen, daß dieser Marsch nun ein Ziel haben sollte. So gab es keine Gefahr mehr, ihn plötzlich in einem Anfall von Faulheit abzubrechen. Ich nahm den Weg durch die Ebene; sie lag höher als die Straße, von der ich nur den Saum und ein paar blühende Baumkronen sehen konnte. Ich war sehr vergnügt; in Hemdsärmeln und ohne Hut kam ich mir so unbeschwert vor. Mit Wonne atmete ich die reine Luft. Im Gehen probierte ich dann die Lungengymnastik nach der Methode Niemeyer[46], die mir ein deutscher Freund erklärt hatte und die für Leute mit sitzender Lebensweise sehr zu empfehlen ist.

Als ich mich dem Feld näherte, sah ich zuerst Teresina, die an der Straßenseite arbeitete. Ich trat näher und gewahrte leider, daß in einiger Entfernung ihr Vater und ihre beiden kleinen Brüder arbeiteten. So erschöpft ein alter Mann wie ich auch sein mag, er sieht durch die Erregung, in die er durch die physische Anstrengung versetzt wird, immer noch jünger aus, als wenn er untätig ist. Lächelnd näherte ich mich Teresina:

«Es ist noch Zeit, mein Kind. Gib acht, daß du den Anschluß nicht versäumst.»

Sie verstand kein Wort. Ich erklärte ihr auch nichts weiter; es war ja nicht nötig. Da sie sich an nichts erinnerte, konnten wir unsere alte unschuldige Beziehung wiederaufnehmen. Mein Experiment hatte ich ja schon mehrmals durchgeführt: auch diesmal mit günstigem Resultat. Meine Worte waren immerhin eine kühnere Liebkosung als ein bloßer Blick.

Mit ihrem Vater war ich bezüglich der Rosen rasch handelseinig. Er erlaubte mir, abzuschneiden, soviel ich wollte; über den Preis würden wir sicher nicht in Streit geraten. Er wollte wieder an seine Arbeit zurückgehen, da aber besann er sich und lief mir nach. Ich war bereits auf dem Rückweg, als er mich einholte und mit ganz leiser Stimme fragte:

«Haben Sie nichts gehört? Man sagt, daß Krieg ist.»

«Natürlich! Das wissen wir doch alle! Ungefähr seit einem Jahr», antwortete ich.

«Ich spreche nicht von diesem Krieg», sagte er ungeduldig. «Ich spreche von dem da...» Und er wies nach der nahen italienischen Grenze. «Wissen Sie nichts davon?» Er wartete gespannt auf meine Antwort.

«Sie werden begreifen», sagte ich mit aller Sicherheit, «daß wirklich nichts vorgefallen sein kann, wenn ich nichts davon weiß. Ich komme doch aus Triest. Das letzte, was ich dort gehört habe, ist die Nachricht, daß man von einem Krieg nichts wissen will. In Rom hat man das Kabinett, das darauf hingearbeitet hat, gestürzt. Nun ist Giolitti an der Regierung.»

Sein Gesicht klärte sich sofort auf.

«Also werden die Kartoffeln, die wir jetzt einsetzen und die eine so schöne Ernte versprechen, noch uns gehören! Gott sei Dank! Es gibt so viele Gerüchtemacher auf der Welt!» Er trocknete sich mit dem Hemdsärmel den Schweiß von der Stirn.

Da ich ihn so froh sah, wollte ich ihn noch froher machen. Ich liebe Menschen in fröhlicher Stimmung. Daher sagte ich nun Sachen, an die ich mich nicht sehr gern erinnere. Ich behauptete, selbst wenn ein Krieg ausbrechen sollte, würde er nicht in dieser Gegend ausgefochten werden. Vor allem gab es das Meer, auf dem es endlich zu kämpfen gelte; ferner fehlte es in Europa keineswegs an Schlachtfeldern, wenn jemand dergleichen brauchte. Da gab es Flandern und die verschiedenen Departements in Frankreich. Ferner hätte ich gehört – ich weiß nicht mehr, von wem –, auf dieser Welt herrsche ein derartiger Mangel an Kartoffeln, daß man sie sogar auf den Schlachtfeldern mit großer Sorgfalt pflanze. Ich sprach viel und sah dabei immer auf Teresina, die sich, klein und schlank, niedergehockt hatte, um die Erde zu befühlen, ehe sie mit dem Spaten hineinstach.

Der Landmann ging vollkommen beruhigt an seine Arbeit. Ich hingegen mußte ihm einen Teil meiner Ruhe abgegeben haben, denn ich blieb recht besorgt zurück. Zweifellos waren wir in Lucinico äußerst nahe der Grenze. Ich wollte mit Augusta darüber reden. Vielleicht wäre es gut, sofort nach Triest zurückzufahren; jedenfalls sich weiter von der Grenze zu entfernen, sei es nun diesseits oder jenseits. Gewiß, Giolitti war zur Macht zurückgekehrt, aber man konnte ja nicht wissen, ob er, einmal hinaufgelangt, die Dinge noch immer so sehen würde, wie er es tat, als er noch unten war.

Mich beunruhigte auch, daß ich zufällig einem Trupp Soldaten begegnete, die auf der Straße marschierten; nicht gerade junge Soldaten, und sehr schlecht angezogen und ausgestattet. Von ihren Hüften hing jene Waffe herab, die wir in Triest «Durlindana» nannten, ein langes Bajonett, das man in Österreich jetzt aus alten Depots hervorziehen mußte.

Eine Zeitlang ging ich hinter ihnen her. Ich war nervös und wollte rasch nach Hause. Dann war mir ein gewisser Geruch wie von gebeiztem Wild, der von den Soldaten ausströmte, unangenehm. Ich verlangsamte meine Schritte. Meine Hast war wohl sinnlos. Es war wohl wirklich dumm, sich wegen der Unruhe eines Bauern aufzuregen. Jetzt sah ich schon von weitem meine Villa. Der Soldatentrupp hatte die Straße verlassen. Ich beschleunigte meine Schritte, um endlich zu meinem Kaffee zu kommen.

Da begann das Abenteuer. Bei einer Straßenbiegung wurde ich von einem Posten aufgehalten. Der brüllte auf deutsch:

«Zurück!»

Er machte das Gewehr geradezu schußbereit. Ich wollte mit ihm deutsch reden, da er doch deutsch geschrien hatte, das aber war das einzige deutsche Wort, das er kannte. Und das wiederholte er immer drohender.

Man mußte also zurückgehen. Ich tat es mit einer gewissen Hast, wobei ich mich ununterbrochen umsah, in der Angst, der andere könnte, um sich verständlicher auszudrücken, mit dem Schießen beginnen. Diese Hast verließ mich nicht, auch als ich den Soldaten schon lange nicht mehr sah.

Aber ich hatte den Gedanken noch immer nicht aufgegeben, so rasch wie möglich meine Villa zu erreichen. Ich wollte den drohenden Wachtposten umgehen, indem ich den Hügel zu meiner Rechten überquerte.

Der Aufstieg war nicht schwer. Das hohe Gras schien niedergetreten von einer Menge von Leuten, die vor mir hinaufgeklettert sein mußten. Sicherlich waren sie dazu gezwungen worden, weil der Wachtposten sie gleichfalls gehindert hatte, die Straße zu passieren. Während ich ging, gewann ich meine Sicherheit wieder und nahm mir vor, mich gleich nach der Ankunft in Lucinico beim Dorfvorsteher wegen meiner schmachvollen Behandlung zu beschweren. Wenn man in diesem Ort den Sommergästen so entgegenkam, würde bald niemand mehr nach Lucinico kommen!

Kaum aber hatte ich den Kamm des Hügels erreicht, als ich zu meiner unangenehmsten Überraschung entdeckte, daß das ganze Plateau von jener Truppe, die nach gebeiztem Wild roch, besetzt war. Viele Soldaten lagen im Schatten eines Bauernhäuschens, das ich gut kannte und das um diese Stunde vollkommen leerstand; drei von ihnen schienen als Wachtposten aufgestellt zu sein; aber nicht gegen den Abhang, über den ich heraufgekrochen kam. Andere standen in einem Halbkreis um einen Offizier, der ihnen Instruktionen erteilte und seine Worte mit der topographischen Karte in der Hand zu erläutern bemüht war.

Ich hatte nicht einmal einen Hut, um grüßen zu können. Ich verbeugte mich also mehrmals und näherte mich mit meinem liebenswürdigsten Lächeln dem Offizier, der bei meinem Anblick aufhörte, zu seinen Soldaten zu reden. Auch die fünf bosniakischen oder tschechischen Soldaten, die ihn umstanden, wandten mir ihre ganze Aufmerksamkeit zu. Unter diesen Blicken, und noch dazu auf dem unebenen Terrain, war es äußerst schwer, sich zu bewegen.

Der Offizier brüllte:

«Was will der dumme Kerl hier?»

Erstaunt, daß man mich ohne irgendeine Provokation so behandelte, wollte ich mich in meinem männlichen Stolz verletzt zeigen, tat dies aber mit der Diskretion, die der heikle Fall erforderte. Ich bog also vom Weg ab und versuchte, über den Abhang zu steigen, zu dessen Füßen Lucinico lag. Der Offizier jedoch begann zu schreien: «Wenn Sie noch einen Schritt machen, werde ich Ihnen eine Kugel in den Leib jagen.» Ich wurde hierauf wieder sehr höflich. Diese Höflichkeit zittert mir noch heute, da ich sie beschreibe, in allen Gliedern. Es war hart, mit einem so ungehobelten Menschen verhandeln zu müssen, aber immerhin hatte ich den Vorteil, daß ich mich mit ihm auf deutsch verständigen konnte. Da ich mir diesen Vorteil vor Augen hielt, gelang es mir, freundlicher mit ihm zu sprechen. Wehe, wenn dieser Hammel nicht einmal Deutsch gekonnt hätte! Ich wäre absolut verloren gewesen.

Schade, daß mir diese Sprache nicht ganz geläufig ist, sonst wäre es mir leichtgefallen, diesen groben Herrn zum Lachen zu bringen. Ich erzählte ihm humoristisch, daß in Lucinico mein Milchkaffee bereitstehe, von dem ich nun durch seine Truppe getrennt worden sei.

Er lachte, wahrhaftig, er lachte. Er lachte und fluchte und hatte keine Zeit, mich bis zu Ende anzuhören. Er erklärte dezidiert, mein Milchkaffee in Lucinico werde von andern getrunken werden. Als er hörte, daß nebst dem Kaffee noch meine Frau dort auf mich warte, brüllte er:

«Auch Ihre Frau wird von anderen gegessen werden!»

Er war im Augenblick besser aufgelegt als ich. Anscheinend aber empfand er es dann als unangenehm, mir etwas gesagt zu haben, das vom lauten Gelächter seiner fünf Soldaten begleitet worden war und somit beleidigend wirken konnte; er wurde ernst und erklärte, ich dürfe nicht hoffen, in den nächsten Tagen Lucinico wiederzusehen; ja, er rate mir in Freundschaft, jede weitere Frage zu unterlassen – sonst müßte er mich als Spion verdächtigen!

«Haben Sie verstanden?»

Ich hatte verstanden. Es war nicht leicht, auf den Kaffee zu verzichten, von dem ich kaum einen halben Kilometer entfernt war. Deshalb zögerte ich zu gehen. Es war klar, daß ich an diesem Tag kaum mehr in meine Villa kommen würde, wenn ich den Hügel hinunterstieg. Um Zeit zu gewinnen, fragte ich den Offizier sehr sanft:

«Aber bitte, an wen muß ich mich wenden, um nach Lucinico zurückkehren und wenigstens meinen Rock und meinen Hut holen zu können?»

Ich hätte bemerken müssen, daß der Offizier ungeduldig darauf wartete, allein gelassen zu werden, um sein Kartenstudium und seinen Vortrag wiederaufzunehmen; aber ich dachte nicht, daß ich mit meinen Worten seinen Zorn in diesem Ausmaß erregen würde.

Er brüllte so, daß mir das Trommelfell bersten wollte: er habe schon einmal gesagt, ich dürfe nichts mehr fragen. Dann befahl er mir, dorthin zu gehen, «wohin der Teufel mich tragen wolle». Die Vorstellung, mich tragen zu lassen, war mir gar nicht unangenehm. Ich war sehr müde. Trotzdem zögerte ich noch immer. Inzwischen war der Offizier immer mehr in Rage gekommen. In drohendem Ton rief er einen der fünf Männer herbei, die bei ihm standen. Er nannte ihn «Herr Korporal» und gab ihm Auftrag, mich den Hügel hinunterzubegleiten und unten so lange zu warten, bis er mich auf der Straße nach Görz verschwinden sehe. Sollte ich nur den geringsten Widerstand leisten, möge er mich einfach niederknallen.

Daher stieg ich von diesem Hügel eher gern hinunter:

«Danke schön», sagte ich noch, möglichst ohne ironischen Akzent.

Der Korporal war irgendein Slawe, der aber recht gut Italienisch sprach. Er glaubte, in Gegenwart seines Offiziers möglichst brutal sein zu müssen. Er schrie also:

«Marsch!» Als wir uns aber nur ein wenig entfernt hatten, wurde er schon liebenswürdig und gesprächig. Er fragte mich, ob ich etwas Neues über den Krieg wüßte, vor allem ob es wirklich wahr sei, daß die Kriegserklärung Italiens unmittelbar bevorstehe. Er sah mich an, gespannt auf meine Antwort.

Also auch sie, die den Krieg machten, wußten gar nicht, wo es ihn überall gab! Ich wollte ihn so glücklich stimmen wie nur möglich und wiederholte alle Weisheiten, die ich schon dem Vater Teresinas vorgesetzt hatte. Später lasteten mir diese Worte doch ein wenig auf dem Gewissen. Vielleicht mußten alle diejenigen, die ich so beruhigt hatte, deshalb in dem fürchterlichen Unwetter, das heraufzog, zugrunde gehen. Wer weiß, welcher Ausdruck der Überraschung auf ihrem todesstarren Antlitz zu lesen war. Mein Optimismus war ungeheuer. Hätte ich nicht schon den Worten und dem Tonfall jener Offiziersstimme entnehmen können, daß Krieg war?

Der Korporal wurde nun sehr guter Laune. Um mich zu belohnen, riet er mir, keinen Versuch mehr zu machen, nach Lucinico zurückzukehren. Auf Grund der Nachrichten, die ich ihm übermittelt hatte, nahm er an, daß das Verbot, nach Hause zurückzukehren, schon am nächsten Tag wieder aufgehoben werden würde. Vorläufig, meinte er, sei es für mich das beste, nach Triest zum Platzkommando zu gehen und mir einen Passierschein zu verschaffen.

«Was?» fragte ich ganz erschrocken. «Nach Triest, ohne Rock, ohne Hut, ohne Kaffee getrunken zu haben?»

Soviel der Korporal wußte, schloß gerade während unseres Gesprächs ein dichter Kordon von Infanterie den Weg nach Italien ab und schuf so eine neue, unüberwindliche Grenze. Mit einem Lächeln der Überlegenheit erklärte er mir, daß der kürzeste Weg nach Lucinico nunmehr über Triest führe.

Als ich ihn so reden hörte, fügte ich mich in mein Schicksal. Ich lenkte meine Schritte gegen Görz und gedachte, den Mittagsschnellzug nach Triest zu nehmen. Ich war aufgeregt, aber ich muß gestehen, daß ich mich dabei sehr wohl fühlte. Es war eine Unbeschwertheit in mir, wie ich sie schon seit langem nicht kannte. Ich empfand es gar nicht als unangenehm, noch weitergehen zu müssen. Die Beine schmerzten mich zwar ein wenig, aber ich glaubte, bis Görz durchzuhalten, so frei und tief ging mein Atem. Die Beine kamen durch das regelmäßige Ausschreiten erst in Schwung. Das Gehen machte mir nun keine Beschwerden mehr. Und da ich mich so wohl fühlte, fand ich meinen Optimismus wieder. Ich schlug zu meinen Schritten den Takt, der heiter war, weil er ungewöhnlich beschleunigt wurde. Es wetterleuchtete wohl hier und dort, aber zu einem Krieg würde es doch nicht kommen. Daher überlegte ich, als ich in Görz eintraf, ob ich nicht ein Zimmer im Hotel mieten und dort die Nacht verbringen sollte, um dann am nächsten Tag nach Lucinico zurückzukehren und endlich meine berechtigte Beschwerde beim Dorfvorsteher vorzubringen.

Zuerst lief ich zum Postamt, um Augusta zu telephonieren. Aber ich konnte keine Verbindung bekommen.

Der Beamte, ein Männlein mit einem schütteren Bart, der in seiner Kleinheit lächerlich und eigensinnig aussah – das einzige, was mir von dem Mann in Erinnerung geblieben ist –, kam näher, als er mich am stummen Telephon fluchen hörte, und sagte:

«Es ist das vierte Mal, das Lucinico nicht antwortet.»

Als ich mich ihm zuwandte, leuchtete in seinen Augen eine große und vergnügte Bosheit auf. (Ich irrte zuvor! Ich erinnere mich noch an dieses Detail!) Dieses Auge suchte in dem meinen, um herauszubekommen, ob ich wirklich überrascht und erbittert sei. Ich brauchte vielleicht zehn Minuten, um zu begreifen. Dann gab es keinen Zweifel mehr: Lucinico befand sich in der Feuerlinie oder würde sich innerhalb weniger Minuten dort befinden. Als ich diesen beredten Blick endlich begriff, war ich schon auf dem Wege zum Café, um vorderhand das Frühstück einzunehmen, das mir seit heute morgen vorenthalten worden war. Aber ich schwenkte gleich wieder ab und ging direkt zum Bahnhof. Ich wollte den Meinen näher kommen. Dem Ratschlag meines neuen Freundes, des Korporals, folgend, fuhr ich nach Triest.

Während dieser kurzen Fahrt brach der Krieg aus. Da ich dachte, daß wir ohnedies bald in Triest sein würden, nahm ich auf dem Bahnhof in Görz nicht einmal die heißersehnte Tasse Kaffee zu mir, obwohl ich dazu noch Zeit gehabt hätte. Ich stieg in meinen Waggon. Als ich nun allein war, dachte ich an die Meinen, von denen man mich auf so sonderbare Weise getrennt hatte. Der Zug fuhr in gutem Tempo bis nach Monfalcone.

Es schien, als sei der Krieg noch nicht bis dahingelangt. Ich beruhigte mich bei dem Gedanken, daß sich die Dinge in Lucinico ebenfalls so abspielen würden wie diesseits der Grenze. Um diese Stunde waren Augusta und meine Kinder wahrscheinlich schon auf der Fahrt in das Innere Italiens. Dieses Ruhegefühl vermischte sich mit meinem großen, überraschend großen Hunger. Ich fiel in einen langen Schlaf.

Vielleicht war es aber auch der Hunger, der mich wieder aufweckte. Der Zug war mitten in den sogenannten Steinfeldern von Triest stehengeblieben. Das Meer war nicht zu sehen, obwohl es sehr nahe sein mußte. Ein leichter Nebel verhinderte einen weiteren Ausblick. Im Mai ist der Karst von großer Anmut. Das kann allerdings nur derjenige verstehen, der nicht durch die farben- und lebenstrunkenen Frühlingszeiten anderer Landschaften verwöhnt ist. Da sind die Steine, die überall zum Vorschein kommen, von einem sanften Grün umgeben. Bald beherrscht dieser Farbton die Landschaft.

Unter anderen Umständen wäre ich schrecklich erbost gewesen, weil ich so riesigen Hunger hatte und ihn nicht stillen konnte. Aber an diesem Tag überwältigte mich die Größe des historischen Ereignisses, dessen Zeuge ich war. Ich wurde gefügig. Der Kondukteur, dem ich einige Zigaretten schenkte, war nicht imstande, mir auch nur ein Stück Brot zu verschaffen. Ich erzählte niemandem mein letztes Abenteuer. Vielleicht würde ich es in Triest einigen guten Freunden anvertrauen. Ich horchte in die Richtung der Grenze – es kam kein Kanonendonner herüber. Wir standen ruhig und ließen acht, neun Züge vorbeirollen, die die Serpentinen in Richtung Italien hinunterfuhren. Die brandige Wunde, wie man in Österreich bald die italienische Front nannte, hatte sich geöffnet und brauchte Stoff, um Eiter zu erzeugen. Arme Menschen zogen dorthin unter Lachen und Singen. Aus allen diesen Zügen erschollen die gleichen Töne der Freude und der Trunkenheit.

Als ich in Triest ankam, war die Nacht über die Stadt herabgesunken.

Die Nacht war vom Widerschein vieler Brände erhellt. Ein Freund, der mich in Hemdsärmeln nach Hause gehen sah, rief mir zu: «Was? Du hast auch an den Plünderungen teilgenommen?»[47]

Endlich bekam ich etwas zu essen. Dann legte ich mich gleich zur Ruhe.

Eine wirklich große Müdigkeit trieb mich ins Bett. Ich glaube, daß sie von den Hoffnungen und Zweifeln herrührte, die in meinem Kopf hin- und hergingen. Ich fühlte mich aber noch immer sehr wohl. In der kurzen Zeitspanne, die dem Schlaf voranging und deren Halbträume ich mir nach psychoanalytischer Gewohnheit merkte, kam mir folgende kindisch-optimistische Idee: An der Front ist doch noch kein Blut geflossen, der Friede kann also noch wiederhergestellt werden.

Nun, da ich weiß, daß meine Familie heil und gesund ist, mißfällt mir mein jetziges Leben keineswegs. Ich habe nicht viel zu tun, aber ich kann nicht sagen, daß ich entmutigt sei. Man darf weder kaufen noch verkaufen, aber mit dem Frieden wird sich auch der Handel wiedereinstellen. Olivi läßt mir über die Schweiz gute Ratschläge zukommen. Wenn er wüßte, wie wenig diese Ratschläge zu den hiesigen Verhältnissen passen! Hier hat sich doch alles geändert. Gegenwärtig tue ich gar nichts.

24. März 1916.

Seit dem Mai des vergangenen Jahres habe ich dieses Büchlein nicht mehr angesehen. Da schreibt mir Doktor S. aus der Schweiz und bittet mich, ihm alles, was ich seit seiner Abreise aufgezeichnet habe, zu schicken. Seltsame Bitte. Eigentlich habe ich nichts dagegen, ihm auch dieses Heft zu senden, aus dem er deutlich genug ersehen wird, was ich über ihn und seine Kur denke. Da er ohnedies schon alle meine Bekenntnisse in Händen hat, mag er auch diese wenigen Blätter behalten, und noch einige dazu, die ich zu seiner Erbauung hinzufügen will. Ich habe nicht viel Zeit. Mein Geschäft gibt mir den ganzen Tag vollauf zu tun. Aber ich will dem Doktor S. doch noch meine Meinung sagen. Ich habe so viel über alles nachgedacht, daß meine Erkenntnisse nunmehr völlig klar sind. Er glaubt, hier weitere Bekenntnisse über Krankheiten und Schwächen lesen zu können. Statt dessen wird er die Schilderung einer gediegenen Gesundheit vernehmen. Meine Gesundheit ist so gut, wie sie in meinem vorgerückten Alter nur sein kann. Ich bin geheilt! Ich will mich nicht nur keiner weiteren Analyse unterziehen, ich brauche sie nicht mehr. Und meine Gesundheit entspringt nicht nur der Freude darüber, daß ich unter so vielen Unglücklichen ein Bevorzugter bin, o nein, nicht nur aus Trost fühle ich mich gesund. Ich bin gesund, vollständig gesund! Seit langer Zeit schon weiß ich, daß Gesundheit für mich nichts anderes ist als eine Überzeugung, es war also unsinnig und eines Wachträumers würdig, wenn ich mich durch Kuren, statt durch die eigene Überzeugung heilen wollte. Ich leide wohl noch immer unter gewissen Schmerzen, aber in Anbetracht meiner großen Gesundheit entbehren sie jeder Bedeutung. Es tut weiter nichts zur Sache, wenn man einmal da oder dort eine Medizin einnimmt; aber alles übrige muß sich rühren und kämpfen, muß beweglich sein. Schmerz und Liebe, mit einem Wort das Leben, darf man doch nicht deshalb als Krankheit ansehen, weil sie weh tun.

Ich gebe zu, daß erst mein Schicksal sich ändern und meinen ganzen Organismus mit Kämpfen und besonders mit Siegen wachrütteln mußte, damit ich zur Überzeugung meiner Gesundheit gelangen konnte. Meine kaufmännische Selbständigkeit ist es, die mich geheilt hat. Das soll Doktor S. wissen!

Entsetzt und untätig betrachtete ich bis zum Monat August des vorigen Jahres die entstellte Handelswelt. Dann begann ich zu *kaufen*. Ich betone dieses Verbum deshalb, weil es etwas anderes bedeutet als vor dem Krieg. Damals bedeutete es im Munde eines Kaufmannes, daß er gewillt sei, einen bestimmten Artikel zu erwerben. Aber wenn ich es ausspreche, will ich damit sagen, daß ich Käufer jeder wie immer gearteten Ware war, die man mir anbot. Wie alle starken Menschen nährte ich in meinem Kopf nur diesen einen Gedanken. Von dem lebte ich, und das war mein

Glück. Olivi war nicht mehr in Triest; zweifellos aber hätte er ein so großes Risiko nicht auf sich genommen und hätte das Geschäft andern überlassen. Für mich aber war das kein Risiko. Ich wußte das glückliche Resultat mit völliger Sicherheit voraus. Vor allem begann ich damit, wie es eben in Kriegszeiten Brauch ist, mein ganzes Vermögen in Gold zu verwandeln. Es war ziemlich schwer, Gold zu kaufen und zu verkaufen. Flüssiges, bewegliches Geld war eigentlich die Ware. Ich kaufte sie wahllos auf. Von Zeit zu Zeit effektuierte ich auch Verkäufe, aber immer in bescheideneren Grenzen als die Ankäufe. Da ich also meine Käufe und Verkäufe im richtigen Augenblick effektuierte, waren sie so glücklich, daß sie mir die nötigen Mittel verschafften, die ich zur weiteren Durchführung dieser Taktik brauchte.

Ich erinnere mich mit großem Stolz, daß mein erster Ankauf zuerst wie eine ungeheure Dummheit aussah, aber ich wollte meine neue Idee so rasch wie möglich und um jeden Preis verwirklichen. Es handelte sich um eine große Partie Weihrauch. Der Verkäufer erwähnte die Möglichkeit, daß man Weihrauch bald als Surrogat für Harz verwenden müßte. Das Harz begann schon auszugehen. Als Chemiker wußte ich ganz genau, daß man Weihrauch niemals als Ersatz für Harz verwenden könne, von dem er *toto genere* verschieden ist. Meiner fixen Idee zufolge würde aber die Welt bald in derartiges Elend kommen, daß sie Weihrauch als Ersatz für Harz verwenden *mußte*. Daher kaufte ich! Vor einigen Tagen verkaufte ich eine ganz kleine Menge. Der Betrag, den ich dafür erhielt, war so groß wie jener, den ich damals zum Kauf der ganzen Partie benötigte. Im Augenblick, als ich das Geld einkassierte, weitete sich meine Brust in einem Gefühl von Stärke und Gesundheit.

Wenn der Doktor diesen letzten Teil des Manuskripts gelesen hat, müßte er mir eigentlich das Ganze wieder zurückstellen. Ich könnte es mit einer unerhörten Klarheit von neuem beginnen. Konnte ich überhaupt mein ganzes Leben begreifen, ehe ich diese letzte Periode kannte? Vielleicht habe ich nur deshalb so viele Jahre elend gelebt, um mich auf sie vorzubereiten!

Ich bin natürlich nicht so albern, dies von dem Doktor zu erwarten, und ich verzeihe ihm, daß er das Leben selber als eine Krankheitsäußerung ansieht. Das Leben erinnert wirklich ein wenig an eine Krankheit, mit ihren Krisen und Ruhepausen, mit ihren täglichen Besserungen und Verschlechterungen. Im Gegensatz zu allen anderen Krankheiten ist das Leben immer tödlich. Es verträgt keine Kuren. Das wäre ja, als wollte man alle Öffnungen des Körpers verstopfen, weil man sie für Wunden hält. Dann würde man, kaum geheilt, an Erstickung sterben.

Unser heutiges Leben ist faul bis in die Wurzel. Der Mensch hat den Bäumen und Tieren ihren Platz weggenommen, hat die Luft verpestet, den freien Raum eingeschränkt. Schlimmes kann noch geschehen. Das trübselige und fleißige Lebewesen wird weitere Kräfte der Natur entdecken. Es wird sie zu gebrauchen wissen. Diese Gefahr liegt in der Luft. Die Welt wird reich sein – aber an Menschen! Jeder Quadratmeter Erde wird von einem Menschen bewohnt sein. Wer wird dann dem Mangel an Luft und Raum abhelfen? Wenn ich nur daran denke, ersticke ich!

Aber nicht nur das, nicht nur das!

Jede Bemühung, uns zu heilen, ist vergeblich. Die Gesundheit kennen allein die Tiere, die nur einem Fortschritt huldigen: dem des Organismus. Als die Schwalbe zur Erkenntnis kam, daß ein Leben ohne Wanderung für sie nicht möglich sei, verstärkte sie die Muskeln, die ihre Flügel bewegten; sie wurden zum hauptsächlichsten Teil des Schwalbenkörpers. Der Maulwurf verkroch sich in die

Erde, sein Körper veränderte sich so, wie es eben für ihn praktisch war. Das Pferd wuchs und formte seinen Fuß um. Von vielen Tieren kennen wir diese Entwicklung nicht näher; sicherlich aber hat sie auf ähnliche Weise stattgefunden, und zwar ohne der Gesundheit Abbruch zu tun.

Aber der brillentragende Mensch erfindet die Werkzeuge außerhalb seines Körpers. Wenn Gesundheit und Adel in jenen waren, die die Werkzeuge erfanden, so fehlen sie fast stets jenen, die sie gebrauchen. Werkzeuge kauft oder verkauft oder stiehlt man. Der Mensch wird immer klüger und schwächer. Ja, es ist sogar klar, daß die Klugheit mit der Schwäche zunimmt. Die ersten Werkzeuge des Menschen glichen Verlängerungen des Armes und konnten nur durch dessen Stärke wirksam werden. Nun aber hat die Maschine keine Beziehung mehr zum Körper. Und diese Maschine ist es, die die Krankheit hervorruft, weil sie sich dem Gesetz entziehen kann, dem die schöpferische Natur unterworfen ist. Das Gesetz des Stärkeren kam abhanden. Auch die natürliche Zuchtwahl kennen wir nicht mehr. Wir brauchen etwas anderes als diese Psychoanalyse.

Unter dem Gesetz, das der Besitzer der meisten Maschinen erläßt, müssen Krankheiten blühen und Kranke gedeihen.

Vielleicht werden wir nach einer unerhörten Katastrophe, an der die Maschinen schuld sein werden, zur Gesundheit zurückkehren. Wenn Giftgase nicht mehr genügen sollten, wird vielleicht ein Mann, aus Fleisch und Blut wie jeder andere, in seiner verborgenen Stube einen Sprengstoff erfinden, der über alle Vergleiche erhaben ist, neben dem die gegenwärtigen Sprengstoffe wie unschuldige Spielereien erscheinen. Und ein anderer, ebenso aus Fleisch und Blut wie alle anderen, aber ein wenig kränker – wird diesen Sprengstoff stehlen, wird zum Mittelpunkt der Erde kriechen, um ihn dorthin zu legen, wo seine Wirkung rechnungsmäßig am stärksten sein muß. Es wird eine ungeheure Explosion geben, die niemand mehr hören wird. Die Erde, zur Nebelform zurückgekehrt, wird durch die Himmel schweifen, erlöst von Parasiten und Krankheiten.

Anhang

Anmerkungen und Erläuterungen

1 Es wird wohl immer ungeklärt bleiben, wer sich hinter dieser Abkürzung verbirgt: Sigmund (Freud), Steckel (ein Mitarbeiter Freuds, den Svevo persönlich kannte) oder Svevo-Schmitz selbst (der als junger Mann das Pseudonym Samigli verwendet hatte).

2 Diese Abhandlung wird absichtlich nicht näher bezeichnet, um den Leser zu täuschen. Sie erscheint lediglich an dieser Stelle und bietet Zeno nicht nur eine erste Gelegenheit zum Ungehorsam gegen den Arzt, sondern auch dazu, in dem Moment, in dem er den alles andere als orthodoxen Versuch einer Autoanalyse unternimmt, die Psychoanalyse «langweilig» zu nennen.

3 Svevo studierte die Natur des «Rauchers» schon seit mindestens 1890, dem Jahr, in dem er in *L'Indipendente* einen Artikel über die Beschaffenheit des «Rauchers» («Ein Träumer mit zerrütteten Nerven») veröffentlichte. Das ‹*Tagebuch für die Verlobte*› und die Briefe an die Ehefrau enthalten immer wieder den Vorsatz und das Versprechen, sich das Rauchen abzugewöhnen, oft in Form von Verträgen und Wetten, die den schwachen Willen eines Ettore Schmitz an die Autorität von Daten und Fristen zu binden versuchen.

4 Bis 1918, also während des gesamten Zeitraums, in dem der Roman spielt, gehörte Triest noch zu Österreich.

5 Der venezianische Komödienschreiber Carlo Goldoni (1707–1793) zitiert in seinen 1787 in Paris erschienenen

‹*Mémoires pour servir à l'histoire de sa vie et à celle de son théâtre*› das Werk eines Zeitgenossen – M. Robert, Docteur Régent de la Faculté de Paris –, den ‹*Traité de la Vieillesse*›. Er, sagt Goldoni, «n'est pas aussi sévère que l'École de Salerne, et ne conseille pas le régime de Louis Cornaro, qui vécut cent ans malade pour mourir en bonne santé». (Luigi Alvise Cornaro war ein venezianischer Aristokrat, Verfasser eines Traktats ‹*Della vita sobria*›, 1558.)

6 Pius IX. (Giovanni Mastai Ferretti), Papst seit 1846, starb im Jahr 1878.

7 Um die Jahrhundertwende wurde mit einer Elektrotherapie mit hohen Wechselstromfrequenzen experimentiert, der auch bei psychischen Krankheiten sedative und analgetische Wirkungen zugeschrieben wurden.

8 Äskulap – der Gott der Medizin. Die mythologischen Hinweise im Roman haben meist ironische Bedeutung und dienen dazu, das verspottete Objekt scheinbar durch eine Verbindung mit erhabenen Vorbildern aufzuwerten.

9 H. D. Ruhmkorff (Svevo schreibt den Namen falsch), Erfinder des nach ihm benannten Induktionsapparats für wissenschaftliche und medizinische Zwecke.

10 Da die österreichische Obrigkeit stets die Gründung einer italienischen Universität in Triest verweigerte, schickte das Bürgertum seine Söhne zum Studium nach Wien, Graz und Innsbruck.

11 Wilhelm Ostwald (1853–1932), 1909 Nobelpreis für Chemie.

12 Dieser kleine komödiantische Einschub (ein Ehemann, der von seiner Frau im Bett ihrer Schneiderin überrascht wird und dem es dennoch gelingt, sie von seiner Unschuld zu überzeugen) ist das Thema einer brillanten Komödie Svevos, ent-

standen 1890. Ihr ursprünglicher Titel ‹*La parola*› wurde später in ‹*La verità*›, ‹*Die Wahrheit*›, umgewandelt.

13 Luigi Canestrini (1854–1926) war der Chefarzt der psychiatrischen Abteilung des Triestiner Hospitals. Er wurde allgemein «dottore dei matti» (Irrendoktor) genannt.

14 Svevo gibt diesem Arzt einen wenig schönen Namen («kopros» heißt auf griechisch «Kot»). James Joyce fiel das sofort auf. In einem Brief vom 20.2.1924 bemerkte er dazu: «Wer wird nicht den hochverehrten Doktor Coprosich (sanctificetur nomen tuum) zu schätzen wissen, der sich auch das Gesicht wusch? Aber bei dem Namen, den Sie ihm gegeben haben, hätte er eigentlich ganz andere Waschungen vornehmen müssen!» (Zu den Namen siehe auch den Essay von Silvana de Lugnani, S. 617)

15 Sämtliche historische Persönlichkeiten werden von Zeno in ironischer Absicht zitiert, quasi um die große Welt der Geschichte mit dem kleinkarierten bürgerlichen Alltag in Beziehung zu setzen.

16 Sitz der Triestiner Börse.

17 Richard Cobden (1804–1865), englischer Volkswirtschaftler, Vertreter des Freihandels; gründete 1838 in Manchester die Anti-Corn-Law-League und war 1860 am Handelsvertrag zwischen Frankreich und England beteiligt.

18 Svevo interessierte sich für Darwin und schrieb zwei Essays, in denen er sich mit der Darwinschen Theorie beschäftigte: ‹*L'uomo e la teoria darwiniana*› und ‹*La corruzione dell' anima*›.

19 Der Gegensatz A/Z ist auch in Svevos bürgerlichem Namen vorhanden: Aron Schmitz.

20 Die mit den Malfenti-Mädchen im Salon erörterten Themen stammen zum größten Teil aus Svevos eigenen in England gemachten Beobachtungen, wie sie auch in den Briefen an die Ehefrau (zwischen 1901 und 1908) sowie in den späten Essays *‹Soggiorno londinese›* und *‹Uomini e cose in un distretto di Londra›* enthalten sind.

21 Wahrscheinlich Epikur, dessen Lebensphilosophie auf einer Art ruhiger und heiterer Weisheit gründete.

22 Vermutlich Sokrates, zitiert nach Valerio Massimo, *‹Detti e fatti memorabili›* (VII, 2, Extr. 1), ein Werk, das Ende des vorigen Jahrhunderts sehr verbreitet war und auch Svevo bekannt gewesen sein muß: «Idem [Sokrates] ab adulescentulo quodam consultus utrum uxorem duceret an se omni matrimonio abstineret, respondit, utrum eorum fecisset, acturum poenitentiam.»

23 Karl I. Stuart (1600–1649), König von England, Schottland und Irland, wurde am 30. Januar 1649 hingerichtet. Im übrigen siehe auch Anm. 15.

24 In einem Brief vom 14. Juni 1928 an Walther Lohmeyer vom Rhein Verlag, Basel, in dem es um die deutsche Veröffentlichung von *‹La coscienza di Zeno›* geht, schreibt Svevo (auf deutsch): «Ein Deutscher, dem ich die Druckproben zur Überprüfung übergeben hatte, gab dieselben zurück und erklärte sich etwas befremdet, daß in meinem Romane eine Beleidigung für die Deutschen enthalten sei. Nur dadurch wurde ich darauf aufmerksam gemacht. Ich weiß nicht, ob Sie, Herr Doktor, den Roman gelesen haben. Im Kapitel der Heirath sagt der Zeno dem Speier, um *ihm etwas Unangenehmes* zu sagen: Sind Sie vielleicht ein Deutscher?

Die Sache mißfällt mir besonders weil, angenommen daß ein Deutscher über ein Urteil des verrückten Zeno sich aufhalten würde, was unwahrscheinlich aber nicht auszuschließen ist, er glauben könnte, daß die Beleidigung vom heutigen

Italien statt vom damaligen österr. Triest herstamme. Ein wirkliches Mißverständnis, das zwar zu keinem Kriege führen kann aber zu einem gewissen Groll für den armen Svevo, der seine eigene Geschichte hier erzählt, da er selbst mit einigem Stolz einen deutschen Namen trägt.» (Das Original dieses Briefes liegt im «Deutschen Literaturarchiv» des Schiller-Nationalmuseums [Abteilung Manuskripte], Marbach.) Siehe auch Vorwort Bondy S. 7.

25 Großer Park in Florenz.

26 Das Staccato-Spiel, begleitet von einer vehementen Bewegung des Armes, ist geeignet, einem nicht sachverständigen Publikum besondere Könnerschaft vorzutäuschen. Da Bach nur selten Hinweise für die Ausführung seiner Stücke gibt, müssen diese wenigen um so mehr beachtet werden. Guido erweist sich also durch seine Nichtbeachtung des ausdrücklich vermerkten «Legato» nicht nur als Komödiant und Angeber, sondern auch als musikalisch unseriös.

27 «Die Acht verbieten hier jede Verunreinigung.» Dieser von Svevo kursiv gesetzte Ausspruch scheint auf eine Redensart zurückzugehen, die jedoch nicht mehr bekannt ist. Die Acht (Octo custodie) entsprechen der 1370 in Florenz eingerichteten «Magistratura degli Otto», einer Art politischer Polizei, die eine oft willkürliche Macht ausübte, vorwiegend in Form von Geldstrafen, mündlichen Anordnungen und vertraulichen Informationen. In ihre Zuständigkeit fielen verschiedene Bereiche der öffentlichen Ordnung (Aufsicht über Steuern und Gebühren, über verbotene Bücher, über das Betteln und Umherstreunen, über den Ablauf städtischer Feiern und Zeremonien), und bis 1667 regelte sie auch nach eigenem Gutdünken die wirtschaftliche Tätigkeit der Florentiner Juden (danach wurde diese Aufgabe von der «Mercatura» übernommen).

28 Der Wiener Philosoph und Psychologe Otto Weiniger (1880–1903), der Selbstmord verübte, entwickelt in seinem Werk ‹*Geschlecht und Charakter*› eine Philosophie der Geschlechter, in der er dem männlichen Charakter die Domäne des Wahren, des Schönen und der Objektivität zuweist, während er dem weiblichen Charakter die negativen Eigenschaften, Passivität und Wahnsinn zuschreibt. Darüber hinaus sieht er im Christentum die männlichen, im Judentum die weiblichen Eigenschaften verkörpert. Man beachte die Diskrepanz zwischen der Zeitangabe im Roman (1891) und dem Erscheinungsdatum von ‹*Geschlecht und Charakter*› (1903).

29 Der Dichter Filippo Zamboni (Triest 1826–Wien 1910) schrieb Gedichte, Theaterstücke und autobiographische Erinnerungen.

30 Diese Beschreibung Augustas hat einen Vorläufer in einem Brief Svevos an seine Frau vom 12. August 1897; es handelt sich dabei um eine psychologische Skizze mit der Überschrift «Cronaca di famiglia» – «Familienchronik».

31 Die Göttin der ausgleichenden, vergeltenden und strafenden Gerechtigkeit.

32 «Meine Fahne». Der genaue Titel lautet: «Mia sposa sarà la mia bandiera» – «Meine Braut wird meine Fahne sein». Es handelt sich um ein sentimentales, volkstümliches Lied, komponiert 1876 von Augusto Rotoli (Textdichter unbekannt), das die Geschichte eines Mannes erzählt, der aus Edelmut für einen anderen in den Krieg zieht, damit die von ihm Geliebte mit dem anderen glücklich werden kann.

33 Im berühmten Prosaroman ‹*Lancelot du Lac*› schürt Galehaut die schuldhafte Liebe zwischen Lancelot und Guenièvre. Im fünften Gesang der Hölle von Dantes ‹*Göttlicher Komödie*› wird dies Buch, das die beiden Lesenden, Francesca da Rimini und ihren Schwager Paolo Malatesta, zum

Ehebruch verführt, als «Galeotto» bezeichnet. Seither ist dieser Name Synonym für «Kuppler», «Verführer zu unerlaubter Liebe».

34 Es handelt sich um die erste Strophe des volkstümlichen Triestiner Liedchens «No steme tormentar» («Quält mich nicht»), komponiert 1890 von Ugo Urbanis. Ende des vorigen Jahrhunderts waren Dialektlieder in Triest große Mode, und es fanden regelmäßig Wettbewerbe zur Ermittlung der besten statt.

35 «Casoto» kann auf triestinisch sowohl Rumpelkammer als auch Bordell bedeuten, daher die Zweideutigkeit des Refrains. Er stammt aus dem Lied «Metamorfosi di Rosina», entstanden 1893 (Text von Giulio Piazza, Musik von Edoardo Borghi).

36 Antonio Smareglia (Pola 1854–Grado 1929), Komponist nicht uninteressanter Opernwerke wie *‹Nozze Istriane›* (1895), das auch in Prag und Wien mit Erfolg aufgeführt wurde, sowie *‹La Falena›* (1897), *‹Oceana›* (1903) und *‹Abisso›* (1924), alle drei nach Libretti von Silvio Benco. Auch hier wird die Diskrepanz zwischen der Zeit, in der der Roman spielt, und der tatsächlichen deutlich, denn Smareglia wurde erst im Jahr 1900 blind, während Lali und Carla sich im Roman bereits 1893 kennenlernen.

37 Svevo hat Darwins Werk *‹Das Variieren der Tiere und Pflanzen im Zustand der Domestikation›* tatsächlich gelesen, aber er läßt Zeno es ein wenig verfälschen. In Darwins Text ist nämlich nirgends von einem derartigen, von ihm selbst unternommenen Experiment die Rede, sondern es wird nur ein Bericht des Lord Morton referiert. Danach hätte eine Araberstute zusammen mit einem Quagga einen Bastard hervorgebracht. Als man sie kurz darauf mit einem arabischen Vollblut deckte, hätte sie zwei Fohlen geboren, von denen das eine einige typische Merkmale (z. B. das lockige Fell) der Quaggas aufwies. Zeno gibt vor, an das alte Prinzip der Tele-

gonie zu glauben (daß ein rassereines Weibchen nach der Begattung mit einem rassefremden Männchen nie mehr reinrassige Nachkommen hervorbringen kann), ein Prinzip, das von allen Wissenschaftlern nach Mendel verworfen wurde. (Der Quagga ist ein im vorigen Jahrhundert ausgerottetes zebraartiges Wildpferd.)

38 Die Basedowsche Krankheit hat ihren Namen von dem Wissenschaftler Karl von Basedow, der 1840 erstmals ihr Erscheinungsbild nachwies. Es handelt sich dabei um eine pathologische Schilddrüsenüberfunktion, die mit starken äußerlichen Veränderungen einhergeht: Am auffälligsten sind die hervortretenden «Glotzaugen».

39 Johann Bernhard Basedow (1723–1790), einer der Hauptvertreter der deutschen Aufklärungspädagogik.

40 In Wirklichkeit finden sich im Triestiner Dialekt slowenische und nicht kroatische Wörter. In Triest selbst sowie in seiner unmittelbaren Umgebung lebt eine gewichtige slowenische Minderheit, während das Kroatische auf der istrischen Halbinsel gesprochen wird.

41 Das wichtigste Werk des amerikanischen Neurologen George Miller Beard, der den Krankheitsbegriff «Neurasthenie» prägte, zu diesem Thema ist: ‹*American nerveusness, its causes and consequences*›.

42 Lucinico, ein Luftkurort in der Nähe von Görz (im sogenannten österreichischen Friaul), war Schauplatz blutiger Kämpfe zwischen Italien und Österreich im Ersten Weltkrieg.

43 Fluß im Friaul, der im Ersten Weltkrieg die Front darstellte, an der zehn Schlachten geschlagen wurden. Die Kampfhandlungen endeten 1917 mit der blutigen Niederlage der Italiener in Caporetto (Karfeit), einer Ortschaft am Isonzo.

44 Lorenzo da Ponte (Emanuele Conegliano, 1749–1838) war der typische Abenteurer des achtzehnten Jahrhunderts, extravagant und kosmopolitisch. Sein Name ist mit Libretti zu Mozarts Opern verbunden. Zwischen 1823 und 1830 schrieb er seine ‹*Memorie*›, die ein interessantes Zeitzeugnis darstellen.

45 Es handelt sich um die zehnte Novelle des ersten Tages des ‹*Decamerone*› von Giovanni Boccaccio. Protagonist ist Meister Alberto. «Er war schon ein alter Mann, nahe an die siebzig, doch wenn auch das letzte Fünkchen Wärme schon seinen Körper verlassen hatte, war doch sein Geist so jung geblieben, daß er die Flammen der Liebe noch zu spüren vermochte.» Als er einmal in Gegenwart der geliebten Frau wegen seiner Verliebtheit gehänselt wird, antwortet er: «Die Hoffnung, die mich veranlaßt, in meinen Jahren Euch, eine von so vielen jungen Männern umworbene Dame, zu lieben, ist diese: Ich habe gar oft gesehen, daß die Damen zum Vesperbrot Lupinen und Lauch aßen. Wenn nun auch der Lauch gerade keine besonders wohlschmeckende Speise ist, so ist doch sein Kopf weniger schlecht und schmackhaft als die Blätter. Die Frauen aber nehmen, von falschen Gelüsten verleitet, den Kopf in die Hand und essen die Blätter, die nicht nur wertlos, sondern auch von üblem Geschmack sind. Sollte es wohl möglich sein, Madonna, daß Ihr auch in der Auswahl Eurer Liebhaber ähnlich verfahrt? Tätet Ihr dies, so würdet Ihr besser daran tun, mich zu erwählen und die anderen fortzuschicken.» Zum Schluß wurde die Frau, «die nicht bedacht hatte, an wem sie ihren Spott ausließ, selber besiegt». (Zitiert nach der Übers. von Ruth Macchi, Aufbau-Verlag o. J.)

46 Hermann Niemeyer (1754–1828), ev. Theologe und Pädagoge, Verfasser eines pädagogischen Werkes ‹*Grundsätze der Erziehung und des Unterrichts*›, das sich auch mit Leibeserziehung und Atemgymnastik befaßt.

47 Am Tag der Kriegserklärung Italiens an Österreich kam es in Triest zu Plünderungen, die ihre Ursache in der Erbitterung und Überreiztheit der Bevölkerung hatten: Die Stadt war weitgehend entvölkert (alle Männer unter zweiundvierzig waren bereits eingezogen; viele Familien hatten Triest fluchtartig verlassen), und es fehlte an Nachrichten und an Lebensmitteln. In dieser Atmosphäre verwüsteten die Österreichanhänger die Lokale der irredentistischen Triestiner Vereine, während der Pöbel das Pfandhaus, den Palazzo Tonello und die Geschäfte in der Via Machiavelli stürmte.

G. C. und S. L.

Entstehung und Rezeption

I

«Es war eine Zeit starker, überwältigender Inspiration. Es gab keine Möglichkeit, sich in Sicherheit zu bringen. Dieser Roman mußte geschrieben werden.»

So erinnert sich Svevo im ‹*Profilo autobiografico*› (‹*Autobiographisches Profil*›) an die Entstehung von ‹*La coscienza di Zeno*› (‹*Zeno Cosini*›), die er ans Ende des Ersten Weltkriegs verlegt. In Wirklichkeit entstand der Roman jedoch erst zwischen 1919 und 1922. Das belegt auch die Aussage der Gattin Livia in ihrem Buch ‹*Vita di mio marito*›: «Nach der Niederschrift von ‹*Zeno*› hatte er sofort das Gefühl, in diesen drei Jahren etwas Gutes geschaffen zu haben. Im Verlauf des Korrigierens vernichtete er die erste Fassung. Ich glaube, vor der Veröffentlichung hat er ihn niemanden lesen lassen. Die erste Fassung hatte er 1919 innerhalb von vierzehn Tagen zu Papier gebracht.»

Svevo hat also den ersten Entwurf seines dritten Romans in einem Zug niedergeschrieben. Danach arbeitet er lange daran und vernichtet systematisch und ohne Reue die «Rohfassung» und die verworfenen Überarbeitungen. Er drängt auf eine rasche Veröffentlichung, und sobald er die ersten Korrekturfahnen in der Hand hat, beseitigt er sämtliche Arbeitsunterlagen.

Man darf ihm jedoch glauben, wenn er (in einem Brief an Valerio Jahier vom 1. Februar 1928) gesteht: «Lange ehe ich Freud kannte, erzählte ich in einer Novelle, die nur lustig sein sollte, mein Abenteuer von der falschen Beerdigung. Im Roman wurde es viel ernster, und Ada konnte seinen ganzen

Sinn erfassen.» (Die Episode von der falschen Beerdigung im 7. Kapitel stellt die auffälligste und berühmteste Fehlleistung Zenos dar, der es dank einer glücklichen Zerstreutheit fertigbringt, seinen Schwager Guido – den Nebenbuhler in der Liebe, dem gegenüber seine Gefühle zwiespältig und von großer Aggressivität bestimmt sind – nicht zur letzten Ruhe zu geleiten. Diese zunächst in einer Novelle erzählte und dann in den Roman eingegangene Episode könnte den ersten narrativen Keim zu ‹*La coscienza di Zeno*› bilden.)

In einem Brief vom 11. Februar 1928, wiederum an Valerio Jahier, kommt Svevo noch einmal darauf zurück: «Ich werde einige Novellen mitbringen. Die von der falschen Beerdigung gibt es nicht mehr. Ich empfinde sie noch so lebhaft, daß sie mir zwangsläufig in den ‹*Zeno*› geraten zu sein scheint. Tja, diese sogenannten notierten *Dokumente* legen sich quer und finden nie ganz ihren richtigen Platz.»

Es existiert auch ein Brief an Eugenio Montale vom 17. Februar 1926, in dem Svevo von den «drei Jahren» spricht, die er für den Roman gebraucht habe: «Es stimmt, daß ‹*La coscienza*› etwas ganz anderes ist als die vorangegangenen Romane. Aber Sie müssen bedenken, daß es eine Autobiographie ist, und zwar nicht die meine. Viel weniger als ‹*Senilità*›. Ich habe drei Jahre dazu gebraucht, um das in meinen Mußestunden zu schreiben. Und ich bin dabei so vorgegangen: Wenn ich allein war, versuchte ich mir einzureden, selber Zeno zu sein. Ich ging wie er, rauchte wie er, und ich stopfte in meine Vergangenheit alle seine Erlebnisse, die nur deshalb den meinen gleichen können, weil die Beschwörung eines eigenen Erlebnisses eine Rekonstruktion ist, die leicht zu einer ganz neuen Konstruktion wird, wenn es einem gelingt, sie in eine neue Atmosphäre zu verlegen. Sie verliert dabei nicht den Saft und die Kraft der Erinnerung, nicht einmal ihre Wehmut. Ich bin sicher, daß Sie mich verstehen. Ich wußte von der Schwierigkeit, meinen Helden in der ersten Person unmittelbar zum Leser sprechen zu lassen, aber ich hielt sie nicht für unüberwindlich. Zwangsläufig mußte durch diese Anstrengung der Roman anders werden als die anderen.»

Der Freund Giulio Cesari, Chefredakteur von *La Nazione*,

und Attilio Frescura, Berater des Verlegers Cappelli, sind die ersten Leser des Romans, gleich nach seinem Abschluß. Frescura, der den Auftrag hat, den Roman unter sprachlichen Gesichtspunkten durchzusehen (Svevos eigenwilliges Italienisch erklärt sich aus seiner «Triestinità», und der Verleger hält eine Normalisierung für notwendig), ist auch ein adäquater Gesprächspartner. An ‹*La coscienza di Zeno*› schätzt er, wie er dem Autor schreibt, vor allem «die Ironie, das Paradoxe, die Bildhaftigkeit». Doch er fügt hinzu: «Die sprachliche Revision wurde mit großer Sorgfalt und Mühe vorgenommen, aber ich verhehle Ihnen nicht, daß es bei einer einmaligen Durchsicht nicht möglich war, ein befriedigendes Resultat zu erzielen. Kurz, Ihr Großvater spukt als dickköpfiger Deutscher immer noch zwischen den Seiten des Enkels.»

Svevo antwortet (unter nicht bestimmbarem Datum, aber sicherlich kurz vor Veröffentlichung des Romans) gelassen: «Ob es der deutsche Großvater ist, der mich daran hindert, auf bessere Weise lateinisch zu erscheinen? Und doch habe ich meine Muttersprache immer geehrt. Aber was soll ich machen? Von früher Jugend an hat es mich in die verschiedensten Länder verschlagen. Florenz sah ich – trotz meiner langgehegten Sehnsucht – erst mit fünfzig Jahren und Rom mit sechzig, während mich mein Schicksal überall sonst in Europa hinführte, bis hinauf nach Irland. Und so kommt es, daß die italienische Sprache für mich ein für allemal so blieb, wie sie sich in meinem Kopf bewegt. [...] Im übrigen steht es fest, daß, wenn Italien nicht zu mir gekommen wäre, ich gar nicht auf den Gedanken gekommen wäre zu schreiben. Das ist etwas Merkwürdiges, das ich mir zuweilen selbst nicht erklären kann. Vier Monate nach dem Eintreffen unserer Truppen machte ich mich daran, meinen Roman zu schreiben. Als sei das mit 58 Jahren etwas ganz Natürliches. Mit der Dreistigkeit aller Befreiten schien es mir, als hätte ich damit sofort das Wohnrecht für mich und meine armselige Sprache erworben.»

Wie wir wissen, korrigiert Svevo in der ersten Märzhälfte 1923 die Fahnen, und Ende April erscheint der Roman.

2

Die erste Rezension erscheint am 5. Juni 1923 in der Triestiner Zeitung *Il Piccolo della Sera*, geschrieben von Silvio Benco, einem Freund Svevos. Sie enthält positive Urteile über die «kühne Beobachtung» und die «Fülle an wissenschaftlicher Bildung», die dem Roman Ähnlichkeit mit den englischen und deutschen verleihe. Es fehlt jedoch auch nicht an Vorbehalten hinsichtlich der «ziemlich merkwürdigen und harten Sprache» und der «Ökonomie» des Werkes, dem es gelegentlich an «Sinn für Proportionen» fehle.

Außer einer weiteren, sehr lobenden Rezension von Ferdinando Pasini erhält das Buch jedoch kaum Besprechungen: einen Artikel von Donatello D'Orazio in *Il Popolo di Trieste* (15. Juli 1923), eine anonyme Notiz in derselben Zeitung (21. November 1923), einen Hinweis von Willy Dias in dem Genueser Blatt *Il Caffaro* (16. Oktober 1923), eine anonyme Kurzrezension in *Il Resto del Carlino* (11. November 1923) und eine weitere (hinter der sich Giulio Caprin verbirgt) in *Il Corriere della Sera* (einer der bedeutendsten italienischen Tageszeitungen), die den Roman als «unzusammenhängend und bruchstückhaft» abtut, ihm «Langatmigkeit» vorwirft, allerdings auch ein «psychologisches Interesse» bescheinigt.

Svevo fürchtet auch für seinen dritten Roman jenes «Schweigen» der Kritik, dem das «Fiasko» der ersten beiden zu verdanken gewesen war. Er beschließt, sich an eine Instanz zu wenden, die von der Enge der italienischen Kultur während der unmittelbaren Nachkriegszeit unabhängig ist: Er schreibt an James Joyce und schickt ihm ein Exemplar seines Romans. Der Brief ist leider nicht erhalten geblieben; wir besitzen jedoch die (italienisch geschriebene) Antwort von Joyce:

«30. Januar 1924

Lieber Freund,
[...] Danke für den Roman mit Widmung. Ich habe jetzt zwei Exemplare davon, da ich mir eines schon aus Triest bestellt hatte. Ich lese ihn mit großem Vergnügen. Warum regen Sie sich auf? Sie müssen wissen, daß das bei weitem Ihr bestes

Buch ist. Was die italienische Kritik betrifft, so kann ich dazu nichts sagen. Aber lassen Sie Besprechungsexemplare an M. Valery Larbaud, M. Benjamin Crémieux, Mr. T. S. Eliot, Mr. F. M. Ford schicken. Ich werde mit diesen Literaten darüber reden oder ihnen schreiben. Sobald ich mit der Lektüre fertig bin, werde ich mehr sagen können. Für den Augenblick interessieren mich zwei Dinge. Das Thema: Ich hätte nie gedacht, daß das Rauchen einen Menschen derart beherrschen kann; zweitens, der Umgang mit der Zeit im Roman. Es fehlt darin nicht an Scharfsinn, und ich sehe, daß der letzte Abschnitt von ‹*Senilità*›: ‹Ja! Angiolina denkt und weint... etc.› in aller Stille großartig aufgeblüht ist. [...]
Einen Händedruck

James Joyce

PS: Schicken Sie auch an Gil Berseldy, The Dial, New York.»

Svevo folgt dem Rat von Joyce, und am 15. Januar 1925 erreicht ihn ein anerkennender Brief von Valery Larbaud, der darin um die Erlaubnis bittet, einige Passagen aus ‹*La coscienza di Zeno*› in französischer Übersetzung in der Zeitschrift *Commerce* veröffentlichen zu dürfen; außerdem kündigt er einen Aufsatz über Svevo an. Inzwischen liest und «entdeckt» auch Eugenio Montale – auf Empfehlung von Roberto (Bobi) Bazlen – den Triestiner Romancier und veröffentlicht in der Zeitschrift *L'esame* vom November/Dezember 1925 den Aufsatz ‹*Omaggio a Italo Svevo*› (‹*Hommage an I. S.*›). In Frankreich erscheinen in *Le Navire d'argent* vom Februar 1926 die Übersetzung einiger Passagen aus ‹*Senilità*› und ‹*La coscienza di Zeno*› sowie ein Essay von Benjamin Crémieux, der Svevo als den «ersten Romancier der Analyse» preist, «den das zeitgenössische Italien hervorgebracht hat», ausgestattet mit einem «ganz besonderen» Humor, Schöpfer der Figur Zeno, «einer Art bürgerlichen Charlie Chaplins aus Triest».

3

Der «Fall Svevo» ist ausgebrochen, und die italienische Kritik muß, zur Verantwortung gerufen, Stellung beziehen. Es gibt eine kompetente und aufgeschlossene Kritik (Solmi, Debenedetti, Vittorini, Linati, Comisso), die Svevos Modernität erfaßt und ihm das Verdienst einer «Antiliterarität» bescheinigt, verstanden als Fähigkeit zur literarischen Erneuerung im Gegensatz zu den rhetorischen Formeln der gängigen italienischen Kultur. Wesentlich zahlreicher sind jedoch die «Puristen», die sich darauf beschränken, Svevos sprachliche Unregelmäßigkeiten aufzuzeigen, in dem Versuch – wie Montale es ausdrückte –, ihm «die Grammatik einzubleuen». Und daneben gibt es das Lager der faschistischen Kritik, die gegen den «Triestiner Juden Schmitz» und die «moralische Schuld» (der Ausdruck stammt von Guido Piovene) einer Kunst polemisiert, die sich nicht den vom totalitären Regime propagierten «Männlichkeitsidealen» anschließt.

Die von Montale eröffnete Auseinandersetzung mit Svevos Werk wird 1929, nach Svevos Tod, durch den grundlegenden Essay ‹*Svevo e Schmitz*› von Debenedetti fortgeführt, der sich unter anderem mit dem Verhältnis zwischen Autobiographie und Kunst befaßt. Elio Vittorini hebt 1930 Svevos moralische Position hervor, der ohne Getue und literarische Mätzchen schreibe, da er sich entschieden habe, «ernsthaft zu schreiben», dem Beispiel Stendhals folgend, gleichsam im Sinne eines Kommentars zum bürgerlichen Gesetzbuch.

4

Nach dem Zweiten Weltkrieg ist die Verbreitung des Svevoschen Werks zunächst noch auf kleine literarische Kreise beschränkt. Erst die 1954 begonnene Gesamtausgabe im Verlag Dall'Oglio, herausgegeben von Bruno Maier, eröffnet ihm einen größeren buchhändlerischen Markt. Nach dem Ende der «kulturellen Autarkie» des Faschismus und der idealistischen Diktatur Benedetto Croces öffnet sich die literarische

Diskussion den unterschiedlichsten kritischen Methoden und nimmt die europäischen Beiträge zur Kenntnis. Man rekonstruiert Svevos geistigen Weg (De Castris, Saccone, Spagnoletti) und seine europäische Matrix. Man befaßt sich mit der Svevo-Forschung (Maier, De Castris), untersucht die formalen Besonderheiten und die thematischen Konstanten wie zum Beispiel das Thema «Krankheit» (Luti). Man analysiert die Romanstruktur, die Erzähltechnik, die Syntax des «Monologs» (Guglielminetti, Maxia). Svevos Verhältnis zur Psychoanalyse wird von Michael David und später von Saccone und Lavagetto dargestellt. Unter den ausländischen Beiträgen ragen vor allem der Artikel von Bouissy über die ideologischen Grundlagen des Svevoschen Werks und die umfangreiche Arbeit von Fusco über ‹*Bewußtsein und Realität*› hervor.

Eine abschließende Zusammenfassung ist immer noch unmöglich, da es sich um eine offene Diskussion und eine Zusammenarbeit zwischen Wissenschaftlern unterschiedlicher Fachbereiche und kritischer Positionen handelt. In den letzten Jahren bewegt sich die Forschung vor allem in zwei Richtungen: einmal die Analyse des Svevoschen Schreibens mit Hilfe des Strukturalismus und der literarischen Semiotik – zum andern die Erforschung des Gesamtwerks, einschließlich der kleineren Schriften, der Theaterstücke, der Entwürfe und Fragmente.

Als 1984 die Autorenrechte freiwurden, brachte eine ganze Reihe italienischer Verlage die drei Romane, die Erzählungen und Theaterstücke heraus, auch in preiswerten und Taschenbuch-Ausgaben. Innerhalb der vom Verlag Studio Tesi, Pordenone, begonnenen Kritischen Ausgabe, wiederum besorgt von Bruno Maier, sind 1985 als erste Bände ‹*Una vita*›, ‹*Senilità*› und ‹*La coscienza di Zeno*› erschienen.

Die Kritische Ausgabe von ‹*La coscienza di Zeno*› basiert auf der Erstveröffentlichung des Romans, erschienen 1923 beim Verlag Cappelli, Bologna, in einer Auflage von 1500 Exemplaren (Ende der Drucklegung 1. Mai 1923). Es ist die einzige Ausgabe, die zu Lebzeiten des Autors erschien. Svevo selbst las die Druckfahnen; außerdem korrigierte, wie bereits erwähnt, Attilio Frescura die Vorlage. Leider sind sämtliche Manuskripte des Romans von Svevo vernichtet worden.

Die Fahnenkorrekturen Svevos liefern inhaltlich keine neuen Erkenntnisse. Sie betreffen Druckfehler und kleine persönliche Veränderungen: meist Eigenwilligkeiten in bezug auf Orthographie, Interpunktion und archaische oder dialektale Formen. Für eine Übersetzung spielen diese Abweichungen von den späteren Ausgaben keinerlei Rolle.

Gabriella Contini

Die Stadt Triest in ‹*Zeno Cosini*›

Die drei Romane Svevos sind in unterschiedlichen Zeitabschnitten entstanden: Fünf Jahre trennen ‹*Senilità*› (beendet 1897) von ‹*Una vita*› (veröffentlicht 1892 mit der Jahresangabe 1893), und sechsundzwanzig Jahre liegen zwischen ‹*Senilità*› und ‹*La coscienza di Zeno*›. Alle drei Romane haben Triest zum Schauplatz, und in allen dreien spielt das Bürgertum die Hauptrolle, das in seinen sämtlichen Schichtungen und Verzweigungen dargestellt wird, angefangen von jener kleinbürgerlichen Angestelltenschicht mit künstlerisch-literarischen Ambitionen bis hin zu den Reichen und Mächtigen, die von sich und ihrer Bedeutung völlig überzeugt sind. Zwischen der Ansiedlung der Romane in Triest und der Wahl des Bürgertums als Protagonisten besteht ein enger Zusammenhang, der auf die Wurzeln der Triestiner Geschichte verweist. Triest, wie es ist oder vielmehr zur Zeit Svevos war, ist das Resultat der unternehmerischen Kraft einer kosmopolitischen Bevölkerungsschicht, die sich vom Ende des 18. Jahrhunderts an als bürgerliche Klasse durchzusetzen begann.

Bis zum Anfang des 18. Jahrhunderts lebte Triest sozusagen am Rand der Geschichte: Kaum mehr als ein Marktflecken, hatte es seine schwachen Kräfte in ständigen Auseinandersetzungen mit dem mächtigen Venedig erschöpft, dessen Herrschaft es sich schließlich 1382 ein für allemal entzog, indem es sich freiwillig unter den Schutz des Hauses Österreich stellte. Und ebendieses Haus Österreich war es dann, das zuerst mit Karl VI. und danach mit Maria Theresia und Joseph II. den radikalen Wandel der Geschicke dieser Kleinstadt von 5000 Einwohnern beschloß – einer Kleinstadt, deren dünne Patrizierschicht sich römischer Ursprünge rühmte und an Autonomieprivilegien feudalistischen Charakters festhielt, während die aus Fischern und

Bauern bestehende Bevölkerung ihr Leben mühsam im Dienst dieser wenigen Patrizierfamilien fristete, die allein Eigentümer von Grund und Boden und der Fischerkähne waren, den einzigen Quellen ihres Reichtums. Mit der Schaffung des Freihafens im Jahre 1719 beginnt eine neue Phase in der Geschichte Triests: Angelockt von den zahlreichen Zoll-, Steuer- und sogar strafrechtlichen Privilegien (Straffreiheit für im Herkunftsland begangene Verbrechen), strömen Kaufleute und Unternehmer aus allen Teilen Europas und des Mittelmeerraums nach Triest.

Gleich hinter den Mauern des alten Triest, das sich um den nach dem Schutzpatron der Stadt, San Giusto, benannten Hügel windet, entsteht nun die neue Stadt: Enge, winklige Gassen – die Altstadt; breite, gerade, in regelmäßigen Gittermustern angeordnete Straßen – die Neustadt. Hier dokumentieren klassizistische Palais den triumphalen Aufstieg einer unternehmungsfreudigen Kaufmannsschicht, die sich eine Stadt nach eigenem Bild und Gleichnis schuf, in welcher die Ästhetik mit Funktionalität und Zweckmäßigkeit Hand in Hand ging. Im Laufe etwa eines halben Jahrhunderts geht das alte Patriziertum unter – unfähig, die Gelegenheit zu nutzen und sich die Reichtümer zu erwerben, die zur Sicherung der eigenen Herrscherrolle notwendig gewesen wären. Und mit seinem Untergang beginnt auch der fortschreitende Verfall der alten Stadt, in deren baufälligen Häusern all das Unterkunft findet, was die wohlhabende bürgerliche Gesellschaft an den Rand drängt: sozialer Abstieg, Prostitution und Kuppelei.

Das geistige Zentrum der alten Stadt war die Kathedrale San Giusto auf dem gleichnamigen Hügel mit der Erinnerung an die römische Vergangenheit, die in den Patrizierfamilien durch die Pflege der humanistischen Studien und die Bewahrung des italienischen Idioms stets hochgehalten worden war. Das Herz der neuen Stadt dagegen wurde die Börse, architektonisch das imposanteste öffentliche Gebäude aus der ersten Hälfte des 19. Jahrhunderts, dessen Fassade fast provokativ gegen den San Giusto-Hügel mit seinen Bollwerken des Römertums und der alten Stadtrepublik gerichtet ist.

Das erste einigende Element zwischen den nach Rasse, Sprache und Religion so unterschiedlichen Menschen, die zwischen dem 18. und 19. Jahrhundert nach Triest drängten, war der ökonomische Faktor: Er brachte Griechen, Juden, Deutsche, Franzosen, Italiener und andere dazu, sich zusammenzuschließen und kapitalistische Finanz- und Unternehmensorganismen wie Versicherungs- und Schiffahrtsgesellschaften, Werften, Fabriken etc. ins Leben zu rufen. Und der wirtschaftliche Faktor spielte auch eine wesentliche Rolle, als – vom letzten Viertel des 19. Jahrhunderts an – die Flamme des Irredentismus aufloderte, der unter Berufung auf die Italienischsprachigkeit der Stadt die Loslösung von Österreich-Ungarn und die Vereinigung mit Italien forderte. Der Gegensatz zwischen den wirtschaftlichen Interessen, die durch die Zugehörigkeit zum Habsburgerreich gewährleistet waren, und den ideellen Bestrebungen nach einer Vereinigung mit dem Land, das als das eigentliche Vaterland empfunden wurde, war nur eine der vielen Widersprüchlichkeiten, die das nationale und soziale Gefüge der Triestiner Bourgeoisie durchzogen. Ohne sich dessen bewußt zu sein, war die national-liberale Bourgeoisie Triests in kultureller und geistiger Hinsicht weit weniger «italienisch», als sie glaubte: Schon die Lage der Stadt, eingekeilt zwischen der deutschen, der slawischen und der italienischen Welt, das Zusammenleben dreier Kulturen, hatte ihr eine europäische Aufgeschlossenheit verliehen, die der italienischen Kultur jener Zeit fremd war. Der Triestiner Bürger um die Jahrhundertwende beherrschte, auch wenn er eine italienische und keine deutsche Schule besucht hatte, zumindest noch eine weitere Sprache – nämlich Deutsch, und fast immer wurden die Universitätsstudien an österreichischen Hochschulen, vor allem Wien und Graz, absolviert. Die Klassiker der deutschen Literatur und Philosophie waren dem Triestiner Bürgertum ebenso vertraut wie die italienischen, und was immer sich in Wien auf kulturellem und wissenschaftlichem Gebiet Neues tat, fand in Triest sofort Resonanz. Außerdem darf nicht übersehen werden, daß ein wesentlicher Teil des Triestiner Großbürgertums aus Juden bestand, die für alle Erneuerungsimpulse, die von der

Wiener Kultur ausgingen, äußerst empfänglich waren – sei es auf dem Gebiet der Kunst, sei es auf dem der Medizin: Es war ein Schüler Freuds, Edoardo Weiss, der die Psychoanalyse zuerst in Triest und danach in Italien bekanntmachte. Und nicht zuletzt sei auf die Vertrautheit mit der klassischen deutschen Musik hingewiesen, die im Familienkreis auf gewiß nicht italienische Art als «Hausmusik» gepflegt wurde.

Diesem Triestiner Bürgertum entstammt Svevo, der sein Porträtist und Kritiker werden sollte: Da er ihm selbst angehörte, war er am besten in der Lage, Laster und Tugenden darzustellen, die tiefgehende Heuchelei und den nüchternen Egoismus zu enthüllen – ohne moralisierende Herablassung oder wütende Beschimpfung, sondern mit einer ebenso leichten wie treffenden Ironie, die nichts und niemand ausspart, auch nicht den Autor selbst.

Nach dem Erfolg von ‹*La coscienza di Zeno*› wollte Svevo die Aufmerksamkeit des Publikums und der Kritik auch auf seine glücklosen vorangegangenen Romane lenken und stellte im ‹*Profilo autobiografico*› (1928) eine verwandtschaftliche Verbindung zwischen den drei männlichen Protagonisten der drei Romane – Alfonso Nitti, Emilio Brentani, Zeno Cosini – her, indem er auf den wenigen Seiten dieses Textes zweimal behauptet, es handle sich ganz offensichtlich um Brüder. Ohne näher auf die umstrittene Frage nach einer einzigen Figur autobiographischer Prägung, die sich angeblich mit nur geringen Varianten von einem Roman zum andern wiederholt, einzugehen, wäre es vielleicht der Mühe wert, das Problem einer einheitlichen Konstanten von einem anderen Gesichtspunkt aus zu untersuchen: Es ist legitim, von einer einzigen Figur zu sprechen, die in allen drei Romanen auftaucht, sie miteinander verbindet und durch die Unterschiedlichkeit der Rollen und Gesichter, die sie von Fall zu Fall annimmt, zugleich voneinander unterscheidet: die Stadt Triest.

In ‹*Una vita*› (‹*Ein Leben*›) ist Triest mit seinen beiden historischen Kernen präsent: der Altstadt, in die die aus der Gesellschaft Ausgeschlossenen abgedrängt werden, und der Neustadt, dem Borgo Teresiano (der Theresien-Stadt), entstanden im 18. Jahrhundert und Bollwerk der neuen Einwanderer, des aufsteigenden Bürgertums. Wie zur Erinnerung an die fremdländische Herkunft jener Kreise, die den Grundstock der Triestiner Bourgeoisie und der Neustadt bildeten, lautet der Name des Bankiers, dessen Villa und Bankhaus hier gelegen sind, Maller – vermutlich deutschen Ursprungs. Italienisch ist dagegen der Name der Familie Lanucci, deren ärmliche, zum Teil an Alfonso Nitti untervermietete Behausung in jenem Teil der Stadt liegt, in dem ehemals das alteingesessene und inzwischen verschwundene Patriziertum Triests gelebt hatte. Zwischen den beiden Stadtteilen verläuft der Corso, eine Art Niemandsland, Symbol einer Grenze, die in erster Linie sozialen Charakter besitzt. Ebenso wie sich die beiden Städte am Corso gegenüberstehen, ohne sich jedoch zu berühren, geschweige denn miteinander zu verschmelzen, vermeiden es die Vertreter des wohlhabenden Bürgertums und jene, die nicht dazugehören, diese gesellschaftliche Schranke zu überschreiten und den jeweils anderen Teil zu betreten. Nur Alfonso Nitti, der Kleinbürger in der Schwebe zwischen dem Aufstieg zum Großbürgertum und der gesellschaftlichen Deklassierung, bewegt sich zwischen den beiden Stadtteilen und den beiden sozialen Milieus, genauso Francesca, die Gesellschaftsdame im Hause Maller, die sich allerdings erst in dem Augenblick, in dem ihre Hoffnungen auf eine Heirat mit dem reichen Bankier für immer zerronnen sind, in das von Alfonso und der Familie Lanucci bewohnte Viertel vorwagt.

In ‹*Senilità*› (‹*Ein Mann wird älter*›) gewinnt die Romanfigur Triest, ebenso wie die Protagonisten des Romans, ihre Gestalt am Rande der bürgerlichen Unternehmerwelt. Tatsächlich ordnet sich die Stadt um ein Zentrum, das nie in Erscheinung tritt: den Borgo Teresiano, dessen Absenz so offensichtlich ist, daß sie sich stärker einprägt als eine Präsenz. Statt dessen werden die Straßen der Kaffeehäuser und der Spaziergänge frequentiert, die Strandpromenade, die Außenviertel zwischen Stadt und freiem Feld – in erster Linie Plätze der Unterhaltung, des Vergnügens, der Muße. Das Triest von ‹*Senilità*› ist ein Triest *en plein air*, das ein Ort der Bohème sein möchte, leichtfertig, zügellos – und auf dem doch immer, auch in Abwesenheit, die vom Bürgertum beherrschte Welt mit ihren Verhaltensnormen, ihrer Heuchelei, ihrer doppelten Moral lastet.

Diese bürgerliche Welt beherrscht vollkommen den erzählerischen Kosmos von *‹La coscienza di Zeno›*. Das Großbürgertum, jene oberen Gesellschaftsklassen, die – wie Montale schreibt – «in *‹Una vita›* durch das Schlüsselloch betrachtet wurden», steht jetzt ganz im Vordergrund, nicht mehr von außen und aus einer verengten Perspektive beobachtet, sondern von innen und aus einem Perspektivwinkel von 360 Grad. Es gibt eine Reihe von Details, die eine Brücke zwischen dem ersten und dem letzten Roman Svevos schlagen: die Paterfamilias-Figuren Maller und Malfenti, nicht nur durch den Namensanklang miteinander verbunden, sondern auch durch ihre äußere Erscheinung (massig und imponierend), ihre Geschäftstüchtigkeit, ihren herrischen und anmaßenden Charakter, der nicht frei von Grobheit ist; die Einrichtungen der großbürgerlichen Häuser stellen zwar Reichtum zur Schau, aber ohne Geschmack: die Salons, genauer gesagt die, gewissermaßen öffentlichen Repräsentationsräume, in denen die Rituale der Werbung und der Verführung stattfinden; die Bootsausflüge, als Vergnügungen und als Gelegenheit der Zurschaustellung leutseliger Herablassung gegenüber Angestellten oder Personen niedrigeren Standes. Praktisch ist es die Präsenz ein und desselben Bürgertums mit ein und denselben äußeren und inneren Merkmalen, die *‹Una vita›* und *‹La coscienza di Zeno›* miteinander verbindet. Der Unterschied liegt in der Verschiedenheit der Beobachtungspunkte, die auch in der Verschiedenheit der topographischen Hinweise zum Ausdruck kommt. In *‹La coscienza di Zeno›* taucht häufig das «Tergesteum» auf, 1842 erbaut und seither Sitz der Börse, also das pulsierende Herz der Geschäfte und Transaktionen, Schiedsrichter über die Schicksale des spekulierenden Großbürgertums. In *‹Una vita›* dagegen wird das Tergesteum nie erwähnt. Tatsächlich kann es auch keine direkte Verbindung zwischen dem Gebäude, das den Geschäften des Großbürgertums vorbehalten ist, und Alfonso Nitti geben, dem kleinen, untergeordneten Angestellten, aus dessen Perspektive im Roman das Milieu der Klasse geschildert wird, die das Sagen hat. Entscheidend ist dagegen die Rolle des Tergesteums für die Angelegenheiten des wohlhabenden Bürgers Zeno Cosini und seine Umgebung: Die Börse (und das heißt: der Bereich des Finanziellen) enthüllt sich als höchste Instanz, die über die Schicksale der bürgerlichen Familien herrscht, ihre Gründung wie ihre Auflösung bestimmt, indem sie auch in die Privat- und Gefühlssphäre eindringt. Der Gedanke zur Heirat kommt Zeno Cosini im Tergesteum: Ziemlich verdächtig wirkt die scheinbare Selbstlosigkeit, mit der Giovanni Malfenti, Vater von vier Töchtern, ausgerechnet den jungen, reichen, unverheirateten Zeno Cosini unter einem ebenso fadenscheinigen wie lächerlichen Vorwand zu sich nach Hause einlädt. Der Schatten des guten Geschäfts fällt sowohl auf diese Einladung wie auch auf Zenos Neigung, eine der Töchter des reichen und angesehenen Geschäftsmannes zu heiraten. Die Börse wird es sein, die Guidos finanziellen Ruin verursacht und zeigt, wie der Faktor Geld in den bürgerlichen Familien über jeder anderen Regung – der Zuneigung, Moral, Menschlichkeit – steht. Jede Verfehlung, selbst der Ehebruch, kann entschuldigt und vergeben werden – aber Geld zu verlieren ist ein Verbrechen, das kein Mitleid findet. Es führt zu Guidos Tod und zur Auflösung der Familie mit der Abreise Adas und ihrer Kinder nach Buenos Aires.

Außer dem Tergesteum werden von Svevo in diesem Roman eigentlich nur wenige Orte genau bezeichnet. Statt dessen überwiegen die ungenannten: Das gilt für das Haus der Malfenti, für das von Ada und Guido und selbst für das von Zeno, dessen Lage unbestimmt und vage bleibt, obwohl er eine Fülle von Details dazu liefert: Villa mit Garten und anschließendem Bauernland (der Bauer, der in die Stadt geschickt wird, um den Arzt zu holen), auf einem Hügel gelegen, mit Blick über den ganzen Golf, erreichbar über eine Fahrstraße. Tatsache ist, daß Triest von Hügeln umgeben ist, auf denen die herrschaftlichen Villen standen, denen sich allen das von Svevo beschriebene Panorama bot. Das macht jeden Versuch einer genauen Lokalisierung der Villa Cosini problematisch und anfechtbar. Nicht rekonstruierbar sind außerdem die Strecken, die Zeno auf seinen häufigen und sinnlosen Gängen durch die Stadt oder in nicht genauer präzisierte Vororte zurücklegt, Strecken, die sehr viel eher verworrenen Seelenlabyrinthen als meßbaren Entfernungen innerhalb einer realen Stadt entsprechen. In ‹*Una vita*› und ‹*Senilità*› zeigte sich Triest in klaren und präzisen Umrissen. In ‹*La coscienza di Zeno*› verschwimmen die Umrisse im Vagen, im Chaotischen, im Flüchtigen. Die wenigen genannten Orte genügen nicht, um das Gesicht der Stadt zu zeigen, die sich, wie das Bewußtsein (*la coscienza*) des Helden, letzten Endes als unerforschbar, ungreifbar, sich stets entziehend erweist. Svevos List besteht darin, entweder den Ausgangspunkt oder das Ziel (manchmal auch beides) eines Weges zu verschweigen, so daß es nicht möglich ist, sich die Entfernungen vorzustellen. Die räumlichen Beziehungen werden von Svevo damit ebenso annulliert wie die zeitlichen (vorher/nachher) und die kausalen (Ursache/Wirkung). Tatsächlich weiß man sowohl bei der Figur Zeno als auch bei der Figur Triest nur selten ganz genau, woran man ist. Bei näherem Hinsehen dienen die topographischen Hinweise eher dazu, die Position anderer Figuren festzulegen und nur mittelbar, im Reflex, die Zenos. Wir haben gesehen, daß die Erwähnung des Tergesteums dazu dient, Giovanni Malfenti als eingefleischten Geschäftsmann und daher die Ehe als vorteilhaftes Geschäft für beide Teile erscheinen zu lassen – unbeschadet der Tatsache, daß es zudem eine notwendige Etappe in der «Karriere» eines jungen Mannes aus gutbürgerlichem Hause darstellt.

Die Via Cavana, in der Zeno plötzlich die Erleuchtung über die Verkupplungspläne der Signora Malfenti überfällt, wirft ein wenig schmeichelhaftes Licht auf die Urheberin dieser Pläne. Das Cavana-Viertel in der Altstadt war die am schlechtesten beleumundete Gegend von Triest, bekannt für ihre Bordelle, Dirnen und Kupplerinnen. Bezeichnend ist die Beharrlichkeit, mit der Svevo auf anderthalb Seiten dreimal den Namen der Straße erwähnt; auch das Menschengedränge, das dort zur Zeit des Sonnenuntergangs herrscht – darauf wird ebenfalls zweimal hingewiesen –, erscheint ziemlich verdächtig, um so mehr als Svevo kurz zuvor geflissentlich bemerkt, daß die nahegelegene Straße, in der sich Malfentis Büro befindet, um dieselbe Zeit fast menschenleer sei. Die innere Entsprechung zwischen den Verlockungen und dem Verkehr in der Via Cavana und den Manövern der Signora Malfenti, um eine wenig attraktive Tochter unter die Haube zu bringen, hat Svevo unmißverständlich in der scheinbar sybillinischen Formulierung des folgenden Satzes zum Ausdruck gebracht: «Frau Malfenti hatte sich derart ausgedrückt, daß ich sie erst dort, in der Via Cavana, verstanden hatte» (S. 143). Erst in der Straße der Prostituierten und Kupplerinnen fällt der Schleier bürgerlicher Heuchelei, und Zeno erkennt die Motive, die Frau Malfenti bewogen haben, ihn vorübergehend ihrem Haus fernzuhalten.

Es steht außer Zweifel, daß Svevo sich Triests bedient, um seiner Strategie der Anspielung, des indirekten und zweideutigen Hinweises, des Unausgesprochenen, der Verschleierung, ja sogar der Lüge zu noch größerer Wirksamkeit zu verhelfen. Zu dieser Strategie gehört beispielsweise auch, daß Svevo nicht den tatsächlichen Namen der Straße nennt, in der sich Malfentis Büro befindet (die Via del Lazzaretto Vecchio), sondern zu einer volkstümlichen Bezeichnung greift, die zu seiner Zeit noch lebendig war: Via delle Case Nuove. Diese Straße liegt im sogenannten Borgo Giuseppino (der Joseph-Stadt), wo man erst um etwa 1820 zu bauen begann, obwohl das Dekret zur Errichtung eines «Borgo» in dieser Zone bereits 1788 von Joseph II. erlassen wurde, auf den der Name des Viertels wie auch der der Piazza Giuseppina zurückgeht, die damals die Via del Lazzaretto Vecchio unterbrach. Svevo läßt also ganz kurz ein Stück Geschichte aufleuchten, um ironisch daran zu erinnern, wie jung das bürgerliche Triest doch ist, in dem die «Ahnen» bestenfalls die Großväter sind und die von ihnen erbauten Häuser nicht die Kategorie «historisch», sondern höchstens die sehr viel weniger vornehme «alt» für sich in Anspruch nehmen können. Und nicht im Borgo Giuseppino, im bürgerlichen Teil der Stadt, wird Zeno mit einem Schlag klar, was sich hinter der honigsüßen Scheinheiligkeit bourgeoiser Konventionen verbirgt, sondern bezeichnenderweise in der Altstadt, und zwar in jener Via Cavana, die sich zwischen den Borgo Giuseppino und den Borgo Teresiano, in dem das Tergesteum liegt, zwängt. Dieser Übergang vom Triest des 19. Jahrhunderts zum mittelalterlichen kommt einem Abstieg in den Urleib der Stadt gleich, der aus der bürgerlichen Geschichte verdrängt wurde und gerade deshalb ein Schlupfwinkel der elementarsten und am wenigsten eingestandenen Wahrheiten ist. Es ist außerdem symptomatisch, daß Zeno, sobald er wieder in die Sphäre der bürgerlichen Stadt und seines Hauses eintaucht, die Erleuchtung aus der Via Cavana ins Unterbewußtsein verbannt, vergißt.

Kurios und rätselhaft ist die Wahl der Örtlichkeit für Zenos plötzlich auftauchenden Mordgedanken gegenüber Guido: die Via Belvedere. Die Via Belvedere (heute Via Udine) befand sich an der nördlichen Peripherie der Stadt, in der Nähe des Bahnhofs, und hatte ihren Namen von einer alten Besitzung, von der aus sich vor dem Bau der Eisenbahn und des Bahnhofs ein herrlicher Blick auf die Stadt und das Meer bot. Svevo, der sich unbestimmter denn je über die Wege Zenos und Guidos nach ihrem Verlassen des Malfentischen Hauses äußert (das Vorstadtcafé, die Peripherie), wird plötzlich fast pedantisch genau: eine tiefer gelegene Straße, ein Anstieg, die Via Belvedere, eine Trennungsmauer zwischen der oberen und der unteren Straße. Es gibt ein Sichüberschneiden von Horizontalen und Vertikalen: ein Unten, ein Oben und wieder ein Unten, eine Anhöhe und einen Abgrund. In diesem Wechsel ist der Wechsel in den Schicksalen Zenos und Guidos vorweggenommen, von unten nach oben der eine, von oben nach unten der andere, der Aufstieg und der Fall; ein Wechsel, der noch unterstrichen wird durch die Rückkehr der beiden Schwäger an denselben Ort, diesmal jedoch in einer Situation, die genau umgekehrt ist wie beim erstenmal: Guido, der Sieger, als Verlierer, der geschlagene Zeno auf dem Weg zum Sieg. Wieviel davon auf das Konto der «kolossalen Originalität des Lebens» (S. 444) geht, die Zeno beim zweiten Spaziergang zur Via Belvedere entdeckt und über die er sich verbreitet, oder inwieweit es sich um das Resultat spitzfindiger Manöver, von Zerstreutheiten, Versäumnissen, einem Nichteingreifen von seiten Zenos handelt, bleibt ein gewollt ungelöstes und unlösbares Problem. Denn wie Zeno im Hinblick auf seinen nicht ausgeführten Wunsch, Guido umzubringen, feststellt: «Dinge, von denen niemand etwas weiß und die keine Spuren hinterlassen, existieren nicht» (S. 206).

Es besteht ein ironischer Zusammenhang zwischen dem Namen der Straße, Belvedere, und einem Vers des erwähnten Gedichts von Filippo Zamboni: «Han tutti gli occhi e pur non vedran tutti questo segreto palese e celato...» («Alle haben Augen, und doch werden nicht alle dieses offene und verborgene Geheimnis sehen...»). Svevo erlaubt sich die Andeutung eines Wortspiels: Keiner kann sehen (*vedere*), was in der Via *Belvedere* geschieht, weil Zenos Haß auf Guido und sein Wunsch, ihn hinabstürzen zu lassen, für alle – die doch Augen haben – ein verborgenes Geheimnis bleibt, außer für Ada, die es, wenigstens zum Teil, zuletzt erahnt. Es ist ein offenes Geheimnis für Zeno (wie für den Leser), und das daraus resultierende Schuldgefühl kommt in der Frage zum Ausdruck, die er sich stellt, als er mehr oder weniger zufällig (oder ist es die Rückkehr des Verbrechers an den Ort der Tat?) das zweite Mal auf der Anhöhe der Via Belvedere steht: «Bin ich eigentlich gut oder schlecht?» (S. 445) Zeno findet aus dieser angstvollen Frage und der darauf zu erwartenden Antwort einen Ausweg, in dem er sich damit tröstet, daß man vom Schlechtsein geheilt werden könne, und einen ausführlichen Katalog guter Vorsätze dem verlierenden Rivalen gegenüber aufstellt. Gerade dieses letzte Detail wirft einen Schatten auf Zenos tatsächliches Verhalten, an dem man von Anfang an ablesen konnte, daß die vielfältige Funktion seiner guten Vorsätze deren Verwirklichung nicht mit einschließt. Und das erregende und ausgelassene Triumphgefühl, das Zeno bei einem anderen Anstieg, dem zum Hügel von Servola (genau im entgegengesetzten Teil der Stadt) begleitet, nachdem er Guidos Beerdigung versäumt hat, findet eine wenig überzeugende Entschuldigung in der angeführten Begründung:

«Aber die Freude über den Triumph war eine Huldigung für meinen armen Freund, in dessen Interesse ich den Kampf auf mich genommen hatte» (S. 522). Das wahre, unergründliche Geheimnis ist und bleibt Zenos Mitverantwortung an Guidos Ruin: Die Rechtfertigungen, die Versicherungen, die Fehler, die Unterlassungen, das Verschweigen gehören zu einer Strategie der Selbstverteidigung, die von Zeno ausgetüftelt wurde, um sich zunächst vor seinem eigenen Gewissen und dann vor den anderen freisprechen zu können.

Zur Strategie der Verschleierung und der Lüge gehören auch einige widersprüchliche – und daher wenig glaubhafte – Behauptungen, die Zeno über das Viertel, in dem Carla wohnt, aufstellt. Der feste Bezugspunkt innerhalb des sechsten Kapitels ist Carla beziehungsweise, topographisch gesehen, der Giardino Pubblico, der Volksgarten. Die variable Komponente bilden Zeno und damit korrespondierend die zu ihm gehörenden Örtlichkeiten. In dem Maß, in dem sich das Verhältnis mit Carla entwickelt, verschiebt sich auch die Distanz, die den Volksgarten von Zenos Sphäre und seiner bürgerlichen Welt trennt. Das erste, was Zeno, noch ehe er Carla persönlich kennenlernt, geflissentlich bemerkt, ist, daß sie in einem Viertel wohnt, in das er nie kam. Im Vergleich zum Borgo Teresiano, dem Kern der bürgerlichen Stadt, war die Gegend des Giardino Pubblico erst spät in die Stadt integriert worden; der Volksgarten entstand in der zweiten Hälfte des 19. Jahrhunderts als Grün- und Schattenzone für jene sozialen Schichten, die über keine Privatgärten oder Landhäuser verfügten. Es ist also eine nur leicht periphere Zone gegenüber dem Handels- und Geschäftszentrum, dessen Mittelpunkt das Tergesteum bildete. Doch der Abstand, den Zeno eilfertig zwischen seine Person und Carlas Wohnviertel legt, nimmt Bedeutungen an, die die rein räumliche überschreiten. Da ist als erstes der soziale Abstand, der den reichen Bürger von dem trennt, der außerhalb (doch nicht zu weit!) seiner Klasse steht, den philanthropischen Anfänger vom Objekt seiner Wohltaten. Dann stellt der Volksgarten den Gegensatz zur Welt der Geschäfte dar, die Oase der Ungebundenheit, des Spiels, der Zerstreuung, die Grünzone, die von denjenigen besucht wird, die nicht in den Produktionsprozeß eingebunden sind, «von alten Leuten, Kindern und Kindermädchen» (S. 250). Aus dieser Beobachtung Zenos kann man auch herauslesen, daß er die Schwelle zum Abenteuer, zum Betrug noch nicht überschritten hat, daß er noch innerhalb der Grenzen seines Wohngebiets, genauer der Grenzen der bürgerlichen Ordnung der Familie, weilt. Daß der Volksgarten – in Gegenposition zum Privatgarten der Villa Cosini – die unerlaubte Flucht aus dem engen und erstickenden Familienkreis symbolisiert, wird durch Zenos Reaktion auf die unerwartete Begegnung mit seiner Schwiegermutter beim Verlassen des Gartens bestätigt. Der erste Mechanismus, der ausgelöst wird, ist der der Zugehörigkeit zum selben Familien- und Gesellschaftsclan: «Vormittags, zu so früher Stunde, in dieser Gegend, die von der unseren so weit entfernt ist?» (S. 250) Es ist sicher nicht allein eine räumliche Entfernung, auf die Zeno hier abstellt, indem er überraschenderweise sich und Signora Malfenti in der Kategorie des Wir zusammenfaßt, um so mehr als die Häuser Malfenti und Cosini offensichtlich weder nahe beieinander noch in derselben Gegend gelegen sind (das eine in der Stadt, das andere oben auf einem der Hügel): Die Entfernung zwischen «dieser Gegend» und der «unseren» ist vielmehr die zwischen dem ausschließlich bürgerlichen Bereich der Stadt und jenem zweifelhaften, zwischen Familie und Ausbruch. Gleich darauf folgt der Schritt von der allgemeinen gesellschaftlich-familiären Zusammengehörigkeit zum Verdacht der Mittäterschaft im Betrug, im Ehebruch: «Vielleicht betrog auch sie den kranken Gatten» (S. 250). Doch der Symbolcharakter des Volksgartens als Tür zum Unerlaubten wird nur in der Subjektivität Zenos erlebt und ist nicht auf andere übertragbar, weder auf Signora Malfenti noch später auf den hinkenden Freund Tullio. Die Erklärungen über die Entfernungen zwischen der Gegend, in der Zeno wohnt, und Carlas Viertel verlieren in dem Moment schlagartig jeden objektiven Wert und jede Glaubwürdigkeit, in dem Zeno fast beiläufig den «kurzen Weg vom Volksgarten bis nach Hause» erwähnt (S. 279/80). Verfängt sich Zeno in seinen Lügen oder in den Entfernungen, gemessen an der Nähe, in die seine Beziehung zu Carla rückt? Unbestritten bleibt jedoch die Bedeutung des Volksgartens als Grenzland zwischen der Ehrbarkeit der bürgerlichen Familie und der Zwielichtigkeit unerlaubter Beziehungen. Nie passiert Zeno dieses Terrain gemeinsam mit Carla. Carla dagegen überschreitet es mit ihrem Lehrer und Verlobten, und zusammen mit ihm und seiner Mutter unternimmt sie das, was man als den bürgerlichen Spaziergang par excellence bezeichnen kann: Corsia Stadion, Volti di Chiozza – Corso – Sant'Andrea. Damit sind Carlas Integration in die Gesellschaft des bürgerlichen Wohlstands und die endgültige Beendigung ihrer Affäre mit Zeno besiegelt.

Überraschenderweise hat der Corso, die Hauptverkehrsader Triests, der in ‹*Una vita*› und ‹*Senilità*› eine so wichtige Rolle für entscheidende und enthüllende Begegnungen spielte, fast ganz an Bedeutung verloren. Außer im Zusammenhang mit Carla wird er nur noch in Verbindung mit dem Traum über Basedow erwähnt. Doch gerade über diesen Traum bringt Svevo auf indirektem Weg die Stimmung des Unbehagens, der Unruhe und der Unordnung, wie sie im Triest der Jahrhundertwende herrschte, in den Roman. In Zenos Traum ist der Corso nicht länger der Treffpunkt des anständigen Triest, der Ort des rituellen und fröhlichen Sonntagsspaziergangs jener Leute, auf die es ankommt. Das reiche und mächtige Bürgertum steht am Fenster – dem kleinsten, das es in den drei bürgerlichen Wohnungen des Romans gibt –, um auf die sonst ihm reservierte Straße hinunterzuschauen, in der sich jetzt eine schreiende Menschenmenge drängt, die drohend einen alten Bettler verfolgt, «in einem zerrissenen Mantel, jedoch aus steifem Brokat, den großen Kopf unter einer weißen, zerzausten Mähne, die im Wind flatterte» (S. 431).

Um die Wende vom 19. zum 20. Jahrhundert hatte sich die politische Situation Triests zugespitzt, und zwar durch die anti-österreichischen Forderungen der Nationalisten einerseits wie durch die sozialistischen der Arbeiterbewegung andererseits. Die Kundgebungen auf der Piazza und die Demonstrationszüge auf dem Corso wurden immer häufiger.

Bei dem Streik der Heizer von Lloyd 1902, an dem sich 100000 Personen beteiligten, schoß die Polizei in die Menge der Demonstranten und verursachte den Tod von vierzehn Menschen, fünfzig weitere wurden verletzt.

Die Figur des alten Mannes mit ihren abgenutzten, aber noch immer königlichen Attributen verkörpert die jetzt im Niedergang begriffene Instanz der Macht (Vater und/oder Kaiser), bedroht von der Menge, die danach drängt, sie zu stürzen und zu vernichten. Wenn die drei Exponenten des Bürgertums, Zeno, Ada und Augusta, dabei am Fenster stehen, so könnte das die Haltung der hohen Finanzbourgeoisie Triests widerspiegeln, ihre nicht offenkundige, nicht direkte Verstrickung in die auch tragischen Ereignisse jener Jahre. Es handelt sich um ein nur äußerliches und scheinbares Nichtverstricktsein und Abseitsstehen, denn in Wirklichkeit kann man gerade inmitten des Bürgertums (der Dachboden der Villa Cosini!) den Sitz der Macht, ihr letztes, äußerstes Refugium finden. Doch außer der Macht repräsentiert Basedow auch die Krankheit, die im Innern der Bourgeoisie nistet, sie zerfrißt und aushöhlt. Eine Krankheit, die sogar das Meer im Hafen von Triest erreicht zu haben scheint, aus dem eben jene Bourgeoisie ihren größten Reichtum gezogen hatte. Das Wasser der Hafenbecken zwischen den Molen und Wellenbrechern erscheint Zeno «dunkler durch seine Unbeweglichkeit, oder war es vielleicht trübe?» (S. 240). Und auf dem Molo Sartorio scheint ihm das höher als gewöhnlich stehende «dunkle und ruhige Meer» «auf träge Weise aufgeschwollen» (S. 403). Das Wasser ist nicht mehr, wie in den vorangegangenen Romanen, schäumendes Symbol des Lebens, sondern heimtückische Todesfalle.

Als solche enthüllt sich das Wasser schließlich auch für Guido, in einer Aufeinanderfolge von Andeutungen und Hinweisen, die von der heidnischen Nemesis bis zur biblischen Sintflut reichen: Das Wasser, in dem Guido seinen Zeitvertreib gesucht und in dem er den Tod gesät hatte, der sich nun an ihm rächt? Oder das Wasser als neuerliches Instrument des göttlichen Zorns, um die Freveltat zu bestrafen? Im selben Moment, in dem Svevo mit belustigter Ironie dem Leser ein

Sammelsurium von metaphysischen, symbolischen und religiösen Momenten zu suggerieren scheint, die Guidos Tod bedingt haben könnten, stößt er die Tür zur banalsten und prosaischsten Realität auf: Der Schlamm, die Abfälle, die Mängel des Kanalisationssystems der reichen Stadt behindern den Abfluß des Regenwassers ins Meer und führen zu einer Überflutung der Straßen; es ist, als hätte die Krankheit die Eingeweide der Stadt ergriffen und gelähmt. Und die enge Philisterdimension des kleinen häuslichen Komforts, verkörpert durch die warmen und bequemen Pantoffeln an Zenos zermarterten Füßen (S. 509), löscht jedes apokalyptische Gefühl, das jene «Sintflut, die die ganze Nacht hindurch andauerte» und von der die Leute «noch nach langen Jahren» sprachen, hätte hervorrufen können, vollständig aus.

Der unerschöpfliche Charme von ‹*La coscienza di Zeno*› ist zum nicht geringen Teil der Duplizität zuzuschreiben, die in zahllosen strukturellen und thematischen Varianten auftritt: die unüblichen zwei Einleitungskapitel; der Doppeladler – Symbol Österreich-Ungarns – gleich zu Beginn der autobiographischen Geständnisse; die beiden von Zeno besuchten Fakultäten; die beiden Personen, aus denen er zusammengesetzt sei; die beiden Spaziergänge mit Guido; die beiden Bootsausflüge; die beiden Selbstmordversuche Guidos usw... Es ist eine Duplizität im Zeichen der Antithese, des Widerspruchs, der Koexistenz, die auch Reibung bedeutet, der Gegensätze. Wie beim Doppeladler im österreichischen Wappen ist neben jedem Gesicht ein anderes, das in die genau entgegengesetzte Richtung blickt, und alles im Roman lebt von der Gegensätzlichkeit, von der Positiv-Negativ-Polung, angefangen von Zenos Hochzeit bis hin zu seiner Beziehung zu Guido und zu dessen Tod. Es ist die grundlegende Gegensätzlichkeit in der Situation Triests, das in seinem Innersten zwischen Österreich und Italien, zwischen Wirtschaft und Idealen hin- und hergerissen wird, die gewissermaßen von selbst die stets doppeldeutigen Situationen, Figuren und Charaktere des Romans erzeugt. Im übrigen legen die Ungezwungenheit, die Meisterschaft und Überlegenheit, mit denen Svevo in diesem seinem letzten Roman die Triestinità in all ihren Aspekten und Nuancen ausspielt, die Vermutung nahe, daß ihm die vielfältigen Erfahrungen auf den für die Firma Veneziani unternommenen Reisen und vor allem der Anschluß Triests an Italien die Andersartigkeit und Besonderheit seiner Stadt hinsichtlich Sitten, Mentalität, historischer und kultureller Traditionen sowie die Vorteile, die er als Autor daraus ziehen konnte, voll zum Bewußtsein gebracht haben. Das ethnische Gemisch der Triestiner Bevölkerung bietet Svevo Gelegenheit, Namen zu erfinden, die einem italienischen Ohr einfach exotisch (slawisch oder deutsch) vorkommen müssen, in Wirklichkeit aber genaue und meist wenig schmeichelhafte Bedeutungen besitzen. So kommt der Name Coprosich vom griechischen *kopros* (Kot), Copler von koppeln (kuppeln), und es ist nicht auszuschließen, daß Speier nicht so sehr an die Stadt Speyer als vielmehr an das Verbum speien erinnern soll.

Vom Völkergemisch zur religiösen Vielfalt: Die Existenz großer jüdischer, protestantischer, griechisch- und serbisch-orthodoxer Gemeinden in Triest führte zur Gründung verschiedener Friedhöfe, die alle auf dem Territorium Sant' Anna, in Nachbarschaft zum katholischen Friedhof, liegen. Das gibt Svevo die Möglichkeit, die Komödie vom versäumten Begräbnis zu inszenieren und indirekt ein letztes Mal Zenos Zweifel an der Reinheit von Guidos italienischer Abstammung zum Ausdruck zu bringen (die Zeno schon bei der ersten Begegnung geäußert hatte: «Sie sind Deutscher?» [S. 156]), indem er ihn die Erwägung anstellen läßt, Guido könnte einer nicht typisch italienischen, sondern nordischen Konfession angehört haben: «Möglicherweise war er Protestant» (S. 520).

In diesem Roman scheut Svevo sich nicht einmal mehr einzuräumen, daß das in Triest von allen Bevölkerungsschichten, auch den gehobensten, und von ihm selbst gesprochene Idiom nicht die schöne italienische Sprache ist, sondern ein «elender Dialekt» (S. 156), ein Gemisch aus fremdländischen Ausdrücken, die «aus dem Dialekt, dem Kroatischen, dem Deutschen und manchmal sogar aus dem Französischen stammen» (S. 549). Das Thema Dialekt wird in verschiedenen Variationen abgehandelt, in denen noch einmal das Moment der Doppelwertigkeit, positiv und negativ, erkennbar wird. Positiv ist der Dialekt im Falle Carlas: Ihre naive künstlerische Berufung und selbst die Schönheit ihres Gesichts – hier tatsächlich Spiegel der Seele – offenbaren sich beim Singen volkstümlicher Triestiner Lieder, deren Schlichtheit (in der auch das Haften an der Realität des Lebens zum Ausdruck kommt) der artifiziellen Rhetorik des italienischen Liedes «La mia bandiera» («Meine Fahne») gegenübergestellt wird. Zum negativen Kennzeichen wird der Dialekt dagegen bei Zeno, dessen Minderwertigkeitskomplex gegenüber Guido noch durch die Fähigkeit des letzteren verstärkt wird, sich in flüssigem Italienisch auszudrücken – eine beschwerliche Sache für jemanden, der gewohnt ist, sich des in seinem Wortschatz eher armseligen Triestiner Dialekts zu bedienen. Auf die Gewohnheit, Dialekt zu sprechen, beruft sich Zeno, um die Wahrheit seines Bekenntnisses zu relativieren und dessen Auslassungen, Lücken und Lügen zu rechtfertigen: «[...] ein von mir in rein italienischer Sprache geschriebenes Bekenntnis [kann] weder vollständig noch aufrichtig sein» (S. 549). Doch das ist noch nicht alles: Der Unterschied zwischen Triestiner Dialekt und italienischer Hochsprache wird zum Unterschied zwischen gelebtem Leben und Literatur. Gerade weil der Dialekt ein Idiom ist, das «wir sprechen, aber nicht schreiben können» (S. 536), ist er die Sprache der Unmittelbarkeit des Lebens. Das geschriebene Wort schließt dagegen einen Prozeß der Selektion, der Amputation, der Verfälschung von Realität und Leben ein: «Es ist klar, daß unser Leben ganz anders aussähe, wenn es in unserem Dialekt erzählt würde» (S. 536).

Im letzten Kapitel des Romans gewinnt Svevo dem Thema Sprache noch einmal ganz andere Züge ab: Der erste Zusammenprall mit der Gewalt des Krieges wird von Zeno auf der Ebene verbaler Heftigkeit erlebt. Die Schranke aus Gebrüll und Geschrei (vom einfachen Soldaten bis zum Offizier), die Zeno am 23. Mai 1915 (dem Tag der Kriegserklärung Italiens an Österreich) daran hindert, nach einem Spaziergang sein Haus in Lucinico wieder zu erreichen, und ihn zwingt, nach

Triest zurückzukehren, ist das Signal für den Einbruch der absurden und irrationalen Gewalt des Krieges. Der Krieg wird das von Zeno nicht zufällig erwähnte «süße» und «sanfte» Grün am Isonzo und auf dem Karst – den Schauplätzen der heftigsten und grausamsten Gefechte – mit Rot überziehen. Der Vision vom «flammenden Rot» (der Komplementärfarbe zu Grün), das Zeno von seinem Studierzimmer aus sieht, wie es «den Himmel überflutete und auch das Smaragdgrün verdrängte» (S. 546), kommt innerhalb des von 1915 bis 1916 datierten Kapitels ein hoher prophetischer Rang zu. In der sehr reduzierten Farbenwelt des Romans taucht häufig Grün auf, eine Farbe, die mit Gemütszuständen wie Hoffnung, Reinheit, Frieden, Erneuerung assoziiert wird. In der Farbenlehre findet Svevo die Möglichkeit zu einer letzten gegensätzlichen Duplizität: Grün/Rot. Wie in der Gesundheit der Keim zur Krankheit liegt, so erzeugt das Grün die Farbe, die es zerstören wird: das Rot. Die Zerstörung kommt nicht von außen, sondern entsteht im Inneren des menschlichen und sozialen Organismus. Für sie gilt, was Svevo in bezug auf die rote Farbe schreibt: «Dieses Rot drang unerwartet von innen hervor und breitete sich aus wie ein Riesenbrand» (S. 546). So wird das letzte Bild Triests, das im Roman erscheint, «vom Widerschein vieler Brände erhellt» (S. 573), entfacht durch die Explosion der internen Konflikte zwischen den Anhängern Österreichs und den Italienern.

Wie die apokalyptische Vision im Finale ein meisterliches Mittel darstellt, den Roman abzuschließen, indem er von den Problemen der Gegenwart und der persönlichen Geschichte Zeno Cosinis losgelöst wird, so erlaubt das Datum der letzten Eintragung, 24. März 1916, Svevo, dem Problem der endgültigen Auflösung Österreich-Ungarns und des Endes einer ruhmreichen Epoche in der Geschichte Triests auszuweichen, wie auch dem des Beginns einer neuen Ära, die damals noch voller Unbekannter und Fragezeichen war.

Silvana de Lugnani

Biographischer Abriß

Eine Biographie Italo Svevos, die sich genau an die belegbaren Fakten hält, birgt in sich eine Reihe von Problemen. Tatsächlich kann man nämlich von der Existenz mindestens zweier Biographien Svevos sprechen, von denen die eine vom Autor selbst im nachhinein konstruiert wurde und ihrerseits wieder in eine Anzahl von Eigenlegenden und in ein ironisches Spiegelspiel: Svevo–Svevo/Zeno zerfällt. Sie beginnt 1925 mit der Skizze, die Svevo, inzwischen anerkannter Autor des ‹*Zeno Cosini*› und ironisch mit Zeno in einem Verhältnis von Nähe und Abstand gleichgesetzt, an Valery Larbaud schickt. Aus diesem Entwurf kristallisiert sich dann der ‹*Autobiographische Abriß*› von 1928 heraus, der zur Grundlage für alle von Dritten verfaßten späteren Kurzbiographien werden sollte. Das Leben Italo Svevos, das seines Zeno Cosini und das des Herrn Aron Ettore Schmitz begegnen einander und vermengen sich zu einem heterogenen Ganzen. Die Biographie wird also zu einer literarischen Konstruktion der Person, die schreibt; historische und literarische Fakten – wie zum Beispiel die Begegnung mit Joyce – werden zum Mythos erhoben. Bezeichnend ist in dieser Hinsicht die Biographie von Livia Veneziani Svevo (‹*Vita di mio marito*›), in der die Ehefrau Svevo auf der Grundlage seiner eigenen autobiographischen Darstellung beschreibt. Auf dieses Problem der Verflechtung von Leben – Darstellung – Leben wird vor allem in Band V dieser ‹*Gesammelten Werke in Einzelausgaben*›, der u.a. Briefe, Tagebuchaufzeichnungen und Notizen enthält, besonders eingegangen. Dazu kommt noch ein weiteres Problem, das sich zugleich mit Svevos großer Intuition deckt: das Problem der Pluralität des Ichs – des einen, der mehr ist als einer. Aber hinter der Maske dieser Biographie, dem komplexen Geflecht aus Leben und Literatur, existiert das konkrete Leben des Aron Ettore Schmitz, das hier in seinen wenigen belegbaren und verifizierbaren Daten rekonstruiert werden soll:

1861 Hector Aron (im Familienkreis Ettore genannt) Schmitz wird am 19. Dezember in Triest, damals Hafen und Handelszentrum des Habsburgischen Kaiserreichs, geboren. Der Vater, Franz, Glaswarenhändler, entstammt väterlicherseits einer jüdischen Familie aus dem Rheinland; im typischen Assimilationsprozeß des Triestiner Bürgertums hat er sich jedoch völlig italienisiert. Die Familie der Mutter, Allegra Moravia, kommt aus dem Friaul.

1867 Besuch der israelitischen Grundschule, die dem Oberrabbiner von Triest, Melli, untersteht.

1872 Zusammen mit seinen Brüdern Adolfo und Elio wechselt Svevo auf die private Handelsschule von Emanuele Edeles über.

1873–77 Internat in Segnitz bei Würzburg: Die Ausbildung ist vorrangig auf das Kaufmännische gerichtet. Intensive Lektüre deutscher Autoren: Jean Paul, Schiller, Heine, Goethe; außerdem Shakespeare und Turgenjew in deutscher Übersetzung. Wahrscheinlich erste Lektüre Schopenhauers.

1878 Rückkehr nach Triest, wo Svevo sich am Handelsinstitut «Pasquale Revoltella» einschreibt.

1880 Große Liebe zum Theater; auch die ersten literarischen Versuche Svevos gelten dem Theater: Er schreibt die Komödien ‹*Ariosto Governatore*›, ‹*Il primo amore*›, ‹*I due amici*›. Der plötzliche finanzielle Zusammenbruch des Vaters zwingt Svevo, seine Studien abzubrechen und Geld zu verdienen. Er wird Auslandskorrespondent für Deutsch und Französisch bei der Filiale der Wiener Union-Bank in Triest.

Lektüre der italienischen Klassiker, von denen er Machiavelli, Guicciardini und Boccaccio bevorzugt. Er bewundert das kritische Werk von Francesco De Sanctis; liest auch die großen französischen Romanciers: Flaubert, Daudet, Balzac, Zola. Die Musikpflege in Triest und die Tradition des Musizierens in den Triestiner Bürgerfamilien veranlassen Svevo, Geige zu lernen und sich für Musik zu interessieren; er frequentiert den Musik-Zirkel. In der Zeitung *L'Indipendente* erscheint sein erster Artikel, ‹*Shylock*›, den er mit dem Pseudonym E. Samigli zeichnet.

1881–84 Svevo arbeitet an verschiedenen Komödien und entwirft einige Novellen. Im *Indipendente* veröffentlicht er Artikel über Wagner (dessen ‹*Ring*› 1883 in Triest vollständig aufgeführt wurde), Renan und Scarfoglio. Lektüre der Werke Schopenhauers.

1886 Tod des Bruders Elio, der sein vertrauter Gesprächspartner gewesen war. Beginn der Freundschaft mit dem jungen Maler Umberto Veruda. Svevo verliebt sich in Giuseppina Zergol, die Angiolina aus ‹*Senilità*›.

1887 Svevo beginnt mit dem Roman ‹*Una vita*›.

1888 Veröffentlichung der Erzählung ‹*Una lotta*› im *Indipendente*, ebenfalls unter dem Pseudonym E. Samigli.

1890 Die Erzählung ‹*L'assassinio di via Belpoggio*› erscheint in Fortsetzungen im *Indipendente*.

1891 Svevo schreibt die beiden Komödien ‹*La parola*› und ‹*Prima del ballo*›.

1892 Tod des Vaters. Wiederbegegnung mit Livia Veneziani, einer Kusine zweiten Grades mütterlicherseits, die er einige Jahre nicht gesehen hat. Sein erster Roman, ‹*Una vita*› (ursprünglich hätte der Titel *Un inetto – Ein Untauglicher* lauten sollen), erscheint unter dem Pseudonym Italo Svevo.

1895 Tod der Mutter. Svevo schlägt die Einladung seines

Bruders Ottavio aus, zu ihm nach Wien zu kommen. Im Dezember Verlobung mit Livia Veneziani. Svevo schreibt die Komödie ‹*Il ladro in casa*› und entwirft die Theaterstücke ‹*Terzetto spezzato*› und ‹*La verità*›.

1896 Anfang des Jahres beginnt er mit dem ‹*Diario per la fidanzata*›. Er schreibt die ersten Kapitel von ‹*Senilità*›. Am 30. Juli heiratet er Livia. Neben seiner Arbeit bei der Union-Bank ist Svevo journalistisch tätig und gibt Abendkurse in französischer und deutscher Handelskorrespondenz am Institut «Revoltella».

1897 Geburt der Tochter Letizia. Beginn der Mitarbeit an der Zeitschrift *Critica sociale*, in der die Erzählung ‹*La tribù*› erscheint.

1898 Veröffentlichung von ‹*Senilità*›. Das Ausbleiben jeglichen Erfolgs bringt den Autor zu dem Entschluß, seine literarische Tätigkeit aufzugeben. Er widmet sich der Lektüre von Tolstoi, Dostojewski, Tschechow, Gontscharow und Ibsen.

1899 Svevo verläßt die Union-Bank und beginnt, in der Lackfabrik seines Schwiegervaters zu arbeiten. Er gibt auch den Journalismus und das Unterrichten auf.

1901 Erste Geschäftsreise für die Firma nach Toulon und London.

1903 Beendigung der Komödie ‹*Un marito*›.

1904 Tod des Malerfreundes Umberto Veruda. ‹*Lo specifico del dottor Menghi*›.

1905 Bekanntschaft mit James Joyce, der an der Berlitz School von Triest unterrichtet; die Bekanntschaft entwickelt sich zur Freundschaft.

1906 Erste Lektüre der englischen Klassiker im Original: Dickens.

1908 P. N. Furbank zufolge fällt in dieses Jahr die erste Lektüre eines Werks von Sigmund Freud. M. David dagegen neigt zur Annahme eines späteren Zeitpunkts: zwischen 1910 und 1912.

1913–14 Svevo schreibt die Komödie ‹*Atto unico*› in Triestiner Dialekt.

1915–17 Im Zusammenhang mit dem Krieg wird die Lackfabrik Veneziani, die vor allem auf Unterwasserlacke spezialisiert war, geschlossen. Lektüre unterschiedlicher Autoren, darunter mehrere englische Klassiker, vor allem humoristische wie Swift, im Original. Svevo schreibt die Komödie ‹*L'avventura di Maria*›.

1918 Übersetzung einer Schrift Freuds über den Traum; unklar ist allerdings, ob es sich um die ‹*Traumdeutung*› oder um das kürzere Werk ‹*Über den Traum*› handelt.

1918–21 Einige Artikel erscheinen in *La Nazione*. Svevo arbeitet drei Jahre an ‹*La coscienza di Zeno*› und schreibt auch weiter für das Theater. Wiedersehen mit James Joyce.

1923 Veröffentlichung von ‹*La coscienza di Zeno*›. Der Erfolg bleibt wieder aus.

1924 Enttäuscht über den Mißerfolg wendet sich Svevo an Joyce und schickt ihm ein Exemplar seines Romans. Joyce, der dieses Buch für Svevos bestes hält, rät ihm, es an Valery Larbaud, Benjamin Crémieux, T. S. Eliot und andere zu senden.

1925 Svevo erhält den ersten anerkennenden Brief von Larbaud, zusammen mit dem Vorschlag, den Roman in Frankreich zu veröffentlichen.
Reise nach Paris. ‹*Una burla riuscita*›, ‹*L'avvenire dei ricordi*› und ‹*Corto viaggio sentimentale*›. Am Ende des Jahres erscheint in der Mailänder Zeitschrift *L'esame* der grundlegende Aufsatz von Eugenio Montale ‹*Omaggio a Italo Svevo*›.

1926 Reise nach London. Die Februarnummer der in Paris erscheinenden Zeitschrift *Le Navire d'argent* ist ausschließlich dem Triestiner Schriftsteller gewidmet. Es entsteht der «Fall Svevo».

1927 Svevo interessiert sich, wenngleich in dilettantischer Weise, für Einsteins Relativitätstheorie. Zweite Auflage von ‹*Senilità*›. Französische Ausgabe des ‹*Zeno Cosini*›. Der «Fall Svevo» ruft Diskussionen und Polemiken hervor. In Mailand hält Svevo einen Vortrag über Joyce. In Rom wird seine Komödie ‹*Terzetto spezzato*› aufgeführt. Er wird in Paris von Jules Romains, Joyce, Yvan Goll und anderen Größen der europäischen Literatur herzlich gefeiert. Luigi Pirandello kommt zu ihm nach Triest. Svevo entdeckt das Werk Kafkas.

1928 Arbeit an der Komödie ‹*La rigenerazione*›, an der ‹*Novella del buon vecchio e della bella fanciulla*› und an ‹*La morte*›. Svevo beginnt mit der Niederschrift seines vierten Romans. Am 13. September stirbt er in Motta di Livenza an den Folgen eines Autounfalls.

G. C.

Bibliographie

Eine vollständige Bibliographie der Literatur zu Svevo (bis 1968) befindet sich im Anhang zu Band 2, ‹*Romanzi*›, der italienischen Gesamtausgabe (‹*Opera Omnia*›) von Italo Svevo (Hg. Bruno Maier). Derselbe Band enthält eine Aufstellung der Ausgaben und Übersetzungen sowie eine Geschichte der Rezeption Svevos durch die Literaturkritik bis 1968.

Zusammenfassungen der Positionen der Sekundärliteratur finden sich in folgenden Darstellungen:

L. Nanni: Leggere Svevo. Bologna 1974

S. Maxia: Svevo. Palermo 1975

S. Del Missier: Italo Svevo. In: I classici italiani nella storia della critica (Hg. W. Binni), Florenz 1977

Italienische Erstausgaben der Werke Svevos

Una vita. Triest, Vram 1983 [richtig 1892]

Senilità. Triest, Vram 1898; zweite verbesserte Ausgabe, Mailand, Morreale 1927

La coscienza di Zeno. Bologna, Cappelli 1923

La novella del buon vecchio e della bella fanciulla e altri scritti. Mailand, Morreale 1929

Corto viaggio sentimentale e altri racconti inediti. Mailand, Mondadori 1949

Corrispondenza con Valery Larbaud, Benjamin Crémieux e Marie Anne Comnène. Mailand, «All'insegna del pesce d'oro» 1953

Saggi e pagine sparse. Mailand, Mondadori 1954
Opere (Una vita – Senilità – La coscienza di Zeno – La novella del buon vecchio e della bella fanciulla e altri scritti). Mailand, Dall'Oglio 1954
Commedie. Mailand, Mondadori 1960
Diario per la fidanzata. Triest, Ed. dello Zibaldone 1962
Lettere alla moglie. Triest, Ed. dello Zibaldone 1963
Saba – Svevo – Comisso. Lettere inedite. Hg. von M. Sutor. Padua 1968
Opera Omnia. Mailand, Dall'Oglio, Hg. von B. Maier, 4 Bde.: 1. Epistolario, 1966; 2. Romanzi, 1968; 3. Racconti, Saggi, Pagine sparse 1968; 4. Commedie, 1969
Italo Svevo – Eugenio Montale. Carteggio, con gli scritti di Montale su Svevo. Mailand, Mondadori 1976
Im Verlag Studio Tesi, Pordenone, erscheint eine kritische Gesamtausgabe, wiederum herausgegeben von Bruno Maier. 1985 erschienen: Bd. I: «Una vita»; Bd. II: «Senilità»; Bd. III: «La coscienza di Zeno». Vorgesehen sind: Bd. IV: «Il Vecchione»; Bd. V: «Racconti»; Bd. VI: «Commedie»; Bd. VII: «Articoli saggi, pagine sparse»; Bd. VIII: «Lettere» mit einem generellen bibliographischen Anhang.

Deutsche Übersetzungen

Zeno Cosini. Basel, Rhein Verlag 1929, deutsch von Piero Rismondo
Zeno Cosini. Hamburg, Rowohlt 1959, deutsch von Piero Rismondo, und Darmstadt, Moderner Buch-Club 1961
Vorrede zu dem Roman ‹Der Greis›, deutsch von Josy Priems und Karl Hellwig und Fragment aus dem Roman ‹Der Greis›, deutsch von K. Hellwig, in: Neue Schweizer Rundschau – Nouvelle Revue Suisse, Zürich, XXIII, 1930, Nr. 1
Ein gelungener Scherz und andere Novellen. Potsdam, Müller & Kiepenheuer, 1923, deutsch von Karl Hellwig

Bruchstücke. In: Forum, Wien I., 1954, Nr. 2, deutsch von Piero Rismondo

Ein Mann wird älter. Reinbek bei Hamburg, Rowohlt 1960, deutsch von Piero Rismondo

Ein Leben, Reinbek bei Hamburg, Rowohlt 1962, deutsch von Piero Rismondo

Kurze sentimentale Reise. Erzählungen und Fragmente aus dem Nachlaß. Reinbek bei Hamburg, Rowohlt 1967, deutsch von Piero Rismondo

Zwölf Briefe: In: Akzente, Heft 3, 1972, deutsch von F. Bondy

Ein Mann wird jünger. Köln, Kiepenheuer & Witsch 1975, deutsch von Ch. Jenny

Die Zukunft der Erinnerungen. In: Akzente, Heft 6, 1978, deutsch von Anna Leube

Auszüge aus dem Tagebuch und Vermischtes. In: Akzente, Heft 6, 1978, deutsch von Anna Leube

Londoner Aufenthalt. In: Akzente, Heft 6, 1978, deutsch von Anna Leube

Im Rowohlt Verlag, Reinbek bei Hamburg, erscheinen «Gesammelte Werke in Einzelausgaben», herausgegeben von Claudio Magris, Gabriella Contini, Silvana de Lugnani. Es liegen vor:

Bd. 1: «Die Erzählungen 1», 1983, deutsch von Ragni Maria Gschwend, Karl Hellwig, Anna Leube, Piero Rismondo;

Bd. 2: «Die Erzählungen 2», 1984, deutsch von Ragni Maria Gschwend, Karl Hellwig, Piero Rismondo;

Bd. 3: «Ein Leben», 1984, deutsch von Piero Rismondo;

Bd. 4: «Ein Mann wird älter», 1985, deutsch von Piero Rismondo;

Bd. 5: «Autobiographisches Profil», 1986, deutsch von Ragni Maria Gschwend und Anna Leube.

Zu Svevo gibt es eine umfangreiche Sekundärliteratur. Wir beschränken uns hier darauf, eine richtungweisende Auswahl a) zum Gesamtwerk Svevos, b) zu ‹*Zeno Cosini*›, c) zu Sprache und Stil Svevos zu geben. Die wichtigsten Biographien Svevos sind:

E. GHIDETTI: Italo Svevo. Bologna. 1980
G. A. CAMERINO: Italo Svevo. Turin. 1981

Monographien

A. LEONE DE CASTRIS: Italo Svevo, Pisa 1959
G. LUTI: Italo Svevo e altri studi sulla letteratura italiana del primo Novecento. Mailand 1961
B. MAIER: La personalità e l'opera di Italo Svevo. Mailand 1961
G. SPAGNOLETTI: Italo Svevo. In: I Contemporanei. Mailand 1963
S. MAXIA: Lettura di Italo Svevo. Padua 1965
F. FORTI: Svevo romanziere. Mailand 1966
A. BORLENGHI: Italo Svevo. In: Narratori dell'Ottocento e del primo Novecento. Bd. V. Mailand 1966
P. N. FURBANK: Italo Svevo, the man and the writer. London 1966
G. LUTI: Svevo. Florenz 1967
M. JONARD: Italo Svevo et la crise de la bourgeoisie europèenne. Paris 1969
R. BARILLI: La linea Svevo – Pirandello. Mailand 1972
M. LUNETTA: Invito alla lettura di Italo Svevo. Mailand 1972
M. FUSCO: Italo Svevo, conscience et réalité. Paris 1973
G. A. CAMERINO: Italo Svevo e la crisi della Mitteleuropa. Florenz 1974
A. LEONE DE CASTRIS: La coscienza di Svevo tra scienza e società. In: Il decadentismo italiano. Bari 1974
M. LAVAGETTO: L'impiegato Schmitz e altri saggi su Svevo. Turin 1975
G. PETRONIO: Il caso Svevo. Palermo 1976
G. BORGHELLO: La coscienza borghese. Saggio sulla narrativa di Svevo. Rom 1977

E. SACCONE: Il poeta travestito. Otto saggi su Svevo. Pisa 1977
S. MAXIA: Italo Svevo. In: La letteratura italiana, storia e testi, Bd. IX, hg. v. C. MUSCETTA. Bari 1977
G. PAMPALONI: Italo Svevo. In: Storia della letteratura italiana, Bd. IX. Bari 1977
F. PETRONI: L'inconscio e le strutture formali. Saggi su I. S. Padua 1979
A. ABRUZZESE: Svevo, Slataper, Michelstaedter. Venedig 1979
A. A. V. V.: Contributi sveviani. Triest 1979
E. GIOANOLA: Un killer dolcissimo. Genua 1979
A. A. V. V.: Svevo oggi, Atti del Convegno di Firenze, 3–4 Febr. 1979, hg. v. E. MARCHI. Florenz 1980
G. A. CAMERINO: Svevo. Turin 1981
F. P. BOTTI, G. MAZZACURATI, M. PALUMBO: Il secondo Svevo. Neapel 1982
G. CONTINI: Il romanzo inevitabile. Mailand 1983
F. PETRONI: Svevo. Lecce 1983
C. BAIOCCO: Analisi del personaggio sveviano. Roma, Centro Informazioni stampa universitaria, 1984

Artikel, Aufsätze, einzelne Kapitel

E. MONTALE: Omaggio a Svevo. In: L'esame, IV, 1925
B. CRÉMIEUX: Italo Svevo. In: Le Navire d'argent, II, 1926, Nr. 9
G. DEBENEDETTI: Svevo e Schmitz. In: Il Convegno, X, 1929, Nr. 1 (jetzt in G. D.: Saggi critici, Mailand 1955)
F. VITTORINI: Letteratura di psicoanalisi – Svevo, «Marcel» e Zeno. In: La Stampa, Turin, 27. Sept. 1929
E. BONORA: Ritratti critici di contemporanei – Italo Svevo. In: Belfagor, Jg. IV, 1949 (wiederveröffentlicht in E. B., Gli ipocriti di Malebolge, Mailand, Neapel 1953)
P. RISMONDO: Italo Svevo. In: Die neue Rundschau, Frankfurt a. M., Jg. LXIV, 1953

P. Rismondo: Italo Svevo, der Dichter des alten Triest. In: Forum, Wien, I, 1954, Nr. 2

L. Nelson: A Survey of Svevo. In: Italian Quarterly 3, 1959, Nr. 10

P. Rismondo: Der Fall Italo Svevo – Ein großer Romancier Altösterreichs aus Triest. In: Wort und Wahrheit, Wien, Jg. XIV, 1959

E. Saccone: Dati per una storia del primo Svevo. In: La rassegna della letteratura italiana, LXVI, 1962

H. Singer: Italo Svevo – Ein Leben. In: Neue Rundschau, Frankfurt a. M., 1963

M. Guglielminetti: Il monologo di Svevo. In: Struttura e sintassi del romanzo italiano del primo Novecento, Mailand 1964

S. Battaglia: La coscienza della realtà nei romanzi di Italo Svevo. In: Filologia e Letteratura, III, 1964

K. Wais: Der Erzähler Italo Svevo – Werke und Rezeption, Krefeld, Scherpe Verlag 1965

D. J. Enright: Svevo's Progress, or: the Apotheosis of the Poor Fish. In: Conspirators and Poets, London Chatto & Windus 1966

J. Murray: The Progress of the Hero in Svevo's Novels. In: Italian Studies, XXI, 1966

E. Montale – I. Svevo: Lettere, con gli scritti di Montale su Svevo, Bari, De Donato 1966

P. Bondy: I. S. et le grand âge. In: Preuves, Paris XV, Nr. 167, 1966

A. Bouissy: Les fondements idéologiques de l'œuvre de I. S. In: Revue des Études italiennes, Nr. 3–4, 1966; Nr. 1, 1967

J. David: La psicanalisi nella cultura italiana. Turin 1966, und: Letteratura e psicanalisi. Mailand 1967

M. Guglielminetti: Glosse a Svevo. In: Letteratura come sistema e come funzione. Turin 1967

R. Hartung: Die Originalität I. Svevos. In: Süddeutsche Zeitung, 16. Nov. 1967

S. Pacifici: I. Svevo's Antiheroes. In: The Modern Italian Novel from Manzoni to S. (preface by H. T. Moore), Carbondale and Edwardsville, Southern Illinois University Press 1967

I. BRANDT: I. Svevos Erzählungen in der deutschen Ausgabe. Auf die Welt kommen und leider altern. In: Die Welt der Literatur, 15. Februar 1968

J. MISCH: Meister der Wahrheitsfindung. In: Bremer Nachrichten, 14. Juni 1968

B. PORCELLI: L'evoluzione dell'ideologia nella narrativa sveviana. In: Problemi, Palermo 1969, Nr. 17–18

AUTORI VARI: Essays on I. S.: Ed. by Th. F. Staley, Tulsa (Oklahoma), The University of Tulsa 1969

C. R. WAGNER: I. S. – The vocation of Old Age. In: Artford Studies in Literature, II, 1970

P. E. BONDANELLA: F. Kafka and I. Svevo. In: Proceedings of the comparative Literature Symposium, Techn. University (Texas) 1971, Nr. 28–29

H. BENDER: Nachwort. In: I. S.: Kurze sentimentale Reise. Stuttgart, Reclam 1978

C. MAGRIS: Nel cinquantenario di Svevo. La scrittura e la vecchiaia selvaggia. In: Sigma, Jg. XI, Nr. 1, 1978

G. MAGRIS: Das Schreiben und das wilde Leben des alten Mannes. Zu Italo Svevos 50. Todestag. In: Akzente, Heft 6, 1978

F. BONDY: Italo Svevo – Schriftsteller am Rande. In: Schweizer Monatshefte, 59. Jg., Heft 4, April 1979

R. LUPERINI: Il Novecento. Turin 1981, S. 119–134

Sekundärliteratur zu ‹*Zeno Cosini*›

A. L. LEPSCHY: «Come la parola sa varcare il tempo.» Tempo e narrazione nella «Coscienza di Zeno». In: Lettere Italiane, XXXI, 1919, Nr. 1

S. BENCO: «La coscienza die Zeno», romanzo di Italo Svevo. In: Il Piccolo della Sera. Triest, 5. Juni 1923; wiederveröffentlicht in: L. Svevo Fonda Savio-B. Maier, Iconografia sveviana, 1984, S. 145–147

J. Pouillon: La conscience de Zeno, roman d'une psychanalyse. In: Les Temps Modernes, Nr. 10, August 1954, S. 555–562
J. Freccero: Zeno's Last Cigarette. In: Modern Language Notes, Nr. 77, 1962, S. 3–23
A. Robbe-Grillet: La conscience malade de Zeno. In: Pour un nouveau roman, Paris 1963
L. Jacobs: Zeno's Sickness Unto Death. In: Italian Quarterly, Nr. 11, 1967, S. 51–67
L. R. Furst: I. Svevo's «La coscienza di Zeno» and Th. Mann's «Der Zauberberg». In: Contemporary Literature, IX, 1968
G. Spagnoletti: Chi è Zeno? In: Il Bimestre, Nr. 3–4, 1969
A. Wilder: Death, Desire and Repitition in Svevo's «Zeno». In: Modern Language Notes, LXXXIV, 1969
G. Rosowsky: Théorie et pratique psychanalytiques dans «La coscienza die Zeno». In: Revue des Études italiennes, XII, Nr. 1, 1970, S. 49–70
T. Kezich: Svevo e Zeno. Vite parallele. Mailand 1970
G. Spagnoletti: Zeno al di là del romanzo. In: Nuovi argomenti, Nr. 23–24, 1971
T. De Laurentis: Dream as Metalanguage in Svevo's «Confessions of Zeno». In: Language and Style, IV, Nr. 3, 1971
B. Moloney: Psychoanalysis and Irony in «La coscienza di Zeno». In: The Modern Language Review, LXVII, 1972; deutsch in: Nr. 2 Sonderheft Akzente, Heft 6, Dez. 1978, 489–540
A. A. Leube: Das Gespräch in Italo Svevos «La coscienca di Zeno». Diss. Regensburg 1972
G. P. Biasin: Zeno's Last Bomb. In: Modern Fiction Studies, Nr. 18,1 (Spring 1972), S. 17–32
R. Treitel: Schopenhauer's Philosophy on Italo Svevo's ‹La coscienza di Zeno›. In: Modern Fiction Studies, Nr. 18,1 (Spring 1972), S. 53–64
E. Saccone: Commento a Zeno. Saggio sul testo die Svevo. Bologna 1973
M. Guglielminetti: «La coscienza di Zeno» e il romanzo come utopia. In: La contestazione del reale, Neapel 1974

A. Bon: Come leggere «La coscienza di Zeno» di Italo Svevo. Mailand 1977
C. M. Fonda: Svevo e Freud. Proposta die interpretazione della «Coscienza di Zeno». Ravenna 1978
G. Spagnoletti: «La coscienza di Zeno» die Italo Svevo. Mailand 1978
F. Petroni: L'intreccio della «Coscienza di Zeno». In: Belfagor, XXXII, 1977; wiederveröffentlicht in: L'inconscio e le strutture formali, Padova 1979
P. Schaerer: Zur psychischen Strategie des schwachen Helden. Italo Svevo im Vergleich mit Kafka, Broch u. Musil. Diss. Zürich 1978
L. Waage-Petersen: Le strutture dell'ironia ne «La coscienza di Zeno» di Italo Svevo. In: Revue Romane, numéro spécial, Kopenhagen 1979
K. Heitmann: Italo Svevos «La coscienza di Zeno». Der Roman in heutigen Deutungen. In: Italienisch, Nr. 3, Frankfurt, Mai 1980, S. 2–26
G. Luti: Struttura e tempo narrativo nella «Coscienza di Zeno». In: Il contesto, Nr. 4–6, 1980
C. Benedetti: La piccola rivoluzione copernicana di Zeno. In: Sigma, n. s. IV, Januar, April 1981, S. 26–44
G. Contini: Il romanzo inevitabile. Temi e tecniche narrative nella «Coscienza di Zeno». Mailand 1983
G. Savoca: Svevo e Freud: a proposito del sogno. In: A.A.V.V., Scrittura e società. Studi in onore di Gaetano Mariani. Rom 1985
M. Jeuland Meynaud: Zeno e i suoi fratelli. La creazione del personaggio nei romanzi di Italo Svevo. Bologna 1985

Über die Sprache und den Stil Svevos

G. Devoto: Le correzioni di Italo Svevo. In: Letteratura, II, 1938, Nr. 4 (wiederveröffentlicht in G. D., Studi di stilistica, Florenz 1950)
F. Falqui: Svevo scriveva male. In: Roma, Neapel, 3. August 1951

G. Pontiggia: La tecnica narrativa di Italo Svevo. In: Il Verri, IV, 1960, Nr. 5
D. Cernecca: Note sulla lingua di Italo Svevo. In: Studia Romanica et Anglica Zagabriensia, Zagabria 1960, Nr. 9–10
P. Voza: Un esempio di stile nominale nella narrativa sveviana. In: Convivium, a. XXXVI, 1969, S. 214–218
T. Wlassics: La poesia delle mende: note sul linguaggio dell'ultimo Svevo. In: Lingua nostra, XXXII, 1971
B. Maier: Italo Svevo. Mailand 1973
G. Contini: L'analisi linguistica di Devoto (1943). Wiederaufgenommen in: Varianti e altra linguistica. Una raccolta di saggi (1938–1968). Turin 1979

S. L.

Rowohlt Jahrhundert

Herausgegeben von Bernd Jentzsch

Band 44
Michail Saltykow-Schtschedrin,
Die Herren Golowlew

Band 45
Eugène Le Roy, Mademoiselle de La Ralphie

Band 46
Nasreddin Hodscha,
Wer den Duft des Essens verkauft

Band 47
Josef Toman, Don Juan

Band 51
Romain Rolland, Clerambault

Band 52
Thomas Pynchon, V.

Band 54
Günther Weisenborn, Das Mädchen von Fanö

Band 56
Benjamin Constant, Adolphe

Band 57
Thomas Pynchon, Die Enden der Parabel

Rowohlt
Taschenbuch Verlag